红楼梦俗文艺作品集成

话剧集（二）

朱恒夫 刘衍青 编订

上海大学出版社
·上海·

序言

詹 丹

《红楼梦》所具的百科全书性,单从其与戏曲结缘论,也洋洋大观。

虽然这种结缘让有些学者产生冲动,很愿意相信《红楼梦》作者是一位戏曲家,也费心费力做了研究,所得出的结论,堪称另一种"荒唐言"。但产生这种冲动的原因,是可以理解的。因为隐含在《红楼梦》小说中,作为情节发展和人物性格塑造一部分的元明清戏曲作品,姑且称之为小说文本外的"副文本",随处可见。据徐扶明等学者统计,《红楼梦》共有40来个章回涉及了当时流行的37种剧目,据此,有人夸张地称《红楼梦》中藏着一部元明清经典戏曲史,也并不令人惊讶。

研究元明清戏曲与《红楼梦》文本的关系,努力挖掘涉及的剧目是怎样滋养着《红楼梦》的创作成就,当然是一种重要的研究路径,而且确实取得了令人瞩目的成绩,丰富了我们对《红楼梦》同时也是对那些戏曲作品乃至当时社会文化的认识。当然这仅仅是一方面。

另一方面,《红楼梦》作为一部传统社会的小说巨著,也构成文化创作的丰富源泉,不断激发后人的创作灵感,延伸出大量戏曲改编作品。而且,不受传统戏曲种类局限,辐射到其他各种类别,在近两百年的历史长河中,持续不断,滚滚而来。

虽然本人的研究兴趣在《红楼梦》小说本身,但偶尔对改编的戏曲乃至影视作品也稍有涉猎,这里略谈几句感想。

其实,小说问世没多久,就有了仲振奎改编的共32出的《红楼梦传奇》。由于需要将《红楼梦》小说的基本内容在32出戏中全部演完,就不得不对小说的许多线索进行归并。比如将原本分处于第一回和第五回的木石前盟的神话传说和太虚幻境的情节进行归并。再比如在情节设计中,交代林黛玉的父母在黛玉进贾府前都已去世,这样林黛玉进贾府后不会再有牵挂,也避免再去探望病重的父亲及奔丧之类横生的枝蔓。又比如戏曲中林黛玉和薛宝钗是一起进贾府的,而在小说中,林黛玉和薛宝钗分别在第三回和第四回进贾府。在读小说的时候,读者可能感到奇怪:为什么对林黛玉进贾府有详细的描写,而对薛宝钗进贾府的情况则几乎没有描述,宝玉和宝钗正式见面的场合又在哪里?戏曲改编大概考虑到读者的心理疑惑,于是就安排了两人恰巧凑在一起进贾府,同时也改去了小说第三回中贾政未见林黛玉的情节,而让这两人见到了家中每一位长辈,等等。虽然从整体看,戏曲对小说文本的改造比较多,但出于演出制约和现场效果的特殊需要等,不得不对纷繁复杂的小说情节线索加以重新梳理,使得小说文本一些细腻之处就不可避免地被抹除,原本较能够凸显人物性格差异的精微之处,也不再彰显。

如何看待戏曲改编和小说文本的差异,是一个饶有趣味的接受学问题,这里举两例来谈。

其一,《红楼梦》小说改编而成戏曲的,影响最大、最深入人心的是越剧《红楼梦》。而越剧《红楼梦》改编之所以成功,一般认为,重要原因之一,是改编者在改编过程中做了一个大胆选择:将《红楼梦》小说中家族衰败的主线基本删除,只抓住了宝黛爱情这条线索。当《红楼梦》被改编成一部凸显爱情主题的作品时,尽管在越剧最后部分也有抄家的情节设计,但主要也是为了烘托宝黛爱情的悲剧性。此外,越剧《红楼梦》对小说一些重要情节的处理变动也很有意思。比如,它将黛玉葬花的情节放在了宝玉挨打之后,而在小说中,黛玉葬花在第二十七回,宝玉挨打在第三十三回,当中还间隔了六七回。这一改动让北大教授、曾经也是红楼梦学会会长的吴组缃非常不满。他认为,小说中,宝玉挨打后,林黛玉前来探望,宝玉让晴雯给林黛玉送去两条旧手帕,林黛玉在其上作《题帕三绝句》,通过这些情节的处理,表明两人此时已彻底理解了对方的心意,不可能再有大误会发生。而越剧在这之后,还把小说之前的一段情节挪过来,即林黛玉误以为贾宝玉吩咐怡红院里的丫鬟不给自己开门,然后心生哀怨,在悲悲戚戚中葬花,这样的变动设计是不合理的,也没有理解宝玉挨打后的一系列事件所蕴含的宝黛已经有了默契的深意。但现在回过头来思考这个问题,我觉得还可以有另一种思路。为什么越剧《红楼梦》要进行这样的情节改动?在我看来,情感的高潮与情节的高潮未必相等。在越剧《红楼梦》中，情感是其表现的主要内容，黛玉葬花则是其高潮，不同于宝玉挨打这一情节的高潮。如果黛玉葬花这一幕出现过早，是不符合越剧《红楼梦》高潮设计的整体布局的。

其二，鲁迅曾为厦大学生改编的《红楼梦》话剧写过一篇小序，这就是著名的《〈绛洞花主〉小引》。其中有一段话，十分经典，即"单是命意，就因读者的眼光而有种种：经学家看见《易》，道学家看见淫，才子看见缠绵，革命家看见排满，流言家看见宫闱秘事"。这虽然是从读者反应角度对《红楼梦》主题的经典概括，其梳理也相当精准。但让人感到疑惑的是，何以在这篇短小的"小引"中，鲁迅会强调这个问题？其实，如果我们阅读了《绛洞花主》剧本，就可以意识到，这出话剧对《红楼梦》作出了很大的改动。它甚至安排了"反抗"这样一出戏，让宁国府的焦大和进租的乌进孝等分享反抗的经验，并设计黑山村、白云屯等村民联合起来，要求贾府减轻租税，显示了一个来自底层的人对上层社会的对抗。而这种对抗性，在小说本文中，是很难发现的。即使鲁迅本人不会这样理解小说（就像他在其他场合论及焦大一样），但话剧的改编，把《红楼梦》定位为社会问题剧，鲁迅还是从读者接受的角度，给出了同情式理解。所以"小引"引入种种不同的眼光，其实，也是给话剧的大胆改编提供了合法依据。这在一定程度上启发我们，所谓改编，其实都是后人站在自身立场，对原作的一次再理解和再创作，从而形成持续不断地与原作的对话。从这一思路看，拘泥于作品本身的改编，改编者宣称的所谓忠实于原作，就可能是迂腐的，也是不现实的。

令人感叹的是，《红楼梦》作为白话小说，在当初正统文人眼里应该就是俗的，但时过境迁，它也有了雅的地位，而使得改编的其他类别的文艺作品，成为一种俗。这种雅和俗的微妙分离、变迁和对峙，也是值得讨论的耐人寻味的现象。

朱恒夫老师是我十分钦佩的国内研究戏曲的名家，不但善于发现新问题并加以解决，也勤于收集整理原始资料。之前，他已经主编并出版了数十卷的《中国傩戏剧本集成》，令人叹为观止，如今他和他的高足刘衍青教授搜罗广泛的《红楼梦俗文艺作品集成》也即将面世，知道我是《红楼梦》爱好者，就嘱我写序。以前翻阅顾炎武《日知录》，说"人之患在好为人序"，使我对写序一事，颇有忌惮，但朱老师所托之事，又不便拒绝，只能硬着头皮，略写几句感想，反正"人之患在好为人师"方面，我几十年教师当下来，已脱不了干系，再加一"患"，有虱多不痒的心理准备。只是一路写来,定有不当处,还请朱老师指正,借此也表达我对朱老师勤勉工作的敬意。

是为序。

2019 年 3 月 15 日

前言

朱恒夫　刘衍青

《红楼梦》自问世之后，不断地衍变，至今天，已经形成了一个形式多样、品种丰富的"红楼梦"文艺作品群。我们可以将它们分成五类，即曹雪芹创作的小说《红楼梦》，根据原典改编、续编的小说、戏剧、曲艺和影视剧。因而研究"红楼梦"的"红学"范围也相应地扩大，亦将它们纳入研究的范围。所以，"红楼梦"不仅仅指原典小说，还包括用多种文艺形式改编的作品，"红学"也不只是研究曹雪芹所创作的《红楼梦》的学问。

客观地说，《红楼梦》的人物与故事能达到几乎是"家喻户晓，人人皆知"的程度，主要得力于由原典改编的作品，尤其是戏曲、说唱和影视剧，所谓"俗文艺"是也。因为，接受原典的思想和艺术，须具备识字较多和文化修养较高这两个条件，否则，即使了解了故事情节的大概，也是囫囵吞枣、似懂非懂的，甚至阅读的兴趣会越来越小，直至束之高阁。而俗文艺的戏曲、说唱和影视剧就不同了，它们将原典《红楼梦》中的故事内容，通过悦耳的音乐、动人的表演、怡人的景象等，让人们直观理解并得到美的享受。与原典相比，更为不同的是，俗文艺的改编者所呈现的作品，往往选取小说中最动人的故事情节、最为人们关注的人物并对原典的内容进行通俗化处理，接受者用不着费心思考，就能明了作品的思想内涵和人物性格。

因原典用精湛高超的艺术手法逼真地描写了复杂的社会生活，表现了能引发许多人共鸣的人生观，故而甫一问世，就受到了读者的欢迎，尤其到了乾隆五十六年(1791)，程伟元、高鹗刊行了一百二十回本后，《红楼梦》迅速传播，到了士人争相阅读的地步。为了让更多的人接受，一些文人与艺人将其改编成戏曲或说唱作品。据现存资料看，程高本问世的第二年，仲振奎就写出了第一出红楼戏,名曰《葬花》。说唱可能略晚于戏曲,据范锴《汉口丛谈(卷五)》记载,1808年,汉口的民间艺人开始说唱《黛玉葬花》。随着文明戏的出现,1913年,春柳社等话剧社团开始改编并演出《红楼梦》。最早的电影《红楼梦》问世于1927年,为上海复旦影片公司和孔雀影片公司分别摄制的《红楼梦》无声片;1944年,中华电影联合有限股份公司摄制了第一部《红楼梦》有声片,由卜万苍执导,周璇饰演林黛玉,袁美云饰演贾宝玉。因电视剧这一文艺样式晚出,故而电视剧《红楼梦》直到1987年才出现。但由于电视剧的传播方式不同于戏曲、说唱和电影,它真正达到了让《红楼梦》的故事与人物家喻户晓、人人皆知的普及程度。

将原典小说改编成俗文艺作品的人,除了文人外,还有艺人。文人改编者,其动机多是因为由衷地热爱原典小说,欲让更多的人分享其精彩的故事、发人深思的思想和栩栩如生的人物形象,如仲振奎读了《红楼梦》后,"哀宝玉之痴心,伤黛玉、晴雯之薄命,恶宝钗、袭人之阴险,而喜其书之缠绵悱恻,有手挥目送之妙也",于是他用40天的时间,编成传奇。万荣恩作《潇湘怨传奇》也是出于这样的心地,在购得《红楼梦》后,"披卷览之,喜其起止顿挫,节奏天成,末节再三,流连太息者久焉。因不揣愚陋,谱作传奇"。艺人改编者,则多是受艺术市场引导,样式以说唱为主。他们在改编时,很少像文人那样借他人之酒杯以浇自己心中之块垒,而是力求吻合大多数接受者审美之趣味。

如果说原典《红楼梦》是定型的、不变的话,那么,俗文艺红楼梦则不仅运用新出现的文艺样式,如话剧、电影、电视、歌剧、舞剧、音乐剧,等等,就每一种样式的内容来说,也在不断地变化。仅以戏曲为例,从时间上来说,自1792年仲振奎的传奇《葬花》诞生始,清代相继创编了20部红楼梦传奇、杂剧,今存的就有仲振奎《红楼梦传奇》、孔昭虔《葬花》、万荣恩《潇湘怨传奇》、吴镐《红楼梦散套》、吴兰徵《绛蘅秋》、石韫玉《红楼梦传奇》、朱凤森《红楼梦传奇》、许鸿磐《三钗梦北曲》、陈钟麟《红楼梦传奇》、周宜《红楼佳话》、褚龙祥《红楼梦填词》,等等。民国年间,京剧名角纷纷与文人合作编创新戏,齐如山与梅兰芳、欧阳予倩与杨尘因、张冥飞、冯叔鸾、陈墨香与荀慧生等,刘豁公与金碧艳等,编创了大量的京剧红楼戏。除京剧外,各地方剧种中的名旦也纷纷编演红楼戏,经过长时间的舞台实践,有许多剧目成了粤剧、闽剧、秦腔、越剧、评剧等剧种的骨子戏。新中国成立后,戏曲红楼梦的编演掀起了一波又一波的高潮,仅越剧就有弘英《红楼梦》(1953年)、夏昉《红楼梦》(1953年)、包玉珪《红楼梦》(1954年)、洪隆《红楼梦》(1956

年)、王绍舜《晴雯之死》(1954年)、冯允庄《宝玉与黛玉》(1955年)、张智等《晴雯》(1956年)、徐进《红楼梦》(1958年)、胡小孩《大观园》(1983)、吴兆芬《晴雯别宝玉》《宝玉夜祭》《元春省亲》《白雪红梅》《晴雯补裘》(20世纪80—90年代)等等。除了徐进的越剧《红楼梦》影响较大之外,受观众欢迎的还有吴白匋等改编的锡剧《红楼梦》,徐玉诺、许寄秋等改编的河南曲剧《红楼梦》,王昆仑等改编的昆剧《晴雯》,赵循伯改编的川剧高腔《晴雯传》,徐棻改编的川剧高腔《王熙凤》,陈西汀改编的京剧《尤三姐》,等等。其他剧种如粤剧、评剧、潮剧、湘剧、吉剧、龙江剧、黄梅戏、秦腔等,亦编演了许多红楼戏。

总之,两百多年来,俗文艺红楼梦作品因不断地涌现,已经形成了一个改编、衍变原典小说内容的品种较多、数量庞大的作品群。

对于这些俗文艺红楼梦作品,学人从它们出现时就关注着。早期的红楼梦戏曲研究,多是作者的亲友以对剧本的题词、序、跋等形式介绍其创作的背景、动机,并对作品进行评论,如许兆桂对吴兰徵《绛蘅秋》评曰:"观其寓意写生,笔力之所到,直有牢笼百态之度,卓越一世之规。虽游戏之作,亦必有一种幽娴澹远之致,溢乎行间,不少留脂粉香奁气。"民国时期,学人对红楼梦俗文艺作品,开始以专文的形式发表研究成果,如含凉的《红楼梦与旗人》、哀梨的《红楼梦戏》、赵景深的《大鼓研究》、李家瑞的《北平俗曲略》、方君逸研究话剧的论文《关于〈红楼梦〉的改编——〈红楼梦〉剧本序》等。新中国成立后,因政治的与文艺的原因,"红楼梦"受到了前所未有的关注,"红学"自20世纪50年代到20世纪末,不断掀起热潮,学人除了对原典做深入探讨之外,还对红楼梦俗文艺作品进行全面的研究,其成果之一就是汇编俗文艺作品或包括俗文艺作品在内的资料集,如一粟编的《红楼梦资料汇编》(全二册,中华书局1964年版),阿英编的《红楼梦戏曲集》(上、下册,中华书局1978年版),胡文彬编的《红楼梦子弟书》(春风文艺出版社1983年版)、《红楼梦说唱集》(春风文艺出版社1985年版),天津市曲艺团编的《红楼梦曲艺集》(春风文艺出版社1985年版),台湾"中央研究院"历史语言研究所俗文学丛刊编辑小组编的《福州评话红楼梦》(上、下集,新文丰出版股份有限公司2001年版),刘操南编的《红楼梦弹词开篇集》(学苑出版社2003年版),等等。

然而迄今为止,学界还没有将大部分在历史上产生过一定影响的红楼梦俗文艺作品结集汇编,这无疑是一个缺憾。因为俗文艺作品能够为现在及未来对原典小说《红楼梦》的改编提供经验与教训,能够由它们了解到不同时期的人们对《红楼梦》的审美趣味,能够由它们探讨《红楼梦》的传播范围和深度,也能够由它们而了解到"红学"理论对红楼梦俗文艺作品的影响程度,从而对"红学"发展史有全面而较为正确的认识。

鉴于这样的认识,我们便做了这项工作。之所以称之为"集成",是因为一定还有遗漏的作品。本集成中,我们仅收录了俗文艺红楼梦的戏曲、说唱与话剧的剧本,而没有收录也属于俗文艺的电影与电视剧的剧本,之所以这样,主要出于这两种文艺样式剧本在其艺术形态中所占的成分不大的考虑。

本集成比起同类的书籍,有两个特点:一是作品较全。民国之前的传奇、杂剧剧本和民国以来的话剧剧本基本上搜集齐全,晚清以来诸剧种的红楼戏剧目和诸曲种的红楼说唱曲目,搜集并刊载了杂剧、传奇、京剧、桂剧、粤剧、秦腔、评剧、越剧、川剧、潮剧、吉剧、龙江剧、曲剧、锡剧、黄梅戏等十多个剧种和子弟书、弹词、广东木鱼书、南音、福州评话、弹词开篇、滩簧、高邮锣鼓书、梅花大鼓、西河大鼓、东北大鼓、京韵大鼓、南阳大调曲子、河南坠子、岔曲、单弦、兰州鼓子、马头调、岭儿调、扬州清曲、四川清音、四川竹琴、长沙弹词、粤曲、山东琴书、相声等二十多个曲种的剧本。当然,由于中国的剧种、曲种实在太多,每个剧种和曲种又有很多的班社,想搞清楚在两个多世纪的时间内有哪些剧种、曲种和有哪些班社编演过红楼戏和红楼曲目,是十分困难的,所以我们也只能说已经尽了自己最大的努力,不敢称"完美",如果以后发现新的俗文艺作品,再作补遗。二是忠实于原著。为了反映作品原貌,我们尽可能采用最早的版本,如仲振奎的传奇《红楼梦》,用的是嘉庆四年(1799)绿云红雨山房刊本;南音《红楼梦》,则用的是清末广州市太平新街以文堂机器版刻印本。

原典小说《红楼梦》是中国文学的代表作,是中国古典小说的巅峰之作,在艺术审美、历史认知和人生启迪的作用上,古今的任何文艺作品都难以望其项背。文艺创作界为了传承这一宝贵的文化遗产,也为了让当代的人更容易接受它,会持续地对它进行改编;学术界尤其是"红学"界为了挖掘原典和俗文艺作品所蕴含的思想与艺术价值,也会持续地对它进行研究。因此,我们所编的这部集成,无论是对文艺创作,还是对学术研究,应该说都能发挥点积极的作用。

编 校 说 明

本集成的编校整理,遵循如下原则:

一、收录红楼梦俗文艺作品中的戏曲、说唱、话剧剧本,共分为八个分册:"戏曲集"四册、"说唱集"二册、"话剧集"二册。

二、对于收录的剧本,尽可能采用最早的版本,并标注每部剧本的出处。

三、为了尽可能地展现剧本原貌,除必要的文字订讹外,原则上不逐一考订原剧本的疏误。

四、对未加标点的抄本,按现行标点符号使用规范进行标点;难以辨认的字,用□代替。

目录

还泪记 ………………………………… 顾仲彝 1

红楼二尤 ……………………………… 孔另境 97

雪剑鸳鸯 ……………………………… 赵清阁 148

贾宝玉与林黛玉 ……………………… 赵清阁 220

流水飞花 ……………………………… 赵清阁 296

禅林归鸟 ……………………………… 赵清阁 367

晴雯赞 ………………………………… 赵清阁 447

还 泪 记

顾仲彝

第 一 幕

布 景

  贾母正房前的厅房,雕梁画栋,宽大舒畅,台的右首是厅口,挂着金丝藤红漆竹帘。这厅房一连三间,台上的是靠东的一间,正中一间和靠西的一间从台下可以看见。在台的正中后面它们的横侧面(正中一间利用台后的空间布置出来,靠西一间只能用画片)三间之间只用黑漆柱子,和绣幔隔开着。正中一间里放着供桌拜垫,桌上果品罗列,红烛高烧。台左首放着十二扇大红缎子刻丝满笏,一面泥金百寿图大屏,屏前有一只宽大的炕榻,榻前两行镂花几椅,都铺着五彩绣披。其他鼎彝书画,陈设得非常华丽。厅口竹帘外面隐隐可以看见一大院子,院子里在唱戏,还有许多男子在看戏。

  幕启前幕内热闹,锣鼓声嬉笑声。幕启,厅内坐着许多女眷,正中榻上歪靠着白发如银的贾母,坐在贾母身旁的是史湘云,坐着的有王夫人和李纨,丫头们有鸳鸯、袭人、晴雯等,站在四周。幕启时台上的女子和厅外的男人都给戏台上的插科打诨引得哈哈大笑,贾母笑得气都喘不过来,鸳鸯在那里替她捶背。

贾　母　(以后简称母,刚喘过一口气来)那去刘二的小子真会说话,笑得我腰都痛了,那油嘴儿只有咱们的凤丫头说得过她。噢,凤丫头呢?她倒不声不响到后面自在去了。

王夫人　(以后简称王,站起来)老太太,凤丫头到后面张罗送礼的人去了。刚才听珍爷进来说:东平郡王、南安郡王,还有金陵甄家都有礼单送来。

母　　我今年又不是整寿,何必又要惊动人家呢?一家子老老小小聚在一块儿乐一乐,像今天这样,不就很好么?不过,凤丫头一年忙到头,今天是我的生日,我满以为可以叫她舒舒畅畅乐一天,可是——

〔宝玉掀开帘子跳跳踪踪拍手进来,宝玉戴着束发嵌宝紫金冠,二龙抢珠金抹额,身上穿金花大红箭袖,外罩石青起花八团倭缎排穗褂,足蹬青缎粉底朝靴。

宝　玉　(以后简称玉)老祖宗,您瞧我点的刘二当衣好不好?那小子真会演戏。你瞧他那种尴尬的神气儿,哭不像哭,笑不像笑……〔宝玉竭力模仿她,引得屋内众人大笑。

母　　宝玉,你再来呕我笑,我只好躺下了。宝玉,你过来。

王　　宝玉,放规矩一点!又要叫你老子揍你了。

母　　你别骂他。今天是我生日,亏他想得出点了这么一出好戏,让我笑了一阵子,这真是他的孝心。

湘　云　(以后简称湘)老祖宗,您知道宝玉今天为什么乐?

母　　为什么?

湘　　因为林妹妹今天要回来了。

母　　不错,林丫头到扬州去奔她父亲的丧,去了有半年多了。

王　　老太太,我忘记回您了,鲍二今天早上到,说琏二爷和林姑娘今天可以赶到。还有我娘家的二妹妹和她的儿子、女儿,也是今天可以赶到这儿。

母　　什么?他们都赶上了我的生日,真是巧极了。

玉　　我去接琏二哥和林妹妹去。〔脱身一溜烟跑出厅外去。

母　　慢点走,小心给门槛儿绊倒了。真是小冤家,看看样子像个大人,说起话来做起事来还是那么样淘气。你娘家的二妹妹是谁啊?我真越老越糊涂了,提到前头就忘了后头。

王　　我的二妹嫁给姓薛的,薛家老爷死了有十几年了,幸而有点产业,几爿当铺。而今她的儿子女儿都已经长大了。

母　　鸳鸯,你去看看林姑娘的车轿来了没有,来了就叫她进来。(鸳鸯下)你说那薛家怎么样?

王　　他们在京里也有两三个铺子,所以这次进京,一则是来查查这些铺子,一则来探望探望亲戚。

母　好极了,有个年长的女亲戚来陪我说说笑笑,真是再好也没有了。

〔鸳鸯掀帘上,一面拉着帘子,一面说。

鸳　老太太、太太,薛家姨太太到了。

〔帘外进来了薛姨妈和宝钗,薛姨妈是位孀妇,服饰素淡,举止谨束,是位权时应变最会奉迎人的老妇人。宝钗是位肌骨莹润、举止娴雅的姑娘。王夫人趋步向前,拉着薛姨妈的手。

王　二妹,你来了,我等了你好几天了。

〔宝钗跪下去向王夫人行礼。

宝钗　(以后简称钗)姨母。

王　喔,好孩子,十几年不见,长得真好标致。

薛姨妈　(以后简称薛)姐姐,我们先见了老太太再说话。

王　老太太,这就是我的二妹妹。

〔鸳鸯扶起贾母,史湘云、李纨也都站起来。薛姨妈和宝钗趋步过去,宝钗向贾母跪下,贾母拉住。

薛　(行礼)老太太,您好。

钗　婆婆,您老人家好。

母　不敢当,不敢当。这是你的姨甥女么?

王　是的,她叫宝钗。

母　长得真斯文真标致。你过来,让我仔细瞧瞧你。(宝钗起来。贾母拉着她的手细看)真是一个好孩子。这儿的几个丫头都给她压倒了。啵?迎丫头、探丫头、惜丫头上哪儿去了?

王　她们都在外面看戏呢。

母　宝姑娘,你来见见。这是珍珠嫂嫂,宝玉的大嫂子。这是我娘家的侄孙女儿史姑娘。

〔每介绍一位,相互都称呼一声。

〔傻大姐——贾房中的粗做丫头——笑嘻嘻的由外上。

傻大姐　(以后简称傻)嘻,嘻,嘻,嘻,嘻,真是个美人儿!

王　傻大姐,你胡说些什么?

傻　他们说咱们家里来了个美人儿,我来看美人儿,果真是个美人儿!

| 王 | 还要胡说,快滚出去!
| 傻 | (转身下)嘻嘻嘻,真是个美人儿。〔下。
| 母 | (问王夫人)这傻丫头嘴里咕噜咕噜说些什么?
| 王 | 还不是那些傻话。
| 薛 | 我们还没替老太太拜寿呢。
| 母 | 薛姨太太,我怎么敢当,况且又是小生日。(向王夫人)你叫你妹妹免了罢。
| 王 | 二妹,老太太不喜欢,你就免了罢。

〔丫头用红毡铺在地上,宝钗端端正正叩下头去。

| 母 | 好啦,好啦,起来罢。

〔宝钗叩头的时候,空气非常严肃,忽听见后院有女人嘻笑声,原来王熙凤来了。

〔熙凤声:哈哈哈,贵客临门,未曾远迎,恕罪,恕罪!

〔王熙凤由左首后院上,后面跟着平儿。熙凤头上绾着金丝八宝攒珠髻,插着朝阳五凤攒珠钗,项上戴着赤金盘螭璎珞圈,身上穿着缕金百蝶穿花大红云霞窄裰袄,外罩五彩刻丝上青银鼠褂,下著翡翠撒花洋绉裙。她生一双丹凤眼,柳叶眉,身材苗条,体态风骚,她初以为是贾琏、黛玉到了,想不到是薛姨妈和宝钗。

| 熙 凤 | (以后简称凤)啊,姑妈,倒反您先到了。姑妈,您一向好,侄女儿在这儿想念死了。(行下礼去,薛姨妈拉住)宝妹妹,三四年不见,越发出落得如花如玉了!姑妈,你来得好,你来得好!(向贾母王夫人瞟一眼)我正要向您诉苦呢。
| 母 | 你们瞧,咱们的凤丫头儿一见了她姑妈,马上就要撒娇了。
| 薛 | (假装惊讶)怎么?我知道你在这儿很好,老太太、太太都很喜欢你。
| 凤 | 这儿什么人待我都还好,就是老太太、太太不疼我。
| 薛 | 老太太、太太怎么会不疼你?
| 母 | 薛姨妈,你别信她的话,她又要编派我的不是了。她是咱们这里有名的泼辣货,南京所谓辣子。你以后不要叫她侄女儿,只叫她凤辣子就是了。

〔众人笑。

凤　姑妈,你听,老太太连我的小名儿都给题上了。
薛　我知道你是伶牙俐齿,会说会笑,人家喜欢都喜欢不过来呢。
凤　(假装悲伤)啊呀,连我滴滴亲亲的姑妈都挖苦我起来了,我的命好苦呀!姑妈,你想太太、老太太疼我不疼我?我一进了贾府的门,他们就把这副管家的重担子往我身上一搁,害得我成天到晚忙得气都透不过来,成年到头成千成万的银子要从我手上过,讨好了上头,又得罪了下面,开销大了多花了银子,又怕老太太、太太心疼,说我只会做顺水人情,不知道俭省。要是手头紧了,下头的人个个都要抱怨,老太太、太太又要说我小家子气不会管大事。你想我这个人做得难不难?
母　你们别信她这贫嘴,一派胡说八道,不知道又要出咱们娘儿俩什么花样儿了。
凤　啊呀呀,姑妈,你听,我受了委屈,连哼都不能哼一声!一开口就说我居心不良,又要出他们什么花样。好啦,别的不说,就像今天老祖宗的生日,菩萨的好日子,也不让我安静一下子,不是张家送礼,就是李家派人来道喜,从早上开眼到现在连喝一口茶的工夫都没有。
母　(哈哈大笑)现在我明白凤辣子的坏心眼了,她今天为我生日忙了一天,要我另外请请她,是不是?
王　对了,对了,要讨酒喝,也不用绕那么大的弯子呀,明天我请你,好不好?
凤　啊呀,姑妈,你听,他们说得我真是个贪嘴的馋痨货了。不过,话得说回来了,既然承他们的情请了我,我也落得受用。可是,太太,井水不犯河水,明天用不着太太请,等太太过生日,我忙上三天三夜之后,再扰太太一席酒。今天呀……[用眼瞟着贾母。
母　我懂,我懂,今天的竹杠是算敲定了我了,好,好,我请,我请。鸳鸯,你拿十两银子到大厨房里去,叫他们明天预备一桌酒。
凤　(拍手大笑)姑妈,你瞧,我不泼辣,他们怎么肯请我呢。老太太,你这十两银子,我这做孙媳妇的就算领了情了。姑妈,你现在可以知道老太太、太太疼我不疼我了。老祖宗,您老人家既然这样疼我,做孙媳妇的就是忙死了,也不怨老太太。
母　你们听听,凤辣子是不是馋痨货?她只要有得吃就不怨我了。
凤　不过,老太太明天请我,只怕还是个顺水人情。

母　什么？

凤　老太太要请姑妈，倒说是请我！姑妈，你看老太太多精明，只花十两银子，既替姑妈和宝妹妹接个体体面面的风，又算请了我这孙媳妇儿。

母　(笑得仰不起来)你们快替我把这张缺德的利嘴撕了。我请了她，倒反我占了她的便宜。

凤　(也拍手笑说)姑妈，你瞧……

李　纨　(以后简称纨)老太太，您知道凤辣子今天为什么这样乐？

母　为什么？

纨　一则果然是为了老太太的生日，一则是因为……〔笑而不说。

湘　噢，我知道了。琏二哥今儿要回来了。〔众大笑。

凤　好，你们姑嫂两个串通了来算计我，老祖宗，您老人家替我伸伸冤……

〔宝玉掀帘跳跳踪踪进来。

玉　林妹妹在哪里？林妹妹在哪里啊？林妹妹没在这里，他们骗我。

王　宝玉，怎么这样没规矩？快来拜见薛姨妈。

玉　薛姨妈。〔拜下去。

薛　喔，他就是衔玉而生的二公子么？果然好一表人才，怪不得人人说老太太、太太疼得他比性命宝贝还厉害呢。

母　他是咱们家里的混世魔王，兄弟姐妹都不敢沾惹他的，只怕一个老子，不过从小就很孝顺我，所以我也格外疼他。

王　宝玉，过来见见这位薛家……他们哪一个大？

薛　他们是同年，不过宝丫头是九月里生的。

王　宝玉是十月里生的。宝玉，你应该叫一声宝姐姐。

玉　宝姐姐。(呆视了一会，转向贾母)老祖宗，我总以为天下只有林妹妹独得天地间灵秀之气，长得最标致，今天才知道还有得天独厚的人。

王　不准胡说八道。(宝钗羞惭满面)宝姑娘，你别睬他，他说话从小是疯疯癫癫的。

〔外面吵嚷声说："琏二爷回来了，林姑娘回来了！"贾琏掀帘进来。

贾　琏　(以后简称琏)老太太好！孙男琏儿替老太太拜寿。〔连叩三个头。

母　琏儿，你路上辛苦了，起来罢。

琏　(向王夫人行礼)二伯母好，大嫂，宝兄弟，史妹妹。

玉　　琏哥儿，林妹妹呢？

琏　　在外面就要进来了。

玉　　林妹妹真的来了，让我去接她去。

〔他跳跳踪踪正要跑下去，贾政上。贾政是五十开外的中年人，仪态端庄，穿着官服。

贾　政　（以后简称政。向宝玉喊一声）站住！你跑到哪儿去？（宝玉一见他父亲就像老鼠见了猫一样，立刻毕恭毕敬的站着，低下头。湘云凤姐暗笑他。贾政满面笑容走上前）妈，戏快唱完了，您的寿酒摆在哪儿？

母　　都是自己人，就摆在后面上房里罢。你来见见这位薛姨妈，是你太太的妹妹。〔两人相见行礼。

政　　在南边见过一次，薛姨妈好。

薛　　二老爷好。蟠儿还得费心二老爷教导教导。

政　　薛姨妈太客气了。

薛　　宝丫头，快过来跟姨夫叩头。

〔宝钗行礼。

政　　不敢当。

母　　戏快完了，叫他们撒赏钱罢。

政　　琏儿，你去说老太太吩咐，叫撒赏钱。

琏　　是。〔下。

政　　妈，我到后面去叫他们把酒席摆起来。〔由左后门下。

〔只听见贾琏叫："老太太吩咐撒赏钱。"接着许多男佣人的答应声，台上撒钱声，孩子们争抢铜钱声。

凤　　哈哈哈！姑妈，你瞧，我的这位宝兄弟见了他父亲就像老鼠见了猫一样！

〔贾琏复上，掀开帘子，让雪雁和紫鹃扶着林黛玉上。林黛玉穿着素服，但掩不住她的俊秀娇丽，弱不胜衣，两弯蹙眉，一双情目。贾母一见她进来，连忙迎上去，想到黛玉的遭遇，不禁流下泪来。

母　　（抱住她）颦儿，你好命苦呀。〔哭泣。

黛　玉　（以后简称黛）婆婆！〔亦哭。

〔其他的人看她们抱头哭泣，相对惊愕，不知所措。

凤　老祖宗,有话慢慢儿再说罢。咱们喝老祖宗寿酒去罢。
　　〔湘云、宝玉扯黛玉的袖子。
湘　林姐姐,今天是老太太的好日子,你怎么一进门就哭。
　　〔黛玉连忙拭泪,向四围的人照呼。
黛　(向王夫人行礼)舅母,大嫂,史妹妹,宝哥哥。
王　林姑娘,你来见见这位薛姨妈。(黛玉行礼)这是薛家宝姐姐。
薛　真是位好标致好秀气的小姐,怪不得人家说跟宝二爷真是天生的……
　　〔突然停住。
母　我最喜欢她的娘,我就生这么一个女儿,林丫头一举一动都像她的娘。(又伤感起来)她娘死得太早了。
薛　怪不得……(凤姐拉拉薛姨妈的袖子,薛姨妈知道不该引起贾母的心事,顾而言他)唔,唔,姐姐,宝二爷生下来真的嘴里衔块玉么?
王　真的,宝玉,你把玉拿下来给薛姨妈瞧瞧。〔宝玉从颈项上取下玉来交给薛姨妈。
薛　真是一块玲珑可爱的宝贝。
玉　(向黛玉)林妹妹,你的那块玉带来了么?(黛玉摇头)没有?(转向宝钗)宝姐姐,你有玉么?〔宝钗摇头。
王　宝玉,你怎么见一个姑娘问一个,你疯了么?
玉　林妹妹也没有,史妹妹也没有,现在连宝姐姐也没有,我要这捞什子干什么呢?让我摔了它罢。
母　宝玉,你过来,这是你的命根子,怎么可以摔呢?
薛　宝二爷,你宝姐姐有一块金锁片,你要不要瞧瞧?
玉　金锁片?好,让我瞧瞧。
　　〔薛姨妈从宝钗头上拿上金锁片,交给宝玉。
玉　啊,倒真是顶好玩儿的。
凤　拿给我瞧瞧。这上面刻的是什么字。
　　〔湘云、李纨围上来看。
纨　正面是"不离不弃",反面是"芳龄永继"。
湘　不离不弃,芳龄永继。啊呀,我想起来了,这两句话好像跟宝哥哥玉上的两句恰好是一对儿。

凤　　怎么是一对儿？念我听听！

湘　　（一面接过薛姨妈手里的宝玉）宝哥哥的是"莫失莫忘，仙寿永昌"，宝姐姐的是"不离不弃，芳龄永继"。

凤　　（拍手得意）啊呀呀，这不是天造地设的一对儿么？

〔贾政由左后门上。

政　　后面酒席已经摆好了。妈，薛姨妈，请罢。

〔贾环——十三四岁的顽劣子弟，满脸的俗气——先在右门外面叫着，接着跑上来。

贾　环　（以后简称环，声）林姐姐太欺人！宝哥哥的东西你替他带，我托你带的黄莺儿你就不肯带。我要进去亲自问问她去！〔气匆匆地冲进来。

环　　林姐姐，你……〔一眼看见贾政，就浑身软了下来，低头站住。

政　　你浑说些什么？

环　　没……没什么。

政　　对你说不要在屋子里乱闯乱跑，你又忘了么？

薛　　这位公子是谁？

王　　是二老爷第三个孩子，叫环儿。

薛　　原来是三公子。你要黄莺儿是不是？我的蟠儿从南边带来好几个鸟笼子，你回头上我那儿来取罢。

政　　薛姨妈，别去理他，这孩子最不长进。

〔贾琏上。

母　　琏儿，扬州的事都弄舒齐了？

琏　　是，老太太，林姑老爷的坟做好了我们才动身的。林家的房子也托人看了，林姑娘的东西都给带来了。

母　　很好。林丫头，你跟我来。你现在安安定定住在我这儿，别再想你的爹娘了。这儿姐妹们多，现在又添上了一位宝姐姐，更热闹了，你就当自己的家里一样。我只生你娘一个女……

政　　妈，时间不早了，陪薛姨妈到里面喝酒去罢。

母　　薛姨妈，你来得正好，我正少个伴儿说说话。要是姨妈不嫌弃的话，就在咱们家里住，早早晚晚可以在一起聊天儿，好在咱们家里有的是空房子。

政　　那真是再好也没有了。后面梨香院离老太太的屋子最近,现空着,就让薛姨妈一家住罢。琏儿,你就派人替姨妈收拾屋子。

琏　　是。

薛　　老太太,那不是太叨扰了么?

王　　二妹,没有关系,老太太是喜欢热闹的。

薛　　那么,姐姐,这么着吧,我就答应住在你们这儿,不过吃用全由我自己来。

母　　那还好意思说么?难道你怕咱们吃不起么?薛姨妈,请。

　　　〔大家嚷嚷了一会,最后还是贾母扶着黛玉先行,次薛姨妈、王夫人、宝钗、李纨、湘云下。黛玉眼看着宝玉垂手和环儿站着一动也不敢动,用手指在脸上画着他,湘云偷偷地向宝玉做个鬼脸。鸳鸯、袭人、晴雯随下。宝玉蹑手蹑足想跟上去,被贾政一声喊吓住了。

政　　宝玉,你跟我来!(向贾环)你也跟我来。

　　　〔贾政由右厅口下,贾环宝玉随下。凤姐在后羞宝玉的脸,宝玉回过头来伸伸舌头,低声说。

玉　　凤姐姐,叫老祖宗马上派人来喊我。〔下。

平　　(过来向琏行礼)二爷,您路上好。

凤　　平儿,你进去把二爷的行李收到房里去。还有,你进去跟老太太说,宝玉给老爷带出去了。

平　　是。〔下。台上只剩贾琏与凤姐二人。

凤　　(嬉皮笑脸)国舅老爷一路的风尘辛苦,小的这厢有礼了。小的听见昨日的头马来报,说,今日大驾归府,略备了一杯水酒替国舅老爷洗尘,不知回头肯赐光谬领否?

琏　　(作揖)国舅太太请了,不敢不敢。这次在下有事远行,府中各事,承国舅太太代拆代行,越发辛苦了,在下理应洁樽道谢才是,不知国舅太太肯赏光否?

凤　　岂敢岂敢。我哪里管得这些事来,见识又浅,口角又笨,心肠又直,脸又软,搁不住人给两句好话心里就慈悲了。

琏　　国舅太太过谦了。

凤　　况且又没经过大事,胆子又小。太太略有些不自在,就连觉也睡不着了。
琏　只怕是想念国舅老爷罢。
凤　你别打岔,说正经话。我苦辞过几回,太太又不许,倒说我图受用,不肯学习。这半年多来,我老捏着一把汗呢,一句话也不敢多说,一步也不敢乱走。
琏　想不到半年不见越发的能干了。
凤　你是知道的,咱们家里所有的这些管家奶奶,哪一个是好缠的。错一点儿,他们就笑话打趣,伪一点儿,他们就指桑骂槐地抱怨。坐山看虎斗,借刀杀人,引风吹火,站干岸儿,推倒油瓶不扶,都是全挂子的武艺。
琏　说得句句对。
凤　况且我年纪轻,不压人,怨不得不放我在眼里。
琏　岂敢岂敢。我的好太太,(开始动手起来)六个月不见,真是变得更贤惠了,叫我在外面快想死了。
凤　不要动手动脚,在这老太太屋里,还不放尊重一点!好,客套说完,言归正传,你这六个多月在外头干得好事,回头到房里细细地拷问你。
〔平儿由左后门上。
平　奶奶,老太太请你进去呢。
凤　二爷的行李你拿进去了没有?
平　全拿进去了。
凤　平儿,你回头细细查一查二爷的行李,看少了什么没有。
平　是。
凤　再查查看多了什么没有?
平　奶奶,不少就是了,怎么还有得多出来?
凤　这六个月在外头,难保他干净,或者在扬州有相好的丢下什么东西,戒指汗巾这一类东西也说不定,你仔细地查一查。
平　奶奶,是啦。
〔宝玉蹑手蹑足从右门帘外走进来,又回头向外看了看,然后一溜烟向左后门跑去。
凤　宝兄弟,你干什么?
平　奶奶,宝二爷是急于要去看看他的林妹妹呢。

11

凤　　宝兄弟,我跟你一块儿去。〔她走过来用手臂搭在他的肩上同下。

平　　(指指琏)哼,上次我上了你的当,这次,别想我再替你隐瞒了。你瞧这是什么?(她从袖里拿出一束头发)这是我从你考篮里一摸就摸出来了。

琏　　(作揖)平儿奶奶,你帮忙索性帮到底。我昨儿还想亲自理一理带回来的东西,实在急于要回来看你,竟把那考篮也忘记翻一翻了。请你赏还我罢。

平　　这是第二次,哪儿有这样容易。我告诉奶奶去。

琏　　平儿,给我。〔他追着抢,她绕屋跑,琏绕屋追。正在紧要关头,凤姐上。

凤　　(在门外先说话)平儿,昨天旺儿媳妇送来五百两利银放在哪儿了?(她一面嗑瓜子一面进门。跑的两人忙立定。平儿把头发压在身后,凤向琏)你还在这儿?为什么不陪老爷喝酒去?平儿,你也放规矩一点,这是老太太的地方。你们要调情,到自己房里去。你们闹什么鬼?

平　　没什么。

凤　　明儿又是放月钱的日子,旺儿媳妇昨天拿来的五百两银子放在哪儿了?

平　　放在奶奶床面前的柜子里,奶奶怎么忘了?

凤　　对了,我现在的记性一天比一天坏了。还短多少银子你算过了?

平　　还短两百两,林之孝家的说张二家的一笔利银今儿晚上可以送来。

〔琏在凤身后杀鸡抹脖使眼色求平儿遮盖,平儿只作不看见,微笑着。

凤　　这倒也罢了。(她有点看出他们两人的尴尬行径,怀疑)你们到底在捣什么鬼?

琏　　没有什么。我也在问平儿关于月钱的事。

凤　　你这个人真没良心,你想我管了你的家,公库上银子放些利钱,到放月钱的时候就愁得比欠阎王债还厉害,你们还要在我背后捣鬼。平儿,回头你把二爷的行李仔细地搜一搜。(向琏)要是搜出什么来,我来抽你的筋剥你的皮!

琏　　不敢不敢。

平　　奶奶的心正跟我的心一模一样,我心里也怕他在外面胡搅,带些什么不干不净的东西回来。回头我搜完了,奶奶也亲自搜一搜。

凤　　好的,别放过了这一次。(里面贾母叫"凤丫头,凤丫头")老太太又在叫我了,来啦来啦![下。

平　（指着鼻子摇着头）这一次你该怎样谢我呢?

琏　（跑过来打恭作揖眉开眼笑）你真是我的心肝宝贝,救苦救难观世音菩萨!

平　（扬着头发）这是一辈子的把柄儿,好就好,不好就抖出这个来!

琏　（央告道）你好生收着罢,千万可别叫她知道。（但觑个不防,一把便抢了过来,跑开笑道）你拿着终是祸胎,不如我拿出去烧了。

平　（咬牙）没良心的,过了河儿就拆桥,明儿还想我替你撒谎呢。

琏　下次我也得好好地提防你呢。（他放在口袋里不好,放在靴掖子内又不好,平儿冷不防伸过手来抢了回去,在屋子内跑）你这促狭鬼,还我,还我。

[平儿跑入后院,贾琏不敢进去,只好唉声叹气,走回来。忽然平儿在台后窗上出现。

平　二爷,我在这儿,你来拿呀!

琏　平儿,平儿,你给我![他走近窗,平儿早又走了。贾琏无法,只好垂头丧气向厅外去了。

[台上静寂一会,黛玉由内上,伏在榻几上就呜呜咽咽哭起来,宝玉蹑手蹑足上,看见黛玉在哭,忙过来安慰。

玉　林妹妹,好好儿大家喝酒,你怎么又哭起来了?

黛　（避开）你不要管我!

玉　（从身上拿出一香串）林妹妹,我替你留下这蓉苓香串给你。你瞧,多好。还是北平静王亲手送给我的。你闻多香。[送到她手里。

黛　（摔在地上）什么臭男人拿过的,我不要这东西。

玉　林妹妹,怎么啦?难道我又有什么话得罪了你么?我在这里赔个不是好不好?

黛　别拉拉扯扯的。刚才舅母不是说现在咱们年纪都大了,说话举动都不能像小时候那样随便了。

玉　这么说妹妹是有意不理我了?永远不理我了?

黛　有意不理你又怎么样?永远不理你又怎么样?

玉　想不到人大了,就是最亲近的姊妹们,也有那么许多拘束,不晓得哪一个混账的什么圣人定下了这许多规矩,要我们活活地做一辈子礼教的奴才。我问你为什么我们不是跟五六年前一样是小孩子?

黛　(嗤的笑出来)宝哥哥,你又要说呆话了。

玉　我们小时候不是顶快乐么?我们日里成天到晚在一块儿玩,在一个凳上吃东西,在一条被里睡,在一张桌上看书写字。

黛　宝哥哥,你上有父母爱你,还有祖母宠你,从小生长在富贵家庭里,真不知天多高地多厚,哪儿会明白人世的苦痛?

玉　林妹妹,你到南边去了六个月,说起话来真好像换了一个人了。

黛　你哪儿会明白我六个月来所身受的折磨。父母双亡,举目无亲,在扬州只看到几个如狼如虎的亲戚,要不是琏哥儿在那里替我张罗,只怕连我的身子都要活活地给他们卖了呢。

玉　林妹妹,将来我到南边去替你收拾他们。

黛　我本来不想再回这儿来了。

玉　怎么?你不想回来了?你忘了你这宝哥哥么?

黛　但是无父母兄弟的孤儿在扬州又去依靠谁呢?

玉　你不回来,我飞也要飞来接了你。并且老太太知道了也不让你不回来。林妹妹,以后你不要再去了,你永远住在我家里不要走。

黛　呸!我又不是你家里卖绝了的奴才。

玉　林妹妹,你不要弄错了我的意思。

黛　(冷笑)况且又来了一个带金的姐姐,凤姐姐刚才还说你玉上的两句话正跟她金锁上的两句话是一对儿呢。

玉　林妹妹,我们从小一块儿长大,难道还不明白我的心么?

黛　况且她人品又长得好,家里又有钱,老祖宗刚才还称赞她斯文呢。

玉　林妹妹,林妹妹……

黛　你不要再叫我林妹妹、林妹妹,你去叫你宝姐姐吧,你只当我死在扬州,没有回来,我也只当你……

玉　林妹妹,你又何苦来呢。你听我说——

黛　以后彼此只当不认得,心里倒也干净。

〔黛玉向左后门走,原来宝钗隐在后面窃听,见黛玉走过来,不及躲避,只好掀帘迎出来,黛玉吃了一惊。

钗　　喔,你们在这儿。我的手绢儿丢了,不知道是不是在这儿。

玉　　怎么?你的手绢儿丢啦?我来替你找。

钗　　宝兄弟,老太太在找你呢。咦,这一串香珠是谁的。〔拿起地上的蓉苓香串。

玉　　是我的,谢谢你。〔宝玉藏起香串。

黛　　(抿嘴笑)宝哥哥,你自己的东西都管不住,还瞎热心替人家找东西呢。嘻嘻嘻!

〔史湘云掀帘拍手出来。

湘　　呀,都给我逮住了!你们三个人躲在这儿玩,不来叫我一声儿。我告诉老太太去。〔转身下。

玉　　(追上去)史妹妹,史妹妹!

第 二 幕

第一场

布景

　　黛玉的闺房——四壁古董字画,图书满目。左首有门通宝玉卧房,右首有门通贾母正房。在后面一排花格子长窗,可以望见窗外小小庭园,庭园里有竹林和花草假山,布置得非常精致悦目。窗前有炕榻一,榻几上放着许多书。右后突出在外面的是"门"字式的镂空书架,中间挂着帷幔,拉起时可以看见里面就是黛玉的小小卧室,雕空的格子里高高低低放着小摆设和精致的书函。右前书桌一,桌上满是书。

　　幕启时台上寂静,窗外透进早上的阳光,照得满屋子窗明几净,窗外小鸟咭噪,卧室的帷幔低垂。半晌,紫鹃由右门上,睡眼蒙眬地先拉起帷幔来,看看里面熟睡的黛玉和湘云,然后走前来整理书桌。宝玉由左门上。

玉　　紫鹃,林妹妹醒了么?

〔紫鹃摇摇头,指指帷幔内,宝玉轻轻地走过来,拉开帷幔看。

玉　（低声说）紫鹃，你来看，真是好一幅美人春睡图。（紫鹃摇摇头，羞他的脸）真的，你来看。

紫　二爷别吵醒她们。昨晚她们谈到半夜才睡呢。

玉　（低声）林妹妹，就凭你这秀丽的眉目，怎不叫人痴爱呢？

紫　二爷，你别胡说八道，把姑娘吵醒又要生气了。

玉　呀，你瞧里床史妹妹的睡相，臂膀又撩在被外头。她日里淘气，晚上睡觉还是这样不老实，回头风吹了，又嚷肩窝疼了。我来替她拉上被窝。

紫　别胡闹了，快走罢。〔拉他开去，但黛玉已经醒了。

黛　谁呀？

玉　是我，林妹妹。

黛　这早晚就跑来做什么？

玉　这早晚还早么？你起来瞧瞧。

黛　啊呀，太阳已经晒到床上了。史妹妹，醒醒罢。

湘　唔呀，我困得很，让我再睡一会。

黛　你再不起来，宝哥哥要来打你了。

湘　唔呀！（打哈欠）宝哥哥，你敢！

黛　（向宝玉）你出去，让我们起来。（宝玉放下帷幔，走向前来）紫鹃，打洗脸水进来。〔紫鹃应着下。宝玉随便翻开桌上的书。

玉　林妹妹，你从南边带了这许多新书来。

黛　还有许多放在箱子里没拿出来呢。

玉　林妹妹，你都借我看看好么？

黛　让我看过了给你拿去。

〔雪雁捧洗脸水，紫鹃捧点心一盘，先后入卧室。

玉　（拿起一册）莹窗诗草！好雅致的题笺。（他翻开来看，随便默咏一首）好诗，好诗！

黛　还有比这更好的呢。

玉　在哪里？在哪里？好妹妹，让我瞧瞧。

黛　在炕几上。〔宝玉过去拿起。

玉　好漂亮的封面！这一定是闺阁里的藏本。

黛　这是扬州谈家姐妹们唱和的诗集。

玉	（随便翻阅几首）真是好诗，人家说江南多才子，我看江南实在多才女！
黛	宝哥哥，你又要胡说了。
湘	宝哥哥，江南的才女在这儿呢。林姐姐昨晚上还做了一首顶好的呢。
玉	林妹妹，你一定得赏我拜读一下。
黛	史妹妹，你再胡说我要打你。宝哥哥，她骗你，你别信她。
湘	宝哥哥，你要看在砚台底下呢。

〔宝玉正要过去拿，黛玉已抢出来掀住砚台。

黛	不许乱翻。
玉	林妹妹，有半年多没看见你的新诗了，你就赏我看一看罢。林妹妹，你从前哪一首诗不先给我宝哥哥看的。看得好，我也和你一首，好不好？
湘	林姐姐，你给他看就是了，不过一定要他和一首。
玉	好，好，我一定和一首。好妹妹，好妹妹……（黛玉给他缠不过，只好由他拿去。宝玉如捧圣旨，读一句，读一句）好，好，妙极了。"醒时幽怨同谁诉，衰草寒烟无限情。"想不到林妹妹只去了半年，文思长进得这样快，只是太悲伤了一点。

〔雪雁端着洗脸盆巾由幔内出，预备下。

玉	雪雁，你把脸水端给我。
黛	水已经肮脏了，雪雁，你去换干净的来。
玉	不用换，林妹妹洗过的还会脏么？啊，水多香啊，给我。〔他把盆放在炕几上，埋首洗脸，背对观众。
黛	（嗤笑）你这古怪脾气总不肯改一改。
雪	宝二爷，要胰子么？
玉	不用了，面盆里的香胰多着呢。（洗完脸，用青盐擦了牙，漱了口。紫鹃捧点心盘由幔后出来。雪雁端了盆巾下）这是林姑娘吃剩的点心么！给我吃了罢，省得再回房里去。（紫鹃端过去，他拿了一盆松仁糕）就把这吃剩的松仁糕留下罢。〔一面吃一面看诗。史湘云上。
湘	宝哥哥，你一起身就来吵我们，该当何罪。
黛	罚他作诗，作得不好，再重重地罚他别的。
玉	慢慢地让我想，别再催我。
黛	我替你磨好墨，铺好纸，快快过来写。

[宝玉抓耳挖腮,局促不安,一面翻着闺阁诗稿。

湘　（歪着头笑）你看他急得这个样儿。

玉　史妹妹,求求你替我把头发梳拢上去。头发没拢好,诗就想不出来。

湘　这又是你作不出诗的推辞。我不会梳。

玉　好妹妹,你先时怎么替我梳了呢。

湘　如今我忘了,不会梳了。

玉　横竖我不出门,不过打几根辫子就完了。好妹妹,史妹妹……［再三地央告。

黛　史妹妹,你就看他可怜,替他梳一梳罢。

湘　好,我就看在林姐姐的情分上,再梳一次。（紫鹃由外上）紫鹃,你把你姑娘的梳妆盒子拿出来。［紫鹃入卧室取梳妆盒出,放在书桌上,宝玉坐在书桌前椅上,面对观众,手里翻着诗集。湘云在他身后把发先拢下来。先用篦子篦了,然后编成小辫,经顶心发上归了,总编一根大辫,红绦结住,在梳妆时有下面的谈话。

玉　啊,林妹妹,史妹妹,你看这诗集的序文上说,他们谈家的姊妹们在花园里结了一个诗社,叫梅花社,吟诗唱和,多新鲜有趣!

湘　（喜得大声叫起来）对啦!咱们何不也来一个呢,多有意思呀!

玉　（拍桌跳起）对极了!我们现在能作诗的姊妹也不少!咱们就在新盖的省亲用的大观园里去结社,叫……叫……什么社好?

黛　你瞧,我们院子里海棠正要开了,就叫海棠社罢。

玉　好一个海棠社!

湘　还有!咱们就推林姐姐做我们海棠诗社的社长。

玉　更好了!我马上写请帖去邀姊妹们来叙一叙好不好?［预备拿笔写。

黛　慢!你的诗在哪儿呢?

玉　等咱们结了社再作罢。

黛　（把笔抢掉）不成,不成,又要赖了。

湘　宝哥哥,最不要脸,说了就赖。你不作我就不梳了。

玉　好,我作,我作,让我细细想一想。［他顺手在梳妆盒内翻弄妆奁,拿起一盒胭脂,他就用手拈了些,意欲往口边送,怕黛玉看见,望望黛玉,黛玉正在弄一锭墨,宝玉正犹豫间,湘云伸手过来拍的一下将胭脂从他手中打落。

湘　你这不长进的毛病儿,多早才能改。诗没有作出,倒想偷胭脂吃了。

〔辫已编好,袭人晴雯端着洗脸水和点心盘由左门上。

袭　二爷,原来你在这儿,叫人好找。

玉　我已经梳洗过了,点心也吃了。你们单把这碗燕窝汤留下罢。〔袭人与晴雯努努嘴下。此时梳拢已完。

湘　好了,替你梳好了,你的诗呢?

玉　(一面吃燕窝汤)也已经想好了。(他提起笔来一挥而就)请两位妹妹不要见笑。

〔黛玉、湘云同看诗。

黛　亏他想得出来,拿自己来比谈家的姊妹。

湘　不好,不好,这是搪塞杜撰罢了。

黛　做咱们海棠社的缘起诗倒还合格。

玉　对,对,我们就去邀姊妹们来罢。咱们三个人就算诗社的发起人,好不好?

湘　宝哥哥对于这种事最起劲,成天的无事忙,专喜欢替姊妹们当差,跟丫头们厮混,把正经读书上进的事情倒放在脑后。

玉　唉,我替史妹妹可惜。看妹妹也是个风雅中人,怎说出话来,竟像一般的臭男人,一般利欲熏心的禄蠹!

湘　什么你说我是禄蠹?噢,我哪里及得来宝哥哥风雅呢。

玉　我也并不敢称风雅,我是俗中又俗的俗人,不过看到这些专图富贵功名的人,觉得可惜可笑罢了。

湘　我不懂你的话了,你成天在咱们女人队里混,不是春风秋月,就是粉淡脂红,你就不可惜不可笑的了!

玉　我并不说我的为人我的想头一定对,不过,与其是图名图利、害己害人去做个禄蠹,倒不如在脂粉队里做个浑人。

湘　亏你说得出口!照你的年纪,也该跟外面大人们学学,也该常常跟外面为官作宰的长辈们走走,谈谈讲讲那些仕途经济的学问,也好将来应酬庶务,日后也有个朋友。

玉　(笑而不答,半晌)想不到史妹妹也沾染到了这一套凡夫俗子的经济文章谬论！我的想头很简单，一个人不论是活，不论是死，必定要活得好，死得好。

湘　怎么叫活得好？

玉　人为富贵活，不是好活。人为沽名钓誉活，更不是好活。天给咱们清风明月，花草山水，咱们不可辜负上天的美赐，能得一二知己，怡情养性，咏诗高歌，虽蓬牖茅椽，绳床瓦灶，未足妨我襟怀；虽不能传名垂功于后世，亦可告无罪于天下，这就是好活。

湘　怎样叫做好死呢？

玉　人谁无死，只要死得好。古来文官武将，哪一个不是贪生怕死？只要值得死，不管是为国为家，为朋友为知己，就算死得其所。

湘　宝哥哥，又要说疯话了。林姐姐，你来帮我撕他的嘴。

黛　（向玉微笑）他说的没错，为什么要撕他的嘴？

湘　你们姐儿俩又要合起来作弄我了。我去告诉老太太去。〔生气地向右门走。

玉　好妹妹，你别生气，我陪你们去看院子里新开的海棠花。

湘　海棠花？好！林姐姐，咱们去看海棠花！

黛　我懒得走动，你们去罢。

湘　宝哥哥，咱们去罢。〔湘云宝玉下。

〔黛玉拿起宝玉的和诗来看，点头微笑，又望着远处出了一会神，郑重地把那首诗和她自己的一首放在一册诗集内。拿起一本诗，慢慢地翻着看，慢慢地走到炕榻旁坐下，又看了一会，慢慢地横下，看榻上没有枕头，便到里间去取了一个出来，放好枕头，靠了上去，看了一会，微笑着又出了一会神，嘴内喃喃说着"终日里情思睡昏昏"。她想到自己的身世，又暗暗叹气，擦眼泪，把书放下，闭上眼睛，愁眉蹙额了一会。宝玉轻轻上。

玉　林妹妹，怎么？你困么？大清早起，小心招了凉。

黛　不？我闭一闭眼睛养养神，你出去玩儿罢。

玉　怎么，你又哭了？

黛　我没哭。（用手帕擦眼）你且出去逛逛，我这两天路上辛苦了一点，浑身疼痛，我想一个人静静地养一会神。

玉	疼痛事小,睡出病来事大。我替你解闷儿,好不好?〔坐近她亲热。
黛	(嗤的一笑)你既然要在这儿,那么到那边去,老老实实地坐着,咱们说话儿。
玉	我要歪着。
黛	你就歪着。
玉	没有枕头,咱们靠在一个枕头上。
黛	放屁!外边不是有枕头,你去拿一个来枕着就是了。
玉	外面的枕头,不知道是哪一个肮脏老婆子用过的,我不要。
黛	(竖起身来)真正你是我命中的天魔星!请枕这一个罢。〔将自己的枕头推与他,自己跑进幔内又去拿了一个出来,自己枕了。两人对面倒下。黛玉回头看见宝玉左边腮上有纽扣大小一块血渍,便欠身凑近来,以手抚摸细看。
黛	这又是谁的指甲刮破了?
玉	(倒身笑)这不是刮的,只怕是刚才玩胭脂膏的时候,一不经心溅上去的。〔说着便要找手帕揩拭。找不着,黛玉便用自己的帕儿舔上一点唾珠,替他揩拭了。
黛	你总喜欢弄这些姑娘们弄的东西,弄了倒也罢了,还要带出幌子来。就算舅舅看不见,别人看见了又当奇事新鲜话儿去学舌讨好,吹到舅舅耳朵里,又大家不干净惹气。
	〔宝玉并没听见黛玉劝他的话,只闻得一股幽香,四处找那幽香的来源。
玉	好香啊!哪儿来的?(最后发现是从黛玉袖中发出,便将她的衣袖拉住)好像是从你袖子里发出来的,让我闻闻!是的!是的!好妹妹,让我瞧瞧,你笼着什么东西?多香呀!
黛	胡说!(缩回袖子)这个时候,谁带什么香呢?
玉	既然你不带香,那末这个香味是从哪儿来的?
黛	连我也不知道,想必是柜子里头的香气衣服上熏染的。
玉	(摇头)未必。这香的气味奇怪,不是那些香饼子、香球子、香袋子的香。
黛	(冷笑)难道我也像宝姐姐一样,吃了什么冷香丸,发出一股冷香不成?噢,对了,你一定弄错了,你闻到了宝姐姐身上的香,才以为我也有什么香,其实就是有,也不过是那些俗香罢了。

玉　　我说一句话,你就拉上这些,不给你个厉害也不知道。〔说着翻起身来,将两只手呵了两口,伸向黛玉胳窝内两肋上乱挠,黛玉怕痒,笑得喘不过气来。

黛　　宝玉,你再闹我就恼了。

玉　　(停住手)你还说这些不说了?

黛　　好哥哥,再不敢了。(理鬓发,半晌)宝哥哥,我问你,我有奇香,你有暖香没有?

玉　　什么暖香?

黛　　蠢才,蠢才!你有玉,人家就有金锁来配你,人家有冷香,你就没有暖香去配?

玉　　(明白)啊,你的嘴好厉害,方才求饶,如今更说狠了。〔伸手去呵。

黛　　(忙躲开笑)好哥哥,现在真的不敢了。〔逃下,宝玉在后面追。

玉　　饶便饶你,只要你把袖子我闻一闻。〔过来拉了袖子,笼在面上,闻个不住,黛玉只顾笑,袭人拿着宝玉的外衣和冠子由左门上,见他们如此,忙止步。

黛　　(夺了手)好了,别人看见像个什么样儿。现在你该去了。

玉　　要去不能,咱们斯斯文文地躺着说话儿。

黛　　要是再动手动脚,我可真的恼了。

玉　　你瞧我多斯文。

黛　　我不看你,你也不许说话。〔用手帕盖着脸。

玉　　不说话怎么行?林妹妹,我有半年多没跟你说话了,你没来,我预备了千千万万的话要跟你说,但是一见了你又不知道从哪儿说起。林妹妹,你也有许多话要跟我说罢。(黛玉不答)林妹妹你在扬州想不想念我么?林妹妹,你开开口呀,(黛玉仍不答,宝玉怕她睡熟,故作惊叫)啊呀!你们扬州衙门里出了一件大故事,你可知道?

黛　　(把手帕拿开,抬起身来)什么?

玉　　(正言厉色,心中暗笑)扬州有一座黛山,山上有个林子洞。

黛　　这就扯诳,从来没听见过这个山。

玉　　天下山水多着呢,你哪儿会知道,等我说完了,你再批评。

黛　　你说。

玉	林子洞里原来有一群耗子精。那一年腊月初七日,老耗子升座议事,说明日乃是腊八日,世上人都熬腊八粥,如今我们洞中果品虽多,却短少一样要紧的果子,你道他们短少的是什么果品,原来是香草。老耗拔了一支令箭,问谁愿到山下去偷香草,只见一个极小极弱的小耗应道:我愿去偷香草。老耗跟众耗恐他怯懦无力都不准他去。小耗道:我虽年小身弱却是法术无边,口齿伶俐,计谋深远,此去一定比别人偷得还巧呢。众耗忙问什么道理。小耗道:我不学他们直偷儿,只摇身一变,也变个香草,滚在香草堆里,使人看不见、听不见,却暗暗地用分身法搬运,渐渐的自然搬运尽了,岂不比直偷硬偷取巧得多么?众耗听了都道:妙却妙,只是不知怎样个变法?你去先变个我们瞧瞧。小耗听了笑道:这个不难,等我变来,说毕,摇身说变,竟变了一个最标致美貌的一位小姐,众耗忙笑道:变错了,原说变果子的,如何变出小姐来。小耗现出原形笑道:我说你们没见世面,只认得这果子是香草,却不知盐课林老爷的小姐才是真正的香草呢。
黛	(忙爬起来,宝玉逃开)我把你烂了嘴的,我就知道你骗我。
玉	(一面逃,一面作揖央告)好妹妹,饶了我吧,再不敢了。
黛	我要撕你的嘴!
玉	我因为闻见你的香气,才想起这个典故。
黛	骂了人,还说是典故,看我今天饶了你。
	〔宝玉一面央告着逃出右门去,袭人由左门上,黛玉由右门追下,袭人跑到右门口看他们走远了才回来,把手里的东西向桌上一丢,坐下流泪,宝钗由右门上。
钗	呀,袭人姐姐在这里,为什么一个人在这儿流眼泪呀?
袭	(赶忙擦眼泪)宝姑娘,请坐。谢谢宝姑娘送我们的东西,我们当奴才的怎么敢当呢。
钗	这算得了什么,不过是南边的东西,你们见了好玩儿罢了,又不值什么。袭人姐姐,你坐了好说话。(拉了她的手)我问你为什么一个人偷偷的在这儿流眼泪?
袭	不瞒宝姑娘说,我们二爷,说小也不小了,林姑娘也只小他一岁,虽说是姑表姊妹,但是——〔她不敢说下去。

钗　你只管向我说，我不会告诉人的。

袭　像宝姑娘这样明白人就好了。刚才你拖我拉的行径，宝姑娘瞧见么？

钗　（点头）瞧见的。

袭　姊妹们和气，也该有个分寸礼节，从没有成天到晚扭鼓糖儿似的老绞在一起，今天他一起床就到林姑娘这儿来，吃喝梳洗都在这儿。你想，凭你怎么劝，都是耳边风。

钗　想不到你年纪轻轻的丫头，倒深明大义，宝兄弟有你在旁边留心，正是他的福气，我真正佩服你的见识。

袭　宝姑娘说得我太好了，怎么敢当。我不过尽我一点心罢了。

钗　我明白你的心，你没事的时候常到我这儿来谈谈。

〔宝玉垂头丧气上。

玉　（自言自语）她又不理我了。

钗　谁又不理你了？宝兄弟？

袭　还有谁呢？别理睬他。〔转身不理宝玉。

玉　噢，宝姐姐在这儿。请坐，请坐。（见袭人脸上气色不对）袭人，你怎么啦？（不答）怎么又动了气了？

袭　（冷笑）我哪里敢动气，只是你从今起别进那边去就是了。横竖这儿有人服侍你，你也不必再来支使我。（她说着往左门走，宝玉拦住，袭人就动气地坐在椅上，背对着他）你不让我走，我坐在这儿也一样。

玉　刚气走了一个林妹妹，现在又得罪了你，到底你要我怎么样呢？（袭人转身不理）我问你到底要我怎么样呢？（袭人把身体转回来，仍然不理）好，好，索性大家不理我，倒也干净。〔他走至炕榻前一横身就躺下来。

钗　袭人姐姐，宝兄弟一向是很听你的话的，你好好地跟他说，他一定听的。

玉　宝姐姐到底是个明白人，她都知道我一向是听你的话的。

袭　二爷，你听也罢，不听也罢，我只劝你一句话，别再跟姑娘们成天搅成一起，把正经读书的事忘了。

玉　好，好，我听你。你现在终不该再生我的气了。

〔黛玉上。

黛　谁在生气？宝姐姐，老太太在找你呢。

钗　老太太找我？谢谢林妹妹，让我马上就去。

袭	我没事,陪宝姑娘去。〔两人由右门下。
黛	哼!你们真当我没听见你们说的话。连你的丫头也嫌我起来了,叫你不要再跟我混,你去吧。你多在我这儿一会,人家就多恨我一下。
玉	林妹妹,你别多心,他们并没有说到你呀。

〔湘云由右门上,拍着手。

湘	宝(此字读得非常亲密)哥哥,林姐姐,你们天天一处玩,我好容易来了,你们两个尽躲在房里说话,也不理我一理。
黛	偏你咬舌子爱说话,连个二哥哥也叫不上来,只是爱哥哥,宝哥哥的,回头赶围棋儿,又该你闹幺爱三了。
玉	(向黛)你学惯了,明儿连你也咬起来呢。
湘	她(指黛玉)再不放人一点儿,专挑人的不是。你自己果然比别人强,也犯不着见一个打趣一个。我指出一个人来,你敢挑她,我就服你。
黛	谁!
湘	你敢挑宝姐姐的短处,就算你是个好的。
黛	(冷笑几声)我当是谁,原来是她,我哪里敢挑她呢。
玉	我们说别的吧,别吵嘴了。
湘	这一辈子,我自然比不上你,我只保佑着,明儿得一个咬舌儿林姐夫,时时刻刻你可听爱呀厄的去,阿弥陀佛,那时才现在我眼里了!〔说完,史湘云在房里逃跑。
黛	(追赶)你这烂了舌根的,看我饶了你!
玉	小心绊倒了,不是玩的。〔湘云跑至宝玉身后躲起来,宝玉用手拦住,笑道,好了,好了,饶了她这一遭儿罢。
黛	我要饶了云儿,再不活着。
湘	(央求)好姐姐,饶我这遭儿罢。

〔宝钗由右门上。

钗	(在门口)我劝你们两个,看宝兄弟面上,都丢开手吧!
黛	我不依,你们是一气的,都戏弄我不成。
玉	谁敢戏弄你?你不打趣她,她哪儿敢说你?(湘云乘机逃出门去,黛追出去,门外花瓶倒破声)啊呀,林妹妹绊倒了!

第二场

布景

  同第一场,时间已是夜晚了。月光如水,透进窗来,照得屋内一片雪亮。黛玉坐在左首琴几前,在月光中弹琴,叮叮咚咚非常悦耳。半响,右门开启,透进灯光来。贾母,薛姨妈,王夫人,凤姐,宝钗,史湘云,一拥入内。鸳鸯捧着灯最后进来。

母　林丫头,薛姨妈来看你呢。
黛　老太太,薛姨妈,舅母,凤姐姐,宝姐姐,史妹妹。紫鹃,快来点灯。
薛　林姑娘,你怎么一个人关在屋子里连灯也不点?
母　这是她的脾气,跟她的外公公真是一模一样,喜欢在月光里弹琴诵诗,孤零零一个人在屋子里。
凤　啊呀,林姑娘将来一定是一个绝代的女诗人,你们瞧,她的屋子哪儿像女孩子的闺房,这是道道地地名士诗翁的书斋呀!
母　薛姨妈请坐。(两老人坐在炕榻上,王夫人坐左首椅上,余均站立。紫鹃出来将屋内的蜡烛都点亮,回头就去捧茶)这一间原本是宝玉的祖父代善公的内书房,天天从朝里奏事回来,一定要上这儿来静坐一两个时辰的,他死了之后,就一直空关着。因为我的外孙女儿喜欢这间屋子清静,所以我就让她住了。
凤　姑妈,你听听,老祖宗疼外孙女儿,疼得多厉害,从小就心儿肝儿地抱着亲着。等她大了,让最好的屋子给她住,让最好的东西给她吃,恨不得把身上的肉割下来,给外孙女儿吃吃。〔说得众人大笑。
母　你们听凤丫头又要嚼我的舌头了。
凤　我要怪我自己的爹娘,没有把我生得像林妹妹一样的俊,一样的聪明,所以我就没人疼。
母　你们听听这嘴,我也算会说的了,怎么说不过这猴儿。闲话少说,我们谈正经要紧,宝玉,老爷叫去了还没回来?
王　回来了吧!省亲园盖好了老爷叫去题字的。
母　宝丫头,你过来。薛姨妈,你真好福气有这样一个好女儿。(宝钗坐在贾母身旁,贾母抚摸她)你瞧她长得多端正,多稳重,脾气又好,性格又和平。

薛　老太太说得她太好了。

凤　啊呀呀,老祖宗又喜欢起一位姨孙女儿来了,以后就更轮不到我了,姑妈,你瞧,我多命苦呀! 林妹妹,老祖宗疼了宝妹妹,就要不疼你了!

黛　我不要人家疼,不像你贼皮搭脸的只要人家疼,好不害臊。

凤　你们听听,比我厉害的嘴在这儿呢!

母　别吵,说正经话,后天是宝丫头的生日,我要替她热闹热闹,凤丫头,我拿出廿两银来,你替我备酒办戏,办的不好罚你。

凤　啊呀,事情没做,罚规先定下来了,不过,一个老祖宗给孩子们做生日,不拘怎样,谁还敢争,又办什么酒席,既高兴要热闹,就说不得自己花费几两老库里的体己,这早晚找出这霉烂的廿两银子来做东,意思还要叫我们赔上。果然拿不出来也罢了,金的银的压坍了箱子底,只是累赘。

〔众人大笑,宝玉匆匆上,袭人随上。

玉　你们在这好乐呀!〔一面脱外褂,袭人接了,看见宝玉所佩之物,俱已不见。

袭　你佩在身上的荷包和扇袋呢?

玉　都给小厮们抢去了。

黛　(近前来一看,生气地走开)什么?

母　你父亲骂你了没有?

玉　不但没有骂我,并且还赏了我许多东西。老太太,我们的省亲园造得真不坏,亭台楼阁,花木山水,都非常精雅别致。父亲要我和环兄弟、兰侄儿到处题字作诗,父亲说我作得最好。

〔鸳鸯上。

鸳　环三爷和兰少爷从园里老爷那边回来,都到老太太房里来请安,要不要叫他们进来?

母　不用了。你说他们辛苦了半天,早些回去歇歇罢。

〔鸳鸯下。

玉　父亲把我们三个人题的都叫人录下来了,明儿上朝给我们元春姐姐看过,回来就叫人动石刻匾呐。父亲说元春姐姐明年正月就回家来省亲,元春姐姐的意思要我们都住进园里去,不要辜负这个好地方。刚才我在园里一处一处题字的时候,就拟好了哪位姐姐住在哪儿,哪位妹妹住在哪儿。

王　　宝玉,你又要瞎出主意了。

玉　　不,我说给父亲听了,父亲点点头说分派得好。

黛　　宝哥哥又要撒谎了,我从来没看见过舅舅跟你点过头,说过好的。

玉　　你们听我拟得好不好,自然会相信我不撒谎了。

黛　　宝哥哥你快说说看。

玉　　你们听着,迎妹妹住紫菱洲,探妹妹住秋爽斋,惜妹妹住藕香榭,林妹妹住潇湘馆,说起这潇湘馆简直跟这儿一模一样。宝姐姐住蘅芜院,我住怡红院。明儿,我们就进园去看地方,好不好?

母　　后天宝丫头生日,我们就在园里喝酒听戏。你们看好么?

玉　　什么?后天是宝姐姐的生日?(拍手)那咱们一定要到园里去大大的热闹一番!还有我们的海棠诗社。

母　　凤丫头,前天我生日的那班小戏子很好,后天唱戏就把他们找来,可以省许多麻烦。

凤　　老祖宗怎么说,我奉旨照办就是。不错,我想起来了,那戏班子里去小旦的,扮上了活像我们这里一个人,你们猜猜是谁?

母　　凤辣子,你少开开口罢,一开口就奚落人家。

〔宝玉,宝钗,凤姐,湘云,都眼看着黛玉微笑。

王　　谁呀?

湘　　(冲口而出)倒像林姐姐的模样。

〔众大笑,宝玉扯湘云的衣服,觑她一眼,使个眼色。

母　　别扯了。薛姨妈,我们再到宝玉房里看看去。我来领路。

〔众人下,黛玉、湘云面有不愉之色,最后下。

〔半晌静寂,史湘云气愤愤地由左门上,宝玉随上,紫鹃正在收拾茶具。

湘　　紫鹃,你把我的衣服东西都收拾好了。

紫　　史姑娘,你来了没有几天,忙什么呢?

湘　　我明早就走,还在这里做什么?看人家的嘴脸。

〔黛玉由左门上,隐在门后。

玉　　紫鹃,你做你的事去罢。(紫鹃端了茶盘下)好妹妹,你错怪了我。林妹

	妹是个多心的人,别人分明知道,不肯说出来,也都因为怕她恼。谁知道你就说了出来,她岂不恼。我怕你得罪了人,所以才使眼色,你这会子恼了我,岂不辜负了我。若是别个,哪怕她得罪了十个人,跟我有什么相干呢。
湘	你那花言巧语,别望着我说,我也原不是你林妹妹,别人拿她取笑都使得,只我说了就有不是。我原不配说她。她是主子小姐,我是奴才丫头,得罪了她了。
玉	(急)我倒是为你为出不是来了。我要有坏心,立刻化成灰,教万人践踏。
湘	少信口胡说。这些没有要紧的恶誓,散语歪话,说给那些小性儿行动爱恼会辖治你的人听去,别叫我啐你。〔急急向右门走出,宝玉追上去。
玉	好妹妹,好妹妹!
	〔黛玉已由左门入内,冷笑一声,宝钗亦已在门口,看清楚。宝玉听见黛玉冷笑,回过身去,想叫"林妹妹",但已见宝钗站在门口,不便过去,甚窘。正在此时,左门外贾母、薛姨妈、凤姐的笑声传入,接着她们上来。
母	薛姨妈,时光还早,到我房里喝杯茶再去。凤丫头说还有新鲜笑话儿,到房里叫她就讲,讲不出来罚她一杯酒,林丫头,你早些睡吧,别出来了。宝玉,你也来。
凤	老祖宗,这一杯酒就算罚定了好不好?好在老太太……
	〔众人俱由右门下,宝玉回顾黛玉,看她愤愤生气,又不便留住安慰,被贾母拖着下去了,紫鹃由右门上。
黛	紫鹃,你把老太太拿来的衣料拿出来让我自己来剪。
	〔紫鹃入帏取衣料。黛玉落泪,听见外面脚步声,赶忙过去把右门拴上。宝玉敲门。
玉	林妹妹,林妹妹!
	〔紫鹃捧着衣料和尺刀上。
紫	谁在敲门呀?
黛	别理他,你进去。
	〔紫鹃由卧室下。
玉	好妹妹,好妹妹,你开开门呀。

［黛玉不理，只顾裁衣裳。

玉　（闷闷的）好妹妹，好妹妹。

　　　［半晌无声，黛玉以为他走了，过去开门，只见宝玉呆呆地站在门外，黛玉不好意思再关门，回进来自顾自剪衣。

玉　（跟进来）凡事都有个缘故，说出来人也不委屈，好好的就恼了，到底是为什么？

黛　（只顾裁衣，冷笑）问得我倒好，我也不知为什么？我原是给你们取笑的，拿着我比戏子，给众人取笑。

玉　我并没有比你，也并没有笑你，为什么恼我呢？

黛　你还要比，你还要笑，你不比不笑比人家比笑了的还厉害呢。

　　　［宝玉受了满肚皮的冤枉，无可分辩，呆呆的瞪着她。

黛　这一节还可恕，你为什么又和云儿使眼色，这安的是什么心？若不是她和我玩，就自轻自贱了，她原是公侯的小姐，我原是贫民家的丫头，她和我玩，设如我回了口，岂不是她自惹轻贱，你是这个主意不是？你却也是好心，只是那一个不领你的情？一般的也恼了，你又拿我作情，倒说我小性儿行动爱恼人，你又怕她得罪了我，我恼她与你有什么相干，她得罪了我又与你有什么相干，算我白认识了你。［拿了衣料急急向卧室门走下。

玉　妹妹，妹妹！（他讨了没趣，呆呆走至前面）原来方才我跟史妹妹说的话她也听见了。（坐下发呆，眼中有泪，独白）我原是好意怕她们生气，所以在中间调停，不料自己反落了两处的贬谤。《南华经》里说得不错："巧者劳而智者忧，无能者无所求，蔬食而遨游，泛若不系之舟。"真正不错。

　　　［黛玉突然由卧室内出来。

黛　还有我给你的荷包扇袋哪儿去了？

玉　（慢吞吞的）都给小厮抢了去，就算赏给了他们了。

黛　（过来一瞧，果然是一件无存）哼，你明儿再想我的东西，可不能够了。这个没完工的香袋也让我铰了罢。

　　　［她跑至桌边拿起香袋和剪子就铰。

　　　［宝玉赶忙过来抢，已经来不及了，黛玉坐下哭，宝玉拿起那铰碎的香袋。

玉	唉,真可惜,做得这么精致的香袋,一剪就完了。林妹妹,你瞧,这是什么东西?(他解开外衣从内衣襟上将所系荷包解了下来,拿给黛玉看)我怕人家抢去,所以一直放在里面。你瞧,我可曾把你的东西给人?
黛	(低头不语,自悔不该鲁莽)
玉	(愤愤不平)你也不用剪,我知道你懒怠给我东西,我连这荷包也还给你罢。〔将荷包掷在她怀里走开。黛玉气得哭了,拿起荷包又剪,宝玉忙回身抢住。
玉	好妹妹,饶了它罢。
黛	(将剪子一摔)你不用和我好一阵歹一阵的,要恼就索性大家撂开手。
玉	(暗笑着)好妹妹,你饶了我这一次罢。好妹妹,别再跟我生气了。
黛	你的意思,不叫我安生,我就离了你罢。〔站起身就往外走。
玉	你到哪里,我就跟到哪里。〔拿起香袋,想走,袭人由左门上。
黛	我死了呢?
玉	你死了,我做和尚。
黛	(啐了一口)你又要胡说八道了。〔下,宝玉追下。

——幕——

第 三 幕

布景

  怡红院门外的桃林,左首角上为怡红院的粉墙和黑漆的门,墙内探出几株桃树,花已盛开。正中后面有小桥一座,朱栏白石,桥下一条清溪,潺潺流动,向左首流出台去。桥后可以望见大观园的远景。台前夹溪疏疏一片桃林,右首台前有假山石一座。

  幕启时台上桃花盛开,鸟语花香,一片阳光,灿烂悦目,但日已西垂,时近黄昏。宝玉独坐在假山石畔,呆呆地看一本书,身上头上全是落花。一阵风过,又吹落了许多在他身上、书上和地下。他惊醒过来,看到身上、书上的花瓣抖将下来,恐怕脚步践踏了,只得揽了那花瓣,走至池边,抖在溪里。他看着那些花瓣浮在水面,流出台去。宝玉正要回身,只听得"呀"的一声,怡红院院门开启,袭人由内走出,向四面望望,宝玉赶忙躲到假山石后,晴雯由右后面上,走过小桥。

晴　　害人家满个园子都跑过来了,不知道闯到哪儿去了。

袭　　晴雯,宝二爷找到了么?

晴　　害我腿都跑酸了,让我歇一会儿。

袭　　你说呀,找到了没有?

晴　　你瞧我跑得气都喘不过来,还要逼着我说话。啊唷唷,好酸呀。

袭　　小蹄子,谁跟你开玩笑!

晴　　你骂人,你配骂我?你是什么东西?哼,你们偷偷摸摸的事情可瞒不了我!

袭　　晴雯,你越来越放肆了,我好好的问你宝二爷找到了没有,你就扯上这些唠唠叨叨的话。

晴　　好,算我唠唠叨叨?我以后不说话。

袭　　(顿)二爷在哪儿呀?(晴不答)我问你呀!

晴　　(顿)你叫我不说话,我就不说话。

袭　　你快死了么?好好的又要跟我拌嘴。

晴　　我本来不配跟你拌嘴,你是主子,我是奴才。

袭　　好啦好啦,你不肯去找,我自己去。〔向桥走去。

晴　　你到老太太、太太那儿去找罢,园子里我都走遍了。

袭　　那你为什么不好好儿告诉我呢。好,回来我再跟你算账。〔向左走下。

晴　　呸!不要脸的东西!〔愤愤地关门入内,听见她把门拴上。

〔宝玉看她们去了,出来哈哈一笑。看到石上地上的花瓣,不知如何是好,想捡起来放在衣兜里,正踟蹰间,黛玉由右后,正想走上桥去,看见宝玉对着落花发呆,便走过去。黛玉肩上担着花锄,花锄上挂着纱囊,手里拿着花帚。

黛　　宝玉,你在这儿做什么?

玉　　啊,林妹妹,你来得正好。我们来把这些花扫起来,倒在那水里去罢。我刚才倒了好些在那里呢。

黛　　(放下锄)倒在水里不好,你看这里的水干净,只一流出去,有人家的地方就肮脏了,仍旧把花糟蹋了。我们在假山背后,用锄头挖一个花冢,把花瓣儿都扫起来，装在这绢袋里，埋在那儿，日久随土化了，岂不干净。

玉　（喜不自胜）到底林妹妹聪明，想的主意又雅又干净，让我放下书，帮你来挖花冢。

黛　什么书？

玉　（慌得藏之不迭）不过是《中庸》《大学》。

黛　你又在我跟前弄鬼，趁早儿给我瞧瞧。

玉　林妹妹，你还是不要看了。

黛　你还不快拿出来。

玉　林妹妹，论你我是不怕的。你看了，好歹别告诉别人。这是小厮茗烟从外面书坊里买来的小说，叫《西厢记》。

〔宝钗由右后面跑上，追着一只蝴蝶，追过桥，蝴蝶又飞回来，她回身就看见宝玉与黛玉在桃林内。她连忙停住脚，偷看。

黛　《西厢记》？我从来没听说过。

玉　《西厢记》，又叫《会真记》，真正是好文章，你若看了，连饭也不想吃了。你瞧这一句。（将书递过去）你看书，我来替你收拾落花。〔宝玉用锄在假山石后挖了一个洞，把地上的落花都捡起来放在绢袋里去。宝钗怕被他们看见，躲在怡红院门口的树后。半晌。

玉　林妹妹，你说好不好？

黛　（看得出神，不知不觉坐了下来）果然写得有趣。好词藻，好文章。

玉　林妹妹，我就是个多愁多病的身，你就是那倾国倾城的貌。

黛　（满脸通红，大怒）你这该死的东西，好好的把这淫词艳曲弄了来，说这些混账话来欺负我。我告诉舅舅舅母去。〔拿了书要走。

玉　（着忙，拦住黛玉去路）好妹妹，千万饶了我这一遭，原是我说错了，若有心欺负你，明儿我掉在池子里，叫个癞头龟吃了去，变个大王八，你明儿做了一品夫人，病老归西的时候，我往你坟上替你驼一辈子碑去。

黛　（嗤的一声笑了）亏你说得出口。

玉　在林妹妹面前有什么话说不出呢。

黛　看你吓得这个调儿，还只是胡说。呸，原来你也是个银样镴枪头。

玉　哼，你说的是什么呢，我也告诉去。

黛　　我才怕你呢。

玉　　妹妹。

黛　　你说你会过目成诵,难道我不能一目十行么?

玉　　正经快把花埋了罢。

〔两人忙起葬花,袭人由左首上,看见宝钗躲在树后,几乎叫出"宝……"但宝钗连忙向她摇手,并指指夹溪的宝黛,袭人于是也蹑手蹑足地走到树后,两人切切耳语。

玉　　妹妹,我们立志把全园子的落花都埋葬起来好不好?

黛　　今年花几天工夫收拾它们,明年后年又怎么样呢?

玉　　我们活一年,就收拾一年。

黛　　我们园子里的落花给你收拾尽了,那满天下的落花我们又能收拾得尽么?

玉　　这话不错。(呆住)那我们不是太傻么?

〔紫鹃由右上,听见他们说话。

紫　　啊,姑娘,我什么地方都找过了,原来你们在这儿。

黛　　你来找我干什么?

紫　　姑娘,你的药煎好了,回去吃药罢。宝二爷,你在那里干什么呀?啊!在葬花么?弄得满头都是汗,两手全是泥,让我来帮你。

玉　　你真是个好丫头,若与你多情小姐同鸳帐,怎舍得叫你叠被铺床。

黛　　(大怒)二哥哥,你说什么?

玉　　我何尝说什么?

黛　　(气得哭起来,把书丢在地上,宝玉捡起拿在手里)你存心欺负我,刚才说了还不够,还要当着人说我,外头听了粗话来,也说给我听,看了混账书,也拿我取笑儿,我成了替爷们解闷儿的了。〔哭着往外走。

玉　　林妹妹,我是说着玩儿的,饶了我这一遭儿罢。

紫　　姑娘,你瞧瞧你的手也弄脏了,我们上袭人姐姐那边要点水洗了手,再上老太太那边吃饭去罢。〔紫鹃扶着哭着的黛玉走上桥去。

〔宝钗知道藏不住了,忙拍着扇子出来,追到溪边停住。

钗　　你逃,你逃到哪儿去!啊呀,袭人姐姐,你快点来呀,他们飞过那边去了。让我过桥去追。(奔上桥,遇见黛玉、紫鹃、宝玉)啊呀,林妹妹,宝兄弟,你们都在这儿呀。看见一对花蝴蝶么?在那边,在那边!

玉　我来替你追!

钗　让我自己去追![追下桥去,下。

袭　(早由树后走出)宝二爷,老爷派人来叫你去,叫我们好找,快换了衣服往前边去罢。[走至怡红院门口。

玉　(如同浇了冷水)老爷找我?

黛　咱们回屋里去罢,别再打扰人家。

袭　林姑娘,上我们屋里坐一会儿再走不迟呀。
　　[黛不理,只顾走。

玉　(追上去)林妹妹,林妹妹。

紫　(回头向袭人)谢谢你,我们姑娘要紧回屋里去了,回头再来罢。

玉　林妹妹,等我回来,我们再来葬花,好么?

黛　但愿你这一去,永远再不回来了![匆匆下。
　　[宝玉呆呆的站着。

袭　人家早就去远了,你还站着干什么?(宝玉惊醒)老爷在等你呢。[宝玉匆匆下,一会儿又上,向左首过道下。袭人陪他出来,看他走远了,才摇头叹气,坐下来擦眼泪。宝钗由右后方上,看看没有人,走到桥上看见袭人在哭,跑下去安慰。

钗　袭人姐姐,你为什么一个人在哭?

袭　(强笑)我没哭,沙子迷了眼,揉红的。

钗　袭人姐姐,我懂得你为什么哭,你不用瞒我。

袭　(撑不住,拉着宝钗的手呜咽起来)宝姑娘,你替我求求老太太放我出去罢。我这儿实在耽不下去了。

钗　(替她擦眼泪)你的志气,你一心要宝玉好的心,我非常明白。不过你千万不要灰心,事在人为,只要有决心,只要有忍耐,铁棒尚可以磨成针,何况一个男人的心呢。

袭　宝姑娘,我看宝玉不会再听我的话了,自从搬进园子里来以后,已经有半年多了,他越闹越不成样子,越大越不成话。这半年多,老爷又放了外任,最近才回来,他推病连学里也有几个月不去了,书也不读了,成天不是跟林姑娘厮混,就是跟丫头们瞎闹,我好心好意劝劝他,他不是嬉皮笑脸地跟我玩,就是躺在床上一百个不理我。还有那妖精一般的晴雯,你刚才看见么?

钗　晴雯怎么样?

袭　她现在仗着宝二爷喜欢她伶俐,压到我头上来了。刚才我要她去找宝二爷,她就死气板里地跟我闹。宝姑娘,你看这日子怎么过下去呢?〔她伏在宝钗手上哭。

钗　袭人姐姐,你有什么委屈,我来替你在太太面前说话——太太到底是我嫡嫡亲亲的姨母,不会不听我的——你有什么为难,我一定帮你的忙。

袭　喔,宝姑娘,你真是太好了。我生来命苦,生下来娘老子就没有了,只有一个哥哥,他有了嫂子,早把妹妹忘了。我能有像宝姑娘这样的一个亲姐姐,我就是吃一辈子苦头也甘心。

钗　你既然肯当我姐姐看待,我以后就当你亲妹妹,好不好?

袭　真的么?

钗　当然真的,你知道我也是很孤单的,虽然我比你多了一个妈,但是除了一个糊涂哥哥以外,也没有一个亲兄弟亲姊妹可以拿真心说话的。我以后就当你是我的亲妹妹,你就叫我姐姐吧。

袭　喔,我真太快活了,有了你这样一个亲姐姐!亲姐姐!

钗　袭人妹妹!

袭　喔,不,不,我太放肆了,我是奴才,我怎么可以当着人这样称呼你呢?

钗　奴才主子一样是人,本来没分别,只要大家一条心,就是最知己的亲姐妹,称呼什么倒不在乎的。

袭　对啦!我们存在心里就是了。

钗　你知道他们刚才在那边看的是一本什么书?

袭　什么书?

钗　这是外边流行的一本淫书,要是给老爷知道了,一定会把宝兄弟打个半死。

袭　什么叫淫书?

钗　你不懂么?淫书是专讲男女私情的书。

袭　这……这还了得!

钗　从前一个人看,倒还没有什么。以后两个人看,事情就难以猜测了。你有没有告诉太太?

袭　没有。(醒悟)噢,这对了,我应该告诉太太。我劝他既然不听,要是将来闹出点什么事来,太太一定会怪我们在他身边的人——

钗　尤其是你,因为太太前天还跟我说,她喜欢你稳重懂事,我对太太说"袭人这丫头的好处还不仅在稳重懂事,并且她着实劝过宝玉一番呢",你太太说"我也看这孩子,将来有出息,迟早是宝玉的人……"

袭　(害羞)宝姑娘,你又要跟我开玩笑了。

钗　我哪儿会跟你开玩笑呢,你太太没跟你说过么?

袭　没有。那我更应该早些跟太太说明,不然太太还会怪我不跟她说呢。

钗　你真聪明,怪不得太太疼你呢。(看见袭人手上拿的针线)这是谁的,做得多好看呀。

袭　宝姑娘,你不知道我们这位二爷真淘气,他身上穿的戴的一定要姑娘们或是我做的才肯要,针线娘和小丫头们做的他都不要。我们服侍他还忙不过来,只好趁空做做,他还尽是催。

钗　宝兄弟的脾气真有点怪。

袭　他的鞋要三姑娘做的他才穿,荷包扇袋要林姑娘做的他才戴,贴身的肚兜衣带要我做的他才要,你看怪不怪?

钗　要是你实在忙不过来,好在我成天闲着没事,我来帮你一点忙就是了。

袭　喔,只有宝姑娘才体贴我们,谢谢你,你真是我的好姐姐!

〔王夫人由左首上,向外面的丫头们。

王　你们就在外面侍候,我进去看看就出来。

袭　(起立招呼)太太。

钗　姨妈。

王　(向钗)你也在这儿?老太太派人到你屋里找你去了。

钗　那我马上就去罢。姨妈,我先走了。〔下。

袭　太太,里面坐罢。

王　宝玉在家里么?

袭　二爷给老爷叫去了。

王　他不在,我也不进去了。回头你告诉他,老爷半年多没查他功课,叫他当心一点。

袭　是，太太。

王　我走了。(走向右首，忽回身)宝玉近来还用功么？

袭　二爷……

王　你尽管说，我不怪你。我自己近来事情多心里烦，好久不上园子里来了。现在老爷回来了，我才想起宝玉的功课，所以想来跟他说说，拿出书来理理，省得老爷一时想着，叫出去问不出来，又说我在家里不好好管教管教儿子。

袭　这怎么能怪得上太太。

王　唉，宝玉这孩子，叫我管教也真难，上有老太太护着，身体又单薄，我也不好十分顶真。他近来怎么样，你说我听听。

袭　太太，我本来不敢说的，既然太太问到我，我就——

王　你说就是了。[坐下。

袭　我今天大胆在太太跟前说句不知好歹的话，论理——[说了半截咽住。

王　你只管说。

袭　太太别生气，我就说了。

王　我有什么生气的，你只管说。

袭　论理我们二爷，也得老爷教训教训，要是老爷再不管，不知要做出什么事来呢。

王　阿弥陀佛！我的儿，亏你也明白这话，和我的心一样，我何尝不知道管儿子。先是你珠大爷在，我是怎么样管他，难道如今倒不知道管儿子了。只是有个缘故，我已经是五十岁的人了，通共剩了他一个，他又长得单弱，况且老太太宝贝似的疼着，若是管紧了他，倘或再有好歹，或是老太太气坏了，那时上下不安，岂不倒坏了，所以就纵坏了他。[说着淌下泪来。

袭　(也陪着落泪)二爷是太太养的，太太岂不心疼，便是我们做下人的，服侍一场，大家落个平安，也真是造化了。哪儿知道他成天到晚跟姑娘们混，跟丫头闹，不但不读正经书，还弄了些什么——淫书，看得疯头疯脑——

王　(大怒)什么？

袭　我也不认得字，那是宝姑娘告诉我的，刚才我还看见二爷拿了书，在那边树底下给林姑娘看呢。

王　啊呀！这还了得,你去拿来给我看。

袭　是,太太。[下,王夫人局促不安,袭人拿着《西厢记》上,交给王夫人。

王　《西厢记》,这是从哪儿来的？

袭　总不过是外面混账爷们买了送给二爷的。太太,我哪一日哪一时不劝二爷,只是再劝不醒。偏生那班爷们和姑娘们肯亲近他,讨他的喜欢,也怨不得他这样,才是我们劝的倒不好了。

王　你说姑娘们是谁？

袭　太太,你别多心,我不过说她们爱跟我们二爷玩儿罢了。

王　我的侄女儿宝姑娘常跟他玩么？

袭　喔唷,阿弥陀佛,太太你别冤枉好人呀？个个能像宝姑娘这样稳重懂事,二爷也就不会这样了。我要说句放肆的话,要是二爷能常跟宝姑娘亲近亲近,他才有长进呢？

王　我也知道宝丫头是个懂事的孩子。

袭　她呀,真是我们园子里的菩萨,对待姐妹们总是和和睦睦,对待我们奴才们总是客客气气,不像——(顿住)今天太太提起了,我还记挂着一件事,每要来回太太,讨太太个主意,只是我怕太太疑心,不但我的话白说了,且连葬身之地都没有了。

王　(拉住她的手)我的儿,你只管说,近来我因听见众人前面背后都夸赞你,我只说你不过在宝玉身上留心,或是诸人面前和气,这些小意思罢了。谁知道你方才和我说的话,全是大道理,正合我的心事。你有什么只管说什么,只别叫别人知道就是了。

袭　我也没什么别的说,我只想着讨太太一个示,怎么变个法儿,以后还叫二爷搬出园外去住就好了。

王　(惊愕起来顿住)宝玉难道和谁作怪了不成？

袭　(连忙回答)太太别多心,实在并没有这话,这不过是我的小见识,如今二爷也大了,里头姑娘们也大了,况且林姑娘宝姑娘又是两姨姑表姊妹,虽说是姊妹们,到底是男女之分,日夜一处起坐不方便,由不得叫人担心。便是外人看着,也不像大家子的体统。俗话说得好：没事常思有事,世上多少没头脑的事,多半因为无心中人做出,有心人看见,当做

39

有心事，反说坏了，只是预先不防着断然不好。

王　想不到你有这样通达的见识。

袭　太太说哪儿的话。二爷素日性格，太太是知道的：他又偏好在我们队里闹，倘或不防前后，错了一点半点，不论真假，人多口杂，那起小人的嘴有什么避讳。心顺了，说得比菩萨还好，心不顺就编得连畜生不如。二爷将来倘然有人说好，不过大家直过；设若叫人哼出一声不是来，我们不用说，粉身碎骨罪有万重都是平常小事，但后来二爷一身的声名品行岂不完了。二则太太也难见老爷。

王　你说得对，说得我心槛儿上。

袭　况且俗语说得好，君子防未然，不如这会子先防备的为是。太太事情多，一时固然想不到，我们想不到则可，既然想到了，若不回明太太，罪越重了。近来我为这事，日夜悬心，又不好说与人，唯有床前的灯知道罢了。

王　我的儿，你竟有这个心胸，想得这样周全。我何曾不想到这里，只是这几天有事就忘了。你今天这一番话，提醒了我。难为你成全我娘儿两个声名体面，真正我竟不知你这样好。罢了，你且不要声张，我自有道理。

袭　太太，我还有一句大胆的话。（她看着四围没人，走近轻声向王夫人说）屋子里的丫头们，太太有空也来查查看，年纪大的，生得轻薄一点的，最好太太打发掉几个，免得将来出了事情反而麻烦。

王　你过虑得对。我现在当你心腹，告诉你一件事，你可千万不要告诉别人。

袭　太太放心，我绝不告诉别人。

王　我正为这件事，气得连饭都吃不下。

袭　太太，什么事？

王　金钏儿投井死了。

袭　好好的为什么投井？

王　一半儿是我太性急，把她撵了出去，一半儿是宝玉害她的。

袭　太太，我全明白，一半儿二爷跟丫头们玩笑开得太随便，一半儿丫头们自己也太轻薄。

王　你说得一点不错。

袭　这屋子里像金钏儿这样的人，还不止一个哩。

王　好，好，过几天我自要来查一查。（起立欲走回身）只是我还有一句话，你今天既然说了这样的话，我就把他交给你了。好歹留心，保全了他就是保全了我，我自然不会辜负你。

袭　（连连答应）是，太太。〔送王夫人向左走。

王　（既出又回身）你明儿早上到我这儿来，我还有话跟你说。〔下。

袭　是，太太。（等王夫人去远了，她才微笑回身走至门口，推门，门拴上了，敲门）开门呀！

晴雯　谁呀！〔生气的声音。

袭　老早把门关上干什么？

晴　（开门出来，冷笑）原来是你二奶奶回来了，开门迟了，对不起。

袭　晴雯，你要跟我闹到怎么样呢？

晴　我是奴才，我敢跟你闹么？奴才见了主子，狗颠屁股的奉承都来不及，还要叽叽咕咕说上半天的讨好话。

袭　谁跟你说这些！〔气愤地往内跑。

晴　我本来不配跟你说话。哼，架子倒真是宝二新奶奶了，进了屋子连门都不关了。跟太太叽叽咕咕了半天，又不知道在算计谁。〔进门去，重重地把门推上，拴上。

〔天色骤暗，新月升起。宝玉和宝钗由左首笑着说着上。

玉　想不到宝姐姐学问渊博见解高明，佩服佩服。现在时间还早，请宝姐姐上我们那儿去喝一杯茶再回去好不好？

钗　（点头应允）宝兄弟，刚才老爷叫你去有什么事？

玉　没有什么事，是一位同族的雨村先生新近皇上把他起复了，他进京来朝见，顺便来看看我父亲，父亲就叫我去见见。这种人再讨厌也没有了，满口的经济文章，满脸的利欲熏心，满肚子的诡计多端。这种禄蠹，我一看见就头痛。（他推门，门已拴上）开门呀。〔晴雯开门出。

玉　宝姐姐，到里面喝口茶再去。

钗　时候不早了，我想回去了。

玉　宝姐姐，我正有一件事想请教你。新近有人送我一幅唐朝宫里的仕女

41

画，画得倒非常精致，不知道是真货还是假货。我素知宝姐姐学问好，看见的名画也多，想请宝姐姐替我辨一辨。

钗　我哪儿懂得画，那么让我看了就走罢。

玉　好，好，请请。

〔宝钗宝玉让入屋内。

晴　（抱怨地）有事没事，跑了来坐着，叫我们一会儿开门，一会儿关门，不得闲。〔她走进重重地把门关上。

〔黛玉扶着紫鹃由右首后面上，走至桥上，便听见怡红院内一阵嬉笑声，她站住望着潺潺的流水发愣。

紫　姑娘，夜深了，还是回去罢。

黛　不，你先回去罢，我到宝二爷那儿去说两句话就回来。

紫　姑娘，你别站在露水里，小心招了凉。

黛　我看月色好，水里的月色更好。你去罢，我到他那儿坐一会就回来的。

紫　那么我回头再来接你罢。

黛　不用了，他自然会派丫头来送我回来的。

紫　好，那么我去了。

〔黛点首，低头看水中月。

〔半晌，黛玉抬起头来，看紫鹃已走远，便走下桥来站在怡红院门口，正要用手打门，忽听得院内又发出一阵喧笑声，她便停住手。她听了一会，无声息。她迟疑了一下，想走，慢慢走向桥，又停住。走回来，举手想打门，又停住。慢慢地又走开去。急急地又走回来，又迟疑了一下，轻轻地打门。无人应，又重重地打门，突然听见粗声粗气的回答。

〔晴声：不开门了，都睡下了，明天再来。

黛　（迟疑了一会，向门内）是我，还不开门么？

晴　（更生气的声音）凭你是谁，二爷吩咐的一概不许放人进来了。

〔黛玉怔住在门外，半晌不答，忽然生气，正想举手重重地敲门，但手忽又停住了，怔了半晌，手慢慢地落下来，头也慢慢地垂下，眼泪像断线的珍珠一样直滚下来。她坐在门口石上呜咽地哭泣。忽然听见里面一阵欢笑声，又听见宝玉和宝钗谈话声。

〔玉声：宝姐姐的眼光真厉害，真的假的你一眼就看得清清楚楚。

〔钗声：这并不难，真假到底有个分别。

黛　是谁在跟他说话呀？宝姐姐！

〔玉声：那么宝姐姐看人一定也一下就可以看到人心里去啦？人家对你真好或是假好，也只要一眼就可以看得明明白白？

〔钗声：道理是一样的。譬如说，常常哭哭啼啼的不一定心里真悲伤，面子上嘻嘻哈哈的他心里不一定没委屈。

〔玉声：哈哈哈，对，对，说得对。

黛　他们明明在说我？我倒要进去问问他！慢着，你因为宝姐姐在里面就叫丫头不开我进去。宝玉，你好狠心呀！〔她正要去推门，里面嘻笑声又起，并已走近门口，拉栓开门，黛玉赶忙躲至左首树后，见院门开处，宝钗出来，后面跟着宝玉和袭人，袭人手里拿着纱灯。

袭　让我来送宝姑娘罢，宝二爷，你进去罢，小心招了凉。

宝　那末，宝姐姐，我不送你了。明儿，你有空再来跟我谈谈。

钗　好的，明儿有空我一定来。宝兄弟，你身上穿得少，进去罢。

〔宝钗和袭人手拉手儿走上桥去，宝玉站在门口向门后的晴雯。

玉　呀，今晚的月亮不坏，只是西面天空上全是乌云，说不定会下雨。晴雯，袭人一会儿就回来，你不用拴门了，进去罢。〔宝玉扶着晴雯入内，关上门。

〔黛玉冲上去，想推进门去，但到门口就停住。半晌转身，呜呜咽咽痛哭起来。只因黛玉秉绝代姿容，具稀世之美貌，不期这一哭，那附近树上的乌鸦，一闻此声，俱忒楞楞飞起来远避，不忍再听，桃树上的花朵也扑漱漱落了满地。黛玉正呜咽哭着走向桥去，看到满地桃花，又生怜惜之心，不忍离去。她走下桥至桃林里，放开手绢，在拾地上的桃花，放在手绢内。她一面哭，一面念着下面的诗。正在念的时候，宝玉呀的一声开出门来，他听见有咏诗声，一眼就瞧见黛玉在桃林里，宝玉就偷偷地走过去，隔溪，背手站着听她念诗，他点头领会诗意。

黛　（口占）花谢花飞飞满天，红消香断有谁怜。
　　　　游丝软系飘春榭，落絮轻沾扑绣帘。
　　　　闺中女儿惜春暮，愁绪满怀无释处。
　　　　桃李明年能再发，明年闺中知有谁。

一年三百六十日,风刀霜剑严相逼。

明媚鲜妍能几时,一朝漂泊难寻觅。

花开易见落难寻,阶前愁杀葬花人。

独拾落花泪暗洒,洒上空枝见血痕。

怪侬底事倍伤神,半为怜香半恼春。

怜春忽至恼忽去,至又无言去不闻。

愿侬肋下生双翼,随花飞到天尽头。

天尽头,何处有香丘,

未若锦囊收艳骨,一抔净土掩风流。

而今死去侬收葬,未卜侬身何日丧?

侬今葬花人笑痴,他年葬侬知是谁?

〔黛玉又呜呜咽咽痛哭起来。袭人提着纱灯由右首上,走上桥,看见宝玉呆站在溪边,用手帕擦泪,正想叫喊,忽又听得咏诗声,便停住脚细听。

黛 (继续咏诗)试看春残花渐落,便是红颜老死时。

一朝春尽红颜老,花落人亡两不知。

〔黛玉念到这里,痛哭失声,宝玉也痛哭起来,两人隔着溪相对哭泣,天又忽然下起雨来,渐渐沥沥下得很紧。黛玉因听见有人哭,抬头静听,只闻雨声。雨愈下愈大,宝玉隔溪叫道。

玉 林妹妹,你看下大雨了,你身上都湿了,还不进来躲一躲。

黛 (转身看见宝玉,一腔愤怨顿时爆发)你这狠心短命的!〔说到短命两字,就停住了,叹了一口气,站起身来就向右走去。

玉 林妹妹,林妹妹,这又何必呢。(追了两步又回来,坐下呆想)想想像林妹妹这样的花颜月貌,将来也到无可寻觅的时候,怎不叫人心碎肠断呢。〔又扑漱漱落眼泪。

袭 宝二爷,你瞧你只会提醒别人,忘了你自己已经湿得像落汤鸡似的了。

玉 (惊醒)啊呀!(慢慢转身向袭人)那么你呢?

袭 (她的衣服也湿透了)啊呀!

——幕——

第 四 幕

第一场

布景 怡红院宝玉的卧房。房成长圆式,粉红的墙都成圆拱形,后面正中一张填漆床,挂着大红销金撒花帐,两面挂着淡红的纱幔。左首纱幔后面有一小门,通丫头卧室及后院。右首纱幔下挂着一架鹦鹉。左面六角玻璃窗两扇,玻璃全是颜色的,左面着地挂着葱绿撒花软帘,通至卧房的外间。右首窗前有书案一只,上面堆着书画,左首有杨妃榻一,椅几数只。墙上的画尽全是仕女和花卉。陈设有汝窑美人觚,联珠瓶,龙文鼎,大铜炉和螺甸柜金自鸣钟。一切陈设气氛是间闺阁绣房。

启幕时,晴雯睡在杨妃榻上,袭人坐在窗前做针线。

袭 晴雯妹妹,你就看过了一点,别再跟我使气了好不好?我这两天心里正烦得要命呢。

晴 哼,别假心假意,我不配你叫我妹妹。

袭 你想想,老爷已经回来了,说不定哪一天要问宝二爷的书。可是,宝二爷不是给薛大爷约去喝酒看戏,就是在园子里东闯西跑,好几个月没见他好好地坐下来念一句书。

晴 哼,皇帝不急倒急起太监来了,倒底关心二爷的只有你。

袭 妹妹,你有什么跟我过不去的。宝玉有什么不是,总是我们服侍的人不好,老太太、太太一定会怪我们为什么不好好的劝劝他。

晴 噢,原来你要讨老太太、太太的好,怪不得那么样着急。我就压根儿不想讨她们的好。

袭 唉,妹妹,你跟我闹了三四天别扭了,我有什么不是你说明白了,我赔个不是好不好?

晴 你怎么会有不是?像我这样的奴才坯子,好就留着使唤,不好就撵出去拉倒。

〔她们听见窗外面有说话声音。

玉　林妹妹，我知道你不理我。我只说一句话，从今以后撩开手。请进去坐一坐。

〔黛不答。

〔玉声：自从那天葬花之后，你有三天不理我了，我又因为父亲回来了，天天不能不上学去。今天好容易碰到你，请你进去坐一坐，我说完一句话你就走好不好？

〔黛声：你要说就说，不用进去。

〔玉声：站在风地里说话，你身子又单薄，那怎么可以呢。我屋子里暖和些，坐下来说话也方便得多。好妹妹，你就看在这点诚心诚意上答应了我罢。

〔黛声：那么，你先走。

袭　他们来了，我们到外面去接他们。

〔袭人、晴雯掀帘下。半响。

〔袭声：林姑娘，好几天没上我们这儿来了。（掀帘）

〔黛玉气愤愤地上，站着向窗外，不言语。宝玉随上。

玉　袭人，你去倒茶去。（袭人下）林妹妹，我说两句话你听不听？（黛玉急转身气愤愤地就向外走，宝玉看了眼泪滴下来，叹口气）既有今日，何必当初。

黛　（在门口站住回头问）当初怎么样？今日怎么样？

玉　唉，当初妹妹来了，那不是我陪着玩笑。凭我心爱的，妹妹要就拿去。我爱吃的，听见妹妹也爱吃，连忙收拾得干干净净收着，等了妹妹，到来一同吃。丫头们想不到的，我怕妹妹生气，我替丫头们想到。我心里想着姊妹们从小儿长大，亲也罢，热也罢，和气到了底才见得比人好。如今谁承望妹妹人大心大，不把我放在眼睛里，把我三日不理四日不见的。（黛玉半响不语）我如今不好了，但只任凭着我什么不好，万不敢在妹妹跟前有错处。便有一二分错处，你或教导我，戒我下次，或骂我几句，打我几下，我都不灰心，谁知你总不理我，叫我摸不着头脑，少魂失魄，不知怎么样才是。就便死了，也是个屈死鬼，任凭高僧高道忏悔，也不能超脱，还得申明缘故，我才得托生呢。

黛　（低头半晌）你既这么说，为什么我来了你不叫丫头开门？

玉　（诧异）这话从哪儿说起，我要是这样，立刻就死了。

黛　（啐）好好的死呀活的也不忌讳。你说有呢就有没有就没有，起什么誓呢？

玉　大前天的晚上，我实在没有见你来，就是宝姐姐坐了一坐就走的。（想了一会）噢，说不定是丫头们懒得动，丧声歪气的也是有的。让我立刻问明是谁。回过了太太立刻叫她走。袭人！

黛　慢，用不着这么小题大作。从今以后，我也不敢亲近你，权当我去了。

玉　你往哪儿去呢？

黛　我回苏州家里去。

玉　我跟了去。

黛　我死了呢？

玉　你死了我做和尚。

黛　（沉下脸来）想是你要死了，胡说些什么。你家倒有几个亲姐姐亲妹妹呢，明日都死了，你几个身子去做和尚？明日我倒把这话告诉他们去评评。

玉　（低头认输）妹妹，就算我说错了。

黛　（两眼直瞪瞪睄了他半天）咳！（说不出话。半晌，咬着牙，用指头狠命在他额上戳了一下）哼，你这——（说不下去，叹了一口气）咳！〔仍拿起手帕擦眼泪。

玉　（心里原有无限心事，又兼说错了话，正自后悔，又见黛玉戳他一下，要说也说不出来，自叹自泣，不觉滚下泪来，要用手帕揩拭，却又忘在书桌上没带过来，于是就拿起袖子来揩。黛玉见了，便将手里的手帕子丢在他怀里，宝玉忙接住拭了泪，又坐近些，伸手挽了黛玉一只手笑道）我的五脏都碎了，你还只是哭，走罢，我同你一块儿往老太太跟前去。

黛　（摔去他的手）谁同你拉拉扯扯的，一天大似一天了，还这么涎皮赖脸的，连个理也不知道……

〔晴雯上。

晴　宝玉，不好了。

玉　什么事？

晴　太太房里的小丫头鹊儿刚才跑来对我说,说老爷、太太正在谈着二爷的事,看样子好像老爷很生气似的,并且听说老爷要进来问你呢。

玉　那怎么办呢?〔急得抓耳挠头,焦急万状。

〔袭人端茶上。

黛　老爷一定第一先要问你的书。

玉　我的书正要我的命了。这半年多都丢生了,偏偏这两天又没空,没工夫好好温习温习。叫我怎么办呢?

黛　别慌,先把书找出来。

玉　对了,对了,先把"四书""五经"找出来,把这些闲书都收起来,免得老爷看见了骂我不看正经书。

袭　(冷冷的)早点认认真真读书也不至于慌到这个地步。

玉　好姐姐,给你说风凉话了,替我把书桌收拾收拾是正经。

黛　你能背诵的是哪几部书?

玉　《大学》《中庸》还背得出来,《孟子》上半部还好,下半部全是夹生的,算起"五经"来,因近来作诗,常把五经集些,虽不能熟,还可塞责。

黛　古文呢?

玉　那就更糟了,《左传》《国策》《公羊》《穀梁》汉唐等史,虽然读过几遍,但一时之兴,随看随忘,始终没有下过苦功,如何记得?

黛　你的古文呢?

玉　(到处找)不知道搁到哪儿去了。

黛　我去把我自己圈点的一部借给你罢。

玉　林妹妹,那么就请你去取罢。

〔黛玉匆匆下,袭人站在旁边冷眼看他,急得他满头的汗,晴雯在把桌上的书搬到后面,后面书架上的书搬到前面来,宝玉强自镇定地坐下来,翻着《孟子》,翻着眼背了几句,摇摇头看见袭人呆站着。

玉　袭人姐姐,请你帮帮我的忙,动动手呀。

袭　你读书我能帮你什么忙呢,我劝你安安静静读你的书罢,今天学校里又没有去,又不知道到哪儿去喝了酒回来。

玉　今天是我一个知己朋友要走了,我们几个熟人替他饯行。我喉咙里干,袭人,你倒一口茶我喝喝,(袭人出外倒茶)我热得很,让我把大褂脱了。

［晴雯帮他脱大褂,解下扇带时,晴雯一失手将扇骨子跌折。

晴　啊呀,断了。

玉　唉,怎么这么粗心,做事情总是顾前不顾后的。

　　［袭人捧茶上。

晴　(冷笑)一把扇子值得什么,也要跟我生起气来。

玉　你不知道这把扇子是一个知己朋友送给我做纪念的。这个人虽然是个戏子,人品才学都在我们之上,我佩服他……

袭　快喝了茶看书罢。刚才慌到那样,现在倒又有工夫说闲话。

玉　(解下身上的汗巾)这条汗巾子也是他送给我的,我把我的一条换了给他。

袭　那一条是我的,你怎么可以给人家?

玉　啊呀,我糊涂了,我把你的汗巾给了他了。不要紧他出门几个月就要回京来的。他叫蒋琪官,是顺亲王府里唱小旦的,这次因为得罪了顺亲王,偷偷的出京去了,今儿我们几个知己朋友替他饯行的就是他。

袭　还唠叨些什么,说不定老爷就要来了。

玉　那么请你替我把这条汗巾子藏起来,换一条给我系上罢。(袭人解下一根汗巾丢给他,把宝玉解下来的一根随手丢在榻上)让我看书要紧。(看了一会书局促不安)袭人姐姐你看我心慌得实在一句书也念不进去,你替我到太太房里看看动静,好不好?

袭　无缘无故的到太太房里去干什么?

玉　这倒没想到。(想了半天)你这样,说我肚子痛,我派你去要点药。

袭　那太太会说为什么不请个大夫瞧瞧呢?

玉　唉,不错,肚子痛不大好。(顿)有了,你就说头痛罢。

袭　好,我去,不过你得答应我,从今天起要好好的念书。

玉　好,我一定听你的话,好姐姐,你才是真疼我的,赶快去罢,专等你的好消息。(作揖,袭人下。此时天色渐暗,晴雯点了蜡烛,捧到书案上,宝玉看见晴雯只穿短袄)晴雯,你怎么不穿件大衣在外面,小心招了凉。

晴　小祖宗,你只顾你的罢,你把心暂且用在这几本书上,等过了这一关,你再跟我说话罢。

玉　要我不读书倒是可以,要我不跟你们说话,那就万万做不到,难道我活着为这几本烂书么？

晴　小二爷，你少说一句话好不好？并且我也不配跟你多说话。

玉　你别跟我生气好不好？你要是跟我一生气，我的书又念不下去了。

晴　好不害臊的，自己念不下书去，怪到别人身上来。

玉　其实呢，一时三刻想念书又有什么用呢？现在心慌得把脑筋都搅糊涂了，还是让我随随便便躺一下子，跟你说话儿定定心。

晴　（嗤的一笑）这不是开玩笑么？跟我们说说话儿，就会定心么？

玉　我索性不看书了。（走至杨妃榻横下，靠在墙上）跟你们说话可以把天下什么麻烦的事都忘掉，尤其是你晴雯，我已经好多时候没跟你清清静静说过一句话了，你过来坐在这儿。

晴　你要说话，你跟她去说，我不配。

玉　她是谁？

晴　你不是请她去看太太么？

玉　喔，袭人么？哈哈，我告诉你，我近来有点不大喜欢她。

晴　哼，你小心着，人家说不定在背后算计你呢。

玉　算计我？哈哈，你放心，我不怕人家算计，晴雯，你比她爽直，我喜欢你。

晴　我怎么能跟她比呢？我是个粗心的奴才，把你心爱的扇子都跌折了呢。

玉　晴雯，你把水晶缸里的果子拿来给我吃。

晴　连扇子还跌折了，哪里还配打发吃果子，倘或再打破盘子，还更了不得咧。

玉　你爱打就打，这些东西原不过是供人所用。你爱这样，我爱那样，各自性情不同。比如那扇子，原是折的，你要撕着玩也可以使得，只是不可生气时拿它出气。就是杯盘，原是盛东西的，你喜欢听那一声响，就故意破了，也可以使得，只别在生气时拿它出气，这就是爱物了。

晴　既这么说，你就拿扇子来我撕，我最喜欢撕扇子。

〔宝玉把手里的扇子递给她，她接了就撕作两半，丢在地上，宝玉又拿了一把给她，她又一撕丢在地上。

玉　响得好，再撕响些。（他到幔后取出一大把扇子，一一递给她，她一一撕了）撕得好，真好听！

〔袭人从外面进来拿着扇子，宝玉一把夺了过来就交给晴雯，晴雯嗤的一声,撕成两片丢在地上,宝玉和晴雯哈哈大笑。袭人吃了一惊,愣住在门口,看他们笑了,才生气。

袭　你们拿我的东西开心儿。

玉　古人说千金难买一笑,几把扇子能值多少?

袭　(冷笑)哼,我不知道这个家,要闹到怎么样才了,一得空儿,就没上没下的笑呀闹呀,成什么体统?

晴　你又骂到我头上来了,你问问明白,是他跟我闹,我还劝他把心用在书上呢,你问他,你问他。

袭　竟是他呀他呀的乱叫,一点也不知道害羞。

晴　哼。只许你叫,不许别人叫,我偏叫他一百声,看他恼不恼!他!他!他!他!他……

玉　哈哈哈!袭人姐姐,你别怪她,是我跟她闹的,我一提读书,头里就发闷,所以才起来跟她玩了一下子。好姐姐,老爷怎么样?你看见太太没有?

袭　我不知道。[生气。

玉　好姐姐,亲姐姐,你到底怎么啦?你说了好让我放心呀。

晴　哼。[一气向外走下。

袭　现在有比我好的人服侍你,还是让我出去罢。[站起来要走,宝玉拦住。

玉　好姐姐,你何苦要跟我生气呢,你要我怎么样,你说就是了。

袭　(顿,气稍平,低头摇头骂)唉,我跟你不知道是哪一世的冤家,几次三番闹得我走又不是,不走又不是,你的赌神发咒,说得多好听,一转身就忘记得干干净净。罢,罢,我只求你应我一件事:以后不准再跟丫头们胡闹。

玉　好好,我答应你,老爷怎么样了?

袭　(顿)老爷出去了。

玉　真的,你不骗我?

袭　我骗你干什么?

玉　(拍手踢足大为得意)阿弥陀佛,今天的难关就算渡过了,明天一早就往学校里去一躲。老爷就是要问我的书,顶早要到明天晚上了。

袭　明天不就在眼前,何必这样高兴呢?

玉	你不知道,我并不怕读书,你看我近来看的书也不少呀。
袭	说不定是些邪书歪书,愈读愈不成器!
玉	想不到你一个不大识字的人,不知道听了谁的什么道理,说这些书是邪书。其实,这些时文八股才真正是邪书,这并非圣贤之制撰,焉能阐发圣贤之真义?不过是后人饵名钓禄的梯阶,预备做个贪官污吏罢了,我将来总有一天要把这些害人的书烧个干干净净。
袭	这些话给老爷听见了,又要讨一顿打骂。
玉	别提老爷好不好,让咱们今儿再快乐一天罢。

〔晴雯持书上。

晴	林姑娘派丫头送书来。
玉	搁着罢,我索性看看林妹妹去。

〔宝玉正要出去,走到门口愣住了,好像晴天来了一个霹雳,他惊呆了,往后退,贾政怒容满面的走了进来,后面跟着男仆,但不进来。

政	站住。(回首向外)你们站在门口,不准放一个人出去,也不准放一个人进来。
众男仆	喳!

〔贾政追下来。

政	(向袭人晴雯)你们到外面去,来人呀!不准她们出去,也不准给太太、老太太报信,听见了没有?
众男仆	喳!

〔袭人和晴雯只得由右退出,但晴雯回身跪下。

晴	老爷……〔向前跪下求情。
政	你是谁?敢替宝玉求情?
晴	我叫晴雯,不敢替宝玉求情,不过老爷……
政	(喊一声)住口!噢,原来你就是晴雯,怪不得人家说你好个美人儿,像个病西施,水蛇腰削肩膀儿!哼!宝玉就是给你们这班不要脸的丫头们引坏的。滚出去!回头我再跟你算账。

〔袭人晴雯下。

政	我问你,宝玉,你把蒋琪官藏到哪儿去了?
玉	蒋琪官?我并……并不认识这个人。

政　你还要赖。刚才顺亲王请我去,说起他府里有个唱小旦的蒋琪官,一向好好在府,如今三五日不见回去,各处去找也找不着,据人说是你把他藏起来了。

玉　我……我认也不认识他,怎么能把他藏起来呢?

政　你还要赖!据说你还收过他一条血红的汗巾子和他画的一把扇子,可有没有?(宝玉不答)我可以叫人搜,来人呀!

〔赖大上。

赖　喳!

政　你替我把那血红的汗巾子搜出来。

赖　(看见榻上一条)老爷!这不就是么?

政　哼,还有扇子呢?

赖　二爷,你还是拿出来罢。〔宝玉眼看着书桌上,赖大就去取过来。

政　哼!(看扇)宝玉仁兄,雅嘱小弟琪官写并题。把柄在我手上,你还要赖么?(宝玉低头不答)你怎么认得他的?

玉　我是在薛大哥哥请酒时候认识他的,只见过两次面,说我把他藏起来实在是冤枉。

政　好。我不打你你也不肯招,这事暂且不提。还有!(从怀里拿出一本书来,丢在地上)这东西是不是你的?(宝玉不语)正正经经的书不念,专看这些邪书,我要你这种子孙干什么?

玉　……

政　你知道他们祖宗是贫寒出身。你的曾祖在疆场上出死入生,才争得这点功名。你现在不但不知道光宗耀祖。并且小小年纪就要流荡优伶,表绘和物,将来岂不活活替祖宗丢脸么?所以一气我马上就来问你,哪知道果然有这种事,活活要把我气死了。来人呀!

众男仆　喳!

政　把环儿带进来!

众男仆　喳!

〔环儿踟踟蹰蹰走了进来。

政　你们都是我不孝的子孙,成天不读书,专干些不正经的事。

环　父亲,我没干什么。

政　你还嘴硬！我刚才从外面进来,你在走廊上像野马一样的跟小厮们乱跑干什么？

环　唔,唔……(忽然看见宝玉想出急智)方才原不曾跑,只是从那井边经过,那井边淹死了一个丫头,我看人头这么大,身子这样粗,泡得实在可怕,所以才赶着跑了过来。

政　好端端的谁去投井？我倒要查究清楚,再跟你算账,来人哪！

众男仆　喳！

环　(忙上前拉住贾政袍襟,贴膝跪下)父亲不用生气,这件事大家瞒着父亲,为儿的本来也不敢说。(宝玉在背后作揖、摇手、做鬼脸,叫他不要说,但贾环只作不看见)我听见我母亲说……我不敢说。

政　你不说我先打死你。

环　父亲,你千万不要说我说的。

政　快说,快说。

环　我母亲告诉我,说宝哥哥有一天在太太房里拉太太的丫头金钏儿,强奸不遂,打了一顿,金钏儿便赌气投井死了。

政　(气得面如金纸,半晌说不出话来)反了,反了,来人哪！

众男仆　喳！

政　滚两个进来。

众男仆　喳！

〔赖大与另一男仆上,站在帘门口,躬身侍立。

政　拿大棍和绳子来,把外面院门全关上,不许放一个人进来！叫外面两个丫头到这儿来。

赖　老爷请两位姑娘到里面来。

〔袭人、晴雯又走进来。

政　今天再有人到里面去报信,再有人来劝我,我把报信的和劝我的先打死！(大家面面相觑)还不替我把宝玉拖出去！(两男仆夹了宝玉自右走出,晴雯要想拖住,但给贾政一瞪眼就软下来了,坐下哭泣,向贾环)你也出去！(贾环溜下)你们不许出来,也不许声张。(贾政大踏步出去)把门关上,别让她们出来。〔窗外的门碰的一声关上。

〔政声：重重的打！(打板声、宝玉呼痛声、呻吟声)

〔政声：不中用的东西，我自己来打！

〔更重更急的打板声，宝玉大声的呼痛声，晴雯痛哭失声，倒在地下。袭人也啜泣。外面宝玉起先大声呼痛，后来渐渐气弱声嘶，众仆跪地求。

众男仆　老爷，老爷，看在奴才们的脸上，饶了他这一遭罢。

政　（继续打）你们问问他干的勾当，可饶不可饶？平日都是你们这些人把他酿坏了，回头再跟你们算账，今天我把他索性打死了干净。

〔只听见打板声，不听见呻吟声。

晴　啊呀，宝二爷没声音了，只怕是昏过去了！

晴
袭　（冲上去打门）老爷，老爷！

众男仆　太太来了！

〔王声：老爷，老爷！宝玉，宝玉！

〔打板声突然停，门忽然开，袭人、晴雯冲出门去，只听见一片叫宝玉、宝二爷声，袭人、晴雯抱了宝玉进来，放倒在床上，王夫人同上，贾政拿着打板上。

政　（气急脸红坐到椅上）今天必定要气死我了。

王　老爷怎么一声不响，回家来就打他。

政　唉，你知道他做的坏事比你说的还要大几百几千倍呢。我非打死他不可。

王　宝玉虽然该打，老爷也要保重身体，老太太身上又不大好，打死宝玉事小，倘或老太太一时不自在了，岂不事大。

政　（冷笑）倒休提这些话，我养了这不肖的孽障，我已不孝，平时教训一番，又有众老护持他，不如趁今日结果了他的狗命，以绝将来后患。来人哪，拿绳来，让我勒死他。

王　（抱住贾政的手臂）我只承望老爷管教管教他，谁知道你不顾性命的打起他来，就算你应该打死他，也要看夫妻分上，我如今已五十岁的人，只有这个孽障，我不过要你拿他为法，管教管教他，哪里知道，你要他死了，岂不有意绝我。既要勒死他，快拿绳，先勒死我，再勒死他，我们娘儿们不如一同死了罢。〔放声大哭。

〔宝玉伏睡在床上，面白气弱，下身已打得满是血渍，晴雯、袭人已哭不成声，王夫人过来见了，更哭得厉害。

王　　　苦命的儿呀,我苦了你啦! 宝珠呀,若有你活着,便死一百个我也不管了。

众男仆　老太太来了。

　　　　〔母声:先打死我再打死他,岂不干净了。

　　　　〔贾政赶快放了打板迎了出去,贾母上,摇头喘气掀门帘进来。

政　　　(赔笑)母亲何必自己赶来,有话只叫儿子进去吩咐就是了。

母　　　(走近宝玉)宝玉,你怎么样了? 啊呀,打得好狠毒呀! 我的宝贝儿呀!
　　　　〔痛哭。

政　　　母亲,你自己身体保重要紧。

母　　　(止哭厉声说道)你原来和我说话,我倒有话吩咐,只是我一生没养个好儿子,却叫我和谁说去!

政　　　(忙跪下含泪说道)为儿的教训儿子也为的是光宗耀祖,母亲这话,我做儿的,如何当得起。

母　　　(啐了一口)我说一句话你就禁不起,你那样下死手的板子,难道宝玉就禁得起了。你说教训儿子是光宗耀祖,当日,你父亲是怎样教你来?
　　　　〔说着流下泪来。

政　　　(又赔笑)母亲也不必伤感,都是做儿子的一时性急,从此以后再不打他了。

母　　　(冷笑几声)你也不必和我赌气,你的儿子自然你要打就打,想来你也厌烦我们娘儿们,不如早离了你,大家干净。来人哪,叫外面马上替我看轿,我和你太太、宝玉立刻回南京去,你们听见了没有?

众仆　　喳!

母　　　(看见王夫人还在哭)你也不必哭了,如今宝玉年纪小,你疼他,他将来长大做了官,也未必想着你是他母亲了,你如今倒不要疼他,只怕将来还少生一口气呢。

政　　　(叩头赔罪)母亲如此说,儿子无立足之地了。

母　　　(冷笑)你分明使我无立足之地,你反说起你来。只是我们回去了,你心里干净,看有谁来不许你打。来人哪!(一面向外走)快点打点行李车辆轿马,让我跟宝玉好回去!(用拐敲着)你们听见了没有?

众仆　　喳!

政　（追着赔笑）母亲，母亲暂请息怒。
母　你心里眼里还有什么母亲，我跟宝玉马上就走！走！走！走！〔向外走。
政　（追着）妈妈！

——幕——

第二场

布景

　　与上一场同。时间与上一场相隔六七日，一个明朗的下午。
　　启幕时，宝玉睡在正中床上，身子半靠着。李纨在门口正要走，袭人站在宝玉身边。

纨　宝兄弟，你好好的养病罢，我们走了。
袭　谢谢几位姑娘和大奶奶早晚两次来看我们二爷，我来代二爷送你们出去。〔送出去。
　　〔李纨与袭人下。宝玉偷偷地起来，走路还是一跛一拐的，走至窗口，看看窗外的天色。袭人复上。
袭　怎么你又起来了？回头还有几起人要来看望你呢。
玉　我直睡了五六天，睡得实在腻了，还是让我起来舒展舒展的好。况且伤口已经快好了。要不是怕父亲再跟我打麻烦，早就出门玩儿去了。
袭　你吃了这样大的苦，老脾气还是不改。你早听我一句话，老爷也不会狠毒到这般田地，幸而没动筋骨，倘或打出个残废来，可叫人怎么样呢？
玉　为别人吃这点苦也算不得什么。
袭　（恨恨地）我看你这个人再打一顿也改不了啦。我们也白白的服侍你一场。
　　〔宝玉坐下不答。晴雯没精打采上。
晴　周瑞媳妇，吴新登媳妇，郑好时媳妇来看望二爷。
袭　你说二爷睡熟了，谢谢她们，请她们回去罢。
　　〔晴雯下。
袭　我看你还是安安稳稳睡着的好，不然人家瞧见了，还说你装假呢。

57

〔宝玉只得回床睡下。

〔晴雯上。

晴　环三爷和兰少爷来看二爷。

袭　你说二爷睡了,好一点了,请他们回去罢。

〔晴雯下。

玉　你把书桌上那本书给我。

〔袭人把书给他,一面整理桌椅,晴雯上。

晴　宝姑娘来了。

袭　宝姑娘?快请她进来,快请她进来!

玉　让我睡下去罢,我懒得开口。

袭　她来替你解解闷不好么?并且幸亏她给你的几粒丸药灵验,不然哪儿会好得这样快。

〔宝钗上。

钗　今天怎么样?宝兄弟,你醒着么?

玉　谢谢你,好得多了。

袭　(端一张椅子放在床边)宝姑娘,这儿请坐,他好得多了,今天还……(宝玉以目止之)唔,多亏宝姑娘几粒丸药真灵验,敷上去第二天,就去了许多淤血,现在脓血都止了,新肉也长起来了。

钗　这是我们家传的秘方,从南边带来的,要是在这儿配,就是花上成千的银子,只怕也配不出来呢。今天我又带来一种药丸,是专催生肌肉的,也用酒研开,替他敷上。

袭　宝姑娘真聪明,什么药都懂得,谢谢你。不但天天来看他,并且还送许多药给我们。宝二爷,你还不谢谢宝姐姐么?

玉　谢谢宝姐姐,一次一次麻烦你,心里真过意不去。

钗　早听人一句话,必不至有今日,别说老太太、太太心疼,就是我们看着,心里也有……〔她说到这里咽住,红了脸低下头。

袭　可不是么?宝姑娘待你真好,就是亲生的姐姐妹妹也没有这样关心你的。

钗　姨夫怎么好好的,动了气就打起来了。

袭　宝姑娘不知道么?一半儿为了那姓蒋的戏子,被打的一天,你家薛大爷和我们二爷还合伙儿请他吃饭呢。还听说顺亲王先同你薛大爷,薛大爷就推在我们宝二爷身上。

玉　薛大哥从来不这样的,你们别瞎猜瞎说。〔用眼色止住袭人。

钗　这说不定是我大哥闯的祸。

玉　外头人的话,怎么可以信呢,我断定这一定外头有人要中伤薛大哥,才趁这个机会来离间我们的。〔用眼责备袭人。

袭　宝姑娘,我的嘴太笨,冲口就说了出来,你不会见怪罢。

钗　袭人姐姐,你这话才真的多心了。不过我哥哥说话不防头,一时说出宝兄弟来,也不是有意挑唆,一则也是本来的实话,二则他不理论这些防嫌的小事。袭人姐姐从小儿只见宝兄弟这样细心的人,你何尝见过我哥哥那天不怕地不怕的,心里有什么口里说什么的人呢?

玉　宝姐姐到底是个明白人。

钗　宝兄弟,你对我们太细心了,你怕袭人姐姐得罪我,其实我们是至亲,我怎么会为这种小事存心呢?

玉　不不,我并不说你存心……

钗　其实宝兄弟,我说句老实话,你既然这样关心,何不外头大事上做工夫,在功名上用心思,老爷也喜欢了,也不致吃这样的亏。

玉　这个……这个……

钗　(起身)明日再来看你,好生养着罢。

玉　对不起,我不能送你了。

袭　(赶上去送)姑娘真太费心了,改日宝二爷好了,亲自来谢。

钗　(在门帘口)有什么可谢的呢,你只劝他好生静养,别胡思乱想的就好。要想什么吃的玩的,悄悄地往我那里去取了,不必惊动老太太、太太、众人。倘或吹到老爷的耳内,将来对景,终要吃亏的。〔下,袭人亦下。

〔袭人又上。

玉　想不到我不过挨了几下打,她们一个个就有这些怜惜之态,令人可亲可敬。假若我一时真的死了,她们还不知是何等悲感呢。

袭　又要胡说八道了。

玉　既是她们这样,我便一时死了,得她们如此,一生事业纵然尽付东流,也无足叹惜的。

袭　好容易伤好一点,又要死的活的乱诌。

玉　人哪一个不死,只要死得其时。譬如我如果有造化,趁你们在,我就死了,再能够你们哭我的眼泪流成大河,把我的尸首漂起来,送到那鸦雀不到的幽僻之处,随风化了,岂不是好?

袭　好了,别说傻话了。你劳了半天神,也该歇歇了。你面朝里床,我替你盖好被,睡一会儿罢。〔扶他卧下,面朝里,盖好被。

玉　(半晌,翻身出来)宝姐姐的人品学问都好,只是功名富贵的心太重。唉,可惜可惜,想不到琼闺绣阁中也染此风,真正有负天地钟灵毓秀之德了。

袭　睡罢,睡罢,再唠叨些什么。

玉　(又翻身出来)林妹妹不说这些混账话,若说这话,我也同她生分了。

袭　好啦,睡罢。〔推他睡好,袭人在房中略加整理,看宝玉睡熟了,放下窗帘,又放下门帘,由左后门下。

〔黛玉由右首上,坐在宝玉床上掩面啜泣,半晌推醒宝玉。

玉　(转身仰起身子)你来了,你眼睛怎么这样肿?小心你自己身体要紧。

黛　疼得好一点了么?

玉　已经不疼了。我已经起来走路了,你瞧!(他爬起来,穿上鞋,走几步)我睡着不起来,是装出来哄他们的,好在外头散布给老爷听,其实是假的,妹妹你放心好啦。

黛　(对他看了半天,迸出一句话来)你从此可都改了。

玉　你别说这样话,听说你这两天病又犯了。我满心想来看看你,又不便出来,我巴望你来,但你来了,又怕你走来走去,劳了力吹了风。

黛　我不要紧的。

〔窗外丫头在叫"二奶奶来了"。

玉　凤姐姐来了,让我睡下去。

黛　我从后院子里去罢,回头再来。

玉　(一把拉住)这又奇了,好好的怎么怕起她来?

黛　(急得跺脚,悄悄的)你瞧瞧我的眼睛,又该他们开心取笑了。

〔黛玉刚从床左幔后小门下,凤姐已在外间了,先闻其声,后见其人。

凤　宝玉可好些了?〔袭人随上。

袭　二奶奶请坐。

玉　多谢凤姐姐天天来看我,好得多了,只是不能起床。

凤　何必急于要起床呢?宝兄弟,你知道么,老爷催着老太太、太太替你定亲呢。

玉　定亲?定的是谁呀?

凤　啊呀呀,看你多心急呀。我偏不告诉你。

玉　凤姐姐……

凤　(忽的起身)好好的多养几天罢,要什么吃的,叫人往我那里去取,我还有事不坐了。[下。

袭　二奶奶茶也不喝一口就走了么?[随下。

[晴雯捧着盒子上。

晴　老太太叫宋嬷嬷送来一碗莲叶羹来。

玉　(凤姐走后,呆想了一会)莲叶羹么?快拿来我吃。

[晴雯放下盒子,揭盖,捧出一碗汤,端给玉。

玉　烫得很,你替我吹吹凉再吃。(晴雯捧着站在床前替他吹)你今天怎么这样不高兴?(晴雯转身不答)你瞧,汤里的东西多好看,有梅花的,有莲蓬的,有菱角的。这是去年大姐从宫里省亲回家时候起的新鲜花样,一碗汤要杀三四只鸡呢。(晴雯仍然不答)昨天老太太来瞧我,我才想起这个汤来,你尝尝看,好吃不好吃。

晴　我怎么配吃,凉了,拿去吃罢。

玉　(接碗尝一口)不好吃,不好吃。

晴　既然要三四只鸡才烧成一碗汤,哪儿会不好吃?

玉　一点味儿也没有,你不信,尝一尝。

[晴雯没法,只好端过来尝一口。

玉　(笑)这可好吃了。

晴　(转脸流泪)真是个不懂事的魔王,我给人家欺侮得快要死了,还跟我开玩笑!

玉　谁欺侮你?谁欺侮你?

晴　(泪直流)有人讨厌我,有人嫌我长得比人家好看,有人恨我,因为你喜欢我,有人在老爷太太面前告我!

玉　　这是哪儿来的话,怎么我一点也不知道?

晴　　哼,你哪里会知道,人家还在背后算计二爷呢。

玉　　哪一个混账东西敢这样做?你说我听![起床,汤也不喝了,追前去。

晴　　二爷,我求求你,以后再不要跟我说一句话,再不要亲近我。你再跟我近,我的命就没有了,二爷,你……你……[哭不成声。

玉　　(再逼一步)谁在算计我?他们为什么要算计我?[拉住她的手。

晴　　二爷,你还是不知道的好,你不用问我,将来你总会知道的。

玉　　你为什么不说?你今天一定得告诉我,谁在那儿算计我?

晴　　二爷,你千万别说是我说的。

玉　　好。

晴　　老爷太太在背后跟你定亲呢?

玉　　什么?

[袭人由右首上,两人立刻分开,晴雯转身向窗,袭人假装不看见。

袭　　你的汤凉了,快吃罢。晴雯,你把盒子收起来到外面去罢。

晴　　是。[去收拾捧盒。

玉　　(捧起碗来喝汤)我要差晴雯到林姑娘那里去一趟,盒子回头来拿罢。

袭　　也好。[很知趣地由右首下。

玉　　你说他们在暗底下跟我定亲,怎么又说在背后算计我呢?

[晴雯向外努努嘴,玉就不敢再问。

玉　　你到林姑娘那里,看看她在做什么,她要问起我,你说我在等她来谈谈。

晴　　无事端端的差我去,叫我说什么话呢。

玉　　唔……有什么话好说。……

晴　　或是送件东西,或是取件东西,我也就好开口些。

玉　　那么,(看见床上枕边两条手帕)你就说我叫你送这两条手帕给她。

晴　　(接了手帕)我怕林姑娘看见了这两条半新不旧的手帕又要恼了。

玉　　你放心,她自然知道。

袭　　(又上)还没有去么?[进来收拾盒子。

玉　　(向晴雯)你去罢。(晴雯下。低声问袭人)袭人,你知道老爷太太在背后替我定亲么?

袭　　(吃了一惊)什么?我一点不知道呀?[躲开他的逼问。

玉　（有意义的向她点点头）好,屋子里闷得慌,让我到园子里去散散。

袭　不要出去罢,刚好一点,小心吹了风。

玉　不要紧的。〔向右门走。

袭　小心给人家看见了,说你假装生病呢,要去还是到后院门口站一会儿罢。

玉　也好,看看太阳下山罢。〔转身向幔后小门下,袭人扶着他。

〔晴雯上,掀门帘。

晴　林姑娘,里面坐罢。

〔黛玉手里拿着两块手帕,默默地走入。

黛　（一看不见宝玉）咦,你们二爷呢?

晴　（才注意到宝玉不在房内）呀,刚才还在床上躺着呢,我去后院找去。

黛　不必了。（顿）这两条手帕是他叫你送给我的?

晴　是的。

黛　是他亲手交给你的?

晴　是的。我还说半新不旧的手帕送去干什么呢?他说不要紧,林姑娘知道的。

黛　（惊）他说我知道的?（醒悟过来）唔。好啦,你出去罢,让我在这儿坐一会儿。

晴　是。〔下。

〔黛玉拿了手帕出了一会神,坐下来禁不住啜泣起来,宝玉由后上,她也没听见。宝玉走到她身后。黛玉吓了一跳,站起来望他,泪痕满面。

玉　妹妹,你怎么又哭了?

黛　好好的,我何曾哭呢?〔但声音比哭还伤心。

〔宝玉不禁拿出手帕抬起手来替她揩拭,黛玉退后一步。

黛　（退后一步）你又要死了,做什么这般动手动脚的。

玉　（微笑）说话忘了情,不觉的就动了手,也就顾不得死活。

黛　死了倒不值什么,只是别丢了你的玉,也别丢了她的金就好了。

玉　（急得紫涨了脸,赶上来指着她的脸）你还说这话,你还不明白我的心么?

黛　（知道说错了话,忙赔笑）你别着急,我听人家这么说就脱口说了出来,这又什么筋都叠暴起来,急得一脸汗。〔禁不住伸手替他拭面上的汗。

玉　（直着眼,瞅了半天。半响)妹妹,你放心。

黛　（怔了半天)什么放心不放心。

玉　（叹了一口气)唉,你果然不明白这话?

黛　果然我不明白。

玉　（点头叹息)好妹妹,你别哄我,果然不明白这话,不但我素日之意白用了,且连你素日待我之意也都辜负了。你就因多是不放心的原故,才弄了一身的病,只要宽慰些,这病也不会一天重一天的。

〔黛玉听了这话如轰雷掣电,细细想来竟比自己肺腑中掏出来的还觉窸切,竟有万句言语满心要说,只是半个字也吐不出来,却怔怔地望着他。宝玉心中也有万句誓词,不知从哪一句说起,却也怔怔地望着黛玉。两个人怔了半天。

黛　（叹了一声)唉!〔两眼滚下泪来,回身要走。

玉　（忙上前拉住)好妹妹,再站一站,我说一句话再走。

黛　（将他的手推开)有什么可说的。你的话我都知道了。〔头也不回出右门去,正在这时袭人由后门上,看黛玉下,便走到发呆的宝玉身边,宝玉一把拉住。

玉　好妹妹,我的这心事,从来也不敢说,今日我大胆说出来,死也甘心,我为你也弄了一身的病在这里,又不敢告诉人,只好捱着,等你的病好了,只怕我的病才得好呢。我睡里梦里也忘不了你,老爷太太替我定亲,要是定了别人,我……

袭　（吓得惊疑不定)神天菩萨,坑死我了。(推他)这是哪里的话,敢是中了邪了,快去睡罢。

玉　（醒过来,看是袭人)啊呀,我还以为你是……我头晕得很,让我睡罢。

袭　你本来也该歇歇啦,一会儿起来招呼这个,一会儿起来招呼那个,倒比往常要劳神得多呢。〔替他盖好被,由右下。

〔宝玉竖起身来看袭人下去,便偷偷起来拿了书桌上的两块手帕,又睡下。晴雯引紫鹃上。紫鹃满脸不高兴,站着不理他。

晴　二爷,林姑娘叫紫鹃来拿手帕。

玉　（拉出刚藏起的两块手帕)在这儿呢。(晴雯过来接)慢着,晴雯,你怎么啦？

晴　没什么，只是马上发烧头发晕。

玉　(握她的手)啊呀，你烧得很厉害呀，你赶快到屋里去睡罢。

晴　不，不要紧的，回头人家又要说我装腔作势假充小姐啦。

玉　你去睡，有我呢。(起来扶她至幔后小门)乖乖儿去睡罢，明天我叫茗烟偷偷的找个大夫替你瞧瞧。(晴雯下)唉。〔看见呆站着的紫鹃，又想到手帕，拿了手帕，又呆看手帕上的泪痕，紫鹃过来，一把抢了过去。

紫　快给了我，也好让我回去了。〔向左门走。

玉　(追上拦住)紫鹃姐姐，你今天为什么对我生那么大的气？

紫　哼，你还来问我，我们姑娘一回去直哭到现在，还吐了满地的东西，好二爷，你也该可怜可怜她，别再给她气受，再别折磨她了，好不好？

玉　谁给她气受？谁又折磨她了？

紫　哼，除了二爷，还有谁给她气受。

玉　奇怪啦，刚才在这儿还是好好的。她跟你说了什么没有？

紫　没有。她一到家就倒在床上直哭到现在。

玉　让我瞧瞧她去。

紫　我看还是不去的好，并且……让我去罢。(玉拦住不放走)你还有什么话？

玉　(想不出话，急得满头是汗)老太太每天叫人送一两燕窝来，送到了没有？

紫　谢谢二爷，送来了。原来是二爷说了，这又多谢二爷费心。我们正疑惑，老太太怎么忽然想起叫人送燕窝来呢，这就是了。

玉　这要天天吃惯了，吃上两三年就好了。

紫　哼，在这里吃惯了，过几时回家去，哪里有这闲钱吃这个。

玉　(吃了一惊)谁回家去？

紫　林姑娘要回苏州去。

玉　(笑)你又说白话！苏州虽是原籍，因没了姑母无人照看，才来了的，林妹妹回去找谁？可见你扯谎。

紫　(冷笑)你太小看了人了。独有你们贾家是大族，除了你家，别人房族中，真连个叔伯都没有么？我们姑娘来时，原是老太太心疼年小，虽有叔伯，不如亲父母，故此接来住几年，昨天太太还说苏州林家有信来，要替姑娘定亲，要林姑娘回去呢。

玉　要替林妹妹定亲？要接林妹妹回去？

紫　（冷笑）终不成林家女儿，在你贾家住一辈子不成？林家虽然穷到没饭吃，也是世代书香人家，断不肯将他家的人去与亲戚奚落耻笑，所以早则下月，迟则秋天，这里总不送去，林家亦必有人来接的。

〔宝玉听这些话，如头顶上响了一个焦雷，说不出话来，两眼直视，一头热汗，满脸紫胀，神情恍惚。袭人由右上。

袭　紫鹃妹妹，雪雁在外面找你回去呢。

紫　我本来要走了。〔由右门下。

〔宝玉满脸流汗，两眼发直，口角流津也不知觉，袭人问他，他也不答。

袭　二爷，二爷，你怎样啦？（拉他的手）啊呀，你的手怎么冰冷的？你说话呀？二爷，你不要吓唬我呀。二爷，二爷。啊呀，你怎么不开口呀！晴雯，晴雯，真要急死我了。晴雯，你来呀，二爷病了。

〔晴雯撑着病出来。

晴　二爷怎么啦？啊呀，又发呆病了！

袭　你赶快叫小丫头去请太太来，再叫茗烟马上去请大夫。（晴雯撑着病出去）二爷，二爷，你到底怎么啦？你坐下罢。（宝玉就坐下）你站起来？（他就站起来）你喝一口茶。（给他一杯茶，他也不接，拿起他的手来，他就接了，但不喝）你喝一口茶呀，（他也不喝）啊呀，你要把我急死了。

晴　（又上）都派了小丫头去请了。

袭　你来帮我扶他睡吧。（两人扶了他，他就走到了床，他就坐下）你睡罢！

〔他也不睡，扶他睡下，他就睡下。

晴　二爷，二爷，急死我了，我看他病得很厉害，到底怎么会这样的？

袭　我也不知道呀！

晴　我看还是不要睡的好，二爷，你起来。〔扶他起来，他就起来。

袭　我来的时候紫鹃在这儿，不知道跟他说了些什么？

晴　那么赶快派小丫头去找紫鹃来问问。

〔晴雯急下，外面是李纨的声音。

纨　（内声）宝兄弟怎么啦？（纨由右上）啊，袭人，宝二爷怎么啦？

袭　（哭不成声）他……他不说话了，他……

纨　你不要急，你掐掐他的人中看。（袭人依言，但毫无反应）啊呀！来势好像很凶呀，一定是痰迷之症，找了大夫没有？

袭　已经去找了，大奶奶，到底要紧不要紧？

纨　怎么不要紧？去告诉老太太没有？

袭　已经去告诉太太了，老太太一定也马上会知道的。

〔外面有许多人的脚步声。

〔母声：真要把我老命都急掉了！好好儿的，怎么又忽然病了。

〔凤声：老太太、太太，慢慢的走，小心门槛儿。

〔外面进来贾母、王夫人、凤姐、薛姨妈、薛宝钗。

母　宝玉，宝玉，你连我都不认得么？

王　宝玉，宝玉，老太太叫你，你也不听见么？我的儿，你连娘都不认得了么？〔宝玉仍痴呆状笑。

母　啊呀，我的儿不中用了呀！我白操了半世的心了，宝玉，让我闭了眼，你再去罢。

王　袭人，怎么会发病的？又是跟谁吵了架？

袭　紫鹃刚才来，不知道跟他说了些什么话，他就发呆了。

王　又是她们，她们难道要了我宝玉的命，才罢休么？

母　把紫鹃这小蹄子快给我抓来打死。（紫鹃气急地上，贾母要冲过去打她）你这小蹄子……

王　老太太慢着，你到底和他说了些什么？

紫　（慌了）我并不敢说什么，不过说了几句玩话。

母　人家急得要死，你倒跟他说玩话。总之他活不了，我也活不了，我先宰了你这小蹄子。

〔众人拉住，紫鹃后退，宝玉看见，呀的一声哭了出来，众人的注意力便集中在宝玉身上。只见宝玉慢慢站了起来，向紫鹃走过来，一把拉住她，死也不放。

玉　要去连我也带了去！（泪中露笑）嘻嘻嘻，现在去不成了！嘻嘻嘻！

母　到底你跟他说了什么玩话。

紫　我说我们姑娘要回苏州去了。〔众人松了一口气。

67

母　我当有什么要紧大事,原来是这一句玩话。(向紫鹃)你这孩子素日是个伶俐聪明的,你又知道他有个呆根子,平白的哄他做什么?

薛　宝二爷本来心实,可巧林姑娘又是从小儿来的,他姊妹两个一处长的这么大,比别的姊妹更不同,这会子热刺刺地说一个去,别说他是个实心的傻孩子,便是冷心肠的大人也要伤心。这并不是什么大病,老太太和姨太太只管放心,吃一两剂药就好了。

〔鸳鸯上。

鸳　老太太、太太,林之孝家的、单大家的知道了二爷欠安,都来请安来了。

母　难为他们想着,叫他们进来瞧瞧罢。

玉　(这时宝玉已睡好在床上,但一手拉着紫鹃,听得姓林的来看,便满床闹起来)了不得了,了不得了,林家的人接林妹妹来了,快打出去,快替我打出去!〔他要爬起来,但给众人按下去了。

母　把姓林的打出去! 姓林的都打出去!

凤　鸳鸯,你出去叫林之孝家的不用进来了。

玉　把姓林的都打出去!

母　(安慰他)那不是林家的人,林家的人都死绝了,不会有人来接林妹妹的,你只管放心罢。

玉　(哭)凭他是谁。除了林妹妹,都不许姓林的。

母　没姓林的来,姓林的都打出去了。鸳鸯,你去关照看园门的,凡姓林的都不许进园里来,并且,大家听着,不准谁提起姓林的,你们都听见了没有?

众　(暗笑)老太太,听见了。

〔宝玉一眼看见十锦格子上一只木船,又大闹起来。

玉　了不得了,接林妹妹的船来了,快把那船打掉! 打掉!

母　宝贝儿,船在哪里呀?

玉　(指着木船)那不是接林妹妹的船来了么?

母　噢。袭人,把船拿下来。

〔袭人把船拿下。

玉　拿给我,拿给我!

母　袭人,你拿来给二爷。

还泪记

玉　（接了船便掖在被中笑道）这可去不成了。（紫鹃乘机想走开）紫鹃，你不能走。〔宝玉一把拉住不放。

〔鸳鸯上。

鸳　老太太，大夫来了。

母　快请，快请。你们到后面回避一下罢。

〔凤姐、宝钗、李纨退入后面，袭人、晴雯也随入。只有紫鹃，给宝玉拖住，面朝里面。贾琏陪着王太医上。

医　（请安）贾老太太，您老人家好。

母　请坐，请坐。

医　（坐在床前，看到被拉着的紫鹃有点惊奇）请世兄把手伸过来，让小的先诊一诊脉。（宝玉伸出手来，太医摇头沉思了一下，又低头默察了一会，躬身起立）回老太太，世兄这症乃是急痛迷心。古人曾云：痰迷有别，有血气亏柔，饮食不能融化痰迷者，有怒恼中痰急而迷者，有急痛壅塞。

母　你只说怕不怕，谁同你背药书呀。

医　（躬身赔笑）不妨，不妨。

母　果真不妨？

医　实在不妨，都在晚生身上。

母　既如此，琏儿你陪太医到外面坐，开药方，若吃好了，我另外预备好谢礼，叫他亲自捧了送去磕头。

医　（躬身赔笑）不敢，不敢。

母　若耽误了，我打发人去拆了太医院的大堂。

医　（躬身赔笑）不敢，不敢。

〔众笑。

琏　王太医，请外面坐罢。

〔正要走出，雪雁急得满头大汗，气喘筋胀，从右门上。

雪　老太太、太太不好了，不好了。〔急得说不下去。

母　快说呀！

雪　林……林姑娘死过去了。

玉　啊呀！〔仰面翻倒，王夫人、太医、贾母都围上去哭喊了一阵。

医　不要紧了，醒过来了。

〔薛姨妈走前来拉雪雁到台前。

薛　你怎么当着二爷好说这些话呢。

雪　姨太太,我快急疯了,紫鹃姐姐又在这儿,那些小丫头又不中用,叫我一个急得几乎只好上吊了。

薛　你说到底怎么一回事?

雪　我们林姑娘听说二爷不中用了,她就哇的一声,把吃的药、喝的燕窝汤都呕了出来,哇呀哇的,呕个不停。等她呕停了,又闹着要来看二爷,我好容易劝她上了床,把地下吐的东西仔细看了一看,真把我的魂灵儿都吓掉了,原来她吐了满地的血。

薛　血?

雪　全是鲜红的血,她睡了一会,精神好一点,又吵着要过来看二爷,她说要死要跟二爷一块儿死,拦也拦不住,她歪歪倒倒,我扶她走到门口,她实在撑不住,便倒了下来,接着又大吐大呕,死了过去。

薛　唔,不要紧。你赶快回去。我请老太太、太太马上过来就是了。

雪　姨太太,你们一定得马上就来。〔向右门下。

紫　太太,让我回去看看姑娘去。

玉　(大闹大喊)你们让我起来,我要去看看林妹妹!

母　你不要急,林妹妹已经好一点了。

王　你好好的睡一会,我们会替你去看她的。

玉　你们为什么还不去?还是让我自己去,我们要死一块儿死。

母　好好,我们马上就去。琏儿,你陪王太医先过去罢。

〔贾琏和太医下,凤姐、李纨、宝钗由内门上。

玉　(痛哭)老祖宗,要是林妹妹活不成了,我也活不成了。

王　你好好躺着,我们去看了林妹妹再来看你。

紫　太太,让我回去看看林姑娘再来。

王　你不用去,我们自会另外派人服侍她的。

母　真不知道是哪一世里的孽障,偏生遇见这么两个不省事的小冤家,没有一天不叫我操心。一定要把我这老冤家折磨死了才安静。(向王夫人)你还是留在这里看着宝玉要紧,我跟凤丫头、大奶奶去走一趟罢。

凤　对了,宝玉要紧,姑妈,你还是照顾这儿罢。我陪老太太去走一趟。

〔贾母、凤姐、李纨下。

王　　也好。(看看房内四周)袭人,屋子里闷得很,你把窗子打开。
〔袭人开窗。

薛　　姐姐,我听老太太说起,宝二爷上次也发过一次呆病,后来有一个和尚说只要把二爷的一块宝玉,挂在房里镇镇邪就好了。现在——

王　　呀,幸而你提醒我,我几乎忘了,袭人,你把二爷的那块宝玉拿下来,挂在床上。

袭　　是。(他走至床前)二爷,二爷,让我把你的宝玉解下来。(她俯身解玉)啊呀,你的宝玉呢?(转身向众)宝玉不见了。

王　　怎么会丢的呢?让我来瞧。〔王夫人至床前。

薛　　会不会他搁在什么地方忘带上了?

王　　(面色转白,转身向发抖的袭人)袭人,你今天早上替他带上没有?

袭　　我亲手替他带上的。

王　　你有没有替他解下来?

袭　　我无缘无故替他解下来干什么呢?

王　　他有没有换过衣服?

袭　　换过的,林姑娘来看他,他一定要起来,才给他衣服穿了起来的。

王　　谁服侍他换衣裳的?

袭　　我跟晴雯两个人。

王　　唔。他有没有出去过?

袭　　没有,不过有一次他嫌房里闷,到后院门口去站了一会。

薛　　我看,姐姐,还是问问二爷自己。

王　　宝玉,宝玉,你醒一醒,你醒一醒!(宝玉半撑起身,呆视)你的宝玉哪儿去了,你知道么?(不答)你的宝玉丢了么?

玉　　(慢慢坐起来,脸上露着笑)丢得好,丢得好。

袭　　小祖宗,你救救我们的命罢,别再说傻话了。(宝玉痴笑了一二声)小祖宗,我早上替你带上以后,你有没有拿下来过?(宝玉痴笑)你搁在哪儿了?(仍痴笑)啊呀,小祖宗,你开开口好不好?

薛　　我看大家在这屋子里分头找一找。

众　　好,好。〔于是大家在屋子四周乱找了一阵。

玉　（哈哈笑）好，这玉丢得好！

〔众呆住。

袭　小祖宗，你到底在哪儿丢的，（宝玉痴笑）在后院门口丢的？〔仍痴笑。

王　袭人，你到后院门口去找找看。

〔袭人下。

薛　我看有没有人跟宝玉开玩笑，故意藏起来吓唬人的。

王　不错，这倒也说不定，马上派人到各处去问问。

薛　派人不妥当，这件事还不能声张出去，一声张出去事情就闹大了，要是什么促狭鬼本来不过是开玩笑，事情一闹出去，他知道关系重大，索性不拿出来，或者甚而至于把它毁了。

王　妹妹，幸而你提醒我，那末只好派个守得住口、耐得住性子的人去各处探听探听口气再说。

钗　姨妈，我来去罢。

王　宝丫头，你肯去再好没有了。

钗　不过，我想，姊妹们中间十九是不会的，除了环三爷或者会使这种促狭。

王　对啦，对啦！一定是他！

钗　不过，我们先问问这屋子里的人，环三爷今日这里来过没有？

袭　（垂头丧气上）太太，没有，后院门口都找过了，没有。

王　袭人，环三爷今天来过没有？

袭　来是来过的，不过在外间屋子里坐一坐没进来。

薛　那末，我想倒是这屋子里头的人，袭人，你不要多心，会不会有跟二爷开玩笑惯的，藏起来了也说不定。

王　对对，我真闹糊涂了，怎么近处不想，倒往远处找。袭人，你叫全屋子的老嬷嬷、小丫头都进来，我要一个一个问。

薛　我看一方面，让宝丫头到姊妹各处去问问，叫他们也可以帮着找，一方面袭人你去叫老嬷、丫头到外间屋子等太太来问。

钗　那么我就去。

薛　要是姊妹们捡着，吓他们玩呢，你就说等宝兄弟好了，亲自来道谢，要了回来。要是小丫头偷了去，问出来也不回上头，不论把什么送他换了出来都使得。你告诉他们，真要丢了这个比丢了宝二爷还厉害呢！

钗　　我知道。

薛　　宝丫头,环三爷那边你只能探探口气,不好明说。

钗　　妈,我知道了。〔下。

薛　　袭人,在这屋子里服侍宝玉的,除了你还有谁?

袭　　就是晴雯、麝月两个人。麝月这两天告了假,由她娘接出去了。

王　　晴雯上哪儿去了?

袭　　(已走至后门口)她说她身上不舒服睡了。

王　　好自在,人家闹得天翻地覆,她倒躺在床上养神,简直是无法无天,没有主子在眼里了。

薛　　可不就是那个水蛇腰的标致丫头?

王　　这屋子里的丫头都很老实,就是她妖形怪状,风骚刻毒,宝玉就是她勾引坏的,前天老爷也骂过她一顿,叫我早些撵她出去。

薛　　妹妹,你当面责备过她没有?

王　　岂止责备,还痛痛快快骂过一顿,她还顶我的嘴呢。

薛　　你看她会不会借此报你骂她的仇?

王　　对对对! 我怎么没想到,袭人,你先把她叫出来,我来问问她。

袭　　(走至后门口,向外)晴雯妹妹,晴雯妹妹。

　　　〔晴声:什么事?

袭　　太太叫你来。

　　　〔晴声:你跟太太说我头痛得厉害,实在起不来。

王　　哼,起得来也要来,起不来也要来。〔坐下。

袭　　太太说一定要你来一来。

　　　〔晴声:那么让我起来。

晴　　(扶着壁出来,衣服不整)太太。

王　　哼,现在真是个病西施了。你竟轻狂到这步田地,老太太、太太全都不放在眼里,人家闹得天翻地覆,你倒安心睡觉去。

晴　　我头痛发烧,二爷就叫我睡去。

王　　你们什么事都推在二爷身上,哼,二爷的病就是你们害出来的。

晴　　虽然太太是主子,我是个奴才,但也不能不讲个理呀。

王　　哼,你又要顶我的话了,别的不管,我问你,二爷的宝玉,你藏到哪儿去了？

晴　（气急）太太，你骂你打，奴才只好忍受，可总不能冤枉我做贼呀！

薛　并不是冤枉你做贼，太太的意思是，你往常跟二爷开玩笑开惯了，说不定你藏起来开个玩笑。

晴　太太，你不疑袭人姐姐，也不疑别人，偏疑心我，难道我脸上挂着贼字么？我不做贼已经活不了，疑我做了贼我还有日子过么？好，太太，你搜我身上（自解纽扣）太太来搜。

王　我本来要搜你。袭人，把她的东西都拿出来，我要搜。〔把晴雯身上略搜一下，袭人下。

晴　让我自己去拿。（下，不一会袭人和晴雯拿出一箱一铺盖，往地上一丢）太太来搜。〔她把箱打开，一翻身把箱里的东西都倒了出来。

王　（瞪了晴雯一眼）你发疯了，好放肆的丫头，你眼里还有太太么？袭人，你替我搜一搜，搜完了连人带东西都给我撵出去！

袭　太太，不像有。

王　她的东西替我丢出去！

晴　太太搜到了没有？我到底偷了没有。我跟太太评……

王　（大怒）滚出去！你造反了么？叫你哥嫂子马上来带你出去！

〔晴雯知道弄僵，便软下来。

晴　（跪下）太太，看在二爷的面上……

王　袭人，替我拖出去！

〔袭人上前拖她，她啐道。

晴　不用你来拖，我自己会出去。〔她眼睛看着薛姨妈，想请薛姨妈求情，薛姨妈转开头去不理，她再转身向宝玉，宝玉昏昏入睡，她叹一口气，只好缓步出去，走到门口，她撑不住痛哭起来，袭人随下。

〔贾母带着凤姐、李纨上。

母　林丫头这孩子太心细，身子就不会结实了，三天两天病，又经不起半点风浪，叫我怎么好？宝玉怎么样了？

王　倒还安静，只是仍旧疯疯癫癫，不声不响地发呆。

母　那也罢了，让我坐下来歇一会儿罢。（袭人捧茶递给贾母，贾母喝茶。王夫人拉着凤姐窃窃私语）你们慌慌张张地说些什么？

王　（吞吞吐吐）老太太,这件事本来想瞒过您老人家,但是……想想又不大好,事情也太大……

母　到底什么事呀?

王　宝玉的宝玉不见了。

母　（惊立）你们说什么?

凤　老太太,宝兄弟那块玉丢了。

母　（惊呆,茶杯落地粉碎）这东西怎么可以丢的呢?这是他的命根子!啊呀,一件事情没完,又出了一桩大事,真要了我的老命了。你们搜过了没有?

王　都搜过了,连后院门口都叫袭人去搜过了。

〔袭人上。

袭　琏二爷刚送了王太医出去,问还有什么事么?

母　你赶快叫他进来!

〔贾琏上。

母　宝玉的那块玉丢了。

琏　什么?

母　你立刻叫赖大、焦二进来,把前后园门都上了锁,不许一个人出去,也不许一个人进来。把全园子的老嬷丫头都叫到大观楼去聚集,我们要一个一个细细的搜。然后再到各处屋里上上下下箱笼柜子都打开来搜一搜。就是搜他三天三夜,也要把宝玉的命根子搜回来。你赶快去办,办好了来回我,让我自己动手。

琏　是。〔下。

袭　（哭着跪在贾母、王夫人面前）老太太,太太。

母　袭人,你有什么事,你起来说。

袭　老太太,太太,承两位老人家看得起我,叫我服侍二爷。想不到连接出了好几桩事,老太太、太太不但不撵我出去,并且连一句责怪的话也没有。

母　你没有错,叫我怪你什么?

袭　我现在趁这个时机,想说一句斗胆的话,不晓得老太太、太太肯听不肯听?

母　什么话,你尽管说。

袭　我说等宝二爷的病好一点就搬出园子去住。

母　为什么?

王　老太太,我也老早有这个意思,没有机会说。我看园子里姊妹们年纪也大了,宝玉呆头呆脑,不避嫌疑,还是搬出去的好。

母　这我想也不是什么大不了的事。你还有什么说?

袭　我既然跟老太太开了口,索性说个痛快罢。我看宝二爷也大了,早点给他定了亲,也可以叫他专心用在书上去。

王　袭人这个丫头很有见地,老爷跟我也早有这个意思,只是还没有工夫跟老太太商量。

母　你还有什么话么?

袭　没有了。

母　好,好,我们再商量,你想得着提醒我,真是个好孩子。你起来,起来。

袭　谢谢老太太。

母　我早有这个心,只是匆匆忙忙,怎么能办这样大事呢?宝玉花了我十几年的心血,好容易看他长大成人了,总得要对一个才貌双全、门当户对的小姐,我才放得下这个心。但是一时之间又往哪儿去找呢?

〔王夫人扯扯凤姐的袖子。

凤　不是我当着老祖宗、太太跟前说句大胆的话,现放着天配的姻缘,何用别处去找呢?

母　在哪里?

凤　你问太太罢。

母　你们说的是谁?

王　(眼看着薛姨妈)那当然要老太太做主,不过做媳妇的总应当是个稳重贤惠、身体结实的才好。

母　你的话我懂,不过孩子们自己心里眼里到底是不是中意,也该过虑到。这到底是宝玉的终身大事,不可以随随便便的。

王　老太太的意思我也懂,不过我们应当为宝玉下半世的好处着想,不能顾到他们小孩子一时的傻想头。

母　人说知子莫若母,不过宝玉从小跟我在一起,只怕他的脾气,你知道得没有我清楚,他这股傻劲儿是固执到底的。

〔凤拉拉王夫人的衣服,又向薛姨妈努努嘴。

薛　我去看看宝丫头回来了没有?〔下。

母　宝丫头上哪儿去了?

王　她到各处姑娘那里去查问去了。

母　宝丫头真是个热心肠的孩子,办事又能干。

凤　紫鹃,宝二爷睡了么?

紫　睡熟了。

凤　你到外头去歇一歇,回头再叫你进来。

〔紫鹃下。

凤　老祖宗,论理我们做小辈的不应该插嘴,不过既承老祖宗疼我,我又心直口快,耐不住不说话了。

母　你说你说。

凤　老祖宗疼宝兄弟爱宝兄弟,就该替他娶一个十全十美的姑娘才好。我并不是偏心帮自己人,我说句公平话:论才学林丫头比宝丫头强,论能干论贤惠,宝丫头比林丫头强,老祖宗替宝兄弟娶媳妇,才学要紧呢,还是能干贤惠要紧呢?

母　林丫头性情是乖僻一点,但这也是她的好处。况且她父母早死,孤苦伶仃一个人在这儿。

王　我不懂老太太这是什么意思?

母　照宝玉的意思只怕也愿意娶林丫头。

〔以下的对话要一句紧接一句,使贾母无插嘴余地。

王　这是宝玉的终身大事,难道可以由孩子们自己做主么?

凤　还有,老祖宗。我不是说句不吉利的话,照林丫头这种虚弱身体,三天两天病,只怕不是有寿的!

王　我没有了珠儿,后半世恐怕只剩宝玉了,要是娶个媳妇不能孝顺我,我这后半世还有什么指望呢?

凤　像我们这样人家上上下下三四百来个人,每天大大小小一二百桩事,上一辈要没有老太太这样能干人支撑着,中一辈要没有太太坐镇在里头,不晓得要出多少大乱子,况且宝兄弟将来出去做事,皇帝就是他的姐夫，做个把宰相也不算稀奇，那到时候要没有一个担得起、挑得动的贤内助替他张罗照料，你想这份家要糟到什么地步？

王　　老太太，我冷眼旁观了好久了，不是我偏护我自己的姨甥女儿，论身体、论性情、论能干、论贤惠，宝丫头比林丫头强多了。

凤　　老祖宗……

母　　好啦好啦，本来宝玉的事，应该由你们做父母的做主，况且我也老了，心计眼光也大不如从前了，回头叫你老爷进来，看他的意思再做决定罢。不过……要是宝玉死心眼的一定要娶林丫头，那怎么办呢？

王　　这个……

凤　　老祖宗，你交给我罢，这点点花样儿我还要得过来，我有一条偷梁换柱之计，包你弄得玲珑剔透，四面灵光。

〔宝玉从梦中惊醒来大闹，众人围上去。

玉　　救命呀！有人要害我林妹妹呀！

母　　谁呀？谁呀？宝玉，你说是谁呀？

玉　　（用手指着门口，宝钗恰巧跑了进来）是她！

钗　　老太太！（见宝玉直着眼指着她，惊愕）啊！

〔众人看着宝钗。

————幕————

第　五　幕

第一场

布景

　　与第五、六场同，唯室内床桌椅幔搬移一空，空洞，一无所有，只剩几张破椅子横七竖八地放着，室内光线幽暗。

　　幕启时，寂寞无声，半晌，黛玉扶着紫鹃由右上，看到这情形，大吃一惊。

黛　　啊！（咳嗽虚弱）我一个多月没来，怎么宝二爷……〔可怕的眼光注视着紫鹃。

紫　姑娘，你刚好一点，还是回家躺去罢，你看你自己又咳成这个样子。

黛　紫鹃，你为什么瞒我，宝二爷到底怎么啦？你怎么不让我知道。

紫　宝二爷？噢，姑娘，你不要胡思乱想，我听说宝二爷也病了一个多月，现在搬出园去住，到老太太那里养病去了。姑娘回去罢。

黛　（放下心）不，让我坐一坐再走。（紫鹃端一张椅子来，扶黛玉坐下，咳嗽了一阵，掏手绢，但手绢没有了）紫鹃，我的手绢呢！

紫　在姑娘身上呀。

黛　大概是在路上丢了，紫鹃，你替我去拿一块来，让我在这儿静静地坐一坐。

紫　姑娘，还是一块儿回去吧。

黛　我病了一个多月，关在屋子里关腻了，让我在外面散散都不许？

紫　好，好，那么你坐着不要走，我马上就来。

黛　你去罢，你放心，难道我死了，你也这样死盯着我么？〔苦笑。

紫　姑娘！

黛　紫鹃，你回来，要是宝玉刚巧上我那儿来看我，你说我在这儿等他。我有一个多月没有见他了，不知道他怎么样了？别人不来看我倒也罢了，怎么他也绝迹不来呢？

紫　你不要胡思乱想了，我马上就来。〔下。

〔黛玉向屋子四周看着，吃力地站起来，蹒跚地走到书桌边，忽然听见右首窗前的笑声，她大吃一惊，回过头来一看，是一只鹦鹉，依旧挂着。

黛　（手放在心口下）你这促狭的鹦鹉，把我吓了一大跳，不过你也够可怜的了，人搬走了，就把你孤零零地丢在后面。〔想到自己便滚下泪来，正要转身，忽听见左幔门下有呜咽哭声，她这一吓，吓得她跟跄向右退步，几乎吓倒，幸而那张椅子背刚好给她扶住了。

黛　谁？谁？谁在那儿哭？

〔傻大姐在左幔后站起来。

傻　是我。

黛　（放心一点）你是谁？

傻　我是傻大姐。

黛　你为什么一个人在这儿哭？

傻　我心里难过。〔又放声哭。

黛　你有什么伤心的事？

傻　(略走前几步)林姑娘，你评评这个理，她们说话我又不知道，我就说错了一句话，我姐姐也不该打我呀！

黛　你姐姐是哪一个？

傻　就是珍珠姐姐。

黛　你是老太太屋里的是不是？

傻　是的，我是老太太屋里做粗活的。

黛　你姐姐为什么打你，你说错了什么话了？

傻　为什么呢，就是为我们宝二爷娶宝姑娘的事。(黛玉听了，如同一个疾雷，心头乱跳，几乎昏倒，立脚不稳，傻大姐赶忙过来扶住)林姑娘，你怎么啦？

黛　(咳了一阵，强自镇定，坐下)没什么，你说宝二爷娶宝姑娘，她为什么打你呢？

傻　我们老太太和太太、二奶奶商量了，因为我们老爷要起身，说就赶着跟姨太太商量，把宝姑娘娶过来，头一宗给宝二爷冲冲什么喜，第二宗……〔抿着嘴笑。

黛　说……说下去。

傻　赶着办了还要给林姑娘说婆婆家呢。

黛　(呆住了)……

傻　我又不知道他们怎么商量的，不叫人吵闹，怕宝姑娘听见害臊。我只和宝二爷屋里的袭人姐姐说了一句，咱们明儿更热闹了，又是宝姑娘，又是宝二奶奶，这又怎么叫呢。林姑娘，你说我这话害着珍珠姐姐什么了呢？她走过来就打了我一个嘴巴，说我浑说，不遵上头的话，要撵我出去，我知道上头为什么不许我们说呢，你们又没告诉我，就打我，还罚我到这儿来看屋子。〔说着又哭起来。

黛　(此时心里竟是油儿、酱儿、糖儿、醋儿倒在一处时竟说不上什么味儿来了，停了一会)你别浑说了，再浑说叫人家听见又要打你了，你去罢。

〔傻大姐呜呜咽咽哭着由右下。

黛　我要问问宝玉去！(她站起来要走，但身子竟有千百斤重似的，两只脚却像踏着棉花一般,慢慢地向门移,但越移越慢,终于踣倒在地,咳嗽一阵,吐了一口血,勉强又爬起来)我要问问宝玉去!〔又倒在地上。

〔半晌,紫鹃拿着手帕上。

紫 啊呀!姑娘,姑娘!你怎么啦?(扶她起来)啊呀,血!血!姑娘,姑娘!〔哭泣。

黛 (笑)我哪里就能够死呢。(紫鹃扶住她坐下,咳喘一阵又站起来)我要问问宝玉去!〔正要向门走去,只见宝玉已由袭人扶着进来,两人相对呆住。

袭 咦。宝二爷,回去罢。

〔宝玉一伸手把袭人推开,摇摇摆摆向黛玉走过去,黛玉也把紫鹃推开,也摇摇摆摆走过去,两人相对坐下,黛玉向宝玉傻笑,宝玉亦向之傻笑,袭人拉紫鹃至旁边问道。

袭 你姑娘病了,怎么你把她带到这儿来?

紫 她一定要来,叫我怎么阻挡?你怎么把二爷也带到这儿来?

袭 他闹着要到园子里来,怎么骗也不成,老太太才叫我扶着他来的。

玉 林妹妹。

黛 宝哥哥。(两人相对又傻笑了一阵,黛玉迷惑程度不下于宝玉)宝哥哥,你为什么病了?

玉 我为妹妹病了。

〔黛玉傻笑点头。

玉 (傻笑点头,半晌)林妹妹,你为什么病了?

黛 宝哥哥,我为你病了。

〔两人相对傻笑。

袭 (走前来)紫鹃妹妹,你们姑娘才好了,我同你搀回姑娘歇歇去吧。〔袭人过去搀,黛玉转身恨恨地看了她一眼,撒开袭人的手,慢慢站起来,向四围看了看,热泪滚滚流下。

紫 姑娘,回家去歇歇吧。

黛 可不是,这就是我回去的时候了。〔两眼转移到宝玉,宝玉也站起来傻笑。黛玉由紫鹃扶着一步步向后退,退到门口,恨恨地咬着牙,撒掉紫鹃的扶持,急速地转身向门冲去,但没走几步就倒了下来。

紫　　啊呀！姑娘昏倒了！

　　　〔袭人冲过去。宝玉仍向前呆视，哈哈傻笑。

玉　　哈哈哈！

——幕——

第二场

布景

　　宝玉新房的外间，右首挂着大红绒幔通内房，左首后面有着地雕花长窗，窗外是宽阔的长廊，挂着软帘。室内正中一张方桌，右后有一大炕榻，右前有一梳妆台，左首一只红木几椅和古董书架。正中后面挂着和合画，画前长几一，香案全副。室内全是簇新大红铺设。礼堂就在走廊左端，所以行礼时的音乐和赞礼声都可以听见。

　　幕启时，袭人和鸳鸯正在布置着，把大红绣被和枕头捧到内间去，鸳鸯在整理梳妆台。

袭　　（兴高高的）鸳鸯姐姐，你把梳妆台收拾好了，就把老太太房里拿来的几件古董，劳你驾给摆一摆好，我实在忙不过来。

鸳　　知道了。（袭人下，啐道）瞧你今天这股高兴的劲儿！我看你有几天称心日子过。〔走至左首，将茶几上的几件古董拿来，放在炕榻上和长几上。

　　　〔平儿由左后门上。

平　　老太太、太太，来了没有？

袭　　（由右上）我道是谁？原来是平姐姐，请坐，请坐。老太太、太太，还没来呢。

平　　我们奶奶问布置得怎么样了？今儿奶奶身上还是不大好，叫我来跟老太太、太太说新房里缺什么东西，只管往我们屋子里去拿，将就过了今天，以后再慢慢添办好了。

袭　　这太费你奶奶的心了。其实也差不多了，老太太那儿也拿了许多东西来，你瞧我布置得怎么样？

平　　袭人姐姐真能干，怪不得老太太、太太疼你呢。两天不到的工夫，布置得这样整整齐齐，真是亏你的。

鸳　我没事了，我服侍老太太去了。

袭　真对不起你，把你也忙坏了。你有事去罢。（鸳鸯下）那尤家的二奶奶怎么样了？

平　（走至门口张看了一下，回来）我们奶奶就会这事气病了，日里硬撑着管事，再加上宝二爷的喜事，直忙得喝茶的空儿也没有。晚上就为了我们琏二爷娶了尤二奶奶，大老爷又送了秋湘给我们二爷，我们奶奶气得死去活来，因此得了一种毛病，是我们女人最讨厌的病。

袭　啊呀，这个病可以耽误的么？找大夫看了没有？

平　大夫是天天看，大夫说吃药没有用，这个病要躺着静养几个月才会好，但是我们奶奶怎么能躺得下来呢？

袭　啊呀，这不是磨命么？

平　唉，我们奶奶又好强，什么事情往自己身上拉，不管办得好办不好，你好心好意叫她歇歇睡睡，她就说她本来没病，倒是我们咒她病。

袭　怎么你们奶奶这样糊涂呢？

平　唉，聪明过了头也会糊涂的，并且比真正糊涂的人还要死心眼儿不承认。我告诉你。（又走至门口张望）你千万别告诉人，我们奶奶花了成千银子，把尤二奶奶的前夫，叫什么张华的，叫旺儿去找了去来，硬塞银子给他叫他去告状……

袭　叫他告谁呀？

平　你千万别说呀，告的就是我们琏二爷。

袭　啊呀！怎么可以告起自己人来了呢？

[鸳鸯扶着贾母与王夫人同上。

母　你们在说些什么？

袭　老太太来了，请坐，请坐。

平　我们没说什么，奶奶说今儿宝二爷大喜了。奶奶身上也好点了，只怕老太太、太太心里着急，特意叫我来关照老太太、太太，她起了床，吃过药就来。

母　唉，这一个月来出了多少大事，元春贵妃娘娘死了，大老爷也死了，接连两件丧事，真把我磨折死了。偏偏凤丫头又病了，真叫我像没头的苍蝇

		一样，弄得六神无主，不知道怎么样才好。眼睛一霎，宝玉成亲的日子又到了，真把我急死了，平儿，你叫奶奶马上就过来吧，还有许多事要商量呢。
平	是啦。〔预备下。
母	你回来。宝玉成亲的事，你们要瞒得紧呀！元春贵妃娘娘和你们大老爷的丧事到现在还没满百日，要是给外头人知道了，说我们瞒着皇上在国丧、家丧里做喜事，这个罪是不轻呀！
王	老太太请放心，除了我，凤丫头，和这几个贴心的丫头之外，连园子、院里的姊妹们都还是今天早上才派人去通知的呢。
母	姨妈那边，你也去说过了？
王	姨妈是自己人，什么话都说得通，我昨天晚上偷偷地过去，把迎娶的事都已经说好了，一概鼓乐不用，按宫里的样子，用十二对提灯，一乘八人轿子，抬了来，照南边规矩，拜了堂一样坐床撒帐，可不是算娶了亲了么？
母	可别太委屈了宝丫头了？
王	宝丫头好在心里明白，是不要虑的。
母	宝玉好一点了么？
王	昨日袭人偷偷告诉他，说要娶林丫头了，他好像明白得多。昨日硬要起来说要到园子里去，告诉林妹妹叫她放心。
母	唉，他能不糊涂就好了。我们冒着国丧家丧，替他娶宝丫头，就指望冲了喜，他的病好了，我心上的一块石头也就可以放下去了。
王	宝丫头心地忠厚，嘴上又来得，内中又有个袭人，也是个妥妥当当的孩子，再有个宝丫头，常常在旁边劝劝宝玉，他的病是就可以好的。
母	但愿能如我们的愿就好了。内间收拾好了没有？让我们进去瞧瞧。
袭	老太太，里面全布置好了，请老太太进去看看，不妥当的地方，请老太太说说。

〔贾母、王夫人、鸳鸯、袭人由右首下，凤姐扶着平儿上。

凤	老太太、太太不在这儿？
平	大概在里头吧，奶奶你坐下来歇歇，让我进去瞧瞧。
凤	也好。〔坐下。

平　奶奶,我看奶奶今儿身体还是虚幌幌的,坐一会儿就去睡吧!
凤　我好好儿的,你又要咒我病了。
平　我看奶奶还是看破些,保养身子要紧,要不然……
凤　平丫头,你要咒我死么?(平儿向右门走)平儿,旺儿来过么?
平　旺儿早上来过。
凤　他说什么没有?
平　他说那张华这小子非常可恶,拿了我们两百两银子去还嫌少。
凤　旺儿一共拿了多少银子去了?
平　两千多两了,他说都察院的老爷,一人一千就花了两千。
凤　回头旺儿来,你问问都察院的老爷拿了银子,为什么还不断下来?你跟他说,只要他们把尤家的婊子货断还给张华,我愿意再送五百两银子。
平　奶奶,何必争这一点子气呢,雪白的银子也该花得值得一点。
凤　(拍桌生气)住嘴!你倒愿意把那婊子货留在家里么?哼,说不定琏二爷买通了你来算计我。
平　天老爷在上头,我要是……
凤　(嗤的一笑)我跟你开玩笑,看你急得这个样儿,你去罢。
　　〔平正要下,贾母与王夫人上。
母　凤丫头,你来了很好很好。我们坐下来谈。你身上好一点么?
凤　我本来没有什么病,都是他们大惊小怪,说得我好像快要办后事似的。
母　那也罢了,宝玉这件婚事我老是心神不安,日夜操心。
凤　大喜的日子都到了,还操什么心呢?
母　宝玉虽然我顶疼他,到底是隔代的孙子,婚姻大事论理由你们父母做主,既然你们都看中了宝丫头,并且薛姨妈也非常肯体谅我们,一切将就办事,宝丫头也肯委屈,不计较这些!不过我还有两件事放不下心,第一件,今日已是大喜的日子了,上上下下瞒到今天再不能瞒下去了,不过要叫大家不讲到外头去,别让人家知道我们在办喜事,还有,千万不能让林丫头知道。
凤　这还不容易么,平儿,你去叫赖大进来。
平　是。(由左后门下。又上)赖大在外头。
赖　老太太、太太、二奶奶好。

85

凤　赖大，你听我说。

赖　是，二奶奶。

凤　你去告诉今天办喜事的人，往薛府来去的人都打园里的小门走，不必经大门。还有办事的人不许乱说话，要是谁走漏了风声，我就找谁算账。

赖　是，奶奶。

凤　还有，打园里走的时候，别在潇湘馆门口过，你知道么？

赖　是。

凤　你下去。〔赖大在帘外退。

母　好，这件事算办妥了，还有一件更担心的事。我们大家再商量商量。

王　老太太，什么事这样慌张？

母　别的事都好说，林丫头倒也没有什么？死活到这个地步也只好由她去。若是宝玉不答应娶宝丫头，当场发傻劲闹起来，不肯拜堂，那时候叫宝丫头怎么受得了？薛姨妈的面子怎么下得去？可不叫人作难了？

〔王夫人与凤姐面面相觑。

王　老太太虑得极是，不过我想宝玉不至于吧，况且他呆头呆脑什么事好像都不晓得似的。

母　昨天袭人跟他提起林丫头，他还好像顶清醒似的。

凤　这件事难倒不难，我想了一个主意，不知姑妈肯不肯。

王　你有主意只管说给老太太听，大家娘儿们商量着办罢了。

凤　依我想这件事只有一个掉包的法儿。

母　怎么掉包儿？

凤　如今不管宝兄弟明白不明白，大家吵闹起来，说是老爷做主将林妹妹配了他了，瞧他的神情儿怎么样？要是他全不管，这个包儿也就不用掉了，要是他有些喜欢的意思，这件事就要大费周折了。

王　就算他喜欢，你怎么样办法呢？（凤姐走到王夫人耳边，如此这般说了一遍，王夫人点了点头，笑了一笑）好，也罢了。（向贾母）凤丫头真聪明，计策也真好。

母　你娘儿俩捣鬼，到底告诉我是怎么样呢？（凤姐恐泄露机关，也向贾母耳边告诉了一遍）我不懂，你再说得清楚一点。（凤姐又说了几句，贾母脸上起先不悦，但后来只好勉强赔笑着说）到这地步也只好这么着。可

|||是太对不起林丫头,又怄苦了宝丫头了。偶或吵闹出来,林丫头又怎么样呢?

凤　这个话原只说给宝玉听,外头人一概不许提起,有谁知道呢!

母　也罢,眼前也只有这个办法了。不过,谁去试探试探宝玉呢?

凤　老太太、太太都不成,这个差使也只好由我来承当了。

母　好,好。现在也只好全盘交给凤丫头了。

〔平儿由左后门上。

平　奶奶,琏二爷在外面有要紧事要见奶奶。

凤　你说我没空,回头晚上来跟我说话。

母　咱们不管他们小夫妻的闲账,我跟你看看宝玉去。(走,回身)不错,我想起来了,林丫头病得怎么样了?

王　我这两天也为宝玉的事忙,没派人去看视她,不过紫鹃好几天没来找我,大概好了一点吧。

平　不,太太,林姑娘不大好,今天早上紫鹃还到我那儿哭了,说只怕难好呢。

母　唉,是我弄坏了她了。〔坐倒流泪。

王　老太太,你也不用难过。老实说,孩子们从小儿在一处儿玩,好些是有的。如今大了懂得人事,就该要分别些,才是做女孩儿的本分,老太太才值得真心疼她,若是她心里有别的想头,成了什么人呢。老太太可是真的白疼了她了。

母　唉,你们哪儿懂得这两个傻孩子的心呢。不过现在我的心实在也分不开来。回头你派个人瞧瞧去再告诉我。〔说着与王夫人同下。

〔贾琏掀帘进来,面有怒色。

琏　熙凤,你这闹得太不像样了?你也总得顾顾我的面子呀!(凤姐转身不理)你花银子钱去买通张华来告我,这是从哪儿说起呢?

凤　(拍桌大怒)谁造的混账谣言,含血喷人,亏你这个糊涂虫会相信。

琏　外面的人都这么说,叫我怎么不相信呢?况且张华这小子,我老早就给过他二十两银子,叫他退了亲。我还看见过他,是一个怕见官的混虫,哪儿有胆子去告状?这一定是什么人指使他的。

凤　你就断定是我?(直追至他面前,用指戳他的脸)是我使了银子叫他来告你？是我在背后蹿掇他来跟你打官司？好，你就一口咬定我，你到老太太面前去告我，休我撵我，怎么样？

平　二奶奶，你平平气好好儿说。

凤　你跟他串通了来，逼死我，我这种日子本来难过得很，我就让你们去称心如意罢，我是你的眼中钉。〔哭着闹着。

琏　闹有什么用呢？我昨天还走都察院的门，拿了五百两银子去，哪知道他的门子说，有人来托过了，还送了一千两呢？你想张华这小子哪里有这许多打点。这明明是有人跟我为难？

凤　好，好，就算我拿了成万两银子来买通了张华，来跟你打官司又怎么样？我就算指使他，你又怎么样？你在外面偷人买小房子倒有理！你停妻再娶倒有理！你在国丧家丧时候讨小老婆倒有理！

琏　你这种自己人……

平　（向琏拉住）你少说几句好不好？奶奶在气头上，你就——〔暗底下做手势叫他跪下求，琏起先不肯，但看情势的确非软求不可，他就老了面皮跪了下来。

琏　那么，我跪下来求求你怎么样，求你看在我们几年的夫妻份上？（平儿一连做手势指点他）求你看在我这可怜的丈夫面上，求你……

凤　哼，我看你这馋猫，只要看见齐整一点的女人就要，不管她有没有男人，也不管她清白不清白。我看你一定痰迷了心，脂油蒙了窍。国丧、家丧两重在身，就把个婊子东西娶进来了。这会子给人家告了我们，倒反咬一口，说我串通了人家来算计你，连外头人都知道我厉害吃醋，好，我就同你见官去，分证明白，回来我们请了合族中人，说个明白，给我休书我就走。（扭住他）走，走，走！

琏　好啦，好啦，你骂也骂过了，气也总算出够了，你还要怎么样呢？

凤　我呀？我恨不得痛痛快快打你一顿！〔平儿做手势叫他自己打。

琏　假使你气还是不平，何用劳你贵手，让我自己打。（左右开弓自己打了四五下，又自问自答起来，引得平儿笑得弯腰曲背）以后可还瞒了老婆讨小老婆么？不敢了。以后还听老婆的话么？听，听，听。贾琏，你要知道你老婆待你多好，你要是再三心两意是没有天良的了？是，是，是。

凤　（噗的笑了出来）亏你有脸做得出来？

琏　那么你答应我了？

凤　什么？

琏　(起立)打官司第一先要钱呀,你把一千两银子给我去打点,不然事情愈弄愈糟了。

凤　我没有钱。

琏　好奶奶,好奶奶！就算赏给我罢。

凤　(顿了半晌,丢了个钥匙给他)你自己开柜子拿去。

琏　(接了钥匙)好,好,我马上去。

〔贾琏正要下场,袭人和王夫人挟着宝玉上,宝玉面容消瘦,灰白如纸,两眼直视,呆病依旧。他们挟他坐在椅上,他就呆呆地坐着不动。

母　宝玉,你今天觉得好一点么？(宝玉不答)你心里明白点儿么？

〔宝玉不答。

袭　老太太跟你说话呀。〔宝玉痴笑不答。

王　宝玉,你觉得身上哪一个地方不舒服！(宝玉不答)你药吃过了没有？

〔宝玉仍不答。

母　啊呀,今天更糊涂了。

袭　二爷,太太、老太太跟你说话,你听见么？(宝玉不答)啊呀,比昨天更不成了。

凤　让我来试试看。(走近宝玉)宝兄弟,老太太来看你了。(宝玉不答)你母亲来看你了。(宝玉不答)你凤姐姐来看你了。(仍如前凤姐心急)宝姐姐来看你了。(仍不答)林妹妹来看你了。

玉　(呆呆地站起,傻笑)在哪儿？

凤　宝兄弟,给你娶林妹妹过来,好不好？

玉　(兴奋起来)好,好,好。〔哈哈大笑。

凤　这就是你的新房。

玉　(左右顾盼)我的新房？哈,哈,哈。

凤　不过你不傻才给你娶林妹妹呢,若是这么傻,便不给你娶了。

玉　(正色道)我不傻,你才傻呢。(摇摇摆摆站起来)我瞧瞧林妹妹去,叫她放心。

凤　你不用去了,她已经知道了。

玉　好,好。怎么她老不来看我?

凤　她如今要做新媳妇了,自然害羞,不肯见你了。

玉　娶过来她到底是见我不见?

凤　你若是疯疯癫癫的她就不见你了。

玉　我不疯,我很好。

凤　你现在身体好了?〔向贾母王夫人做得意手势。

玉　好了,完全好了。

凤　你心里也不糊涂了?〔又向贾母王夫人做手势。

玉　心里也不糊涂了,很清楚了。

凤　那么你到里面去换了衣服? 就出来做新郎罢。

玉　好,好,我马上去换。袭人姐姐,你陪我去换。

袭　阿弥陀佛,二爷今天才真的好了。老太太、太太,你瞧他不是跟好人一样了么?

玉　老太太、太太,你替我娶林妹妹,真是从古至今,天上人间第一件称心满意的事,我跟老太太、太太磕头。〔他跪下来磕头。

母　不用了,你去换衣服罢。〔心里难过之至。

　　〔袭人搀宝玉下。

凤　老祖宗,你看我只用几句话就把宝玉的病说好了。

王　凤丫头的油嘴可以把死人说成一个活人。

　　〔但贾母已不能再领会凤姐的笑话了。

母　我看这件事完全弄糟了。

凤　一点也不糟,我自有偷梁换柱的妙计,包老太太太太办得称心如意。

母　事情已到这步田地,我也只好由你去闹了,我累得很,让我去歇一会再来。

凤　老祖宗你把这儿的事交给我们娘儿俩就成了。回来我叫孙子媳妇双双地来跟老太太磕头罢。

　　〔平儿上。

平　老太太、太太,姨太太的过礼都已经送来了,要不要端进来?

凤　金银珠宝、小的东西都拿里头来,绫罗绸缎、大的东西都搁在外面厅上。

母　鸳鸯,你帮他们搬东西,我先回去了。

凤　　老祖宗,要不要我来搀你?(贾母摆摆手下)平儿,鸳鸯,你们站在门口,一件件递进来。

〔鸳鸯站在门外,平儿站在门内,凤姐站在中间,王夫人站在长几旁,一件件由鸳鸯递给平儿,由平儿递给凤姐,由凤姐递给王夫人,王夫人放在长几上。

凤　　(递一样说一声好口彩)年年如意,早生贵子,两榜及第,五子登科……

〔宝玉由袭人搀着上,看他们递东西哈哈大笑。

玉　　这里送到园里,回头园里又送到这里,我们自己的人送,我们自己的人收,倒是很好玩的呢!哈,哈,哈!

〔暗场。灯再亮时已是夜晚,长几上红烛高烧,左后门音乐悠扬。宝玉穿着结婚礼服,在屋内走来走去,宛如好人一样。袭人在旁侍候。

袭　　二爷,你坐下歇歇罢。

玉　　我一点不累。我身体非常健旺,你瞧,我的病不是全好了么?

袭　　只指望二爷娶了亲,就从此以后改了一个人。

玉　　唔,唔。(走至左门口张望)林妹妹打园里来,为什么这样费事,还不来?

袭　　等好时辰就来。

玉　　那也罢了,她近来老是躲着我不见面,娶过来之后,看她还躲到哪儿去。

袭　　你别多说话劳了神,回头还要拜堂呢。你进去躺一会罢。

玉　　(拉了袭人很兴奋的)我有一个心,前儿已经交给林妹妹了。她要过来,横竖给我带来,还放在我肚子里头。

袭　　(看他又说疯话,着急)二爷,你累了,你坐坐罢。

〔宝玉坐下。

〔外面鞭炮声,热闹的乐声,自远而近只听见许多人在外面说新娘花轿到了,新娘花轿到了。玉兴奋地站起。

玉　　林妹妹来了!

〔赞礼声:良辰吉时已到,请新娘出轿。(音乐声)请新郎新娘参拜天地。(音乐声)

〔贾母、王夫人——穿着礼服——由左后门上,走至宝玉身边。

王　　宝玉,现在给你娶亲了,娶了亲就是大人了,以后得听从父母和老太太的话,认真读书,好好儿做人,不可以再闹小孩子脾气了。

玉　　是,是。

母　　姻缘是命中注定,不是可以勉强得来的。娶了亲之后,宝玉,你应当安分守命,认真上进。我老了,我不敢指望你光宗耀祖,我只希望不白疼你一场就好了。

玉　　老太太放心就是了。

〔赞礼声:请新郎新娘参拜天地。

王　　出去罢。〔王夫人、袭人扶着宝玉下,贾母随下。外面音乐响亮,赞礼的高喊声。

〔赞礼声:月下老人红线牵,良辰吉时配佳缘,郎才女貌结秦晋,白首偕老永和欢。新郎新娘参拜天地。跪,拜,拜,拜,兴!

〔声音低下去,平儿挟着凤姐上。

平　　奶奶,奶奶,你怎么啦?

凤　　不要紧,不要紧,我有点头晕就是了。

平　　奶奶,你就看开一点罢。

凤　　(拍桌生气)气死我了,天下哪有这样冤的事,花上好几千两银子,倒放这张华小子白白逃走。你叫旺儿进来,我要问他!

平　　奶奶,犯不着气坏了身子,况且为了这件事奶奶已经弄得浑身是病。

凤　　平儿,我告诉你我没病,你偏偏说我有病,你真要咒我死么?

平　　并且奶奶这件事做得也太过分了。

凤　　连你也说我不对!老实说,这次事情不但花了许多冤枉钱,反把刀靶子给了外人。张华一逃走,要是把这件事告诉了别人,或是日后再寻出这回头来翻案,岂不是自己害了自己。

平　　奶奶就是这句话呀。我劝奶奶……

凤　　一不做二不休,你叫旺儿进来。

平　　(至门口)旺儿,你进来。

〔旺儿站在帘外磕头。

旺　　奴才旺儿替奶奶磕头。

凤　　(拍桌)你办的好事!这点小事都办不了,你往后怎么再替我当差?

旺　　二奶奶,这件事你不能怪小人,琏二爷在都察衙门和张华小子身上使的钱比奶奶多,叫我又有什么法子呢?

凤　不要多嘴！我限你十天半月派人把张华这小子追回来,寻到了他,就讹他做贼和他打官司,将他治死。或者派人暗算他,务必将他治死,这样才能剪草除根保持我自己的名声。

旺　奶奶,我看还是积积福吧,外头对我们贾府的口碑很不好,对奶奶也有许多不好听的话……

凤　外头对我有什么不好听的话,你倒说我听听。

旺　外头人看到我们为了一个小老婆的事,成千成万的使花银子,因此街坊上就有个谣言。

凤　什么谣言?

旺　外头人说贾府的银库有几间,金库有几间,使用的家货都是金子镶了玉石嵌的。也有说姑娘做了王妃,自然皇上家的东西分了一半子给娘家。前儿贵妃娘娘省亲回来,他们还看见她带了几车金银回来,所以家里收拾摆设得水晶宫似的,那日在庙里还愿花了几万银子,只算牛身上拔了一根毛罢了。还说奶奶屋子里的几只柜子装满了金银珠宝,连皇上家也比……

凤　全是胡说八道。

旺　本来是胡说八道,但是这些话多可怕呀。都是跟我们作对的人造的谣言,要害我们呀!

凤　你不用再说这些废话,你照我的话办去。

旺　不过,奶奶……

凤　你肯不肯办?十天之内听回音,你下去!

旺　是。〔下。

〔外面音乐转响。

〔赞礼声:新郎新娘儿礼完毕,双双送入洞房!

〔吹打手走至门口,让在两边,门帘掀起,先进来贾琏、贾环,捧着一对花烛,接着一对新人,宝玉由袭人扶着,新人由雪雁扶着,宝玉一路走一路对雪雁傻笑,贾琏、贾环把花烛放在梳妆台上,新人坐在炕榻上,宝玉依然向新娘傻笑,门外拥着许多看热闹的人,贾母、王夫人、史湘云和其他丫鬟等拥在右首门口,宝玉向众人傻笑,又向新人傻笑,他耐不住站起来。

玉　（向新人）妹妹，你身上可大好了？（新人不答。凤姐招手贾母、王夫人到宝玉身旁，以防万一）好容易盼到今天，总算如了我们的愿，妹妹，你说是不是？（新娘不答）老太太、太太，妹妹看见了这许多人有点害羞呢。妹妹，你盖着这捞什子做什么？让我来替你揭去了罢。〔伸手正要揭，贾琏和贾环站在右首，看见贾政进来。

琏　老爷来了。

〔众人让开，贾政走前来。

政　宝玉。

玉　是。

政　老太太、太太替你成了亲，你该满意啦？

玉　满意啦。

政　我明天早上就要动身到江西粮道上任去了，你身体好了之后，就好好地念书，孝顺老太太、太太。

玉　是。

政　我明天一早动身，你身体刚好，你也不必来送我，今天就算送行罢。

王　宝玉，你跪下来替父亲送行罢。

〔宝玉跪下，凤姐倒酒放入盘内，递给宝玉，宝玉向上一献，袭人接了送到贾政面前，贾政一饮而尽。

王　请新媳送行。〔新娘跪在宝玉身旁，凤姐再倒酒，袭人奉与贾政。

政　（接酒）新娘子委屈了你啦，宝玉从小性情顽劣，不喜读书，以后有你在旁边，请你好好地劝导他。（饮酒，宝玉、新娘均起立）老太太，我看宝玉身体的确比前天好了，今天又娶了亲，我也可以放心了。

母　你明天一早动身，早些休息罢，宝玉的事——你放心罢。

政　宝玉，你刚好一点，今天又劳顿了一天，早些休息罢，琏儿、环儿，还有你们也早些回去罢。

众　是。

政　老太太也早点安歇罢。〔下，贾琏、贾环随下。

玉　（向新娘）现在我来把这盖头揭了罢。（他从凤姐手里接过尺，揭盖，看见是宝钗）呀？我看错了罢，把灯给我。（移灯近钗，擦眼细看）咦！（转身向前发呆，袭人接灯，转身向王夫人、贾母，王夫人、贾母低头，转向袭

	人)我是在哪里呢？这不是做梦么？
袭	你今天好日子,什么梦不梦的浑说。
玉	(糊涂手指宝钗)坐在那里这一位美人儿是谁？
袭	是新娶的二奶奶。
玉	好糊涂,你说二奶奶到底是谁？
袭	(顿)宝姑娘！
玉	林姑娘呢？
袭	老爷做主娶的是宝姑娘,怎么浑说起林姑娘呢？
玉	我刚才看见不是林姑娘了么？还有雪雁呢？怎么说没有呢？你们这都是做什么玩呢？
凤	(走前来)宝兄弟,宝姑娘在屋里坐着呢,别浑说,回头得罪了她,老太太不依的。
玉	(此时才明白上了当,并不是玩笑,大跳大闹起来,冲过去,拉住贾母、王夫人)你们把林妹妹弄到哪儿去了,你们为什么不替我娶林妹妹？你们为什么不替我娶林妹妹？(癫狂一样的跑至宝钗面前,问她)你怎么把林妹妹赶了去了？你为什么霸占在这里？我问你林妹妹给你赶到哪儿去啦？(疯狂一样的奔来奔去)你们为什么不说话呀？林妹妹在哪儿？(一个个问过来,都低头不答,最后到凤姐面前)林妹妹给你赶到哪儿去了？不知道林妹妹哭得怎么样了,要是林妹妹有什么,我也活不成了！你们这些人都好狠心呀！
凤	宝兄弟,你不要闹,林妹妹好好的在园子里呢。
玉	我去找林妹妹去！〔冲向门去。
众	宝玉！宝二爷！
	〔宝玉正要出去,紫鹃蓬着头发进来。两人相对呆住,紫鹃一步步进来,宝玉一步步后退。
紫	你要找林姑娘么？她……她……
王	紫鹃,你来干什么？
凤	把她赶出去！
紫	谁敢碰我。你们害死了她,还要拿我怎么样？
玉	林妹妹怎么样了！

紫　林妹妹恨死你！

玉　林妹妹为什么恨我！

紫　她恨你假装疯癫，恨你假说丢玉，好叫我们姑娘看了寒心，你好偷偷地娶宝姑娘！

玉　这是他们安排的圈套，我一点也不知道呀！

紫　你还要赖！

玉　我马上到园子里跟林姑娘分辩去。

紫　不用了，她已经死了，她就在你和宝姑娘拜堂的时候死了！

玉　什么！（痴呆向前摇摇摆摆）林妹妹，你等一等我，我……我贾宝玉绝不辜负你这片心……［昏倒下去，众人抢前扶住，睡倒。

众　宝玉！宝二爷！

——幕急闭

（全剧完）

选自顾仲彝《还泪记》（永祥印书馆1948年版）。

红 楼 二 尤

孔另境

第 一 幕

登场人物——
 尤三姐
 尤老娘
 尤二姐
 兴 儿
 贾 琏
 隆 儿

景——
  小花枝巷的贾琏新住宅。这是一间内厅。厅中陈设,虽非富丽,但亦洁净有致。正面为坐炕。右面为明窗,窗外绿叶红花,极富风趣。左面置红木方桌及凳椅。墙上挂有字画,其中一幅为观音像。幕启时,尤三姐独坐坑上,手执佛珠,口微噏动,似在念佛,唯不闻声。稍停,尤老娘上。

老 娘 三囡,你倒自在啦。
三 姐 (停止念佛,起立)妈。
老 娘 三囡,你这样念佛,有什么用呢!
三 姐 妈,为什么没有用?
老 娘 念佛,是得一心向佛才成!你现在为他而念佛,一心在惦记着他,这有什么用!

三　姐　我原不想讨菩萨欢喜,我原不想成佛升天,我是为坚定自己的心眼儿,我是为避免人家当咱们粉头儿来欺侮,所以我的念佛,压根儿和普通人的念佛不同!

老　娘　(严重地)三因,你说话得当心点!谁把我们当粉头儿来着?

三　姐　哼,打量我瞧不出这两个宝货的存心!——

老　娘　你是说你的两个姐夫么?这就是你的心眼儿太狭了,他们和你闹着玩儿是有的,彼此是至亲,这也算不了什么,可是你说他们想欺侮你,那是你的看法就太过分了!

三　姐　还说我过分?我才不过分呢!就因为我们太老实了,太把他们当自己人了,所以他们才敢欺侮我们!

老　娘　可是你昨天这样打发他们,太使他们难堪啦!

三　姐　难堪?我就要给他们一点难堪,才使他们知道不是每个女孩子都可以随便欺侮的!

老　娘　好了,我也不想和你多辩,可是我得告诉你:下次他们来的时候,你得对他们客气一点!

三　姐　现在我不是在念佛吃斋了么?以后他们也不好和我再说玩话,不说玩话,自然是客气了。再说,他们也已经知道了我的心,我谅他们也不敢再起什么歹念。

老　娘　但愿这样才好。彼此是至亲,弄得面红耳赤成什么样子呢。至于你的心事,我也不来阻挡你,这姓柳的,长相儿倒果然不差,可不知他的心地怎样?

三　姐　妈,他的心地我早有一点看出来的。

老　娘　你怎么会知道?

三　姐　您老人家还看不出他对二姐很有意思么?

老　娘　我哪里会知道!

三　姐　他对二姐原是很有意思的,可是二姐似乎嫌他穷,不欢喜他。

老　娘　穷不穷我倒不放在心上的,张华那小子要不是泼皮没出息,我也不会答应退掉这门亲事的。

三　姐　可不是么!一个人穷些怕什么!只要这个人有希望,我想绝不会穷一辈子的。

老　娘	想不到你这样小小一点年纪,竟有这见识!
三　姐	妈别挖苦我啦!（稍停）二姐可不这样想,所以她情愿嫁给贾琏。
老　娘	可是贾琏这人,看去倒也挺能干的。
三　姐	能干是能干的,可是他家里还有着老婆,而且这老婆是出名的凤辣子,我怕往后的难关还多哩!
老　娘	我也何尝不知道!只是二囡一心向着他,我对她说的话她哪里听得进!
三　姐	反正这是她自己的事情,享福也好,吃苦也好,不管人家什么事。
老　娘	你二姐的事情已经做了,也不必再去说她,现在你的事情,我倒着实替你担心呢!
三　姐	这也用不到妈担心,俗话说得好,"一两黄金一两福",要得到这一两黄金,就得有一两的福气,没有这福气的,担心又有什么用?
老　娘	可是这姓柳的是一个东闯西荡惯了的人,谁知道什么时候转来。再说,这还只是你一个人的思想,万一他不乐意的时候,你岂不白白牺牲自己了么?
三　姐	（若有所思）是的,也许他不乐意!……二姐确实辜负了他一片深情,他原是一心向着二姐,可是二姐太不坚定了,竟会抛弃他和贾琏这宝货好起来!妈,您说还是贾琏好,还是柳湘莲好?
老　娘	照你说,自然是柳湘莲好了。
三　姐	（撒娇地）妈也打趣起我来,我可不依!
老　娘	不管谁好谁坏,反正现在的生活总是贾琏供给咱们的……
三　姐	（打断）妈,事情是要往远一点子看的,像现在二姐这样,究竟还没有名分,万一被他家里的那一只雌老虎探听出来的时候,正不知有一场多大的祸事哩!妈,您不能把这里当作安乐窝的,照我的意思,妈还得打点子心才是正经!
老　娘	你的意思要我怎样?
三　姐	照我说呀,妈得逼着贾琏把这事情向他家里去弄个明白,他老婆答应便罢,要是万一不答应的话,咱们有三条性命去和她拼!
老　娘	你的意思我何尝没曾想到,可是现在二囡的心完全偏着贾琏,要她去向贾琏说怕也是白费的。
三　姐	哼,二姐这人真是糊涂透顶了!眼光一点没有,耳根子又是软得要命,

她要是想一味享现存的福,我怕她没有这福分。这个时候,贾琏对她正在火热头上,提出来是容易办到的,要是过这么一年半载,看贾琏对她还有现在这么好,到那时候,事情怕更难办了!我不是故意要咒二姐,照二姐这副朝三暮四的心肠,我怕她得不到好结梢的。

〔尤二姐上。

二　姐　妈,您也在这里,我听三妹在说什么好结梢不好结梢的?

老　娘　没有什么,她在瞎扯罢了。

三　姐　二姐,我是在说,你和贾琏太好了。

二　姐　三妹你这话是什么意思?

三　姐　我是说,咱们的感情要热,咱们的头脑还是要清爽一点的。

二　姐　你是说我头脑糊涂么?

三　姐　二姐,你想一想,咱们金玉一般的人,白叫这现世宝玷污了去,也算无能!而他家里现放着一个极厉害的女人,如今瞒着,自然是好的;倘或一旦她知道了,岂肯干休?势必有一场大闹。你二人不知谁生谁死,这如何便当作安身乐业的去处!

二　姐　照你的意思怎么办呢?

三　姐　我说你应该逼着贾琏,要他去求老太太答应,只要他老太太一答应,他的老婆也不敢怎样了。况且他老婆是没有生育过的,老太太也未见得不答应。我做事情是喜欢明来明去,有道理大家说,怕什么!

老　娘　二囡,三囡的话倒是不错的,像现在这样偷偷摸摸,总不是一个了局。

二　姐　妈,您老人家不知道,贾琏曾经答应过我?

老　娘　他怎么答应你?

二　姐　他说……

老　娘　怎么说?

二　姐　他说凤姐儿的身体,一向不大好,怕长不了寿,只等她一死,便接我进去。

三　姐　哼,亏你有这一副老实心肠!

二　姐　你说他不会么?

三　姐　我告诉你:凤姐儿死不死谁能做得了主!即使她现在身体不大好吧,也不见得就会死。即使果然死了,你相信他一定会接你进去么?我说,

|||你应得忖明白一点：贾琏娶的是你的年轻和美貌，什么传宗接代，你别听他这一番鬼话！他这会子花了几个臭钱，把姐姐拐来做二房，"偷来的锣鼓儿打不得"，我倒偏要去会会那位凤辣子看，看她是几个脑袋，几只手！若大家好讲和便罢，倘若有一点叫人过不去，我有本事和那泼妇拼了这条命！

老　娘　三囡的性子总是烈火似的，动不动就是拼命。我说，你的脾气得好好儿改一点才成！

三　姐　妈，您老人家不知道，他们这种人都安着什么心眼儿，像前回吃酒的事情，我要是不给他们破着没脸皮，咱们不知要给他们欺侮得怎样哩！

二　姐　三妹你这话也不免说得过分了。

三　姐　哼，过分？一点也不过分！我年纪虽然没姐姐大，可是这种人的心理我要比姐姐明白得多！

二　姐　好了，好了，这些且不去说它，我倒要问问你：你现在认定非柳湘莲不嫁，你这眼光可有自信？

三　姐　你暂且不要管我的事，我要问你：你究竟愿不愿意逼贾琏去向他们老太太说明？

二　姐　好，我听你的话，回头他来的时候，我来问他。

三　姐　姐姐要是能办到这一点，不但你自己的前途有了保障，而且妈也有了一个安身之处，至于我，是用不到你们管得的！

二　姐　那么你的意思是坚决的了？

三　姐　当然，要不坚决，我又何必吃素念佛。

二　姐　原来妹妹的吃素念佛，为的要保佑柳郎快点转来。

三　姐　我才不这么傻呢。吃素念佛要真有什么用，那才怪呢！我这意思无非是防防身，让那些存着坏心眼儿的人没有机会，再说，姐姐嫌柳郎穷，我倒不嫌他穷！

二　姐　噢，想不到妹妹竟是柳郎的风尘知己呢！可是话又得说回来，你既有这条心，何不早对做姐姐的说呢？

三　姐　啐，姐姐又要挖苦人了。你没有嫁贾琏以前，我怎么知道你不欢喜柳郎呢？你和他，可不是热烈过来的？我那时如果表示一点意见，我还成什么人呢？我还对得起姐姐吗？

二　　姐　好好,算你有理,我说不过你……

〔兴儿上。

兴　　儿　老奶奶,奶奶,三小姐。

二　　姐　你有什么事?

兴　　儿　我们二爷就要来了,叫小的先来通知一声。

三　　姐　来就来了,还要通知什么! 难道怕你奶奶还养着野汉子不成?

老　　娘　三囡,你的嘴就少说几句吧。兴儿,我们知道了,你下去吧。

兴　　儿　是。〔下。

三　　姐　妈不让我说,我就不说——可是,哼!……(念佛)不若波罗咪哆……

老　　娘　三囡真是……

〔贾琏上。

贾　　琏　你们大家都在这儿……妈……三姨儿又在念佛啦!

二　　姐　你来就来了,还要打发人先来知照,你可要我们接驾不成?

贾　　琏　(嬉笑)我哪里敢,我哪里敢! 我也没有这大福分。我要兴儿来知照一声,怕大哥也在这儿……

三　　姐　姐夫,我倒要请问你一句:珍哥哥和你,可不都是我们的姐夫么? 他就是在这儿,又要什么紧? 你究竟安着什么心眼儿,为什么要特意躲起他来?

贾　　琏　这……我也没有什么意思。

三　　姐　哼! 你的鬼心眼儿打量我不知道,老实和你说吧,二姐呢,现在已经有了你,其他什么人都不会在她眼里了,至于我,你不是也已经知道了吗? 老实说,除了他,什么人敢碰我一根汗毛,我就和他拼命! 所以归根儿一句,你的这种小心眼儿算是白用的,谁也不会领你这份情的!

贾　　琏　你说得对,算是我的小心眼儿!

三　　姐　什么小心眼儿,简直是贼心眼儿!

老　　娘　三囡,别对你姐夫这样没规矩!

三　　姐　妈,你倒不说他说我! 你看他使这种心眼儿,可是特地来欺侮我?

二　　姐　妹妹,算你姐夫不好,罚他赶快替你去寻柳郎。

三　　姐　啐,别要我说穿了好看! 结亲才不过几天,就那么死劲帮起来,谁知道你们……

二　　姐　（打断）三丫头，你要再这样和我贫嘴，我可不依的！

老　　娘　好了，好了，自己姐妹当中又要斗起嘴来啦。琏姑爷，三囡的事，倒确实要仗你大力了。

贾　　琏　妈，你放心，我早晚要把那柳老二找得来。只要被我一访着，管把这事情办妥。凭三妹这一副花容月貌，保管柳老二百依百顺。

二　　姐　那你倒别这么说，柳湘莲最是一个冷心冷面的人，他什么人没有见过，这也要看三丫头的福分了。

三　　姐　我哪儿有这福分，你的福分才好呢！

贾　　琏　三妹，柳老二的为人，我倒也知道一点。他这人看去确是冷面冷心的，其实倒是一个多情多义的人。他最和宝玉合得来。去年因打了薛呆子，他有点不好意思见我们，才不上咱家来。反正这事情由我来包办，像三妹这种人品，不管他铁石心肠的，包管也会钟情的，三妹，你说我的话可对？

三　　姐　姐夫，不是我女孩儿家没羞耻，这是我终身的大事，必得我拣个素日可心如意的人才跟他，要不然，我心里进不去，白过了这一世了！我不是心口两样的人，说什么是什么！若有姓柳的来，我便嫁他，若他一百年不来，我便修行去了。（一面说，一面把头上一根玉簪拔下来，磕作两段）一句不真，就和这簪子一样！〔说完，竟自下。

老　　娘　你们瞧三囡的脾气真烈得厉害，她是说得出，做得到。从前天起，她就吃斋念佛，整日价坐在这里，对着佛像念佛，她说这也是表示她的决心。今天又凭空把簪子磕作两段，还起着誓，你们说说看，有谁能降得住她？

贾　　琏　三妹这人仿佛是块肥羊肉，无奈烫得慌。又像是玫瑰花儿，可爱固然可爱，可是刺多扎手！

二　　姐　你这人又要轻薄起来了！要是给她听了去，又要臭骂你一顿，替你想，何犯着！

贾　　琏　我只是拿个比方就是了，况且她又没有听见。

二　　姐　哼！

〔隆儿上。

隆　　儿　爷，老爷那边紧等着叫爷呢。小的答应往舅老爷那边去了，小的连忙来请。

贾　琏　好好,我知道,你去备马,跟我去,要兴儿留在这儿答应使唤。

隆　儿　是。[下。

贾　琏　(对老娘)妈,我走了。(对二姐)回头倘没甚紧要事,我再来。

二　姐　你尽干事去,别叫老爷呼唤你不着。

贾　琏　知道。[下。

老　娘　你去看看三丫头,她在干什么?

二　姐　嗯。[下。

　　　　[兴儿上。

兴　儿　老奶奶,二爷叫我留在这儿,你老人家有什么使唤么?

老　娘　没有什么,你尽可歇歇去。

兴　儿　是。

　　　　[兴儿将下。二姐与三姐同出。

二　姐　兴儿,慢着,你忙去找媳妇子么?

兴　儿　二奶奶,您有什么吩咐?

二　姐　你坐在这儿,陪我们聊聊天。

兴　儿　(没有坐)是。

二　姐　你别在我面前装客气,你给我坐着。

兴　儿　(坐)是。

二　姐　兴儿,你们背地里常说你们的奶奶做人厉害,可是究竟怎么样的厉害,你倒给我说说看。

兴　儿　提起我们奶奶的事,告诉不得奶奶。她心里歹毒,口里尖快。我们二爷也算是个好的,哪里见得她!我们二门上该班的人,共有两班,八个人,有几个是奶奶的心腹,有几个是爷的心腹。奶奶的心腹,我们不敢惹;爷的心腹,奶奶敢惹。倒是爷跟前有个平姑娘为人很好,虽然和奶奶一气,她倒背着奶奶做些好事。我们有了不是,奶奶是容不过的,只求求她事就完了。如今合家大小,除了老太太、太太两个,没有不恨她的,只不过面子情儿怕她。

老　娘　兴儿,照你说,你们奶奶是什么人也不容的,可是老太太、太太反喜欢她,可见得她总也有一点好处的,你不要一味在背后说她坏话。

兴　儿　老奶奶,您老人家不知道,我们这位奶奶只一味哄着老太太、太太两个人喜欢,她恨不得把银子钱省了下来,堆成山,好叫老太太、太太说她会过日子。她只知道刻苦下人,她去讨好儿。倘有好事,她就不等别人去说,她先抓尖儿,倘有不好的事,或则她自己错了,她就一缩头,推到别人身上去,她还在旁边拨火儿。如今连她正经婆婆都嫌她,她说"'雀儿拣着旺处飞,黑母鸡一窝儿',自家的事不管,倒替人家瞎张罗!"要不是老太太在头里,早叫她过去了。

二　姐　你背着她这么说她,将来背着我还不知怎样说我呢。我又差她一层儿了,越发有说的了。

兴　儿　(连忙跪下)奶奶要这么说,小的不怕雷劈吗?但凡小的要有造化,起先娶奶奶时,要得了这样的人,小的们也少挨些骂,也少提心吊胆的!如今跟爷的几个人,谁不是背前背后称扬奶奶盛德怜下!我们商量着:叫二爷要出来,情愿来伺候奶奶呢!

二　姐　你这小猾贼儿,还不起来!说句玩话儿,就吓得这个样儿。你们为什么还想往这里来,我还要找了你们奶奶去呢!

兴　儿　(连忙摇手)奶奶千万别去,我告诉奶奶一辈子不见她才好呢!嘴甜心苦,两面三刀,上头笑着,脚底下就使绊儿;明是一盆火,暗是一把刀,她都占全了。只怕三姨儿这张嘴还说不过她呢!奶奶这么斯文良善人,哪里是她的对手!

二　姐　我只以理待她,她敢怎么着我?

兴　儿　不是小的放肆胡说,奶奶就是让着她,她看见奶奶比她标致,又比她得人心儿,她哪里肯善罢甘休了?人家是醋罐子,她是醋缸,醋瓮!凡丫头们跟前,二爷多看一眼,她有本事当着爷打个烂羊头似的!虽然平姑娘在屋里,大约一年里头,两个有一趟在一处,她还要嘴里掂十来个过儿呢!气得平姑娘性子上来,哭闹一阵说"又不是我自己寻来的!你逼着我,我不愿意,又说我反了!这会子又这么着!"后来倒是她去央求平姑娘!

二　姐　这话就可见你是撒谎了!这么一个母夜叉,怎么反怕屋里的人呢?

兴　儿　这就是俗话说的"三人抬不过'理'字去"了。这平姑娘原是她自幼儿的丫头。陪过来一共四个,死的死,嫁的嫁,只剩下这个心爱的,收在房里。一则显她贤良,二则又为的拴住爷的心。那平姑娘又是个正经人,从不会调三窝四的，倒一味忠心赤胆服侍她，所以才容下了。

三　姐　兴儿，我听着你说了一大泡话，无非是说你奶奶待你们不好，容不得人，可是我倒要问你了：你奶奶做人要果然像你所说的，你们家里有的是姑娘小姐们，她们用不到怕她，她们肯依她么？

兴　儿　原来三姨儿不知道！我们家大姑娘，不用说，是好的了。二姑娘混名儿叫"二木头"。三姑娘的混名儿叫"玫瑰花儿"：又红又香，无人不爱，只是有刺扎手。可惜不是太太养的，"老鸦窝里出凤凰"！四姑娘小，正经是珍大爷的亲妹子，太太抱过来的，养了这么大，也是一位不管事的。三姨儿不知道，我们家的姑娘们不算外，还有两位姑娘，真是天下少有！一位是我们姑太太的女儿，姓林。一个是姨太太的女儿，姓薛。这两位姑娘都是美人儿一般的呢，又都知书识字的，或出门上车，或在园子里遇见，我们连气儿也不敢出。

老　娘　你们家规矩大，小孩子遇见姑娘们，原该远远地躲藏着，敢出什么气呢？

兴　儿　（摇手）老奶奶不知道。不是那么不敢出气儿，是怕这气儿大了，吹倒了林姑娘；气儿暖了，又吹化了薛姑娘！

二　姐　（哄笑）你这小鬼灵精，越发说得没个上下了。

兴　儿　我告诉奶奶，我们家的有趣事情还多着哩。

〔隆儿匆匆上。

隆　儿　老奶奶，奶奶，三姨儿，我们爷要小的来告诉一声，刚刚老爷喊二爷去，为了一件机密大事，要二爷往平安州去走一趟，而且要明天一早就动身，爷说等会儿就到这里来。

二　姐　你知道是什么事么？

隆　儿　小的哪里会知道。不过看样子是很紧急的，不然不会赶明儿就要二爷动身的。

二　姐　既这么着，何必还来这里。

隆　儿　是。爷叫小的这么来说，小的也不知道爷要来和奶奶说些什么。

二　姐　好吧，你下去歇一会儿吧。明天可是你陪你二爷去？

隆　儿　大概是我，说不定兴儿也得同去。

兴　儿　平安州我倒没曾去过，跟爷去开开眼也好。

二　姐　好吧，那么你们都下去歇一会儿。

隆　儿 兴　儿	（同声）是。〔退下。
老　娘	这个家才成了不过几天，他就要出远门去。
二　姐	那是老爷的差遣，而且又是件要事，这里有什么要紧。
三　姐	这位姐夫在他老爷眼里，是一位了不起的干才呢。
二　姐	你又要挖苦人了。
三　姐	我这话难道不对么？你不听见隆儿说么？这件机密大事，既特地要姐夫去，自然是因为姐夫有才干，老爷信托得过，妈，您说我的话可是挖苦姐夫？
老　娘	三丫头的话倒不是挖苦。
三　姐	姐姐，你难道不相信姐夫的能干么？
二　姐	我不和你说。
	〔贾琏匆匆上。
二　姐	既有正事，何必忙忙又来？千万别为我误事！
贾　琏	也没有什么事。只是偏偏老爷要我出一趟远差。
二　姐	听隆儿来说，这件机密大事，不晓得可当真？
贾　琏	事情原有些重要，所以老爷要我明天一早就动身。
二　姐	大概多久可以转来？
贾　琏	来回总得半个月工夫。
二　姐	半个月也不算长，家里一切自有妈和我们姐妹料理，你但可放心。只是有一件事你千万要放在心上，你随处得打听打听柳郎的消息，倘使能打听到的话，派人去把他接到京里来。
贾　琏	我刚才问过跟宝玉的小厮，他们说的确的消息是不知道，当初走的时候，听说也是往平安州一带去的。
老　娘	那倒有些巧了，你也许可以碰到他的。三丫头的脾气执拗得凶，不依她是不成的，你千万把这事放在心里就是了。
三　姐	姐夫，你也不必特意去找他，倘使有缘分，总会有一天来的；倘使没有缘分，寻了他来也没有用。
贾　琏	对，对，三妹的话不错。
	〔三姐自下。

二　　姐　你别听三丫头的话，这个人是萍踪浪迹，知道他几年才来？倘不转来，岂不白耽搁了三丫头的大事。不过有一点你得记住：你千万别说穿是我的妹妹！

贾　　琏　是不是怕他记恨你的缘故？

二　　姐　也许有一点的。

贾　　琏　这事情你今天不说，我自然不便问你，你既然说了，我倒要问你一句：柳老二当初对你也算钟情的了，你为什么不给他一点颜色？

二　　姐　这……这是各人的性情罢了。

贾　　琏　可是三妹偏偏找定了他！

二　　姐　这也是各人的性情罢了。三丫头喜欢他，当然也有她的道理。

贾　　琏　你倒说说看？

二　　姐　她又没曾告诉过我，叫我怎么能说呢！

贾　　琏　柳老二这人其实真不坏，他的脾气虽有些特别，可是我听宝玉说，他实在是个多情而且任侠的人。你怕还不知道哩，他练有一身好功夫，平常人休想敌得过他，上次薛蟠吃了他的亏，也就因为把他看错了人。

二　　姐　你既这么赏识他，这个媒自然可以写包票啦。

贾　　琏　只要碰得到他，我怎么也得把他拉到京里来。

二　　姐　好了，你别唠叨了，快些转去预备预备吧。

贾　　琏　我也不要预备什么，赶明儿一早动身就是。

二　　姐　可是你总得回去和你老婆谈谈，别要尽耽在这里使你家里犯疑。

贾　　琏　你既这么说，我回去就是了。妈，这里一切全要您老人家操心啦。

老　　娘　你尽可放心前去，这里我会料理的。

贾　　琏　那么我明天早晨就不来这里了。

老　　娘　不必再来。

贾　　琏　那么……（望着二姐）我走了。

二　　姐　（似不舍地）你……你一切自己当心！

贾　　琏　我知道。

二　　姐　早一点转来。

贾　　琏　（点头）是……［走出。

——幕徐徐下

第 二 幕

第一场

登场人物——

 贾　琏

 薛　蟠

 柳湘莲

 仆　人

 兴　儿

 隆　儿

 酒　保

景——

  平安州大道上。一傍为一酒家，门前高挑着酒幌。一傍为树木数枝，另置一二石凳。

  幕启时，台上无人。稍待，听见有数匹马蹄声，自远而近，接着听见贾琏和兴儿、隆儿的说话声。

兴　儿　（声）二爷，前面不是有一处酒店了么？我们就在这儿歇一忽儿吧。

贾　琏　（声）唔，也好，那么就把马拴在这儿吧。

  〔下马声。接着贾琏在前，兴儿、隆儿随着上。

贾　琏　在这儿开一家酒店，倒是一桩好买卖。

兴　儿　二爷的话可不是么？我们一路来差不多看不见有歇脚的地方，这平安大道可也太冷清了！

隆　儿　歇脚的地方还怕没有？这石凳不也是歇脚的地方么？只是没有喝一口水的地方，二爷，您说我的话可不错？

兴　儿　算你会调词儿。

贾　琏　（向店里一望）怎么连人影儿也没有一个？

隆　儿　时光还早，赶道儿的还赶不上这里哩。

贾　琏　你是说我们起脚起得太早？

隆　儿　小的不是说咱们起脚太早，而是那三匹马的脚力健，走得快，所以就赶在人家前头啦。

兴　儿　你是一个懒虫，一躺下就仿佛死人似的，天发亮还在那儿打鼾，要不是我给你打醒的话，咱们此刻可能赶到这儿么？——爷，我们就到这店里去坐一忽儿吧？

贾　琏　好，好的。

〔三人走进酒店。

兴　儿　（向店里喊）喂，小二，这儿可有人呀？

〔酒保上。

酒　保　噢，三位爷们可到得早。

兴　儿　早？一点不早！你怕还不曾睡醒哩！

酒　保　爷，你在说笑咱啦！早虽早，可是小的已起身三个时辰哩。

兴　儿　可见已经不早啦。

酒　保　（笑）三位爷请进。三位爷可是安步儿来的？

隆　儿　你不见那边树上带着我们的牲口么？

酒　保　（望）噢，小的想：要是爷们不是坐牲口来的，可有这么健的脚力走得那么快！

贾　琏　小二，你别多噜苏，去烫儿壶好的酒来给我们解解渴。

酒　保　是。〔下。

贾　琏　不知还有多少路程？我们已经走了三天，约莫也应该到了。

兴　儿　可不是么！昨天我听店里人说，这儿离平安州还有三百来里，要是走得快些的话，也得两天，照小的估量，明天准可到啦。

贾　琏　你们沿路可曾打听：柳相公有下落没有？

隆　儿　小的沿路问来，可都说不上个准儿。

兴　儿　小的也到处问人家，他们都不晓得柳相公。

贾　琏　这是三姨儿的大事情，要是咱们没法把柳相公寻到，三姨儿就永远地吃斋念佛，永不嫁人啦！

兴　儿　这三姨儿可也算是一个有心人，她认定要嫁给柳相公，这柳相公不知是哪儿来的造化。

隆　儿　像三姨儿这么的标致人,可也只有柳相公才配。

贾　琏　你怎么也认识柳相公?

隆　儿　上回不是在咱们家唱戏,我可瞧得清清楚楚的。

贾　琏　你别以为柳相公是唱戏的,他才不是呢。

隆　儿　小的听宝二爷的小厮说过,柳相公真是一个文武全才哩!他的文才比宝二爷还高,同时他又练就一身武功,平常三二个人近不得他身。

贾　琏　你们难道不知道薛呆子被他打过一顿么?

兴　儿　我们还有什么不知道的,薛二爷被他打得死去活来,还给他扔到水沟里去,几乎淹死呢!

〔酒保取酒上。

酒　保　请三位爷喝酒。

贾　琏　你放在这儿吧。

酒　保　是。〔下。

贾　琏　柳相公也是为了打薛呆子的事情,所以才离开了京里,可不知他往哪里去的?

隆　儿　照小的想,大概总在这里一带。

贾　琏　那么我们要想法把他寻到才好呢!你们得随时在意,要是寻到他,我回去都有赏。

兴　儿　小的们不用爷吩咐,到了平安州,我们可以到处去打探,说不定就在平安州。

贾　琏　我也但愿这样。你们不知道三姨儿的脾气再拗也没有的,她是说得出做得到的,她这次既然说出了非柳相公不嫁,别想她改变主意,我现在担心的,倒不是一定寻不到柳相公,柳相公既然在这儿一带,迟早会给我们打听到的,我是担忧万一柳相公已经定了亲事,或者对三姨儿没有意思的话,那事情可难办啦!

兴　儿　爷说怕柳相公定了亲事,那小的倒不敢说准;至于柳相公不要三姨儿,那可决计不会的。三姨儿的标致,这京城里是有名的,小的想柳相公也不见得没有见过,现在有这好机会,我怕柳相公不知要怎样感激爷做这大媒呢。

贾　琏　可是你们不知道:我临走的时候,你二奶奶特别吩咐,要我别提出三姨儿的名字来,这不是有些麻烦吗?

隆　儿　这又是什么缘故?

兴　儿　这是什么道理?

贾　琏　这是你们不知道的。

兴　儿　噢,怕事情不成,失了大家的面子。

贾　琏　也许有一点这关系,可是还有别的原因,你们是不知道的。

隆　儿　爷不能向小的们说说么?

贾　琏　噢。——不,这不大好告诉你们。

兴　儿　爷对我们,还瞒着什么呢?

隆　儿　爷做的事情,不是小的们全知道么。

贾　琏　好吧,我就给你们说:这位柳相公,过去也喜欢你们二奶奶的,可是二奶奶不喜欢他,所以要是一提出三姨儿的名字来,柳相公一记恨,就绝不会答应的啦!

兴　儿　原来有这道理。——这事情可有些难办哩!

隆　儿　小的以为有爷做大媒,柳相公总也相信得过去,就是不提三姨儿,怕也没有关系。

贾　琏　我也但愿如此才成,否则的话——

　　[远远来人声,这边的说话就打断了,大家注意人声的来处。慢慢地走出了三个人:第一个是薛蟠,第二个是柳湘莲,第三个是仆人,仆人的肩上挑的一副担子。兴儿仿佛第一个发现来人是谁,突地跳起身,一边喊——

兴　儿　爷看,来的不就是薛二爷和柳相公么?

贾　琏　(望)啊哟,这是怎么一回事?他们两个不是冤家么?怎么会在一块儿了?

隆　儿　这倒有些怪!……

薛　蟠　柳二弟,咱们走得也累了,就在这店里歇一歇脚吧。

湘　莲　好吧,随你的便。

　　[三人渐渐走近店来,这里贾琏和兴儿、隆儿早已迎出店去。

贾　琏　薛兄弟,柳老二,(一边作揖)巧会,巧会!

薛　蟠　(突然一怔)怎么?琏哥,你在这里?

湘　莲　（作揖答礼）琏二爷，好久不见哩，你好？
贾　琏　我们到处访你，不道却在这儿碰到你！
湘　莲　二爷找小弟有什么事？
贾　琏　我们且进店去坐着，再慢慢儿告诉你。
　　　　〔大家同进店去。
贾　琏　小二：你再去添三副杯盏来。兴儿，你们三人到那张桌上去喝几杯。
　　　　〔分成两桌坐定，酒保下。
薛　蟠　琏哥，你要往哪儿去？
贾　琏　我们刚从京里出来，要上平安州去替老爷干一点差事。——你们呢？
薛　蟠　我们正是从平安州下来，要回京去。
贾　琏　薛兄弟，你在干买卖了？
薛　蟠　谈不到干买卖，只是在京城里闷得慌，到外边来散散闷。
贾　琏　柳老二呢？你可是上京去？
湘　莲　不瞒二爷说，小兄弟的行踪自己也摸不定的，今天想往东走，明天忽然又向西去了。可是这次却是要到小兄弟的一个姑妈家去一趟，在半路上碰见了薛大哥，就结伴同行了。
贾　琏　噢，原来这样。
薛　蟠　琏哥，你还不知道，我们这次下来，竟在半路上遇见了一伙强盗，把带来的一点货物统统给抢了去。不想柳二弟刚从那边来了，方把强盗打散，夺回货物，还救了我们的性命。我谢他又不受，所以我们结拜了生死兄弟，如今一路同行。
贾　琏　竟有这等巧事，也算是薛兄弟的好运气！自从你们上回闹过以后，我们忙着请你们两个和解，谁知柳二弟踪迹全无，后来听说薛兄弟也出门去做买卖了，想不到你们两个今日倒在一处了。真所谓"不是冤家不聚头"，你们要是没有上次的一闹，今天哪里会结拜为兄弟呢？
湘　莲　俗语所谓"不打不相识"，一点不会错的！
薛　蟠　你们老唠叨些过去的事情干吗？来，咱们喝一杯。
　　　　〔同喝酒。
薛　蟠　这次柳二弟去探望过他的姑妈以后，我还约好了他京里相见。我先进京去给他寻一所房子，寻一门好亲事，大家过起来。

湘　莲　大哥,你一高兴,说话又要脱了辐啦！琏二爷,你刚才说有话要跟小弟说,不知道有何见谕？

贾　琏　真是再巧也没有！就是刚才薛兄弟所说的要给柳二弟提亲,我现在正有着一门好亲事,配二弟是再合适也没有了,可不知柳二弟要不要我来做个媒人？

薛　蟠　再好没有,再好没有！我因为才来京不长久,认识的人不多,正在发愁寻不着一位合适的给二弟,琏哥在京城里满是熟人,你要肯做这个大媒,包管称柳二弟的心。可不知是哪一家？

贾　琏　你们要是相信我,就不用问哪一家,以柳二弟的人品,我包给选一个合适的给他。

薛　蟠　我们对琏哥还有什么不相信,那么这事情就一准拜托琏哥了。

贾　琏　我有一门现成的好亲事,所以不必再去寻得,只要问柳二弟愿意不愿意？

湘　莲　二位老哥别给小弟开玩笑！

贾　琏　这哪里是开玩笑！我是在说正经！我在京城里看见一位才貌双绝的好女孩子,又是我们贾家的亲戚,这女孩子的母亲托我要物色一位配称的夫婿,我一想,只有柳二弟可以配得上,因此就到处打听你,却一直也找不到你的踪迹。

薛　蟠　那么,琏哥不如说说,究竟是哪府上的好千金？

贾　琏　我说你们如果相信我,就不用问是哪一家的,反正我不会给柳二弟上当！

薛　蟠　既然如此,这就算定了。

湘　莲　琏二爷,薛大哥,你们别给我开玩笑,好不好？

薛　蟠　谁给你开玩笑,难道琏哥的话你还不信托么？

湘　莲　大哥,事情不是这么随便说说就成功的。承琏二爷看得起小弟,自然是好得很,可是小弟对于这件事情,近来冷心得很,想过几年再谈不迟。所以你们二位大哥的意思,兄弟着实感激,只是一时不敢领受。

薛　蟠　这你是什么意思呢？你难道真不相信琏哥替你做的大媒么？至于一应聘礼,自有做哥哥的承当,一些也不用你费心的,你难道还不答应么？

贾　琏　大概柳二弟是不相信兄弟做的媒人。

湘　莲	这是哪里的话！承琏二爷瞧得起，小兄弟已经荣耀之至，岂有不相信之理。至于薛大哥所说什么聘礼等等，更其是谈不到。实因兄弟现在无心于此，所以只好心领二位大哥的盛意。
薛　蟠	不，不成，柳二弟，咱们既然结为生死之交，你的事情就是我的事情，你的年龄也已经不小了，怎么好一直不结亲，这是万万做不得的！琏哥，一准如此，这事情由兄弟来做主为定，你要是承认我这个大哥，你要是相信我这个做大哥的一番真心实意，你就听从我的话，让琏哥替你说定这门亲事。
湘　莲	大哥，这万万使不得！
薛　蟠	为什么？
湘　莲	这因兄弟自小就由姑妈抚养成人，所以这种大事情，还得先禀明家姑妈才可决定。
贾　琏	我想柳二弟的青春也不小了，令姑妈既不替你做主定亲，自然是怕她给你选的不中你意，因此兄弟的意思，要是柳二弟自己定的，令姑妈一定没有异言的。再说兄弟这次的媒人，实因一向仰慕柳二弟的风采，恰巧又碰到这个机会，兄弟在舍亲面前，业已夸下海口，要是柳二弟不答应的话，兄弟还有什么面子去回复舍亲呢？
薛　蟠	二弟你也得替琏哥想一想，他是因为瞧得起二弟，才替你觅到这一门好亲事，你现在不赶快谢谢大媒，反要不领他的这份情，你想想，说得过去吗？
湘　莲	兄弟何尝不晓得琏哥的盛情，实因兄弟素来脾气怪僻，要不是亲眼目睹的事情，兄弟绝不肯做。这一点还要琏哥大度原谅！
贾　琏	你不领兄弟的情，不谈罢！
薛　蟠	不，不成，这哪里可以！琏哥也不用生气，这事情竟由我来做主决定，倘使二弟将来翻悔，竟可唯兄弟是问！
湘　莲	大哥，你怎么可以替我做这个主？
薛　蟠	我是你的大哥，我自然可以做这个主！
	［兴儿过来插嘴。
兴　儿	薛大爷，柳二爷，我们二爷这次替柳二爷做媒，小的们都是知道的，那位坤宅的姑娘，确是一位绝色的姑娘，当时二爷说，像这位姑娘，只有柳二

爷可以配称，那坤宅的老太太一听这话，喜得了不得，就一定要托二爷寻访柳二爷，今天好容易在半路上碰到了，这真是天缘巧合，所以小的意思，柳二爷也得领我们二爷这份情才对呢！

隆　　儿　（从座位上站起）柳二爷，兴儿的话可句句实在，小的当时也在场，所以柳二爷尽可放心咱们二爷做的这保山。

贾　　琏　要你们多嘴做什么！既然柳二爷不相信我的话，还相信你们的话不成！

薛　　蟠　琏哥何必动气！这都是二弟太固执！反正这亲事是算已经定了，不管二弟愿意也好，不愿意也好，要不认昨天的结义就罢，不然，就得听我这大哥的一句话。

贾　　琏　那可不能这样！这是柳二弟自身的事情，你虽然是他结拜的大哥，可也不能替他做这个主！

湘　　莲　琏二爷，不是小弟不情，实因小弟刚受了一次打击，所以再也提不起兴致来谈这种事情！

贾　　琏　你说这话才有些老实了！老实和柳二弟说吧，你的事情兄弟还有什么不知道的，兄弟因为觉得你受了这个打击，心里实在过意不去，但这事情，兄弟实在事前毫无所知，所以问心可告无罪。不过既有这事情，兄弟心里老像存着一个疙瘩，这次有这么一个好机会，我也想补补过，也想替二弟解解气，倘使你能看在我这点诚意上边，还希望你让我做成了这个媒。再说，那姑娘要不是个绝色的女子，我也绝不会向二弟开口的，我难道还不知你是一个心高气傲的汉子，我岂肯给你上当！

薛　　蟠　你们在说什么这个事情，这个打击，我怎么一点也不知道？

贾　　琏　你自然不知道，我们也何必再告诉你。

薛　　蟠　你们这样说话，使我闷得慌！又说不必告诉我，难道我不能替二弟分分忧么？

湘　　莲　好了，事情已经过去，还说它干吗？琏二爷，您既存了这一番好意，倒叫小弟难于固执了。

薛　　蟠　啊唷，二弟竟答应了？

湘　　莲　我也顾不了许多，任凭你们定夺，我无不从命！

薛　　蟠　（大笑）这再好没有了！琏哥，二弟既已答应，这事就算定了。琏哥回去就可回复令亲，等我回京，赶快替二弟寻一所房子，择定日子迎亲就是了。

贾　琏	事情虽然已经定了,可是我却信不过柳二弟。你是萍踪浪迹,倘去了不来,岂不误了人家一辈子的大事,须得留一个定礼!
湘　莲	大丈夫一言为定,岂有失信之理?小弟素系寒贫,况且现在客中哪里能有定礼?
薛　蟠	我这里有现存的,就备一份让琏哥带转去如何?
贾　琏	也用不到金银珠宝,须是柳二弟亲身自有的东西,不论贵贱,不过带去取信罢了。
湘　莲	既如此说,小弟没有别的东西,囊中还有一对"鸳鸯剑",乃弟家中传代之宝,弟也不敢擅用,只是随身收藏着,二爷就请拿去为定。弟纵然水流花落之性,也断舍不得这剑的。〔一面取佩剑,呈给贾琏。
贾　琏	（收剑）好极,好极,这是再合适也没有了,那么兄弟就不客气代为收下了。还望二弟早早到京,以便商办大事要紧!
湘　莲	一定遵命!
薛　蟠	这才有意思。琏哥,你做这媒人可有些累了,我们来喝一杯。〔举杯。同饮讫。
贾　琏	可是时间不早了,我们还得赶路,只能候到京再叙了。兴儿,你们预备动身!
兴　儿	是。
湘　莲	这也好,您既有公事,候将来到京再叙不迟。
薛　蟠	那么我们也好走了。
湘　莲	好。
贾　琏	喂,隆儿,你付了账。
隆　儿	是。
薛　蟠	这不成!〔抢着付钞。 〔大家出,彼此拱手作别。
薛　蟠	京里见。
湘　莲	京里见。
贾　琏	你得早点到京里来!好,京里见! 〔双方分左右两路同下。

——幕下

第二场

登场人物——
　　尤二姐
　　尤三姐
　　尤老娘
　　多姑娘
　　鲍　二
　　贾　琏
　　柳湘莲
　　兴　儿
　　隆　儿
　　凤　姐
　　平　儿
　　周瑞媳妇
　　丰　儿
　　旺　儿

景——同第一幕

幕启时，正是早晨，阳光从明窗外照射进来，非常娇艳。这所屋子里的人们似乎都没有起来，所以厅中静悄悄的，只有那美丽的阳光以无声的语言来点缀这所厅堂。过了几分钟，才有鲍二的浑家——多姑娘进厅来收拾打扫。多姑娘是一个年约二十一二岁的女仆，长得相当风骚，前嫁多浑虫，多浑虫酒痨死了，又嫁给鲍二。现在贾琏就叫他夫妻两人来伺候这新公馆。

当多姑娘正在打扫的时候，鲍二也走了进来。

鲍　二　喂，你怎么没打扫个完呀？

姑　娘　谁要你来嚼蛆！你不见我还是刚在打扫么？

鲍　二　你现在也太会享福啦！太阳这么高了，你还刚起来打扫屋子。要是给二爷知道，看你好受！

姑　娘　反正二爷又没曾转来。

鲍　二　二奶奶知道了,不也一样会告诉二爷么?
姑　娘　告诉也不怕!
鲍　二　难道二爷倒护着你不成?你要明白,二爷要咱们来这儿,是天大的福分,当心你白糟蹋这福分,给二爷撵了出去才好看呢!
姑　娘　要你唠叨些什么!我自己干的事有本事自己承当,不会带累你,你好放一百个心吧!
鲍　二　哼,照你这种口气,二爷倒确实偏护着你的!
姑　娘　偏护又怎么?我觉得二爷要多偏护你一点才算应该,你说可不错?
鲍　二　为什么?
姑　娘　谁不知道你从前的媳妇是和二爷有一手的!
鲍　二　我说,你还是少挖些旧伤瘢的好!
姑　娘　怎么?你倒打算来吓唬人家!
鲍　二　这都是你自己招出来的。我并不想二爷特别偏护,你却仿佛主子是抓在你手里,要不是他待你有特别情分,怕你才不敢这么装做呢!
姑　娘　你要说,就说得明白点!我倒要问问你:什么叫特别情分?你别在嘴里嚼蛆!
鲍　二　我说得才不含糊呢!多浑虫是怎么死的?人家说起来是酒痨死的,喝喝酒就会死,我鲍二不也每天喝酒么?为什么就没有死?骗得过人家,可骗不过我鲍二!
姑　娘　(一听搔着她痒处,于是大发雌威)你说说看,你说说看,多浑虫是怎么死的?难道是给我毒死的不成?你给我说,你给我说!
鲍　二　(相当镇定)我又没有说给你毒死!(稍停)我是说给你气死的!
姑　娘　我怎么会气死他?你有什么凭据?
鲍　二　凭据?凭据就在你的嘴里!谁不知道二爷待你特别好,你就是自己不说,我也挺明白。你再一说,自然是更招实一些啦。
姑　娘　哼,你这死鬼,你是说我……
　　　　〔二姐入。
二　姐　我只听见你们在吵嘴,一清早,又在吵些什么?
鲍　二　(恭敬地)二奶奶。
姑　娘　二奶奶,他在欺侮人!

二　　姐　夫妻之间,有什么好吵的?鲍二,快给我到外边去打扫打扫,说不定你二爷在这几天就要转来了。

鲍　　二　小的知道。外边统统打扫干净了,我是来瞧瞧她打扫得干净没有,哪里知道她就和小的闹起别扭来!

二　　姐　好了,吵几句,反正没有什么大不了,你替我出去吧。

鲍　　二　是。〔下。

姑　　娘　二奶奶,您可曾用过早饭?

二　　姐　还不曾哩。我因为听见厅堂里有人在吵嘴,还不知什么人在大清早来咱们这儿寻事,原来是你和鲍二。有什么大不了的事儿,也值得钉三吵四的。

姑　　娘　奶奶不知道这个人的心眼儿才坏呢!我今天起身得迟了一会儿,他就唠叨个不完,我可不要被他引起火来么?

二　　姐　你快些弄清楚了这里进来,我还得去望望妈呢。

姑　　娘　嗯。

〔二姐下。多姑娘继续工作。稍待,兴儿入。

兴　　儿　多姑娘,二爷转来了,你快给二奶奶去通个信。

姑　　娘　二爷转来了?二奶奶恰恰还在这儿惦着二爷呢!〔边说边进内去。

〔贾琏自外入,隆儿随入。

贾　　琏　兴儿,二奶奶知道了没有?

兴　　儿　小的已经叫多姑娘去告诉了。

贾　　琏　你们就在这儿歇一歇,让我进去瞧瞧。

〔贾琏正欲进内去,二姐入。

二　　姐　(亲热地)二爷,你来了,可是刚到?

贾　　琏　唔。妈跟三妹呢?

二　　姐　妈正在梳洗。三妹怕还不知道哩!

贾　　琏　你快些去叫她出来,我有好消息要告诉她。

二　　姐　可是寻到了柳湘莲的行踪?

贾　　琏　岂但寻到,简直一切办妥了!好,你快进去!

二　　姐　那么,他答应了?〔边说边向里走。

贾　　琏　唔。

〔二姐入。

隆　儿　爷,可要吃什么?
贾　琏　我等会和她们一块吃。你们到厨房里去吃吧。
兴　儿　(同声)是。
隆　儿
贾　琏　你们去把鲍二叫来!兴儿,你吃完了,先到府里走一趟,告诉老爷和奶奶,说我已经到了,在珍爷这边,一忽儿就回来。
兴　儿　是。〔下。
〔兴儿、隆儿下。贾琏一人在踱方步,向四边望望,又看看窗外的园景。
贾　琏　(自语)出门才半个月,这桃树和李树竟开了这么许多花了。
〔鲍二上。
鲍　二　二爷叫小的有何吩咐?
贾　琏　我出门去以后,这里有什么事情么?那府里可知道这里的消息?
鲍　二　二爷出门以后,这里什么人也没有来过,什么事情也没有,那府里仿佛还没有知道。
贾　琏　(乐意地)那府里竟一点没有知道,这才好呢!
鲍　二　可是小的怕总有知道的一天。
贾　琏　这自然。不过现在不能给他们知道。尤其是奶奶方面的人,我们得着实提防一点,不要走漏一点消息才好呢!
鲍　二　小的知道。
〔尤老娘、二姐、三姐同上。鲍二暗下。
老　娘　你回来了。
三　姐　(怕羞地)姐夫。
贾　琏　妈。三妹,这次我办好了一桩大事情,你猜是什么?
三　姐　(明明知道,故意地)当然是老爷要你办的事情。
贾　琏　偏偏不是。
三　姐　那还有什么大事情。老爷的事才是大事情。
贾　琏　老爷要我办的事自然也是办好的,不过还算不得大事情,我是替一个人办好了一桩终身大事。
三　姐　啐。

贾　　琏　你不稀罕,是不是?那末我就去还了他。〔从身边把柳湘莲作为定礼的宝剑摘下来,故意装作要去还人家的样子。〕

二　　姐　这宝剑是怎么一回事?

贾　　琏　哼,你们还不知道哩!妈,听我详详细细地告诉你们:当我们走在半路的时候,在一所小酒店去喝酒歇脚,哪里知道刚刚碰上了柳湘莲和薛蟠他们也从这里经过。……

二　　姐　(打断)怎么?你是说柳湘莲和薛蟠在一起么?

贾　　琏　可不是!

二　　姐　薛蟠不是曾给柳湘莲打了一顿么?

贾　　琏　你听我说:薛蟠这次是往平安州一带做买卖,回来的路上给强盗打劫,把带回来的货物全给抢了去,不道这个时候,柳湘莲也刚从平安州下来,看见强盗抢人,连忙拔拳相助,打散了强盗,夺回了货物,一看原来就是给他打得半死的薛呆子和他的跟班。这一下,可把冤家变成了亲家,薛呆子着实感激柳湘莲的侠义,一定要柳老二结拜生死弟兄,柳老二对薛蟠原没有深仇大恨,因此也就答应了。

老　　娘　这真是俗语所说:"不是冤家不聚头!"

贾　　琏　可不是么?后来他俩就结伴进京,一路亲热的什么似的,薛呆子还说一到京里,就给柳老二寻一所房子,定一门好亲事,大家亲兄弟般过起来。

老　　娘　薛呆子倒着实有点义气!

贾　　琏　后来半路上碰到了咱们一行人,于是就在小酒店里喝起酒来,我也就说明了要找柳老二的意见,他起初坚执不肯,一定先要禀明他的姑妈,可是薛呆子却乐得不得了,哪容他半句含糊,一定要他当时答允,结果……(以眼视三姐,三姐含羞低头)自然是答允了。(指一指那宝剑)这就是定礼!

二　　姐　(半讥讽地)这倒着实亏了你!

老　　娘　可是哪有用宝剑作定礼的?

贾　　琏　妈,您老人家不知道,这正是我的主意。您不知道,这宝剑不是平常的东西,是柳老二祖上传下来的传代之宝,名叫"鸳鸯剑",锋利无比,柳老二看得它比自己性命还值钱,其他金银财宝算得什么,这宝剑才是最贵重的定聘礼呢!(转对三姐)三妹,你说你姐夫的话可不错?

[三姐低头不语。

老　娘　可是我总觉得这种杀气腾腾的东西,哪好当作定礼?
二　姐　嗯。
贾　琏　你们又来了,定者定也,这不过是表示一点诚意,还有什么杀气不杀气,而况这是最难得的定礼,柳老二要不心中自愿,他还肯轻易拿这宝剑给我?
三　姐　姐夫的话不错。
贾　琏　喏,你看,三妹自己就乐意了。好,我就把这宝剑交给你收着。(捧剑给三姐,三姐羞却却地,但仍决意收接了去)现在柳老二也许已经到京了,他原说要回一趟家里,去看看他的姑妈,然后到京里来。停会我就叫人去问问薛蟠,他俩一定在一块儿的。
二　姐　这事情总算多亏你,现在三妹的心也定了,你到后面去歇一歇,换一身衣服吧。
贾　琏　好。[与二姐同下。
老　娘　三囡,这事情倒有些巧,可见"天缘巧合"这话是并不假的,像这样一个东流西荡的人,竟会一下子给你姐夫找到了。从此你可以定心啦,也别再念什么佛,吃什么斋啦!
三　姐　嗯。妈放心,女儿有言在前,只要一寻着柳郎,不管他愿意不愿意,女儿一定会取消念佛和吃斋的。现在既然他也愿意,女儿从此刻起就取消了吃斋和念佛啦。
老　娘　你这点子诚心果然有了好报!做娘的从此也安心了!
三　姐　(拉出剑来,见是雌雄两把,冷飕飕地光芒四射,锋利无比)妈,您看,这确是一对宝剑,多锋利!
老　娘　快去收好,杀气腾腾地,多怕人!
三　姐　(收剑入鞘)妈,放在您厨里吧?
老　娘　别,别放在我屋里!我看着它就有些害怕,就放在你自己屋里吧。
三　姐　也好,您老人家既不让它放,就放在我屋里,我把它挂在床帐边,听说这种宝剑是可以辟邪的。
[兴儿匆匆入。
兴　儿　(慌张地)老奶奶,三姨儿,大事不好了!

老　娘	（同声）什么？
三　姐	
兴　儿	小的刚去那府里，一打听，知道我们奶奶已经晓得这儿的事情啦！
老　娘	这是怎样一回事？是谁走漏的风声？
兴　儿	小的也不知道。听说奶奶是打了旺儿才得知的。
三　姐	难道是旺儿漏的口风？旺儿近来又没曾到这儿来。我早说事情是瞒不长久的，迟早总有一天给府里知道。现在既然已经知道了，也好，咱们也不怕什么，凤辣子再泼些，谅来又不是吃人的，让二姐去见她，又碍什么！（稍停）兴儿，你快进去知会一声二爷二奶吧。
兴　儿	是。〔下。
老　娘	这都是你二姐的糊涂，你的姐夫胆子也太小，事情既然做了，还有一直瞒着的道理！现在被她知道了去，反显见好像是我们故意偷着她做的。
三　姐	妈的话不错。我是几次三番要二姐逼着姐夫去向家里说明，后来二姐也同意了，可是姐夫却说等他这趟出门回来再说，因为他是替老爷去办事的，事情办得好，老爷自然欢喜，说起来比较容易不批驳。这话自然也不错，可是哪里知道，没等他回来，早给人家探了去！
老　娘	现在既已知道了也好，就叫你二姐进府去一次，向凤姐说说明白，反正咱们原是亲戚，就是走动走动，也没有什么要紧的。
三　姐	嗯。
	〔贾琏、二姐、兴儿同出。
贾　琏	（发怒地）这究竟是谁走的风！兴儿，你是说旺儿说出来的，但旺儿的嘴一向是紧的，想他不至于漏得出来，况且这事情我特别叮嘱过他，叫他不可泄露一个字出去，这究竟是什么一回事呢？（思索地）兴儿，你去把旺儿传来，让我亲自问他！
兴　儿	爷，小的说还是不传他的好，一传，事情更闹得凶了。
三　姐	姐夫，我说事情既已漏出去，也不必再去查究是谁走的风了，查出来又怎么样？姐夫这次出门，已经辛苦得很，好在老爷的事办得妥当，你就乘机去回明了老爷。把二姐的名分也定了一定，只要老爷心里一乐，还有什么不了的事情。
老　娘	老身看也是这样的好。

贾　　琏　你们既这么说，不传也罢。（对兴儿）你下去！
兴　　儿　是。〔预备下。
贾　　琏　慢着，你去到薛姨妈那边，寻薛大爷，要他叫柳二爷来这儿一趟。
兴　　儿　是。〔下。
二　　姐　我要你早点去回明老太太，你总一味搪塞着不肯去，现在给你的老婆知道了，要是她赶到这儿来，你叫我怎么做人？我岂不要白白给她羞死么？
贾　　琏　不会的，她也许还没有知道这里的地方。
二　　姐　不知道？谁不知道你的老婆是雌老虎，旺儿给她一吓唬，还会不说出来的！
贾　　琏　就是知道了，（故意壮胆地）怕她什么！事情是我做的，她敢说一个不字，我就把她休了！
三　　姐　（打趣地）姐夫的胆子可不小，莫怪外面的人说凤姐儿虽然泼辣，她却最怕她的丈夫，我今天才相信这话倒是的确的。
二　　姐　亏你还给他撑面子，他要是有这胆量，还会东瞒西躲，生怕走漏一点风声么？他要是真有胆量，还会到今天不肯去回老太太么？
三　　姐　（继续打趣地）二姐，你的话我可不能相信，姐夫怕给人知道，是谨慎，姐夫的不肯去回老太太，我想……也是谨慎！姐夫，你说可不是么？
贾　　琏　（苦笑）你别打趣我，我老婆的嘴虽说厉害，可没有你的刁顽！
三　　姐　姐夫，我可不承认是打趣你，你说我刁顽也好，不刁顽也好，反正这是二姐的事情。你老婆再厉害一些，也不关我什么，她要是敢来这里撒野装娇，我会给她拼了这条命！
老　　娘　你的老脾气又要发作了。快别打岔你姐夫了，得想一个办法才是。
贾　　琏　妈，您放心，我停会就去回明老太太老爷，把二姐儿接进府去。
老　　娘　这才是正理。
二　　姐　你这次可不能再有口无心了，要是给你老婆走了先着，我的这条性命就会送在你手里的！
贾　　琏　我知道，你放心就是。
　　　　　〔兴儿上。
兴　　儿　回二爷，柳二爷给我寻来了，我刚在路上走，恰巧柳二爷也向这边走来，我告诉他二爷寻他，他就跟小的来啦，现在外厅，是不是要请他进来？

贾　琏　也好,你就去请他来这里坐吧。(转身对三女眷)您们到里边去坐一坐吧。

兴　儿　小的就去请他。〔下。

〔尤老娘、三姐先退出,二姐故意慢走了一步,转身问贾琏,声细小。

二　姐　你路上没有跟他说,定的是三妹吧?

贾　琏　(点头)没有。

二　姐　可是现在不能不告诉他啦。

贾　琏　我知道,反正礼也定了,不说又怎样?

二　姐　嗯。〔点头,退。

〔兴儿领柳湘莲上。

湘　莲　(一边拱手)想不到二爷回程这么快。

贾　琏　二弟到京几天了?

湘　莲　不过三五天。二爷可是今天到的?

贾　琏　恰才到这里。

湘　莲　事情办完么?

贾　琏　办完了。你可是耽搁在薛家。

湘　莲　不,小弟是寄宿在客店里。

贾　琏　薛大爷可曾替二爷行妥房子?

湘　莲　这……还不曾哩。

贾　琏　二弟你的亲事是定了,可是打算什么时候完聚呢?

湘　莲　这……小弟倒还不曾考虑过。现在二爷可以告诉小弟,究竟定的是谁家的闺阁?

贾　琏　兄弟一说出来,包二弟满意,也许二弟还曾见过这位千金的。

湘　莲　究竟是哪一家的? 怎么小弟会曾经见过?

贾　琏　现在就跟你实说吧,定的不是别人,乃是兄弟的小姨尤氏的三姐,你说可中意?

湘　莲　(一惊)什么? (自语地)尤氏的三姐? (突转口气)可不就是二爷的新夫人的令妹么?

贾　琏　可不是? 二弟不是曾经见过么? 这不是一位天下的绝色么?

湘　莲　绝……色? ……是的,(神经质地)是绝色! ……可是……二爷,您为什么当时不说说明白呢？

贾　琏　这何用说明白的？要不是好的，我会给你做媒么？

湘　莲　是好的，是好的！但是……不，我不能再受这欺骗了！……（自语地）这不成，这万万不成！有其姊必有其妹，我不能再受她们的欺骗！……朝秦暮楚的东西！（突然态度十分决绝）二爷，我老实告诉您，我不能接受您的这番好意！你要说别的人家，小弟自没话说，既是您的小姨，那末，兄弟只好向您告罪，兄弟绝不能定这份亲事！

贾　琏　这又为什么？难道三姐儿的人品还不够使你满意么？

湘　莲　我不是这个意思。……不瞒二爷说，小弟这次回家，家姑妈告诉我，已于四月间代小弟定了一门亲事，因小弟行踪无定，所以还没曾告知。二爷的一番美意，小弟着实感激，只是事出无奈，还求二爷原谅！

贾　琏　柳老二，你说这话就错了。定者定也，原怕反悔，所以为定。岂有婚姻之事出入随意的？——这断断乎使不得！

湘　莲　如此说，弟愿领责备罚，然此事断不敢从命！

贾　琏　柳老二，我知道你的心思，你心里怀恨二姐儿负了你的情，因此你连她的妹妹也恨起来，这是不对的！

湘　莲　二爷，您别管这些，我反正心里不乐意结这个亲！我前回给二爷的宝剑，系兄弟传代之物，请二爷赐还给我。

贾　琏　这万万不成，老实和你说，这次和你结亲，也并不是我的主意，这是……
　　　　〔三姐突入，打断了贾琏的话。

三　姐　姐夫，你不用再说！你们说的话，我都听见了。柳湘莲你是堂堂的丈夫，你自己定的事也要翻悔，你的心眼儿在哪里？

湘　莲　（一呆）这……

三　姐　你谅我不知道你的心思，刚才姐夫说的不错，你是恨着二姐的，因此也连带恨起我来……

贾　琏　（打断）三妹，你自进去，由我来和他谈。

三　姐　并不是我做女孩儿的不怕羞，事情是得说个明白的，我就是死，也须死得一个清白！你既然定了我，现在忽然又不要我了，这是为什么？我有什么把柄落在你的手里？你倒说说看！

湘　莲　这……

127

三　姐　你说我二姐是朝秦暮楚的人,因此她的妹妹也一定靠不住的!好,我不稀罕一定要嫁给你,你等着,我去还你的宝剑![疯狂地入内。

贾　琏　柳老二,这又何苦来!你知道我这位小姨儿的性子是十分烈的,你还是快些当面赔个罪吧!

湘　莲　(不信任地)这,这是哪里说起!我志已决,任何辱骂威胁,都不能改变我这主意!

贾　琏　(着急地)你不能这样,你不能这样!

　　　　[三姐持剑入。

三　姐　你是把我和二姐儿一样地看待,我白白替你悬了这么久的心!好,你这冷心冷面无情人,你要这宝剑,我现在还你![突然抽出一把剑来,往自己脖子上一勒,颓然倒地。

　　　　[贾琏、柳湘莲大惊失色,赶快抢过去,已经无及。

贾　琏　(慌张,手足无措)不好了,这怎么好?(喊)来人呀!

　　　　[此时柳湘莲呆呆地立着。兴儿闻声匆入,一见三姐倒在地上,也大惊而喊——

兴　儿　哎呀,可了不得!三姨儿怎么死啦!

贾　琏　(大怒)你快去喊人,把这(指柳湘莲)东西绑起来,送到衙门去,别让他跑溜了!

湘　莲　二爷,您放心,我不会跑的。

贾　琏　兴儿,别听他话,快给我去叫人!

兴　儿　是。[下。

　　　　[静场几分钟。

　　　　[兴儿带了鲍二、隆儿同入,一方面尤老娘、二姐、多姑娘从后面进来。尤老娘看见三姐死在地上,号啕大哭,一方面指着柳湘莲大骂——

老　娘　哪里钻出来你这小杂种!你这害人的泼皮!我这女儿给你害死了,我要你偿命!二姑爷,这都是你把他找来的,活活地害死了三囵一条命,你还不快把他捆送到衙门去!

贾　琏　妈,您放心,我不会放走他的!(转向仆役)你们还不动手!?

众仆人　(同声)是。[正想动手。

湘　莲　(阻拦大家对他动手)你们不必动手,我自会跟你们到衙门去。(转向三姐尸体,神经质地)唉,真想不到,你是一位这样刚烈的女子,是我没有福气,是我柳湘莲瞎了眼睛,把你看错了！是的,我对不起你,我应该去抵你的命！去吧,你们快把我送到衙门去,来,来！〔作势要先走的样子。

〔正在这时,旺儿满头大汗地从外面奔入。

旺　　儿　（一看满屋子的人,他也来不及细看,跑到贾琏跟前）二爷,不好了！大奶奶带着平姑娘一帮人就要到这里来了！

贾　　琏　（大惊）什么？

旺　　儿　小的刚在二门上,听见大奶奶屋里的姑娘吩咐备轿,小的一打听,说是到二爷的新公馆来的,小的一吓,连忙奔来禀告二爷,二爷赶紧打主意,大奶奶一来,小的怕……

贾　　琏　（打断）别用你噜苏！（搓手思索）这怎么办？一事未了,又来一事！

湘　　莲　二爷,你先把我送了衙门去吧。

旺　　儿　什么？（一见地上躺着三姐）三姨儿死啦！

二　　姐　二爷,这事情照妾看来,人家并没威逼三妹,是她自己寻短见,你便送他到官,又有何益？反觉生事出丑,不如放他去吧。（转向她母亲）您看怎么办？

老　　娘　我心里已乱得慌,还有什么主意！

二　　姐　我们暂且先把三妹的人抬到后屋去,大家不许声张,等大奶奶来了以后再设法办事。（对贾琏）你看怎样？

贾　　琏　我想也不好,可是……

湘　　莲　你们别用放我,我愿意跟你们到官去！

贾　　琏　鲍二你快到外边去张着,看要到了,快来报告！

鲍　　二　是。〔下。

二　　姐　你们大家得走。二爷,我看只好这样办了。

贾　　琏　好吧。兴儿,你们把三姨儿抬到里屋去！

〔灯光快暗,等到亮时,凤姐已端坐炕上,身旁站着平儿、丰儿和周瑞媳妇,凤姐全身缟素,愈显得她的俏丽。二姐坐在下首炕上,面色泰然,似乎她们已谈了若干时的天了,而且说得很投机。

凤　　姐　都是因为我年纪轻,向来总是妇人的见识,一味地只劝二爷保重,别在外边眠花宿柳,恐怕叫老爷太太担心,这都是你我的痴心,谁知二爷倒错会了我的意。若是外头包占人家姐妹,瞒着家里也罢了,如今聚了妹妹作二房,这样正经大事,也是人家大礼,却不曾和我说。我也劝过二爷:早办这件事,果然生个一男半女,连我后来都有靠。不想二爷反以我为那等妒忌不堪的人,私自办了,真真叫我有冤没处诉。我的这个心,唯有天地可表!〔说完,眼圈红红地。

二　　姐　（同情地）姐姐的心,做妹子的已经完全知道,姐姐也何必难过!

凤　　姐　只要妹妹能知道做姐姐的苦处,就是二爷再把我看得低微一些也是情愿的。我今天所以亲自过来拜见妹妹,也无非想当妹妹面前略表我的一点心迹。现在妹妹既能体谅做姐姐的一番苦处,姐姐就想斗胆要求妹妹,起动大驾,挪到家中,你我姐妹同居同处,彼此合心合意地谏劝二爷谨慎世务,保养身子;这才是大礼呢。要是妹妹住在外头,我在里头,妹妹想想,我心里怎么过得去呢？再者,叫外人听着,不但我的名誉不好听,就是妹妹的名儿也不雅。况且二爷的名声,更是要紧的;倒是谈论咱们姐儿们,还是小事。至于那起下人小人之言,未免见我素昔持家太严背地里加减些话,也是常情。妹妹想,自古说的,"当家人,恶水缸",我要真有不容人的地方儿,上头三层公婆,当中有好几位姐姐妹妹妯娌们,怎么容得我到今儿?——就是今儿二爷私聚妹妹,在外头住着,我自然不愿意见妹妹,我如何还肯来呢?拿着我们平儿说起,我还劝着二爷收她呢。这都是天地神佛不忍的,叫这些小人们糟蹋我,所以才叫我知道了。我如今来求妹妹进去,和我一块儿——住的,使的,穿的,戴的,总是一样儿的。妹妹这样伶透人,要肯真心帮我,我也得个臂膀。不但那起小人堵了他们的嘴,就是二爷知道了,他也从今后悔。我不是那种吃醋调歪的人,你我三人,更加和气,所以妹妹还是我的大恩人呢。要是妹妹不和我去,我也愿意搬出来陪着妹妹住,只求妹妹在二爷跟前替我好言方便,留我个站脚的地方儿。就是叫我服侍妹妹梳头洗脸,我也愿意的!〔说完,便呜咽地哭起来了。

平　　儿　二奶奶,你还是依了我们奶奶的意思搬进府去吧。

周瑞媳妇　我们奶奶只是吃亏心太痴了,反惹人怨。

二　　姐　（滴下泪来）姐姐何必如此,姐姐如要妹妹搬进府去,自然是一番好意,做妹妹的岂有不愿之理!

凤　　姐　(即刻收泪,转悲为喜)想不到妹妹竟能这样体谅做姐姐的心事,真不知我几时修来的福分儿。妹妹既然答应搬进去同住,我是一个性急的人,说到就想做到的,妹妹肯不肯马上和做姐姐的一块儿回去?

媳　　妇　咱们奶奶已经替二奶奶预备好了房屋,二奶奶进去一看便知。

二　　姐　做妹妹的既然答应了姐姐,迟早还不是一样。只是有一件事还没有办妥,再说,二爷这里,也得先问他一声。

凤　　姐　二爷这边是没有关系的,他如果有什么话,自有做姐姐的承当,绝不干系妹妹就是。妹妹说还有一件事没有办妥,不知道是什么事?

二　　姐　这事情……现在事到如今,我一切既听姐姐的主意,这事情我也只好说出来了。(稍待)不瞒姐姐说,刚才这里闹了一桩大祸了!

凤　　姐　(有把握地)就是天大的事情,妹妹也不妨告诉做姐姐的,姐姐一定替你设法办好。

二　　姐　这事情可不小,这儿刚说死了一个人!

凤　　姐　(一惊)什么?死了一个人?谁?

二　　姐　是我的妹妹!

凤　　姐　(又是一惊)什么?是三姐么?

二　　姐　(点头)嗯。是她。

凤　　姐　好好儿一个人,怎么会死的?

二　　姐　她是自己抹脖子死的。

凤　　姐　自杀?为什么要自杀?妹妹可以把事情说得详细一点。

二　　姐　三妹的亲事原由二爷做媒,许给柳湘莲,不道今天柳郎忽然来向二爷表示要退掉这个亲,三妹听了他俩的谈话,一时气上来,就拿一口宝剑抹了自己的脖子。

凤　　姐　柳湘莲,可不就是前回请来咱们家唱小旦的那一个?

二　　姐　正是他。

凤　　姐　那怎么忽然要退起亲来?难道三妹的人才,还不够配他么?

二　　姐　这叫做妹妹的也弄不清楚。

凤　　姐　那么,可把那姓柳的扣起来?

二　　姐　二爷原是吩咐扣起姓柳来的,还是我说人家并没有威逼三妹,是她自寻

凤　姐	短见,便是送到官府,也没有什么益处。反而把事情传扬开去,大家的名声不好听。后来二爷也同意做妹妹的这点意思,所以放他走了。
凤　姐	噢,有这种事?真也有些奇巧啦!周瑞媳妇、平儿,你们看可有些奇怪?
平　儿	嗯,小的也摸不清。
媳　妇	奶奶,这可是人命的事情,怕不能不经官吧?
凤　姐	经官?一经官,满城的人都会知道了,这与妹妹一家的名誉固不好听,二爷的名声可也要大大地不好听了!照我看呀,这事竟不必惊动官府,只说是生病死的,去钉口材自己一办算了。妹妹,你说我的意思可对?
二　姐	我怕也只好这样。可是我得去问一声妈看,看她老人家的主意怎样。
凤　姐	原来老娘也在这里,为什么不早说,好让做姐姐的去拜见拜见。
二　姐	为三丫头的事情,我妈正在伤心,姐姐的礼数儿竟免了吧。
凤　姐	这哪里可以!周瑞媳妇,你去请尤老娘出厅来,好让我拜见拜见!
媳　妇	是。〔下。
二　姐	其实这又何必呢!
凤　姐	一来是理应由做小辈的拜见拜见,二来也可和她老人家商量商量怎样处置三妹妹的事情。
二　姐	这些礼数儿是不必的,倒是和妈商量一个办法要紧。
凤　姐	妹妹的话不错,三妹妹的事情应得由她老人家做主才是。

〔尤老娘上。凤姐上前见礼,老娘谦逊不迭。

凤　姐	老娘在这里,做小辈的一点也不知道,请老娘上坐,受小辈的礼。
老　娘	为了三丫头的事情,老身的心也乱了,请少奶奶免了这些吧。
二　姐	姐姐,你竟不用这些客气吧。妈,关于三妹的事,我已经和姐姐说了,姐姐的意思也觉得不必经官府的,竟自己办一办算了,只说是急病身亡,人家也不会疑心什么,要一张扬开去,有什么意思呢!您老人家的意思究竟怎样?
老　娘	自然咯,这种事情也不是什么体面的事情,经官动府是不好的,可是,我总觉太便宜了姓柳的,我的三丫头好命苦呀!……〔哭。
凤　姐	老娘也不用悲伤,人已经死了,伤心又有什么用,倒是我们得想一个办法……(思索着)要不然,这事情竟由周瑞媳妇帮着老娘留在这儿办事吧。我和妹妹还要即刻进府去。

老　娘　什么？少奶奶打算把二丫头领进府去么？

凤　姐　这是理应如此的。这事情我不知道便罢，现在既然已经知道，哪有委屈妹妹住在外边的道理。

老　娘　二囡，你的意思呢？

二　姐　姐姐对我是一番好意，我哪能不领姐姐的这份情呢？

老　娘　既然你自己做主了，做娘也没有什么意见，少奶奶要你进府去住，也好，可是（转对凤姐）少奶奶，二囡年轻见识少，一切事情你得多担待她一些，使老身也可以放心！

凤　姐　老娘不必嘱咐，做小辈的一定把妹妹当作自己亲妹妹一样看待就是。

老　娘　但愿这样就好了。

凤　姐　老娘既然放心让妹妹跟我去，我们可就得走了，出来时候已经不少，老太太也许又在呼唤我啦。

老　娘　少奶奶真是能者多劳。（对二姐）二囡，你既愿意跟少奶奶进府去，也得进去整一整衣箱，择有用的都带进去。

凤　姐　老娘，这是不必的，做小辈的已经一切替二妹妹安排好了，房间是就在我的对面，里边一切陈设，和我的房间一般无二，至于衣饰服用，我也统统给二妹妹预备好了，老娘尽可放心让二妹妹跟我一同进府去吧。

老　娘　少奶奶真是贤惠，老身还有什么不放心的。

二　姐　妈，姐姐待我太好了，就怕我没福消受。

凤　姐　妹妹别这样客气，将来有许多事情还得妹妹替做姐姐的帮忙哩。

二　姐　姐姐和我既然都是二爷的人，姐姐的事情就是我的事情，一切尽可由姐姐吩咐，妹妹一定赤胆忠心来服侍姐姐。

凤　姐　妹妹这话就太重了。妹妹，时间已经不早，我们不必多耽搁了，就动身吧。平儿，你去叫预备轿子。周瑞媳妇，你留在这儿帮老娘把三小姐的事情办妥，一切要听老娘的主意，费用竟到库上去支，说是我吩咐过的。

媳　妇　是。

凤　姐　好了，那么我们就起身了。老娘，您也不必再悲伤，人已经不在了，伤心也没有用的。做小辈的一有间空就来看您老人家。

老　娘　少奶奶不必客气，你是一个忙人，老身哪里敢多劳动你来这里，只要二囡有空的时候，常来看看老身就成咯。

二　姐　妈,我一定常来看您。

老　娘　那么你们就早点走吧,免得府里有事,耽误了少奶奶。

凤　姐　老娘,那么我们走了。〔携了二姐的手,向外走。

老　娘　老身心烦,也不送了。

——幕徐徐下

第 三 幕

第一场

登场人物——

　　李　纨

　　尤二姐

　　平　儿

　　善姐儿

　　凤二姐

　　贾　母

　　王夫人

　　鸳　鸯

　　琥　珀

　　丰　儿

　　秋　桐

景——

　　大观园中李纨的住处。

　　这是一间坐憩室。陈设精致。朝外有炕榻,两旁有座椅、方桌等,墙上有画屏。一边置一琴桌,上有七弦琴放着。

　　幕启时,李纨正和尤二姐闲谈。

李　纨　妹妹住园里,可住得惯么?

二　姐　还有什么不惯的。这里的姐妹们待我这么好,我不知是哪一世修来的福分。可是做妹妹的年轻识浅,一切还得仰仗姐姐的指教。

李　纨　妹妹何必那样客气,以后妹妹是我们一家子人了,倘有见到想到的事情,尽可和做姐姐的说,不要见外才好呢。

二　姐　姐姐别再挖苦做妹妹的了,我是什么人,敢说什么话?

李　纨　我倒不是和妹妹客气的意思,妹妹不知道咱们府里人多事多,哪里能件件事照应得到的,就拿这个园子里来说,少说也住上了百十来人,虽然每位姐妹都各别有一个院子,可是丫头老妈还是东差西拉的,总免不了一个杂乱,而且这些下人里头,也不是个个都是清清白白的,只要有一点小差池,就会闹得天翻地覆,所以咱们做主子的,不但要当心自己,还要当心她们。现在妹妹既然住在我这里,少不得也要烦劳一点,倘见到了什么不稳当的,尽可向我做姐姐的说,这哪里是和你客气,简直倒是要妹妹操些心的意思。

二　姐　姐姐既这么说,做妹妹的当心就是了。

李　纨　就说凤丫头派来给妹妹使的那个善姐儿吧,照我看也刁滑得很,不知道凤丫头哪一个不好派,偏偏派这么一个人来。妹妹要是也觉得不乐意的话,我会逼她叫回去,我这里又不是没有人使,她难道不放心妹妹,派了钦差来监视咱们不成!

二　姐　姐姐不说,妹妹是不敢多嘴的,现在姐姐既然也见到了这一点,妹妹也不妨向姐姐说说穿吧。〔眼圈儿红了。〕

李　纨　妹妹尽管说。

二　姐　说起这个善姐儿,真是难说话,前天我用的头油没有了,要她去回一声大奶奶,拿些过来。她就板起了面孔,反说了我一大套。

李　纨　她怎么说?

二　姐　她说:你怎么不知好歹!没眼色!我们奶奶,天天承应了老太太,又要承应这边太太,那边太太,这些姑娘妯娌们,上下几百男女人,天天起来,都等她的话;一日少说,大事也有一二十件,小事还有三五十件;外头的从娘娘算起,以及王公侯伯家,多少人情;家里又有这些亲友的调度;银子上千钱上万;一天都从她一个人手里出入,一个嘴里调度,哪里为这点子小事去烦琐她?她还说……〔哭了〕

李　纨　真气死人!妹妹你说下去,她怎么说?

二　　姐　（带哭）她说,我劝你耐着些儿吧。咱们又不是明媒正娶来的。这是她亘古少有一个贤良人,才这样待你。若差些儿的人,听见了这话,吵嚷起来,把你丢在外头,死不死,活不活,你又敢怎么着呢？

李　　纨　反了！反了！一个烂丫头,竟有这样放肆,回头我去找凤丫头算账！凤丫头不知道便罢,要是回答得含糊一点,看我去找老太太！

二　　姐　姐姐别这么着！姐姐要是这么一闹,我还有什么脸面再住得下去！姐姐千万使不得性子！看在这个命苦妹妹的面上,只当没曾听见就是了！

李　　纨　妹妹你放心,我不会说出妹妹告诉我的。咱们府里容不得这种泼丫头,我一定得撵她出去！

二　　姐　这又是我的多嘴了,姐姐快别这样吧！

李　　纨　她还对你怎么着？

二　　姐　我还敢说哩！

〔凤姐陪了贾母、王夫人进来,后随丫头鸳鸯、琥珀二人。

凤　　姐　老太太来了。你们两姐妹在谈什么知心话呀？

李　　纨　老太太,太太。

贾　　母　这是谁家的孩子,好可怜见儿的！

凤　　姐　老祖宗倒细细地看看,好不好？（忙拉着二姐儿）这是太婆婆了,快磕头！

〔二姐向贾母行了大礼,又向王夫人行礼。

贾　　母　（上下瞧了瞧,仰着脸,想了想）这孩子我倒像哪里见过她。好眼熟呀！

凤　　姐　老祖宗且别讲那些,只说比我俊不俊？

贾　　母　（向鸳鸯、琥珀）把那孩子拉过来让我瞧瞧肉皮儿。

〔大家抿嘴笑,推二姐上去,贾母细瞧了一遍,又命琥珀——

贾　　母　拿出她的手来我瞧瞧。（瞧毕,笑说——）很齐全,我看比你还俊些呢！

凤　　姐　（边笑,向贾母跪下）老祖宗听我说,这位妹妹原是那府里尤氏的亲妹妹,我看上了很好,正因我不大生育,原说买两个人放在屋里的；今既见了尤氏的妹妹这般好,而且又是亲上做亲的,我愿意要来做二房。这位妹妹的父母姊妹亲近一概死了,日子又难,不能度日,若等百日之后,无奈无家无业,实在难等。所以我的主意,接进来了,已经收拾了厢房,暂且住着,等满了孝再圆房儿。少不得要求老祖宗发慈心,先许她进来住，一年后再圆房儿。

贾　母　快起来，这有什么不是？你既这样贤良，很好，只是一年后才圆得房！

凤　姐　自然听老祖宗的话。（拉二姐）快过来谢谢老祖宗。

〔二姐又磕头。

〔正在这时，平儿又领了一个十七岁的丫鬟秋桐进来，先见过贾母、王夫人，又拉她向凤姐磕头——

平　儿　妹妹，这是我们奶奶。

秋　桐　（磕头）奶奶。

凤　姐　（一怔）哪里来的？

平　儿　那府里大老爷因为咱们爷这趟到平安州办事儿，爷说办得很好，赏了他一百两银子，还把大老爷房里的这位妹妹赏了咱们爷。

凤　姐　唔——〔恨恨地。

贾　母　亏他想得周到，出趟门算得什么，又要窝三倒四地赏什么丫头，这里还怕没人，要他这份子人情！

凤　姐　这也是大老爷的恩德，做小辈还敢说什么！

王夫人　既是送了来，收着是了，就要她来服侍二姐儿吧。

二　姐　太太，我哪里敢当，还是太太屋里使吧。

凤　姐　唅，你叫什么名字？

秋　桐　奶奶，我叫秋桐。

凤　姐　快过来见过——二奶奶。

秋　桐　（不愿意地磕头）二奶奶。

凤　姐　好吧，秋桐，你就在这儿陪陪二奶奶吧，等我收拾好了房间，再接你过去。

秋　桐　是。

凤　姐　老祖宗坐了这一忽，也怕累了，还是大家一块到园里去散散闷吧。这几天园里芍药正开得好，老祖宗顺便去看看。

贾　母　难为你想得到，好吧，你既这么说，我们大家一块儿去逛逛，要是你诓我，可得当心！

凤　姐　（笑）老祖宗可又要罚我做东喝酒了？

贾　母　谁不知道你是财主，咱们吃吃你，还怕什么？

凤　　姐　老祖宗别要我说穿了，我们哪里说得上财主，老祖宗才是财主哩。后间柜里那些金元宝银元宝，不是老祖宗是谁的？鸳鸯妹妹，你是管钥匙的，我可曾冤了老祖宗，你说说看。

鸳　　鸯　奶奶可不比我们还要多些么？要不信，问问平姐姐就知道了。

平　　儿　你别拉扯我，我是一概不管的。

贾　　母　鸳鸯说得对，这小鬼灵精自己是财主怕别人不知道，一定要我们替她说说穿！……

凤　　姐　（打断贾母）好了，老祖宗快点起驾吧。

贾　　母　看你发猴急了。咱们就走吧，你呢？

凤　　姐　老祖宗太太先走一步，我就来。

贾　　母　你别想滑脚儿。

凤　　姐　老祖宗放心，我一定赶上你们。

贾　　母　好吧，那么咱们先走。

〔贾母、王夫人、李纨、二姐、平儿、鸳鸯、琥珀等一行走出，凤姐拉住秋桐留着。

凤　　姐　秋桐，你在这儿陪陪我吧，我还得算一点账儿。

秋　　桐　唔。

凤　　姐　（和颜悦色地）秋桐，你几岁了？在大老爷那边有几年了？

秋　　桐　奶奶，我十七岁，到大老爷那里有二年了。

凤　　姐　你既然由大老爷赏给了咱们的爷，以后就是咱们的人了。

秋　　桐　奶奶，我知道。

凤　　姐　可是咱们的爷最近正娶了一位二房，就是要你叫二奶奶的那一位。

秋　　桐　我也曾听说了，可就是那边尤氏奶奶的妹子？

凤　　姐　嗯。你怎么知道的？

秋　　桐　府里上下全都知道了，还有谁不知道的。听说她的妹妹还抹了脖子呢！

凤　　姐　唔，你可别乱说！现在二奶奶是你爷心坎儿上的人，我还让她三分，你要格外小心才好。

秋　　桐　先奸后娶的，稀罕什么！

凤　　姐　你快别说这些话了！你年纪轻，不懂事，要是得罪了她，在你爷面前一说，你可够受了！

秋　桐　奶奶是软弱人！那等贤惠，我却做不来！我是大老爷赏的人，还怕她给我撑出去不成！

凤　姐　话不是这么说的，她是大爷自己挑选来的，比较你我来自然不同了，她说的话你爷听，我们说的话爷不会听，我们何必吃这眼前亏，自然只好让她三分了。

秋　桐　奶奶让她，我不让她，奶奶宽宏大量，我却眼里揉不下沙子去！让我和这娼妇做一回，她才知道呢！

凤　姐　你既有这胆量，我也不阻挡你，可是总得先笼络了爷的心，要他能向着你，那就……

秋　桐　我自然知道，可是——

凤　姐　她现在是住在此地，要等我那边厢房收拾好了，才能过去，现在我就把你送到爷房里去，你看可好？

秋　桐　这是奶奶的恩德，可会给老太太、太太知道了？

凤　姐　不会的，你放心，可是你得用点功夫拴住爷的心，要不，白辜负了我的一点好心！

秋　桐　奶奶的恩德我知道，包管……［羞，笑。

　　　　［琥珀进来。

琥　珀　奶奶，老太太在那桥边等你哩，你的账还不曾算好？

凤　姐　什么账不账的？……噢，我就来了。

琥　珀　老太太说，要我陪了奶奶一块儿去。

凤　姐　还派了押差的来，我又不是犯人。好吧，你先走一步，我就来。

琥　珀　不，奶奶别开调门儿了，咱们还是一块儿走吧。

凤　姐　你这小鬼头，竟这样压制起我来，我偏不走，看你怎么样？

琥　珀　奶奶，你当真走不走？别要好看！

凤　姐　（笑）走吧，走吧，你是老祖宗的钦差，我只好领旨了。来，（一手拉着琥珀，一手拉着秋桐）走吧。

——幕下

第二场

登场人物——

尤二姐

凤　姐

秋　桐

平　儿

贾　琏

尤三姐魂

善姐儿

胡君荣太医

景——

　　尤二姐的卧房,布置得十分华贵。正中向外一大红木床,床旁为衣橱、衣箱、妆台、方桌等物。左右各有一门,一门即通凤姐卧室,一门通外道。

时间——

　　和前一场相隔一个月。

　　　　幕启时,二姐已病在床上,无人陪伴,二姐正在咳嗽,叹气。稍停,善姐儿捧进饭来,放在桌上,掉头自去。二姐慢慢起床,走到桌边,想吃点饭,一看尽是些残羹剩饭,叹着气仍旧回到床上。
　　　　稍停,平儿进来,看着桌上放着的饭菜,再走到床边。

平　儿　二奶奶,吃一点饭吧。

二　姐　吃不下。

平　儿　(看着饭菜)唉,这般人这样没良心,把这种残羹剩饭送进来!人家在病着,好歹也得弄点热菜热饭进来,咱们家又不缺鸡少鸭,看我去对我们爷说,要你们好看!

二　姐　平妹妹,别这样!我是前世作了孽,今世来受罪,是应该的,不要怪别人。我知道这病是不会好的了,何必还去得罪人家!妹妹,你自己去吃吧。

平　儿　我已经吃过了。

二　姐　凤姐姐好一点没有?

平　儿　(轻声地)她又没有什么重病,还不是故意装着病,好让下人们来作践二奶奶。

二　姐　平妹妹,你这话就不对了。凤姐姐待我胜过她的亲妹妹,我这次进得府来,也全亏她的成全,进来以后,又替我在老太太面前求情圆场,才使我见了天日,平日里问缺这样那样的,我亏了她才活到现在,要不……〔咽不成声。

平　儿　(轻声地)亏你有这副老实心肠,我是知道她最仔细的。我问你:要是你不进府里来,可会得现在的病?

二　姐　这也是命中注定罢了,哪里能怪她!

平　儿　好了,好了,我也不和你再说,你等着,我去替你弄一碗鸽蛋汤来。〔走状。

二　姐　平妹妹快别去弄了,我又吃不下饭,弄来也是白糟蹋的。

平　儿　你不用管。〔径自出去。

〔贾琏进来,走到床前,拉住了二姐的手,看着她,半晌说不出话来。

二　姐　二爷,你为什么又要进来呢?

贾　琏　你病得这样,我哪里能不进来?今天我已经请了一位太医叫胡君荣的,等会就要来了。

二　姐　二爷何必再费这些心!我的病是不会好的了!我来了半年,腹中已有身孕,但不能预知男女。倘老天可怜,生下来还可;若不然,我的命还不能保,何况于他!〔哭。

贾　琏　(哭)你只管放心,静心调理就是了。我会每天请名医来给你看,我明天就去向老太太要几枝顶上的高丽人参来,慢慢滋补,总不会不复原的。

二　姐　我的二爷,你别再去花费钱了,我自己身上的病,哪有不知道的道理,我这病是医治不了的,能够拖得一些日子,让肚里的生了下来,这就算我了了心愿了,也不枉我们这半年来的情分,也不枉二爷对我好一场了!

贾　琏　你别胡思乱想这些丧气话,一个人总免不了要生场把病的,这一点子病,要什么紧!你好好息养吧。

〔平儿自己拿了一碗鸽蛋汤进来,见贾琏在着,欲待退出,被贾琏叫住——

贾　琏　平儿,你来!

〔平儿走近床边。

平　儿　二爷,我是看看她们端来的饭菜不能吃,所以去做碗鸽蛋汤给二奶奶下饭的。

贾　琏　倒真难为你有这好心肠,我将来好好谢你。

平　儿　谁稀罕你的谢,我是看不过,二奶奶病得这样,这些不知死活的下人们还要来作践……

〔门外的声音:"奶奶的名声是给平儿弄坏了的。这样好菜好饭,浪着不吃,却去做什么鸽蛋汤来,还说是我们作践她!"

贾　琏　(发火)这是谁的声音!还不给我打出去!

平　儿　还不是那秋桐泼货!

二　姐　二爷省省吧。平妹妹你的好心,我总记着就是了。〔端汤来喝。

〔善姐儿进来。

善　姐　二爷,胡太医来了。

〔平儿连忙回避出去,贾琏放下帐子,起身相迎。

〔胡太医进来。

贾　琏　劳驾,劳驾。

太　医　哪里,哪里。是不是嫂夫人有点不舒服?

贾　琏　(吞吐地)是……是。

太　医　是为什么起的病?

贾　琏　已是三月庚信不行,又常呕酸,恐是胎气。

太　医　……那么,请出手来看看吧。

〔二姐从帐里伸出手来,胡太医仔细按脉,看了半日。

太　医　若论胎气,肝脉自应洪大;然木盛则生火,经水不调,亦皆肝木所致。医生要大胆,须得请奶奶将金面略露一露,医生观看气色,方敢下药。

贾　琏　太医高见不错,那么——

〔贾琏掀起了半边的帐子,二姐露出脸来,胡太医一见,早已魂飞天外,哪里还能辨气色。贾琏掩了帐子。和胡太医一起走到桌边来。

贾　琏　太医看看如何?

太　医　不是胎气,只是瘀血凝结,如今只以下瘀通经要紧。

〔写方,授给贾琏,送出太医。

贾　琏　(走近床边,上起帐子)照胡太医说,不是胎气,你看怎样?

二　姐　我哪里弄得明白。

贾　琏　还是去抓了药来吃吃看再说。平儿!

〔平儿入。

贾　琏　你把这药方派人快去抓了来。
平　儿　（接方）是。〔下。
　　　　〔凤姐扶病进来。
贾　琏　你自己有病,还进来做什么?
二　姐　姐姐,何必还要劳动你来。
凤　姐　我的这点子病算什么!妹妹的病才要紧哩。自从妹妹病了以后,我哪一天不替妹妹求神问卜,我情愿有病,只求妹妹身体大愈,倘得怀胎,生一男子,我愿吃斋念佛。
贾　琏　你何苦这样!你的好心我是知道的,但愿二姐能好起来,要她和你作伴,帮你经管经管。
凤　姐　托二爷的福分,妹妹的病一定会好起来的。刚才听说胡太医来过了,他怎么说?
贾　琏　他说是瘀血凝结,不是胎气。
凤　姐　别信这老糊涂瞎吹,药去抓了没有?
贾　琏　去抓了。
凤　姐　快叫她们扔到河里去,千万吃不得。
贾　琏　也许他的话也有道理呢?
凤　姐　这老糊涂有什么道理!上回晴雯不是就给他治死的么?这次是谁的主意又去叫这老糊涂来?
贾　琏　我是叫他们去请王太医的,回来说王太医自己也在生病,所以就去请了这位胡太医来。既经你这么一说,这药方就别去吃它吧。
凤　姐　那才对。上午我叫人去替妹妹算了命,回来说是属兔的阴人冲犯了。你们算算看,这里谁是属兔的?
贾　琏　我哪里知道。
凤　姐　我们算算,只有秋桐是属兔的。
贾　琏　那么叫她到外边去住几天吧。
　　　　〔秋桐突入。
秋　桐　你们说是我冲了她?我和她是"井水不犯河水",怎么就会冲了她?好个"爱八哥儿"!在外头什么人不见,偏来了就冲了!我倒要问问她呢!

到底是哪里来的孩子？她不过哄我们这个棉花耳朵的爷罢了！纵有孩子，也不知是张姓王姓的！你们稀罕那杂种羔子，我不稀罕！谁不会养？一年半载养一个，倒还是一点掺杂没有的呢！

贾　琏　你别在这里胡说八道，快给我出去！

秋　桐　我偏偏要在这里，我是大老爷送我来的，二爷要撵我回去，你去禀明大老爷！

凤　姐　秋桐，你不能这样对二爷说话，没有一点规矩！二爷要你出去，你就出去！

秋　桐　好，奶奶也帮二爷撵我走，我走好了。〔大哭大叫。

二　姐　总是我命苦，二爷，姐姐，你们让她去吧，反正我也活不长了，糟蹋也给她糟蹋够了，这几天她们连饭也懒得端进来了，端来的都是些残菜剩饭，你们看那边桌上搁的。

〔贾琏走过去望了一望。

贾　琏　真是混账东西！这班贱货都给我打出去，我明天调好的这里服侍。平儿呢？她为什么也不管管？

凤　姐　二爷也不用发气，都是我生了病不好，只要我眼睛看不到，她们什么都会做得出！

〔平儿进来。秋桐偷偷溜出去了。

平　儿　二爷喊我有事么？

贾　琏　怎么你在屋子也不管管这班贱东西！你看她们端给二奶奶吃的，是些什么东西！

平　儿　我哪里没有看见，可是……〔偷张张凤姐，欲言又止。

贾　琏　总是你们都好说话，要是奶奶没有生病，看她们敢这样。

凤　姐　真是二爷的话，要给我看见了，不把她们打得半死！

平　儿　明天起我来侍候二奶奶吧。

凤　姐　也不用你，我会另外派几个好的来。

二　姐　姐姐也不必费心，平妹妹来更是不敢当，反正我也不要侍候什么，就让她们弄去算了。

贾　琏　那不行！从现在起，善姐儿和秋桐都不准再踏进这屋里来！还是平儿多劳动一点吧，将来二奶奶病好了以后，我会重重酬谢你。

凤　姐　既然二爷指定要平儿来,也好,那么你就辛苦一点吧。
平　儿　是。
凤　姐　我觉得有点累,我回去歇一歇了。
贾　琏　你快去歇一歇。
　　　　〔凤姐退出。
贾　琏　我也要出去了,外头也许有事情等着。
二　姐　二爷请出去吧,以后你也不必尽进来。
贾　琏　你得好好保重,药就不必吃了,我明天替你另外请医生。
二　姐　医生也不必请了,还是让我自己养歇吧。
　　　　〔贾琏退出。
平　儿　二奶奶,你真太老实了。秋桐刚才那么大闹,要是没有人给她撑腰,你看她敢么?
二　姐　是谁呢?
平　儿　(欲言又止)二奶奶难道忖不出来么?
二　姐　忖不出!
平　儿　(过去耳语一句)不是她,还有谁呢!
二　姐　我不相信。她待我那么知心,不信她背后就这么的!
平　儿　你不信也罢,我跟了她一二十年,还有什么不知道的。
二　姐　要果然如此,那兴儿前回说的当真不错了。
平　儿　兴儿怎么说着?
二　姐　兴儿说她心里歹毒,口里尖快,嘴甜心苦,两面三刀,上头笑着,脚下就使绊子;明是一盆火,暗是一把刀。要我一辈子别去见她。我当时还以为兴儿吃过她苦,故意在背后说她坏话。现在平妹妹也这么说着,也许……
平　儿　什么也许,兴儿的话竟是句句实话。你别看她当面做得那么和善,其实她是一个醋罐子,你以为她接你进来是好意,你知道她安着什么心思。唉,二奶奶,我当时也猜不透她为什么待你这样好起来,后来就慢慢看出她的歹计了,我也曾当面劝过她,反被她臭骂一顿。我有时看不过去,给二奶奶添一二样菜,她背后就骂我,我也不和她计较,反正筵席总有散场的一天,这一辈子吃了她苦,下辈子难不成再碰上一席的。

二　　姐　　平妹妹说的一点不错,我也只怪自己命苦,这一辈子总是完了,何苦再去怨恨人家?

平　　儿　　你还是好好养息吧,有我在,我拼着这条命,也使他们不敢欺侮你。

〔门外的声音:"平姑娘,奶奶叫你!"

平　　儿　　(向门外)我就来了。二奶奶,我去去就来。

〔平儿出。灯光渐暗,稍停,又渐渐微亮起来,那是在半夜了。

〔二姐睡在床上,两眼睁着,似在思想什么。渐渐从门口出现了尤三姐的鬼魂,一点点移近来,移至床前五六尺处停住了。二姐已经看见,初是惊奇,慢慢坐起身来。三姐身披长纱,手执鸳鸯剑,神态凛然。她面向二姐,慢慢开起口来——

三姐魂　　姐姐,你病到了这个地步,还不悔悟么?

二　　姐　　妹妹,你……

三姐魂　　姐姐,你为人一生,心痴意软,终究吃了亏!你别信那妒妇的花言巧语,外作贤良,内藏奸猾!她发狠定要弄你一死方罢!若妹子在世,断不肯让你进来!就是进来,也不容她这样!

二　　姐　　妹妹……〔哭。

三姐魂　　现在你已病到如此地步,快照我的话,拿这把剑去斩了那妒妇,一同回至警幻案下,听他们发落吧!不然,你白白地丧命,也无人怜惜的!

二　　姐　　(哭着)妹妹,我当时贪图荣华富贵,拒绝了柳湘莲,哪知落得现在这样的下场!我不但对不起柳郎,我更对不起妹妹!这是我自己作孽的报应,何必怪人家!那妒妇的歹毒心肠,平妹妹也告诉我了,我也何必再去杀她!

三姐魂　　唉!〔摇头长叹,渐渐向门外隐去。

二　　姐　　妹妹,你别走,带我一块儿去吧!

〔二姐起床追出去,但追不着,返身回来。呆呆地坐着,思念,长叹一声——

二　　姐　　(独白)这病是料定不会好了,何况肚子里又并非是胎气,我还有什么牵挂!与其在这儿天天受气,还不如死了倒干净!妹妹要我去杀那妒妇,我又何必再作这孽!(起立徘徊)唉,总是我自己命苦,注定要受这些磨折。可怜我的老娘,妹妹死了,现在我又……(泣不成声)我也管不了许多!(发狠地)听说金子可以坠死人,我就……〔带哭,开箱起出一块金子,拿起一口吞下,但吞不下去,去拿了一杯茶来,往嘴里一倒——

——幕急下

(全剧终)

一九四七年十二月九日上海

选自孔另境《红楼二尤》(正言出版社1949年版)。

雪剑鸳鸯

赵清阁

时 间 表

第一幕　深秋的一个中午
第二幕　第一场——两月后的一天下午
　　　　第二场——又二月后的一天晚上
第三幕　第一场——第二年中秋的一天下午
　　　　第二场——前场十数日后的一天早晨
第四幕　第一场——又数日后的一天早晨
　　　　第二场——前场月余后隆冬腊月的一天晚上

人 物 表

（以出场先后为序）

贾宝玉　十八九岁。生得俊秀，有几分女性美。个子不大高，身体相当单薄，甚而连他的性格、心灵，也都是脆弱的。为人很多情，也很义气。他有着超然的理想，但他没有勇气去实现这理想。他不满他所处的那个环境，他更厌恶他周围那些人、那些现实，但他又不能，也无力摆脱他们。在他的心里，常常起伏着许多他所不了解、不明白的苦闷问题，这些问题怎样去解决？他不知道。他需要自由，需要爱，需要崇高的生活！可是怎样去得到这些？他也不知道。他只会矛盾地苟安地度着岁月。他也只会迷茫地沉郁地做着幻梦!

薛　蟠　二十岁。贾宝玉的姨表兄。一个像绣花枕头——外面好看、里面糟糠的家伙。昏庸、愚蠢,不学无术。仗着有钱有势,终日在外为非作歹。举止粗鲁村野,满脑袋酒色情欲,除了享受玩耍,这世界一切与他漠不相关。

赖尚荣　三十岁。贾府老仆赖大的儿子。从他祖父起,就在贾府为奴,到了他,好容易读书得了功名,叨在贾府的提拔,混到一个县官的位置。人生得相当体面,很实际,世故深,虽已为官,仍然谦恭拘谨,有奴性。

贾　珍　三十七八岁。贾宝玉的堂兄,贾府门中的长孙。表面看来,还不失为仕宦子弟。也许是岁数比较大些,态度尚称稳重、端庄。但本质丑恶、昏庸。缺乏思想才干和学识。只知享乐为生,常挥霍于酒色赌博之场,浪荡于花花世界。

贾　琏　二十七八岁。很标致,有些儿自命风流。为人机警、干练、圆滑、殷勤。也因少读书的原故,没有文儒气质,态度不免轻浮,欠持重。眼光近视,不知前瞻后顾,只知安于现实。情感冲动,喜新厌旧而无真诚之心。性格相当懦弱,担当不起什么大事。一个十足平凡世俗的男子。

贾　蓉　二十一二岁。贾珍的儿子,富贵之家的纨绔子弟。不务正业,终日游戏,享乐。没有头脑,不知天高地厚。有小聪明,无大智慧。轻浮,下流。

柳湘莲　十七八岁。美貌英俊,风流倜傥。儒雅潇洒,而不失端庄严肃。性格刚强矜持,为人豪爽侠义。学识虽不丰富而书卷气甚浓厚。能弹唱,有武艺,常抑强扶弱。有骨气,有志节,富贵不能淫,威武不能屈。看人生相当透彻,他不满于现实,对现实虽无能为力,但并不敷衍。

兴　儿　十六七岁。贾琏的心腹侍从。精明而相当狡猾。善于投机取巧,谄媚奉迎。

尤老娘　六十多岁。贾珍的岳母。贫寒之家出身。因为穷,年轻时曾经改嫁,贾珍的妻是她后夫的前房女儿。在贾府人们眼中,是被蔑视的,每日只知昏昏沉沉地睡觉。没有什么见识,也缺乏主张。一生在悲惨中度过。

尤二姐　十八九岁。尤老娘同前夫所生的长女。生得美丽、娇媚,一种小家碧玉的风姿。性格懦弱非常。无学识,缺乏意志力。感情浮动,少理智。相当虚荣。易受诱惑。有着善良的心肠,在她看来,世界上没有坏人。胸襟很宽,能够原谅所有的罪恶,能够容忍所有的侮辱,能够接受所有的虐待,而绝不怨天尤人,也绝不企图反抗和报复。所以她上了当,受了骗,嫁给贾琏为妾,吃尽苦头,直至她被残暴者杀害的前一刹那,她还依旧把一切苦难归诸命运。

丫　头　十六七岁。尤二姐的使女。标致伶俐,忠厚诚实。个性相当强,到了忍无可忍的时候,她也敢于反抗,哪怕是口头上,她会用讥讽的言语回答凌辱她的人。

尤三姐　十七八岁。尤二姐的胞妹。用"艳若桃李,冷若冰霜"八个字来形容她,是再恰当没有了。喜修饰,但不俗气。虽未念过什么书,却很风雅。态度庄重大方,性情刚强豪爽,胸有成竹,眼有卓见。心是善良的,灵魂是高洁的。她很骄傲,也非常自尊,她鄙视所有的人们,她憎恨种种丑恶的现实。她敢于爱,敢于赤裸裸地表示爱。她的爱,在热诚里面包含矜持,所以当她的"爱"受到侮辱时,她会毅然亲手消灭它。正如当她的生命受到侮辱时,她会毅然亲手杀死自己。她更敢于恨,敢于怒,敢于咒骂。她绝不甘心受一丝一毫的虐待,假如有人欺凌了她,她便毫不放松地向那人反抗、报复! 她像有刺的玫瑰,看着很美,去碰碰她,又扎手。她也像一盆火,看着很暖和,去靠近她,又烫身子。她怀着一个超然的理想。她希望能逃避那污浊的人群,另外去生活在淡泊而升华的境界里! 但这只是幻梦。当幻梦破灭以后,她宁肯随着破灭,而万不能苟延下去! 所以她是勇敢的、有气节的女儿!

鲍　二　三十多岁。原在贾府为仆,因为妻子被贾琏奸污,王熙凤将他撵了出来。后来贾琏又用他侍候尤二姐。为人浑厚,而不免显得愚笨一些。

王熙凤　二十四五岁。贾琏的妻子。贾府家务的管理人。长长的面庞,一双凤眼,透露着精明与娇媚。鼻梁直凸,表现了她的好强。小嘴薄唇,一看知道她善词令,能说会道。个子高高的。喜修饰,而很大方高贵。只是稍嫌俗气。待人处理非常周到、圆滑,也非常尖刻、厉害。有着毒辣的政治手腕,有着权诈的计谋头脑。凡是于她有损伤的,她必不择手段而还以损伤。她的哲学,是"宁负天下人,不容天下人负我"。性格倔强自私,心胸窄狭,多疑多忌,表面很热情,骨子里冷酷。对上谦恭、奉迎;对平侪和蔼、礼貌；对下则严厉、刻薄。比她高明的嫉妒；比她不如的蔑视。也许太露锋芒了些，人人都怕她、恨她、咒她。相当贪图金银，但是做得干净利落，不露马脚。她为了自己利益的卫护，手段泼辣、狠毒。但她也极容易失败，因为眼光浅近，缺乏深虑远谋，所以她也有她的痛苦。

平　儿　十七八岁。贾琏的妾。原是王熙凤的陪嫁使女，也是王熙凤的心腹助手。生得标致，丰润。虽亦有王熙凤的机智才能，但较王熙凤仁义、厚道。不满于自身的生活和处境，而又摆脱不了势力的枷锁。性格很强，虽在王熙凤之前，也敢据理争执。只是尽管她看不惯王熙凤的行为，却又极忠于她。有一副善良的心肠，富于同情，凡有求于她的，必尽力帮助。外表看来，很乐观，其实灵魂深处，潜伏着不少矛盾的苦恼、忧愁！

善　姐　十七八岁。王熙凤的使女。一个势利的小人。生着一副狡猾的脸孔。"善欺恶怕"，"抑弱扶强"。

旺　儿　十八九岁。王熙凤的心腹小厮。精明能干。心地尚称善良，因此为王熙凤办事，有所为有所不为。

尤　氏　三十一二岁。贾珍之妻。尤二姐的异父异母姊姊。虽较年长，风韵犹存。一个家庭贤妻良母的典型。为人懦弱无能，但知服从、苟且。缺乏主见、志气。能安于现实，满于现实，所以也就没有苦恼和忧愁。

第 一 幕

时　间　深秋的一个中午
地　点　赖家花园
人　物　贾宝玉　薛　蟠　赖尚荣　贾　珍　贾　琏　贾　蓉　柳湘莲　兴　儿
布　景　花园里面，大厅侧的书房。舞台正中是走廊，两端通花园！朱红栏杆，廊檐上挂着官灯。一排阔敞的格扇门窗，裱糊着粉绿透亮的花纱。看出去有假山，有翠竹，有芭蕉。舞台的左外首有门，通大厅。门楣金字雕花横匾，上写"翰墨"二字，悬大红门帘。舞台的右边是壁橱，上置线装书籍多册。壁悬箫剑。靠书橱有书案,文具全备。舞台的左里首置炕桌,上有菊花盆景,两旁有小茶几,上置茶具。

〔幕开 贾府老仆赖大的儿子做了县官,上任以前,在自己的花园里宴客,贾府的男女眷到了很多人,花园里这时正在笙歌齐奏,大厅正在吆三喝四地行酒令。这间书房是休息的地方,门窗大开。贾宝玉穿着紫红缎袍子,系条金黄长穗绦子,颈子上挂一块绿色的"通灵玉",从左门走出来,好像很烦躁的样子。

宝　玉　(向室内观望一番,至书橱前欣赏箫剑,玩摩不已)想不到赖尚荣的祖上两代为奴,如今第三代到底混出了一个人才,只是一代人做一辈子书生多么清白愉快,何苦来偏偏要有这种势欲心,一定为官为宰呢?〔说罢摇头叹息。

〔这时薛蟠穿一件桃红色缎袍子,慌慌张张自左门出来,脸上喜气洋洋的。

薛　蟠　宝兄弟快跟我上花园听戏去,这会儿柳湘莲在串演《秦琼卖马》。〔说着就去拉宝玉。

宝　玉　我不去,薛大哥!我有点累,想歇会儿。

薛　蟠　好吧!那我就自个去啦。〔大步向走廊右首下。

〔接着贾珍、贾琏、贾蓉、赖尚荣陆续自左门上。贾珍穿绿色缎袍子。贾琏穿紫色缎袍子。贾蓉穿黄色缎袍子。赖尚荣穿大红色缎袍子。

贾　珍　薛蟠简直是着迷了。(边说边笑,看见宝玉,忙招呼)怎么,宝兄弟一个人在这里?

尚　荣　(恭敬地拉着宝玉)宝二爷快去看戏吧,是柳二兄弟在唱。

宝　玉　(勉强笑着)你们去看吧,赖大哥,我懒得去。我很喜欢这间书房,我想坐在这里清静一会儿。

贾　琏　宝兄弟既是不去,咱们去吧!

尚　荣　爷们先走一步,我随后就来。〔说着谦恭地送他们到门口。

贾　珍　好的,我们就先走啦!赖兄弟!〔走向廊外。

贾　琏　(向赖尚荣打趣地笑着)可别不来呀!你是柳二兄弟的好朋友,你不捧场,是对不住他。

尚　荣　（笑）所以人家薛大叔就赶紧去捧场了！〔走向廊外。
　　　　〔大家笑着向廊右首下。贾宝玉不耐烦地扭过身子去。
尚　荣　（见宝玉不高兴，进左门去取一碗茶来，笑着走近他）宝二爷，请喝茶。
宝　玉　谢谢你！〔接茶，坐在书案前，喝了两口，也不说话。
尚　荣　宝二爷怎么不高兴啦？
宝　玉　我跟他们玩儿不上来，也听不惯他们一嘴的村话。（想了想）噢，我有好些天没有看见湘莲了，他这程子怎么样？
尚　荣　还不是老样子！成天价不是耍枪舞剑，便是吹笛弹筝。我也很少见到他，总是东奔西跑的，没个安静。我常常想着劝劝他，年纪轻轻的，也该好好念书混个前程，可又怕他不肯听。他对宝二爷很敬重。赶明儿您见着他，不妨训诫训诫他。
宝　玉　（不以为然地皱了皱眉头）我跟你的看法不同，我觉得一个人能够洒脱些也好。像他那样自由自在地跑跑玩玩，弹弹唱唱，倒是快活些，何必一定要念书混功名，做一个庸庸碌碌的浊物呢？
尚　荣　（心里不以为然，嘴里又不好说。只得笑了笑）宝二爷的话固然不错，只是我们不像您似的，生长在富贵之家，吃穿不愁，成天价尽可以坐着享清福。我们是贫寒子弟出身，既要混饭吃，又要想着光宗耀祖，哪里还谈得上"洒脱"两个字？柳二兄弟一贫如洗，纵然有这种志向，也不是个长久之计。所以，我很替他担心！好在目前他还是一个光棍，没有家室之累，倒少些顾虑。
宝　玉　（很感慨地叹口气）不管怎样，我觉得他比我强！你们以为我生长在富贵之家就是福气，其实我觉着这是倒霉！生长富贵之家，就像生长在臭皮囊里，生长在地狱里，耳闻目睹尽是些叫人不快活的事儿。处处都受拘束，事事都做不得主；想玩不能够自由自在地玩儿；想说话，不能够随心所欲地说话；想做什么，不能任情任意地做什么。比方你喜欢一个女孩儿吧，你想娶她，就不能让你直截了当地娶她。这样子明明是个活人，却过的是死人的日子！（言下不胜愤慨）而你们生长在贫寒之家，虽然有时不免清苦一些儿，但苦中自有乐趣。况且也只有"贫寒"的人才清高，"贫寒"的人才逍遥！所以我真羡慕湘莲，我若是也能像他那么无牵无挂的孑然一身，我也要从此云游四海，到处漂泊去了。〔说到这里，无限怅惘与懊恼。

尚　荣　宝二爷,听了您这派话我简直糊涂了!我不明白您为什么会有这种想法?说句不恭敬的话,您真是念书念得太多太用心了,因此有些儿迂了!

宝　玉　(苦笑)嘻嘻!其实我才没有念什么书,也更说不上用心。我知道你不会明白我的,过去,秦钟很明白我,他死之后就只有湘莲明白我!(想了想)噢,等会儿他唱完戏,请你告诉他,就说我有话跟他说,叫他到这里来一下,我在这里等他。

尚　荣　好的。宝二爷您嫌闷,到花园去逛逛!要不,您就在这廊子上听戏,我来给您搬把椅子出去。〔说着殷勤地就去搬椅子,被宝玉拉住。

宝　玉　我自个会搬。你去吧!只怕他也快唱完了!

尚　荣　那我就少陪了!〔恭敬地告别,向廊外下。

〔赖尚荣去后,一阵响亮的歌唱声传来,接着是狂热的鼓掌叫好声。贾宝玉厌烦地把门关上。

宝　玉　一群浊物!除了湘莲,简直没有一个有灵性的人!(思索,喃喃自语地)唉!男人里头,我就喜欢湘莲,也只有湘莲是知己!女子里头,我就喜欢林妹妹,也只有林妹妹是知己。一个人要求一个知己,真是比登天都难!俗话说得不错,"万两黄金容易得,知己一个最难寻"。〔无限感慨。

尚　荣　(匆匆走向宝玉诡秘地低声说)宝二爷,真巧极了!我刚去他就下来了。

宝　玉　(喜)怎么这样快呢?

尚　荣　按理他还没唱完,因为薛大爷他们在底下闹得太凶,他有些不高兴,所以赌气不唱了。我把您的话告诉了他,他说立刻就来,可是又怕薛大爷他们跟了来,所以我就想了个主意,打算去骗他们,说柳二兄弟还要再唱一出,叫他们在底下等着,那么你们就可以在这里说话了。

宝　玉　(笑着拍拍尚荣)难为你想得周到。

〔柳湘莲推门进来。他穿一件天青色缎袍子,系一条粉红色的丝绦子。脸上还有些粉墨痕迹,显得异常俊秀潇洒。

尚　荣　说着说着你就来了。好吧,你们说话儿。我去张罗他们。宝二爷,我把柳二兄弟交给您了!〔说罢笑着向廊外下。

宝　玉　(亲热拉湘莲并坐炕上)累了吧?

湘　莲　还好。怎么,宝二哥你没有去看戏?

宝　玉　我讨厌和他们在一起。

湘　莲　(忿忿地)他们哪里是些人,简直是一群猪狗!

宝　玉　一点不错,连猪狗都不如!

湘　莲　你来了很久吗?

宝　玉　来了一会儿。知道你也在这里,想找你去又怕他们浑说。你在哪间房子里吃饭?和谁同席?

湘　莲　(轻蔑地)还不是陪那些臭官僚和你们贾府的爷儿们。

宝　玉　这几天你到秦钟的坟上去过没有?

湘　莲　怎么不去?前儿我同几个朋友到城外去放鹰,离他的坟还有二里多路,我想着今年夏天雨水勤,恐怕他的坟受不住,就背着朋友们一个人跑去瞧了瞧,果然略微动了一点子,回家以后弄了几百钱,第三天就雇了两个人去收拾好了。

宝　玉　怪道呢!上个月我们家大观园的池子里结了许多莲蓬,我摘了几个叫焙茗送到坟上供他去。回来以后我也问他:"坟上被水冲坏了没有?"他说:"不但没坏,比上回还新了些。"我想着必是你去收拾了。(说到这里叹口气)唉,只恨我天天关在家里,一点儿做不得主,有点行动就有人知道,不是这个拦,就是那个劝的!弄得万事能说不能行!虽然有钱,也由不得我任意使用。想来真怄人!

湘　莲　这件事你用不着操心,外头有我照应,你只要心里有他就是了。眼前到了十月初一,我已经打点下上坟的花销。你知道我是个一贫如洗的人,家里既没有积蓄,外头纵然有几个钱进来,也是随手就光的,所以只好趁空儿留下这一份,省得临时拮据。

宝　玉　(感动地)你真是经心,够朋友!我原也要为这件事打发焙茗去找你的,可是又想着你不大在家,成天萍踪浪踪没个一定的去处。正为难着,凑巧今儿在这里碰到你,既是你已经办了,我就在家里偷偷地祭奠祭奠算了!

湘　莲　横竖各尽其心。

宝　玉　唉,好好的一个朋友就死了,撇得我们冷清清的,想起来就难过!

湘　莲　以后你要更冷清了,我过几天就出门去,打算逛个三年五载再回来。

宝　玉　（忙问）这是为什么！

湘　莲　（苦笑）不为什么。只是觉得闷得慌想去走动走动散散心。一个人生在天地间总不能老关在屋子里，又不是个死人。再说出去可以多见见世面，遇到什么不平的事，也好抱打抱打练练武艺。

宝　玉　你的话一点不错。湘莲，我如今就像一个死人了！有你在这里，还可以常说说话儿；你再走了，剩下我一个人孤零零的，更没意思了！〔说罢黯然。

湘　莲　我也这么想来着，只是不能不走。要不，你回去跟令尊大人商议一下，就说跟我出去逛几个月，行不行？

宝　玉　（摇头）他不会答应的。

湘　莲　（直爽地）不答应，就索性悄悄地走了。

宝　玉　（为难）这怎么行！要是真这样，家里怕不闹翻了天！

湘　莲　（冷笑）既然你前怕狼后怕虎的，那就安心守在家里好了！〔说罢站起来。

宝　玉　（见湘莲不高兴，忙追过去解释）不是我怕，实在家里没法儿。不信，你问赖尚荣就知道。

湘　莲　你家的情形我早知道。只是宝二哥，你自己太懦弱了！一个人总该硬朗些，不能老像面团似的，别人把你揉搓成个什么样，就成个什么样。自己应该有自己的主见，只要自己觉着是对的，就尽管去做好了！大不了拼上给你令尊大人撵出来。撵出来正好落个自由自在！

宝　玉　可是，我不能撇下我的祖母和母亲，还有，就是我的——〔不好意思说下去。

湘　莲　说来说去，你是一个公子哥儿的脾气，嘴里紧直嚷着讨厌你的家，可又狠不起心来，一走了之，我瞧你这样下去永远也不会快活。

宝　玉　湘莲，我想着等到有一天我尽到做子孙的职分，也就是把他们所叫我做的，我都敷衍过了；那时候，我便能不顾一切地，像你一样爱上哪儿上哪儿，长远漂流在外头，再也不回家了。〔说着神往地笑了。

湘　莲　（讥讽地）嘻嘻！只怕等你尽了人子之道，还要尽人父之责哩！要敷衍这一生够你敷衍的，等你"敷衍"完了，你自己也完了！（末句话说得很重）

宝　玉　（一怔）湘莲！

湘　莲　（有些歉然）宝二哥，不要见怪，我说话跟我的性子一样，欢喜直爽痛快。

宝　玉　我不是见怪！我，我心里难过！［痛苦地捧住头。

　　　　［嘈杂声传来，接着是许多足步声。

薛　蟠　（老远地嚷着）谁放我的小柳儿走啦？

湘　莲　（气急）糟了，他们找来啦！我原想着跟你说会子话就回家的，如今只好先回避一下了。［忙向左门走。

宝　玉　（忙追过去）回避一下也好。只是，你要是真走，出门以前必须先告诉我一声，弟兄们也好再说说话儿。

湘　莲　我会去向你辞行的，只是别告诉旁人。

宝　玉　我知道。

　　　　［柳湘莲刚要走出左门，薛蟠已经到了书房，扑上去一把扭住。贾珍、贾琏、贾蓉、赖尚荣等也都笑着相继而来。贾宝玉忙背过身去坐在书案前。

薛　蟠　（醉得站立不稳，拉住湘莲半推半拖地往炕边走）我的好兄弟！干吗戏不唱完就溜了？害得我在台底下紧等，如今好容易找着你了，又想逃走！［坐炕上。

湘　莲　（冷冷地推开薛蟠）我逃什么！不过想到里边去歇会儿。

薛　蟠　就在这里歇歇好了！你刚才不是还同宝兄弟在这里的吗？（看看宝玉）宝兄弟，你们两个人偷偷摸摸地在这里干些什么？

宝　玉　（气）说说话儿罢了。

贾　蓉　宝二叔一定是同柳二叔在这里说体己话呢！

　　　　［大家笑。

宝　玉　（正颜）蓉儿少浑说！［说罢愤愤走向廊外。

尚　荣　宝二爷上哪儿去？

宝　玉　（不高兴地）瞧瞧老太太他们去。［下。

尚　荣　（送宝玉到廊外，再进来）宝二爷好像生气了！

贾　珍　宝兄弟今儿一直不大高兴似的。［坐书案前。

贾　琏　他还不是那个老脾气！只喜欢在女孩儿队里混，跟男人在一起就不大惯。

贾　蓉　琏二叔的话一点也不错！宝二叔连他自己都快变成个女孩儿了。

贾　珍　（责备地）蓉儿，少浑说！

贾　蓉　是。

薛　蟠　不然，不然！宝兄弟就喜欢跟小柳儿玩儿！

尚　荣　这也是他们的缘分！

湘　莲　（听不入耳）赖大哥，我还有点儿事，要先走一步了！

薛　蟠　（一把拉住）瞧！说着说着你就来了！何苦来，他走你也走？你一走大家都没有兴头，好歹坐一坐就算是疼我了！凭你什么要紧的事，交给哥哥我替你去办，只别忙着走！要知道你如今有了我这个好哥哥，要做官发财都容易得很！〔说着轻狂地摸摸湘莲的脸。

湘　莲　（闪过一边，正色地）薛大爷，请你放尊重点！

贾　琏　（笑）柳二兄弟真是走了桃花运！一个宝二爷，一个薛大爷，两人争着爱！

薛　蟠　谁叫你不也生这样一副标致脸蛋儿呢？（说罢大笑，一面又去拉湘莲）再说人家能弹会唱，你就不成！

湘　莲　薛大爷！〔气得脸色发青，想发作，又抑制下来。

尚　荣　（也看不惯了）我瞧，爷们还是到大厅去喝酒吧！

贾　珍　（站起来）对！咱们去喝酒！〔向左门下。

贾　琏　走吧，蓉儿！陪你二叔来喝几盅！〔拉了贾蓉同下。

尚　荣　薛大爷跟柳二兄弟也来呀！

薛　蟠　我不能喝了，已经醉啦！你去张罗他们罢，赖大哥！让我和小柳儿在这里说说话儿。

湘　莲　（使眼色叫尚荣走）也好。我就在这儿陪薛大爷说会子话儿。

尚　荣　等会儿还是过来猜两拳！〔说罢向湘莲使眼色，然后下。

湘　莲　（咬唇皱眉地思索一会，改换笑容）薛大爷，我来问你一句话。

薛　蟠　（拉湘莲坐身边）问什么？我的好兄弟！

湘　莲　我问你还是真心和我好呢，还是假心和我好？

薛　蟠　（喜不自禁地拉住湘莲的手）哎哟，我的宝贝兄弟！你怎么会问起这样的话来？我要是假心和你好，叫天打雷劈我，立刻死在你的跟前！

湘　莲　既然如此，这里说话不方便，你先头里走，我随后出去找你，咱们上花园僻静处索性谈个痛快！只是你可别带一个跟的人，也别叫珍大爷他们知道。

薛　蟠　（大喜若狂）真的吗？兄弟！

湘　莲　你瞧！人家拿真心待你，你又不信！

薛　蟠　（忙赔笑）我不是呆子，怎么能不信呢？只是这花园怎么大，路又不熟，你叫我上什么地方去等你呢？

湘　莲　不远，就在这书房左边，池塘的前头。

薛　蟠　好，好！我这就去。（酒已经醒了，高兴地忙向廊外走）快来呀，好兄弟，别叫我紧等。

湘　莲　去吧！我随后就来。（见薛蟠走后，冷笑着）哼！今儿柳二爷非教训教训你这个蠢东西不可！〔说罢从壁上取下宝剑，随便轻舞一番，然后挂在腰间，走向廊外。

〔这时贾宝玉恰好迎面而来。

宝　玉　怎么你还没走？

湘　莲　给你那个混账姨表兄缠到现在。

宝　玉　你这会子回去吗？

湘　莲　不，找薛蟠算账去？

宝　玉　何苦来跟他个呆子一般见识。他现在哪儿？

湘　莲　在花园里等我。〔说罢就走。

宝　玉　（拦住）不理他好了。

湘　莲　你不要管！这小子不叫他知道我柳湘莲的厉害，下一次他还不改。（走出又退回）你别去告诉人，最好也不要走开，等着瞧瞧热闹吧！〔疾下。

宝　玉　（点点头）唉！薛呆子也是自讨苦吃！

〔这时笙歌依然，饮酒猜拳之声不绝。赖尚荣掀门帘先瞟一眼，然后走出来。

尚　荣　宝二爷什么时候来的，薛大爷和柳二兄弟呢？

宝　玉　我才来，没瞧见他们。

尚　荣　奇怪，刚才他们两人还在这里说话的，我因为有点不大放心他们才特地出来瞧瞧。

宝　玉　噢，想是他们一起看戏去啦！

尚　荣　唉,您这位令亲真够糊涂的!也不打听打听柳二兄弟的为人,就一个劲儿跟他浑闹,将来有一天,非吃他的亏不可。

宝　玉　也该给薛大哥一个警告,否则越发地横行霸道了!

尚　荣　他家里怎么也不管束管束他?

宝　玉　(冷笑)嘻!谁敢管束他?在家里他就是王!薛姨妈跟前只有他这么个宝贝儿子,虽然知道他在外头胡作非为,可又舍不得严厉训诫他。他有一个妹妹,倒能镇压他几分,只是又不能成天跟着他。

尚　荣　您说的这位薛大爷的妹妹,只怕就是坐在薛姨太太旁边看戏的那位戴金锁的宝姑娘吧?我倒是常听见家父母夸奖她,说宝姑娘为人又能干又厚道。可惜她这位令兄太差了!

宝　玉　谁说不是呢![坐炕桌上。

尚　荣　不过话又说回来,十个指头伸出来原不一般齐,姊妹们本来就有好有歹的。比如宝二爷你们弟兄吧,尽管您是个正经读书人,可是您的那些哥哥们,就不尽都如此。像这位爷——(以大拇指暗示)听说不大规矩。这话本不该我说,因为您是个明白人,所以才随便谈谈。宝二爷可见过——(低声地)珍大爷的两位姨妹子?

宝　玉　听说珍大嫂子有两个异父异母的妹妹,人生得挺标致,只是没见过。

尚　荣　就因为这一对姊妹花生得绝色,可算得是一对尤物,所以珍大爷起了野心,三天两头上尤家去勾搭。听说那尤家一贫如洗,那尤老太太也乐得叫女儿敷衍敷衍,好让珍大爷贴补她们点儿花销。

宝　玉　(感慨地)唉,像这种女子就是生得再好,名声一坏也叫人不爱了!

尚　荣　可笑的是,不但珍大爷如此,就连他的那位蓉哥儿,听说也是这样。只要知道老子没有去尤家,他就去了。简直不成个体统!真是俗话说的:"父子二人,同走一条道路。"

宝　玉　(感愧地)这就是我先头说的:富贵之家,好像臭皮囊。丑事情,都出在这种"家"里!

[这时传来呻吟声,接着柳湘莲挟着满身污泥、一脸血迹的薛蟠从廊外走来。贾宝玉心里明白,不禁悄悄笑了。

薛　蟠　(边哼边叫)救人呀!柳湘莲打死我了!

尚　荣　(大惊)柳二兄弟,这是怎么回事![说着忙扶薛蟠坐炕上。

薛　蟠　哎哟！坐不得,屁股都打烂了！〔说着一个翻身爬至炕上。

湘　莲　我只当你是不怕打的,如今可认得你柳二爷了？〔说着把剑挂原处。

薛　蟠　(哽咽着)认得了！只是朋友要好不要好原是两家情愿；你既不乐意和我要好,也该明说,何苦来哄我去挨打？

湘　莲　我也曾劝过你,只是你执迷不悟,偏偏有眼无珠,错瞧了人,"老虎头上搔痒"歪打了主意,所以才决心叫你皮肉吃点儿苦,也好知道知道你柳二爷的厉害。不然,你还是昏头昏脑,把我当成可以供你玩儿的风月子弟！老实告诉你,薛蟠！你柳二爷虽然穷些,论出身也是仕家；论为人,比起你混蛋小子来清高十倍；论学问,五经四书全念过；论武艺,别说你一个薛蟠,就是十个八个,你柳二爷毫不在乎！你以为仗着有钱有势,就可以横行霸道,什么人都欺负得。你柳二爷天生的硬脾气,"富贵不能淫,威武不能屈",即令当今的皇帝惹了我,也得打他个落花流水,不要说你。

尚　荣　柳二兄弟！〔上前劝阻。

宝　玉　(拉开尚荣,摇手小声地)让他去！

薛　蟠　(求饶地)哎哟,饶了我吧！打不得啦,好兄弟！

湘　莲　(又是一拳)你叫什么？

薛　蟠　(忙改口)好哥哥！

湘　莲　(又是一拳)再叫！

薛　蟠　好老爷！饶了我这没眼睛的瞎子吧！如今我已经知道你是个正经人了,过去算我错啦,从此以后我只敬你,怕你！再也不敢惹你了！〔说着只磕头。

〔贾宝玉和赖尚荣一边忍不住想笑。

尚　荣　柳二兄弟！既是薛大爷已经认错,就算了！

湘　莲　好吧,打死他是无益,就留下他这条狗命,只是如果再不改过,下次非宰了他不可。我也该走啦,真是对不住赖大哥,今儿原是你升官高兴的日子,给我闹得未免煞风景。宝二爷,咱们再见啦！〔说罢施礼告辞走向廊外。

尚　荣　(低声地)快去,等会儿说不定还有麻烦哩！

湘　莲　什么麻烦？〔又站住了。

宝　玉　你还是趁早儿走得好,免得回来惊动了大家,瞧见不好看。

湘　莲　(明白了)赖大哥!既是这样说,大丈夫做事,大丈夫当!没有什么麻烦便罢,果真有什么麻烦,请尽管叫他们去找我好了,我三天以内绝不走出家门一步。〔说罢下。

薛　蟠　(稍镇静一点)给我口水漱漱嘴吧!刚才被柳湘莲按到池子里,喝了一肚子的脏泥,到如今喉咙里还是腥臭的。

尚　荣　(忙递水与薛蟠)薛大爷,别怪我爱说直话,实在您也忒荒唐了,柳湘莲是一个出名的好看不好惹的人,您偏偏去捅马蜂窝!

薛　蟠　谁知道呢!早知道他是这样一个人,我何苦来找一顿打挨!

宝　玉　以后可改了吧!薛大哥!

薛　蟠　不行,我还得报仇!我不能就这样让他白打了。〔说着怨怨地拍拍炕。

贾　珍　谁要报什么仇?(说着走出来)真热闹!你们在外头吵,我们在里边嚷!(看见薛蟠诧异地)怎么啦,薛兄弟趴在炕上干吗?

薛　蟠　(委屈地哭了)珍大哥,给我出口气吧!柳湘莲个王八羔子打了我。

贾　珍　(趋前)为什么,先头你们不是好好的吗?怎么一会子又恼了?
　　　　〔贾琏、贾蓉同上。

贾　蓉　薛大叔怎么啦?

贾　琏　哭什么?薛兄弟!

贾　珍　薛兄弟给柳老二打了!

贾　琏　柳老二呢?

尚　荣　走啦!

贾　珍　真奇怪!咱们在里边怎么一点都没听见,只听见书房里吵得厉害,还以为是薛兄弟和柳老二闹着玩儿呢!原来两个人在打架!

宝　玉　他们是在花园里打的,刚才柳二兄弟才把薛大哥送到这里来。

薛　蟠　(抱怨地)赖大哥不该放他走的。

尚　荣　(辩驳,讽刺地)柳老二走的时候,薛大爷不是明知道吗?您先头怎么不说话?要是您早说不叫放他走,我也就把他留下来了!

宝　玉　(得意)是呀,薛大哥先头怎么不言语呢?这会子抱怨也晚了!

薛　蟠　我也是给打糊涂了。珍大哥,琏二哥!你们瞧该怎么办呢?替我出个主意呀!

贾　珍　算了罢！你原是很喜欢他的，打两下也没有什么要紧。

尚　荣　(打趣地)岂不听见俗话说的："打是亲，骂是爱。"薛大爷，你吃点亏吧！

薛　蟠　(又气又羞)你们这些人真是幸灾乐祸，这会子还拿我取笑儿！

　　　　〔忽然兴儿穿身布夹袍，慌慌张张地自廊外进来。

兴　儿　(喘息不已)正好！爷们都在这里！

贾　琏　什么事？瞧你慌张成这个样子！

兴　儿　东府的敬老爷在铁槛寺升天了。

贾　珍　(大惊)什么？老爷升天啦？

兴　儿　可不是！刚才东府里打发焦大过来报丧，焦大说：敬大爷一定是功果圆满，修行成仙了。

宝　玉　(感叹地)他老人家一向吃斋念佛修身养性，怎么好好的就没了？

兴　儿　老太太叫小的来请爷们赶快回去。

贾　琏　(戚然)好吧，我们就走。兴儿把薛大爷扶着送他回去。〔走向廊外。

兴　儿　是！〔扶薛蟠下。

贾　珍　赖兄弟，打搅了你一天！〔拱手走向廊外。

尚　荣　怠慢！怠慢！

　　　　〔赖尚荣送众下。

　　　　　　　　　　　　　　　　——幕疾落

第 二 幕

第一场

时　间　两月后的一个下午

地　点　贾府东院

人　物　尤老娘　尤二姐　丫头　尤三姐　贾蓉　贾琏　兴儿

布　景　正房，富丽堂皇。舞台正中是一排格扇门窗，悬竹帘。门上贴着丧事对联。舞台左右里首有房门，悬蓝色缎门帘。左房原为贾珍住，现为尤老娘住。右房原为贾蓉住，现为尤氏姐妹住。舞台的中间置圆桌，周围有凳。舞台的左外首置长茶几，两旁有椅。茶几上设花瓶、茶具。舞台的右外首置炕桌,陈设古玩。两厢墙壁悬字画。

〔幕启　尤老娘穿着身黑色绸夹袄夹裤,躺在炕上睡觉了。尤二姐穿一件朱红色缎夹袄,系绿色丝绦子,浅绿色裙子,正在圆桌前做针线,圆桌上放些针线盒、熨斗等物。旁边坐着一个丫头,也在做针线。贾蓉穿件天青色缎夹袍子,在外面边走边喊。

贾　蓉　(冒冒失失地推门进来喊着)二姨娘!我叫了您半天,您也不应一声儿。(走向尤二姐)怎么一来就忙着做活哩?

二　姐　小声点儿,冒失鬼儿!

贾　蓉　(看看尤老娘,低声地)哟,老娘睡着啦!(坐在尤二姐身边,嬉皮笑脸地只管注视她的身上)三姨娘呢?

二　姐　在里头屋里,你老娘子都好吗?

贾　蓉　都好,二姨娘!你们虽然来了这么多天,我们也没工夫常过来看你们,别人不说,我父亲可真想您,他叫我先代问个好,一两天就要回来瞧您。

二　姐　(面红耳赤,羞答答地骂着)好坏小子!隔两天不骂你几句你就不好受了,如今越发连个体统都没有,还亏你是大家子的公子哥儿哩!成天念书学礼的,简直连那小家子弟还跟不上,我看,不教训教训你是不行!
〔说着,顺手拿起熨斗来兜头就打)

贾　蓉　(抱住头向二姐身边躲)二姨娘,我的好二姨娘!饶了我吧,饶了你疼的外甥儿,赶明儿给您说个好姨父!

二　姐　(又打)还浑说!今儿不撕了你的嘴才怪。〔说着,就去撕贾蓉的嘴。

贾　蓉　(忙跪下)撕不得,二姨娘!留下这张嘴还要吃花生仁哩!(说着从腰里掏出一包花生仁,放在二姐怀里)咯!瞧外甥儿多么疼您,特地从外面买了花生仁回来孝敬您!〔站起拿花生仁放二姐嘴里。

二　姐　(嚼了一嘴渣子吐到贾蓉脸上)小鬼!

贾　蓉　这个我不怕!二姨娘嚼过的,更香些!〔说着嬉皮赖脸地用舌头舔着吃了。

丫　头　(有点看不过去。冷笑地说)老实点儿吧,蓉哥儿!现有热孝在身,再说,二姑娘虽然还小,到底是您的姨娘,您也忒胡闹了。回来把老太太吵醒了,告诉珍大爷去,瞧你吃不了兜着走!

贾　蓉　（抱住丫头的腰，无赖地在她脸上亲了一下）我的心肝！你说得是，咱们就饶了她好啦！

丫　头　（忙推开贾蓉站起来，恨恨地骂着）短命鬼儿！你一般有老婆丫头的，何苦来又和我们闹？知道的说是玩，不知道的，给那些脏心烂肺嚼舌头的人吵到西府里去，还说是我们混账，我们调戏你哩！

贾　蓉　（不在乎）各门另户的，谁管咱们的闲事？再说，从古到今"天下老鸦一般黑"，都少不了有些风流事儿！提到那一边，二老爷那么厉害，连二叔还不是偷偷摸摸地勾搭鲍二家的？二婶娘外面看着怪正经，其实也一样，不然瑞大叔怎么敢去算计她，弄得瑞大叔中了"风流宝鉴"的魔，死得不明不白。这一切，哪一件也瞒不了我，我才不怕他们哩。〔边说，边吃花生仁。

〔这时尤三姐穿着一件松绿色缎夹袄，系条黄色丝绦子，乳白色绫裙子，自右房走出。

三　姐　（端庄严肃地）蓉儿又在浑说什么？

贾　蓉　（忙跑过去涎着笑脸）我的三姨娘，怎么这会子才出来，都快想死我了！〔说着就去拉三姐。

三　姐　（摔开贾蓉，正色地）快跟我老实点，瞧你这个轻狂样子总改不了！

贾　蓉　你也总改不了这个厉害样子！看你倒像个热心肠，谁知道是个冷面人！（搭讪着送去一把花生仁）吃花生仁吧，三姨娘！蓉儿处处想着您，再说蓉儿不好，可真没有良心。

三　姐　（挥开）少跟我嬉皮涎脸的，我可不是你二姨娘，任着你胡闹！（说着走向炕）妈怎么还睡？

二　姐　妈也是岁数大了，一歪下去就睡着了。

三　姐　（推老娘）妈，妈！醒醒吧，仔细着凉！

贾　蓉　（不乐意地）别叫老娘，让她老人家多睡会儿，咱们玩得自在些！

三　姐　（不理）妈，妈！起来！〔说罢也走去桌边做针线。

老　娘　唉！（翻了个身坐起来，朦胧地瞧瞧她们）谁，那边站的是谁？

贾　蓉　（只好走过去）是我，老娘，是蓉儿！

老　娘　（拉住贾蓉）瞧我的眼睛，连我的外孙儿都不认得了！好孩子，你怎么这会子有工夫回来啦！

贾　蓉　爹打发我回来看看老娘,说我们家有丧事累老娘操心,又难为两位姨娘受委屈,我们爷儿们真是感激不尽。唯有等事儿完了,我们合家大小再来登门磕头。蓉儿这里先给老娘请安!〔说着就跪下磕头。

老　娘　(忙拉起贾蓉,笑着颤声地)我的儿!亲戚原该帮忙的。事情快完了吧?你老子娘只怕累坏了?

贾　蓉　我老子娘还好,再有几天,"五七"一过就出殡了。爹说好歹求您老人家等事情完了,大伙儿歇歇儿,好好聚一聚再回去。〔说着背身向二姐挤眼做鬼脸。

老　娘　(高兴地)这个自然,我还没有跟你娘说说话儿哩!

二　姐　(悄悄地低骂着)会嚼舌头的小猴儿,留下我们不走,给你爹做妈不成?

老　娘　(没听清,问贾蓉)你二姨娘说什么?

贾　蓉　(无赖地)二姨娘说:她不愿留在这里,她要早点往婆家去!

老　娘　(笑)这孩子,真会说笑话儿,你二姨娘哪儿来的婆家?

二　姐　妈,你别听他浑说,你打他一巴掌,他就不敢再油嘴滑舌了。(说罢又低声骂)小鬼!

贾　蓉　(乘隙而入)老娘放心吧!我爹正在替两位姨娘打算啦!说是要选两位门第有根基,家里富贵,还得年轻,人品又俊的姨父,不然就配不上我这两位姨娘。这几年总没拣着合适的,凑巧前儿才准了一位!

老　娘　(信以为真,忙问)是谁家的公子?

二　姐　妈别听这混账孩子的话!

老　娘　噢,我倒当个真。

三　姐　(有觉察,站起责备地)蓉儿,你也忒不知轻重了,说是说笑是笑,别只管嘴里不清不楚的,给人听见了,成个什么体统?

贾　蓉　人家二姨娘都不生气,偏偏三姨娘动不动就恼!

三　姐　你二姨娘气量大,能担待你,我可不能!我劝你以后,在我跟前还是老实点儿的好!〔说罢忿忿下。

贾　蓉　(怪没趣地)凭三姨娘这个脾气,只怕难嫁出去!

二　姐　像你这样没规矩,她打你也不屈!

贾　蓉　还是你随和,二姨娘,赶明儿非给你找个好姨父不可,这件事包在你蓉儿的身上!

二　姐　说着说着又来了！不给你点厉害看看是不行的。（说罢拿起手里的针丢过去）今儿非缝住你这张臭嘴不可。

贾　蓉　（扑到老娘怀里，撒娇地）老娘，二姨娘欺负我！

老　娘　（忙拦住二姐）快放下，哪有个做姨娘的欺负外甥儿？

贾　蓉　（得意）还是老娘好，老娘疼我！

老　娘　蓉儿在这里玩一会吧，老娘进去穿一件衣服就来！〔说罢站起来。

二　姐　（忙扶住老娘走向左门。一面低声骂着）这会子先饶了你！

丫　头　（不满地嘟哝着）忒没个上下了！

贾　蓉　（又去胡闹）好了！我的宝贝！你可别学我三姨娘那个脾气！〔抱住丫头。

〔这时贾琏穿一件蓝色缎袍子，自中门走进。

贾　琏　（走进来张望一番）蓉儿！

丫　头　（忙站起来，推开贾蓉）快走开，琏二爷来了。〔说罢低着头向左房下。

贾　蓉　（忙迎过去）二叔倒是真性急呀！说来就来了。

贾　琏　（笑着走向圆桌，坐下）约好来的，当然要来。你这孩子真馋，怎么又跟丫头们浑闹起来了？

贾　蓉　（嬉皮涎脸地）二叔别说我，你还不是一样！

贾　琏　（拉他到一边，低声地）刚才在路上我托你办的事，怎么样啦！

贾　蓉　我已经跟老娘提过，只是还没有明说。我想着等会儿，你先瞧瞧我二姨娘的眼色再议！

贾　琏　（思虑）恐怕你老娘不愿意，再说你二姨娘的那门"指腹为婚"的亲事，也不知道能不能退！

贾　蓉　二叔真糊涂！我老娘家里贫寒，巴不得找个有钱的姑爷贴补贴补，如果知道是您要娶二姨娘，她老人家还会不愿意么？至于说二姨娘那门"指腹为婚"的亲事，倒没什么要紧，横竖姓张的如今又不在这里，等将来找着他本人，给他十来两银子，叫他写个退婚的字据，量他人穷爱钱，一定不会不依的。再说，他也不敢惹咱们。我看这件事第一要二叔在二姨娘跟前用工夫，第二只要二叔肯花银子，蓉儿管保能成功！所怕的倒是二婶娘那边难得过去。

贾　琏　（大喜）好孩子，你的话一点不错，就是你二婶娘那边怎么对付，你也得给我出个主意才好。

贾　蓉　（想了想）主意倒有，只是二叔要有胆量！

贾　琏　什么主意？快说，我这一回是拼上了。

贾　蓉　二叔别声张，等回来我跟老娘说过了，您也跟二姨娘勾搭上了；然后立刻就在咱们府后附近买一所房子和应用的家具，再拨几个可靠的家人女仆过去服侍；等爷爷出了殡就择日子娶了，人不知鬼不觉。一面您仍旧常回二婶娘那边去住，免得她疑心。过个一年半载即或闹出来，拼着挨上二老爷一顿骂，你就说二婶娘总不生育，原是为了子嗣才私自讨个二房，那时节二婶娘看见"生米煮成熟饭"也只得罢了。二叔再去求求老太太，没有个不了的事儿。

贾　琏　（频频点头）此计甚妙！好蓉儿，你果真为二叔做成这件好事，二叔一定买两个绝色的丫头酬谢你。

贾　蓉　（笑着）二叔不必谢我，倒是事成之后，谢谢我爹，若是我爹不答应，也成不了，所以二叔还得替我爹跟三姨娘撮合、撮合。

贾　琏　这个自然，我不会忘了大哥的。

贾　蓉　二叔在这里，我去把老娘喊出来，您就照我们先头说的行事。

贾　琏　好极了！〔连忙正正衣冠。

贾　蓉　（走向左房门叫）老娘！老娘！

老　娘　（应着）来啦，蓉儿！〔扶着二姐走出。

二　姐　（看见贾琏，欲回避）哟，有客呀！死蓉儿也不说一声。

老　娘　谁？〔看看贾琏。

贾　蓉　（忙拦住二姐）不是客，是西院的琏二叔。

老　娘　（笑着扶二姐走过去）噢，琏二爷来啦，这倒不必回避，横竖都是自家人！〔坐炕上。

贾　琏　（殷勤地扶了老娘一把）跟尤老娘请安！〔说着屈屈膝。

老　娘　（忙拉住）不敢当，琏二爷！

贾　琏　（向二姐打了一个千儿）二妹妹可好，三妹妹怎么不见？

二　姐　三妹妹刚到房里去了。〔说罢，羞答答垂首坐老娘身边。

老　娘　府上老太太、太太和琏二奶奶、姑娘们都好吧？

贾　琏　承尤老娘问，我们老太太以下，都托福平安！刚才我从铁槛寺回来，大嫂子说,前儿有一包银子交给尤老娘收起来了,今儿因为要用,大哥怕蓉儿误事叫我来取,顺便问问家里有事没有。我瞧着尤老娘倒还硬朗,只是连累了为我们家的事儿操劳,让二位妹妹受委屈,真是过意不去!〔说着只管偷看二姐。

老　娘　说哪里话!咱们都是至亲骨肉,在家里也是住着,在这里也是住着。不瞒琏二爷说,我们家景自从先夫去世,越发艰难了,一向全亏这里姑爷贴补,如今姑爷有了这样大的事,别的不能出力,看看家照应照应门户也是理当,怎说得上受委屈。既是琏二爷要银子,请等会,我这就去拿来。〔说着站起来,二姐忙扶着。

贾　蓉　(拉开二姐)我来扶老娘进去。

老　娘　好吧!蓉儿扶我,你就陪陪你琏二哥!

贾　蓉　(向贾琏使眼色)二叔跟我二姨娘说说话儿吧!〔说着扶老娘下。

贾　琏　(凑过去,含情地笑着说)二妹妹来了这些天,虽然也见过两面,只是碍着人前不好说话儿。

二　姐　(坐炕外首,带羞地)琏二哥请坐吧!〔无聊地拿着一条系着荷包的绢子摆弄。

贾　琏　(坐炕里首,只不住地瞟二姐,搭讪着)二妹妹手里拿的是什么?

二　姐　槟榔荷包。

贾　琏　(故意摸摸怀里)哎呀,我的槟榔荷包忘记带了,二妹妹既然有,赏一口给我吃行不行?〔说着走过去。

二　姐　(微笑地)槟榔倒有,只是我的槟榔从来不给别人吃!

贾　琏　二妹妹真小气!吃一口槟榔又算什么!赶明儿我多带些来赔你就是!〔说着就伸手去拿,有意地碰了碰二姐的手。

二　姐　(忙看了一周,笑着扔过去)拿去吧!

贾　琏　(接了,坐下取出半块吃了)别心疼!二妹妹,我只拣了您吃剩的半块吃了!〔说着背过身,一面从怀里解什么东西,又包在手绢里,刚刚要送过去。

丫　头　(自左房端茶出,置炕几上)琏二爷请喝茶!〔说罢看看他们,然后下。

〔贾琏急急藏了绢子吃茶,当丫头回身走时,连忙将绢子扔向尤二姐,但是落在地上,尤二姐假装看不见坐着不动。

贾　　琏　（站起向外看看，见丫头已去，回身指指地下）二妹妹，您的槟榔荷包掉在地上了。（又低声地）绢子里面有一个"九龙佩"，送给您留个纪念。

〔二姐只管喝茶，不理也不拾。

〔贾琏正莫名其妙，这时尤老娘扶贾蓉自左房出来。

老　　娘　琏二爷，累你久等了！

贾　　琏　（忙迎上去，一面着急地回顾二姐，二姐依然不抬头）哪里，只是麻烦您老人家了。

〔尤二姐乘他们不注意时，匆匆拾起地上的绢子，又悄悄揣到怀里，然后走过去扶老娘。

贾　　蓉　（已瞧见，笑问二姐）二姨娘刚才拾起个什么东西？

二　　姐　滚开！妈怎么去了这么半天？

老　　娘　（笑着）人老了，忘性大，前儿放的东西，今儿就记不起地方了！亏着蓉儿帮着我才找到的。（坐炕上，以银子交贾琏）这是三百两，琏二爷收好。

贾　　琏　你放心，我回去就交给珍大哥。〔接了银子，一面发愁看地下，见绢子已经没有了，这才放心。再看看二姐若无其事的样子，不禁笑着点点头。

〔这时中门外有人喊，兴儿走进来。

兴　　儿　蓉哥儿，琏二爷！刚才老爷问两爷，说有什么要紧事儿要使唤，原叫我到庙里找爷去，我回老爷说两位爷就来。这会子快过去吧！

贾　　琏　好吧，蓉儿！我们就到西院去看看老爷有什么吩咐？

贾　　蓉　兴儿，你出去侍候着吧。（一面向老娘）老娘，我跟二叔过去了！

老　　娘　（忙站起来）好吧，蓉儿！没事的时候勤回来看看。琏二爷有工夫也常过来说说话儿！

贾　　琏　一定常来跟您老人家请安！〔说罢向二姐以目传情，走向中门。

贾　　蓉　（低声附老娘耳边笑着说）老娘，我没说错吧？我跟我爹做的这个媒坏不坏？您瞧我这位二叔多标致？（一面向二姐努嘴儿，指着贾琏笑）二姨娘，配得上你吧？

二　　姐　（啐了口，羞得忙扭过身子）坏透了的小猴崽子。

〔老娘笑着点点头，没说什么。

贾　蓉　好啦,好啦! 老娘愿意了,二叔跟二姨娘也换了信物了,该请蓉儿吃喜酒了!

〔跳着嚷着走向中门拉住贾琏同下。

——幕疾落

第二场

时　间　又两个月后一天的晚上
地　点　贾府附近花枝巷新宅
人　物　尤二姐　尤三姐　兴　儿　尤老娘　丫　头　贾　珍　贾　琏
　　　　鲍　二
布　景　贾琏与尤二姐私婚的新房。布置得相当富丽,舞台的正上首为套间,用大红缎幔子隔着。幔子前面置一对瓷凳。舞台的左上首置炕桌,旁有茶几。炕桌上摆设花瓶,茶几上设茶具。舞台的左下首有房门,供出入,悬粉红色绸帘子。舞台的右首为木栏,大格扇窗子,外面芭蕉可见,窗前置长方书案,上设文具。舞台的中间置圆桌,四周有凳子。

〔幕启　天还亮着。炕桌前有火盆,尤老娘躺在炕桌上睡着了。尤二姐穿着件桃红色缎袄,粉绿色绸裙子,坐炕桌外首烤火,尤三姐穿件葱绿色缎袄,天青色绸裙子,坐在书案前。圆桌上还摆着些果品,像是她们刚吃罢剩下的。这时兴儿掀门帘进来。

兴　儿　(走向尤二姐面前)奶奶,爷还没回来,小的到那边看看去吧!
二　姐　(想了一想)也好,若是有事就别催他。
兴　儿　小的知道。
二　姐　噢,兴儿,你把桌上的果子吃了再去。
兴　儿　(高兴地)谢谢奶奶!〔就站在圆桌旁吃起来。
二　姐　瞧你年纪小小的,倒是知道忠心你爷!
兴　儿　不瞒奶奶说,小的是西府二门上该班的,我们一共有两班,一班四个人,有几个是爷的心腹,有几个是二奶奶的心腹。小的就是爷的心腹,专跟爷在外头跑,所以什么事都向着爷。只是我们没有二奶奶的几个心腹有势力,我们平日不敢惹他们,他们倒欺我们。

三　　姐　（微笑着）你们二奶奶到底有多么厉害？连她的心腹奴才都不敢惹？

兴　　儿　说了你不信，三姨奶奶！提起我们二奶奶，府上除了老太太、太太以外，上上下下没个不怕她，不恨她的。她为人心里狠毒无比，嘴里却是甜蜜蜜的。倒是她跟前的平姑娘为人很好，虽然和二奶奶是一个鼻孔出气，但是宽厚得多，我们下人有什么错儿，二奶奶容不得，只要求求平姑娘就完了。

二　　姐　像你二奶奶这样的人，老太太、太太为什么还那么抬举她？

兴　　儿　（越说越起劲了）奶奶哪里知道，她专会一味地讨老太太、太太的喜欢，比方她管家过日子，只知道刻薄我们下人，在老太太、太太跟前，显得会节省。可是她自己却弄了不少的私房银子，在外头放账收大利钱。

二　　姐　你这孩子，如今背地里说你二奶奶，将来背地里还不知道怎么说我呢！我比起她来，又差一层儿，更有说的了！

兴　　儿　（连忙跪到炕桌沿下）奶奶这样说，真冤枉小的！但凡小的有造化，爷早先娶了奶奶这样好的人，也少挨许多打骂！如今我们几个跟爷的人，谁不是背前背后称赞奶奶贤德，怜恤下人，我们还商量着，叫爷把我们要出来，情愿今后专门服侍奶奶。奶奶不信，小的赌咒，要是说半句谎话叫天雷劈死小的。

二　　姐　（笑）起来吧，小鬼精灵儿！说句玩话就吓得这个样子！你为什么要出来，我还打算进去呢！

兴　　儿　（站起来连连摇手）进去不得，奶奶！千万进去不得！最好是一辈子不见她也别后悔！像奶奶这样善良人，怎么是她的对手？她见奶奶比她标致又比她心眼儿好，她还有个不妒嫉的？人家是醋罐子，她就是醋缸、醋瓮，凡丫头们跟前，爷要是多看上一眼，她敢当着爷面打丫头打个烂羊头似的，就连平姑娘，一年半载里头，也难得跟爷在一起。奶奶想想看，你如果真进去了，怕她不闹翻了天！

三　　姐　（摇头叹息）既是西府有这么个母夜叉，你们那位寡妇大奶奶和几位姑娘怎样受得了呢？

兴　　儿　小的不是说过吗？我们二奶奶的嘴像蜜似的会哄人，尽管心里算计她们，外面却殷勤得很！提到我们这位寡妇大奶奶，真是天下第一个贤德人，她在府里从不管事，只教兰哥儿念书写字，陪姑娘们作诗学针线。

前儿二奶奶病了,大奶奶就代她当了几天家,她总是按着老例儿办,一点也不多事逞能的。说起这些姑娘们,一个人一个样。大姑娘不用说了,能当贵妃娘娘自然是好的。二姑娘混名儿"二木头",老实无比,是东府周姨娘生的。三姑娘混名儿"玫瑰花儿",又红又香,没人不爱,只是有刺扎手,不敢轻易招惹她,可惜她不是太太生的,赵姨娘是她的亲娘,总跟她怄气。四姑娘年纪小人正经,百事不闻不问,是珍大爷的亲妹妹,太太早年抱过来养了这么大。除了这几位我们府里的姑娘以外,还有两位亲戚家的姑娘,一位是我们姑太太的女儿,姓林。一位是我们姨太太的女儿,姓薛。都是天仙似的美貌,又都有学问。这两位姑娘无论是出门上车,或是在园子里遇着了,我们连气儿都不敢出。

二　姐　想是府里规矩大,你们小厮见了姑娘们,躲起来不敢出气儿!

兴　儿　(笑着摇头)不是为这个不敢"出气儿",是怕出的气儿大了,吹倒了我们的林姑娘;出的气暖了,吹化了我们薛姑娘。看来谁也经受不起这两位姑娘,只有一个宝二爷经受得起!

三　姐　(注意地)你倒是说说你们宝二爷看!

兴　儿　(笑着更起劲地说)三姨奶奶既问他,说起来您未必信。宝二爷长了这么大,从来没有正经地念过书。因为他是老太太的宝贝,老爷先还管教,后来也不敢管了。成天价疯疯癫癫的,说的话,别人不懂,干的事,别人也不明白。外表看着又俊又聪明,心里是浆似的糊涂!平日最怕见人,只在姑娘行里浑闹,也像个女孩儿一样,没有半点男子气。喜欢时,见了我们没上没下地大家乱玩一阵,不喜欢时,见了我们就不搭理。所以,我们谁也不怕他,只随便在他的跟前放肆。

二　姐　你们这些人真难缠!主子宽了你们就放肆,主子严了,你们又抱怨。宝二爷看着一个伶俐人儿,可惜了儿的糊涂。

三　姐　(微笑地摇头)姐姐别信兴儿胡说,你忘了敬老爷才去世的时候,咱们不是在东府见过他吗?举止动静,言谈吃喝,斯斯文文礼貌多端,哪些儿糊涂呢?我还记得,那天和尚进来绕棺念经,咱们都站着陪祭,宝玉却直往前头钻,把咱们挡着,别人只说他没眼色,过后他悄悄对咱们说:"不是没眼色,是怕和尚们脏,气味熏坏了姐姐们,所以才特地去前头遮挡着的。"此外还有一件事,就是他刚吃完茶,你也要吃茶,那个婆子就去用他吃过的碗给你倒,他连忙拦住说:"我吃肮脏了的碗,洗过了再斟。"从这些看来,他原是一个最懂事、最会体贴女孩子的男人。

二　姐　(笑着打趣地问三姐)既是你对他情投意合,就把你许了他岂不是好?

兴　儿　小的说句该打嘴的话,这个恐怕办不到。若按模样儿,倒是天生的一对儿。只是他已经有了人了,虽然还没说明,将来准是定的林姑娘,一来他们自幼儿一起长大,宝二爷最喜欢林姑娘,二来老太太又顶疼他们两个人。

三　姐　(正颜)少浑说!〔说罢站在窗前,这时窗外一轮明月,照着她俊秀的脸上,她伏在窗栏上以手托腮若有所感,心里像勾起了无限烦恼。

兴　儿　(招了个没趣,果品吃完,只好走了)说着话儿,时候已经不早了。小的就去接爷。

二　姐　去吧!得空儿告诉爷,说我等他吃晚饭。

兴　儿　呃。〔出去。

二　姐　(看看老娘)唉,妈又睡着了。

　　〔三姐仿佛没听见……

二　姐　(有所感触)听兴儿说的这些事,真叫人又好气又好笑!想不到贾府那么好个人家,竟出了这么个不讲理的泼妇!难怪二爷不喜欢她,搁在谁身上也不会喜欢的。〔说着走向幔后。

三　姐　(半晌没做声,只沉思地长吁一口气,喃喃自语)唉,何尝"可气"?又何尝"可笑"?倒是可怜!可怜的是你落到这种结局,到如今自己还不明白,还在做梦!

　　〔尤二姐没听见尤三姐的话,很快活地又从幔后走出来。

二　姐　(走向窗前)妹妹,一个人在这里发什么呆?

　　〔三姐屹然不动不睬……

二　姐　(怪没趣地走到圆桌前)刚才还好好的,这会子又愁眉苦脸的,再下去你要变成一个呆子了!

三　姐　(转过脸来冷冷地)我高兴不起来!我不能像你似的,什么样的日子都能过!若是我真能变成呆子倒好了!

二　姐　(不高兴,误会了三姐的意思)你这是什么意思?这样的日子,有什么不好的地方,你不能过?可你又要过怎样的日子呢?

三　姐　（走过来，沉郁地诚恳地）我要过我自己的日子，不是寄食别人篱下，忍辱含垢的日子，你不要以为你如今嫁了贾琏，就是他们贾家的人——贾家有身份而又高贵的少奶奶！其实，你只是贾琏在外面偷偷摸摸私娶的一个偏房罢了！将来贾家承认你还好，不承认你，到那时你死都死个不清不白！刚才兴儿的话，还不够警惕的吗？

二　姐　（受了侮辱，又像受了莫大刺激，颓然坐下，半晌才咽然地）好歹我只有听天由命了！他们承认呢，我总算有了个归宿。不承认呢，但凭他们怎样摆布好了。横竖我既嫁了他，俗话说："嫁鸡跟鸡飞，嫁狗跟狗走。"

三　姐　（忧虑地）再说，像贾琏这种富贵之家的公子哥儿，今儿喜欢你，明儿就喜欢别人；今儿能娶你做二房，明儿就能娶别人做三房！姐姐，我替你担心呢。〔说罢深深叹一口气。

二　姐　"木已成舟"，"生米煮成了熟饭"，担心已是白担心！倒是你自己的事，真叫人发愁！

〔丫头拿着一盏灯上。

丫　头　奶奶，东府里的珍大爷来看老太太了！〔把灯放圆桌上。

二　姐　噢，请珍大爷在外间客厅里坐会儿，我来叫醒老太太！

丫　头　（低声地）珍大爷一定要到屋里来坐，他现在门外等着哩！

二　姐　（稍一思索）好吧！就请珍大爷进来坐！（一面喊老娘）妈，妈！珍大哥来瞧你老人家了！

丫　头　（走去掀帘子）珍大爷，奶奶请你进来。〔下。

〔贾珍穿一件天蓝色缎面袍子进来。

贾　珍　二妹妹，老娘既是睡着了，就别叫醒她老人家了。

二　姐　已经醒了，珍大哥请坐！

老　娘　（睁开眼坐起来）你珍大哥在哪儿？

贾　珍　（假正经地上前行礼）老娘，你女婿跟你请安来了！

老　娘　（忙拉住）我的儿，难为你总是记着我。大姑娘跟蓉儿都好吧？

贾　珍　（坐炕沿）都好。叫我代他们跟老娘请安，并问候二妹妹和三妹妹。

二　姐　姐姐怎么不过来玩儿？

贾　珍　家里忙走不开。过一天闲了，叫他娘儿们来看老娘和两位妹妹。

〔丫头送茶，分置各人面前，然后下。

老　娘　我的儿,你只怕还没有吃饭吧? 二姑娘,去叫他们预备点酒菜,你珍大哥轻易不来的。

二　姐　好的。〔走向房门。

贾　珍　只是一来就打搅了!

老　娘　说哪里话来! 这是你琏二兄弟的家,还不就跟你自己的家一样么?

三　姐　(思忖)姐姐,你在这里好了,我去关照他们。
〔说着站起向房门走。

贾　珍　麻烦三妹妹了。〔色情地目送三姐出去。
〔三姐没有作声,缓步庄重地走出去。

二　姐　妹妹去了再来。〔转回来,坐圆桌旁。

贾　珍　(凑近二姐)二兄弟怎么还没回来?

二　姐　(羞答答地)到西府里去了,兴儿已经去接他啦,大约一会就回来的。

贾　珍　(笑向老娘)老娘,我做的保山不坏吧? 这门好亲事要是错过了,打着灯笼都没处去找! 过一天二妹妹该备一份礼,上我家去谢谢媒人才是!

二　姐　(笑着低了头)少浑说八道的。

老　娘　真是,都亏了你惦记着我们娘儿们,给打发得舒舒服服的。

贾　珍　也是二妹妹的造化好!

老　娘　(看看屋内)唉,只是我们三姑娘还没个主,真愁人!

贾　珍　(胸有成竹地)老娘别着急,也包在女婿我身上好了,我已经替她看中了一个人。

二　姐　不过三妹妹的婚事,只怕难! 以前亲戚们也提过几家,她都不愿意。
〔丫头拿着箸筷,鲍二端着几碟菜同上,丫头放下东西侍立一边。

鲍　二　(酒菜放圆桌上,走向贾珍屈膝)鲍二跟珍大爷请安!

贾　珍　很好,你倒是个有良心的,二爷叫你来服侍这里! 日后还有大用你之处,千万不可在外头吃酒生事,将来我也要赏你。倘或这里短少什么,你二爷事繁忙不过来,不必麻烦他,只管去回我好了。我们兄弟不比别人,懂吗?

鲍　二　奴才知道。要是奴才不尽心服侍,除非不想要这脑袋了。

贾　珍　你知道就好。下去吧!

鲍　二　是!〔下。

二	姐	酒菜已经预备好了,妈,就请珍大哥坐下吧![说着扶老娘坐圆桌上首。
贾	珍	(坐圆桌左首不安地)三妹妹呢?
丫	头	(持酒壶斟酒)三姑娘叫回老太太,她不想吃东西,先睡了。
贾	珍	(失望着急)快去请她来,哪怕是喝两盅酒哩!
丫	头	是![下。
二	姐	恐怕她不会来的。
贾	珍	(不高兴)怎么三妹妹倒像是跟我生分起来了?
老	娘	不是生分,是不懂事,珍大哥别见怪才好。
贾	珍	(冷冷地)自家人,哪里会见怪?只是也忒叫我寒心了,想我对老娘一家也算尽了心,如今三妹妹竟把我当路人看待。
老	娘	(明白贾珍的意思,歉愧地)唉,提起你待承我娘儿们的恩情,我们感激不尽,三姑娘就是脾气古怪,心里也知道好歹。珍大哥喝酒吧!

[三人喝酒。

丫	头	(上)三姑娘执意不肯来!
老	娘	(气)由她去吧,这孩子越来越不听话了。
贾	珍	(索就怏怏地)三妹妹的脾气总是改不了,想不到,生得这样一个风流标致人儿,性情这么乖僻!

[鲍二慌慌张张上。

鲍	二	(鬼鬼祟祟地向二姐低声地)奶奶,二爷回来了!
贾	珍	(诧异)什么事鬼头鬼脑的?鲍二!
鲍	二	二——[结结巴巴还没有说完。

[贾琏穿一件淡青色缎面皮袍,已掀帘子进来。尤二姐立刻脸上变色,贾珍已吃了一惊,只是尤老娘看不见,她毫不动容。鲍二忙下。

贾	琏	(睹状,已明白他们的意思,忙笑着走向贾珍)大哥在这里呢!兄弟给你请安![说着欲屈膝。
贾	珍	(忙拉住,窘极赔笑地)刚才还问起二兄弟,正好就回来。[说罢垂首不安。
贾	琏	(笑着坐圆桌下首)大哥怎么拘泥起来了,咱们弟兄从前是如何地要好,大哥为我的事操心劳神,我正感激不尽哩!如今大哥这样,倒叫我不安了!从今以后还请大哥照旧才好,不然我就跪在这里了。[说着就要

下跪。

贾　珍　（忙搀贾琏）兄弟快别这样，以后你怎么说我怎么从命，自然咱们还是照旧的要好。

老　娘　琏哥儿回来啦？

贾　琏　回来啦，老娘！

老　娘　你大哥也是刚来，你们哥儿俩多喝几盅酒呢！

贾　琏　（斟酒举杯）来，我和大哥干一杯！〔一饮而尽。

贾　珍　（也一饮而尽）二妹妹也同二兄弟干一杯吧！〔为二姐斟酒。

二　姐　（已较前安定，饮酒）大哥也一起喝酒吧！

贾　琏　（向二姐）怎么不见三妹妹呢？

贾　珍　没有面子，瞧不起你大哥，叫丫头去请了几次都不来。

二　姐　今儿当着大哥的面，让我说几句心里的话罢，如今我已嫁给二爷两个月了，日子虽少，可我打定了主意，生是你家的人，死是你家的鬼。不过我虽然有了依靠，将来我妹妹可怎么好呢？这样下去总不是长久之计！〔说着流下泪来。

贾　琏　（胸有成竹，想了想笑着说）你的话不错，总要替她想个万全之策。我的主意不如把她也和大哥成了好事，索性咱们做个通家之好，不知道大哥怎么样？〔向贾珍使眼色。

贾　珍　（大喜，但又忧虑地）我倒是满心想着她，只是怕她不会肯的。三妹妹就好像一朵玫瑰花逗人爱，可是刺儿多。

贾　琏　不要紧，我去拉她来陪大哥吃酒，当面和她说明白。〔说着又喝干一杯酒，有些醉态地站起走向房门。

二　姐　（担心）别太冒失，仔细她恼了，你可受不住。

贾　琏　不怕！我这回非降服她不可。〔冒冒失失地跑进去。

老　娘　（莫名其妙）琏哥儿上哪里去了？

二　姐　去叫三妹妹了！

老　娘　她不是已经睡了吗？

贾　珍　琏兄弟去请她，也许会来的。

老　娘　唉！

〔传来吵嚷之声，接着贾琏嬉皮笑脸地跟跄着强拉尤三姐走来，尤三姐挣扎着。她显然已经睡了，披了件杏黄色绸外衣，里面穿件大红缎袄儿，领上的扣子开着，因此里面的葱绿抹胸都看得见，下面穿一条绿缎裤子，头上也已卸了装饰，松松地披散着修长的黑发。看上去格外美丽诱人！

贾　琏　（强拉三姐到贾珍面前）来，三妹妹和大哥吃个双盅儿交杯酒！我再敬你们两人一杯，算给你们两人道喜了！〔说罢就去拿杯斟酒。

三　姐　（大怒，一巴掌打落贾琏手中杯子，厉声骂着）你不用想和我"花马吊嘴"的！咱们是"清水下杂面，你吃我看"，"提着影戏人子上场儿，好歹别戳破这层纸儿"！你别"糊涂油蒙了心窍"，打算着我不知道你们贾府上的底细，这会子你们仗着有几个臭钱，又是皇亲国戚，哥儿两个就拿我们姐妹两个当"粉头"儿取乐！哼！你们算是瞎了眼！你三姑奶奶现在就给你们个厉害瞧瞧！（说罢一挥手把外衣脱去，狠狠地夺过酒壶，斟一杯先饮了，又斟一杯，扭住贾琏的耳朵就灌）来！我倒要给你喝一盅，咱们也亲近亲近！〔一面又疯狂地自饮一杯。

老　娘　（急得嚷着）三姑娘！你疯了吗？这是什么话！〔说着气愤地向房门下。

二　姐　（忙拉过三姐）妹妹，这是何苦来！你不高兴来，好说就是。

〔贾珍、贾琏都吓得发了怔，四目惊惧地相视无言。

三　姐　（刺激过度，发出惨笑）哈哈……我疯了，谁说我疯？我为什么疯了？贾琏！贾珍！来呀，咱们四个人做个"通家之好"，大伙儿一处玩儿！你们是哥哥弟弟，我们是姐姐妹妹，都不是外人，只管尽兴儿耍乐吧！〔说罢坐在圆桌上首刚才老娘的位子上，举杯再饮。

贾　珍　（面色已青，站起欲逃）三妹妹醉了，咱们改天再喝吧！

三　姐　（一把按贾珍坐下）醉了才好，今日有酒今日醉，得乐且乐！逃什么？（自饮后又灌贾珍）喝呀！咱们喝"双盅儿"吧！

贾　珍　（狼狈不堪，乞求地）三妹妹，何必生这么大的气，我又没得罪你！

三　姐　（已醉，借酒发泄，冷嘲热骂地）谁生气啦，我这不是乖乖地来陪爷们取乐吗？你们是皇亲国戚，你们是富家的公子。在你们跟前我娘儿们不过是一群又穷又下贱，鸡狗不如的女人罢了。献殷勤服侍，还怕巴结不上哩，怎敢"生气"！从今以后爷们也不必拘束，闷了只管来玩儿！就像嫖院似的，把我们姐妹权当是娼妓，横竖你们有的是银子，不在乎一桌两桌酒席。我们呢,横竖不要脸了,拼着命服侍爷们。这样爷们总该合意了吧?

贾　琏　(又急又窘,半晌才开了口)三妹妹,算我错了!饶了我这一遭,下次绝不敢再冒犯![说罢连连作揖。

三　姐　(眯着眼笑)什么?你们有钱有势的人,也会有"错"的时候么?哈……

贾　珍　(不得已道歉地)三妹妹,刚才是二兄弟吃醉了酒,所以浑说,我愿意向你赌咒,我绝没有安那种坏心!不但我不会做出混账事儿,我还要替你选一门好亲事!

贾　琏　我替你置办一切嫁妆彩礼!

三　姐　(冷笑)嘻嘻!亏你说得出!你以为你替我姐姐做了一门好亲事,是不是?哼!给你们骗了来当偏房,还有什么光彩的?告诉你,琏二爷!将来你那位母夜叉王熙凤,好生待我姐姐还罢,不然的话,任她生有三头六臂,你三姑奶奶不会饶她,非跟她这个泼妇拼命不行。

贾　琏　(涎着笑脸)三妹妹放心!日后绝不会叫二妹妹受委屈。至于三妹妹的事,我也绝不敢马马虎虎拣个人就聘了,必须配得上三妹妹才算。

三　姐　住了你的嘴吧!"强盗窝里没好人","老鸹窝里飞不出凤凰来"!凭着你们这种脏心烂肺的人,还会认识什么正人君子,老实说,任你们选上百万巨富的哥儿,哪怕是皇上的太子,如果是品行不好,你三姑奶也还是不嫁!反过来就是叫花子出身,只要他的品行好,你三姑奶奶就爱!趁早儿你们别"猫哭耗子假慈悲","六个指头搔痒",多管闲事多操冤枉心!

二　姐　(一直在旁啜泣,恳切地)妹妹,既是今儿拉开了脸什么都说了,咱们就索性大伙儿一块商量商量,你已不必"藏头露尾"的,只管说,到底想嫁个什么样的人?任你自己选好了。

贾　琏　对!凭你自己的意思,你说是谁就是谁!

三　姐　(想了想,沉着脸毅然地)既是你们要问,我已顾不了羞耻了,我的心事姐姐知道,不用我再说明了。

二　姐　(一怔)谁呀?我怎么知道了,你什么时候对我说过呢?

贾　琏　(笑着说)我猜到了,别人三妹妹瞧不起,一定是看中我们家的宝玉了!

三　姐　放屁!我们要是有十姐妹,也非得嫁你们十兄弟不成么?难道天底下除了你们贾府，就没有男人了吗？

二　　姐　妹妹不是先头还夸赞他吗？

三　　姐　姐姐只往五年前去想吧！〔说罢低下头。

贾　　珍　二妹妹想起没有，到底是谁？〔嘴里这样说，心里不免失望、嫉恨。

二　　姐　（思索很久，恍然）你说的是他，果然好眼力！只是此人现在哪里呢？

贾　　琏　（着急）是谁呀？瞧你吞吞吐吐的！

二　　姐　说来也许你们认得，五年前我们老娘家做生日，妈带我们拜寿去，我们家请了些玩戏的人，也都是好人家的子弟，里头有个扮小生的叫柳湘莲，妹妹一见就喜欢，听说他是一个侠义之士，又是个有骨气的人。

贾　　琏　（摇摇头）认得倒是认得，眼力也果然不错，只是一来，他几个月以前就离开这里了，如今不知行踪；二来他虽然生得标致，却是一个冷面冷心的人，差不多的他都看不上眼。自从去年在赖尚荣家他和我表弟薛蟠闹翻以后，就走了。前儿听说他要回来，不知道是真是假。我们家宝玉和他最要好，等我回去问问宝玉的小厮们就知道了。他一向是萍踪浪迹的，既没处去寻，倘或他不回来，岂不白耽搁青春？

三　　姐　（坚决地）他一年不来，我等他一年；十年不来，我等他十年；一辈子不来，我等他一辈子；倘或他死了，我情愿削发当姑子去。〔这时已稍清醒，也镇静了些。

贾　　珍　（不以为然）那不是冤枉糟蹋身子？

二　　姐　三丫头说得出来，就干得出来。我想只有依了她，一面咱们也经心地打听着柳湘莲的下落。

三　　姐　你们走着瞧！从今以后我吃斋念佛，只服侍我妈，等姓柳的来了我就嫁给他，不来呢，我就永远不嫁人了，我说话算话，不是一个"口是心非"的人，你们不信，（说到这里从头上取下一支簪子，折成两段）我以此为誓，如果我是假意，将来就跟这簪子一样的结局！〔说罢流下泪来。

贾　　琏　既是这样，我一定设法去找着他，等找着他了，我就把三妹妹这番心思跟他说明，或则他会为三妹妹的痴想感动，愿意娶三妹妹也未可知。

三　　姐　（站起来）好吧！从今以后你们要是明白了呢，就别再打我的歪主意了，要是还不明白呢，只管再来好了，你三姑奶奶横竖是不要脸了！（说罢跟跄走向房门，又回头向贾琏）爷们还有事没事？没有，你三姑奶奶可要去睡了。(说罢忽然大笑)哈哈……想不到我尤三姐清白一生,如今在你们眼里,竟变成一个娼妇了![一阵沉痛难忍又放声大哭,几乎跌下去。

二　　姐　(感动地忙扶住三姐)妹妹![搀着她同下。

贾　琏　(轻松地吐了一口气)哎哟!我的娘!平白惹下这场滔天大祸来!

贾　珍　(犹豫地)我想着,还是不能依她的意思去做。

贾　琏　(劝慰)算了吧,我的大哥!我知道你舍不得让她嫁给别人,可也得她愿意嫁给你呀!刚才的教训还不够受的?只怕这辈子大哥没有指望了。我看还是趁早死了这条心的好。

贾　珍　(说不出什么,无可奈何地叹一口气)唉!
　　　　[这时丫头收了箸筷杯盏,送上茶。贾珍、贾琏分坐炕桌两边,尤二姐上。

贾　琏　(向二姐)三妹妹怎么样?

二　　姐　醉了,如今还在里头又哭又笑闹个不休。

贾　琏　(厌恶地)还是赶快打发她出去的好,留在屋里总不是事,这样闹得不休,也太不像话。
　　　　[兴儿慌慌张张地上。

兴　儿　(上向贾琏打了个千儿)老爷在那边紧等着爷呢!小的回老爷说,爷在舅老爷家去了,老爷就叫小的连忙接爷回去。

贾　琏　这两天二奶奶问我没有?

兴　儿　问了好几次,小的回二奶奶说二爷在铁槛寺同珍大爷商量替老爷做百日之事,只怕晚上回不来。

贾　琏　(称赞地)好,会说话!(想了想)你知道老爷叫我什么事吗?我刚刚在府里还没事,怎么这会子又有事了?

兴　儿　听平姑娘说,老爷叫爷出门到平安州去办一件机密大事,这几天就得动身,半个月才能回来。

贾　琏　(烦躁地站起来)不得了,又要马不停蹄了!

二　　姐　(温柔地)既然如此,你只管放心去好了,这里你不用记挂。只是三妹妹的事,你须经心替她访问。

贾　琏　(依依地看看二姐)好吧。我这就去了,今晚上怕是不能回来了。要是

	明儿还不走，我再回来看看你。（向贾珍）大哥再坐一会儿，以后还要多劳大哥代兄弟照应照应她们。
贾 珍	这个你放心好了。我也该回去了，咱们一起走吧！二妹妹有什么事只管叫鲍二去叫我，不必客气。
贾 琏	兴儿就在这里服侍奶奶，不许乱跑，不许在那边浑说话，听见没有？
兴 儿	听见了。小的不敢！〔下。
贾 琏	（走向幔后）大哥等一等，我进去拿点东西就来！〔掀开幔子进去。
二 姐	（见贾琏进去，也跟着走向幔子）二爷，我替你拿去。
贾 珍	（一把拉住二姐，调情地摸摸二姐的脸，想说什么又咽住了）二妹妹！
	〔二姐着急地掀开，面红耳赤，又羞又气，又不好说什么。
贾 琏	（出来）走吧！大哥！（拍拍二姐安慰地）好好在家过日子，闷的时候去找大嫂子说说话儿。
贾 珍	（回头色情地瞟了二姐一眼）二妹妹歇着吧！〔说罢先走出去。
二 姐	（凄然拭泪）二爷！
贾 琏	（抱住二姐）别难过，一半月一眨眼就过去了，赶明儿回来给你带些上好的胭脂粉！
二 姐	（离开贾琏，唏嘘地）路上多保重。二爷！
贾 琏	你也要保重！〔说罢下。
二 姐	（看着贾琏去后，怔了一会，慢步走向窗前眺望，百感丛生，不禁伏在窗栏上失声而哭）二爷……
	〔月光暗淡地照着门内，照着尤二姐抖嗦的身子。

——幕缓落

第 三 幕

第一场

时　间　第二年仲秋的一天下午
地　点　同前幕第二场
人　物　尤二姐　尤老娘　尤三姐　贾琏　鲍二　丫头　兴儿

柳湘莲

布　景　同前二幕

〔幕开　尤老娘躺在炕桌上。尤二姐穿一件松绿色缎夹袄,天青色绸裙子,自套间走出,收拾收拾屋子,看看尤老娘又快睡着了,走过去推推她。

二　姐　妈,又睡着了!天这么冷,仔细着凉!

老　娘　(朦朦胧胧地坐起来笑着)这一回没睡着!

二　姐　(也笑了)我要是不叫妈,还不又做梦去了!

老　娘　人老哪,躺下来就困,闭上眼睛就睡着了。三姑娘呢?

二　姐　想必又在念经!〔走向窗前站着眺望什么。

老　娘　真是糊涂,姓柳的不过是一个唱戏的孩子,有什么了不起,值得为他不嫁人!要是姓柳的来还罢了,要是不来,这一辈子可怎么办?

二　姐　妈,你不要再说这些话了,妹妹好容易这几天安静了。姓柳的来也罢,不来也罢,横竖她已经发下宏誓大愿非他不嫁,咱们又何苦来跟她别扭呢?

老　娘　这程子你珍大哥怎么也不常来了?

二　姐　(冷笑地)自从上回来过两次,见我不大兜揽他,一气就不曾再来了,这种人还会安好心吗?横竖觉得我们又不是他老婆的亲妹妹,愿意同他鬼混呢,说什么都行,既不愿意,也就懒怠再敷衍咱们了。听说他这程子正赌得紧。

老　娘　(叹口气)他不是说琏哥儿不在家,要替他照应咱们的么?

二　姐　算了吧,那不过是一句好听的话儿!他到这里来正像三妹妹说的,不过是取乐儿罢了,哪里会真心照应咱们呢!

老　娘　是呀,你大姐又不是亲的。

二　姐　妈!二爷不定什么时候才回来,银子用完了怎么办?我真着急。(向窗外看,好像发现什么,兴奋地)咦,那不是他吗?

老　娘　谁?

二　姐　(仔细地注视)一点不错,真是他。

老　娘　(急)到底谁呀?

二　姐	(喜报)二爷,妈!	
老　娘	(也高兴)琏哥儿回来了吗?快出去瞧瞧!	
二　姐	(依旧向窗外看)门口人多,给他们看见不像样子。	
老　娘	我去瞧瞧。〔说着向房门走。	
二　姐	别去,妈!他已经来了!	

〔这时贾琏穿着一件蓝色缎夹袍子走进来,鲍二提着箱子随上。

贾　琏	跟老娘问安!〔说着跪下去。	
老　娘	(忙搀起)辛苦啦,我的儿!	
贾　琏	(去拉着二姐的手)害你等了许久,二妹妹!	
二　姐	(温柔热情地拉住贾琏)快进去换换衣服吧!	
贾　琏	(向鲍二)鲍二,去告诉底下人们,看见西府的人别说我回来了。有多嘴的,割了他的舌头。我的事情还没办完,先回来看看,过几天仍要去的。	
鲍　二	是,二爷!〔下。	
二　姐	怎么还要出去?真的辛苦了。	
贾　琏	(提箱子走向幔后)反正十天半月的,时候不长。三妹妹呢?	
二　姐	她在房里。	
贾　琏	快去喊她来,我有好信报给她!〔走进幔后。	
二　姐	(喜)是找到姓柳的了吗?	
贾　琏	(在幔后)等她来了再告诉你们,横竖是喜事。	
老　娘	(高兴地脱口念了声佛)阿弥陀佛!	
二　姐	(走向房门掀开帘子叫)妹妹,快来,你二哥有喜事带给你!	
三　姐	就来,姐姐!(应着,不一会姗姗而来,穿着件天青色缎夹袄,乳白色绸裙子。比先前更显得沉静、稳重,这时脸上稍呈笑容)琏二哥回来啦?〔坐圆桌下首。	
二　姐	刚到家。	
贾　琏	妹妹,我给你带回两件宝贝,你说怎样酬谢我吧?〔说着背着手出来,换了件绿色缎面羊皮袍子。	
三　姐	二哥拿给我看了才信。〔羞涩地垂首。	
贾　琏	(蓦地从背后取出两柄光辉耀目的宝剑)瞧,我骗你没有?	
三　姐	(先吃一惊,接过念着)鸳——鸯——剑——(念罢又羞又喜又诧异)请	

问二哥,这剑是哪里来的?

二　姐　(也看,赞赏不绝)好剑!好剑!

老　娘　(也走去观摩)这剑是谁给你的!琏哥儿?

贾　琏　说来话长,让我慢慢地告诉你们。〔坐圆桌左首。

丫　头　(端上茶)二爷吃茶!

贾　琏　(喝茶。叙述着)事情也算巧得很,说不定是三妹妹的诚心感动了老天爷,偏偏我走后第三天,在路上迎面碰见了一群人,骑了十来匹马,正向我跟前走过,等到走近了一看,不是别人,就是我表弟薛蟠和那位三妹妹想着的柳湘莲。

二　姐　(大喜)真太巧了!只是他们两个不是去年闹翻了吗?怎么又在一起呢?

贾　琏　说的是呀!就有那么奇怪的事儿。前儿薛蟠带了伙计们从南边贩了货物往京里来,走到平安州遇着强盗,东西已经被抢去了,忽然这时候柳湘莲来了,他仗着一身好武艺,把强盗赶跑,又夺回货物,还救了薛蟠他们十来个人的性命。因此薛蟠感激他,酬谢他钱财他不要,就同他结拜了生死弟兄。

二　姐　(笑着说)别紧只讲人家的事儿,妹妹的事儿到底怎么样了?

贾　琏　急什么呀!总得让我有头有尾地说明白呀!(喝口茶继续地)我碰到他们之后,立刻进了一家酒店歇下,他们告诉我这个经过,我又告诉他们咱们这边的事情。薛蟠不但赞成我娶二妹妹的事,还帮助我跟柳湘莲说三妹妹这个媒。我夸奖三妹妹的人品德行是古今有一无二,柳湘莲信了我的话,说只要三妹妹肯同他安贫过穷日子,他就爱。只是等他去看了姑母,不过月中就回来,那时候再做决定。我不答应,我说倘然不来,岂不误了人家一辈子的大事,须得留下一件定礼作信物才行,那柳湘莲倒也爽快,当时就从行囊内拿出这一双鸳鸯剑来给我,说这是他的传家宝,即令他是一个流水落花之人,也舍不得随便丢弃这剑。我接了这剑就往平安州去了,他们也便分途往京里来。这件差事总算办得不坏吧?三妹妹!

三　姐　(兴奋地听着,一面不住手抚着剑)多谢二哥费心,要是我真有这个福气,终身感恩不尽!

老　娘　只是不知道已经回来了没有？

贾　琏　（笑着）老娘急,还没有我急！我急,又没有三妹妹急。刚才一到家我就打发兴儿去探听了,若是他已经回来,我叫兴儿立刻请他来。因为我这次回来事情还没办完,只能停留几天,还要往平安州走一趟,所以也想着赶快有个眉目才好。

老　娘　（感激地）难为你这么经心！

贾　琏　（笑着）上次喝醉了酒,浑闹一阵,对不住三妹妹,如今原该将功折罪。只求以后三妹妹别再骂我是"脏心烂肺"就好了。

三　姐　（笑了）只要你以后不再浑闹,我还骂你做什么？

〔兴儿上。

贾　琏　（忙问）柳二爷回家没有？

兴　儿　（走向贾琏）回家了,这会子跟小的一起来了。

贾　琏　（喜）好极了！真是一帆风顺,快请柳二爷进屋里来坐。

三　姐　（忙站起拿着剑走向幔后）我到套间去。

贾　琏　这又何必？

二　姐　还是回避一下好,我也进去。横竖你们说话我们也听得见。〔同三姐走进幔内。

〔这时柳湘莲穿一件古铜缎面夹袍,系一条金黄色丝绦子,从房门外走进来。

湘　莲　二哥回来了！

贾　琏　（迎上去）倒是你先到京城。

湘　莲　我也是前几日才来的。到府上看宝二哥去,听说你还没回京城。

贾　琏　（走向老娘）老娘！我来给您老人家引见引见,这就是您将来的三女婿柳湘莲！（又向湘莲介绍）这就是咱们的丈母娘！

湘　莲　（忙趋前行礼）晚生跟老伯母请安！

老　娘　（挽起）柳相公请坐！

贾　琏　（听湘莲的称呼很诧异）二兄弟,前儿到令姑母家去,告诉她老人家关于你定亲的事儿没有？〔坐圆桌右首。

湘　莲　（坐圆桌左首沉着地）正为这件事来找二哥。上次见了家姑母以后,提起咱们在路上偶然定亲之事,谁知她老人家已经在今年四月间先代我定下了。因此使我非常为难,若是依了二哥不从家姑母,似乎有负慈命;若是依了家姑母不从二哥,又怕你这边见怪。思想再三,觉着还是应该尽先为定。二哥是个明白人,或者不会恼我。

兴　　儿　(端茶置湘莲前)柳二爷请喝茶！〔下。

贾　　琏　(愀然沉下脸来)二兄弟,这话就错了！"定"者,定也！原是怕反悔的意思,婚姻之事,怎么可以出入随便的！

湘　　莲　(冷冷地)二哥愿责愿罚都可以。只是前次给你的那把"鸳鸯剑",因为是家祖父的遗物,不得不请二哥仍退还我,若是金帛之类的东西,我也决不会再要了。

贾　　琏　(气恼地)这个断乎使不得！

湘　　莲　(站起来低声地)这里说话不便,我有几句苦衷要奉告二哥,请二哥到外面一谈。

贾　　琏　好吧！〔站起来。

〔贾琏和柳湘莲刚欲走时,忽然幔后有喊声。

三　　姐　你们不必走！(毅然持剑走向湘莲,羞愤悲切地)柳相公,你刚才的话我都听见了,那不过是些哄人的措辞罢了,我知道你一定听到什么坏良心的人嚼了冤枉舌头,说我不正经,说我不配做你的妻子,所以你才来退亲的。对不对？

湘　　莲　(吃惊受窘)这……

三　　姐　(愤慨激昂地)用不着吞吞吐吐！男子大丈夫应刚直爽快,我尤三姐既然被人诬陷编派为下流之辈,如今也顾不得害羞了,咱们索性讲个明白,再一刀两断！

湘　　莲　(有些震动嗫嚅不安地)你的话不错,我确是听到朋友们的劝告,大家对我定亲的事很怀疑！很不……

三　　姐　我再问一句,是不是你在贾府听到什么闲话了？

湘　　莲　(更窘困,不能答)……

贾　　琏　一定是宝玉这个糊涂虫说了什么话！

三　　姐　(越发气)哼！他倒有脸嚼我的冤枉舌头！

湘　　莲　(忙解释)其实宝玉也是听了别人的话。因为我和宝玉是知己朋友,这件定亲之事,自然免不了要去问问他,他就把赖尚荣告诉他的一些闲话讲给我听了。赖尚荣说——〔不好出口。

三　　姐　（爽直地）说我贫贱,说我跟姐夫们相好不清白?

二　　姐　（难堪地制止）妹妹!

三　　姐　（气愤不可遏）怕什么,姐姐!俗话说:"不做亏心事,不怕鬼敲门。"咱们果真有这种无耻行为,倒是不敢直言无讳地说出来。既是没有,说出来就不怕,证明咱们的心地坦白!不过,柳相公!他们（指贾琏）弟兄起初确有心把我当成粉头儿耍乐,可我尤三姐是不是这种人,请你问问他们,叫他们老实相告,我尤三姐人穷,穷得硬朗,穷得清白!穷而失节的事,我不会做。我要是那样,也绝不会非嫁给你不可!你既不富,也不比我的身份高贵多少,我看中了你,你是一个有见地、有正气、有侠肠、有义胆的男子汉,万没有料到你一切都好,竟是耳根太软,轻信别人的闲话。也罢,这样我倒可以索性死了这条心。

湘　　莲　（很矛盾,半信半疑）我知道这样做对不起你,但是只好请你原谅我吧!

三　　姐　（沉痛地）你不必多解说了,我明白!一个正人君子,是不愿和一个不干净的人结为夫妇的。你也不要以为我会因此恨你,其实我反倒更加敬重你。现在你就借这柄剑来表明我尤三姐到底是什么样的人?〔说罢泣下,转身拭泪,乘人不防之际,拔剑出鞘,毅然割颈自刎倒地。

二　　姐　妹妹!〔制止不及,忙抱住三姐。

三　　姐　（慢慢举起剑,悲愤地）柳相公,还给你的定礼,你该明白我了吧?

湘　　莲　（大惊趋前,惭愧悲切地）三姐!我……我明白你了……〔潸然泪下。

三　　姐　（苦笑）可惜明白得太——晚——了——〔说罢一阵剧痛,大叫而死。

湘　　莲　三姐!〔恸绝地伏在桌上。

二　　姐　（哭叫）妹妹……

贾　　琏　三妹妹!三妹妹!

老　　娘　（抱尸大哭）三姑娘!我的苦命孩子!（一面骂湘莲）姓柳的,你替我的女儿偿命吧,你这个没有信义的催死鬼儿!

湘　　莲　（听三姐说话时,已呈爱慕之心,及见自刎尤其感动!稍一思忖,拾起那柄三姐用以自刎的带血的剑,沉痛疚愧地）三姐,我冤枉了你!我错了!我不该误信了别人的话!如今才明白原来你是个刚烈有气节的女子!我已经敬爱你了,可是没有法子再救活你!我只有用忠贞报答你的"忠贞"！你既为我死，我就为你今生今世永不再娶。我也用这把剑来斩断我的尘欲，从此以后遁入空门！〔说罢毅然斩断一束头发，放到三姐身上。携原剑走向房门。

老　　娘　不行，琏哥儿！不能就这样放了他，这分明是他怕有罪，想逃走！

贾　　琏　（扭住湘莲）对，你不能害了一条人命，就扬长而去。咱们见了官，再任你出家也好，在家也好！

二　　姐　（忙拦住贾琏婉劝地）人家原没有逼迫妹妹，这是她自寻短见！你就是送柳相公到官府，也不能救活妹妹了！反而惹事丢羞，叫不知道的又来嚼冤枉舌头，还是放柳相公走的好！〔说罢又哭。

湘　　莲　（抽噎地）多谢二嫂子成全我！我走之后请你把那束头发和另外一柄剑，放在三姐的棺材里面一起入殓！虽然我们没有成亲，也算是夫妇了，这样也就跟我们两人合葬了一样！〔说罢拭泪。

二　　姐　（泣不成声）好了，你走吧！

湘　　莲　二哥，这也是命该如此！（又回顾尸身，凄惨地叫着）三姐，我走了！你有灵魂，就跟着我来吧！〔说罢携剑拭泪下。

〔尤二姐、尤老娘痛哭失声。

——幕徐落

第二场

时　间　前场十数日后的一个早晨
地　点　同前
人　物　尤老娘　尤二姐　鲍二　兴儿　王熙凤　平儿　丫头
布　景　同前

〔幕开　尤老娘又躺在炕桌上睡了。尤二姐懒洋洋地从幔后走出来，已经不似先前那样快活了。

二　　姐　妈！妈！

老　　娘　（朦朦胧胧地应着）嗯！

二　　姐　（烦恼地）妈，你这会子能不睡吗？

老　　娘　（坐起来揉揉眼睛）什么事，二姑娘？

二　　姐　（坐炕桌外首）妈,我这会子怎么好端端的心神不定,该不会又有什么祸了吧?

老　　娘　还有什么祸,难道你三妹妹死了还不够吗?

二　　姐　（有些惶恐地）妈,我怕得很!

老　　娘　怕什么,我的儿!

二　　姐　我怕二爷出了什么事儿,我又怕咱们这日子过不久了!

老　　娘　琏哥儿这次上平安州去,什么时候回来?

二　　姐　说是十天半月。

老　　娘　（屈指）如今他不是才走不几天吗?他是长出门的人,不用担心。

二　　姐　妈忘了上次他回来,不是曾说平安州的路上有强盗吗?他又不会耍枪弄棒的,真危险!

老　　娘　不妨事,"吉人自有天相"。

二　　姐　（忧郁地）唉!有妹妹在世,她能给我拿主意仗仗胆儿;如今她没了,我简直失去了依靠!〔说着黯然泣下。

老　　娘　（也抽噎地）谁说不是!我如今也老了,不中用啦。有她在我倒放心些;没有她将来我死都闭不上眼!

二　　姐　（怯懦地不禁扑向老娘怀里哭了）妈,您老人家多陪我几年吧!要是您再有个好歹,撇下我一个孤鬼儿,可怎么了?

老　　娘　（抚慰地）不哭,二姐,不哭,我的儿!我瞧琏哥儿待你不错,只要他可靠,你也就不用发愁了!

二　　姐　但是,他不能常年和我在一起。到贾府那边去吧,又怕那个泼妇不容,在外头吧,长远这样偷偷摸摸的不是个法儿。如今弄得我上不上下不下的,好像吊在半空中一样!〔站起来拭泪。

老　　娘　安心地等着吧,等着琏哥儿回来就好了!
〔忽然鲍二惶恐地进来。

鲍　　二　（张皇地）奶奶!

二　　姐　（知事不妙,勉强镇静地）什么事?鲍二!

鲍　　二　不得了,奶奶!这边的事,那边知道了。

二　　姐　（打了个寒战）你说的是——

鲍　　二　西府二奶奶闹起来了!刚才兴儿回来说二奶奶打发她的心腹小厮旺

儿,把兴儿叫了进去苦打成招。如今她什么事全都知道了,说不定就会闹到这边来。二爷又不在家,这……这可怎么好呢?〔搔首抓腮。

二　姐　(急)快把兴儿叫来!

鲍　二　(向房门外叫着)兴儿,奶奶叫你!
　　　　〔兴儿狼狈不堪,用手蒙脸哭着走进来。

兴　儿　(向二姐行了礼)奶奶!

二　姐　(埋怨地)兴儿!我待你不错,这边的事为什么跑去告诉二奶奶?二爷不是再三叮咛过你的吗?

兴　儿　(拿开手,露出红肿的脸和两颊哽咽地)奶奶瞧!小的脸快给她打烂了!奶奶待小的好,小的不是不知道;爷嘱咐小的话,小的也记得;只是她逼着小的说,不说就要打死小的!〔说着哭了。

老　娘　(走过来坐在圆桌上首,困惑地)也奇怪,这件事倒是什么人吹风到她耳朵里去的呢?

二　姐　是呀!她怎么会知道的?

兴　儿　都是二门上的小厮在那里浑说什么:"新二奶奶比旧二奶奶俊哪,脾气好哪!"给里边的一个小丫头听见了,就去告诉了二奶奶。

二　姐　二门上小厮又怎么知道的?还不是你们浑说出来的。后来二奶奶叫了你去怎么问的?

兴　儿　(叙述当时情景,绘声绘形地)二奶奶开口就说:"好小子啊!你和你二爷办的好事哇!你还不快照实说来!"(学着王熙凤的语气)起初小的壮着胆子,还装着没事人似的回答:"奶奶问的是什么事,奴才给爷办坏了?"二奶奶立刻发作了,吆喝着:"打嘴巴!"旺儿就来打,二奶奶又骂起来:"什么糊涂王八羔子!叫他自己打,谁叫你打来着?等会子你们再一个个给我打你们自己的嘴巴还不迟!"没法儿,小的只好左右开弓,照着自己的脸庞儿,一气打了十来个嘴巴子。(说着抚了抚嘴,揩揩眼泪)这时候二奶奶又大声说:"快把你二爷在外头娶什么新二奶奶的事,一五一十地老老实实告诉我,不许有半个虚字!要是扯谎你先摸摸你有几个脑袋瓜子!"小的一听见这话,知道她已经有了风闻,也是瞒不住的了,吓得小的直在砖地上咕咚咕咚磕响头,哭着向她直说:"这件事,奴才头里也不知道,就是有一天二爷和蓉哥儿到东府取银子,路上爷儿两个说起珍大奶奶的两位姨奶奶来,二爷夸赞了几句,蓉哥儿便哄着二爷,说把二姨奶奶说给二爷——"小的这句话还没说完,二奶奶就拍着桌子使劲骂道:"呔!混账王八蛋!她是你哪门子的姨奶奶?快给我干干净净地往下说!"小的被她吓昏了,半晌才又接着说:"二爷听见这话很高兴,就托了蓉哥儿给办。以后怎样弄成的,奴才全不知道了。"

二　姐　(听了又气、又怕、又羞、又悲绝地叫着)完了!完了!

鲍　二　(向兴儿)还有没有啦?兴儿!

兴　儿　还有。后来二奶奶又问:"如今新房子在哪里,谁服侍?"小的不敢隐瞒,只好照实回了。小的又说:"新二奶奶如何如何贤德",谁知道这话又说错了,她就吆喝着:"放你娘的屁!既是新二奶奶那么好,你就等着给她陪葬吧!"〔说到这里,见鲍二使眼色,连忙住口。

二　姐　(惶恐地叫了一声)啊!

兴　儿　(忘情地又继续说着)二奶奶还问了三姨奶奶的事,小的回她已经不在了。她就说:"算她有造化!"小的见没的说了,就直跪着等吩咐。她骂道:"滚吧!快去告诉你新二奶奶好了!"小的爬着出来以后,听见她叫旺儿预备车辆。小的想着只怕是要来找奶奶了!小的不放心,特地拼着命偷偷地来告诉奶奶,还望奶奶仔细些儿,打个主意才好!

二　姐　(愣了半晌)我知道了,你去吧!

兴　儿　(磕了个头)小的谢谢奶奶的宽宏大量,不计较小的罪过!〔说罢下。

鲍　二　(看着二姐那种神气,同情地趋前)奶奶,你还是先到东府珍大奶奶那里去避几天吧!

老　娘　(点头)是呀!不如到你姐姐那边先避避去吧!

二　姐　我又没犯罪,避什么?〔茫然地站起来。

鲍　二　虽然没犯罪,可她的脾气,奶奶不知道,要是真来了,准会闹个一团糟!凭奶奶这么个腼腆人儿,怎么受得住呢?好歹等二爷回来,什么事儿就都好办啦!

二　姐　(想了想冷静地)可是,大姐姐也不是个有担待的人,如今既然闹出来了,谁不怕是非?就是不找他们,他们已经免不了要担过儿的;若再去住到他们家里,岂不是"火上浇油",更给他们添些麻烦!再说,躲起来反而显得咱们没理似的,还不如索性等她来了说个明白,或杀或放随她的便。

老　娘　（毫无主意）这样也好。

二　姐　鲍二，你们底下人要是害怕，你们就都散了吧！

鲍　二　（难过）奶奶说哪里话，我们是服侍奶奶的，奶奶如今有难，我们巴不得替奶奶才好，怎么能忍心丢下奶奶走开？

二　姐　（悲凄地）难为你的好心，如今真后悔当初没听妹妹的话，弄到身败名裂，说不定还会死在这个女人手里！唉！"福不双降，祸不单行。"妹妹刚没了！

兴　儿　（慌慌张张跑进来）奶奶，她已经来啦！

老　娘　（手足无措）怎么办呢？

二　姐　（沉着地）听天由命吧！〔说罢流下泪来。

兴　儿　小的可是要躲开了，奶奶！不然等会子给她瞧见了，不打死也得断了腿！〔说罢急下。

鲍　二　奴才出去瞧瞧看！〔也下。

二　姐　妈！〔软弱地伏在老娘怀里哭了。

老　娘　不哭，我的儿！快进去洗洗脸，别叫她瞧着咱娘们这么没有刚气！要是她真不讲理，大不了我跟她拼了这条老命！

〔二姐拭着眼泪走向幔后。

鲍　二　（掀起帘子）二奶奶请进！

〔这时王熙凤穿着一件月白色缎子袄，青缎子坎肩，白色绫裙，头上戴着白银器，显得雍容华贵，慢步走进来。随后平儿穿着一件天青色缎子袄，白色绸裙，手里拿着包袱。跟着进来。

二　姐　（忙从幔后走出来，向熙凤跪下行拜见礼）姐姐！

熙　凤　（满脸赔笑地搀起，自己也还礼不迭）妹妹，这位想必是尤老娘了！

二　姐　正是家母。妈，这是西府里的凤姐姐！

熙　凤　（趋前行礼）跟尤老娘请安！

老　娘　（忙搀住）不敢当，琏二奶奶！

熙　凤　平儿！快给尤老娘和你新奶奶请安！

平　儿　（向老娘和二姐行礼）跟尤老娘、新奶奶请安！

二　姐　（羞涩地搀起平儿）快请起，平姑娘，咱们都是一样的人。

熙　凤　（笑）妹妹别这样说，要折死她了，她原是咱们的丫头。
　　　　〔王熙凤坐炕桌外首，平儿站在一旁。尤老娘坐圆桌上首，尤二姐坐圆桌右首，丫头送茶上。
丫　头　琏二奶奶请喝茶！〔置茶各人面前，下。
熙　凤　平儿，把包袱里四匹上色尺头，四对金珠簪环给你新奶奶，也算是我的一点小意思！
平　儿　（应着，将包袱递给二姐）请新奶奶收下！
二　姐　（接下放桌上，惶惑拘束地）姐姐太客气了！今天想不到姐姐光临，也没有出去迎接姐姐，真是抱歉得很！
熙　凤　（和蔼地）妹妹太见外了，如今你我都是一家人，以后千万不要拘这些礼儿。（向老娘）尤老娘多少高寿了？倒挺硬朗的！
老　娘　承琏二奶奶问，我已经六十多岁了，还算扎实。
熙　凤　（张望屋内一周。脸上虽然不住地笑着，可是笑里藏着嫉恨和气愤）妹妹过来这么久，我一点儿也不知道，不然早该来看望妹妹了。
二　姐　（面红耳赤，窘羞不堪）这件事都为我太年轻，一切全由家母和家姐做主。自从来到这里，虽然也想和姐姐见见，只是不敢造次。今天能得相会，真是三生有幸。若蒙姐姐不嫌我出身寒微，此后情愿倾心吐胆，服侍姐姐一辈子，诸事但求姐姐教导！
熙　凤　（故作和善大方地）按说，这也没有什么，只是叫不知道的看起来，倒像是二爷不懂事。本来嘛！二爷还有热孝在身，原不该急着娶亲。二爷的意思我也明白，都为着我也年轻，总是妇人的见识，常常一味地爱劝二爷保重身子，不要在外头眠花宿柳，免得叫长辈们担心。因此二爷就觉得我是那些嫉妒不堪的人，事前瞒着我，事后也没跟我说一声。要是先跟我商议商议，我也可以想法儿瞒着家里办了这件事。其实，我早打定主意给二爷另娶一房，生下一男半女，我后来也有个依靠。何况如今娶的是妹妹，亲上加亲，再好也没有的了。先头我听说就喜欢的了不得，只是碍着二爷在家，不敢冒然来看妹妹，怕二爷多心。这会子正好二爷走了，所以我才特地亲自过来拜见妹妹。想着事情已过去这么久了，妹妹还是搬到家里去住的好！不然长此背着长辈在外头私居，也不成个体统。对妹妹、对我、对二爷，传出去名声都不好听。叫那些脏心烂肺的人瞧着,不是编派妹妹不正经,就是冤枉我不容妹妹;再不,就是责备二爷拐骗妇女。妹妹是个伶俐人,总会体谅我这番苦心的。〔极尽讥讽,但伴作诚恳热情的样子。

二　　姐　（信以为真地）姐姐的话一点也不错！我何尝不想早搬过去和姐姐同住,只是二爷没有主张我也不敢冒昧。如今既是姐姐真心愿意收留我,自然求之不得了！

熙　　凤　（笑着走来拉住二姐,亲切地）我的好妹妹！如果我不是真心接妹妹回去同住,我又何必亲自到这里来呢？不要说像妹妹这样的人,就是平儿我还打算劝二爷将来收下她,也好大家一起合心合意地服侍二爷。如今妹妹若肯和我一起住,就是疼我！若是不肯,我只好也搬出来陪妹妹。等二爷回来了,再求妹妹替我好言方便方便,叫二爷留给我一个站脚的地方,哪怕是侍候妹妹梳头洗脸,我也是情愿的。（说到这里装作很难过地坐书案前用帕子拭了拭眼睛）妹妹是不知道,可怜我既在家里落恶名儿又在二爷眼前不讨好。仔细想起来真是活的没意思。俗话说得好:"当家人,恶水缸。"为了我持家太严,不免得罪了些下等小人,背地里就百般想法儿咒骂我、糟践我。又为了我成天价忙着家务,没有多经管二爷,二爷就错怪我不殷勤。今后有了妹妹,我算是得个膀臂,无论是家事或是二爷跟前,妹妹也可帮助我些儿了！至于我待妹妹,一应吃穿住使,都和我一个样儿,妹妹不信只走着瞧好了！

老　　娘　（也信服了）亏了琏二奶奶是个能干人儿,像府上百十口那样的大家子,只怕一个男人也管不了！

平　　儿　我们奶奶就是心直口快,这样的脾气,在大家子里头最容易得罪人。

熙　　凤　（笑着）多承尤老娘夸奖,要是真能干,也不会招下人们恨了。平儿死丫头褒贬得很是,我就坏在这"心直口快"四个字儿上了。

二　　姐　小人们不遂心,总不免要诽谤主子。姐姐不必介意,好歹只要公婆知道就行。

熙　　凤　妹妹这话倒明白,我若真是个不容人的,上头三层公婆,当中还有一群妯娌姊妹们,他们又岂能容我？所以想开了我也就不难过了。再说以后更多一个妹妹来疼我,我即使受点儿委屈,也有个亲人说说话儿,总比闷在肚子里好。

二　　姐　（已经完全没有疑惧了）姐姐待我这样好,我不是个没有良心的人,今生报不了姐姐的大恩,死后就是变犬马也要报答姐姐!

熙　　凤　（打趣地拍拍二姐）妹妹真是一个有才有色又有情的贤德人儿!难怪我们二爷喜欢得家都不要了,如果我是个男人,我也一定要娶个像妹妹这样的女子!〔语中含刺。

二　　姐　（含羞地）姐姐倒是才貌双全的人,我哪里比得上?

鲍　　二　（走进来好奇地看了她们一眼）回二奶奶的话,刚才周瑞家的从西府里来,说二奶奶叫预备的房屋,都收拾好了。

熙　　凤　既是这样,就请妹妹跟我一起搬过去吧!我打发人在大观园里面替妹妹安排了两间房子,虽不如这边好,也还清静。姑娘们都住在里面也不寂寞。等妹妹歇息几天,我再带妹妹到老太太、太太们那边去请安。

平　　儿　新奶奶!我们那边花园里好玩儿得很,我保你一进去就不想再出来了!

熙　　凤　（笑着）死蹄子!新奶奶进去了,还会再出来吗?

二　　姐　（犹豫地）妈,怎么办?

熙　　凤　请尤老娘也一起搬过去!

老　　娘　（迟疑地）琏二奶奶,只怕今儿太急促些?

二　　姐　（畏缩地）本当随姐姐去,无奈这边还要收拾一下,我想明天再搬吧!

熙　　凤　这有什么要紧?妹妹的箱笼细软,立刻叫平儿帮着收拾收拾带过去。横竖迟早都是一样,我既亲自来接妹妹,总不好叫我空跑一趟。至于这些粗劣东西,不要也罢。这里的房子还叫鲍二看着好了。妹妹的丫头也一起带走。

平　　儿　新奶奶,我们赶快去收拾收拾吧!

二　　姐　不必劳动平姑娘了。说起来也没什么收拾的,里面不过有些二爷的东西需要带着。（说罢只好走向幔后）姐姐少坐一坐,我就来。

熙　　凤　妹妹收拾去吧!〔一面向平儿使眼色。

平　　儿　（会意,随着去）新奶奶,我来帮你收拾。

熙　　凤　（转身向鲍二,严厉地）鲍二,今后这边的房子,就交给你看管。在外头少浑说八道!要是我知道有一点差错,仔细等二爷回来,叫撕烂你的嘴!（说罢又恶狠狠地低声威胁地）你别忘了你是怎么从府里撺出来的?你的媳妇勾引二爷,我还没跟你算账呢!

鲍　二　（战战兢兢连声称"是"）是！奴才不敢！

熙　凤　（故意大声卖弄地）这里我从没来过，一定你们看着新奶奶脾气好，就顺着杆儿往上爬，欺负她的够了，回来新奶奶告诉了我，看我打断你们的狗腿！

鲍　二　（跪下磕头）奴才有几个脑袋，敢欺负主子？

熙　凤　（冷笑）嘻嘻，当着我，乖得像个孙子，背着我还不你就是主子？

鲍　二　奴才实在不敢！二奶奶！

二　姐　（走出来辩护地）姐姐！鲍二为人倒还老实可靠！

　　　　〔平儿提着一个箱子出来。

熙　凤　（冷笑地）妹妹别瞧他装得像个老实人，骨子里不定多狡猾呢？（向鲍二）起去吧！看在新奶奶给你讲情的份上，今儿姑且不和你计较。

鲍　二　（连连磕头，又向二姐磕头）谢谢二奶奶，新奶奶！〔站起来。

平　儿　鲍二，把这个箱子拿去，叫小厮们送到西府园子里。

鲍　二　是！〔提箱下。

熙　凤　都收拾好了吗？

二　姐　收拾好了。姐姐！

平　儿　奶奶，新奶奶的一手好针线。给二爷做了不少的荷包、汗巾，还有绣花的薄底儿靴子。

熙　凤　（既气又妒，强忍着，冷笑地啐了一口）哼！你有的会嚼舌头，回去也给二爷做呀！

平　儿　（明白熙凤是借端发作，指桑骂槐，也冷笑地）我原是不会，才瞧着眼红哩！

二　姐　（听不出他们的言外之意）几件粗针线说不上好。姐姐和平姑娘只要不嫌坏，赶明儿我绣两双花鞋送你们！

熙　凤　（赔笑敷衍地）我可经受不起，只怕要折得我两只脚还不能走路呢！

平　儿　（打趣地）那我就要折得少活十年！

二　姐　（微笑笃实地）姐姐和平姑娘太客气了。

熙　凤　咱们该走了，妹妹还有什么事儿没有？

二　姐　没有了。

熙　凤　平儿！扶着尤老娘前头走！

平　儿　（去搀老娘）慢点儿,尤老娘!
老　娘　（有些茫然地）二姑娘,咱们这就去吗?
二　姐　去吧,妈![声音里有着不得已的苦衷。
　　　　[平儿扶尤老娘下。
熙　凤　妹妹!走吧!
二　姐　好的![说着向屋内留恋地扫视一周,又走到窗前站着沉思起来。
熙　凤　（悄悄冷笑）怎么,妹妹还舍不得这屋子?
二　姐　（戚然地）我不是舍不得这屋子,我想着从住到这屋子来,不过两三个月工夫就生了许多变化,最叫人难过的,是我妹妹前几天才死在这里![不禁泣下。
熙　凤　（假慈悲地）是呀!我头里听说三妹妹去世了,也难过了半天!可惜了的那么一个绝色人儿不长寿!只恨我没福气,不然今儿可以一起搬过去住了。
二　姐　这是她没福气![说着拭泪走过来。
熙　凤　妹妹不必伤心!俗话说:"人死不能复生。"伤心也没有用了!
鲍　二　（走进来）二奶奶,车辆齐备,平姑娘叫来请奶奶们起身!
熙　凤　知道了!（携二姐）妹妹,咱们走吧!
二　姐　（哽咽地）走吧。垂首闭目,不忍再看。
　　　　[王熙凤携尤二姐下。鲍二怅然趋窗前眺望。
鲍　二　（摇摇头,沉郁地）只怕"虎口易进不易出"了!（又愤愤地）哼!明明是琏二爷强奸我的女人,反倒说是我女人勾引他!唉!主子犯法,奴才担罪过!没天理啊!

　　　　　　　　　　　　　　　　　　　　——幕徐落

第　四　幕

第一场

时　间　又数日后的一个早晨
地　点　贾府西院

人　物　平儿　善姐　王熙凤　旺儿　贾蓉　尤氏

布　景　王熙凤卧室外间。雕栋画梁，富丽堂皇。舞台的上首，靠左有门，悬蓝色毡镶边嵌玻璃心的风帘。舞台的左首，置大方桌，两边有椅。舞台的上首靠右有格扇玻璃窗，悬葱绿色绸帘子，窗外花草可见，窗前置茶几瓷凳。舞台的右外首有房门通卧室，门楣处有横匾，上写金字："有凤来仪"。门上悬天青色缎帘子，绣着素净的花，舞台的右首置炕桌，设花瓶、古玩，右边壁上挂四幅"朱子治家格言"书屏。右边壁上挂一幅中堂"凤凰朝阳"图。炕桌前置火盆、绣墩。

〔幕启　平儿穿一件橙黄色绫袄，天青色绸裙子，从房门出来，走向炕桌拨弄着火盆。这时善姐穿一件松绿色绸袄，浅蓝色绸裙，从左门掀帘进来。

善　姐　平姐姐！

平　儿　（抬起头）善姐！

善　姐　二奶奶还没有起来吗？

平　儿　早起来了，有什么事？

善　姐　（轻蔑地）还不是那档子的事！

平　儿　如今三顿饭你都照常送吗？

善　姐　送倒是照常送，只是谁还给她准时间？横竖早一顿，晚一顿的；等上头吃完了，拣些个剩菜剩饭送给她们罢了。

平　儿　（听了很难过，望了一眼房门，低声劝告地）不要这样，善姐！好歹她也是二爷的偏房，总算是个主子。别想着她这会子没人抬举，就都"墙倒众人推"！谁又知道赶明儿二爷回来，她不"一步登天"呢？

善　姐　（辩驳地）大家都这样，也不是我一个人要刻薄她，有时候看着她们一老一少也怪可怜的。

熙　凤　（在房内听见了，疑问）谁呀，谁在外头说话？

平　儿　（忙制止善姐，走向房门）是我同善姐说话。

〔王熙凤穿着一件天青色缎面狐腿皮袄，乳白色绫裙，腰间系一串钥匙"叮当"作响，手里端着碗茶走出来。

熙　凤　什么事？善姐！〔坐到炕沿上。

善　姐　没什么。新奶奶叫我回奶奶,头油没有了!

熙　凤　(气,厉声地)去叫她给我安分点!头油没了难道还叫我上街上去给她买吗?成天价怪知道打扮,二爷又不在家,打扮了让给谁看?不知趣的贱女人!

善　姐　(忙谄媚地笑着)奶奶也不必生气。我本来就不肯来回奶奶,我说:"新奶奶!你也忒不知好歹了!我们奶奶天天侍候了老太太,又要侍候这边太太,那边太太,还有姑娘妯娌们都要照应,上上下下百十个男女,尽是奶奶一个人周旋,每天从清早起来,到夜晚安歇,少说大事有一二十件,小事也有三五十件。外头打娘娘算起,以及王公侯伯,亲戚朋友,许多人情都是奶奶一个人调度;银子上千,钱上万,也都从奶奶的手经过;就凭一个心,一张嘴,一双手,办这么多的事儿,请问:谁担得起?如今新奶奶再为一点子小事去烦她,不是显得太不识相吗?听我的劝还是将就些吧!又不是明媒正娶来的,这是自古未有的奶奶贤惠,才这样待承,若是换个差些儿的,把新奶奶丢在外头,死不死活不活的,给个臭不理,又该怎么样呢?"给我这一席话,数落得她垂下头来半晌不言语。我如今回奶奶,不过是告诉奶奶这档子事儿罢了,头油不头油,谅她也不敢再提了。

熙　凤　(笑着点头)想不到你倒生得一张巧嘴儿。她娘儿两个成天都做些什么?

善　姐　(得意地)老的一天到晚挺尸,躺下去就睡着了。新奶奶只会没完没了地做针线。

熙　凤　(冷笑)叫她做吧!多做些好等着二爷回来使用。只是看她们能安逸一辈子不能!(向平儿)早起我叫你打发人去请东院的珍大奶奶,怎么还没来?

平　儿　(听着善姐谄媚,气不可耐,又不敢说什么)就快来了!

熙　凤　好啦,善姐!有什么事,只管来回我。这边的事不许露过去一句。我瞧你倒很乖巧的,赶明儿再赏你。

善　姐　(更得意)奶奶放心好了!任什么事儿,我只有向着奶奶的,万没有胳膊肘朝外的。

熙　凤　你明白就行。

〔善姐去后,王熙凤躺着伸了伸腿。心里在计划着什么,脸上露出狰狞狡猾的笑。

平　儿　奶奶是不是腿疼,我给你捶捶吧!〔说着坐在绣墩上捶起来。

熙　凤　叫旺儿办的事,也不知道怎样了?

平　儿　奶奶也真精明,怎么知道那尤二姐是定过亲的呢?

熙　凤　(冷笑)嘻嘻。"若要人不知,除非己莫为。"还不是那个兔崽子兴儿讲出来的。听说他们还是"指腹为婚",女婿叫张华,成天价在外头赌博,把家私花尽了,给父母撵出来了。倒是尤老婆子有心,为了看上你二爷这个好女婿,就给了那张华的父亲二十两银子才退了亲。可是这件事张华本人并不知道,所以我叫旺儿拿了二十两银子去买通他出来告状。

平　儿　(赔笑奉迎)奶奶果然厉害!

熙　凤　(冷冷地)不厉害,赶明儿连你这个死蹄子都要欺负到我头上来了!

平　儿　(笑)我要是敢欺负奶奶,除非我长着铜头铁臂!

熙　凤　用得着什么"铜头铁臂",有个二爷给你当护身符撑腰杆子,还不就够了!

平　儿　奶奶这是何来?人家又没有惹你,平白拿人家来杀性子!

熙　凤　(冷笑)你也别在我跟前假惺惺儿了!横竖你心里也是巴不得咒我早死,你们好一个个成王霸道!

平　儿　(生气地放了手背过身去)奶奶既是觉得我坏,索性撵了我出去好了!我也在这府里混腻啦,出去倒落得个清静!像这样总是说话带刺,我可受不了!

熙　凤　(笑,坐起来扭过平儿的脸)死蹄子!瞧可把你惯成个样儿来了,说句玩话都不行?

平　儿　(心里为许多事难过,更为"兔死狐悲"而感触万端,不禁喟然泣下)奶奶虽然是句玩话,可也得想想人家受的住么?奶奶别以为我想跟二爷,要是奶奶肯这会子放我出去,哪怕是嫁给个种地的,或是做小买卖的,只要他能养活一口子,我都情愿。

熙　凤　死蹄子,越说越不成话了!亏你说得出口,你才多大了?就那么急着要嫁人?

平　儿　(抽噎)不是我急着嫁人,我是说我并不愿意在这里住一辈子。

熙　凤　(真诚地)我想着叫你跟二爷,也是为的是咱们主子一条心,诸事都有个帮助。难道你还疑惑我吃你的醋不成?死蹄子,越发学得多心了!

平　儿　奶奶的好意我知道,只是我宁肯服待奶奶一生一世,不愿跟二爷!

熙　凤　(烦)好了,别再跟我火上浇油了,心里已经够烦的啦![说罢又躺下。
〔平儿拭了泪,委屈地依然替熙凤捶着腿。这时旺儿上。

旺　儿　(走向熙凤)奶奶!

熙　凤　旺儿,叫你办的事怎么样了?

旺　儿　回奶奶的话,小的昨儿早起已经找到那个张华了,他说实在是他还没出世以前就和尤二姐定了亲的。至于退亲的事,他果然一点儿也不知道。当时小的就给了他些银子,他正穷得像叫花子似的,见了银子欢喜得跳起来。小的又把奶奶教给我的那席话讲给他听,一面替他买了一张状纸找人写好。上面告的是:珍大爷、蓉哥儿串通调唆琏二爷,不顾重孝在身,背父瞒母,仗势倚财,私自强迫民女退亲,停妻再娶。还有些什么大道理,小的一时也背上来了。

熙　凤　(坐起来点点头)就凭这几条大罪也够了。后来怎么样呢?

旺　儿　小的叫那张华把状子拿到有司衙门去告。他不敢,他说谁不知道贾府是皇亲国戚,状子告不准事小,最后弄个自投囹圄,划不来!

熙　凤　(气骂)真是他娘的"懒狗扶不上墙去"。你怎么不告诉他,咱不过是借他出面一闹,好叫大家没脸,再把尤二姐断还给他做妻子。果真事情大了,我自然会想法儿平服的,也绝不会害他呀!这样人财两得的便宜事,他哪里去找!

旺　儿　小的就是照着奶奶的这个意思教给他的。那张华听见有人给他做主,也就放心了。小的还出了个主意,叫他又扯上了小的,告小的也是陪着调唆二爷的一个,当时就扯着小的一起上都察院喊冤去。都察院老爷坐堂,看了状子。问了张华一席话,张华照着状子上面写的说了一遍。都察院老爷回头就审小的,小的起初故意不肯招,都察院老爷要动刑,小的才磕了几个头回答说:"这事小的全知道,只是张华因为和小的有仇,所以单只扯了小的来,其实贾府东院的珍大爷、蓉哥儿才是主谋!"都察院老爷听见如此,皱了眉头,好像很为难的样子。停了一会儿才发下签来,叫青衣皂隶们去传珍大爷跟蓉哥儿。

熙　凤　（奸狡得意地笑着）难为你倒会编派。只是你怎么如今又回来了？珍大爷跟蓉哥儿去了没有？

旺　儿　小的在监狱里住了一夜，今儿取了保才放出来。早起过堂，珍大爷跟蓉哥儿都没到，只打发了一个家人去对了词，说是张华诬告。小的出来以后，去问那个家人，才知道原来珍大爷封了二百两银子已经打点都庭院老爷了！

熙　凤　（冷笑）哼，活该他破财又丢脸！这口气总算出了。不过少不得咱们也要打点三百两银子去打点那都察院老爷，免得当真办起你二爷的罪来。你去告诉舅老爷家的王信，叫他拿着银子到都察院老爷公馆，只说张华穷极无赖，因为拖欠了贾府的银两，所以捏词诬告好人，二爷原没有这回子事儿，叫他尽管找尤老婆子去追还尤二姐就是。

旺　儿　是！

熙　凤　平儿，去拿三百两银子给旺儿。

平　儿　好的。〔向房门下。

熙　凤　这件事办得不错，回来再重重地赏你！

旺　儿　（磕头不迭）谢奶奶！

平　儿　（拿银子出来，交旺儿）拿去吧！

旺　儿　（接银子）奶奶，我走了。

熙　凤　（叮咛地）这件事可不许说给一个人知道，要是我打听出你的狗嘴漏了风，仔细不要了你的命。

旺　儿　小的不敢！奶奶放心好了！〔说罢磕了个头下。

　　　　〔这时门外有说话声："二婶娘在屋里么？"

平　儿　蓉哥儿来了。

熙　凤　去叫他进来吧！〔说罢立刻又躺下，脸上装出恼怒忧急的样子。

平　儿　（走去掀门帘）哟，珍大奶奶来啦！快请进来。我们奶奶等了您半天了！

　　　　〔尤氏穿一件月白色缎面狐腿皮袄，天青色绫裙子。贾蓉穿一件蓝缎面羊皮袍。母子一同进来走向王熙凤。

尤　氏　二妹妹歪着哩！

　　　　〔熙凤躺着不动，也不理。

平　儿　珍大奶奶请坐，我去倒茶。〔说罢向房门下。

贾　蓉　（向尤氏使眼色，搭讪着坐绣墩上）婶娘不自在吗？

尤　氏　（坐炕桌上首惴惴不安地）二妹妹看什么事情要我帮忙的，找了我来又不言语，难道我来晚了？

熙　凤　（猝然坐起来，照着尤氏脸上吐了一口涎沫，愤愤地）呸！我找你来帮忙，找你来帮忙害死我！什么事情，你自己干的什么事情还有脸问我？

尤　氏　（吓得脸色惨变，往后退缩，颤声地）这是怎么说？我真不知道是什么事情呀！

〔平儿送茶置各人面前，站在炕桌旁边。

熙　凤　（气焰汹汹地）我问你，你们尤家的丫头没有人要了，偷着只管往贾家送，贾家的男人到底有多么好，难道除了贾家，普天下的男人都死绝了吗？你就是愿意给，也该请了三媒六证大家说明，才成个体统呀！怎么你痰迷了心，油蒙了窍？也不管重孝在身，就糊里糊涂把个人送了来？这会子闹到官衙，外头都说是因为我太厉害爱吃醋，所以你才瞒着我干的好事。如今都察院老爷指名儿要提问我，叫二爷休我！我倒要问问你，我在贾家还是做了什么错事，你苦苦地这样坑害我？还是老太太、太太有了话儿在你的心里，你们做好了圈套要撵我出去呢？既然到了这步田地，咱们这会子就一同去见官讲理，省得等会儿捕快皂隶来拿人的时候丢脸。回头咱们再一同请了合族中老少，大家当面说个清楚，如果你们嫌我不贤，霸占丈夫不容他纳妾，就给我张休书，我立刻走好让你妹妹扶正！〔说罢一面哭着一面拉了尤氏就向外走。

贾　蓉　（忙拉住熙凤，跪下乞求）婶娘息怒！婶娘息怒！

熙　凤　（一掌打去，气急败坏地大骂）天打雷劈，五马分尸的没良心种子！我是哪些儿待你不好，如今你这般坑害我？你这个不知天高地厚的东西，成天价调三窝四干出些个没脸面没王法、败家破业的勾当！祖宗如果有灵验！也不能容你！〔说着又是一掌打过去。

平　儿　奶奶身子要紧，才硬朗了一点儿，又生这么大气！〔扶熙凤仍坐在炕桌上。

贾　蓉　（仍跪着连连磕头无耻地）婶娘别生气，侄儿千日不好，总有一日好！求婶娘看在这一日的好上，饶了侄儿一遭！婶娘要打侄儿，何必亲自动手，累着婶娘，侄儿罪过更大，如今让侄儿自己打好了。（说罢左右开弓自己打一顿嘴巴,又自问自责地)以后还照三不顾四的吗?以后还敢只听二叔的话,不听婶娘的话么?婶娘怎样的待你,你这个没天理没良心的,竟然忘恩负义,背叛婶娘!不打你打谁?〔说罢又打了几下。

平　儿　(想笑又不敢笑)奶奶,瞧蓉哥的脸都打肿了,你就别再生气了!

熙　凤　(又改变口吻边哭边说)我原想着,既是木已成舟,生米煮成了熟饭,我也就不再提那些旧事了,再说嫂子的妹妹也和我的妹妹一样。嫂子也是好心,怕你兄弟断嗣绝后才这样做的,因此前儿我特地亲自过去把你妹妹接了来,如今安置在园子里,每天三茶六饭,金奴银婢的侍候着。可只怕老太太、太太生气,还不敢去回,原打算过些时,再带了她去见见长辈们,就可以快快活活地过日子了,谁知道偏不称心,她又是个早有了人家的。你瞒着娶也罢了,还瞒着她的底细!现在给那个姓张的告了起来,纵然我就抛头露面地去见官,也丢的是你们贾家的脸!少不得只有叫我的小厮替我去坐监牢。一面急得我又偷拿了太太的五百两银子去打点。听小厮说:这姓张的是个无赖的花子,穷极了的人什么事做不出来呢?俗话说:舍得一身剐,敢把皇帝拉下马。况且他抓住了理儿,不告等请不成?这会子二爷又不在家,还怕上头知道了。想来想去,我也没什么活的份儿了,今儿就碰死在嫂子跟前,也省得着急受罪!〔说罢就站起向墙上去碰头。

尤　氏　(吓得忙抱住)二妹妹,这千万使不得!你是个精明人,慢慢地想法儿应付,千不是万不是,都怪我糊涂无能!〔说罢已哭了。

熙　凤　(扑在尤氏怀里放声大哭)你哪里是无能,你明明是想落贤惠名儿,向你兄弟讨好;叫我落混账名儿,给别人说我是个妒嫉的泼妇!〔边哭边数落,边揉搓尤氏。

尤　氏　(委屈地哽咽着)这都是蓉儿和他老子干的好事!当初跟我商量的时候,我就说使不得!(说罢也狠狠踢了贾蓉一脚)混账种子!你爷儿两个闯的祸,如今你爷儿两个该去担当呀!累得我受抱怨!

熙　凤　(抬起头来指着尤氏责斥地)你发昏了,当初你的嘴里难道有茄子塞住了!还是他们给你上了封条!不然为什么你不来告诉我?若早告诉了我,这会子不是少许多事儿吗?怎能惊官动府闹到这步田地?你好意思还埋怨他们!自古说:"妻贤夫少祸""表壮不如里壮"。你但凡是个好的,他们怎么能闹出这种事儿来?你这没刚气,没口齿,锯了嘴儿的葫芦!就只会一味地瞎小心,应贤惠名儿!闹出祸了,你倒会推个干净![说罢又啐了几口。

尤　氏　(更难过地哭着)平日何尝不劝他们,你不信问问跟的人,无奈他不肯听,叫我有什么法子。如今难怪你生气,只是我也冤枉得很!

贾　蓉　婶娘,我母亲着实冤枉,错都在侄儿身上。婶娘也不必生气了,倒是想法办事的要紧![说罢又磕头。

平　儿　(不忍,赔笑地)奶奶,虽然珍大奶奶也有不是,如今奶奶当着奴才们也作践她的够了,奶奶就给珍大奶奶留点脸儿吧!还有蓉哥儿也跪了这么半天,奶奶也该消消气啦!

熙　凤　(啐了一口)你倒会讲情讨好,事情没搁在你身上。(又踢了贾蓉一脚,厉声地)谁要你老跪在那里了?当着我你倒装得怪胆儿小,背了我你还不就是皇上?[坐炕外首。

贾　蓉　(搭讪地站起来)侄儿不是扯谎,就是怕我爷爷也没有怕婶娘的很!

熙　凤　(揩揩泪冷笑)怕我还敢这般行为,不怕,不知道更要怎么样了?好啦,去把你爹给我请来!我要问问他:你爷爷的孝才过百日,做侄儿的就娶亲,这叫个什么礼儿?是谁兴的规矩?问明白了,我也好学着,将来教导你们小辈的援例儿。

贾　蓉　(涎着笑脸油舌滑嘴地)说起来,这件事原与我爹不相干,起初他也不知道,都是蓉儿该死,一时吃了屎调唆二叔干的。婶娘打、骂,只朝着侄儿一个人好了。至于这官司,侄儿跟我爹昨儿也听说了,正急着没法儿,恰巧婶娘找我妈,侄儿也就慌着跟来了。俗语说:"胳膊折了,在袖子里。"侄儿既是已经闯了祸,就请婶娘费心料理,把这场官司压住了才好。否则丢银子事小,丢人事大。婶娘宽怀宏量,只当是自己有了这样一个不孝的儿子,如今干了混账事儿,少不得只有委屈些疼他一遭,担待些个。[说罢又连连作揖。

熙　凤　(见贾蓉如此,心软了些)给我滚开吧!我还疼你呢,疼得都反起来了!(又向尤氏和气地)嫂子也别恼我,我是年轻不懂事的人,乍听见外头告了状,吓得魂儿都掉了,昨儿简直一夜急得没能合眼,刚才一瞧见嫂子来了,少不得又照前不顾后地闹起来。就是蓉儿先头说的:"胳膊折了,

	在袖子里。"嫂子还要体谅我,别怨恨我才好。
尤　氏	二妹妹说的哪里话?只要你不怪罪我,我就求之不得了,我怎么还能怨恨你?
平　儿	(见风波已平息,忙又去换了几碗茶来)珍大奶奶,奶奶,喝口茶吧!
贾　蓉	(赔笑)好姑娘!也给我一碗行不行?嗓子都干了!
平　儿	(笑)我倒把你给忘了!(说罢又去端了一碗来,并拿了两个湿手巾给熙凤和尤氏)珍大奶奶、奶奶擦擦脸吧,瞧你两人的眼睛都哭得像个红桃儿似的。
尤　氏	死蹄子!你倒来取笑了![接手巾擦完,又递还平儿。
熙　凤	(接手巾擦后给平儿。一面向贾蓉说)官司的事,横竖没有银子不能办事,我想着拿去的五百两该够了。一面还得去求舅老爷,听说他和这位都察院老爷交好,或则能够平息下来。只是银子太太不用还罢,说声要用时又该我做难了!少不得只有去变卖首饰,好折腾出银子来还太太。[平儿送手巾向房门下。
贾　蓉	银子的事,婶娘尽管放心!侄儿累婶娘受惊生气,已经够罪过的了,若是再叫婶娘填亏空,那就越发该死了!回头侄儿就去打点五百两银子,送过来给婶娘。
尤　氏	只是还有一件,老太太、太太们跟前,二妹妹还要遮盖些儿,千万别提起这件事。
熙　凤	(冷笑)哼,你们干的事,这会倒叫我来替你们遮盖!我就是再傻,也不会巴巴地去戳马蜂窝呀!
贾　蓉	官府里,婶娘一面托舅老爷说人情,把官司给平息了。外头侄儿一面去找那姓张的问他个意思:是要钱呢,还是要人?要钱就给他些银子去另娶女人,要人少不得我再劝二姨娘仍旧嫁给他算了。俗语说:"解铃还得系铃人。"又说:"来是是非人,去是是非者。"这事原是我一个人鼓捣的,还得由我一个人去办利落了,免得连累我二叔。
熙　凤	(恐怕拆穿阴谋,忙制止)难为你想出的好主意!怪不得你照三不顾四的,尽做些错事,原来你竟自糊涂到了底儿!你去问那张华,要是他说"要钱",可是等你给了他银子,这种无赖小人只知道赌博,钱到手三天五天花光了,他再来讹诈,请问你又怎么办?搁不住他还会说:"既没毛

病,为什么反给银子?"那时节咱们的脸面放在哪里?要是他说"要人",你二姨娘既已嫁给你二叔,如今若再跟了张华,你二叔将来还能见人不?再说,我也舍不得你二姨娘出去,好容易我才得到个膀臂。

尤　氏　(信服地)二妹妹说得是,不要再听蓉儿这个混账孩子的话了,诸事还得仰仗二妹妹多费心担待。

熙　凤　若要任我的性子,真想不管了,随你们去鼓捣个什么样子。可是看着你们这会子的可怜相,又不忍心。谁叫我生成的这副刀子嘴、豆腐心呢?少不得还要给你们兜揽着些儿。横竖无论哪一边的事,你们只别过问了,一总交给我去张罗,免得"一波未平一波又起",已经是"耗子尾巴上长疮,多少脓血泡儿"了。你不要再去给我戳窟窿!

贾　蓉　(涎着笑脸)到底婶娘高明!这样说侄儿巴不得落个清静。只是太累了婶娘,侄儿心里不安!

熙　凤　你别跟我"猫哭耗子假慈悲"了!横竖是我一个人倒霉。外头就决定这么办,家里少不得等风波平息了,我领你二姨娘去给老太太、太太们磕头,只说是我看上了你二姨娘,为了我不大生育,原要买个人放在屋里的,如今凑巧有这么个好媒岔儿,人长得既俊,又是亲上做亲,就大着胆子做了主,替二爷娶过来做个二房。为的念起她家里父兄姊妹都死完了,无依无靠的日子实在难熬,所以先接到园子里住着,等二爷的孝满了再圆房儿。仗着我还不害臊的脸死活赖。去,担过儿也罢,挨骂也罢,只好受着。

贾　蓉　(笑着拍手)婶娘不但宽宏大量,而且赛过张良的智谋,侄儿真是佩服得五体投地!等事情完了,侄儿再来磕头道谢!

尤　氏　(感激地)赶明儿事情平安过去了,我们娘儿们一齐过来给二妹妹拜谢。

熙　凤　罢罢!还说什么拜谢不拜谢,只求以后少坑害我一些儿就够了![说罢又委屈地啜泣。

贾　蓉　婶娘别再难过了,侄儿从今以后,尽量想法儿孝敬婶娘就是。

熙　凤　(揩了眼睛,指着贾蓉半嗔半爱地)蓉儿,今儿我才算是知道你了!

贾　蓉　(涎皮赖脸地走过去拿着熙凤的手在自己脸上"拍"地打了一下)婶娘,这该出了气吧?要不,侄儿就再跪下来自己打自己了!

熙　凤　（抽回手推开贾蓉,威胁地）滚你的吧！你这个狠心的——〔说到这里又咽住。

尤　氏　好啦,蓉儿！咱们回去吧,搅了你婶娘这么半天,也该让她歇歇儿了！
　　　　〔说罢站起来。

贾　蓉　好的。侄儿明儿再来看婶娘,顺便把银子带过来。

熙　凤　如今我的眼睛红肿着,不送你们了。〔站起送到门口。

贾　蓉　婶娘好好保重！别紧想着烦恼,怄坏了身子,侄儿越发罪该万死了！

熙　凤　猴崽子,别灌米汤了,我心里已经清楚了你！
　　　　〔尤氏、贾蓉同下。平儿上。

平　儿　奶奶也该歇会儿了,闹了这么半天！

熙　凤　（仍躺炕上,思索着,自言自语地）我有点儿不放心蓉儿这个冒失鬼。

平　儿　（替熙凤捶背）奶奶还不倦吗？又想什么？

熙　凤　（疑虑）这件事本是咱们教唆张华告的,要是蓉儿见着他,张华戳穿了,张华再告我们勾通官府,包揽词讼的罪名,岂不是坏了？必须想个法儿才行,不然刀把拿在张华的手里,随时都会出漏子！

平　儿　就叫官府把尤二姐断还给张华做妻子,然后叫张华领回尤二姐去远远地走开,不就结了吗？

熙　凤　傻丫头！天下没有这么容易的事儿,我先前也是这么想的,只是即令张华愿意领回尤二姐去,也得尤二姐跟他去！闹到你二爷回来知道了,再花银子包占住,不是白费心思么？如今尤二姐还得暂且拉绊住,等我慢慢想法对付她,横竖她逃不脱我的手掌心。倒是张华这小子非灭口不可,不然日久要出毛病的。

平　儿　（悚然）奶奶想——

熙　凤　（狠毒地）我想治死张华,斩草除根！〔说着捏紧拳头坐起来。

平　儿　（不禁叫了一声）奶奶！

熙　凤　死蹄子！叫唤什么？

平　儿　（忙镇定下,但是脸色变得发青,手也有些抖,嗫嚅地）……我一乍听,有……有些害怕……

熙　凤　（奸险地笑了一笑,沉重地说着）曹操的话不错,"宁负天下人,不让天下人负我"。

旺　儿　（匆匆上）奶奶！

熙　凤　你来得正好，舅老爷家去过了吗？

旺　儿　去过了，王信说诸事请奶奶放心。

熙　凤　旺儿，如今官司的事就这样了。只是那张华知道是咱们教唆他告的，若是将来泄露给外人，岂不丢脸？这个丑名声，咱们不能担，我想只有斩草除根，才能保住咱们的名声。

旺　儿　（一时没听明白）奶奶打算怎么办呢？

熙　凤　你再去想法诬告张华是贼，贿赂官府判他个死罪。或者是暗地里支使人去算计他，把他悄悄杀了，总之，一定要治死才干净。

旺　儿　（吃了一惊）奶奶，依小的看，不如叫他远走高飞算了。何必再小题大做呢？这是人命关天非同儿戏的事，奶奶还要三思而行的为妙！

熙　凤　（勃然）混账！我的事还用得着你来多嘴吗？什么"三思"不"三思"，我叫你怎么做你就怎么做好了！

旺　儿　（犹豫）不是小的不听奶奶的支使，这件事小的下不去手！

熙　凤　（拍案厉声）他是你的爹吗？你下不去手，你这是哪门子的慈悲？

旺　儿　（畏惧忙跪下）求奶奶饶了小的！小的只会办些个动嘴动腿儿的事，这动手杀人的事，小的万万办不了！

熙　凤　（一掌打过去，怒叱）给我滚出去！会也得办，不会也得办！〔说罢走向房门。

　　　　〔平儿拉拉旺儿，暗示叫他答应。

旺　儿　（会意，站起来）好罢，奶奶！我听你的吩咐就是。

熙　凤　（气冲冲地）限你今晚上就给我办好！〔说罢怂怂下。

旺　儿　是，奶奶！（见熙凤走后，着急地拉平儿）平姑娘，你叫我答应了，我可怎么去办呢？

平　儿　（拉旺儿到左外首低声地）你没瞧见，不答应也是不行吗？答应尽管答应，只是千万别真行事！立刻去告诉张华，叫他逃到远远的地方去，从此别再来京城了。你就在外头躲几天再回来，你就回奶奶说：张华因为得到银子，不敢在京城待，已经偷偷地逃走了。谁知道冤家路窄，偏偏碰着个截路的强盗，抢了银子还饱打他一顿闷棍，把个张华活活给打死了！如今他老子正在收尸掩埋。糊里糊涂地把奶奶瞒哄过去算了。

这样你既尽了心,也交了差。

旺　儿　(感激地连连作揖)好主意！平姑娘,想不到你也是个慈善人！

平　儿　嗤！快走吧,仔细给奶奶听见了！

旺　儿　好吧！我走了,平姑娘！〔走向左门。

熙　凤　(幕后大声叫着)平儿！尽在外头做什么？还不进来！

平　儿　(一面应着一面向旺儿挥手)来了,奶奶！

〔旺儿急下,平儿端了茶碗走进去。

——幕疾落

第二场

时　间　前场月余以后隆冬腊月的一天晚上

地　点　贾府大观园内

人　物　尤二姐　尤老娘　丫头　善姐　平儿　王熙凤　太医

布　景　大观园的角落里一间砌室。舞台的正中间是月洞窗,悬蓝色绸窗帘,帘子外芭蕉可见,窗两边左置茶几,右置两个瓷凳。窗前置一炕塌,上铺毡垫,炕几上放一瓶红梅,都快枯萎了。炕下面置一长方矮坐凳。舞台的上首有门通外间,悬着蓝色绸门帘。左首置圆桌,有凳。舞台的右上首有门通卧房,亦悬蓝色绸门帘。右外首置条几。两边有椅。

〔幕开　黄昏时候,虽窗帘挂起,室内光线仍黯淡,显得异常凄凉！尤老娘又躺在炕桌上睡了,但这回却没睡着,睁着眼睛在想什么。尤二姐穿了身月白色绫袄,浅粉绿色绸坎肩,系条蓝色丝缎子,天青色素绸裤子,慢步从右门走出来,脸色苍白,消瘦不堪,已大非昔比。

二　姐　(无精打采走向窗前,往外看了看,又回顾老娘)妈,吃了晚饭再睡吧！

老　娘　没睡着！这程子不像往常了,就是夜里也不能合眼。〔坐起来。

二　姐　(难过地只叹了口气)唉！

老　娘　这会子吃了药,觉得好点吗？

二　姐　(摇摇头坐到炕上)更是一阵阵肚子痛了！〔说着眼圈儿红了。

老　娘　(看看屋里)天这么冷,也不给烧个火盆！

二　姐　算了吧,妈！能赏给咱们一碗现成饭吃,就是大恩惠了！

老　娘	（怨恨地）早知如此，饿死外头也不能进来！现成的饭，哪一顿不是些残菜剩汤？简直没有把咱们当人待承！实指望琏哥儿回来了，可以重见天日，谁知道也是个没良心的负义东西，娶了你还不到半年就又弄了一个，弄一个也罢了，这边连理都不理一下！
二　姐	（苦痛悲愤地）这会子说什么都后悔不及了！只怪我当初瞎了眼，错认了人！早听妹妹的话，也不至于落到这般地步！〔说着哭了。
老　娘	都是你珍大哥和蓉儿两个混账东西干的好事，害得咱们娘儿三个死的死、病的病！〔也难过地啜泣。
二　姐	都怨女儿命舛，连累妈这么大岁数跟着我受罪！如今别的也没指望了，原指望肚子里果然是胎，也好将来有个依靠，如今太医又说不是的。
丫　头	（掌灯自左门进来，置于圆桌上放下窗帘）奶奶！想吃点什么？
二　姐	不想吃。
丫　头	（同情地）奶奶今儿一天没有吃一点东西了！
二　姐	吃下去就恶心，还是不吃的好，饭送来了吗？
丫　头	送来了。既是奶奶不吃，老太太去吃吧！
善　姐	（凶凶地自左门进来嚷着）你们倒是吃不吃饭呀？不吃我就端回去了！送来这么半天，连个鬼影子也没看见，难道还等着叫人喂你们不成？〔站在窗旁。
二　姐	（低声下气的）善姐，我也才知道饭送来了！（向老娘）妈！你就快去吃吧！
善　姐	才知道！我叫你的死丫头过来了半天，难道她的嘴上了封条，到这会子才告诉你们！
	〔这时平儿穿着身葱绿色缎袄，自左门进来，手里提着一只竹篮，善姐的话已经听见了。忍无可忍地放下篮子走到善姐面前。
平　儿	（生气地）善姐！
善　姐	（回头见是平儿，忙赔笑）哟！平姐姐来了，请坐，请坐！
二　姐	（忙站起来招呼）平妹妹怎么这样晚还过来？
平　儿	（和颜悦色地）吃完饭闲着没事，特地过来瞧瞧新奶奶！（向善姐责斥地）善姐，你也忒气焰过胜了，你不要善的欺，恶的怕。看着她们娘儿俩软弱无靠，你就狗仗人势，狐假虎威，苦苦折磨她们。人心都是肉做的，

我不信你的心就是铁做的不成?

善　姐　(有些怕,赔笑地)平姐姐说哪里话,我怎么敢欺负新奶奶呢?成天价殷勤服侍还来不及呢!

二　姐　(代为掩饰)善姐待我还好,平妹妹!一天到晚都亏了她忙着服侍,你不要再褒贬她了。

平　儿　新奶奶不必替她遮盖,刚才的话我都听见了,哪里像是下人跟主子说话?

善　姐　平姐姐听错了意思,我是在吵我这个妹妹呢![指着丫头。

丫　头　(气愤地)是呀,连我们主子都怕你,何况我![说罢下。

二　姐　平妹妹坐吧,别信她小孩子的话。善姐,你也去吧![说着拉平儿坐炕上。

善　姐　平姐姐!我去给你泡碗好茶来!(又去搭讪着扶老娘)尤老娘这会子可该去吃饭了,再等等都冷了!

平　儿　冷了,不会到厨房去热热吗?

二　姐　不用费事了,妈就快去吃点儿算了!

老　娘　(老泪滂沱地摔开善姐)我也不吃了,气都气饱了![说罢走向右门下。

二　姐　妈,你就为了女儿委屈点吧!"窝囊"也搁在心里,何苦要说出来惹麻烦呢?

善　姐　(也不高兴)既是不吃,我就端回去了。平姐姐可是看着的,回来别再说我不送饭过来![说罢赌气下。

平　儿　(厉声)我是看着的,我看着你这个死蹄子欺负她们!

二　姐　(见善姐去后,拉了平儿抽噎地)平妹妹,你也不必为我得罪这些小人,回头不定又要到二奶奶跟前嚼什么舌头了,连累你担过儿我更不安。

平　儿　让她去嚼好了,我不怕!(说着去掀开篮子,拿出两碗甜食来)我知道你这程子不想吃什么,特地叫厨房做了两样甜食来,你尝尝看,若是觉得还合口,明儿我再叫他们做。

丫　头　(端茶给平儿,抽噎地)平姑娘吃茶!

二　姐　(感激)妹妹常常这样,太费心了!(见丫头哭,疑问)好端端地哭什么?

丫　头　善姐打我![说罢更哭了,蒙着脸走向右门下。

平　儿　(忍无可忍地站起来)这死蹄子,越发不像样儿了,我非去也打她几下不可！然后告给太太撵她出去。〔说着就要去。
二　姐　（忙拦住，按平儿坐下）使不得，妹妹！你这会子打了她不当紧，回来该我们受罪了！横竖如今我们也惯了！听几句骂，挨几下巴掌，算不了什么。妹妹不必为我们生闲气！
平　儿　唉！亏得你能忍耐，只是也忒苦了！
二　姐　不忍耐又怎么办？苦我倒不怕，只要苦的有个出头日子！〔说罢泣下。
平　儿　二爷来过没有？
二　姐　（摇头悲惨地）他不会来了，他把我忘完了！
平　儿　我今儿告诉他你病得很重，叫他去请个好太医来看看。别的都不要紧，自己的身子千万别糟践！俗话说："留得青山在，不怕没柴烧。"
二　姐　妹妹的好心我是感激不尽的。今儿太医也来了，说是瘀血凝结，开了个通经的方子。药已经吃了，不知道有效没有。倒难为二爷还听妹妹的话。这几天怎么样了，那位姨奶奶还闹吗？
平　儿　（叹气）唉，别提她了！她就仗着是大老爷的人，如今又送给二爷做妾，更有势了，简直眼里头谁也没有！成天价调三拨四的，昨儿竟陷害到我头上来了，她跟奶奶说我往你这边偷送饭菜，奶奶就骂我："人家养猫拿耗子，我养猫倒咬鸡。"
二　姐　（不安）妹妹再不要这样了，如今果然担错儿了。
平　儿　（忿忿地）我才不管呢！大不了撵我出去。说起来，二爷真是朝秦暮楚太无情！先头那样待新奶奶，这会子连来看看都不来，只一味地迷住了那个狐狸精！
二　姐　（感慨懊悔地）我如今也不生气了！我三妹妹说得不错，有钱的公子哥儿没有个不"喜新厌旧"的，只怪我当初没主意，上了当受了骗，落到这个下场！
平　儿　提起你妹妹三姑娘来，今儿宝二爷还叫我替他向新奶奶问好！
二　姐　（奇异地）听说宝二爷一向瞧不起我们姊妹的，怎么还会惦记我？
平　儿　唉！当初宝二爷也是误信了那些嚼冤枉舌头的人，到如今他还后悔哩！就为这他不好意思来看你。听他说，那柳湘莲倒是个有良心的，自从三妹去世，他就削发当和尚去了。
二　姐　（感伤地）看起来我妹妹还是有福气的，虽然没有和柳湘莲成亲，总算遇

215

着一个多情的人。

平　儿　（劝慰地）新奶奶也不要太难过,或许二爷还有回心转意的一天。

二　姐　（沉痛绝望地摇摇头）我不指望了!

〔忽然窗外传来吵骂声,尤二姐和平儿忙注意倾听。

平　儿　又是秋桐在泼妇骂街!

〔声音:(尖锐、刻毒地)好个爱八哥儿娇滴滴!如今混进了富贵人家,想必药都是甜的,好生生装起病来,还有脸面说是怀胎,偏偏太医诊出不是胎。就算怀胎,也不知是姓张的,姓王的,谁稀罕一个杂种羔子!

二　姐　（气得发抖）这……这是何苦来,我也没惹着她!〔一阵悲痛,昏厥了过去。

平　儿　（忙扶住二姐惊叫）新奶奶!新奶奶!

〔尤老娘颤巍巍地扶着丫头走出来。这时窗外有人劝止,骂声渐渐远了。

老　娘　（惊讶地）怎么了,平姑娘!（趋前哭叫）二姑娘,我的儿!醒醒吧!

丫　头　奶奶!奶奶!

二　姐　（微微睁开眼睛,泪如雨下）妈!

平　儿　不要紧,尤老娘!新奶奶刚才听了些闲话,一时闷住了口气,歇会儿就好了。

二　姐　（抽噎）妈,我不行了,这会子肚子痛得厉害!（说罢在炕上打滚）哎哟!哎哟!

平　儿　咦,怎么一下子痛这么厉害?尤老娘,先前是不是也痛的?

老　娘　吃了药不久,就一阵阵地痛起来了。

平　儿　（思索,着急地）只怕是吃坏了药吧!我这就回二爷去,叫再请一个太医来看看。

二　姐　（无力地制止着）不要去惊动他们了,平妹妹,横竖我是好不了的!

平　儿　（安慰地）你要安心养着,新奶奶,我去去再来。〔疾下。

二　姐　（悲切地拉着尤老娘）妈!我死之后,你老人家去跟大姐姐要点钱,还带着这个丫头回去,虽然家里日子穷苦点儿,总比在这里受气的好。（又拉住丫头哽咽地）好妹妹,我妈再没有女儿了,你就把她老人家当作亲娘,再服侍她几年,我姐妹在九泉之下也是感激你的!

丫　头　（哭了）奶奶，你别说这些话了，等会儿请了太医来看看，再吃一服药就好了。

老　娘　（懊恼怨恨地哭着）好生生一家人都给姓贾的坑害了！

二　姐　（软弱无力地）妈，别埋怨了，要怨就怨你女儿的命苦！哎哟！哎哟！

老　娘　（急得捶胸跌足）老天爷，救救我女儿这条命吧！

〔王熙凤穿了身黄色缎子皮袄走进来，平儿随着进来。

熙　凤　（假意关心地）妹妹怎样了？尤老娘！

〔尤老娘只管哭，也不理王熙凤。

平　儿　新奶奶，好点没有？我已经叫人去请太医了！

二　姐　（痛苦地摇摇头）不，不中用了！

熙　凤　（张望）怎么，二爷没过来？

平　儿　（低声地）二爷在秋桐屋里，我去回过二爷，说新奶奶病重了。看来二爷不会来的。

熙　凤　（故意大声地）这个喜新厌旧的浪子，如今心上就只有秋桐！

平　儿　（摇手制止地）奶奶！

二　姐　（听了熙凤的话，更是气往上冲，又一阵剧痛）哎哟！哎哟！妈，疼死我了！

老　娘　（忙抱住二姐）我的儿！怎么了？

熙　凤　（摸摸二姐，假意地）妹妹怎么疼得这样厉害！老天有眼，快保佑妹妹身子好起来，我情愿替妹妹生病。要真是怀胎，也保佑着早些生下一个男孩子，我愿从此吃长斋念佛。（见二姐不理，没趣地向屋内看看，借题发作地嚷着）今天这样冷，怎么不生个火盆。善姐，死丫头上哪里去了？

老　娘　（冷冷地）这些日子，我们从来也没有见过一点火星星！

熙　凤　（难堪，悻悻地）平儿，快去把善姐叫来，都是妹妹太贤惠，才把她们惯坏了。

〔善姐正好端着一碗茶走来。

善　姐　二奶奶，我特地给你泡了一碗好茶来！平姐姐，我这就去给你泡茶。

熙　凤　（没好气地一巴掌打了善姐的嘴巴，骂着）混账蹄子，当着我的脸，你怪会做作，背了我你就没有王法了。不打你几下，你是不知天高地厚的。

〔说罢又是几巴掌，茶碗铿然落地。

善　姐　（哭）这是怎么说，我也没有做错事，二奶奶！

熙　凤　（喝叱）你还犟嘴，隆冬腊月，我叫你天天给新奶奶生个火盆放屋里，你生的火盆在哪里？

善　姐　（一怔，心里委屈，想申辩，嗫嚅地）二奶奶——

熙　凤　（唯恐露了马脚，忙站起身恫吓地）你还不给我滚出去，快把火盆生来？你敢还嘴我就打死你！

善　姐　（只好隐忍，惶恐地哭着走去）真是冤枉呀，冤枉！

熙　凤　（含沙射影）天生的下贱坯子，受不得抬举！

二　姐　（宛如火上加油，羞辱刺激地又是一阵剧痛）哎哟！哎……哟……

老　娘　二姑娘，怎么了？怎么了？我的儿！

熙　凤　妹妹，怎么又痛起来了？

二　姐　（喘吁吁地挣扎着站起）妈，快扶我进屋里去！

熙　凤　（假惺惺地）尤老娘只怕扶不动吧，我来扶妹妹。

平　儿　（忙向前扶二姐）我来扶！

二　姐　（挥开她们，只拉住了老娘和丫头）不用，有妈扶我就够了。〔呻吟着向右门踉跄下。

〔平儿也要跟进去，熙凤叫住了她，很生气的样子。

熙　凤　（愠然）平儿！

平　儿　（止步）奶奶，什么事？

熙　凤　人家不稀罕你巴结，少给我谄媚去！〔说罢愤愤然。

〔平儿不高兴又不敢辩。这时忽然里面传来一声惨叫，接着是痛哭呼号。

丫　头　（捂着脸哭啼地走出来）奶奶，可怜的奶奶！

平　儿　（大惊）新奶奶怎么了？

丫　头　（哽咽地）小产了，糊涂太医的一帖药把个男胎好端端打下来了！

平　儿　（急）新奶奶呢？

丫　头　奶奶快死了，她……她已经偷偷吞了一块生金，自……自杀了！〔说罢伏在圆桌上号啕大哭。

平　儿　啊，新奶奶！〔哭着向右房疾下。

熙　凤　（由衷的喜悦，但急忙掩面佯哭着向右门走去）啊，我的好妹妹，贤惠妹妹,你怎么就狠心丢下我走了,你带我一起去吧!

〔这时更柝声、犬吠声,交杂在阴郁悲惨的黑夜里!

——幕徐落

1945年1月26日于重庆神仙洞

选自赵清阁编剧《红楼梦话剧集》(四川文艺出版社1985年版)。

贾宝玉与林黛玉[①]

赵清阁

前　　言

《红楼梦》是我国一部富有人民性的古典现实主义杰作，一向为人民所喜爱。为了发扬这一优秀的伟大文学遗产，历来曾有各种文艺形式的改编，特别是戏曲方面的改编演出，受到广大观众的热烈欢迎。十几年前，我也曾改编过四个话剧本（均由名山书店出版），当然是存在着缺点和错误，这两年通过对《红楼梦》的研究和学习以后，有些新的体会，在思想上提高了一步，因此决定从实践中纠正过去的缺点错误，重新进行改编。

这次改编，花了两年多的时间，承朋友们给我很多鼓励和帮助，使我能够终于在反复修改之后完成了这一工作，但是限于水平，可能还有很多缺点，希望读者多多指正。

《红楼梦》原作长达数十万言，内容丰富，情节繁多，要把这样一部巨著概括地改编成一个适合于两三小时内演出的剧本，确是困难。所以我根据原著改编为几个既有联系而又独立的剧本。这里只集中贾宝玉和林黛玉的事件，改编为一个五幕话剧，主题在于反对封建社会的婚姻制度，通过贾宝玉和林黛玉两个具体人物，表现青年男女为追求自由幸福而斗争，并揭露统治阶级的腐朽和罪恶本质。至于故事发展的层次，是写出两三年的时间内，贾宝玉和林黛玉由纯洁真挚的相爱，到因薛宝钗的渗入而产生了一系列的误会、波折；再到相互之间进一步的谅解、默契；最后到双双用死和出走反抗了封建势力的残酷迫害与阴谋破坏。

[①] 该篇原名为《诗魂冷月》。

虽然主线是以宝、黛恋爱贯穿全剧,但也从侧面反映了贾府由兴旺、淫奢,到衰败、灭亡的必然趋势。我这样的改编,是想力求其符合原作精神,忠实于原作。

现在我想围绕着主题,谈谈剧中三个主要人物的性格:

贾宝玉,是生长于荒淫腐败的贵族家庭的贵公子,却偏偏自恨"生在侯门公府","没生在寒儒薄宦"之家。他热情、正义,爱幻想,有才华;就是不喜欢"读书上进",不要"功名利禄";反对"八股文章",反对"仕途经济";蔑视"假道学",把"沽名钓誉"的人们骂作"国贼禄鬼"之流!他只愿和女孩儿在一起,没有尊卑贵贱之分,一心追求着人类生活的自由、幸福。可是这都是封建统治阶级所不容的,于是在贾氏贵族大家庭里他被目为"混世魔王"、"孽障"、"有"疯病"的"呆子"、"弑父弑君"的叛逆者!尽管如此,为了他是这个贵族之家的继承人,那些代表统治阶级的"正统派"的人们还要奉迎他、宝贝他、期望他。他对这些奉迎、宝贝、期望,一概无动于衷,他所珍视的只是一个人的爱,一个人的心——那就是在思想倾向上和他共鸣,在生活道路上和他一致;素日最了解他,从不鼓励他去"扬名立身",不劝他做"禄蠹",不说"假道学"的"混账话";并且也有几分"痴病"的林黛玉。因此,他和林黛玉的感情由两小无猜发展为莫逆知己,又由友谊发展为恋爱。

林黛玉是一个孤苦伶仃、寄人篱下的女孩儿,这便决定了她的多愁善感、孤僻娴静、矜持高洁的性格。她把置身于贵族贾府自喻为陷进"污淖泥沟"。她聪明智慧,心地纯真,她能爱、能恨,她不善于谄媚阿谀,对不满的事物,敢于嘲笑讽刺。她有理想、有愿望,这理想和愿望就是要突破封建秩序,争取自由幸福。因此她在正统派人们的眼里不是个宦门闺秀的典范,她被目为一个"尖酸刻薄""小性儿""乖僻"的叛逆者。也因此她才成为贾宝玉的知心人,贾宝玉成为她的生命支柱!

薛宝钗,出生于富商之家,原要"候选入宫","为宫主郡主入学陪侍,充为才人赞善之职"的;退一步,她的目的就要争取这个皇亲国戚的贾府继承人贾宝玉之妻的宝位。她"温柔淳厚""端庄稳重";她为人世故、干练,她懂得虚伪地四面讨好,八方随和;她知"孝道",能博上欢;她又会"施小惠",承下悦。由于她具有这一切"正统风范"的"美德",便构成了一个效忠封建秩序的正统人物。因此她主张"女子无才便是德",主张"针线纺织"才是女子分内之事。她拥护男子"扬名立身""为官做宰";她拥护"皇恩祖德",拥护"忠孝"。她批评林黛玉看《西厢》"移了性情",她讥笑贾宝玉成天"搅在女孩儿队里""无事忙"。她瞧不起林黛玉,却又心存羡嫉;她看不惯贾宝玉,却又意在追求。她羡嫉林黛玉的才智及其获得宝玉的专宠；她追求贾宝玉的贵族身份及其家庭地位。

基于上面的分析，看出贾宝玉、林黛玉和薛宝钗三人之间思想性格不可协调的矛盾，也就是贾宝玉、林黛玉和封建正统之间的矛盾。而封建正统在当时有着统治力量，于是便决定了宝、黛婚姻的必然失败。但这失败只是形式上的，实质上，林黛玉的死，和贾宝玉的出走，都充分表现了他们对爱情的忠贞，对封建统治的反抗；也从而说明失败的还是封建统治者，是薛宝钗。虽然这一死一走的结局显得有些消极，可是在那个历史时代，又是处于孤军无援的具体境况中，若要求贾宝玉和林黛玉有更进一步的积极行动，是绝不可能的，也是脱离实际的。

最后，关于改编所依据的材料，主要是脂砚斋批的曹雪芹原作《红楼梦》八十回本，和经高鹗修改并续作的《红楼梦》一百二十回本，以及参考近年来有关《红楼梦》研究的各种资料。

清阁
1956年12月21日

人 物 表

贾宝玉　十七岁到十九岁。贾府承继人。贵妃娘娘的胞弟。
林黛玉　十六岁到十八岁。出身薄宦之家，贾宝玉的姑表妹。
薛宝钗　十八岁到二十岁。富商女儿，贾宝玉的姨表姐。
王夫人　五十岁。贾府正统派代表人。贾宝玉的母亲，林黛玉的舅母。薛宝钗的姨母。
王熙凤　二十几岁。贾府家务的掌权人。王夫人的夫家侄媳、娘家侄女，薛宝钗的姑表姐。
贾　琏　二十几岁。贾府家务的管理人。贾宝玉的堂兄，王熙凤的丈夫。
紫　鹃　十六七岁。林黛玉的亲信丫鬟，也是忠心朋友。
雪　雁　十四五岁。林黛玉的丫鬟。
袭　人　十八九岁。贾宝玉的亲信丫鬟，又是侍妾。正统派人们的耳目奸细。
晴　雯　十六七岁。贾宝玉的亲信丫鬟，也是朋友。

平　儿　十八九岁。王熙凤的亲信丫鬟，又是贾琏的侍妾。
莺　儿　十六七岁。薛宝钗的丫鬟。
玉钏儿　十六七岁。王夫人的丫鬟。
傻大姐　十六七岁。贾府做粗活的丫鬟。
王太医　五十多岁。
老婆子　五十多岁。
太　监　二十多岁。
群　众　姑娘们、丫鬟们。

第 一 幕

第一场

时　间　清朝乾隆元年上元节
地　点　北京
人　物　王熙凤　贾　琏　平　儿　林黛玉
　　　　紫　鹃　雪　雁　贾宝玉　袭　人
　　　　晴　雯　薛宝钗　莺　儿　太　监
　　　　丫鬟姑娘们
布　景　大观园潇湘馆一隅，精舍曲廊，画梁雕栋，风景十分清幽。潇湘馆坐左首，茜窗软帘，里面陈设雅致。馆后翠竹成荫，粉垣一带，有月洞门供出入，通前院。馆前一旁是太湖石砌成的小山，兰芷蓬松；一旁芭蕉如伞，树木参差。馆门口置瓷凳两个，阶下有石子铺的甬道，通右首怡红院等处。一片张灯结彩，银光闪耀；五色缤纷，花团锦簇；天上明月满轮，与烛火争辉；真是绚烂夺目。一望而知，这正当贾府豪华极盛之期。

　　〔幕启时，爆竹连声，烟火迸发。三三两两的姑娘、丫鬟们，打扮得花枝招展，笑语盈盈，纷纷向怡红院走去。俄顷，笙乐起奏，清晰地传来赞礼声。

　　〔声音：娘娘升座，受礼哪！

　　　　　〔王熙凤笑容满面，扶了平儿，匆匆自月洞门走出来。贾琏随后赶上。

贾　琏　（拦住熙凤）二奶奶，听我说完了你再走！

熙　凤　（着急）这会子贵妃升座受礼，内眷都要进见，有什么话回来再说。

贾　琏　不妨事，耽误不了你进见。如今外头等着银子封赏钱，一时没处折腾，你先借三五千两银子给我搪塞过去，不然眼前就要丢脸现丑哪！

熙　凤　怎么，白天拿去的几千两银子都用光了？

贾　琏　哎呀，你也不算算办了多少事儿，单是一担一担的蜡烛、烟火、爆竹，就花了不少银子。总之，这回贵妃省亲，连盖园子，已经花了五六万两银子了！吃的东西还不在内，都是田庄上送来的。

熙　凤　这哪里是花银子，简直像淌海水似的！难道田庄上的地租银子也花完了么？

贾　琏　去年腊月里，田庄上送来的地租银子，一共只有五六千两，还逼得庄头叫苦连天，若单靠这个，什么也办不了。

熙　凤　像这样再过两年省一回亲，只怕就穷干了。平儿，去拿四千两银子给他吧！

贾　琏　谁说不是呢！但愿老爷今年放个外任，能捞回几万两银子就好了。

　　　　　〔王熙凤向右首甬道下。

　　　　　〔平儿走向月洞门，贾琏追上去轻佻地拉着她。

平　儿　（摔脱贾琏）二爷放郑重些！〔说罢急急跑了。

　　　　　〔贾琏笑着向月洞门下。

　　　　　〔这时四周渐渐安静了。雪雁提着一只花灯笼兴致勃勃地自月洞门走出来，林黛玉姗姗同上，紫鹃跟在后面。

雪　雁　（快活地）姑娘，你看这里的花灯多好，亮得像白天一样！

黛　玉　（举目四望，伤感地）唉！上元节，上元节！家家父子团圆，姊妹欢聚，只有我孤苦伶仃，寄人篱下！〔黯然拭泪。

紫　鹃　（笑着安慰地）姑娘又胡思乱想了，外祖家还不是跟自己的家一样！再说，姑娘的身子多病，凡事要豁达些才好。

黛　玉　话虽如此，"每逢佳节倍思亲"，禁不住就触景伤情了。〔走向潇湘馆。

紫　鹃　姑娘，老太太、太太、二奶奶她们都在参拜贵妃，你是她的表妹，也该去进见呀！

黛　玉　（冷冷地）傻丫头，无职外眷，怎能擅去进见？不见也罢，人家是贵人，我是平民，想想就有些不自在。（欣赏景致）这地方倒很好，又精致又幽雅。听说大表姐也爱这里，所以赐名潇湘馆。

紫　鹃　姑娘喜欢这里，赶明儿回了老太太，搬到这里来住吧！

黛　玉　（点头）谁知道老太太肯不肯呢！

　　　　〔贾宝玉自右首甬道走来，边走边摇头暗笑。

宝　玉　（一眼看见黛玉，疾步趋前）妹妹，你在这里，我正要找你去呢！

黛　玉　你不在前头进见你的贵妃姐姐，找我做什么？

宝　玉　（孩子气地）妹妹，告诉你，真有趣极了！这会子大姐姐高高坐在怡红院的月台上，太监们侍立两旁；两阶女眷，排班参拜，连老太太、太太也跪下行国礼；倒是大姐姐说了声"免"，太监才扶起了老太太、太太。我是外男，不许擅入，我躲在阶下偷看，差一点儿没笑出声来。妹妹，你也去看看！〔说着拉黛玉。

黛　玉　（拂袖不屑地）不要胡闹，我没你那么好的兴致！〔坐廊上。

紫　鹃　（好奇）姑娘，你和宝二爷在这里说话，我倒要去见识见识。

雪　雁　紫鹃姐姐，我也去。

黛　玉　你们去吧！

　　　　〔紫鹃和雪雁携手向右首甬道下。

宝　玉　（倚着黛玉，迷惘地）妹妹，我不明白，往常大姐姐在家时，和我们在一处，何等亲热！如今她大模大样，连父母都要给她行什么君臣礼！

黛　玉　（"嗤"地笑了）你好糊涂！她如今是皇上的贵妃，自然比不得往常。她能够回来省亲，已经是不容易了；有些人一进了宫，这辈子就不用想出去；父母兄弟，老死不相往来。

宝　玉　（怨怼）冤枉，冤枉！好端端一个女孩儿，何苦来要送进皇宫去呢？

黛　玉　（讥诮地）蠢才！她不进皇宫做了贵妃，你们今天哪里来的这份儿荣耀？多少人还愁着进不去呢！你忘了？宝姐姐到京都时，原为的是皇上征选才人、妃嫔，赶来待选的。说不定赶明儿，咱们这里又要多出一个贵妃呢。

宝　玉　（惋惜）想不到宝姐姐也是这种人，可惜，可惜！大姐姐自从进了宫，人变了，心也变了；时常带信回来，叫老爷管教我好好读书，说什么"不严不能成器",要把我也变成个利鬼禄蠹。但是,我偏不!

黛　玉　(同情,但又警戒地)嗤,小声点儿!仔细被人听见,传到舅舅耳朵里,又该打你了。

宝　玉　打我也不怕。妹妹,只要你明白我就行,他们明白不明白,我不理会。
　　　　〔说着亲切地拉了黛玉的手。

黛　玉　(感动,抽开手,替宝玉整整头上的束发冠,温柔地)别浑说了,快到前头去吧,回来跟你的人找不着你,他们又要急坏了。

宝　玉　管他呢!
　　　　〔紫鹃匆匆跑来。

紫　鹃　姑娘,姑娘!贵妃要见你和宝姑娘,宝姑娘已经去了,你也快去吧!

黛　玉　(漠然)何必多此一举!〔稍稍思忖,勉强站起来向右首甬道缓步走去。

紫　鹃　宝二爷,你也来吧!〔随黛玉下。

宝　玉　(重复)何必多此一举!〔有所感触,一忽儿苦笑,一忽儿叹气。快快踱向太湖石旁发愣。
　　　　〔袭人自右首甬道走来。

袭　人　(寻视,发现宝玉,急上前拉住)哎呀,我的小爷!你怎么一个人躲在这里发呆?快去瞧,贵妃娘娘正叫宝姑娘、林姑娘她们作诗,说不定回来还叫你作呢!

宝　玉　(挥开手)何必多此一举!

袭　人　(一怔)这是什么意思?今天难得贵妃娘娘回家省亲,大伙儿都高高兴兴,你却讲这种痴话!亏了你还是读圣贤书的人呢!

宝　玉　(不耐烦)唉,你哪里懂得我的心事!
　　　　〔这时晴雯提着一只花灯笼自月洞门走进来,看见贾宝玉和袭人在说话,急急隐身竹荫中。

袭　人　(不高兴)本来嘛,我一个丫头,又没有学问,自然不懂得你的心事。不过我想着贵妃娘娘是你的同胞姐姐,素日最疼你的,这会子回来了,你该欢欢喜喜的才是,怎么反倒冷淡起来了?

宝　玉　(沉思不语)……
　　　　〔林黛玉和紫鹃同上。

袭　人　(笑着)呦,林姑娘这么快回来了,你的诗已经作好啦?

黛　玉　（含笑）胡乱作了一首塞责。宝姑娘还在那里推敲！
宝　玉　（冷笑）想必宝姐姐要施展施展大才,好承望入选进宫呢！
　　　　〔袭人莫名其妙,正待要问,太监自右首甬道走来。
太　监　娘娘有旨,宣宝二爷进见！
宝　玉　（迟疑不前,也不说话）……
袭　人　（见宝玉不开口,忙代答应）领旨！宝二爷立即进见娘娘。
　　　　〔太监下。
袭　人　（拉宝玉）走吧,二爷！贵妃娘娘宣你进见哪！
宝　玉　（看看黛玉,无精打采地叹了口气走去）唉！
袭　人　（喋喋不休）二爷,不是我爱唠叨,心里纵然再不高兴,见了贵妃娘娘也要做出个欢喜的样子。还有,倘或贵妃娘娘要试你读书的进益,你千万用心酬应；这不单老太太、太太有面子,就是我们做丫头的,脸上也有光彩。
宝　玉　（怫然）够了,够了！我去给你们争面子！争光彩！〔疾步向右首甬道下。
　　　　〔袭人摇摇头,随贾宝玉下。
　　　　〔林黛玉悄悄注视袭人,露出不满之色。见贾宝玉走后,默默踱向潇湘馆廊上。
紫　鹃　（也看不过去）姑娘,你听听袭人排揎宝二爷的那一派话,哪里是丫头对主子！
　　　　〔晴雯从竹荫跳出来。
晴　雯　（尖刻地）紫鹃姐姐,人家本来就不是丫头嘛！你今天想是第一次听到这种话,我可是听得太多了！时常她在屋里督促二爷读书,总要讲上这片大道理。说是我们家代代读书,只有二爷不喜欢读书,背前背后还乱批驳诮谤那些读书上进的人,给读书上进的人取了个诨名,叫什么"绿豆"！
黛　玉　（笑了笑）不是绿豆,是禄蠹！二爷把那些读书上进的人,都比作沽名钓誉的蛀虫了！
晴　雯　（天真地笑着）噢,原来是这意思。不过袭人姐姐却说：只有读书上进的人才能得功名,做大官,也才能光宗耀祖。林姑娘,你评评,他们哪个讲得对？

黛　玉　各有千秋！〔说罢走进潇湘馆。

晴　雯　(半懂不懂)紫鹃姐姐,什么叫各有千秋？是不是他们讲得都对呢？

紫　鹃　我也不懂。晴雯妹妹,怡红院热闹得很,你怎么不去瞧瞧？

晴　雯　(撇嘴)我！再热闹也没有我的份儿,我没那么体面。我是找秋纹掷骰子的,这蹄子不知道跑到哪里去了。〔说罢跑向月洞门。

紫　鹃　斯文点儿,仔细摔跤！

〔晴雯回头向紫鹃扮了个鬼脸,笑着下。

〔林黛玉在潇湘馆内浏览一会儿,又走出来,凭栏观月。

紫　鹃　(趋前体贴地)姑娘,夜深了,怪冷的,咱们回去吧！

黛　玉　不妨事,我想再看一会儿月亮。

紫　鹃　那么我去给你拿件衣服来添上。雪雁这蹄子怎的还不来？〔说着向右首甬道走。

黛　玉　不用叫她,让她玩玩吧。

〔紫鹃又转向月洞门下。

〔薛宝钗自右首甬道走来,莺儿随上。

宝　钗　(瞥见黛玉,走到潇湘馆廊上)林妹妹,怎么一个人在这里赏月？

黛　玉　(笑迎)宝姐姐的诗作好了？

宝　钗　(喜形于色)作好了。娘娘看了你我的诗,赞不绝口。其实(阿谀地)妹妹刚才不过是信手拈来,若认真地作,更不知道娘娘要怎样称赞呢！这会子宝兄弟正在作诗,少不得又急出一头汗来了。

黛　玉　(袒护地)这种应景之作,谅他也不难搪塞。

〔贾宝玉拿着一张诗笺走来。

宝　玉　(边走边拭汗,径趋黛玉前)妹妹,妹妹！噢,宝姐姐也在这里！

宝　钗　(笑向黛玉)瞧,是不是已经急出一头大汗来了？宝兄弟,诗作好了吗？

宝　玉　大姐姐叫我作四首诗,一首潇湘馆,一首蘅芜院,一首怡红院,一首稻香村,我已经作好了三首,还剩稻香村一首没作。姐姐,你瞧这三首能用不？

宝　钗　(笑接诗笺)谁是你姐姐,那前面穿黄袍的才是你姐姐哩！〔言下有羡慕之色。

〔贾宝玉和林黛玉相视会心地一笑。

宝　钗　（看了诗笺，矫揉做作地）还过得去，只把这第三首上面的"绿玉"改为"绿蜡"就好了。林妹妹再替他推敲推敲吧，我要回去了。〔将诗笺递给黛玉。

宝　玉　（向宝钗拱手）改得好！真可谓一字之师了。只是这绿蜡可有出处？

宝　钗　（自负地）当然有出处。你记记唐诗就知道了。快作第四首吧，别耽误工夫了。〔说罢向月洞门走去。

〔紫鹃端了一碗茶，拿了一件帔风自月洞门走来。

紫　鹃　宝姑娘怎么回去呀？

宝　钗　回去换件衣服，等会儿娘娘游幸，还要陪她吃酒看戏呢！〔下。

〔莺儿随下。

紫　鹃　（端茶到廊上给黛玉）姑娘，喝碗热茶取取暖。（笑向宝玉）我不知道宝二爷在这里，不然多端一碗来了。〔说着将帔风披在黛玉身上。

宝　玉　不妨事，妹妹喝不完我再喝。妹妹，你觉着这三首诗可以塞责吗？

黛　玉　（看完诗笺，递给宝玉）就这样行了。你快去抄写这三首，我替你作第四首。

宝　玉　（接过诗笺，高兴地）好极了！到底妹妹疼我！

〔说罢走进潇湘馆伏案抄写。

黛　玉　（喝茶思索）紫鹃，进去给我拿一张纸、一支笔来。〔将茶碗给紫鹃。

宝　玉　（大声）紫鹃姐姐，把妹妹喝剩下的茶，端给我润润嘴！

紫　鹃　（端茶碗走进潇湘馆）我再去给你倒一碗来吧！

宝　玉　（夺过茶碗）不用了，这就够了。〔一气喝了几口放下。

〔紫鹃看看贾宝玉，笑着摇摇头。拿了纸笔走出来给林黛玉。

〔林黛玉执笔伏栏写着。

〔传来袭人叫"宝二爷"的声音。

宝　玉　（自言自语）一定是催我了。

〔林黛玉急急写了，搓成团子，走向门口掷给贾宝玉。然后将笔交给紫鹃，走下石阶，向竹荫处徘徊。

〔宝玉捡起纸团子打开看看，快活地继续抄写。

〔袭人走来。

袭　人　宝二爷,宝二爷!

紫　鹃　(将笔送进潇湘馆,又端着茶碗走出来)袭人姐姐,宝二爷正忙着作诗哩!

袭　人　(走进潇湘馆)快些作吧,贵妃娘娘在问你呢!

紫　鹃　姑娘,我把茶碗送回去了。〔走出月洞门。

宝　玉　(慌慌张张抄写完了,递给袭人)拿去吧!〔说罢走出来。

袭　人　(接了诗跟出来)筵席已经齐备。贵妃娘娘就要点戏了,快过去吧!二爷!

宝　玉　我累了,要在这里歇歇。

袭　人　也好,我先把诗代你呈上去,你歇歇就来。(向右首甬道走去,看看诗,欣然地)阿弥陀佛,总算四首都作出来了!〔下。

宝　玉　(叹气)唉!这哪里是作诗,简直是受罪!〔趋向黛玉。

黛　玉　(微笑)不要长吁短叹了,等会儿大表姐看见你作的诗有进益,还要奖赏你呢!

宝　玉　若论我作的那三首,大姐姐断不会说好,只有你代我作的一首,实在高明,大姐姐一定称赞。噢,妹妹,忘了告诉你一件事,刚才听见大姐跟老太太、老爷说,大观园的景致不可荒芜了,等她游幸之后,叫我们姊妹们搬进来住。老太太、老爷也答应了。妹妹,你先心里盘算盘算,住哪一处最好?

黛　玉　(欣然)我早和紫鹃盘算过了,若是老太太许可,我想就住在这潇湘馆里。我爱这几竿竹子,还有这一道曲廊,比别处幽静。

宝　玉　(拍手笑着)妙!正和我的主意一样,我原也想要你住在这里。我就住在怡红院,咱们两个离得近,又都清静幽雅。明天我就回老太太去。
〔又是一阵细乐声,夹杂着笑语喧哗。

黛　玉　(倾听,微蹙双眉)只怕是开筵了,我要回去哪。你快过去吧!

宝　玉　若是老太太叫你也去陪筵呢?

黛　玉　你就说我身子不舒适,懒怠去了。〔向月洞门走。

宝　玉　(想了想)我也不去了。妹妹,咱们一起回去。

黛　玉　(止步劝阻)不,等会儿大表姐要叫你的。

宝　玉　(决然,牢骚地)叫我也不去,我不愿受那些礼节的拘束。唉!可恨我为什么生在这种侯门公府？绫罗绸缎，不过是裹了我这根朽木；羊羔美酒，不过是填了我这粪窟泥沟；都为着富贵二字，把人荼毒了！〔说罢连连跺脚。

黛　玉　（感动，温婉地）又浑说了！刚才袭人排揎你的还不够吗？去吧，何苦来要闹得别人不快活呢？

宝　玉　（稍一踌躇，点点头）横竖时候还早，我先送你回去，再去不迟。

黛　玉　（看看宝玉，深情地）也好，你回去顺便添上一件衣服，免得冻着。
〔贾宝玉和林黛玉并肩走出月洞门。
〔雪雁自右首甬道走来。

雪　雁　（边走边喊）姑娘！姑娘！（看看没有人）咦，姑娘到哪里去了？〔忙向月洞门疾下。

——幕落

第二场

时　间　前场一个多月以后
地　点　北京
人　物　林黛玉　贾宝玉　薛宝钗　雪雁　紫鹃
布　景　潇湘馆，左首上端有门供出入，通曲廊，悬软帘。门旁茜窗透明，窗外翠竹可见。窗口挂着一只鹦鹉笼。窗下置书案、椅子。右首下端置炕桌，炕桌中间置小茶几。旁置古玩搁橱、书架、条几，条几上放古琴一张。并散置坐凳数张。正中上首是套间，悬绸帘，里面陈设床帐、镜台。

〔幕启时，正当午睡时分，屋里静悄悄的，阳光灿烂，明窗净几。套间的绸帘高高钩起，看得见林黛玉斜躺在炕上，像是睡着了。贾宝玉经过窗外，探头向窗内窥望，一面和雪雁在说话。
〔声音：雪雁，姑娘呢？
〔声音：姑娘在午睡，宝二爷！

宝　玉　（走进来，站到炕前，推推黛玉）妹妹醒醒！妹妹！好妹妹！

黛　玉　（睁开眼看看宝玉，懒洋洋地）你先出去逛逛，我昨夜没睡好，如今浑身酸疼，让我歇一会子再起来。〔说罢翻过身去。

宝　玉	（坐炕沿上关心地）酸痛事小，才吃了饭就睡觉，怕睡出病来。起来，妹妹，我替你解闷儿，混过困去就好了。〔伸手拉黛玉。
黛　玉	（欠身坐起来）我不是困，只略歇歇。你且别处去闹会子再来吧！
宝　玉	（撒赖）你叫我往哪里去呢？见了别人怪腻的。
黛　玉	（无奈地）你既要在这里，老老实实地坐一边去，咱们说话，我还歪着。〔说着又躺到炕桌上首。
宝　玉	我也歪着。（坐到炕桌下首）妹妹，给我个枕头。
黛　玉	看你懒的！外头屋里去拿一个来枕好了。
宝　玉	（跑出去，又进来）我不要，外头屋里的枕头，也不知是哪个脏婆子的。
黛　玉	（坐起来指着宝玉笑骂）你呀，真真是我命中的妖魔星！请枕这个吧！〔把枕头给宝玉，走到套间又去拿了一个枕头，放下，背过身去歪了。
宝　玉	（见黛玉背着身，坐在炕上想了想，从颈上取出一挂鹡鸰香串，推推黛玉）妹妹，你看这是什么？
黛　玉	（转过脸瞟了一眼）香串！
宝　玉	送给你吧，这是北静王送给我的。〔把香串递过去。
黛　玉	（一挥手，把香串撂到一边）什么臭男人拿过的东西，又来给我，我不要。〔闭上眼。
宝　玉	（捡起香串收好，又从脖子上取下宝玉）你再看看，这是什么？
黛　玉	（真的睁开眼，啐了一口）你的命根子宝玉！
宝　玉	（指着宝玉上面的穗子）你瞧，这上面的穗子还是你去年给我做的，如今都旧了，你再给我做个新的吧！〔玩摩了一会儿，又戴上。
黛　玉	嗯！〔仍闭上眼。〔宝玉见黛玉懒理睬，无聊地只好脸朝外歪下，从袖子里取出一本书来看。
黛　玉	（过了一会儿，起身悄悄看宝玉，轻轻地）宝玉，你在看什么书？
宝　玉	（一翻身见黛玉在注视，慌得藏之不迭）不过是《中庸》《大学》罢了！
黛　玉	（笑着戳了宝玉一指头）你又在我跟前弄鬼，趁早儿给我瞧瞧，不然我可不饶你！
宝　玉	（坐起，笑着把书递过去）好妹妹，若论你，我是不怕的，只是怕别人知道。我给你看，可千万不要告诉别人。这真是好文章，你看了，一定会

放不下。

黛　玉　（坐起看书）什么好文章,我倒要看看。《西厢记》！〔翻阅,渐渐入神。

宝　玉　（凑上去一起看）妹妹,你说这书好不好？

黛　玉　果然有趣,辞藻也美得很！

宝　玉　（得意忘形,指着黛玉背诵书上的词句）"我就是个多愁多病的身,你就是那倾国倾城貌"！

黛　玉　（放下书瞪目娇嗔）你这该死的,再胡说,我就告诉舅舅、舅母去。

宝　玉　（连连作揖）好妹妹,饶我这一遭,再不胡说了！

黛　玉　（"嗤"地笑了,脱口而出）瞧你唬的这个样子,原来"是个银样镴枪头"！

宝　玉　（拍手大笑）哈哈,你这是怎说？我也告诉老太太去！

黛　玉　（自知失言,羞涩地强辩着）只兴你过目成诵,就不兴我一目十行么？（忽然发现宝玉脸上有什么,放下书欠身细看,并用手轻抚）又是谁的指甲刮破的？

宝　玉　（笑了）不是刮的,只怕是刚才替丫头们淘胭脂膏子,溅到脸上一点儿。〔说着便找帕子擦。

黛　玉　（用自己的帕子替宝玉擦着,温婉劝诫地）你还干这些事,干也罢了,必定要带出幌子来。就是舅舅看不见,别人看见了,又当新鲜话儿去学舌讨好,吹到舅舅耳里,连累大家不干净。

宝　玉　（当黛玉举手擦胭脂时,闻到她袖内有香味,忙拉住她的袖子）妹妹袖子里笼着什么香料？

黛　玉　（挥袖）谁笼什么香料来着？

宝　玉　（诧异）奇怪,这香气是哪里来的？

黛　玉　想必是柜子里头的香气,熏染上衣服了。

宝　玉　（摇头）这不像是那些香饼子、香毬子、香袋子的香气。

黛　玉　（冷笑）这可真怪了！我又不是宝姐姐,有什么罗汉真人给我些奇香；更没有亲哥哥、亲兄弟去替我弄了花儿、朵儿、霜儿、雪儿的,来泡制冷香。我有的不过是些俗香罢了。

宝　玉　凡我说一句,你就拉上这么多,今儿不给你个教训,也不知道我的厉害！〔说罢淘气地两手呵了两口气,要向黛玉搔痒。

黛　玉　（忙躲闪一边,佯嗔地）宝玉,你再闹,我就恼了！

宝　玉　（威胁地）你还说这些不说了？

黛　玉　不说了！不说了！（重新坐好，一面理着头发）宝玉，你有暖香没有？

宝　玉　（不解）什么暖香？

黛　玉　（摇头讥笑）蠢才，蠢才！你有玉，人家就有金来配你；人家有冷香，你就没有暖香去配了！

宝　玉　（恍然，又伸手）好哇，方才求饶，如今越发说得狠了，看我再来教训你！

黛　玉　（央告）好哥哥，我再也不敢了！（疲倦地歪下）好了，闹了这半天，可该去了吧！

宝　玉　去，不能！咱们斯斯文文地说话吧！〔也歪下。
　　　　〔黛玉用帕子盖住脸，装睡。

宝　玉　（仰着脸思索一会儿，慢吞吞地）妹妹，你是几岁上京都来的？

黛　玉　（不理）……

宝　玉　来的时候，路上看见什么好景致没有？

黛　玉　（依然不睬）……

宝　玉　你们扬州都有什么古迹、故事？

黛　玉　……

宝　玉　（翻身看看黛玉，故意煞有介事地）哼，你们扬州出过一件奇怪的故事，你就不知道。可见你这个人孤陋寡闻！

黛　玉　（认真地揭开帕子，睁眼疑问）什么奇怪的故事？

宝　玉　（暗暗得意，一骨碌坐了起来，绷着脸严肃地）扬州有一座黛山，山上有一个林子洞。

黛　玉　（笑着啐了宝玉一口）呸，真是撒谎！自来也没听说过扬州有这么个地方。

宝　玉　别急呀，等我说完了，你再批评！

黛　玉　你说你的，横竖我也听不进去！

宝　玉　（绘声绘形地）这林子洞里有一群耗子精，有一年腊月初八，老耗子发下令箭，分别叫各个小耗子出去打劫米粮果品。只有顶小的一个小耗子没有派遣，这小耗子自己要去偷香芋果子。（说着跳下炕来）老耗子见他年幼身弱，不准他去。小耗子说，虽然年幼身弱，却是法术无边。老耗子问他有何法术？他道：我不学别人那样直偷，我只摇身一变，也变个香芋,滚到香芋堆里,再暗暗地用分身之法搬运。

［黛玉渐渐感到兴趣,坐起来听着。

宝　玉　（越发娓娓动听地）老耗子听了大喜,问小耗子怎么变法?他笑道:这个不难,等我变给你看。这小耗子真的摇身一变,竟变成一个标致美貌的小姐。老耗子笑道:你变错了,原说变香芋果子,如何变出小姐来了?小耗子又现了原形说:你真没见过世面,你只认得果子是香芋,却不知咱们扬州盐课老爷的小姐才是真正的香玉呢!

黛　玉　（听见宝玉编排的是自己,下炕拉住宝玉就打）我把你这个烂嘴的,说了半天,是编排我呀!

宝　玉　（笑着求饶）好妹妹,也饶了我吧,下次不敢了!我是因为闻见你香,忽然想起这个典故来!

黛　玉　分明是存心骂人,还说是什么典故,我才不能饶你呢!［追打宝玉。

［贾宝玉和林黛玉两人正在天真烂漫地打笑,薛宝钗走了进来。

［雪雁跟了进来。

宝　钗　（庄重地）谁说什么典故来着?

黛　玉　（笑向宝钗）还有谁,宝哥哥骂了人,还说是典故。

宝　钗　（坐椅子上,含笑讥讽地）宝兄弟肚子里的典故想必很多,只是可惜上元节那天,正经作诗的时候,连"绿蜡"的典故他都不知道,偏偏用了"绿玉"两个字。

［雪雁端了三碗茶,给每人一碗,然后又走出去。

黛　玉　（拍手笑着）阿弥陀佛,宝姐姐替我报复了!

宝　玉　（漫不经意）论学问,我自然比不了宝姐姐!

［这时外面传来吵嚷声。

［声音:（老妇怒骂）你个小娼妇,狐狸精!你不过是几两银子买来的毛丫头,这会子就仗着宝玉的势作耗了!也不想想是谁抬举你起来的?竟敢大模大样地躺在炕上连理也不理一理。（声音渐渐远了,听不见了）

黛　玉　（向宝玉皱眉直率地）这是李妈妈骂丫头呢,你听听,也骂得太不堪入耳了!

宝　玉　（气）我去瞧瞧。［向外走。

235

宝　钗　（一把拉住宝玉，世故地劝阻）算了，他们在吵闹，你去了是护着谁的好呢？李妈妈老糊涂了，又是你的奶娘，还是让她一步的为是。

宝　玉　奇怪，奇怪！这些婆子们只因嫁了一个汉子，染上男人的气味，就这样混账起来，比男人还要坏！〔愤然跺足。

宝　钗　一个大家庭里，这些事儿难免。〔走向炕前，顺手拿起《西厢记》。
　　　　〔林黛玉忙向贾宝玉递了个眼色，贾宝玉急急去夺过来，塞进袖内。

宝　钗　（坐炕上，严正地）宝兄弟，别怪我多嘴，爱劝你，这会子你原该读些时文八股，将来才能进取功名；才能登仕宦之途，辅国治民；怎么可以看这种杂书呢？

宝　玉　（讪讪地）这只是偶尔为之。

宝　钗　虽然偶尔为之，也是不好的。
　　　　〔宝玉想辩驳，欲言又止，"咳"了一声，拔脚走出去。
　　　　〔黛玉不安地趋窗前目送宝玉。

宝　钗　（涵养地笑了笑，走向黛玉委婉地）妹妹，古人说：女子无才便是德，女子以贞静为主！所以，咱们女孩儿家倒是不认得字的好。那些作诗写字都不是你我分内之事，你我原只该做些针线纺织的事；可你我偏又认得几个字，既认得了字，就拣那些正经书看看罢了；最不能看杂书，移了性情。

黛　玉　（微笑解释）姐姐说得是！刚才宝哥哥拿来的那本《西厢记》，我并没有看。他也原不是叫我看的。

宝　钗　妹妹是聪明人，自然知道珍重。好了，闹了你半天，你歇歇吧，我也该回去了。〔向门外走。

黛　玉　宝姐姐没事过来玩儿！（送出门口又进来，默默冷笑了笑，沉吟地）"女子无才便是德"！（摇摇头，向窗前逗鹦鹉）鹦哥，叫紫鹃！

鹦　鹉　（懂事似的扇扇翅膀，仰颈叫着）紫鹃！紫鹃！

黛　玉　（笑了）学得真像！〔喂了鹦鹉一点食，轻轻咳嗽两声。

鹦　鹉　（也模仿咳嗽了两声）咳！咳！

黛　玉　淘气的东西！〔坐案前看书。
　　　　〔紫鹃走进来。

紫　鹃　是姑娘叫我吗？

黛　玉　是鹦哥叫你!

紫　鹃　(侍立一旁)姑娘睡着了一会儿没有?

黛　玉　没有。刚朦胧,宝二爷来了,接着宝姑娘也来了。你往哪里去了?

紫　鹃　往怡红院看袭人的病去了。姑娘听见没有,刚才李妈妈骂袭人,气得袭人这会子还在哭!

黛　玉　听见了,宝二爷回去了吗?

紫　鹃　回去了。宝二爷审问是谁得罪了李妈妈,又惹得晴雯直嘟囔,宝二爷气得长吁短叹!

黛　玉　(笑)宝二爷今天到处触霉头,刚才在这里还给宝姑娘排揎了一顿。

紫　鹃　宝姑娘,为什么呢?

黛　玉　(冷笑)宝姑娘跟宝二爷讲仕途经济,教他立身扬名之道,就像上元节袭人排揎他的那派话一样。谁知这个偏不听那一套,咳了一声,拔起脚来就走了,使得宝姑娘好难堪。

[林黛玉正说到这里,贾宝玉又跑进来。

宝　玉　宝姐姐走了?

黛　玉　(笑向宝玉)今天你试着比我厉害的人了吧?

宝　玉　(叹息)唉!好好的一个清净洁白的女儿,也学的沽名钓誉,入了国贼禄鬼之流!那些话原是为的教导须眉浊物,不想我生不幸,偏偏这琼闺绣阁中也染上此风,真真有负天地钟灵毓秀之德!

黛　玉　(颇有知己之感,但故意地)你这个不知好歹的,人家是一番好心待你!

宝　玉　(不屑地)我不承她这份情儿。噢,妹妹,刚才听小丫头子说,云妹妹来了,现在老太太屋里,咱们一起瞧瞧去。[说着拉了黛玉就走。

紫　鹃　(忙拦住)等等,外头有风,我去给姑娘拿件坎肩来添上。[说罢走进套间。

宝　玉　(笑赞)这丫头真体贴你!

[紫鹃取坎肩出来,给黛玉穿上。

宝　玉　(拍拍紫鹃,信口朗诵)好丫头!"我若共你多情小姐同鸳鸯帐,怎舍得叫你叠被铺床?"

黛　玉　(顿时又羞又急,诘责地)这是什么话?你如今新兴的,看了混账书,拿我取笑儿,我成了替爷们解闷的了![一阵心酸,珠泪盈眶。

宝　玉　（连忙作揖打躬地赔礼）好妹妹,别生气！是我该死,一时说溜了嘴,又把那《西厢记》上面的词句背了出来。喏喏,我给你赔礼,我若再说,叫我嘴上长个大疔疮,还烂了舌头！

紫　鹃　（笑着解劝）有这会子赔礼的,先前就别信口胡说了！姑娘,看在二爷是出口无心,饶了他这一遭吧！

宝　玉　好妹妹,饶我这一遭,下次再也不敢了！

黛　玉　（拭泪站起,含怨地）你呀,就只会欺负我。〔转身欲去。

宝　玉　（忙上前拦住黛玉,诚恳地）妹妹,我若有心欺负你,明儿我掉在池子里,叫癞头鼋吃了,再变成个大王八；等你做了一品夫人,病老归西的时候,我往你坟上替你驮一辈子的碑去！

黛　玉　（看了宝玉一眼,又释然笑了）呸！〔匆匆走出去。

〔贾宝玉调皮地向紫鹃吐舌扮鬼脸。紫鹃用手指划腮羞贾宝玉,贾宝玉笑着跑出去。

——幕落

第　二　幕

第三场

时　间　第二年五月上旬
地　点　北京
人　物　林黛玉　贾宝玉　雪雁　紫鹃
　　　　袭　人　薛宝钗　傻大姐　莺儿
布　景　同第一场

〔幕启时,刚过了端阳节不久的一天早上,潇湘馆小院里落花狼藉,一派暮春景色。林黛玉肩上担着一只小花锄,上面挂个绢袋,手里拿了花帚,缓步袅袅地自潇湘馆内走出来,拾级下阶,踱向太湖石旁,放下花锄,轻轻扫着落花,不胜感慨的样子。这时,陡然墙外传来悠扬的笛子声,并有婉转清脆的女子歌声,断断续续。

　　　　［声音：（旦唱昆腔《牡丹亭》）"原来姹紫嫣红开遍，似这般，都付与断井颓垣！"

黛　玉　（倾听，为之动容）戏曲上也有这样好的文章！
　　　　［声音：（旦唱）"良辰美景奈何天，赏心乐事谁家院？"
　　　　［黛玉不自禁地趋立墙下，凝神静气。
　　　　［声音：（小生唱）"则为你如花美眷，似水流年，是答儿闲寻遍，在幽闺自怜！"
　　　　［笛声歌声渐渐模糊。

黛　玉　（呆了一会儿，转身走过来，如醉如痴，无力地坐太湖石上，沉吟着）如花美眷，似水流年，在幽闺自怜！［一阵感触伤心，喟然落泪。
　　　　［紫鹃将鹦鹉笼拿出来挂到窗外廊上。

紫　鹃　（关心地）姑娘，快站起来，不要坐在那潮湿的石头上，早晨的露水还没干呢！［说罢又走进潇湘馆。
　　　　［林黛玉站起来，把落花聚集一处，装进绢袋，然后用花锄到太湖石后挖着。
　　　　［贾宝玉自右首甬道走来，边走边俯身捡拾落花，放到衣襟里兜着。
　　　　［清风吹过，花瓣像雪片般飘落满地。

黛　玉　（仰看落花，凄切地叹口气，吟咏着）花谢花飞飞满天，红消香断有谁怜？闺中女儿惜春暮，愁绪满怀无释处！［又去扫花。
　　　　［宝玉听见黛玉吟咏，止步倾听，频频摇头，不敢惊动，侧身伫立太湖石前。

黛　玉　（无限哀怨，尽情吟咏）一年三百六十日，风刀霜剑严相逼，明媚鲜妍能几时？一朝漂泊难寻觅。（将落花装袋，埋到太湖石后）质本洁来还洁去，强如污淖陷泥沟！
　　　　［宝玉感恸地颓然坐下，衣襟里兜的落花散满地上。

黛　玉　侬今葬花人笑痴，他年葬侬知是谁？试看春残花渐落，便是红颜老死时！［啜泣拭泪。
　　　　［宝玉不觉失声蒙面而哭。

黛　玉　（一怔，忙向太湖石前走去，瞥见宝玉，顿时气愤地啐了一口）我当是谁，原来是你这个狠心短命的——［说到这里，又咽住，长叹一声，转身收拾花具。

宝　玉　（站起来追过去，看看黛玉，抽噎地）妹妹，什么事你又恼我了？

〔黛玉不抬头也不理睬。

宝　玉　你不愿理我，我只说一句话，从今以后再撂开手好了。

黛　玉　（想了想，转过身来，冷冷地）一句什么话，请讲吧！

宝　玉　（凑近些）要是两句话，你听不听？

〔黛玉又转过身去。

宝　玉　（受刺激，感慨地）唉，既有今日，何必当初？

黛　玉　（触动情怀，回顾宝玉）当初怎么样？今日又怎么样？

宝　玉　（回忆神往地）当初姑娘来了，我和你一桌子吃饭，一床上睡觉；许多年来寸步不离，我是何等的待承姑娘！凭我心爱的，姑娘要，就拿去；我爱吃的，听见姑娘也爱吃，就连忙收拾地干干净净放着，等姑娘吃；凡是丫头们想不到的，我怕姑娘生气，我替丫头们想到。我心里想着，姊妹们从小儿一起长大，亲也罢，热也罢，和气到了头，才显得比别人好。（停了停）如今谁知道姑娘人大心大，不把我放在眼睛里，倒把外四路的什么宝姐姐、凤姐姐的放在心坎上，把我三日不理，四日不见的，弄得我有冤无处诉，我算白操这一番心了！〔说罢委屈地啜泣。

〔黛玉有感于衷，也悄悄落泪。

宝　玉　我也知道，我如今不好了，但只任凭怎么不好，万不敢在妹妹跟前有错处。就有一二分错处，你倒是或教导我，戒我下次；或骂我两句，打我两下，我都不灰心；谁知你总是不理我，叫我摸不着头脑，少魂失魄的不知怎样才好。我就是死了，也是个屈死鬼，任凭高僧高道忏悔，也不能超升，还得你申明了缘故，我才得脱生呢！

黛　玉　（已经释然，转身温和地）你既这么说，昨儿晚上为什么我去找你，你不叫丫头开门？

宝　玉　（诧异地）这话从哪里说起？我要是这样，立刻就死了！

黛　玉　呸，大清早，死呀活的，也不忌讳！你说有就有，没有就没有，起什么誓呢？

宝　玉　实在没见你去。

黛　玉　（思忖）那么，想必是你的丫头们懒惰，所以丧声歪气的，也是有的。

宝　玉　一定是这个缘故,等我回去问了是谁,教训教训她们。
黛　玉　论理我不该说,你的那些丫头们也该教训教训,今儿得罪了我事小,倘或明儿什么宝姑娘来,贝姑娘来,也得罪了,事情就大了。〔说罢又俯身去扫宝玉刚才撒落的花瓣。
宝　玉　这是我刚才撒落的,让我拿去撂到水里好了。〔蹲下用衣襟把落花兜起。
黛　玉　撂到水里不好,你别看这里的水干净,只一流出去,外面有人家的地方,脏的臭的东西混倒,仍旧把花糟蹋了。那太湖石后畸角上,我有一个花冢,拿去埋在土里,日久随风化了,岂不干净!
宝　玉　好极了!〔温顺地兜了落花往太湖石后去埋了。
　　〔林黛玉拿了花帚、绢袋走向潇湘馆。鹦鹉扇着翅膀直叫。
　　〔鹦鹉声:雪雁,姑娘回来了!
黛　玉　(笑)你又多事了。
　　〔雪雁真的出来了,忙接过花帚、绢袋。
　　〔贾宝玉也拿着花锄走来。雪雁接过花锄走进去。
　　〔林黛玉坐廊上,贾宝玉倚立栏杆前。
　　〔袭人捧着一柄宫扇、一串念珠,自右首甬道走来。
袭　人　(笑嘻嘻地趋向黛玉)林姑娘,前儿端午节,贵妃娘娘打发夏太监送来了节礼,刚才老太太叫我去拿来,这是姑娘的一份儿。
黛　玉　(轻蔑地瞟了一眼袭人手里的东西,微笑地)谢谢你还亲自送来。紫鹃!
　　〔紫鹃端着一碗药、一碗水走出来。
紫　鹃　姑娘该吃药了。(放下药碗、水碗)宝二爷,袭人姐姐来啦!
黛　玉　(向紫鹃)把东西接过去。给袭人姐姐倒茶!
袭　人　(把东西交给紫鹃)不吃茶了,我还要去给宝姑娘送东西呢!〔向阶下走去。
宝　玉　(看看宫扇)这柄宫扇倒还精致!
袭　人　(止步回头)二爷,你快回去看看你的一份儿,你的一份儿跟宝姑娘的一样。
宝　玉　(不解地)宝姐姐的是些什么东西?怎会跟我的一样呢?
　　〔黛玉怫然不悦,喝了药漱了口,走到一边去。

〔紫鹃把药碗、水碗和宫扇、念珠一齐拿进去。

袭　人　（夸耀地）谁知道贵妃娘娘什么意思呢！你们两个每人有上等宫扇两柄，红麝香珠两串，凤尾罗两端，芙蓉簟一领。

宝　玉　（纳闷地）奇怪，这是什么缘故？林妹妹的和我的不一样，宝姐姐的倒和我的一样！别是传错了话吧，你再问问清楚去。

袭　人　刚才拿来，都是一份儿一份儿写着签子的，怎会传错了呢！老太太还说，叫你爱惜点用，不要糟蹋了好东西。〔说罢向右首甬道下。

宝　玉　（想了想，趋向黛玉）妹妹，等会儿我把我的一份儿拿来，你爱什么，就拣了留下。

黛　玉　（冷笑了两声，气愤地）我没这么大福气，比不得宝姑娘是金枝玉叶，我不过是个草木之人罢了！

宝　玉　（也气愤地蹀足）别人说什么"金"什么"玉"的我不管，我心里要有这个想头，叫我天诛地灭，万世不得人身！

黛　玉　（见宝玉这样，得到安慰，又婉转地）好没意思！动不动就起誓，管你什么金什么玉呢！

宝　玉　（真挚地）我心里的事一时也难对你说清，日后你自然会明白。除了老太太、老爷、太太这三个人，第四个就是妹妹了，若还有第五个人，我愿起誓！

黛　玉　你也不用起誓了，我知道你心里有妹妹，但只是见了姐姐就把妹妹忘了。

宝　玉　（情急地辩解）那是你多心，我才不会呢！俗话说"亲不间疏，先不僭后"，咱们是姑舅姊妹，宝姐姐是两姨姊妹，论亲戚她不比咱们近；况且你先来，咱们自幼耳鬓厮磨，一处长大，岂有个为她疏远你的道理！刚才我还起了誓的，你说这话不是安心咒我天诛地灭吗？我便天诛地灭，你又有什么好好处呢？

黛　玉　（感动，既惭愧又难过地）我要是安心咒你，我也天诛地灭！我又何尝叫你为我疏远她了，我为的是我的心！

宝　玉　我也为的是你的心。难道你就知你的心，不知我的心么？

黛　玉　（含情地看着宝玉）至于什么金玉的话，我不过是听见别人都这样说，你们是金玉姻缘。你既心里没事，我讲我的，你只管了然无闻好了，为何我一提起,你就着急?可见你心里时时有金玉!

宝　玉　（又委屈地急了,心里干咽,口里说不出话来,堵噎了一会儿,赌气从颈上扯下那块宝玉,咬牙狠命地摔下去）什么劳什子,我砸了你完事!〔见宝玉没有碎,又愤愤地用脚去跺。

黛　玉　（吓了一跳,连忙上前拉住宝玉）何苦来,你要杀性子,有砸那哑巴东西的,不如砸我好了。〔说着伤心地哭了,并咳嗽着。

宝　玉　（见黛玉哭了,不安地）我砸我的东西,与你什么相干?〔紫鹃匆匆跑出来。

紫　鹃　（看看宝玉和黛玉,拾起宝玉,笑着劝解地）瞧你们,好好的又吵起来。宝二爷,你不看别的,看在这玉上穿的穗子,也不该和姑娘拌嘴,更不该砸玉。〔说罢去替宝玉戴,宝玉不肯戴。

黛　玉　（抽噎地）紫鹃,去把剪子来,我把那上面的穗子剪了。

宝　玉　你只管剪,我横竖总不戴了。

黛　玉　（去夺宝玉）给我去剪了它!

紫　鹃　也不用砸,也不用剪,我拿去交给袭人姐姐完事。〔拿了宝玉跑向右首甬道下。

宝　玉　（怏怏坐在阶上,叹了口气）唉,我算白认得你了!

黛　玉　（拭泪,矜持地）我也知道你白认得我了,我一个平民丫头,哪里配呢?从今以后,我也不敢再亲近二爷,我也该去了!

宝　玉　（回头）你往哪里去呢?

黛　玉　我回家去!

宝　玉　（站起来又趋前）我跟了去!

黛　玉　我死了!

宝　玉　你死了,我做和尚!

黛　玉　（一怔,心里激动,故意沉着脸诘责）你胡说些什么?你家有几个姐姐妹妹呢,明儿都死了,你有几个身子去做和尚?

〔宝玉语塞,想分辩明白,又怕黛玉生气,瞅了她一会儿,抑压地垂首叹息。

黛　玉　（明白宝玉的意思,也不好直说什么,禁不住又爱又怜地用指头狠狠在他额上戳了一下）你这个——〔欲言又止,叹了口气,泫然泣下,拿起帕子擦着泪。

〔宝玉满腹心事,说不出,一阵伤感,也无声地啜泣了,一面用袖子擦着泪。

〔黛玉看见宝玉没带帕子,便把自己的帕子往他手里扔了去。

宝　玉　(知道彼此的心已经相照了,擦擦泪,挽了黛玉一只手)不要哭了,我的五脏都碎了!走吧,咱们到院子里走走去。

黛　玉　(摔开手)谁同你拉拉扯扯的!一年大似一年,还这么涎皮赖脸的,不顾死活。〔走下阶去。

宝　玉　(并肩走着,讪讪地)说话忘了情,不觉地又动了手,也就顾不得死活了。

黛　玉　(脱口而出)你可死不得,你死了不当紧,丢下了金玉怎么办?

宝　玉　(霍地止步正颜)你……你到底是故意气我呢,还是怎样?

黛　玉　(自悔失言,忙含笑道歉)这有什么呢,算我说错了,也不犯着急的一脸汗,瞧,筋都暴起来了!〔说着伸手替宝玉擦脸上的汗。

宝　玉　(痴痴地看着黛玉,半晌,吃力地沉重地吐出了五个字)妹妹,你放心!

黛　玉　(震动心弦,愕然愣了一会儿,勉强冷静地)我有什么不放心的,我不明白你这话,你倒说说看。

宝　玉　(长叹)唉,如果你真的不明白这话,可见我素日在你身上用的心,都用错了!原来我并没有体贴着你的意思,这就难怪你天天为我生气呢!

黛　玉　真的,我不明白什么放心不放心!

宝　玉　(由衷恳切地)好妹妹,你别哄我!你就因为不放心的缘故,才弄出一身的病来,要能宽慰些,这病也早好了。

〔黛玉听了这肺腑之言,如轰雷掣电,满腔千言万语,半个字也吐不出,只是痴痴地望着宝玉,终于咳嗽了两声,掩面转身向潇湘馆内走去。

〔这时袭人拿着一柄折扇自右首甬道上,看见贾宝玉和林黛玉,忙闪过一边,鬼鬼祟祟地注视。

宝　玉　(拦住黛玉,热切地)好妹妹,让我再说一句话!

黛　玉　(拭泪,凄怆地)还有什么可说的?你的话我都知道了!〔说罢径直走了进去。

〔宝玉不追过去也不退回来,只是呆呆地站着出神。

袭　人　(这才上前招呼)二爷!

宝　玉　（懵懵中把袭人当是黛玉，一把拉住，鼓足勇气，推诚地）好妹妹，我这心事，从来没说过，今儿我大胆地说出来，死也甘心！你知道，他睡里梦里都忘不了你，他为你也弄出一身的病，又不敢告诉人，只好忍着。只怕等你的病好了，我的病才得好呢！

袭　人　（阴险地笑了笑，拍着宝玉佯装不解地）二爷，你说些什么，敢是中了邪吗？

宝　玉　（闻声凝视，立刻清醒过来，惊惶地）啊，是你！

袭　人　大日头底下出什么神呢？我见你没带扇子，特为给你送了来。听紫鹃说，你又和林姑娘拌嘴了！〔把扇子递给宝玉。

宝　玉　（接了扇子，支吾地）没有。

袭　人　刚才老爷叫你出去，听说贾雨村来了，要见你。

宝　玉　（坐太湖石上，厌烦地）有老爷和他坐着就够了，还要见我做什么？

袭　人　自然是因为你会接待宾客，老爷才叫你去呢！

宝　玉　哪里是老爷，一定是他自己要见我。

〔薛宝钗摇着一柄宫扇自右首甬道上，紫鹃跟在后面。

宝　钗　（笑着搭话）主雅客来勤，想是你有些惊他的好处，他才要见你。

紫　鹃　姑娘，宝姑娘来了！〔边说边走进潇湘馆。

宝　玉　（向宝钗没好气地）罢罢，我不敢称雅，我是俗中又俗的一个俗人，因此不愿意和这些雅人来往。

宝　钗　（肃然规诫）还是这个性情改不了。如今大了，你就不愿读书，常会会这些为官做宰的人，谈谈经济学问，也好将来应酬世务，日后也有个朋友。没见你成年价只在我们队里搅！

宝　玉　（站起来急急避开，冷讥热讽地）姑娘快离我远些，仔细我这里脏了你这知经济学问的人！

〔林黛玉在窗内看得清楚，面有喜色。

〔宝钗赧颜羞窘地愣了愣，旋即大方地装出不介意的样子，走向潇湘馆。

袭　人　（见宝钗走了，低声埋怨地）瞧你，人家宝姑娘好意劝你，不听也罢了，还用话堵塞人家，幸亏是宝姑娘，心地宽大，有涵养，才不恼你，要是林姑娘，不知又要你赔多少不是呢！

宝　玉　（愠然大声地）林姑娘从来说过这些混账话不曾？若她也说这些混账

话,我早和她生分了!

〔薛宝钗走到廊上,林黛玉连忙笑迎出来,显然贾宝玉和袭人的话她们都听见了。

黛　玉　宝姐姐来哪。外头坐吧,外头凉快些。

袭　人　快去吧,小祖宗,回来老爷又叫人催了。〔说罢向右首甬道下。

宝　玉　知道了。〔看看黛玉,又舍不得走,凑上去。

〔紫鹃端了三碗茶出来。

紫　鹃　(分送给每人)宝姑娘,宝二爷,请吃茶!

宝　钗　(坐廊上)妹妹这里有几竿竹子,到底凉快些,他那里闷热!

宝　玉　(搭讪地笑着)怪不得他们拿宝姐姐比杨贵妃,原来你也体胖怕热!

宝　钗　(顿时变色,又不好发作,只冷笑了两声)我倒像杨贵妃,只是没一个好哥哥好兄弟可以做得杨国忠的!

〔贾宝玉见薛宝钗生气了,知道把话说造次了,悄悄向林黛玉吐舌。

〔这时传来袭人喊叫声。

〔声音:二爷,老爷叫你快到前头去!

〔贾宝玉趁机疾步向月洞门跑出去。

黛　玉　(目送宝玉走后,不放心地)这么早叫他出去做什么?〔咳嗽了几声。

宝　钗　听袭人说是贾雨村要见他。妹妹怎么又有点咳嗽?

黛　玉　每年春分、秋分两季,必犯咳嗽,今年又是自从交了春分就不断地咳嗽,至今不好。

宝　钗　(表示关怀)像这样每年间闹一春,也不是个常法。请太医看过没有?

黛　玉　(忧郁地)不中用,我知道我这病是不能好的,今年比往年反觉重些似的,太医也没法子。

宝　钗　(安慰地)快别这么想!依我说,你的病先以平肝健胃为要,肝火一平,胃气无病,饮食就可以养人了!最好每天早起,拿上等燕窝一两,冰糖五钱,熬粥吃。若吃惯了,能滋阴补气,比药还强。

黛　玉　(感慨地)唉!! 每年为了我犯这个病,请大夫、吃药,人参、肉桂的,已经闹了个天翻地覆;这会子再叫熬什么燕窝粥,老太太、太太、凤姐姐三个便不说话;那些底下的人,也未免要嫌我太多事了!我又不是他们这里的正经主子,原是无依无靠才投奔了来的,趁早知些进退的好。〔言下无限幽怨。

宝　钗　（思忖,讨好地）你才说的也是,多一事不如少一事。这样吧,我回去和妈妈说了,只怕我们家里还有燕窝,给你送几两来,每天叫丫头熬了你吃,又方便又不劳师动众的。

紫　鹃　姑娘,瞧宝姑娘多疼你!

黛　玉　（有些感动,纯真地）谢谢你,宝姐姐,东西事小,难得你有这个心。

宝　钗　（慷慨亲热地）这有什么,不用介意。过去都怪我在你跟前太失于照应了,以后你要什么,只管告诉我就是,千万别见外。

　　　　〔袭人匆匆自右首甬道上。

袭　人　（惊惶地）宝姑娘,林姑娘,你们说怪不怪,太太屋里的金钏儿投井死了!

紫　鹃　（大惊）啊,金钏儿投井死了?

黛　玉　（也吃惊地）怎么会好好的投井呢?

袭　人　还不大清楚,只听说前儿为了什么事,惹太太生气了,打了她一顿又撵出去,今儿就忽然投井了。这会子太太正着急抱愧呢!

宝　钗　（无动于衷）据我看,她不会是为这投井,多半是在井跟前玩耍,失了脚。纵然是赌气投井,也是个糊涂人,没什么可惜的。

袭　人　（信服）姑娘说得是,金钏儿这丫头也实在太傻了!

　　　　〔林黛玉和紫鹃相顾哑然,紫鹃不禁掩面啜泣。

宝　钗　其实太太也不必抱愧,只要多赏她家里几两银子,也就尽了主仆的情分了。

袭　人　太太已经赏了她娘五十两银子,如今还要赶着裁几件新衣服给金钏儿装裹呢!

宝　钗　（谄媚地）快去告诉太太不用新裁衣服了,我前儿倒做了两套还没穿过,拿去给她岂不省事?她活着的时候,也穿过我的旧衣服,身量又相对。

袭　人　难道你不忌讳吗,宝姑娘?

宝　钗　（豁达大方地）我从来不计较这些。你先去说一声,我随后就叫莺儿把衣服送过来。〔说罢站起来。

袭　人　（赞扬地）宝姑娘真是个仁义厚道的人!

　　　　〔忽然傻大姐慌慌张张自月洞门上。

傻　姐　（低着头咕噜着）可了不得!这一下要打坏了,打坏了!

247

〔径向右首甬道跑。

〔大家听了傻大姐的话吃了一惊。

袭　人　傻大姐,你说些什么? 瞧你这个慌慌张张的样子。

傻　姐　(一抬头见袭人在这里,忙转身跑向潇湘馆,冒失地)哎呀,袭人姐姐,我正要告诉你去,老爷打宝二爷哩!

黛　玉　(惊讶失色)啊!

袭　人　(也愕然)可知道为了什么吗?

傻　姐　听说是为了金钏儿姐姐的事。

袭　人　(骇然)什么,金钏儿的事?

傻　姐　(指手画脚地)三爷在老爷跟前告下状,说宝二爷前儿强奸金钏儿姐姐不遂,打了金钏儿姐姐一顿,金钏儿姐姐羞得赌气投井死了。又说宝二爷不好好读书,只知贪玩。气得老爷定要把宝二爷勒死,以绝后患。太太赶到书房解劝。只是老爷哪里肯饶,骂着:"素日都是你们这些人把他惯坏了,才到这步田地,再不管教,明日还弑父弑君呢!"太太没法儿,已叫人去回老太太,如今老太太也往前头去了。

袭　人　(焦急)这样说,事情可大了! 只是金钏儿的事未免冤枉了二爷!

宝　钗　(沉着冷静地)也是他素日太不谨慎,才闹出这场祸来。

〔黛玉忧戚满面,悄悄拭泪。

傻　姐　(又想起什么,絮聒地)还有什么一个叫琪官的戏子,原在忠顺王驾前承奉,如今三五天不回去了,王府里派人来讨还,说是琪官素日和宝二爷、薛大爷相好,一定知道下落!〔说到这里看着宝钗傻笑了几声。

宝　钗　(听见拉扯上薛蟠,不啻打了自己一个嘴巴,顿时难堪地红了脸,气恼地)原来还拉扯的有我哥哥! 我哥哥本来就是个不知天高地厚的糊涂虫,只是宝兄弟也不正经,偏要和这些人来往。袭人,你赶快到前头去瞧瞧吧,我回去给金钏儿拿衣服,顺便问问我那个糊涂哥哥,到底是怎么回事。〔向右首甬道下。

袭　人　唉,这才是人在家中坐,祸从天上来呢!〔疾步向月洞门下。

〔傻大姐也向月洞门跑了出去。

黛　玉　(双眉紧皱,烦恼地)这是从何说起! 他的身子那样单薄,怎么经得住这顿打!

紫　鹃　(不平地)金钏儿分明是太太打了才投井死的,环哥儿何苦要诬赖宝二爷呢?

黛　玉　(怨愤地沉吟)这就是曹植说的:"煮豆燃豆萁,豆在釜中泣,本是同根生,相煎何太急!"舅舅只想教宝玉将来成为一个闻达显仕、光宗耀祖的人;偏偏宝玉不愿意这样,所以才受不完的气。〔说罢长叹一声。

紫　鹃　宝二爷也可怜,无端挨了打,宝姑娘还埋怨他太不正经了。宝姑娘也真叫人摸不透,都夸她仁义厚道,可是刚才她定要说金钏儿是失脚掉到井里去的,还说纵然是自尽,也是个糊涂人,没什么可惜。我就不服帖!姑娘,你想人都死了,怎么忍心再去褒贬她,这叫什么仁义厚道呢?〔说着,非常气愤的样子。

黛　玉　(苦笑)傻丫头,兔死狐悲,恶伤其类,你倒来褒贬宝姑娘了! 宝姑娘不是连自己的新衣服都赏给金钏儿了吗?

紫　鹃　(摇摇头感叹道)我们丫头的命就那么贱,五十两银子,两套新衣服!

黛　玉　这就是宝姑娘会做人讨好的地方!你不稀罕这点小恩小惠,老太太、太太她们知道了就喜欢。老太太时常说,我和二姑娘、三姑娘、四姑娘,四个里头都不及宝姑娘。别人我不管,横竖我不会巴结奉承。〔说罢冷笑了笑。

紫　鹃　(有所触动,微笑地)可是宝二爷待姑娘就比待别人重,瞧他刚才狠命地摔玉,就见得他的心实。素日任凭姑娘怎样呕他,他总是委屈求全百般迁就;这都是你们自幼相处,脾气性格彼此都知道了。

黛　玉　(动心,怔怔地思索了一会儿)说这些做什么!

紫　鹃　(语重心长地)姑娘,我说这些都是一片真心话,我替你愁了这几年,想着你上无父母,下无兄弟,谁是疼你的人!不如趁老太太还明白硬朗的时候,定了终身大事要紧;设若老太太没了,怕就只好凭着人家摆弄欺负了。俗话说:黄金容易得,知心一个最难求!

黛　玉　(刺痛内心!强自镇静地向紫鹃笑啐了一口)呸,这丫头可疯了,满嘴里嚼的什么蛆?〔垂首低徊,轻轻咳嗽。

紫　鹃　(恳挚地笑着)我说的都是好话,不过为的叫姑娘心里留神罢了。
　　　　〔莺儿抱了一个包袱自右首甬道匆匆上。

莺　儿　(见紫鹃忙止步)紫鹃姐姐,快去瞧瞧吧,宝二爷抬回来了。

黛　玉　（紧张）打得怎样了？

莺　儿　林姑娘，宝二爷的浑身上下打得皮开肉绽，衣服都被血渍湿透了。若不是老太太去讲情，只怕要活活打死了！这会子疼得直叫唤，老太太、太太正围着哭呢。我去给金钏儿姐姐送衣服了。〔说罢向月洞门疾下。

〔黛玉一阵痛入骨髓，掩面失声而哭，身子也摇晃地站立不住。

紫　鹃　姑娘！〔忙扶住黛玉。

〔这时近处传来女人们的哭闹声。

〔又是清风飕飕，一片落花飞舞。

——幕落

第　三　幕

第四场

时　间　前幕同日

地　点　北京

人　物　王夫人　王熙凤　晴雯　袭人
　　　　贾宝玉　薛宝钗　林黛玉

布　景　怡红院，左首上端斜置屏风，屏风前置凉榻，矮凳。下端有门，悬软帘，供出入。右首上端是套间，雕花透空木槛，悬纱帘。下端有月洞纱窗，窗下置书案、椅子、书架。并置坐凳几只。以及盆景等摆设。

〔幕启时，傍晚。屋子里空气十分沉闷，套间不时传出贾宝玉的呻吟声。王夫人坐在椅子上不住地拭泪，王熙凤侍立一边替王夫人打着扇子。晴雯端了一盏灯自门外走来，放到书案上。

熙　凤　（劝慰地）太太也不必只管伤心，宝兄弟虽然打得不轻，幸喜没动筋骨，调治两天就会好的。

夫　人　（哽咽）我难过的不是别的，想着生了两个儿子，偏偏好的珠儿老早就死了，留下这一个孽障混世魔王，又不争气。也不知到底是谁使的坏，告到他老子那里去了，这一顿毒打，没什么好歹还则罢了，若有个好歹，叫

　　　　我怎样活?
熙　凤　太太放心,宝兄弟的伤绝无大碍!
晴　雯　(端了两碗茶放到书案上)太太、二奶奶吃茶!
　　　　〔说罢站在旁边。
　　　　〔套间呻吟声没有了。袭人轻轻自套间走出来。
夫　人　(向袭人)痛的好些吗?
袭　人　(趋前含笑低声地)想是好些,如今睡着了。
夫　人　袭人,我刚才恍恍惚惚听见,宝玉今儿挨打是环哥儿在老爷跟前说了什么话,你可知道?你若知道,只管告诉我,我也不吵嚷出去。
　　　　〔袭人看看王夫人,又转脸瞧见晴雯在旁,有些踌躇,垂首不语。
熙　凤　(知道袭人有顾虑,瞟了晴雯一眼,机智地)晴雯,你出去吧,有事再叫你。
　　　　〔晴雯向门外走出去,暗暗撇了撇嘴。
袭　人　(抬起头来,乖巧地)我倒没听见这话,只知道是为了什么戏子琪官的事,人家说二爷霸占了琪官,和老爷要人,老爷才打的。
夫　人　(摇头)也为这个,另外还有别的缘故。
袭　人　别的缘故就是老爷说二爷不喜欢读书,荒疏了学业。提起这个,(凑近些,嗫嚅地)我今儿大胆,在太太跟前说句不知好歹的话——〔欲言又止。
夫　人　你只管说吧!
袭　人　(赔笑)太太别生气,我就说了。
夫　人　我不生气就是。
袭　人　(诡秘地先向门口张望一番,然后十分忠心、一本正经地)按理,我们二爷也须得老爷教训教训,若老爷再不管,还不知将来会做出什么事来呢!
夫　人　(很投机,称赞地)阿弥陀佛,我的儿!亏了你也明白,你这话竟和我的心一样。我何尝不知道管教儿子,先前你珠大爷活着,我是怎样地管他,只是如今我想着已经是五十岁的人了,通共只剩下他一个独子;他又长的单薄;况且老太太宝贝似的疼他,若管紧了,倘然有个好歹,或是气坏了老太太;那时上下不安,反而不好,所以也就放纵了他。这回他到底吃了亏,若是打坏了,将来我靠谁呢?〔说着又流下泪来。

〔袭人也伤心地啜泣。

熙　凤　(笑着拍了袭人一下)你这蹄子!太太伤心,你劝解劝解才是,怎么也陪着哭起来了!

袭　人　(拭泪赔笑)真的,我也糊涂了。二爷是太太养的,自然心疼,就是我们做下人的,服侍一场,也是巴望个平安。所以我无日无时不劝二爷,只是再劝不醒。还有宝姑娘也常常帮着劝,他不听也罢,反倒怪人家。今儿提起这些话,我还记挂着一件事,每每要回太太,只怕太太疑心,不但我的话白说了,且连葬身之地都没了。

王夫人　(感佩地)我的儿,近来我常听见众人背前背后都夸奖你,我还以为你不过是在宝玉身上留心,或是在众人跟前和气些罢了,所以就将你和老姨娘们一体看待。谁知你还很有见识,方才和我说的这片话全是大道理,也正合我的心事。你还有什么,只管说什么,不叫别人知道就是了。

袭　人　(更凑近些,阴谋奸险地)我想讨太太一个主意,怎么变个法儿,以后把二爷搬出园外去住才好。

王夫人　(大吃一惊,忙拉住袭人)怎么哪,宝玉难道和谁作怪了不成?

袭　人　(谄媚地)太太别多心,没有这事,这不过是我的小见识。我想着如今二爷也大了,里头姑娘们也大了,况且林姑娘、宝姑娘又是姑表、两姨姊妹,虽说是姊妹,到底有男女之分,日夜一处起坐,不大方便,由不得叫人悬心。宝姑娘自然是端庄持重的。只是他和林姑娘——(狡狯地笑了笑)俗话说:没事常思有事,君子防未然,不如这会子防避的为是。二爷素日性格,太太是知道的,他又偏好跟她们闹,倘使错了一点半点,不论真假,人多口杂,设若叫人哼出一个不字来,我们粉身碎骨,罪有万重,都是小事,二爷一生的声名品行岂不完了?那时太太也难见老爷。我想不到则可,想到了再不回太太,罪就更重了。〔言下不胜忧虑的样子。

王夫人　(忻喜地向熙凤)你听听,她想得多周全!(益发亲热地拍拍袭人)我的儿,你竟有这个心胸,我不是没想到这里,只是每天事多,就忘了。今儿你提醒了我,难为你成全了我娘儿两个的体面。

袭　人　(得意,又乘机挑唆地)还有一层,二爷和我们丫头也是没上没下的,给外人瞧见，不像个大家子体统。拿我们屋里的晴雯说吧，只为她生得模样儿好——

王夫人　（不等袭人讲完，向熙凤问着）就是刚才那个水蛇腰削肩膀儿，眉眼又有些像你林妹妹的丫头吗？

熙　凤　（笑着点点头）正是她。论长相，这些丫头里面比起来，都没她标致；论举止言语，稍嫌轻薄些。

王夫人　（霍地沉下脸来）我一生最嫌这样的人，我好好的宝玉，倘或叫这蹄子勾引坏了，那还了得！（向袭人有所决地）这件事我自有裁处。

袭　人　（欣然）太太明白就好。

熙　凤　（想了想）太太，依我看，男大当婚，女大当嫁，太太索性操操心，替宝兄弟定下一门亲事，趁着老太太还硬朗，早点办了，也叫她老人家早点抱曾孙子，喜欢喜欢。

王夫人　说得有理，老太太原也有这个意思，只是前儿你婆婆的一个亲戚姓张的来提过亲，老太太不称心，没答应。

熙　凤　（胸有成竹地笑着）不是我当着太太说句大胆的话，现放着天配的好姻缘，何须再往外头去找？

王夫人　（看看袭人，有顾忌）袭人，你去瞧瞧二爷醒了没有？

袭　人　是！〔知趣地忙走进套间。

王夫人　（踱到屏风前）你说的现放着天配的好姻缘，是谁家？

熙　凤　（跟过去笑着）太太怎么忘了，一个宝玉，一个金锁，不是正好现成的一对么？姑妈原说过，有个和尚曾告诉她，宝妹妹的金锁只等有玉的人就是婚姻，这岂不是天凑良缘？况且又是咱们娘儿们的至亲！太太想想看。

王夫人　（会心地微笑）好倒是好，不知老太太的意思怎样？

熙　凤　（有把握地）老太太一定乐意。老太太本来也就喜欢宝妹妹，常夸奖她是一百里挑不出一个来；相貌好，为人又温柔、大方，素日是事不干己不开口，一问摇头三不知；不像那一位，专挑人的不是，专爱刻薄人。〔说到这里，向王夫人俯首耳语。

王夫人　（毅然地）也罢，等回了老太太，就去向你姑妈求亲，只是还不知你姑妈答应不答应。

熙　凤　（拍拍胸膛逞能地）太太放心，这件事包在我身上好了。

王夫人　（思忖，低声）还有，袭人这孩子果然很好，宝玉是个有造化的，能够得她长长远远地服侍一辈子，倒也罢了。以后你从我每月的月例二十两银子里面拿出二两银子一吊钱来给袭人，凡事有赵姨娘的，也有袭人的。

熙　凤　（笑着）既是这样，就开了脸岂不好？

王夫人　（摇头）一者都还年轻，二者老爷也不许，三者宝玉见袭人是个丫头，虽有放纵的事，倒能听她的劝，若是明做了他跟前的人，那袭人该劝的也不敢十分劝了。等过个三两年再说。

熙　凤　今儿太太一下子定了两件大事，也是一喜。老太太知道了，才高兴呢！

王夫人　千万先别吵嚷出去！

　　　　〔贾宝玉又呻吟起来。

　　　　〔声音：（嚷着）我渴！我渴！我要吃酸梅汤！哎哟！

王夫人　（急急走向套间，担心地）宝玉怎样了，袭人？

袭　人　（走出来）太太，二爷嚷着口里干渴，想吃酸梅汤！

王夫人　酸梅汤吃不得，那是收敛的东西，吃了把热毒热血结在心里，还会弄出大病来的。前儿倒是有人送了两瓶玫瑰香露，我这就回去叫人送来。

　　　　〔说罢向门外走。

熙　凤　（扶着王夫人边走边嘱咐）袭人，他还想吃什么，只管叫人去告诉我。

王夫人　（也叮咛地）好好服侍他，我可是把宝玉交给你了。

袭　人　（恭顺地送到门口）是，太太！请太太放心好了。

　　　　〔王夫人和王熙凤同下。

　　　　〔贾宝玉在套间嚷着。

　　　　〔声音：热！热！我要到外头睡去！袭人！

袭　人　（忙跑进套间）来了！

　　　　〔声音：快扶我出去！这里闷热！

　　　　〔声音：我的小爷！你怎么能走呢，等我去叫两个人来抬你。

　　　　〔声音：不用，你扶着我就行了。

　　　　〔贾宝玉扶了袭人蹒跚地走出来，侧身躺到凉塌上。

　　　　〔袭人拿了枕头给贾宝玉枕了，又用夹被盖在他身上。

宝　玉　（痛苦地）哎哟，哎哟！你瞧瞧我下半截身子，疼得很呢！

袭　人　（掀开夹被看看，咬牙摇头）我的娘，怎能下这般的狠手，腿上都打得青一块紫一块的。唉！你但凡听我一句话，也不会这样。
　　　　［薛宝钗手里托着一丸药自门外走进来。

宝　钗　宝兄弟好些吗？

袭　人　（连忙替宝玉盖好被子）宝姑娘来哪！二爷正疼得很呢！

宝　钗　（把药递给袭人）这是专治跌打损伤的药，等会儿把这药用酒研开，替他敷上，散去那瘀血的热毒，明天就好了。［说罢趋立榻前。

袭　人　（接过药）谢谢宝姑娘。二爷，宝姑娘给你送药来了。

宝　玉　（有气无力地）谢谢你，宝姐姐！

宝　钗　（叹了口气）唉，早听人一句话，也不致有今日！别说老太太、太太心疼，就是我们看着，心里也——［不好说下去，娇羞地低下头。

袭　人　是呀，刚才太太还在这里难过了好半天。也实在打得太狠了！
　　　　［宝玉闭着眼不搭话，只是呻吟着。

宝　钗　你好生养息吧，我回去了，明天再来看你。（向袭人）他想要什么吃的、玩的，你悄悄地往我那里去取，不必惊动老太太、太太她们。［说罢走出去。

袭　人　（感激地）多谢姑娘费心！［跟着送出去。
　　　　［贾宝玉正呻吟着，林黛玉两眼红肿，用扇遮面，悄然走进来。

黛　玉　（坐榻沿上，心痛地啜泣，轻轻推了宝玉一下）宝玉！

宝　玉　（睁开眼看看黛玉，又将身子支撑着欠起来仔细一认，立刻疼痛地又倒下去）哎哟！
　　　　［黛玉忙扶宝玉睡好，替他盖了盖夹被。

宝　玉　唉，你做什么跑了来，虽说太阳落下去了，那地上的余热还没散，走两趟又要受热。我固然挨了打，并不疼痛；我这个样儿只是装出来哄他们，好在外头散给老爷听；其实是假的，你不可认真。［说着强颜欢笑。

黛　玉　（明知宝玉是安慰自己，听了更是难过，心中千言万语，只是不能说得，哭泣了一会儿，抽噎地）你从此可都改了吧！

宝　玉　（长叹一声）别这样说，我就是为这些人死了，也是情愿的。况且还活着，你放心吧！

　　　　　〔外面王熙凤的声音："袭人,香露拿来了!"〕

黛　玉　(连忙站起来)凤姐姐来了,我从套间去了,回来再来看你。

宝　玉　(一把拉住黛玉)这又奇了,好好的怎么怕起她来了?

黛　玉　(着急地指着眼睛)你瞧瞧我的眼睛,给她看见,又该取笑开心了。

　　　　　〔贾宝玉只好放手,林黛玉三步两步走进套间。

　　　　　〔王熙凤和袭人在门口说话。

袭　人　二奶奶屋里坐会儿吧!

熙　凤　不坐了,我还要到前头服侍老太太吃饭去。太太叫你只用一茶匙儿放到一碗水里,就香的不得了。快去冲给他喝吧。我去了。

袭　人　谢谢二奶奶还亲自送来。

熙　凤　我怕丫头们讲不清楚。〔说着走了。

袭　人　我不送你了,二奶奶!(拿着两只小瓶走进来)二爷,太太叫琏二奶奶送了两瓶香露来,你瞧,好珍贵的东西。我去冲一碗给你喝吧!

宝　玉　(疲倦地摆摆手)这会子不想喝。我困了,想睡一会儿,你去吃饭吧。

袭　人　那么等你睡醒了再冲给你喝。〔把小瓶放到书案上。

宝　玉　吹了灯,免得照得睡不着。

　　　　　〔袭人服从地熄了灯,屋里顿时暗下来。

　　　　　　　　　　　　　　　　　　　——幕落

第五场

时　间　前场数日后

地　点　北京

人　物　贾宝玉　薛宝钗　袭　人　林黛玉　晴　雯　玉钏儿　紫　鹃

布　景　同前场

　　　　　〔幕启时,早晨。贾宝玉脸朝外和衣躺在凉榻上,像是睡着了。袭人坐在榻前矮凳上,一面做针线,一面时时拿起一柄白犀拂尘赶着虫子。薛宝钗手持官扇自门外轻轻走进来,袭人没有看见。

宝　钗　(趋榻前低声地)怎么,宝兄弟睡着了?这两天疼的好些没有?

袭　人　(抬头见是宝钗,忙放下针线,起身笑着低声地)姑娘来了,我倒不防,唬了我一跳。谢谢姑娘惦记，自从敷了你送的那药，一天好似一天。原疼得躺不稳，这两天才睡得甜呢！

宝　钗　这就罢了。（拿起拂尘笑着）你也过于小心了。这屋里还有苍蝇、蚊子不成？

袭　人　姑娘不知道，虽然没有苍蝇、蚊子，有一种小虫子从那窗纱眼里钻进来，人也看不见，咬一口就像蚂蚁似的。

宝　钗　怨不得！这屋子后头太窄小，又都是香花，这种虫子就是花心里长的，闻香就扑。（又拿起袭人的针线看，原来是一条白绫红里子的兜肚）哎哟，好鲜亮的活计，这是谁的，也值得费这么大工夫？

袭　人　（向宝玉努嘴儿）还有谁！

宝　钗　（笑）这么大了，还戴这个？

袭　人　他原是不戴，所以特地做得好些，叫他看见不由得不戴。如今天热了，夜晚睡觉不留神就着凉，哄他戴上兜肚，就是盖不严些儿，也不妨事了。

宝　钗　亏得你耐烦，又对他那么经心，怪不得姨妈常夸赞你。刚才凤姐姐还跟我说，以后你就长远在这屋里了，我正要给你道喜呢！

袭　人　（又喜又羞）姑娘也来打趣我！

宝　钗　不是打趣你，我说的是真话。

袭　人　（岔开地）今儿做的功夫大了，脖子低的怪酸的，姑娘你略坐一坐，我出去走走就来。［说罢走出门外。

宝　钗　好的。［不自觉地随意也坐在刚才袭人坐的矮凳上，并也拿起那兜肚代绣着，还不时用拂尘赶着虫子。

　　　　　［这时林黛玉经过窗前，从窗外向内俯视，忙又转身走了。

宝　玉　（忽然梦中呓语，大声吵骂着）和尚道士的话如何信得？什么金玉姻缘，我偏说木石姻缘！木石姻缘！［说罢气恼地翻个身，脸朝里又睡了。

　　　　　［宝钗如冷水浇头，怔了一会儿，感受刺激，放下针线站起来，默默沉思着。

　　　　　［袭人端一碗茶走进来。

袭　人　姑娘喝茶！（把茶递给宝钗，看看宝玉）二爷还没醒。刚才碰见林姑娘，她没来吗？

宝　钗　（接过茶，故作镇静，不露声色地）没来，想是到别处去了。她和你说话了么?

袭　人　有什么正经！怎的她也知道了,拿我取笑了一会子。又不敢和她回嘴,怕得罪她那小性儿,她不像姑娘,说话有分寸,又宽宏大量。

宝　钗　(勉强笑了笑)这有什么,想必她也是听凤姐姐说的。好了,我该回去了,你还忙你的活计吧！〔说罢放下茶碗向门外走。

〔晴雯自门外走进来。

晴　雯　(向袭人)琏二奶奶打发人来叫你去！

袭　人　又是什么事？

晴　雯　(挖苦地)叫你去还会有坏事,自然是好事情了。〔说罢转身就走。

袭　人　(一把拉住晴雯)死蹄子,你上哪里去,不在这里陪着他！(向宝钗笑着)姑娘听见没有,这蹄子的一张嘴才像林姑娘呢,说话没轻没重,不管别人受不受得了。

晴　雯　(瞪眼大声地)这是怎么说,平白拉扯上林姑娘做什么？

袭　人　(央告)轻一点,我的好妹妹！让他多睡一会儿,难得如今不疼了。你就老老实实地坐在那里替他赶赶小虫子就好了。

晴　雯　你不放心,趁早别去,我可不会这一套。

宝　钗　(拉袭人)快走吧,她哪里不会呢,她是故意怄你的。

〔薛宝钗和袭人同下。

晴　雯　(轻蔑地嘟囔着)哼！成天价百般的殷勤讨好,就为的要巴结上做个姨娘！〔走向榻前,将袭人的针线筐使劲踢开。

〔"哗啦"一声,惊醒了贾宝玉。

宝　玉　(霍地翻过身来,愕然看看晴雯)怎么啦？

晴　雯　(没好气地)没什么,睡你的吧！〔悠悠坐到书案前。

宝　玉　(注意晴雯,微笑地)瞧你的样子,又跟谁拌嘴了？

晴　雯　(顶撞地)拌嘴不拌嘴,不干你事！

宝　玉　(摇摇头也不多问)给我点水喝,就把那香露冲一碗吧！

晴　雯　香露不知道放在哪里了,我也不会冲,要喝等你的袭人回来再喝吧！这会子马虎一点儿,喝口茶算了。〔走进套间端了碗茶出来喂宝玉。

宝　玉　(欠身喝了几口茶)袭人往哪里去了？

晴　雯　(冷笑了一声,讽刺地)琏二奶奶叫去了。真是,一个舍不得去,一个寸步离不开,就像俗话说的,"如胶似漆"一般!还喝不喝了?

宝　玉　不喝了。
〔晴雯把茶碗放下,坐到一边去。

宝　玉　(沉思了一会儿)晴雯,林姑娘来过没有?

晴　雯　不知道。

宝　玉　你到林姑娘那里,看看她做什么呢?

晴　雯　白眉赤眼的,做什么去呢?到底说一句话儿,也有个借口。

宝　玉　(笑了笑)没有什么可说的。

晴　雯　若不然,或是送件东西,或是取件东西,总算有个事儿。不然,我去了怎么搭讪呢?

宝　玉　(想了想,从枕头下取出一条手帕子)也罢,就说我叫你送这个给她去。

晴　雯　(走去接过手帕,不解地)这又奇了,送这条半新不旧的手帕子给她做什么?她还当你打趣她呢!

宝　玉　(意味深长地)你放心,她自然明白。

晴　雯　好,我去了。你要什么,只管叫秋纹她们。〔说罢向门外下。
〔贾宝玉目送晴雯去后,愣愣地出神遐想。
〔玉钏儿端着一碗汤自门外走进来。

玉　钏　(边走边叫)袭人姐姐!袭人姐姐!〔一眼瞥见宝玉,低下头转身就走。

宝　玉　(惊喜地)玉钏儿姐姐,你端的什么?

玉　钏　(也不正视宝玉,含怨地)太太叫给你送荷叶汤来了。

宝　玉　(笑着恳求)好姐姐,既端来了,请你喂给我尝尝!

玉　钏　(冷冷地)我从来不会喂人东西,等她们来了你再吃吧!〔将碗放书案上。

宝　玉　我不是要你喂我,我因为走不动,只请你端过来尝尝就行了。你若不肯,我少不得忍着疼下去取了。(说着挣扎欠身坐起,不禁疼痛地叫了声)哎哟!

玉　钏　(见宝玉这样,只好又将碗端过去)躺下吧!谁叫你造孽的,这会子现世现报!〔坐矮凳上喂宝玉喝汤。

宝　玉　(喝了两口,长叹一声)唉,你原该恨我!只是我也没想到,那天在太太屋里和你姐姐说了两句玩话,谁知被太太听见了,就打了你姐姐,后来竟自投井了！这都是我害的她！〔说着既愧悔又伤心地落下泪来。

玉　钏　（眼圈儿一红，背过脸去哭了，哽咽地）人都死了，还说她做什么！

宝　玉　（温和的）好姐姐，你要生气，只管在这里生吧。见了老太太、太太可放和气些，若也是这样，就要挨骂了！

玉　钏　（拭泪，又将碗凑上去）吃罢，吃罢！不用和我甜言蜜语的，我不信这些。

宝　玉　不好吃，我不吃了。（挥手，不当心将碗碰翻，汤泼到手上，着急地忙问玉钏儿）哎呀，烫了你哪里？痛不痛？

玉　钏　（放下碗慌忙替宝玉擦手，感动地）是你自己的手烫了，还只管问我！

〔宝玉看看自己的手，也好笑起来。

〔袭人自门外走进来，端了一盘果子。

袭　人　（睹状，放下盘子，忙趋榻前）怎么了？

玉　钏　（含笑地）汤碗泼了，宝二爷自己烫了手，倒问我痛不痛。

袭　人　真是个呆子！

玉　钏　我去了，袭人姐姐！〔说罢拿了碗走向门外。

宝　玉　谢谢你，玉钏儿姐姐！

袭　人　玉钏儿妹妹，空了过来玩儿！

〔玉钏儿下。

宝　玉　（感慨地）看见她，就想起了金钏儿姐姐，好端端一个人，活活给逼死了！

袭　人　（明白宝玉的心事，忙用话岔开）这会子身上还疼不疼？宝姑娘送的那药真灵验，一敷上就见轻了，这两天果然好了许多。

宝　玉　（没听袭人的话，怔怔地沉吟着）人谁不死，只要死得好，也罢了。金钏儿姐姐就死得有志气，不像那些须眉浊物，只知道文死谏、武死战，其实都是沽名钓誉，并算不得什么大义！

袭　人　这是什么话，那些忠臣良将，分明都是为国家出于不得已才死的，如何说是沽名钓誉呢？

宝　玉　（摇头，侃侃而谈）你哪里知道，那武将不过是仗着血气之勇，疏谋少略，自己无能，送了性命，何尝是不得已！那文官，为着念了两句书，窝在心里，只顾邀取忠烈之名，浊气一涌，就向朝廷劝谏，拼上一死，又何尝是不得已呢！比如我此刻若是有造化的，趁你们在就先死了，你们哭我的眼泪流成了大河，把我的尸首漂起来，送到那鸦雀不到的幽僻地方，随

　　　　　风化了，从此再不要脱生为人，这就是死得好，死得其时了！
袭　人　（忙去掩宝玉的口）才好一点，又说疯话了。想不想吃果子？二奶奶叫我拿了两样新鲜果子来了。
宝　玉　不想吃，回来叫人送给林姑娘一半。
袭　人　好的。〔拿了针线筐，走进套间。
　　　　〔晴雯自门外走进来。
晴　雯　帕子送去了。
宝　玉　林姑娘怎么说？
晴　雯　（天真地笑着）林姑娘听见你送帕子给她，还当是什么上好的，说："叫他留着送别人吧，我这会子不用这个。"后来我告诉她不是新的，是家常用旧了的。林姑娘接过去一看，愣了一会子才收下。
宝　玉　你瞧她没生气吧？
晴　雯　气是没生，先有些纳闷儿，像是解不透，后来又有些难过的样子。弄得我也摸不着头脑。
宝　玉　（笑了笑）你摸不着头脑是真的，她心里明白。
晴　雯　（笑指着宝玉的额头）你呀，成天就会干些个人家不懂的事儿。
宝　玉　（低声地）不要告诉你袭人姐姐！
晴　雯　知道。林姑娘说，她随后就来瞧你了。
宝　玉　（高兴）唔，你快扶我起来坐坐吧，睡得脊梁骨疼！
　　　　〔晴雯扶宝玉坐起来。
　　　　〔袭人走出来。
袭　人　哎呀，你怎么坐起来了？
宝　玉　坐起来舒适些。
　　　　〔林黛玉自门外走进来。
袭　人　林姑娘来了！
黛　玉　（趋向榻前）宝哥哥好些了么？
宝　玉　好多了。妹妹坐下说话吧！晴雯，给林姑娘倒茶！
黛　玉　（坐下）不用倒茶，晴雯，我刚才喝过了。
袭　人　（端着果子让黛玉）林姑娘吃果子，二爷正要叫人给你送去呢！
黛　玉　（摆手微笑着）不用给我送了，留着二爷吃吧，或是给宝姑娘送去。

晴　雯　（端了碗茶给黛玉）林姑娘喝茶！我特为给你泡了碗龙井茶。

黛　玉　（接过茶碗）宝姐姐呢？

宝　玉　宝姐姐今儿还没来过。

黛　玉　（笑着啐了宝玉一口）呸！人家在这里给你赶了一早上蚊子，怎说没来过？

　　　　〔晴雯"嗤"地笑了一声跑出门外去了。

宝　玉　（一怔）真的吗？袭人！我怎么不知道？

袭　人　你睡着了。宝姑娘来代我做了一会儿针线就走了。

宝　玉　（埋怨）不该，不该！为何不叫醒我呢？

袭　人　这有什么，又不是外人！〔不满地睨视了黛玉一眼，走向门外。

黛　玉　（点头冷笑地重复着）是呀，宝姐姐又不是外人！

宝　玉　（漫不经心地笑了笑，向黛玉）妹妹，我叫晴雯送给你的帕子，你见到了？

黛　玉　见到了。〔垂首有所感触。

宝　玉　（记起什么，招招手）妹妹，你过来，我告诉你一句话！

黛　玉　（走向榻沿坐下）又是什么话？

宝　玉　（神秘地）今儿早上我做了一个梦，梦见——

　　　　〔紫鹃匆匆自门外走进来，打断了贾宝玉的话。

紫　鹃　姑娘，老太太叫你到前头去，说是来了一群客人。

宝　玉　什么客人？

紫　鹃　听见大太太娘家的一个侄女儿，还有珠大奶奶的两个妹子，还有宝姑娘的一个妹子，都是从南方一齐来的。

宝　玉　（兴奋地）这一下园子里可热闹了！

紫　鹃　姑娘快去吧，二姑娘、三姑娘、四姑娘都去了。

黛　玉　（感伤）唉，人家都有个姐姐妹妹，只有我什么也没有！〔转身饮泣。

宝　玉　（见黛玉难过，也收敛了笑容，劝慰地）你又自寻烦恼了！瞧瞧，今年比旧年越发瘦了，你还不好好地保养身子，每天必要哭一会子才算完了这一天的事。

黛　玉　（凄然拭泪）近来我只觉心酸，眼泪却像比从前少了些似的。

宝　玉　这是你哭多了，眼受了伤。以后凡事看开些吧！不可过分作无益的悲愁，若是你糟践坏了身子，将来叫我——〔没说完，也喟然泪下。

黛　玉　(含情脉脉地看看宝玉)宝玉,你——〔欲言又止,抑郁地掩面而泣。

紫　鹃　(见宝玉黛玉两人无言对泣,稍一思忖,拉起黛玉,笑着劝解地)好好的两个人哭什么?给人家见了,还当你们又拌嘴了!走吧,姑娘,别叫老太太等急了。

宝　玉　去吧,妹妹!回来告诉我,她们都是怎样的人!
　　　　〔黛玉无精打采站起来拭拭泪,缓步走出门外。

紫　鹃　宝二爷好好歇着,说不定她们都来瞧你呢!〔随黛玉下。
　　　　〔宝玉微笑点头,目送黛玉去后,叹了口气。

——幕落

第 四 幕

第六场

时　间　第三年的九月重阳前后
地　点　北京
人　物　林黛玉　贾宝玉　紫　鹃　袭　人
　　　　王夫人　王熙凤　贾　琏　老婆子
布　景　大观园沁芳亭一隅。右首是亭子,亭内周围栏杆,置石桌石凳。亭前有阶,阶下置各色菊花盆景。亭旁有小桥,朱红栏杆,桥下是池塘,池塘沿岸垂柳数株,桥一端通左首潇湘馆。有假山,竹丛,芭蕉,一片萧瑟景象。

〔幕启时,午后近黄昏,虫声唧唧,垂柳随风摇曳。林黛玉拿了一本书,懒洋洋地自左首踱过桥头,凭栏俯视了一会儿池塘,又走到亭前观赏菊花。

黛　玉　(感慨地沉吟着)孤标傲世偕谁隐,一样花开为底迟!〔叹息地步入亭内坐下,轻轻咳嗽了几声,展书阅览。
　　　　〔传来贾宝玉的呼声:"林妹妹!林妹妹!"
　　　　〔林黛玉闻声起立眺望。

〔贾宝玉自左首过桥而来。如今两人都成熟了些,也更体贴了。

宝　玉　(看见黛玉,边跑边说)妹妹,原来你在这里,找得我好苦!〔走进亭子坐下,突然伏在石桌上放声大哭。

黛　玉　(一怔,坐下亲切地拍拍宝玉)怎么了,又和谁怄气哪?
〔宝玉只是呜咽地哭个不住。

黛　玉　(诧异地)到底怎么回事?是和别人怄气呢,还是我得罪了你?

宝　玉　(抬起头来摆着手)都不是!都不是!

黛　玉　可为什么好端端的这样伤心起来呢?

宝　玉　(悲切唏嘘地)我想着咱们大家还不如越早些死了的越好,活着真是没有趣儿。

黛　玉　(惊讶)这是什么话,你真正发疯了不成?

宝　玉　(拭泪)并不是我发疯,我告诉你,你也不能不伤心。

黛　玉　(着急)出了什么事呀?

宝　玉　二姐姐不是才出嫁不久么?出嫁也罢了,刚才我到前头去,听见老太太、太太、薛姨妈她们正在讲二姐姐的事,说是嫁的那个混账姓孙的男人,自己吃喝嫖赌无所不为,还要打二姐姐。像二姐姐那样温柔老实的人,如何受得了,岂不要活活糟践死吗?我请老太太接二姐姐回来,谁知老太太不依,倒说我呆。什么女儿嫁了出去就是人家的人。(说到这里悲愤地蹀足)你想,妹妹,我怎能不伤心!
〔黛玉同情,也黯然泣下。

宝　玉　后来又听见她们讲起香菱来,自从薛大哥娶了亲,喜新厌旧,不把香菱放在眼里,成天折磨,前儿又无故把香菱毒打了一顿。薛姨妈说,打得皮开肉烂,气得香菱一病不起!

黛　玉　可怜的香菱!

宝　玉　(凄切地)妹妹,也不知是什么道理,有人专要和她们过不去!比如晴雯,为了生得比别人标致些,素日又性情爽利,口角锋芒,不知碍着谁了,就在太太面前谄媚讨好,挑拨是非,硬把她撵了出去,活活逼死了她!

黛　玉　(不满,又不好直说,含怨地)唉,舅母何苦来要听信谗言呢?

宝　玉　妹妹,还记得一年前这园子是何等热闹,不料园子光景一天不如一天,若再过些年,更不知变得怎样了!想到这里不由人不心里难受![又涔涔落泪。

黛　玉　(触动内心,不禁悲从中来,唏嘘地)我常说,有聚就有散,聚时欢喜,散时感伤,看来还不如不聚的好些!

宝　玉　(见黛玉哭了,又安慰地)妹妹,我刚才说的不过是些呆话,我是憋了一肚子的闷气无处可诉,只有找了你说说。如今惹得你伤心了!你若是真体贴我,更要保重身子才是。(推推黛玉,温柔地)妹妹,不要哭了,咱们说说别的话儿吧!

[黛玉拭泪。

宝　玉　(故意岔开话题)妹妹,你闻闻,这是什么清香气味?

黛　玉　像是桂花香!

宝　玉　九月里怎么还会有桂花?

黛　玉　在南方,如今正是晚桂开放的时候。[说罢站起来仰首眺望云天。

宝　玉　妹妹总是忘不了南方!(见黛玉又触动乡思,忙趋前搭讪地)妹妹,一回到园子我就高兴,一走进学房我就心烦。

黛　玉　(关怀地)我听说你今儿念书去了,怎么这样早就回来了?

宝　玉　唉,今儿老爷叫我念书去了,心里好像再没有和你见面的日子了;好容易熬了一天,这会子又瞧见了你,竟如死而复生一般。真是古人说的不错,"一日不见,如隔三秋"![言下情意缱绻。

黛　玉　(笑了笑)今儿都念了些什么书?

宝　玉　(撅起嘴嘟囔着)快别提念书的事,念的那些八股文章,人们不过是拿它骗功名混饭吃罢了,却偏说是代圣贤立言。最可笑是有一种人,肚子里原没有什么,东拉西扯,讲些牛鬼蛇神,还自以为是博奥。老爷叫我去念书,也不过是叫我学这个,我满心不愿意,又不敢违拗!

黛　玉　(体贴爱抚地)还是忍着点的好,别惹舅舅生气,又吃亏。横竖晚上放学回来仍旧可以玩儿。若是功课做不完,我就代你写些字混过去,免得你赶得慌。[说着轻轻咳嗽。

宝　玉　(感动而又忧虑地)妹妹咳嗽还不好,这两天夜里睡觉怎样?[握住黛玉的手。

黛　玉　(抽开手坐下)还是不能好睡,上半夜翻来覆去闭不住眼,下半夜想朦胧

265

	一会子,又咳嗽不停。
宝 玉	这是妹妹的心血不足之故。最好临睡以前,叫紫鹃给你熬点红枣茶喝,那是安神的。
黛 玉	不妨事,我是老毛病了,你不用记挂。你放学回来,别处去过没有?
宝 玉	没有。
黛 玉	也该瞧瞧三妹妹她们去。
宝 玉	我这会子懒怠动了,只想和妹妹坐着说说话,明儿再瞧她们去。
黛 玉	听说宝姐姐这两天病了,我因为自己病着,也没去瞧她,你去瞧瞧吧!
宝 玉	本来我不知道她病了,今儿才知道,原想去瞧瞧,老太太、太太不叫去。再说自从她为薛大哥娶亲的事,搬出园子以后,就不常过来,好像冷淡了,所以我也不愿意去。
黛 玉	(心地磊落)她病了你不去瞧他,只怕她还要恼你冷淡她呢!
宝 玉	照你这样说,难道宝姐姐就不和我好了么?
黛 玉	她和你好不好我不知道,我不过是照情理而论。
宝 玉	(皱着眉沉思一会儿,把脚一跺,懊丧地)唉,我这个人生他做什么?天地间没有了我倒也干净,自己少许多烦恼,也免得叫别人烦恼!
黛 玉	(意味深长地)你又胡思乱想,钻入魔道里去了!天地间原是有了我,就有了别人;有了别人,就有无数的烦恼生出来;也才弄得梦魂颠倒,恐怖疑虑。这有什么稀奇呢?
宝 玉	(豁然开朗)妹妹说的是,你的心灵到底比我高!真是,我虽丈六金身,还借你一茎所化!
黛 玉	(有所感触,瞅着宝玉,试探地)宝玉,我问你几句话,看你怎样回答。
宝 玉	(肃然正襟危坐)你问吧!
黛 玉	宝姐姐和你好,你怎么样?宝姐姐不和你好,你怎么样?宝姐姐前儿和你好,如今不和你好,你怎么样?今儿和你好,后天不和你好,你怎么样?你和她好,她偏不和你好,你怎么样?你不和她好,她偏和你好,你怎么样?
宝 玉	(呆了一会儿,坦然地)任凭弱水三千,我只取一瓢饮!
黛 玉	(追问)瓢漂水,奈何?
宝 玉	(随口应答如流)不是瓢漂水,是瓢自漂!

黛　玉　（郑重地）水止珠沉，又奈何？

宝　玉　（不加思索，虔诚地）禅心已作沾泥絮，莫向东风舞鹧鸪！我的心是不变的，任它水止珠沉，我只是守着我的心！

黛　玉　（感动）禅门第一戒，是不说诳话的！

宝　玉　（坚定地）有如三宝！

黛　玉　（欣然安心地笑了）难为你回答得很好！

宝　玉　（笑着）这全是你开导我的。

〔这时忽然一只乌鸦"呱呱"叫了两声，掠空而过。

黛　玉　（悚然）乌鸦叫，不知主何吉凶？

宝　玉　（豁达地）人有吉凶事，不在鸟声中！

黛　玉　（站起来）我该回去吃药了，免得紫鹃到处找我。〔说罢走出亭子。

宝　玉　妹妹，我送你回去。〔也走出亭子。

黛　玉　你也回去歇歇吧，不用送我了。〔阻止宝玉，径直向小桥左首下。

〔贾宝玉见林黛玉走后，快快地踱向亭后。

〔紫鹃自亭后走来，和贾宝玉打个照面。

紫　鹃　宝二爷，看见姑娘没有？

宝　玉　她才回去，我们在这里说了一会子话。

紫　鹃　我还当她在三姑娘那里呢。你们说些什么呀？

宝　玉　（笑了笑）我们说些打禅语的话。

紫　鹃　什么正经不好说，怎的又说到禅语上去了？你又不是和尚！

宝　玉　（笑）你不知道，我们有我们的禅机，这是别人插不下嘴去的。只有我和林妹妹两个人懂得。

紫　鹃　（撇嘴）只是不要参禅参翻了，又叫我们跟着打闷葫芦。

宝　玉　你放心！以前怪我年纪小，她也孩子气，所以我有时说了不留神的话，她就恼了。如今我也留神了，她也不恼了。

紫　鹃　（点头思忖）能长远这样才好！

宝　玉　（没有注意紫鹃的话，发现她穿的衣服单薄，伸手摸摸，摇摇头）已经是秋深了，怎么还穿得这样单薄？你再病了，就越发难了！

紫　鹃　（挥开宝玉，借题发泄地）以后咱们只可说话，别动手动脚的，一年大二年小的，叫人看着不尊重，又该那些混账行子背地里浑讲了。姑娘常吩咐我们,不叫和你说笑,你近来瞧她还远着你呢!

宝　玉　(瞠目愕然,愣了一会儿)她为什么远我呢?我又没得罪她。〔颓然坐在一块石头上,又黯然泪下。

紫　鹃　(走过去笑着)何苦来,我不过是说了两句闲话,为的是大家好,你就赌气坐在这风地里哭,作践出病来吓唬我不成?

宝　玉　谁赌气了,我听你说得有理,我想你们既是这样,自然别人也是这样了,将来大家渐渐地都不理我了,我活着还有什么意思呢?所以不觉伤起心来!〔拭泪。

　　　　〔紫鹃坐在宝玉旁边,沉思着。

宝　玉　(推紫鹃)方才对面说话,你尚且要走开,这会子何必又来挨着我坐呢?

紫　鹃　(笑着)此后你念书了,没空说话,如今能多说几句话也好。

宝　玉　(又高兴了)噢,紫鹃姐姐,妹妹近来还天天吃燕窝吗?

紫　鹃　天天吃,你问这个做什么?

宝　玉　也没什么要紧,我不过听见去年宝姐姐劝妹妹天天吃燕窝,她还送些给妹妹。我想着既吃燕窝,不可间断,虽不便和凤姐姐要,若只管叫宝姐姐送,也不大好。所以我在老太太跟前露了个风声,不知老太太和凤姐姐说了没有?才问问你。

紫　鹃　(感激)原来是你说了,这又多谢你费心了!我正疑惑着老太太怎么忽然想起来叫人每天送一两燕窝来呢,这样一说,我就明白了。

宝　玉　如果妹妹吃惯了,吃上二三年,身子就好了。

紫　鹃　(冷笑了笑)话虽如此,在这里吃惯了,明年家去,哪里还有闲钱吃这个?

宝　玉　(一愣)谁往哪个家去?

紫　鹃　你妹妹回苏州去呀!

宝　玉　(不信)你又诳我!苏州虽是妹妹的原籍,因为没了姑父姑母,无人照看,才到这里来的,明年回去找谁呢?可见你说谎话!

紫　鹃　(试探地)你忒小看了人!你们贾家虽是大族,人口多;难道除了你们家,别人就只有一父一母,族中再没有人了不成?我们姑娘来时,原是老太太疼她年小,纵有伯叔,不如亲父母,所以接来住几年;大了该出阁时,自然要送还林家;总不能林家的女儿,在你们贾家住一世!林家即便穷到没饭吃,也是世代书宦之家,断不肯将他家的人丢与亲戚不管,落人耻笑的。

宝　玉　（变色）你说的都是真话？

紫　鹃　（故作认真地）我骗你做什么？早则明年春天,迟则明年秋天。这里就是不送她去,林家也必有人来接她的。前儿夜里姑娘还和我说,叫我告诉你,把从前小时候玩的东西,有她送你的,都打点出来还给她。她也把你送她的,打点在那里了,等你去了,她就还你。

〔宝玉宛如晴天霹雳,惊得一头热汗,满面紫胀,瞪着眼睛呆呆地一句话也说不出。

紫　鹃　（站起来等待宝玉答话,见宝玉不理,又暗示地）宝二爷,我可把话先说给你了,你也打算一下吧!

〔贾宝玉如失魂落魄般一声不响。

〔这时袭人自左首踱过小桥走来。

袭　人　二爷!二爷!老太太叫你呢!

紫　鹃　宝二爷在这里问姑娘的病怎样了,我和他说了半天,他不信。

袭　人　（趋向宝玉）二爷,走吧!

〔宝玉仿佛没听见,痴痴地坐着不动一动。

袭　人　（注视宝玉,有些诧异）这是怎么了,二爷!（拉宝玉,又摸摸他的头,大惊）哎呀,你在发烧,手也凉了,二爷,你不舒适吗？

紫　鹃　（这才注意,忙上前看看宝玉）宝二爷,你刚才不是还好好的吗？

袭　人　二爷,你说话呀!

〔宝玉屹然不动,也不开口,傻子似的。

袭　人　（急了,向紫鹃质问地）你到底和他说了些什么？怎会弄成这个样子呢？

紫　鹃　（惴惴不安）实在只说了些姑娘生病的事。

袭　人　（推着宝玉）二爷,回去吧,这里有风!

紫　鹃　（帮着拉宝玉）宝二爷!起来!

〔宝玉毫无知觉。

袭　人　二爷,二爷,你要急坏人了!

〔宝玉忽然一阵喘息,嘴角里流着口水。

袭　人　（惶恐地）二爷,你开开口,告诉我什么地方难受？

紫　鹃　（也慌了,拍着宝玉）宝二爷,你说话呀!

袭　人　这可怎么好呢?

〔老婆子自亭后走来。

婆　子　(向袭人)宝二爷怎么还不到前头去,老太太等着呢!

袭　人　你瞧瞧二爷是怎样了?

婆　子　(端详了一会儿)宝二爷,宝二爷!(用手指捏宝玉嘴唇上的"人中",见他无动于衷,不禁惊叫地)可了不得,宝二爷不中用了!

袭　人　(骇然)你这是什么话,你要吓死我么?

婆　子　不是吓你,宝二爷都没知觉了!

袭　人　啊!(吓得哭了,向老婆子呜咽地)你快回太太去,请太太来瞧瞧他!

〔老婆子连忙转身向亭后下。

〔袭人拉着贾宝玉的手一个劲地哭叫着。

〔紫鹃也站在一边愧悔地流着泪。

〔林黛玉自左首蹑过小桥走来。

黛　玉　(走着问着)紫鹃,什么事呀?你们大呼小叫的?(见宝玉坐在那里,又看袭人和紫鹃,惊异地)宝哥哥怎样了?

紫　鹃　(嗫嚅地)宝二爷病了!

黛　玉　刚才还好好的呀!

袭　人　(哽咽地)林姑娘,你看看!也不知紫鹃姑奶奶和他说了些什么,我来时他就呆了,眼也直了,手脚也凉了,话也不会说了,捏他也不知道疼,人已经死了大半个了!

〔黛玉听了这话,注视宝玉,惊急痛绝地失声而哭,接着一连声的咳嗽,眼花头晕,支持不住地摇摇欲倒。

紫　鹃　(忙扶住黛玉)姑娘!

黛　玉　(推开紫鹃,气愤地)你拿根绳子来勒死我算了!何苦去害别人!

紫　鹃　姑娘,我并没说什么呀,不过说几句玩话罢了,谁知他就当了真!

袭　人　(怨怼地)你不知道这个傻子,每每把玩话当了真吗?

〔王夫人扶着王熙凤匆匆自亭后走来。

王夫人　(惊慌地)宝玉怎么了?宝玉!宝玉!

熙　凤　宝兄弟!

袭　人　叫他半晌都不回答了!

熙　凤　（摸摸宝玉，向王夫人）宝兄弟像是急痛心迷症！
王夫人　（抱住宝玉哭叫）宝玉，我的儿，你要吓死我么？（向袭人诘责）我总叫你好好服侍他，怎会弄出这个病来？
袭　人　二爷放学回来好好的，刚才不知紫鹃和他说了些什么玩话，就成了这个样子！
王夫人　（向紫鹃喝叱）小蹄子，你到底和他说了些什么玩话呢？
紫　鹃　（惶恐地）我，我只说姑娘要回去了！
宝　玉　（"哇"的一声哭了，拉住紫鹃呜咽地）要去连我也带了去！活着咱们在一处活着，不活着咱们一处化灰化烟！
王夫人　这是说的什么疯话？
宝　玉　（悲切地）这不是疯话，我只愿这会子立刻死了，把心拿出来给你们瞧瞧；然后把我连皮带骨一概都化成灰，灰还有形迹，不如化一股烟；烟也不好，烟有凝聚，还看得见；最好是刮一阵大风，吹得烟四面八方都顿时散了！
〔黛玉听着这些话感动五内，一时心神混乱，如痴如醉，掩面饮泣地向小桥踉跄走去。
王夫人　（向紫鹃严厉地）你这孩子，素日是个伶俐的，你明知他有呆病根子，平白哄他做什么？
熙　凤　（也埋怨地）宝二爷是心实的，和林姑娘又是从小儿在一处长大，比别的兄妹自然不同，这会子热刺刺地说林姑娘要去，别说他，便是个冷心肠的人也要伤心！太太只管放心，这不是什么大病，等会儿吃些开窍通神散就好了。（看看黛玉，机智地）紫鹃，快送姑娘回去吧！
宝　玉　（拉住紫鹃不放）紫鹃姐姐，不要走！
袭　人　二爷，叫她先去服侍林姑娘，再来陪你。紫鹃妹妹，你去了就来！
宝　玉　（放了紫鹃）紫鹃姐姐，你可要来呀！
紫　鹃　我就来，宝二爷！〔连忙跑向小桥，扶着黛玉下。
〔老婆子自亭后上。
婆　子　琏二奶奶，林之孝家的来问，宝二爷好些没有？要不要请太医去？
宝　玉　（刺激，孩子气地跺着脚）了不得，林家的人接林妹妹来了，快打出去！快打出去！

熙　凤　（笑着安慰地）宝兄弟，不是的！林家的人都死绝了，没人来接林妹妹的，你放心吧！

宝　玉　（神志不清地）凭他是谁，除了林妹妹，都不许姓林！

王夫人　（摇头叹气，向婆子虚张声势地吩咐）去吧，以后别叫林之孝家的进园子来，你们也别再说一个林字。快去请太医。

婆　子　好的。老太太也问宝二爷怎样了，老太太叫送一瓶去邪守灵丹，说吃了下去就好了。〔把药瓶递给袭人。

王夫人　袭人快送二爷回屋歇歇去吧，我随后就来。（向婆子）你去回老太太，说宝二爷没什么大病，已经好多了。

〔老婆子向亭后下。

袭　人　二爷，回去吧！〔拉宝玉站起来。

〔贾宝玉蹒跚地向小桥走去，袭人搀着他同下。

王夫人　（怃悒地走进亭内坐下）这是从何说起！

熙　凤　（跟着走进亭内，微笑地）太太还看不明白么，宝兄弟和林妹妹两人——

〔不便明说。

王夫人　（点点头）我已瞧出几分了！我因为孩子们从小儿在一处玩儿，好些是有的，说不上别的；可如今大了，懂得人事，就该远着些，才是做女孩儿的本分；若她心里有别的想头，成了什么人呢？老太太知道，也要伤心白疼她了！

熙　凤　（诡秘地）太太，不如早些给宝兄弟成了亲，也就死了他们的心了。

王夫人　（凛然不悦）就说宝玉这孩子，也不该太糊涂。去年提起宝玉的亲事，老太太还说，你林妹妹身子虚弱，不是个长寿的，性情又乖僻，因此才不把她配宝玉，定了宝丫头。宝丫头温和贤惠，端庄持重，虽然年轻轻，比大人还强几倍，那样的心胸脾气，怎不叫家里上上下下的人敬佩！如今既是宝玉有了心病，给他早点办了事也好，只是怕你姑妈不肯，他们家里还正怄着气。等和老太太商量了再说吧！

熙　凤　太太说的是。咱们见机行事好了！

〔贾琏慌慌张张自亭后上。

贾　琏　（见王夫人在亭内，忙趋前）太太，薛姨妈家里又出了事！

熙　凤　（一惊）又出了什么事，瞧你这个慌慌张张的样子！

贾　琏　（侍立一旁，恭顺地）刚才薛姨妈把我叫去，说是薛大兄弟自从娶了亲，天天在家里怄气，没心肠了，就跑了出去。谁知在外头因为喝醉了酒，把个酒馆当槽的打死了，闹出一桩人命案来，如今关在监牢里，薛姨妈正打点银子，贿赂知县，想买个误伤之罪，一面想请老爷往上头求求人情。

王夫人　唉，蟠儿这孩子也太不成器了，这样一来，不是要把你姨妈急坏了！既然如此，看在几层亲戚分上，你就去帮着照料照料吧！老爷跟前有我回。不管怎么，总得买个活罪，不能叫蟠儿真去偿命。

贾　琏　姨妈也是这样说来着，好歹只要救了薛大兄弟不给人家抵命才是。

〔袭人匆匆自左首上。

袭　人　太太，王太医来了。

王夫人　唔，我就来！〔走出亭子。

〔王熙凤忙上前扶着王夫人。

〔贾琏在后面悄悄扯了王熙凤一下。

贾　琏　（低声地）你等等，我有话和你说。

〔王熙凤只好止步。袭人扶着王夫人同下。

熙　凤　（傲然地）什么话，快说吧！

贾　琏　（见王夫人走远了，嬉皮涎脸地）这两天外头短几千两银子用，前儿的几千两，送了娘娘的重阳节礼，如今还有几家红白大事要送礼，至少得三千两银子才能过去。房租地租下个月才收得到，这会子一时难以支借，俗话说，求人不如求自己，少不得你想想法儿吧！

熙　凤　（冷笑了笑）我有什么法儿，我又没有摇钱树。

贾　琏　（赔笑）你上回不是说老太太还放着不少用不着的金银家伙吗？你去和鸳鸯打个商量，先偷着运出一箱子来暂且押几千两银子折腾过去，不上半个月光景，房租地租的银子送来了，我就赎了交还。断不会叫你和鸳鸯落不是。

熙　凤　（想了想）我不管，说成了我也没好处，有了钱你就把我丢在脑后了，谁高兴和你打饥荒去！若是老太太知道了，怪罪我事小，把我这些年管家的脸面都丢尽了！〔说罢故意地要走。

贾　琏　（追上去拉住熙凤，轻佻地）好人！你试试看，办妥了，我酬谢你如何？

熙　凤　你说酬谢我什么？

贾　琏　你要什么就给你什么!

熙　凤　我也正要办一件事,少一二百两银子使,你有了,分给我一二百两就行了。

贾　琏　(笑着)你也太狠了!你这会子别说一千两银子的当头,就是现银子要三千五千只怕也难不着你。我不和你借也罢了,烦你别处去想想法儿,在你是轻而易举,你还要这么大的利钱,真真了不得!

熙　凤　(立刻沉下脸来,气势汹汹地)我有三千五千,不是赚得你的。如今里里外外上上下下,都背着我嚼我的不是;说我放账,吃利钱;想不到你也来说了,可知没家亲引不出外鬼来。告诉你吧,二爷!我见过钱的,我们王家地缝子里扫一扫,就够你们贾家过一辈子的了!别叫我恶心,说出来的话不害臊!现有对证,把太太和我的嫁妆看看,哪一样比不上你们贾家的?

贾　琏　(讪讪地)说句玩话儿,就急了,这有什么,你要使一二百两银子,等我一弄到手,就先送进来给你好了。何苦来发这样大的脾气!

熙　凤　(冷笑强辩)不是我着急,你说的话太戳人的心。纵然我在外头放了些账,也不过是为的贴补家用,这几年若不是我千凑万挪的,早不知过到什么破窑里去了。如今倒落个放账收利钱的坏名声。既这样,我就收了回来,我比谁不会花钱?咱们以后就坐着花好了,花到多早晚再说,看这个空架子能撑多久!

贾　琏　你也犯不着和我赌气,这个家谁不知道是全靠你二奶奶支持的呢!

熙　凤　(温和了些)我不过是告诉你一个底儿,咱们如今是"黄柏木作了磬槌子,外头体面里头苦"!老一辈的横竖不问事,等到他们眼一闭腿一伸,还管小一辈的挨饿不挨饿?所以少不得咱们也要自己做个打算,放账虽是为了官中,也是为了咱们这几口子的另用,单指着那一二十两的月例银子,还不够三五天使的。

贾　琏　(作揖央告)好了,我的二奶奶!你的好处我知道,回来记住和鸳鸯说说。我要到薛姨妈家去了。〔说罢向亭后下。

〔王熙凤也向小桥左首下。

——幕落

第 五 幕

第七场

时　间　第四年的二月初
地　点　北京
人　物　紫　鹃　雪　雁　林黛玉　傻大姐
　　　　贾　琏　王太医　贾宝玉　袭　人
　　　　王熙凤　平　儿
布　景　同第一幕第二场

〔幕启时，春寒尚浓，屋子里烧着火盆，火盆上煮着药罐。门窗都关着，光线显得非常阴暗。四周岑寂，偶尔从套间传出几声咳嗽，和鹦鹉扇着翅膀学人语。
〔鹦鹉声：(学黛玉咳嗽，吁叹)咳咳！唉！
〔紫鹃匆匆自门外进来。

紫　鹃　(边走边说)哎呀，姑娘怎么又出来了？〔张望屋内无人，一怔。
〔鹦鹉声：唉！
紫　鹃　(恍然，指着鹦鹉笑骂)你这个作死的东西，唬了我一跳！〔走到火盆前拨弄拨弄，看看药罐，又出去。
〔林黛玉病恹恹地扶着雪雁自套间走出来。
〔鹦鹉声：("嘎"地扑向黛玉亲切地扇着翅膀学人语)姑娘起来了，紫鹃倒茶！
黛　玉　(向鹦鹉笑了笑，坐书案前，展纸执笔)雪雁，替我磨墨！
雪　雁　是！〔磨墨。
〔紫鹃走进来。
紫　鹃　(一眼看见黛玉，忙趋前)怪不得听见鹦哥叫我倒茶，原来姑娘真的起来了，我还当它又哄我呢！姑娘，还是到套间去躺着吧，外头有风。
雪　雁　姑娘要写字！

黛　玉　我坐一会子就进去,只剩几个字了。

紫　鹃　姑娘又写什么呢?病成这个样子,还不歇着!

黛　玉　我代宝二爷写几张字,如今他病着,自然没法写,我代他写了,等他好了也可以拿去当功课交给舅舅塞责,不然舅舅又要骂他。

紫　鹃　(不平)其实宝二爷病着,老爷又不是不知道。

黛　玉　(摇摇头冷笑了一声)虽然知道,也还是要逼他的功课,因为舅舅一心指望他成就功名,要他高官厚禄,光宗耀祖!〔说罢伏案写字。

紫　鹃　(看着黛玉叹了口气)雪雁,去给姑娘倒碗热茶来。

　　　　〔雪雁走进套间端了茶碗走出去。

　　　　〔紫鹃走进套间拿了件斗篷披在林黛玉身上,伫立一旁。

　　　　〔雪雁端了茶碗又走进来,放在书案上。

雪　雁　姑娘,喝茶吧!〔走向火盆烘手。

黛　玉　(写完了字,折好递给紫鹃)紫鹃,你送给宝二爷去,顺便瞧瞧他好些没有?若问起我,就说我好了,叫他不用惦记。〔咳嗽着,喝了两口茶。

紫　鹃　(接过字)宝二爷的病也奇怪,好好歹歹,竟自缠绵了几个月!姑娘快进去歇歇吧!雪雁,看着药罐,好了就倒出来给姑娘喝。〔说罢走出去。

黛　玉　(沉思一会儿,站起来走去拿起古琴)雪雁,把香炉的香添上。〔又坐到书案前。

雪　雁　是。〔应着,把书案上的香炉添了香。

黛　玉　你去玩吧,有事我再叫你!

　　　　〔雪雁拿了药罐走出去。

黛　玉　(轻轻调了调弦,弹奏着哀婉的曲子,并凄切地吟唱,仿佛要弹唱出满腔的幽怨,如泣如诉)人生斯世兮,如烟尘!天上人间兮,感夙因!感夙因兮,不可恓!素心何如天上月!(弹到这里,"蹦"的一声琴弦断了,不禁嗒然变色)怎么好好的弦断了!〔呆呆地蹙眉疑虑。

　　　　〔忽然由远而近地传来了哭声。

　　　　〔黛玉被哭声震动,倾听一会儿,好奇地推窗顾盼。

黛　玉　谁呀,是谁在这里哭?

　　　　〔傻大姐从窗外露出一张脸来。

傻　姐　(哽咽地)是我,林姑娘!

黛　玉　（看不清楚）你是哪屋里的，叫什么？好好的为什么这样伤心？
傻　姐　（憨直地）我是老太太屋里的傻大姐。林姑娘，他们欺负我！〔说罢又哭。
　　　　〔这时一阵风，吹进落叶片片。
黛　玉　（打了个寒战）你进来说吧！〔关上窗子，走向炕前坐下。
　　　　〔傻大姐呜呜咽咽走进来。
傻　姐　（趋向黛玉）林姑娘！
黛　玉　（细细端详，有些记忆）噢，你就是老太太屋里做粗活的傻大姐！是谁欺负了你呀？
傻　姐　（委屈地）他们说话，给我听见了，我只问了一句，我姐姐就打我。林姑娘，你评评理，她该不该？
黛　玉　（有些好笑）你姐姐是哪一个？〔拿起火钳拨弄火盆。
傻　姐　就是珍珠姐姐。
黛　玉　（不经意地随便问着）为了什么事，你姐姐打你呢？
傻　姐　（撅着嘴嘟囔）为什么，就为了我们宝二爷娶宝二奶奶的事！
黛　玉　（"豁朗"一声，火钳从手里掉下来，如同一个疾雷，感到万分震惊，强自定了一会儿神，战栗地又问）宝……宝二爷娶宝二奶奶，怎么要打你呢？
傻　姐　老太太和太太、琏二奶奶，她们在屋里商量给宝二爷赶着办喜事，说是宝二爷病着，头一宗，先把宝姑娘娶过来，冲冲喜，宝二爷病就好了；第二宗，（瞅着黛玉傻笑了笑）第二宗还要给姑娘你说婆婆家呢！
　　　　〔黛玉脸色惨白，蓦地倒在炕上，紧紧闭住了两眼。
傻　姐　（不理会，继续聒噪地）她们商量了，不叫吵嚷，怕宝姑娘害臊。我听了，就问了袭人姐姐一句，我说咱们明儿更热闹了，又是宝姑娘，又是宝二奶奶，这可怎么叫才好呢？林姑娘，你评评我这话于珍珠姐姐有什么相干呢，她走过来就打了我一个嘴巴，骂我浑说，还要撵我出去。我原不知道上头不叫言语，她们又没告诉我，就打我！〔说得伤心，又哭起来。
黛　玉　（坐起来，泪眼凝眸，有气无力地）好了，再别浑说了，叫人听见，又要打你了。你去吧！
　　　　〔傻大姐呜呜咽咽向外走，正巧紫鹃迎面进来。
紫　鹃　（看看傻大姐，莫名其妙地）傻大姐，什么事哭哭啼啼的？

〔傻大姐也不理，径直哭着走出去。

紫　鹃　（笑着趋向黛玉）真是个傻丫头！姑娘，字送去了，宝二爷看着很高兴。听袭人姐姐说，宝二爷还不大好，一忽儿明白，一忽儿糊涂。王太医刚才给宝二爷诊了脉，随后就过来给姑娘诊脉了。

黛　玉　（颓然摆摆手）快去告诉太医，说我好了，不用看了。〔说罢连声咳嗽。

紫　鹃　（笑着）姑娘哄谁，分明近来又咳嗽得厉害了，怎说好了？雪雁，把姑娘的药端来！

〔雪雁端一碗药走进来，递给紫鹃，看见林黛玉要吐痰，忙到套间拿了个小瓷痰盂来接着。

雪　雁　（低头一看，惊叫）哎呀，姑娘吐——

紫　鹃　（一把夺过痰盂，向雪雁啐了一口）冒失鬼，嚷嚷什么！〔放下药碗，拿着痰盂走出去。

雪　雁　（知道失言，忙去端药）姑娘喝药吧！

〔黛玉摇摇头。

〔紫鹃又拿了空痰盂走进来，一面暗暗拭泪。

黛　玉　（看看紫鹃）是不是我吐血了？

紫　鹃　（故作镇静）不是。雪雁这蹄子看错了。

黛　玉　（凄然苦笑）你们也用不着瞒我，我知道我快完了，其实死了好！死了好！

紫　鹃　姑娘这是什么话，谁不生病呢，怎能一病就死了！

雪　雁　姑娘喝药吧，都快凉了！〔把药碗凑到黛玉面前。

黛　玉　（推开）何必还叫我喝这些苦水，我心里已经够苦的了！

〔雪雁望望紫鹃，无可奈何。

〔外面贾琏的声音："紫鹃！太医来了！"

紫　鹃　雪雁，快扶姑娘到套间去。〔一面向外走。

〔雪雁放下药碗，扶林黛玉走进套间。

〔贾琏和王太医走进来，紫鹃打着帘子。

贾　琏　紫鹃，请姑娘诊脉吧！

紫　鹃　（先在套间门口安置了条几、凳子）太医请坐！〔说罢走进套间。

〔雪雁走了出来。

〔王太医坐下，林黛玉从套间伸出手来，放在条几上，王太医诊脉。
〔贾琏徘徊着。
〔雪雁倒了两碗茶，一碗放条几上，一碗给贾琏。然后将书案上的古琴收了。
〔静场片刻，王太医诊完了脉，端着茶碗站起来，若有所思。

贾　琏　太医看我表妹的病怎样？
〔太医皱眉摇头不语。
〔紫鹃走出来，看见王太医摇头，悚然。
〔雪雁将条几、凳子放归原位，走进套间。

贾　琏　脉息不大好吗？
太　医　奇怪，令表妹的病怎么今儿忽然沉重了？前儿我替她诊脉，还不是这样。
贾　琏　太医今儿看着是怎样的呢？
太　医　本来她是郁结成病，血气衰弱，所以六神不定；如今似乎又加上急恼攻心，血随气涌，看来只怕——（欲言又止）到外头去开方子吧！〔放下茶碗走出去。
〔贾琏也走出去。
〔紫鹃惊愕地怔住了。

雪　雁　（走出来，见紫鹃发呆，诧异地）紫鹃姐姐，你怎么哪？
紫　鹃　（纳闷）雪雁，我到宝二爷那里去了，姑娘都做些什么？有谁来过没有？
雪　雁　（想了想）姑娘弹了一会子琴，没见谁来过。
紫　鹃　（低声）我回来的时候，傻大姐在屋里哭哭啼啼的，难道是她惹姑娘生气了吗？（停了停）不会的。可为什么姑娘的病忽然重了呢？
雪　雁　（一惊）啊，太医说姑娘的病重了吗？
紫　鹃　（低声）轻点！听太医的口气，姑娘没多少指望了？〔说罢涕泪交流。
〔林黛玉颤巍巍地拿着一个绢包走出来。

黛　玉　（看看紫鹃，坐炕上）哭什么，紫鹃！我哪能就死了？
紫　鹃　（连忙擦擦眼睛，强颜欢笑地）谁哭了，刚才眼里吹进一粒沙子。（走过去）姑娘又出来做什么？还是套间去躺着吧！
黛　玉　里头闷得慌。净躺着不受用！〔有些哆嗦。

紫　鹃　瞧你抖擞成这个样子！雪雁妹妹，快去把姑娘的斗篷拿出来。

〔雪雁走进套间，拿出斗篷给林黛玉披上。

黛　玉　紫鹃，你刚才在宝二爷那里听见什么没有？

紫　鹃　（想了一会儿）听袭人姐姐说，立春的第二天，贵妃娘娘去世了，为了怕添宝二爷的病，还瞒着他呢！

黛　玉　别的还听见什么没有？

紫　鹃　（坦然地）别的没听见什么。

黛　玉　（叹了口气）何苦来，你也瞒我！

紫　鹃　（恳挚地）真的，姑娘！别的我没听见什么。

黛　玉　（不信，冷笑了笑）真的也罢，假的也罢，横竖我知道。

紫　鹃　（惊异）你知道什么？姑娘！难道你听见了什么吗？

〔黛玉苦笑不答话，又剧烈地咳嗽着。

紫　鹃　（服侍了黛玉吐痰，安慰地）姑娘，什么事也没有，你别胡思乱想，自己安心保重身子要紧。

黛　玉　（拉住紫鹃悲切地）紫鹃妹妹，我这里没有亲人，如今只有你是我的知心人了。虽然老太太派你服侍我这几年，我素日就拿你当作我的亲妹妹看待。〔说着黯然啜泣，气接不上来。

紫　鹃　（替黛玉捶着背）姑娘，我知道！你好好养病吧！

黛　玉　妹妹，我是不中用的了，原指望咱们两个长远地总在一起，谁知——〔又咳嗽。

紫　鹃　（不忍听下去，掩面饮泣地）姑娘，歇歇吧！

雪　雁　（端了碗热茶走来）姑娘喝口热茶呷呷！

黛　玉　（喝了几口茶，拉住紫鹃喘吁吁地）妹妹，你不要难过，我……我早死早好！只是我的身子是干净的，我死之后，你好歹叫他们送我回去！

紫　鹃　姑娘！

雪　雁　（也哭了）姑娘！

黛　玉　雪雁，把火盆挪过来！

雪　雁　是！〔把火盆向炕前挪近些。

〔黛玉打开绢包，捡出一条旧帕子，上面写着字，就是上次宝玉送她的，看了看，愤然使劲地撕。

紫　鹃　（愕然望着黛玉，满心狐疑，劝慰地）这又是为什么！姑娘，不要生这些闲气，你的身子要紧！

〔黛玉不理会，见帕子撕不破，撂到火盆里。

紫　鹃　（连忙伸手去抢，被黛玉拉住）姑娘，这是何苦来呢！

〔黛玉激动地又在绢包里拿出一些诗稿来，边看边愤恨地切齿，都撕了撂到火盆里。

〔顿时火盆里燃烧得烟雾腾腾，林黛玉呛咳起来。

〔紫鹃急急将火盆挪远些。

〔黛玉仿佛完成了一件大事，痴痴地望着火盆，苦笑了一会儿，又悲泣了一会儿，渐渐血气上涌，昏倒下去。

紫　鹃　（惊骇地）姑娘，姑娘！怎么了姑娘？〔不禁伏在黛玉身上失声哭了。

〔雪雁也站在一边泣啼。

〔黛玉慢慢苏醒过来，咳嗽了几声，又坐起。

紫　鹃　（扶持黛玉吐了痰）姑娘，到套间去躺着吧！

〔黛玉沉思着，忽然有所决地毅然站了起来。

紫　鹃　（以为黛玉到套间，连忙扶着，但是见她径向外走，便拉住她）姑娘，你往哪里去呀？

黛　玉　（拂袖摔脱紫鹃，精神失常地）我要瞧瞧宝玉去！

紫　鹃　（拦阻地）姑娘刚才不是叫我去瞧过了吗？如今你也病着，怎能还去瞧他呢？歇歇吧，姑娘，折腾了这么半天了。

〔这时窗外传来贾宝玉的吵嚷声："你们不要拉我，我瞧瞧林妹妹就回来！"

黛　玉　（闻声一愣）这不是宝玉来了吗？

〔果然贾宝玉踉踉跄跄走进来，袭人搀着他，悄悄向紫鹃皱眉。

〔林黛玉看见贾宝玉，眼睛直了，也不说话，只痴痴地盯着他。

〔贾宝玉也呆呆地瞅着林黛玉。

〔贾宝玉和林黛玉面对面坐下，相视若不相识，只是不住地傻笑着。

〔袭人和紫鹃讶然失色，吓得手足无措。

黛　玉　（大声地）宝玉，你为什么病了？

宝　玉　（憨直地）我为林姑娘病了！

黛　玉　（迷惘地傻笑了几声）哈哈哈！

宝　玉　（也傻笑着）哈哈哈……

袭　人　（向紫鹃递了个眼神）紫鹃妹妹，搀姑娘进去歇歇吧，我们也该回去了！

黛　玉　（刺激，猝然站起来，凄怆地）可不是，我该回去了！〔说罢摇晃着走向套间。

紫　鹃　（扶黛玉进去，惊叫着）姑娘！姑娘！

　　　　〔显然是林黛玉又昏过去了！

　　　　〔雪雁急忙跑进套间。

袭　人　（恐慌）二爷，咱们回去吧！〔说着拉宝玉。

宝　玉　（不动，似糊涂不糊涂，悲痛地）袭人，我要死了！我有一句心里的话，只求你去回明老太太，横竖林妹妹也是要死的；如今既然两个病人都要死，放在两处越发难张罗；不如我就在这里，活着好一处医治服侍，死了也好一处停放！你依了我这话，也不枉咱们几年的情分。

袭　人　（着急）这是什么话，二爷！林姑娘病得厉害，你素日体恤她，这会子就不要再闹了吧！

宝　玉　（走到炕前坐下）我不闹她，我就睡在这里好了。

袭　人　（用力拉宝玉）二爷，走吧！这里不能睡！

宝　玉　（愠然）不要拉我！你何苦来这样狠呢？

袭　人　二爷，我求求你，回去了再商量！

　　　　〔宝玉坚决不走，也不理睬。

　　　　〔这时套间传来林黛玉的咳嗽声、紫鹃的呼唤声、雪雁的呜咽声。

　　　　〔正在不得开交中，王熙凤旋风似的走进来。

袭　人　（如获救星）二奶奶，你来得正好！快劝劝宝二爷吧，他一定要留在这里不肯回去，都快把我急坏了！

熙　凤　（趋前看看宝玉，惊诧地）刚才不是还好好的吗，怎会又呆起来了？我一听说你们在这里，就知道不好。

袭　人　他闹着要看林姑娘，来了就糊涂了。

熙　凤　（向套间扫了一眼，低声地）林姑娘怎样？

袭　人　不好，也有些糊涂了。

熙　凤　（思索地走到书案前坐下）袭人，你过来！

袭　人　（不解地）什么事，二奶奶？

熙　凤　（低声埋怨）如今老太太、老爷、太太已经挑好了日子,正替二爷办喜事,你怎么还让他到这里来呢?

袭　人　（愁懑地）我拦不住他。二奶奶,看这样子,——〔摇头叹息。

熙　凤　（阴谋地）你放心!（又走到炕前拉住宝玉的手）宝兄弟,快跟我回去,我告诉你一件喜事!

宝　玉　（不动）什么喜事,你说吧!

熙　凤　（故作机密地）老爷要给你娶亲了,你喜欢不喜欢?

宝　玉　（震动、惊愕地看着熙凤）娶亲,娶谁?

熙　凤　（附耳低声）给你娶林妹妹,好不好?〔指指套间。

宝　玉　（半信半疑地盯着熙凤怔了一会儿,又高兴地点点头,继而大笑）哈哈哈!

袭　人　（有些慌）二奶奶!

熙　凤　（走过去手搭袭人肩上笑了笑,胸有成竹地低声）不用害怕,我会掉包!（着重"掉包"二字）

袭　人　（放心了）亏得二奶奶想得出!

宝　玉　（又傻笑不休）哈哈哈……

熙　凤　（推推宝玉）小声点,宝兄弟!刚才老爷叫我来瞧瞧你,说你若还是这样傻,就不给你娶了。

宝　玉　（立刻止笑正色）我不傻,你才傻呢!

熙　凤　你不傻,可是在这里闹什么?

宝　玉　（完全明白似的）我不闹,我去告诉林妹妹,叫她放心!〔站起来要往套间去。

熙　凤　（一把拉住宝玉,悄悄地）林妹妹早知道了,如今她要做新媳妇了,自然害羞,不肯见你的。

宝　玉　（止步）娶过来,她见我不见我呢?

熙　凤　（笑着半安慰半威胁地）你好好的,她就见你,你若还是疯疯癫癫的,娶过来她也不见你了。赶快走吧!〔拉扶着宝玉走到屋外。

宝　玉　（站住。思忖,又有些迷惑昏聩）我有一个心,前几年已交给林妹妹了,既然她要过来,横竖她会给我带过来,再放到我的肚子里头,那时我的病就好了。其实何必还娶来娶去的,我搬到这里不是一样么?

熙　凤　又浑说了！这是礼节,怎能随便胡闹？快回去吧,仔细林妹妹要恼的。
宝　玉　(信以为真,含笑温驯地)好,我回去！〔轻轻回到屋内走向套间,掀开门帘瞄了一眼。
　　　　〔此刻套间只有林黛玉的咳嗽声。
袭　人　(拉着宝玉向外走)走吧,二爷！
　　　　〔袭人扶着贾宝玉走出去,王熙凤向袭人耳语了几句话。
　　　　〔熙凤坐到炕上默默动着脑筋。
　　　　〔紫鹃端着痰盂低头拭泪地走出来。
熙　凤　紫鹃！
紫　鹃　(抬头看见熙凤,趋前)二奶奶来了！
熙　凤　(佯装关心地)姑娘这会子好些么？
紫　鹃　(摇头悲切地)这会子像是睡着了,刚才又吐血了！〔指着痰盂。
熙　凤　(低声,恶毒地)太医说,姑娘的病难好！
　　　　〔紫鹃伤心地哭了。
熙　凤　姑娘的病为什么今儿忽然加重了呢？
紫　鹃　(抽噎着)不知道。
熙　凤　是不是听见宝二爷娶亲的事了？
紫　鹃　(大惊)宝二爷娶亲！二奶奶,这……这是真的吗？
熙　凤　(笑了笑)是真的。
紫　鹃　(蹀足叫苦)哎呀,这岂不是要她的命么？
熙　凤　(冷酷地)所以这件事不叫姑娘知道。如今想是有人露了风声。老太太说：咱们这种人家,这个心病断断有不得,倘若姑娘是这个病,不但治不好,她也没心肠了！
紫　鹃　(乍听一怔,继而悲愤填胸地跺了一下脚)好吧！(说罢转身就向外走,但想了想又回过头来气咻咻地)琏二奶奶,我想先支一两个月的月钱,姑娘一天死不了,一天就要钱花！
熙　凤　(看出紫鹃生气,想发作,稍一思忖又忍住了,假慈假悲地)难为你对姑娘的这个情分,我送你几两银子使好了。月钱是支不得的,一个人开了例不当紧,别人都要先支起来,如何得了,你是个灵透人,自然明白的。
紫　鹃　(冷冷地)那就多谢二奶奶了。

熙　凤　不用谢,赶明儿我还有事使唤你呢!
紫　鹃　二奶奶有什么事,只管吩咐吧!
熙　凤　(辛辣地)赶明儿宝二爷成亲的时候,你要过去照料照料。
紫　鹃　(没有明白熙凤的意思,率直地抢白着)二奶奶,等着人死了,我自然是要出去的。姑娘活着,我还得守着她。
熙　凤　(不高兴,凛然地)这是什么话?难道我就使唤不得你吗?
　　　　〔平儿一路喊着走进来。
平　儿　二奶奶,二奶奶,老太太叫你快去,说是有要紧事跟你商量!
熙　凤　知道了。〔悻悻然站起来走出去。
　　　　〔平儿扶了王熙凤同下。
紫　鹃　(满腔悲痛,满腔愤恨地)你们好狠毒呀!
黛　玉　(陡然在套间凄厉地大叫)宝玉,宝玉!你好——
雪　雁　(在套间惊呼)姑娘,姑娘!(掀开门帘探头向外)紫鹃姐姐快来,姑娘又昏过去了!
紫　鹃　(大吃一惊,急急跑进套间)姑娘,姑娘!〔接着号啕痛哭。
　　　　〔又是一片呼唤声,啼哭声!夹杂着飒飒风声!

——幕落

第八场

时　间　前场数日后
地　点　北京
人　物　贾宝玉　袭　人　王熙凤　贾　琏
　　　　平　儿　紫　鹃　薛宝钗　雪　雁
　　　　莺　儿　王夫人　玉钏儿　傻大姐
布　景　同第三幕

　　〔幕启时,满屋张灯结彩,喜气洋洋。套间悬红绸帘,双钩挂起,里面牙床绣帐、锦被、鸳枕,一一清晰可见。屏风前置炕,炕前烧着火盆。书案上燃着一对龙凤花烛。贾宝玉新郎打扮,满面堆笑,精神正常,一点病容没有,王熙凤忙着替他在发冠上插金花,袭人忙着替他在腰间束一条红汗巾。

熙　凤　（端详端详宝玉，笑着拍手）瞧宝兄弟这份儿风采，不是一个绝色美女，怎么能配得上他！

　　　　〔宝玉快活地笑着，有些羞涩。

熙　凤　（又把宝玉脖子上的宝玉拿出来露在外面）哎呀，怎么全身崭新，这块玉上的穗子还是旧的？袭人，快拿个新的来换了！

宝　玉　（忙用手握住，闪开）不要换，这个穗子还是林妹妹给我穿的，她若看见换了，一定会生气的。

袭　人　（向熙凤投了个眼色）不换就不换。二爷，你今天心里喜欢吗？

宝　玉　（玩摩着宝玉上面的穗子，含笑点头）今天是我这辈子第一件畅心满意的事，自然喜欢！凤姐姐，林妹妹怎么还不来？〔说罢性急地向门外顾盼。

袭　人　（笑）不要急，二爷！时辰到了花轿就来了！

宝　玉　林妹妹打园里来，还要坐轿，这么费事！

熙　凤　（笑着拍拍宝玉）又说呆话了！谁家新娘子不坐花轿？

　　　　〔贾琏自门外走进来。

贾　琏　宝兄弟收拾好了没有，老太太叫先出去给老爷看看。等着花轿一到就拜堂了。

熙　凤　早收拾好了。宝兄弟，快跟你琏二哥出去吧！

袭　人　（扶着宝玉）二爷，到了外头要好好的，可不要胡闹。

　　　　〔宝玉笑着温顺地频频点头。

熙　凤　（悄悄叮咛贾琏）你小心扶住他，我随后就来。

贾　琏　知道。〔忙扶住宝玉。

熙　凤　还有，咱们南边规矩，拜堂冷冷清清使不得；虽然有贵妃娘娘的功服在身，外头不用鼓乐可以；里头就叫家里的戏班子用细乐吹打吹打，也热闹些。

贾　琏　好吧！

　　　　〔贾琏和贾宝玉同下。

袭　人　（目送宝玉走后，不安地）二奶奶，我这会子心里直扑通，我怕——

熙　凤　（坐炕上）怕什么？凡事有我。

［平儿匆匆走进来。
平　儿　二奶奶！
熙　凤　紫鹃过来了吗？
平　儿　紫鹃妹妹无论如何不肯过来。
熙　凤　（怒）好丫头！我去。［站起来。
平　儿　（按熙凤坐下，劝着）二奶奶先别生气。紫鹃妹妹也说的是，她守着病人，身上也不干净。林姑娘还有气儿，不时地叫她。我瞧紫鹃妹妹哭得泪人儿一般，勉强来了反而不好。后来和林之孝家的商量，改叫雪雁过来也是一样。奶奶看使得么？
熙　凤　（想了想，气消了些）倒也使得，雪雁过来没有呢？
平　儿　过来了。我叫她换身衣服，就到前头去侍候花轿。
熙　凤　（满意地）罢了。
　　　［这时一阵爆竹噼啪，细乐幽扬。
　　　［傻大姐跑进来。
傻　姐　琏二奶奶，花轿到了，太太叫你快过去！［说罢笑着又跑出去。
　　　［王熙凤站起来正要出去，紫鹃慌慌张张迎面走进来。
紫　鹃　（两眼肿肿的，哽咽着）琏二奶奶，林姑娘不中用了，你快过去瞧瞧吧！
熙　凤　（霎地沉下脸来，无动于衷地）什么话，我这边正忙着办喜事，哪里还顾得着你林姑娘的事？［说罢向外走。
紫　鹃　（拉住熙凤，哀求着）琏二奶奶，难道你就忍心叫林姑娘冷清清地死在潇湘馆么？
熙　凤　（拂袖，厉声喝斥）住嘴！今天是宝二爷的好日子，少给我死呀活呀。（向平儿吩咐）平儿，去告诉珠大奶奶，林姑娘的一切后事叫她料理料理，就说我分不开身，不到那边去了。［说罢疾步下。
平　儿　紫鹃妹妹，走吧！
　　　［紫鹃听了王熙凤的话，怔怔地打量打量屋里，又怒目瞪着袭人。
　　　［袭人有些惶恐，连忙退避套间去了。
紫　鹃　（蹀足痛恨地）好，你们高兴，可怜林姑娘活活给你们摆弄死了！［失声大哭。
平　儿　（也黯然泪下）紫鹃妹妹，不要难过了，快回去瞧瞧林姑娘吧！

紫　鹃　宝二爷,宝二爷!看你以后还有什么脸面再见我![说罢呜呜咽咽地走出去。
　　　　[平儿跟着走出去。
　　　　[细乐吹打声近,接着是笑语盈盈,窗外顿时灯光辉煌,犹如白昼。
　　　　[袭人走出套间,高兴地伏窗眺望,又向门外打起软帘,笑迎着。
　　　　[玉钏儿提着一对宫灯第一个走进来。
　　　　[王熙凤扶着王夫人走进来。
　　　　[贾琏扶着贾宝玉拉着红绸的一端,笑嘻嘻地走进来。
　　　　[雪雁扶着薛宝钗蒙面拉着红绸的另一端,垂首走进来。
　　　　[莺儿随后走进来,王熙凤悄悄示意莺儿,莺儿溜到套间里去。
　　　　[傻大姐和一些丫鬟们在窗外看热闹。
王夫人　(笑着)凤丫头,如今到了洞房,该送新人坐床撒帐了!
熙　凤　正是呢,这是咱们南边的旧例![说罢扶宝钗走进套间,坐到床上。
王夫人　(拉住宝玉笑着)宝玉,这会子心里明白吗?
宝　玉　(点点头)明白,太太!
王夫人　(欣然合掌)阿弥陀佛,你总算明白了,这回你的病可该好了!
宝　玉　(笑着)太太放心吧,从今以后我再也不会病了!
王夫人　但愿如此!琏儿,送你宝兄弟进去!
贾　琏　是![扶宝玉走进套间,和宝钗并肩坐下,然后走出来。
熙　凤　(走出来笑向袭人)袭人,把红枣和桂圆莲子拿给我!
　　　　[袭人捧了一盘已经预备好了的彩果给王熙凤。
熙　凤　(接了彩果向套间床上撒了几把,朗声唱礼)新郎,新娘,鸾凤合凰,早生贵子,五世其昌!
袭　人　(笑着)二奶奶的赞礼像作诗一般,彩头好,还押韵!
王夫人　(向玉钏儿笑着)记住回来学给老太太听,老太太又该笑得合不拢嘴了!凤丫头,我们走吧,折腾了半天,也该叫他们小两口儿歇息歇息了。
熙　凤　(笑着戏谑地)宝兄弟,成了亲你就是大人了,可不能再孩子气呀!待新娘子要温存、体贴,倘或你欺负了她,我是不依的!
宝　玉　(笑着大声地)凤姐姐放心,我从来不敢欺负妹妹的。
王夫人　(向熙凤皱眉头,又向袭人低声地)你要好好看着他!

袭　人　（点头,但面有难色）是!
熙　凤　（拍拍袭人）有什么事,只管叫我去。
王夫人　（叹了口气）唉!今天宝丫头受委屈了!
熙　凤　（扶着王夫人）走吧,太太,老太太还等咱们过去吃喜酒呢!
　　　　〔王夫人与王熙凤、贾琏、玉钏儿同下。
　　　　〔袭人送他们走出去。
　　　　〔雪雁自套间走出来,看见他们都走了,趋向窗前眺望,窗外静悄悄的。有些纳闷,又有些气愤的样子。
雪　雁　（愤愤跺脚,撅着嘴嘟囔）哼,也不知捣的什么鬼!宝二爷成天价和我们姑娘好得像蜜里调油似的,想必都是假的。分明装疯装病,故意叫姑娘寒了心,他好娶宝姑娘!
　　　　〔贾宝玉在套间看看薛宝钗,想去揭开盖头,伸伸手又不敢,犹豫了一会儿,还想揭,依然不敢。
宝　玉　（叫了一声）妹妹!（见对方不理,站起身走出来,看见雪雁,高兴地拉住她）雪雁,姑娘做了新娘子怎么不理我了?
　　　　〔雪雁扭过头去不睬宝玉。
宝　玉　（诧异）咦,你怎么也不理我?（笑了笑）妹妹做新娘子害羞,你也害羞吗?
　　　　〔袭人走进来。
袭　人　（睹状不放心地）什么事?二爷!
宝　玉　我和雪雁说话,她害羞了。
袭　人　（支吾地）雪雁妹妹想是累了,先去歇着吧,这有我服侍呢!
　　　　〔雪雁向门外走出去。
宝　玉　袭人,林姑娘头上盖着那劳什子做什么?
袭　人　（笑着）那是盖头,新娘子都要戴的。
宝　玉　我去揭了它!〔说着走向套间。
袭　人　（吓得忙拦住宝玉）二爷!
宝　玉　（看看袭人,想了想,摇着头）唉,妹妹爱生气,不可造次。（又退回来）袭人,我不揭了,你去请林姑娘到外头来烤火,里头怪冷的。
袭　人　让新娘子歇歇吧,二爷!〔迟疑不肯去。
宝　玉　（推着袭人）我要和林姑娘说话!

〔袭人只好走进套间,向薛宝钗低声耳语了一会儿,然后搀扶了薛宝钗走出来,坐到炕上首。

宝　玉　(高兴地坐炕下首,情意缠绵地)妹妹这两天身子可好些么?总想去瞧瞧你,他们偏不叫我去。

〔薛宝钗不动也不言语。

袭　人　(急得只擦汗)二爷,有话明天再说吧!

宝　玉　(看看对方还是不理,懊恼地站起来踱了一会儿,有些不耐烦,喃喃自语)奇怪,素日那么好,如今做了新娘子反倒生分了!(思忖,情急地扑过去)妹妹,难道你一辈子不见我吗?〔说着毅然伸手揭开盖头。

〔薛宝钗迅速转身背过脸去。

袭　人　二爷!(惊惶失措地忙向窗外)谁在外头?快请琏二奶奶过来。

宝　玉　(没有认出宝钗,笑着)妹妹真的恼了。(搭讪地跟着转过去,虽然对方又背了脸,已经发现异样,不禁一怔)啊!(连忙向案前拿了一只烛台走来,一面揉揉眼睛,定神仔细地省视,越发呆住了,半晌,迷惘地)袭人,我在哪里呢?这不是做梦吗?

袭　人　二爷,今天是你的好日子,什么梦不梦的浑说!老爷可在外头呢!

宝　玉　(拉袭人到一边去,悄悄指着宝钗)坐在那里的这一位美人儿是谁?

袭　人　(笑着)是新娶的二奶奶!

宝　玉　好糊涂,你说二奶奶到底是谁?

袭　人　(稍一思忖,决定坦率地)是宝姑娘!

宝　玉　(愕然)林姑娘呢?

袭　人　老爷做主娶的是宝姑娘,怎么浑说起林姑娘来了?

宝　玉　(混乱)我刚才明明看见是林姑娘,你们也说是林姑娘,还有雪雁,怎么这会子又说不是?你们这都是在做什么玩儿呢?雪雁!雪雁!〔满屋寻找。

〔莺儿从套间走出来,侍立薛宝钗旁边。

宝　玉　(瞥见莺儿,神色骤变)咦,雪雁也不见了!

〔"豁朗"一声,烛台落地。

〔屋里顿时暗淡!薛宝钗和袭人大惊失色。

〔王熙凤匆匆走进来。

熙　凤　（笑着）怎么新郎新娘还没歇着呀？

袭　人　（拉过熙凤，惶恐地）二奶奶，宝二爷又有些呆了！〔耳语了一会儿，拾起烛台。

熙　凤　（看着断了的蜡烛，皱了皱眉头，笑向宝玉）宝兄弟，你在想什么？

宝　玉　（两目直瞪，气恼而昏聩地）凤姐姐，我记得老爷给我娶了林妹妹过来，怎么被宝姐姐赶出去了，她为什么要霸占在这里呢？
　　　　〔忽然传来哭啼声。

宝　玉　（听到哭声，更震动了）你们听，林妹妹哭得怎样了？

熙　凤　（拉住宝玉责备地）宝兄弟，不要浑说，宝妹妹坐在那里呢，回来得罪了她，老太太不依的。

宝　玉　（糊涂得更厉害了，毫不顾忌地跺脚吵着）我不怕，我要找林妹妹去！我要找林妹妹去！

熙　凤　（不禁慌乱）林妹妹病着呢！宝兄弟！

宝　玉　林妹妹病着，我去守着她；我不要在这里，我要找林妹妹去。〔说着就向外走。

袭　人　（一把拉住宝玉）二爷！你安静点吧！

宝　钗　（一直感受着难堪，羞辱，痛苦地沉思默想了一会儿，鼓起勇气向宝玉）宝玉，实告诉你吧，林妹妹已经死了！

熙　凤　（阻止不及）宝妹妹！

宝　玉　（大惊）啊，她……她真死了吗？

宝　钗　（冷冷含怨地）真死了！我还能红口白舌地咒人不成！

袭　人　（着急）宝姑娘，你怎么——

宝　玉　（如同晴天霹雳，头晕目眩地晃了一下，被绝望的悲哀压倒了，捶胸号啕恸哭）林妹妹，是我害死了你呀！〔一面哭一面向外走。
　　　　〔王熙凤和袭人一齐拉贾宝玉，但是哪里拉得住他，他像疯了似的使劲摔脱大家跑了出去。

袭　人　二奶奶，快去告诉老太太、太太吧。〔说罢追了出去。
　　　　〔薛宝钗也站起来欲拉贾宝玉，又缩回了手，一阵刺激，昏倒下去。

莺　儿　（忙拉住宝钗惊叫地）姑娘！

熙　凤　宝妹妹！宝妹妹！

〔外面哭声惨绝!

〔书案上的龙凤烛只剩下一支还燃着,闪灼出阴惨的光,忽地一股风,连这点微弱的光也熄灭了。

——幕落

尾　声

时　　间　前幕数日后
地　　点　北京
人　　物　紫　鹃　贾宝玉　袭　人　薛宝钗
　　　　　莺　儿　王夫人　玉钏儿　老婆子
布　　景　同第一幕第一场

〔幕启时,景象全非,和第一幕第一场成为鲜明的对照;先前的荣耀与繁华,如今变成荒芜与寂寥。几竿翠竹凄然地随风飘荡,落叶满地。潇湘馆的门关着,窗外廊上挂了一只空鸟笼,鹦鹉不知去向。紫鹃坐在石阶上呜呜咽咽哭个不住。贾宝玉病恹恹地自右首甬道蹒跚地走来。

宝　玉　(径趋潇湘馆,看见紫鹃,忙止步亲切地叫着)紫鹃姐姐!〔声泪俱下。
　　　　〔紫鹃抬头看看宝玉,不理睬,又恨又怒地扭转身去,哭得更悲痛。

宝　玉　(沉痛地)紫鹃姐姐,我知道为了林妹妹,你恨我;可我也是不由自主的,他们把我摆弄成了这个样子!
　　　　〔紫鹃不愿听下去,气愤地站起来要走。

宝　玉　(拦住紫鹃,凄怆地)紫鹃姐姐,你再听我说一句话!

紫　鹃　(背着脸冷冷地)说吧!

宝　玉　(愣了一会,委屈地)我也知道,我是个浊物,不配你理我;但是我有满肚子的冤屈,你让我说明白了,死也免得做个屈死鬼!

紫　鹃　(怨懑地)宝二爷要说的就是这句话吗?还有什么没有了?若就是这句话呢,我们姑娘在时,我也跟着听得烂熟,如今犯不着再说了。〔言次拂袖而去。

宝　玉　(一怔,不禁跺脚痛哭)这是怎么说!他们原是给我娶林妹妹,忽然又变成了宝姐姐!〔扑向潇湘馆,用力推开了门。

〔潇湘馆内供着林黛玉的灵柩，白幔围着，凄惨万状！

宝　玉　（触目痛心，跪在灵柩前哭叫着）林妹妹，林妹妹！好好儿的，是我害死你了！你别怨我，这是父母做主，并不是我负心！我也快憋死了，我落得有苦无处诉！〔哭得气噎喉哑。

〔紫鹃伫立竹荫听见宝玉的哭诉，颇觉不忍，想去安慰他，又实在气恼。正踌躇着。

袭　人　二爷！二爷！〔急忙跑向潇湘馆。

〔薛宝钗也自右首甬道上，莺儿跟在后面。

〔紫鹃看了看，更是嫉恨地转身向月洞门下。

袭　人　二爷，你怎么一个人跑到这里来了！快回去吧，宝二奶奶在找你呢！〔拉宝玉。

宝　玉　（愤然摔脱袭人，站起来唏嘘地）都是你们这些人把我弄成个负心的人，老爷分明给我娶林姑娘，你们偏给我娶了我不愿意的！

〔宝钗宛如冷水浇头，忙止步停立阶旁。

袭　人　快别这样浑说，宝二奶奶听见要寒心的！

宝　玉　（愤慨地）她寒心，不能怪我！都是老太太、太太、凤姐姐她们摆弄的。好端端她们把一个林妹妹摆弄死了，就是死，也该叫我见见她，说个明白，她死了也不怨我。可怜她临死还恨着我，如今连紫鹃也恨得我了不得！（对灵柩）妹妹，我对不起你呀！〔说罢又哭。

袭　人　（劝慰地）人死不能复生，二爷再伤心也没用了。林姑娘活着是个明白人，死了也一定是个明白鬼！她的魂灵儿若是有知，不会怨你的，这原是老爷做的主，怪不得你。二爷，快回去歇歇，你还病着，糟蹋坏了身子，老太太又要急坏了！〔拉宝玉。

〔宝玉木然不动，两眼直视着灵柩发怔。

〔袭人走去关上潇湘馆的门。

宝　钗　（镇静如恒地走过去，用讽刺的口吻劝慰着）这会子也哭够了，该回去了吧！千不看万不看，看在老太太疼你的份上，你也得保重些！

〔宝玉沉思不语，也不看宝钗。

宝　钗　（委婉而又严峻地）你为林妹妹死了悲伤，我不怪，只是也该体恤老太太、太太的苦心。你放着病体不保养，又生出事来，老太太最疼你一个，如今八十多岁的老人了,虽不图你的封诰,将来看着你成了人,也不枉她老人家疼你一场。太太更不必说了,一生的心血精神扶养了你这一个儿子,若是你有个什么好歹,岂不要她的命!你是读圣贤书的,难道连孝道两个字都不知道吗?

宝　玉　(反感,冷冷地)你说这些大道理的话给谁听?

宝　钗　自然是给你听,我想着你我既是夫妇,你就是我终生的倚靠,只要你好好的,我也有了指望,所以我劝你把心定一定,养好身子,用功读书,将来若能博得一第,不但我脸上有光彩,也不辜负天恩祖德!

袭　人　(也勉励地)二奶奶说的一席话,二爷自然明白。我们这些人从小辛辛苦苦跟着二爷,不知赔了多少小心,论理原应当的,但只是二爷也该体恤体恤我们。况且二奶奶替二爷在老太太、太太面前行了不少孝道,二爷念在夫妻之情,也不可太伤了二奶奶的心!

宝　玉　(苦笑)你们说来说去,都不离其宗,不过是要我求功名、尽孝道。(愤愤地)好吧,你们也不用絮叨了,我这就到书房念书去![说罢大踏步走下台阶。

袭　人　(上前拉宝玉)谁叫你这会子就去念书?
　　　　[宝玉拂袖,毅然走去。

宝　钗　(也赶过去拦阻)宝玉,你又疯了不成?

宝　玉　(凄然一笑)好好念书去,你又说我疯了,我既是个疯子,你还要我做什么?哈哈哈![坚定而又洒脱地径向月洞门疾下。

袭　人　(着急地追赶)二爷!怎么办呢,二奶奶,二爷又犯病了!

宝　钗　(惴惴不安)莺儿,快跟二爷到书房去,看看他做什么,拉他回来。

莺　儿　是![向月洞门下。

宝　钗　袭人妹妹,事到如今,急也没用。[说罢感触地走向潇湘馆,一种说不出的苦痛,颓然坐下,出神地看着门前。
　　　　[玉钏儿扶着王夫人自右首甬道上。

玉　钏　宝二奶奶,太太来了!

袭　人　(趋迎)太太!

宝　钗　(连忙站起来)太太怎么也到这里来了!

王夫人　我往你们屋里,听说你们在这里,我不放心。我的儿,你们不该叫宝玉到这里来的。(巡视)宝玉呢?

袭　人　(忧惧地)宝二爷到这里来,我和二奶奶都不知道。刚才他哭了一阵子,又跑出去了!

王夫人　(一惊)跑到哪里去了?

宝　钗　(强自镇定)太太不用着急。这两天我见他明白了些,刚才我劝他养好身子,也该用功读书,谁知他就赌气往书房去了!

王夫人　这样说,他是真明白过来了!

宝　钗　(看看袭人,不敢直说)但愿是的。

袭　人　(惶惑地)不过我看二爷气色不大对,又有些浑说。

〔莺儿慌慌张张自月洞门上。

莺　儿　(冒失地)姑娘,宝二爷不见了!

〔大家惊愕失色。

袭　人　什么?

王夫人　(战栗地)你……你说清楚些!

莺　儿　(喘吁吁地)我到前头书房找宝二爷,谁知宝二爷不在,我问一个小厮,小厮说宝二爷出去了。我叫小厮追出去,小厮这会子回来告诉我,他原看见宝二爷在门外跟一个和尚说话;等他走过去,宝二爷一眨眼就不见了,连和尚也不见了。小厮又告诉了琏二爷,琏二爷正派人各处找呢!

王夫人　(放声大哭)哎呀,我的宝玉,这可怎么了!你撂下我们往哪里去了呢!

宝　钗　太太保重,太太!他又不是小孩子,怎能一眨眼不见了呢?莺儿,你再出去瞧瞧。

王夫人　我去瞧瞧!我去!〔说着踉跄地向月洞门走去。

〔玉钏儿和莺儿两边扶持着王夫人同下。

〔袭人知道不妙,掩面啼泣。

〔薛宝钗怔了一会儿,这意外的打击使得她终于精神崩溃了,哇的一声号啕恸哭!

——幕落

1956年岁梢

选自赵清阁编剧《红楼梦话剧集》(四川文艺出版社1985年版)。

流水飞花

赵清阁

时　间

第一幕　仲秋的一天上午
第二幕　暮春的一天下午
第三幕　初秋的一天晚上
第四幕　第一场——仲冬的一天晚上
　　　　第二场——初春的一天下午

地　点

第一幕　贾府大观园
第二幕　同上
第三幕　同上
第四幕　第一场——薛府
　　　　第二场——同上

人物（以出场先后为序）

王熙凤　二十四岁。贾府掌理家务之主。生得标致,打扮艳丽。娇媚风趣。聪明而狡狯，热情而欠诚恳；善于奉迎，处事有权术，胸襟狭隘。

平　儿　二十岁。王熙凤的陪嫁使女。温柔淳厚。襄助王熙凤佐理家务，忠实可靠。精明不亚于其主，贤淑则过之。能博上欢，能邀下爱。虽无学识，胸有见地；常常为不满自身处境，而理想着一个解脱的机遇，但是很难——所以一面敷衍现实，一面又怨尤在心。

刘姥姥　八十二岁。和王熙凤的娘家瓜瓜葛葛有点攀藤亲戚。白发蓬松，体格犹健，虽老迈而不糊涂。生长农村一辈子，但见闻颇广。善谈吐，知礼貌，有风趣，而不伤大雅。能奉迎、敷衍，为博取人们之喜悦，故作昏聩状。王熙凤误以她为乡愚可戏，殊不识其高明在王之上。

板　儿　八九岁。刘姥姥的外孙。一个天真烂漫的乡下小儿，没见过世面，所以显得傻头傻脑的。

贾　母　七十多岁。王熙凤的祖婆。和刘姥姥相反，是一位有身份、有派头的富贵之家的老太太，倒也和蔼可亲，风趣可爱。每日只知享乐，不问家务。喜欢热闹排场，与子孙们戏耍无拘无束。心地较善良，喜奉承，有时不免耳软易受煽动，不能明辨是非。

薛姨妈　五十岁左右。王熙凤娘家的姑母，王夫人的姊妹。虽年轻于刘姥姥和贾母，却已老态龙钟，不似她们那么生气勃勃、精力充沛的样子。性格有些软弱，胸无主张，一切全仗爱女薛宝钗佐理。

贾迎春　十八九岁。贾母长子贾赦的庶出女儿，行二。具有美姿色。相当丰韵，不大喜欢修饰，身材适中。有才，而不高；能诗，而欠精。性格懦弱、浑厚，心地良善。宽大，受委屈，忍让无怨尤。态度端庄沉默，不善词令，不喜游戏。没有什么苟求和奢望，也没有什么忧郁和憎恨。生活对于她好像一种义务，她是为生活苟延寿命。

贾探春　十七八岁。贾母次子贾政的庶出女儿，行三。生着一副鹅蛋脸，俊眼修眉。细长的身材，潇洒的风度。装饰艳丽而不俗。态度随和而可亲，性格刚强、有志。为人世故，却不虚伪。才学尚佳，聪明能干不下于王熙凤。处事，辨是非，公正明白。待人，宽厚仁义；能博上欢，承下悦。好名利而不贪，知安于生活之道，具支配环境之勇。喜、怒、哀、乐形于色，但绝不娇揉做作。由于这些素质的原故，所以她的生活，比别人恬然自如。

贾惜春　十六七岁。贾母长门贾敬的女儿,行四。生得秀丽冷艳,娇小珍珑。身材窈窕,装饰素雅,举止娴静。能诗文,善绘画。性孤僻,有其父之风,终日诵经念佛,修身养心。人情世故欠通,聪颖智慧。对尘寰利欲,看得很淡泊,空幻;彻悟的结果,她觉得唯一解脱人生苦恼的出路,只有遁入空门。

香　菱　十七八岁。原姓甄名英莲,乡宦甄士隐的女儿。幼年被拐骗出来,卖与薛姨妈为奴,历尽劫难,受尽苦楚。美容颜,俊秀,清丽,富才情。为人天真坦率,娴静,温柔,聪明伶俐。为了处境恶劣,忧郁成疾。一生血泪交流,敢怒不敢言。如置身泥淖,不指望肉体超脱,但求心灵升华。所以她孜孜不倦于读书、作诗,把心灵寄托在读书上;唯一安慰她、充实她生活的,也只有读书、作诗。

司　棋　十八九岁。贾迎春的使女。生得娇美。性格刚强,有志节,富情感,忠诚贞烈。虽无学识,却有主张。没有虚荣心,却怀清高愿。她看破富贵之家的丫头们那般悲惨的命运,所以当她钟情一个亦以真心相许的男子时,她便决定不为富贵诱惑,不受势力压迫,毅然反抗现实,至于殉情而死!她是勇敢的。

侍　书　十六七岁。贾探春的使女。俊秀丰韵,聪明伶俐,能干机警,有其主之风。性格好强,忠实淳厚。态度持重,冷静。但知服役为本,没有什么幻想和奢望。对人生很能安命自如。

入　画　十五六岁。贾惜春的使女。娇小标致。对人生世事懵昏无知,她不了解一切,也不需要了解一切。因为年幼,性格尚未固定。

赵姨娘　四十多岁。贾惜春的生母。虽然年近半百,风韵犹存。举止言谈,粗俗欠持重,一望而知是小家出身。头脑简单、愚昧。亦因处境恶劣,牢骚满腹。常常惹是生非,不为人尊敬。所以一生被轻视,即其亲女,也不能原谅她而同情她。

贾宝玉　十八岁。贾母的孙子,贾探春的同父异母之兄。清秀俊丽,风流偶傥,风度文雅可爱。有才情,富于幻想。为了生活环境的影响,娇养成性,极少接触外界,只与闺阁姊妹为伍,所以不无女儿态。温柔腼腆,待人处事仁厚悲悯为怀,多情而非滥。有清高的志趣,不满于现实种种,又无勇气反抗。看起来很懦弱迂昏,一生唯有幽怨和憎恨。

潘又安	十七八岁。司棋的表弟,也是司棋的情人。一个出身寒微的穷孩子。生得俊秀的面庞,体格健壮。坚强自尊,有信心,有向上进取的志愿,更有纯真不拔的挚情,所以终于为了爱,牺牲自己的生命。
王妈妈	五十多岁。邢夫人的陪房女佣。贾府男仆王善保之妻。为人粗鲁,卑俗。心地狡诈,愚昧昏聩,常喜拨弄是非。
夏金桂	十八九岁。薛姨妈的儿媳。姿色美俏,打扮艳丽。少读诗书,缺乏教养,愚昧昏庸,不识大体。性情凶悍暴躁,心地窄狭阴险。待人刻毒,残酷。好忌多妒,轻浮、粗俗。
宝 蟾	十七八岁。夏金桂的陪房使女。美而妖艳,媚而风骚,亦粗俗之流。泼辣不在其主之下,但心地较善良。
薛 蟠	二十二三岁。薛姨妈之子,夏金桂的丈夫。纨绔子弟,庸俗不堪。浅薄无学识,昏聩无才能;对人生世事糊涂,不知天高地厚,所以有薛呆子的诨名。一味吃喝嫖赌,为非作歹。性暴,惧强欺弱。
夏 三	十七八岁。夏金桂的过继兄弟。油首粉面,贼头贼脑,一望而知是无赖小人。举止轻薄,卑劣。和夏金桂有某种暧昧关系,所以往来诡秘。
薛 蝌	二十一二岁。薛蟠的堂兄弟。英俊清秀,态度端庄严肃。有学识,有才干。有君子之风,书卷之气。性格淳厚,诚实。为人正直仁义,安分守己。
小丫头	十四五岁。薛姨妈的使女。

第 一 幕

时　间　仲秋的一天上午
地　点　贾府大观园
人　物　王熙凤　平　儿　刘姥姥　板　儿　贾　母　薛姨妈　贾迎春
　　　　贾探春　贾惜春　香　菱　侍　书　司　棋　入　画
布　景　藕香榭附近。舞台的正上端有木搭的篷架,上面攀了许多葡萄藤,亮晶晶挂了些琉璃子儿。架下种着些菊花。一端通怡红院、潇湘馆等处。有竹编的门楼,门楣悬雕木横匾,书"藕香榭"三字。舞台的右上端透出

"沁芳亭"一角,地位较高,有石阶数级。雕栏,卷帘。亭外,即舞台的右下端有石栏半圈,乃池塘。尚有残荷菱茎。旁植梧桐芭蕉数株。舞台的左端,是缀锦阁的半面。画梁雕栋,金碧辉煌。内有门供出入。悬大红缎门帘。正中设炕榻一张。铺着绵裯绒毯。炕榻上面置小雕木梅花长几,上有茶具,榻下设矮绣墩两个,矮几一个。榻左右分设云头方几、椅子。缀锦阁周围格扇玻璃窗,悬松绿色绸帘。斜向舞台右外端的格扇门,悬松绿色竹帘,半卷起。门前置盆景菊花各色。一边一个瓷凳。

〔幕启 平儿在缀锦阁上正收拾什物,布置桌椅。穿着一件翠绿色绫夹袄,淡青色绸裙子。

〔王熙凤在缀锦阁门前欣赏菊花。穿一件金黄色缎夹袄,粉红色绫裙子。

熙　凤　里面都打点好了吗?

平　儿　都打点好了。老太太叫把酒席摆在里边,这里作为歇息的地方。(说罢走出来)唔,奶奶!刚刚袭人她们问起这个月的月钱,我说:连老太太、太太的还没有放呢,你急什么?她问我:为什么?

熙　凤　(打断,冷冷地)你就告诉她:我早支了放利钱去了!

平　儿　(一怔)奶奶这是什么意思?我不过回她说:等两天就要放了。奶奶这样怀疑我,难道我什么时候把奶奶的事告诉过别人不成?

熙　凤　听说你和袭人很要好,什么话还有个不告诉她的?本来么,我是拿她们的月份银子在外头放账收利钱,而且利上加利,为的是攒体己。但我可没有亏待你呀!

平　儿　(愤然)奶奶这是什么话?奶奶没有亏待我。可我也并没有对不住奶奶的地方!奶奶把我当心腹,什么都不瞒我,我和袭人再要好,也不能随便告诉她奶奶的这些私事。奶奶信也好,不信也好,横竖我问心无愧!
〔说罢赌气掀帘子走向内门。

熙　凤　(扑嗤笑了)瞧!我可把你惯成个样儿来了!我不过只说了两句话,你就给我唠叨上这么一大派道理,还赌气子走开;真是越来越娇,动不动恼了,再下去,还要反宾为主了呢!

平　儿　(转身,感喟地)奶奶教训我,我不气,只是常常这样俏皮我,疑惑我,我伤心!

熙　凤　好啦!好啦!算我刚才的话没说!行不行!我来问你:是不是袭人疑心咱们了?

平　儿　(走出来)袭人倒是个机灵人,就是她心里疑惑,嘴里也不会说出来的。况且她一向都向着奶奶,别人有时候嚼什么舌头,她还拦他们呢。

熙　凤　那么,别人又在背地里嚼舌头了!

平　儿　背地里嚼舌头总是免不了的,这个倒不必去介意。像赵姨奶奶这些人,还不是看着奶奶手里宽裕点,眼红!不要说他们,就连二爷,都成天价口口声声说奶奶有钱呢!

熙　凤　(气愤地)他说?他配说!我三千五千,又不是赚他的。可见得没家亲,引不出外鬼来!连他都浑嚼舌头,难怪里里外外、上上下下不跟着嚼呢!哼!这群没出息的人,只知道按月要银子,就不知道他们贾家如今出的多,进的少,这个月接不上那个月;马上快到了山穷水尽的时候了,还一个个在做梦!这些年要不是我东挪西凑的,早过到破窑子里去了。这会子我倒落个放账的罪名儿!既是这样,我就收了回来,明儿就叫来旺媳妇去收账。看我比他们更会花钱,咱们以后索性坐吃山空,吃到多早晚算多早晚,谁也不犯着操闲心。就拿今天的事讲,老太太一时高兴要摆什么宴,请刘姥姥逛大观园,把个太太急得没法,还不是我出的主意,把后楼上那些没要紧的四五箱子大铜锡家伙,拿出去弄了三百两银子,才有今天的这个排场!

平　儿　奶奶的心只要老太太、太太两个人知道就够了,何必跟那些不相干的人计较?奶奶赌气把账收回来,究竟不划算;奶奶和二爷统共一个月才只十来两月银,还不够三五天使的呢!

熙　凤　(正中心意)说来说去,都怪自己命苦,嫁到这么个人家,穷又不穷,富又不富,"黄柏木作了磬槌子,外头体面里头苦"。大伙儿只顾要面子,殊不知骨子里都快空了!老一辈的横竖活不几年啦,等到他们眼一闭,腿一伸,还管小一辈的挨饿不挨饿?所以少不得我只有替自己的将来打算打算,也是为的二爷和我的孩子,还有你;你是我陪嫁带来的,我总不能临了叫你没个下场。

平　儿　(有些感动)难为奶奶想得周到,我只有忠心服侍奶奶,也好报答奶奶的恩德。

〔这时缀锦阁里面传来喊声：姑奶奶！姑奶奶！

平　儿　谁在喊？

熙　凤　（讥讽地）老太太今天的贵宾到了！也不知道我是她哪门子的姑奶奶？

平　儿　老太太也真奇怪，怎么一看见她，就喜欢！又是这样的抬举她？

熙　凤　（冷笑）什么抬举不抬举，还不是寻寻开心，耍老猴戏罢了！

〔说话之间，刘姥姥牵着板儿掀门帘同出。刘姥姥穿着件半新天青色的布棉袄，黑色布棉裤，扎腿。板儿穿着件桃红色旧绸夹袍，上面贴了几块补绽，头上梳着一根冲天棒的发辫。

姥　姥　哎哟！我的姑奶奶！原来你在这儿忙得紧，怪不得我什么地方都找不着你哩！〔说着走向阁外。

板　儿　姥姥！姥姥！我要花儿！〔说着一伸手，就在盆内摘下一朵菊花。

姥　姥　（一把拉过板儿，打了两巴掌）下作黄子！没规没矩地乱闹，我原是带你进来开开眼界，你就上脸了，看回去我才教训你。

板　儿　（大哭）哇哇！……

熙　凤　不要紧，小孩子家没个不爱动手动脚的。（拉过板儿）过来，板儿！不哭，我把花儿给你戴到头上。〔说着把菊花插在他发辫上。

姥　姥　瞧姑奶奶多疼你，快叫姑奶奶！别哭了！再哭，我就去叫老虎来吃你啦！〔边说边拉着板儿。

板　儿　（抽噎着赌气扭过去不理姥姥）姑奶奶！

熙　凤　（又拉过姥姥笑着）让我也来打扮打扮你老人家！（说着，摘了几朵菊花往姥姥头鬓上乱插）平儿！你再去给我摘几朵"贵妃醉酒"来！

平　儿　好的。〔走向葡萄架旁去摘那地上栽的菊花。

姥　姥　（笑）哎哟！我的姑奶奶！人老都老了，还打扮个什么劲儿？

熙　凤　越老，才越要俏咧！

平　儿　姥姥瞧这两朵花儿好看不好看？

姥　姥　这就叫什么喝醉酒吗？

平　儿　（笑）不是"喝醉酒"，是"贵妃醉酒"！这是说它的颜色就像当初杨贵妃喝醉了酒的脸庞那样鲜妍！

姥　姥　真是，比胭脂还红！姑奶奶倒会想，给花儿取了这么个好听的名字。我的头也不知道修了什么福,今天这样体面起来!

熙　凤　(把姥姥头上横三竖四地插满了花,看了看不觉笑起来)这一下子你老人家变成了十八岁的小姑娘!

板　儿　(拍手大笑)姥姥像个花妞儿了!

〔这时贾母一手拄龙头拐杖,一手扶着薛姨妈自葡萄架下缓步走来。贾母穿着黄色缎袄,蓝色缎裙子。薛姨妈穿着古铜色缎夹袄,月白色绫裙子。贾迎春、贾探春、贾惜春三姊妹跟在后面。贾迎春穿一件天青色缎夹袄,系着一条蓝色丝绦子,乳白色绫裙。贾探春穿一件紫红色夹袄,系一条金黄色丝绦子,月白色绫裙。贾惜春穿一件藕荷色缎夹袄,系一条翠蓝色丝绦子,乳白色绫裙。三个使女司棋、侍书和入画,随侍身边。

平　儿　(忙迎过去)老太太快来看,二奶奶在这里打扮刘姥姥呢!

熙　凤　(拉了姥姥走向贾母)老祖宗瞧,好看不好看?

贾　母　(笑)老亲家!你还不把那些花儿拔下来,扔到她脸上呢,瞧把你打扮成个老妖精!

姨　妈　凤丫头真会糟践人!

姥　姥　哪里!这都是姑奶奶疼我。如今虽然我老了,可年轻时也风流得很哩!就爱个花儿粉儿的。这会子老风流一下子也好。

〔众笑。

熙　凤　(摘了一支大红的走向贾母)老祖宗也戴上一朵应应景儿!人家刘姥姥八十二岁了,比老祖宗大好几岁的人,还戴一头花儿呢!

贾　母　(风趣地)也好!只是别也给我横三竖四地乱插一头!我可老风流不起来了!

〔众大笑。

熙　凤　(又摘来一朵替薛姨妈去插)来,给姑妈也戴一朵。

姨　妈　你这淘气鬼儿,只管摆弄别人,你自己也该戴一朵花呀!

贾　母　可是呀!平儿替你奶奶也插上一头,好给刘姥姥做伴儿!〔说罢坐瓷凳上。

熙　凤　老祖宗何苦来耍我的猴戏呢?平儿!去摘一朵黄色菊花给我插上罢!

平　儿　好的。〔去摘黄菊花替熙凤插上。

贾　母　(笑着用手杖打了熙凤一下)你原是个猴儿嘛!(向迎春等)你们也都来

戴一朵花儿吧！

司　棋　我来替二姑娘摘朵水红的。〔摘花替迎春戴上。

侍　书　我替我们三姑娘摘朵紫红的。〔也摘了替探春戴上。

入　画　（向惜春）四姑娘！你要什么颜色的？

惜　春　我不想戴。〔走进缀锦阁。

探　春　大家都戴，你怎么可以一个人不戴呢？

惜　春　那么，入画！给我摘一朵白的来。

入　画　好的！（摘朵白菊花替惜春插上）

贾　母　平儿！再摘一些去送给大奶奶、宝姑娘、林姑娘她们，叫各人戴一朵。

平　儿　好的。〔去葡萄架下摘花，然后向缀锦阁里门下。

贾　母　酒席都摆好了吗？猴儿！

熙　凤　早摆好了，只等老祖宗的吩咐。

贾　母　既是这样，我先陪老亲家逛逛，你再去预备些酒菜，等会儿咱们就在这缀锦阁上饮酒行令。你宝妹妹、林妹妹她们斯文，喜欢作诗，就叫你大嫂子陪着在里间坐席，免得在一起她们看不惯咱们粗野。咱们也受她们的拘束。只是（向迎春等）她们姊妹三个却要委屈一点，陪陪我们三个老人家才好。你婆婆叫她随便爱在里边也好，到外边来也好。

迎　春　这个自然，横竖我们三个也不太会作诗。

熙　凤　可是老祖宗还忘了安排一个人，一个心肝上的人呢！

贾　母　（真的一时想不起来了）谁？你说的是谁？

熙　凤　老祖宗别装糊涂了！

姨　妈　（笑）我倒猜着了，凤丫头的一张嘴真厉害！老太太怎么还没想起吗？是谁呢？

熙　凤　老祖宗记不起别人是常事，可这个宝贝，一时一刻也不会忘掉的。姑妈不要说，看老祖宗能装到多早晚！

贾　母　（已经想起了，笑着用手杖敲熙凤）猴儿！猴儿！看我不拧你的嘴！一个七十多岁的人，哪能跟你这个乳臭未干的年轻人比记性呢？我忘了你不提醒就该打了，还奚落我！姨太太，你给评评理吧！

姨　妈　老太太不要生气！我说却是老太太平时把她惯坏的，少不得只有担待些了。

贾　母　好哦!到底儿你们是姑侄娘们,我请你给我评个公道理,你反来派我的不是!

探　春　老太太不知道二嫂子的意思,她因为看见你老人家疼二哥哥,所以有些酸不溜的。

贾　母　还是我的三姑娘明白!好了,猴儿,你别吃醋了,就叫宝玉跟他表姊妹们在里边,回来你陪我们喝酒。

熙　凤　这又是三妹妹给我招惹的差事!原想着今天清清静静地吃一顿安生酒席,这么一来,等会儿又该给老祖宗折腾得手脚不停闲了!

贾　母　(拉熙凤到怀里)我的猴儿,可怜见的!我不折腾你就是,今天定让你享享福,一年到头也辛苦够了。

姥　姥　瞧老太太多疼你吧,姑奶奶!

熙　凤　(笑着打趣)可是不疼我的时候,你们就没看见![说罢连忙跑向阁门内下。

贾　母　(笑)猴儿崽子!也不怪我疼她,老亲家,你不知道我这孙子媳妇多么能干,掌管这个百十口子的家,一天忙到晚;对上孝顺,待下仁义,真是比十个男人都中用。

姨　妈　老太太说这话就是偏心,你老人家的那两个孙子媳妇不也是挺好的?

贾　母　你说的是她珍大嫂子跟珠大嫂子吗?唉!人倒都好,只是一个懦弱无能,一个过于忠厚;比起凤丫头的才干来,只怕再加上两个也赶不上!姨太太别生气,连你的姐姐,我的二儿媳妇,也还差她的远呢,就是落个贤惠的名儿。

姨　妈　(点头)我这位姐姐当初在娘家时,就是出名的贤惠,老实。

姥　姥　这样看起来,老太太府上倒是亏了我们姑奶奶了!

贾　母　可不是吗?要没有她,这个家早乱成一团麻了!

姨　妈　老太太别太夸奖过了,就这她已经有些上脸子哩!
　　　　[一阵清风,传来清晰的笙歌声。

贾　母　(倾听,诧异)听!谁家娶亲呢!这里倒离街很近!

探　春　街上还远呢,哪里听得见!这是咱们家的十来个女孩子在演习吹打!

板　儿　(一直在芭蕉底下玩,这会子跳出来拉住了姥姥)姥姥!我要去看娶新媳妇的!

姥　姥　（又是一巴掌）不许闹！

贾　母　这是老亲家的孙子吗？

姥　姥　不，是外孙子！板儿，快跟老太太请安！

板　儿　（在地上磕了几个响头）老太太。

贾　母　（拉起板儿）快起来！我这会子身子也没带钱，回来姨太太替我记住，叫凤丫头代我给这孩子十两银子的见面礼！

姨　妈　好的。老太太！

姥　姥　哎呀！老太太赏我们的钱已经够多了！快来谢谢老太太吧，板儿！〔按住板儿跪下。

板　儿　（机械又痛苦地）谢谢老太太！

姥　姥　再跟姑娘们请安！〔又拉着板儿到迎春等跟前一连磕了不少响头。

探　春　（拉起板儿）好啦，好啦！头上都磕出一个大疙瘩来了。

〔板儿摸摸额头想哭，看看姥姥，又不敢。只好撇着嘴站一边。

贾　母　到底是乡下孩子长得结实，瞧我们家里那群哥儿哪个比得上！

姥　姥　只是傻吃傻长，这么大了还一个字不识呢！

贾　母　这也难怪，没有教，怎么识字呢？

板　儿　（不服地嘟囔着）我认得一个人字，还识得一个大字！

〔众笑。

贾　母　老亲家！你瞧我们这园子好不好？〔说着站起来。

姥　姥　好！好！我们乡下人，每到了年下，都上城里来买幅画儿，看着那上面的景致，我们就恨不能上去逛逛。我原想着那画儿上面的景致不过是假的罢了，哪里会真有那样好的地方！谁知我今儿进到这园子里一瞧，竟比那画儿还强十倍。要是有人能照着这园子也画一张，让我带了家去给他们见识见识，死了也不冤枉。

贾　母　这有什么难，（指惜春）我这个小女孩儿就会画。赶明儿我叫她给你画一张好了！四姑娘！记住这件事，少什么东西，跟你琏二嫂子要去。

惜　春　（腼腆地）知道了，老太太！

姥　姥　（忙跑过去拉着惜春）我的姑娘！你才这么大点儿年纪；又生得这么好个模样；还这么能干，只怕是神仙托生的吧！

〔惜春只恬静地微笑，没答话。

贾　母	你还没有看见呢,老亲家!我们这里的姑娘们一个比一个标致,一个比一个能干。(向探春指问亭子)三姑娘,那叫什么亭子?
探　春	叫"沁芳亭"。老太太!
贾　母	老亲家!我领你到沁芳亭去看看风景吧!
姥　姥	我正想着要去见识见识呢!
贾　母	(向司棋等)你们扶着姥姥一点,仔细青苔滑倒了![自己说着,向前面走。
姨　妈	我来扶老太太![扶贾母走向右台阶登上亭子。
姥　姥	(拉了板儿边走边说)不相干的,乡下的路,到处都是青苔,我走惯了。姑娘不必照应我,别把绣鞋沾了泥。[只顾仰着脸说话,猛不防底下一滑,咕咚一跤跌倒。
司　棋	(不禁拍手大笑)哈哈……姥姥不是走惯的吗?怎么滑倒了?
贾　母	(笑骂)小蹄子们,还不快搀姥姥起来,只站着笑什么?
司　棋	(忙扶姥姥)姥姥摔痛了吧!
姥　姥	(笑着爬起来)才说嘴就打嘴,真是不中用。
贾　母	(在亭子上扶栏站着)扭了腰没有?叫丫头们捶捶!
姥　姥	老太太说的我这么娇嫩?在乡下哪一天不跌两跤?都要捶起来,还了得呢?
	[说着搀板儿走向石阶。
板　儿	(一眼瞧见葡萄架上的葡萄,又嚷着)姥姥!我要那上头的玻璃子儿!我要那上头的玻璃子儿!
姥　姥	(又是一巴掌)小馋鬼儿,再闹我就打死你!
贾　母	那是葡萄,乖乖!等熟了摘给你吃!
	[板儿揉揉眼睛想哭,看看姥姥,又不敢哭,忍气吞声地跟着。
姥　姥	(站亭上,倚着栏杆东张西望)哎呀!真是太好看了!我做梦也没梦见过这种地方!
贾　母	(指着一处)那有一堆绿荫荫竹子的地方,叫"潇湘馆",是我的外孙女林姑娘住的。前面有篱笆墙种着许多花草的地方,叫"怡红院",是我孙子宝玉住的。那有池塘的地方叫"紫菱洲",是我这二孙女住的,旁边一座雕花大房子,叫"蓼风轩",是我这小孙女住的。那有许多芭蕉的地方,

|叫"秋爽斋",是我这三孙女住的。那远远被玲珑山石围着的几间房子,叫"蘅芜院",薛姑娘住在那里。东边一带茅舍,有些像你们乡下的地方,叫"稻香村",我的大孙子媳妇住在那里。

姥　姥　(惊叹)这哪里是人住的地方?简直是蓬莱仙境!老太太说了好多名字,我也记不得,还是让我来仔细看看景致好了![走着浏览着。

贾　母　叫丫头们领着你到后边去逛逛!

姥　姥　(向司棋)就麻烦姑娘给我带带路吧!

侍　书　姥姥仔细再跌跤呀![司棋、侍书,随姥姥亭后下。入画留在贾母身边。

姨　妈　老太太也坐下歇歇吧![扶贾母坐栏后。

惜　春　(见贾母等去后,慢慢走到阁外)像这样的日子,真没意思![说着走到池塘沿,坐在石栏上。

探　春　你快中了妙玉的魔了!成天价这没意思,那没意思,可倒是怎样才有意思呢?妙玉,她是出家人,所以看得四大皆空,你怎么能跟她比?

惜　春　(冷静地)我虽然没有出家,可我想出家!如今办不到,我只愿每天吃三顿安生饭,我不烦别人,别人也别烦我;让我能够过些清静日子,闲的时候,下下棋、绘绘画、看看书、写写字,这样我就心满意足了!(说着,一面抚弄残荷枯茎)

探　春　(不以为然)小小年纪,尽说些糊涂话!

迎　春　也奇怪,四妹妹是最不爱说话的人,就只和妙玉谈得投机。

探　春　这或许是一种缘——一种佛"缘"吧!

[这时香菱欢跃地从缀锦阁门内跑出来。穿着一件粉绿色缎夹袄,系一条浅黄色丝绦子,乳白色绫裙子。头上戴一朵浅黄菊花。

香　菱　三姑娘!三姑娘!大奶奶和我们姑娘,还有林姑娘、史姑娘、宝二爷他们正在商议组诗社的事,叫我来请二姑娘、三姑娘快去。

惜　春　(低声地)可是老太太叫我们三个在这里陪他们,怎么能走开呢?你去告诉大奶奶他们,只叫他们先商议着吧,横竖我们要加入的。

香　菱　大奶奶说,姑娘们要是不能去,等会子请三姑娘记着也拉了琏二奶奶入社。

探　春　(点头向迎春微笑)我明白!亏了大嫂子想得周到。等会子她来了,我就说请她做咱们诗社的监察御史。

迎　春	妙！只是，如果琏二嫂子若明白这是叫她花钱的事，她一定不干！
探　春	不干也要她干，由不得她。
香　菱	看见你们组诗社，我真眼红！我也要发奋学作诗了。
探　春	赶快学吧，等学会了，也好加入我们的诗社。
香　菱	对！我回去就请我们姑娘教我！只是怕她嫌麻烦。
迎　春	（直率地）你们姑娘不教你，你就去拜林姑娘为师，林姑娘作的诗，比你们姑娘作的还要好些！
探　春	（世故地）二姐姐也不能这么说，她们两人各有其长，宝姐姐的诗持重、淳厚；林姐姐的诗清丽、自然。香菱！你能把她们两人的长处，都学到就好了。
香　菱	这可难了！
迎　春	"有志者事竟成！"你又是个聪明人，包你学上一年半载就会作了！
香　菱	（天真地拍手笑着）这样说，我一定用心学。但愿不到半年就会了！
迎　春	（笑）好性子好急呀！
香　菱	（忽然注意惜春，走向身边）四姑娘待在这里想什么！
惜　春	（转身回头，微笑地）没想什么，不过在琢磨将来画这大观园时，应当从哪里下手，应当怎样布局。
香　菱	怎么，四姑娘要画园子图？这样哪里还有工夫加入诗社呢？
惜　春	这倒不要紧，横竖我也不大会作诗。
探　春	不管怎样，总得遵守社的规矩。前些时在"秋爽斋"偶结海棠社的时候，大嫂子不是定了规矩，如果谁有事不能到社，谁就得告假？
惜　春	那么我就告一年的假。香菱代我跟大奶奶说一声。
迎　春	怎么会要这么久？
惜　春	一年也未必能画得完呢！这么大的园子，山石树木，竹篱房舍，加上人物花草，样样俱全，单是起稿子也得两三个月；再加着色，点缀，至少要一年光景才行。
探　春	好吧，香菱，就照着四姑娘的话跟大奶奶他们说一遍，看他们答应不答应。

［这时清风吹落了贾惜春头上戴的花到池塘里。

香　菱	哎呀！可惜了的！四姑娘头上的白菊花吹到池子里了！

惜　春　（沉吟）"飞花逐流水"！〔说罢感慨地叹口气,走进缀锦阁。

香　菱　（拍手笑着）好诗！好诗！四姑娘先头还说不会作诗呢！可见得是谦虚。

惜　春　信口胡诌！算不得什么诗。只是再好的花,落下来,都要随着流水漂到不知去向的地方！

熙　凤　（边说边笑着自缀锦阁内门出来）老太太上哪里去了？怎么就剩你们姊妹三个？

迎　春　（指沁芳亭）瞧！那不是老太太吗？

熙　凤　哟！原来带着刘姥姥看风景去啦！〔说着就要走向阁外。

探　春　（一把拦住熙凤）等等,二嫂子！有两件事跟你商议。一件是我的,一件是四妹妹的,还夹着老太太的话呢。〔说着悄悄向香菱使眼色。

熙　凤　（笑着打了探春一下）这些事什么要紧？回来再商议不行？这会子我还得去侍候老太太呢！〔又要走。

探　春　（不放）不行,横竖没有几句话,等我说完了,你应允了,再放你去。

熙　凤　好个厉害的三姑娘！你就快说吧！

探　春　第一件事,我们起了个诗社,头一次,人就到不齐,大家脸软,乱了例坏了规矩,也不好说什么,我想着,必得你出来做个监察御史,铁面无私地凭公赏罚才行。第二件事,老太太叫四妹妹画园子图,可是用的东西,有这没那的,老太太叫跟你要。

熙　凤　（笑着说）别跟我寻开心了！我又不会做什么湿呀、干的。要是你们请我吃东西嘛,倒可以。

迎　春　（笑向香菱）给我猜着了吧？

探　春　不要紧,二嫂子！你不会作诗,我们也不硬叫你作,只是给你个官名义,监察着我们诗社的人,不许大家偷懒怠惰就行了。

熙　凤　（笑着打趣）你也不用哄我了！我已经猜着了。哪里是请我做监察御史,分明是叫我做个进钱的铜商罢了。你们弄什么诗社,必是要轮流做东道的；你们的钱因为不够使,就想出这个法子,勾引我去,好让我陪着花钱。是不是？三姑娘！

迎　春　（笑）二嫂子果然猜着了！

探　春　你真是个水晶心肝,玻璃人儿。〔向香菱使眼色。

香　菱　琏二奶奶倒是愿不愿意呢？

熙　凤　怎么你这小蹄子也有份吗？瞧这副着急的样子？

香　菱　不是我着急，是大奶奶和我们姑娘们急着等琏二奶奶的回话呢！

熙　凤　闹了半天，大嫂子也夹在里头起横！好吧，你去告诉她，就说我骂她呢！亏了她还是个大嫂子，既然老太太叫她带着姑娘们玩儿，这会子起诗社，能用几个钱？她就不管了，她一个月十两月银，比我们多两倍；老太太、太太还可怜她寡妇孤儿的，又足足添了十两银子，如今和老太太、太太平等了。另外还有地，收租子；年终分年例，主子奴才吃穿仍旧归大官中发给。统共算起来，也有四五百两银子的积蓄，拿出个一两百两银子给姑娘们玩玩，也像个做大嫂子的身份，怎么倒有脸来挑唆着大伙儿闹我！

探　春　你瞧你这张嘴，我才说了几句话，你就说了这两大车的无赖话。真正的泥腿世俗，专会打细算盘！还亏了你也是诗礼官宦出身的千金小姐，竟这么下作！我的事，你就硬扯到人家大嫂子身上。如今爽快点说一句！干，还是不干？

熙　凤　干！我的三姑娘！我还敢说个不字吗？只是仔细将来你做了别人的嫂子时，你的小姑也会这样挟制你的！〔说罢跑开。

探　春　（笑着追过去）二嫂子！我非拧你的嘴不可！

熙　凤　好姑娘！饶了我这一次，下回再也不敢了！

探　春　还有，四妹妹的事你办不办？

熙　凤　四妹妹的事，总该不是马上就办吧？东西倒有，都锁在后楼底下呢！

探　春　既是这样，我知道钥匙在平儿身上，我就去叫她开门拿出来！

熙　凤　好姑娘！人家四妹妹都没着急，何苦来你偏要逼我的命呢？等我空了，再去仔细拣出来，送给四妹妹就是。

惜　春　（笑着）原不等着用，三姐姐！就让二嫂子空了再去拣点吧！

熙　凤　瞧！还是四妹妹疼我。

探　春　诗社的事怎么办呢？

熙　凤　诗社当然加入。我要是不花这几个钱，岂不是变成这大观园的反叛了吗？除非我不想在这里吃饭了。好啦！明儿一早就上任，下马拜了印，就给你们放下五十两银子办酒席做东道。不过，我是个俗人，又不会吟诗作赋的,监察也罢,御史也好,横竖你们只要的是钱,还愁你们会撑我出来吗?

香　菱　(拍手大笑)好了!好了!我去回大奶奶他们,叫他们提防着些儿,明天一早监察御史爷就要上任了![说罢跑向缀锦阁内门下。

熙　凤　这会子总该放我去了吧,三姑娘!

迎　春　好了,三妹妹!我来替二嫂子讲个情,放她走吧!

探　春　走吧!走吧!只是仔细这两件办不到,我还有的给你麻烦。

熙　凤　(跑着走向亭阶)只管麻烦吧!横竖将来也有人麻烦你的,那时候才叫我看着开心!

探　春　(追过去)越说越上脸了,瞧我不来撕你的嘴才怪。

贾　母　(一直在和姨妈低声说话,这时听见她们吵闹,扭过头来俯视)怎么啦?凤丫头,又欺负你三妹妹做什么?

熙　凤　老祖宗总是向着孙女儿,怎的孙子媳妇是外人么?明明三妹妹在欺负我,偏说我欺负三妹妹。

贾　母　别闹了,算是我欺负你行不行?(向姨妈)姨太太!我们也该下去了!

贾　母　(又向亭内叫)老亲家,到缀锦阁来吃酒吧![说着扶入画走下石阶。

姥　姥　(应着)就来了,老太太![说时已走出亭外。

熙　凤　(忙走去搀贾母)起风了,老祖宗冷不冷?

贾　母　不冷!等会子再喝几盅酒,只怕还要热起来呢!

[司棋、侍书扶到刘姥姥下石阶,板儿拿着一根棍儿跟在后面。

熙　凤　刘姥姥这下子可算是井底青蛙见了天吧?

姥　姥　真的!我活了八十二年,今儿能看见这么好的景致,死了也不冤枉!

贾　母　老亲家也该累了,到里边坐着歇歇。[走进缀锦阁。

姥　姥　哪儿的话!在乡下,还不是一天到晚手脚不得闲。[携板儿走进缀锦阁。

贾　母　凤丫头!叫那些文官女孩子们在沁芳亭唱唱曲子助助兴儿吧!

熙　凤　好的。司棋!你去叫平儿关照文官她们一声。再叫平儿,就把酒菜拿来。[走进缀锦阁。

探　春　叫侍书、司棋她们拿好了,横竖也是闲着没事,平儿还要张罗外边。侍书,你同司棋去帮帮忙吧![说罢拉着迎春走进缀锦阁。

流水飞花

侍　书　好的。

熙　凤　侍书！你来！(走到靠窗边低声地)叫鸳鸯把那双老年的四楞象牙镶金筷子拿出来。[说罢又叽咕了些什么。

侍　书　(笑着走了)知道了。

[司棋同下。

贾　母　(躺炕榻上)老亲家也来躺躺！

姥　姥　(坐炕榻一旁)不！这样舒服的炕，一躺下保不住就睡着了！

贾　母　(向熙凤)回来把酒菜就摆在各自坐的茶几上，自酌自饮，倒自在些，免得挤在一张桌子上受拘束。凤丫头就坐在我前面这张绣墩上。

熙　凤　瞧！老祖宗已经打算折腾我了！

贾　母　小猴儿！叫你跟我坐近点，是疼你，并不是想折腾你，懂不懂？

姨　妈　(坐炕榻左端几旁上首椅)凤丫头越来越不知好歹了！

探　春　(坐姨妈下首椅)二嫂子其实是故意地怄老太太，姨妈只别信她！

贾　母　三丫头的话不错，到底比我们上年纪人明白些。

迎　春　(坐炕榻右端几旁上首椅)三妹妹和二嫂子两个，一个比一个精明，也一个比一个厉害！

惜　春　(坐迎春下首椅)所以她两个到一起就打架。

熙　凤　(幽默地)幸亏菩萨保佑，我还有两个好小姑子，要都像三妹妹似的，只怕我王熙凤早给逼得上吊去了！[坐绣墩上。

[众笑。这时司棋、侍书把菜盘、酒壶、杯箸分置各人几上，特别把一双象牙镶金筷子和一盘子鸽蛋放在刘姥姥面前，又替他们一一斟了酒，站在一边。这时，沁芳亭传来清晰的悠扬乐声。

贾　母　(坐起来拿着筷子)老亲家请随便吃点东西吧！

姥　姥　(拿起筷子，怪不伏手，看了看自言自语地)这筷子比我们的铁钳还沉！(说罢伸手欲去夹鸽蛋)老太太这里的鸡也是俊的，下的蛋小巧玲珑！

熙　凤　(取笑)一两银子一个呢！你快尝尝吧，这是鸽子蛋。冷了就不好吃了！

板　儿　我要吃鸡蛋！姥姥！

姥　姥　快坐在姑奶奶旁边，等我来给你夹！(按板儿坐熙凤旁另一个绣墩上。然后去夹鸽蛋，再也夹不起，满碗乱滚，最后夹起了，刚要吃，一滑手又掉了。正要下来找，被司棋拾起丢了)哎呀！可惜了的，一两银子也没

313

听见个响声就没了！

〔众大笑，有的只喷菜，有的直不起腰来，有的拍手。

贾　母　这都是凤丫头促狭鬼儿摆弄老亲家，又不是请客，又不摆筵席，平白拿这双筷子做什么？司棋，快去换了。

司　棋　是！（拿着进去换了一双乌木镶银的来）姥姥试试看，这双合用了吧？

姥　姥　去了金的，又是银的！到底不及我们那个木头的伏手。（说罢一连夹了几个鸽蛋吃）真好吃！活了一辈子，别说吃，见也没有见过这些菜。（又夹了些菜到碗里给板儿）下作孩子，慢点儿吃，仔细噎住了。

贾　母　老亲家，喝两盅热酒吧！（说着自饮一杯，又自斟一杯）最好咱们行一个酒令才有意思！

姨　妈　老太太自然有好酒令，我们如何会，分明老太太要灌醉我们罢了！

贾　母　姨太太怎么今儿这么谦虚？

姨　妈　不是谦虚，实在是怕行不上来，倒叫人笑话。

熙　凤　行不上来，只是多吃一盅酒，醉了睡觉去，还有谁会笑话姑妈呢？

姨　妈　（点头笑着）好吧！只是老太太到底要先吃一杯令酒才是！

贾　母　这个自然（说着先吃一杯）。只是行令少不了鸳鸯，凤丫头叫司棋喊她来吧！

熙　凤　老祖宗今儿就放鸳鸯去自在一会子呢！如今有我在这儿，少不得由我代替她当一次司令官。老祖宗要是一定叫鸳鸯来呢，那么我走，倒是乐得出去喝的自在些。〔说着就故意站起来要走。

贾　母　（忙按住熙凤）我的猴儿，我少不了你。就依你好了，不叫鸳鸯来。只是行什么令呢？

熙　凤　鸳鸯已经告诉我了，说要行骨牌令。行令之后，酒令大似军令，不论尊卑，唯我是主，谁违了令，一律受罚！

贾　母　一定如此，你就快些说吧！

姥　姥　（忙跳下炕榻，连连摆手）别这样捉弄我们乡下人吧！我也不吃了，我这就回家去了。〔说着就拉板儿要走。

熙　凤　（一把拉住，笑着）这会子由不得你了！

姥　姥　（急得只作揖）好姑奶奶饶了我吧！

熙　凤　再多说话，就罚一壶酒！

探　春　刘姥姥只管别怕,有我帮着你好了!
姥　姥　阿弥陀佛!谢谢姑娘!
熙　凤　如今我就从老太太起,顺着下去,到刘姥姥止。比如我说一副骨牌,将这三张牌拆开,先说头一张,次说第二张,再说第三张,最后合成一副牌的名字。我每次说完了,你们无论用诗词歌赋,成语或俗语,比上一句,但都要押韵,错了罚一盅!
贾　母　(兴致勃勃)有趣!快说吧!
熙　凤　(想了想)左边是张"天"!(骨牌的十二点名"天牌")老祖宗比上一句吧!
贾　母　(略一思索)头上有青天!
　　　　〔探春、迎春、惜春等均赞好奉迎。
姨　妈　老太太果然比得好!
熙　凤　当中是个"五合六"。
贾　母　六桥梅花香彻骨。
熙　凤　剩了一张"六合幺"。
贾　母　一轮红日出云霄。
熙　凤　凑成便是一门蓬头鬼!
贾　母　这鬼抱住了钟馗的腿。〔说罢喝一盅。
　　　　〔众笑着连声喝彩。
熙　凤　现在该轮到二妹妹了!(想想)左边"四五"成花九。
迎　春　桃花带雨浓。
熙　凤　(笑)错了韵了!该罚一盅酒。
迎　春　(羞惭地喝了一杯酒)我原不会这个酒令,下边就让四妹妹行吧!
惜　春　我也不会,甘愿受罚!〔说罢也喝了一杯酒。
熙　凤　也好。那么三妹妹可不许赖了!(稍一思索)左边"长幺"两点明。
探　春　(随口应对)双悬日月照乾坤。
熙　凤　右边"长幺"两点明。
探　春　闲花落地听无声。
熙　凤　中间还得"幺四"来。
探　春　日边红杏绮云栽。
熙　凤　凑成一个樱桃九熟。

探　春　御园却被鸟衔出。〔饮了一杯酒。

熙　凤　该轮到姑妈了。左边是个"大长五"。

姨　妈　（思索一下）梅花朵朵风前舞。

熙　凤　右边还是"大长五"一张。

姨　妈　十月梅花岭上香。

熙　凤　当中二五是"杂七"。

姨　妈　织女牛郎会七夕。

熙　凤　凑成二郎游五岳。

姨　妈　世人不及神仙乐。〔说罢饮酒。

贾　母　姨太太这么会行令，先头还谦虚。

姨　妈　不过是顺嘴胡诌罢了。

熙　凤　刘姥姥！该着你了。

姥　姥　我们庄家闲了时，也常弄这个，但不像你们说的好听。如今我也试试看。

探　春　容易得很。你只管大着胆子说好了。

熙　凤　刘姥姥听着，我就说了。左边大四是个"人"。

姥　姥　（故意想了半天，皱着眉头问）是个庄稼人吧？

　　　　〔众哄堂大笑。

贾　母　说得好，就是这样说下去吧！

姥　姥　姑娘们别笑，再笑，我就越发不会说了。

熙　凤　中间"三四"绿配红。

姥　姥　（又想了想）大火烧了毛毛虫。

迎　春　（笑）到底是庄稼人，说的也是庄稼话。

熙　凤　右边"幺四"真好看。

姥　姥　一个萝卜一个蒜。

　　　　〔众又大笑。

熙　凤　凑成便是一枝花。

姥　姥　（两手比画着）花儿落了，结果大倭瓜。〔又饮一杯酒。

　　　　〔众人笑得前仰后合。

熙　凤　姥姥说得好，该多喝一点酒，来，我敬你一杯！〔斟一杯站起饮尽。

姥　姥　（也饮了一杯）我瞧，还是换个木头盅子给我吧，我的手脚笨，又喝了酒，

　　　　仔细失手打了这瓷盅子,可惜了的。
熙　凤　好的。(向侍书)去叫平儿把那个黄杨木雕花大杯拿来。
侍　书　是。〔下。
贾　母　说是说,笑是笑,酒不可多喝了,等会儿木盅子拿来,老亲家只喝这一盅就够了。
姥　姥　不要紧,老太太!你们这酒蜜水儿似的甜,多喝点子也无妨。
侍　书　(取来饭碗大小的木酒杯)二奶奶!酒杯子拿来了。
熙　凤　(接过来满斟一杯给姥姥)这你该放心喝了吧!
姥　姥　哎哟!这哪里是酒杯,这是饭碗嘛!好姑奶奶!饶了我吧!
熙　凤　不行,你自己要来的,就是盆,也得喝!〔说着就去灌。
姥　姥　这才是自找苦吃呢!〔两手捧着,只好一口口喝了。
贾　母　慢点,不要呛着了。凤丫头专会捉弄人,还不快给姥姥夹些菜吃!
熙　凤　(夹菜送到姥姥面前)多吃点菜吧,姥姥!
姥　姥　(笑着)今儿可是酒醉饭饱了!
姨　妈　姥姥,你听亭子上唱的戏曲好不好?
姥　姥　不是姨太太提起我倒忘了,这耳朵也聋了,让我到门外去听听看。〔说着跟跄地拉着板儿走出缀锦阁。
贾　母　仔细摔着了,司棋去扶着点儿!
司　棋　好的。〔忙追出扶姥姥。
姥　姥　(坐在瓷凳上倾听)这戏曲真好听,可惜看不见。
司　棋　你要看也容易,我陪你老人家到亭子上去。
姥　姥　倒要见识见识。(站起来走不两步忽然弯腰)不得了,肚子痛,请姑娘给我张纸吧。〔说着就解衣欲蹲下去。
司　棋　(一把拉住)这里使不得!姥姥!我带你到茅厕去吧。〔扶姥姥走向葡萄架。
姥　姥　(回头向缀锦阁嚷着)老太太!我去泻泻肚子就来!〔随司棋下。
　　　　〔众大笑。
贾　母　刘姥姥一定醉了!都是凤丫头促狭鬼坑害的。
姨　妈　老太太也该歇歇了。
贾　母　(站起来)累倒不累,只是口渴得很!咱们上栊翠庵去找妙玉泡点好茶吃。凤丫头就在这里等着刘姥姥回来一道去，我和姨妈带着他们先去。

探　春　让二嫂子陪老太太去吧！我和二姐姐、四妹妹在这里等刘姥姥好了。

贾　母　也好！那么凤丫头来吧！〔扶姨妈走向里门下。

熙　凤　（指着探春笑）你就怕我安生一会儿！〔说罢打了她一下随贾母下。

惜　春　亏了三姐姐说了一句，不然不知又要闹到什么时候呢？真腻烦，如今我可先回屋去了。〔说罢向外走。

迎　春　那么栊翠庵你不去吗？要是老太太问呢？

惜　春　这么多人去，妙玉一定不高兴，所以我不去。你只告诉老太太说我回去起园子图儿的画稿了。〔向葡萄架下。

〔入画随惜春下。这时香菱、平儿自缀锦阁内门上。

香　菱　（喜悦地）三姑娘，我已经拜林姑娘为师父了！

探　春　好得很！二姐姐，咱们去恭喜林姐姐收了这样好一个徒弟！

香　菱　林姑娘她们跟老太太上栊翠庵喝茶去了。我告诉了她们琏二奶奶应允加入诗社的事，她们高兴得了不得。

平　儿　老太太叫我来等刘姥姥，二姑娘跟三姑娘也去吧！

迎　春　三妹妹要去吗？我是不想去了。四妹妹的话不错，妙玉是个怪脾气人，咱们去这么一大伙儿，她会不高兴的。

探　春　那么咱们就不去了。

司　棋　（慌慌张张自葡萄架后跑来嚷着）不得了！刘姥姥喝醉了，这会子正睡在怡红院宝二爷的床上打鼾呢！

迎　春　你怎么不喊她起来？

司　棋　我送她到毛厮里，等了半天不出来，我就找鸳鸯姐姐去说几句话，等到回来时，她已经不在毛厮里了，好容易找到怡红院，看见她睡得任怎样叫她也不醒，拉又拉不动，小丫头子一个也不见。

平　儿　真不该把人家灌醉了！怪可怜的！我们赶快去拉起她，不要给宝二爷看见了。

司　棋　好吧！〔急同平儿下。

〔探春摇摇头向里门下。

——幕徐落

第 二 幕

时　间　暮春的一天下午
地　点　北京贾府大观园
人　物　香　菱　贾探春　贾迎春　贾宝玉　侍　书　赵姨娘　司　棋
　　　　潘又安
布　景　同第一幕。只是缀锦阁陈设稍异，门帘换了松绿色的。

〔幕启　花草茂盛，遍地新红嫩绿。池塘伸出荷叶如掌。芭蕉下满是月季和玫瑰。香菱穿一件藕荷色绫夹袄，浅黄色绫背心，石榴红色的绸裙子。正拿着一本诗坐在池塘石栏上摇头晃脑朗诵，忽而沉思咀嚼，忽而笑容可掬。贾探春穿一件肉红色绫夹袄。贾迎春穿一件松绿色绫夹袄，正在倚着沁芳亭的栏杆俯视香菱悄悄发笑。

香　菱　（一字一字沉着地朗诵）"大漠孤烟直，长河落日圆。"（合书仰首思索自语）乍看，烟，如何会直？太阳自然是圆的？这"直"字似乎没有什么道理；这"圆"字又似乎太俗气；但闭上眼仔细想想，倒好像真看见这景致了；难为这两个字用得恰当，竟再找不出更好的两个字来。（又看书朗诵）"日落江湖白，潮来天地青。""渡头余落日，墟里上孤烟。"这"白"字"青"字，"余"字"上"字，也实在形容得尽了！

探　春　（笑着说）难为你没有白用心，总算领略了诗的秘诀。只是你说"上孤烟"好，其实不知道他这一句还是套了前人来的。

香　菱　（忙站起来惊喜地）难道还有更好的，是谁作的？

探　春　陶渊明作的："暧暧远人村，依依墟里烟。"你刚才念的，就是由此而来。

香　菱　（琢磨）"暧暧远人村，依依墟里烟。"果然"上"字是从"依依"化出来的，真是更现成自然得多了。

迎　春　（夸赞）你已经会心了！不必再讲，你就作起来吧。〔说着走下石阶。

探　春　明天我就补一张柬，请你加入诗社，如今多一个诗翁，更热闹了！〔随迎春走下石阶。

319

香　菱　姑娘们何苦打趣我？我不过是平日看着你们作诗，心里羡慕，才学着玩玩罢了。

探　春　谁不是玩儿，难道我们是认真作诗吗？若说我们是认真作诗，出了这园子，把人家的牙都会笑掉了！所以你不必害怕，只管作一首试试。

香　菱　昨儿晚上，林姑娘就叫我以月亮为题，用十四寒的韵，学作一首七言律。害得我翻腾一夜没睡觉，今儿就胡诌了几句给她看了，哪知林姑娘说："意味还有，只是措词不雅，皆因读的诗太少，文路窄狭，叫我放开胆子再去作一首。"可是这一整天了，从早到如今，茶饭无心，坐卧不定；只管一劲儿思想，也没有想得一句好的，正为着难呢。

迎　春　作诗本是一件不容易的事，你先别灰心，再用工夫就行了。〔坐瓷凳上。

香　菱　刚才倒是有了一首，只是自己也觉得不好，还没敢去告诉林姑娘呢！

探　春　你就先念给我们听听看。

香　菱　也好，姑娘先评评，要是觉得还可以，我就去念给林姑娘听；要是觉得不行，趁早不去讨师父的没趣。（想了想，念诗）"非银非水映窗寒，试看晴空护玉盘。淡淡梅花香欲染，丝丝柳带露初干。只疑残粉涂金砌，恍若轻霜抹玉兰。梦醒西楼人迹绝，余容尤可隔帘看。"（念后向探春）三姑娘！你说这首诗怎么样？

探　春　（稍一思索）我听着还过得去，没什么大毛病，只是林姑娘比我高明，你还是去请教她才好。

香　菱　（高兴）既然姑娘觉得还不太坏，那么我也胆子壮一点。我这就去请教林姑娘！〔说罢匆匆走向葡萄架后下。

探　春　（赞叹地）真是孜孜不倦，其志可嘉。

迎　春　宝妹妹昨天还笑她，这程子简直像入了魔似的，日里夜里手不释卷，再下去怕会累病呢！

探　春　但愿老天不负苦心人！

迎　春　三妹妹近来作诗没有？

探　春　自从上元节二嫂子生病，太太把家务交给大嫂子和我掌理以来，别说作诗，连看书的工夫都没有，幸亏还有宝姐姐帮忙，不然更要命。刚才觉得有点头痛，所以叫大嫂子留在小花厅办事，我就约了你出来疏散疏散，这会子才好些了！

迎　春　咱们家,人多事杂,本来难以管理。亏了你能干,若是搁在我身上,只怕不单是头痛,命都要送掉了!

探　春　(笑)现在总算就绪了。起初,底下人们看见大嫂子是个贤惠厚道人,自然比二嫂子好搪塞,处处都想懈怠。后来看见我虽不及二嫂子精明,也还精细、认真,因此才渐渐不敢怠慢了,只是要落个恶名声了!(说着走进缀锦阁)来到缀锦阁,就想起上次刘姥姥大闹园子的笑话。真有趣。

迎　春　(也走上缀锦阁)为了刘姥姥的一句话,老太太叫四妹妹画的园子图儿,不知道如今怎么样了。

探　春　前些时看见她还在描绘人物。等会儿咱们约了林姐姐他们一起去瞧瞧。

〔这时侍书穿一件桃红色绫夹袄,匆匆出现于沁芳亭上。

侍　书　三姑娘!三姑娘!〔边走边找,边下石阶。

探　春　什么事?我在这里!

侍　书　(忙进缀锦阁)刚刚吴新登的媳妇来回大奶奶说,赵姨奶奶的兄弟赵国基昨天不在了,老太太、太太都已知道,叫回大奶奶跟三姑娘。

探　春　(淡淡地)大奶奶怎么说?

侍　书　大奶奶说,前儿袭人的妈死了,听说是赏银四十两,赵姨奶奶的兄弟就也赏他四十两好了。吴新登的媳妇答应着就拿了对牌走了。如今大奶奶叫我来回三姑娘,问问这样可以么?

探　春　(皱眉思索,严肃地)你快叫吴新登的媳妇先别支银子。叫她去把旧账拿来给大奶奶查查看。往年老太太屋里的几位老姨奶奶,也有家里的,也有外头的;家里的死了人赏多少,外头的死了人赏多少;请大奶奶按着老规矩办事,万不能随随便便的赏。

侍　书　是!〔又向沁芳亭后走去。

探　春　瞧!我就离开这一会儿,他们想蒙蔽大嫂子。其实,吴新登的媳妇又何尝不知道老例子,可她偏偏故意不说出来。我看老例子未必有四十两银子。

迎　春　不过,大嫂子也是为了你,她想着赵姨娘是三妹妹的生母,赏少了怕对不住你。

探　春　我可不那么想,官中事不应当徇私,任他是谁,我都要丁是丁、卯是卯地

|迎　春| 你要是这样,赵姨娘一定会生气的。

|探　春| (坚定地)我也管不了她,横竖我是凭公办理。我虽是她生的,可我是太太养大的。生身之恩固然大,养育之恩更大!她是个不明白的人,我不能跟着她糊涂。太太既然信任我,叫我帮助大嫂子掌管家务,我就得认真地好好做,才不辜负太太这番疼我的心肠。

|迎　春| (感慨地)唉!我们两人的命运一样,只是你比我强,有太太疼你,……
〔说不下去,黯然泣下。

|探　春| 不过,周姨娘却比我们这位赵姨娘安分得多,虽然大太太待你不好,但如今你常住这里,有老太太疼你也是一样。你不要难过,诸事往宽处想。说起来像咱们这样大户人家,看着不知有千金万银,何等快乐,其实,倒不如小户人家,虽然寒微,倒是娘儿们欢天喜地地过安生日子!
〔香菱怏怏地垂首丧气,自葡萄架后,慢步走出。

|探　春| (看见香菱,拉迎春推窗外眺望)二姐姐!快来瞧香菱这个呆头呆脑的样子!

|迎　春| (笑)一定是她的诗又被林妹妹褒贬了!

|探　春| 我来问问她。(喊着)菱姑娘!师父看了你的诗怎么说?

|香　菱| (没精打采地)林姑娘说,这一首诗不好,过于穿凿了,叫再作一首。〔说罢仍坐池沿石栏上。

|探　春| (向迎春)潇湘妃子也忒认真了!菱姑娘,你就闲闲吧,别尽只想了。

|香　菱| (迷茫地)"闲"字是十五删的,错了韵啦!〔头倚芭蕉半躺着,目不斜视耳不侧闻。

|探　春| (笑)哎呀!不得了,你可真着了诗魔了!

|迎　春| 别逗她了,让她想去。

|侍　书| (匆匆自沁芳亭后上)姑娘!

|探　春| 办好了吗?

|侍　书| (走进缀锦阁)我去了就把姑娘的话告诉大奶奶,又叫吴新登的媳妇拿了旧账给大奶奶看,大奶奶看了说是:从前两个家里的姨奶奶都是赏二十两。两个外头的赏四十两。另外还有两个外头的赏过一百两,六十两。但他们一个是因为隔省迁父母灵柩,所以加了六十两。一个是

因为现买坟地安葬,所以加了二十两。大奶奶就照着这个老规矩,赏了二十两给赵姨奶奶;谁知赵姨奶奶大发脾气,立刻跑去跟大奶奶吵闹。大奶奶说是姑娘叫按老例子办,她就要来找姑娘来了。

探　春　闹就让她闹吧,横竖我不能徇私。

〔这时赵姨娘果然哭哭啼啼地从沁芳亭后走来。穿着一件蓝色绫夹袄,月白色绸裙子。

姨　娘　三姑娘在这里吗?〔进了缀锦阁。

探　春　姨娘有什么事?

姨　娘　(坐下来哭诉)这府里的人都踹下我的头去了,姑娘,你也该替我出出气才是呀!

探　春　(假装不知)姨娘这话是什么意思?我竟不懂,倒是谁踹了姨娘的头呢?说出来我好替姨娘出气。

姨　娘　(摔了把鼻涕眼泪忿忿地)姑娘既是不懂,我就明说了,现在连我亲生的女儿也踹我的头,你叫我怎么办?

探　春　(站起变色)我几时敢踹姨娘来着?

迎　春　(也站起趋姨娘身边劝解)姨娘不要错怪三妹妹,我知道三妹妹从来没有这种心。

姨　娘　(悻悻然)我在这府里熬油似的,熬了这么大年纪,只生了你兄弟跟你两个人;可是熬到如今,连袭人都不如,我还有什么脸呢?就是你自己也不光彩呀!

探　春　(勉强笑着)原来为这个,这又何尝是我要踹姨娘?这是祖宗手里立的规矩,人人都依着,偏我改了不成?至于赏袭人四十两银子,也不仅她如此,将来环兄弟收了外头的女孩儿,也照样。这本不是什么争大争小的事,讲不到有脸没脸的话上。袭人是太太的奴才,我是按着老例子办,你们说办得好呢,就该领祖宗的恩典,太太的恩典;说办得不好呢,那是你们糊涂不知福,也只好随你们抱怨去。太太就是把房子都赏了你们,我没什么"有脸"之处;一文不赏,我也没什么"没脸"之处。依我说,姨娘安静些,养养神,何苦只管多操心!太太满心疼我,都为了姨娘每每生事,几次寒心。如今看重我,才叫我帮大嫂子照料家务,还没做好一件事,姨娘倒先来作践我。我但凡是个男人,可以出得去,我必早走了,自己去立一番事业,那时也落得个逍遥快活;偏偏我是个女孩子,一步不能行动,一句不能乱说。想起来,真活着没意思。〔说罢不禁伤心落泪。

姨　娘　既是太太疼你,才越发该拉扯拉扯我们,可你只顾讨太太的喜欢,就一点也不顾我们受欺负。

探　春　你们何尝受欺负?天下没个主子不疼得力的用人,可也没个好人要叫拉扯的!

迎　春　姨娘不必多心,三妹妹怎么会不拉扯你们呢?只是口里说不出来罢了。

探　春　(正色)二姐姐这话也糊涂了!一个人不能光承望着别人拉扯,总得自己知足识相,自然就叫人瞧得起;若是自己不争气,别人再拉扯也没用。

姨　娘　(气)谁稀罕你拉扯?我不过是觉得你如今在当家,说一是一,说二是二,既是你舅舅死了,多给二三十两银子,太太也不会不依,你就偏偏不肯。看起来分明太太是好太太,都是你尖酸刻薄,累得太太有恩没处使罢了!(站起来忿忿地)原指望明儿你出了阁,额外照看赵家呢,如今没有长翎毛就先忘了本,拣高枝儿飞去了!

探　春　(气得脸色发青,抽噎地)何苦来!谁不知道我是姨娘生的?必要过个三月两月寻出由头来,彻底翻腾一次,唯恐人不知道,故意表白表白!这不知道是谁给没脸?幸亏我还明白,但凡是个糊涂不知礼的,早给逼急了!我又不是不报姨娘的生育之恩,可我也不能不报太太的养育之恩?姨娘成天闹得叫人瞧不起,也想闹得连我也叫人瞧不起才甘心!

〔这时平儿穿着一件浅黄色绫夹袄,乳白色绸裙,自缀锦阁里门上。

平　儿　三姑娘原来在这里,害得我到处找。

姨　娘　(忙殷勤地赔笑)平姑娘坐吧!二奶奶可好?我天天要瞧瞧去,就是没有空儿。

平　儿　谢谢赵姨娘,二奶奶好多了。(走向探春)三姑娘怎么啦?

探　春　(拭泪向平儿)你找我什么事?

平　儿　二奶奶叫我来回姑娘,说赵姨奶奶的兄弟没了,恐怕大奶奶和姑娘不知道旧例,若照老规矩,只能赏二十两银子,如今请姑娘裁度着,再添些也使得。

姨　娘　(高兴地)难为二奶奶惦记着,我正在跟我们姑娘说这件事呢!(向探春)姑娘,既是二奶奶都这样关照,你就做主办了吧!

探　春　(没好气地向平儿)你二奶奶倒会浑出主意,拿着她不心疼的钱,乐得做人情。你去告诉她:我不敢随便添,她要添,等她病好了出来,爱添多少添多少;我可不能开这个例,叫她做好人,我担罪过。谁也不是二十四个月生的,凭什么要两样办法?

平　儿　(讪讪地)姑娘别生气!二奶奶原没一定叫姑娘添,既是姑娘这么说,就按着老规矩办好了。

姨　娘　(大失所望,怨声怒气地拔腿就走)哼!没见过"胳膊肘朝外弯"!〔说着向葡萄架后下。

探　春　(大声)姨娘!你别逼得人太紧!

迎　春　(劝慰)三妹妹,何苦来同她计较,原谅她原是一个没见识的人。

平　儿　二姑娘的话不错,赵姨奶奶一向糊涂惯了的,姑娘犯不着同她生这些闲气。

迎　春　三妹妹回秋爽斋去歇歇吧,等会儿头又要疼了!

平　儿　(忙去扶探春)我来扶三姑娘!

迎　春　侍书先去打一盆水,好等三姑娘回去洗脸。〔走出缀锦阁。

侍　书　是!〔向沁芳亭后下。

探　春　(随平儿、迎春走出缀锦阁,感伤地)想着真叫人难过!姨娘是这样糊涂,环兄弟是那样不懂事,偏偏又都是我的亲骨肉!刚才为这件事,姨娘正纠缠不清,我好容易说服了她,你就来说什么二奶奶叫添一些也可以,明明是叫我为难,你二奶奶做好人!

平　儿　(赔着笑脸)其实二奶奶倒是怕姑娘为难,所以才叫我来说这话,因为二奶奶也料定赵姨奶奶必向姑娘麻烦;姑娘照老规矩办吧,赵姨奶奶不依,不照老规矩办吧,又恐怕将来开了例,没法应付别人。二奶奶的意思,不过叫姑娘随便添一些,只是瞒着大家罢了。

探　春　(冷笑,理直气壮地)你二奶奶做事可以瞒着人,我不能!不要说是赵姨奶奶叫我徇私,我办不到,就是太太叫我徇私,我也一个样办不到!你二奶奶有本事,能够四面八方周到,我不行!我只知道秉公办理,不管谁怨恨也罢,怪罪也罢,但求心安!

平　儿　(恭敬赔笑)姑娘这话不错,府里人多嘴杂,本也难以面面周到!我们替官中做事,也只能求个问心无愧罢了。二奶奶一向事繁,原就只能照顾个大概,保不住没有忽略的地方。俗话说,旁观者清,姑娘这几年冷眼看着,二奶奶有什么没行到的,或是该修改的,该增减的,只管放胆做去。这样,一则于太太好,二则也是姑娘待二奶奶的情义。

迎　春　(笑)好丫头!怪不得二嫂子那么疼你,果然生得一张乖巧的嘴。

探　春　(也笑了)我一肚子气,本想找她二奶奶发作去,偏她这么会说话,把我倒说得没了主意。我才当家不久,很多事还不明白,我哪里敢修改什么?

平　儿　姑娘有什么事不明白,只管问我,或许我知道,就是不知道,我也可以问二奶奶去。

探　春　好吧,我来问你一件事,账上有一项是宝二爷、环爷和兰哥儿每年在家学里的用费八两银子,这是为什么?

平　儿　是为了给他们在学里吃点心、买纸笔使用的。

探　春　凡爷们的使用,不是各屋里都支有月钱的吗?比如宝二爷的由袭人领二两,环爷的,由赵姨娘领二两;兰哥儿的,由大奶奶领二两;怎么又无缘无故平白每人多领八两?照这样看来,他们爷们上学去,没准就为了这八两银子呢,我想从今儿起,把这一项免了,你回去告诉你奶奶,就说我觉得这是一笔浪费。

平　儿　姑娘的话有道理!按说这一项早就该免,二奶奶也有这意思,只为事忙,又忘了。姑娘只管办好了,我去回二奶奶就是。

探　春　(走向沁芳亭)平儿,你忙你的去吧,不必再跟着我耽误你的工夫了!

平　儿　(随上沁芳亭)我原没有什么事,二奶奶打发我来,一者说话儿,二者怕姑娘那里人手不够,叫我帮着妹妹们服侍姑娘。

〔贾探春、贾迎春、平儿同下。这时香菱似乎睡着了,刚才的一切她毫未注意,贾探春等也忘了她的存在。忽然一阵脚步声,贾宝玉穿着橙黄色绫夹袍,云头靴,自葡萄架后跑了来。

宝　玉　(寻视)咦!他们都上哪里去了?(发现香菱,忙走过去)香菱,干吗一个人躺在这里?仔细风吹着了。〔说着用手推香菱。

香　菱　(呓语喃喃地)好姑娘,别浑我,这一回准作成了!

宝　玉　(笑着自语)不得了,真是入了魔,睡里梦里都在作诗!我来摆弄她一下。〔说着扯了一根草,向香菱鼻孔戳了一下。

香　菱　(打了个喷嚏,朦胧地叫着)有了,这一首难道还不好吗!(说罢猛地一翻身,不提防掉到池塘里)哎呀!

宝　玉　瞧你!怎么会睡糊涂到这步田地!〔说着忙伸手去拉香菱爬上来。

香　菱　(下半身裙子全湿了。看了看宝玉,已经清醒,羞涩地)你怎么在这里?

宝　玉　我来找三姑娘的,不想看见你在这里打盹,喊了你几声都不醒,嘴里直说梦话,像你这样的学诗,还会弄出病来呢!(摸摸香菱的裙子)可惜这石榴红的裙子也湿了!

香　菱　这还是前儿琴姑娘来时,带给我的。宝姑娘也做了一条,我这一条今儿才上身,真是倒霉!

宝　玉　(跌足叹息)按说,你们家一天糟蹋一条裙子原也不值什么,只是,这裙子既是琴妹妹带来的,你和宝姐姐每人才有一条,宝姐姐的还好好放着,你的就先弄坏了,岂不辜负了琴妹妹的一番心?再一层,姨妈她老人家嘴唠叨,平日我也常听见她抱怨你们不知道过日子,只会糟蹋东西,要是这裙子给她看见了,不是又该说个不清了吗?

香　菱　(频频点首,感动地)就是这话哩!我虽还有几条新裙子,又不和这一样,若有一样的,便赶快换了,过后再讲。只是,偏偏没有第二条石榴红的裙子。

宝　玉　你就别再动了,只站着吧!不然等会子连里面的小衣、膝裤、鞋,都要弄上泥水了。趁着还有太阳,先晒晒,回来到我们那里,我记得袭人上个月做了一条石榴红的裙子,她因为妈穿孝用不着,就叫她送给你算了。

香　菱　(笑着摇头)不,这样倘或给别人知道了,更显得不好。再说,怎么能平白叫袭人姐送我裙子呢!

宝　玉　这怕什么,只要不让姨妈知道就行了。至于袭人,等她孝满了,难道不许你送她别的东西不成?

香　菱　(想了想)也好,我先在这儿晒晒就去。〔说罢仍坐石栏上。

宝　玉　(蹲在芭蕉下面拣那地上的一片片落花)唔!香菱,刚才你做梦说有了一首好诗,是什么?还记得吗?

香　菱　(思索)记得刚才迷迷糊糊地好像是在一个江边的楼阁上,半轮明月照着那清澈的水,忽然远远有吹笛声,凄凉婉转,悲恻动人,听着听着鸡叫了,觉得冷起来,刚刚作好一首诗,打了个寒战,就醒了。如今让我念给你听听,若是还好,我就再去告诉林姑娘,若是还不好,我就死了这条作诗的心了!

宝　玉　你念吧!

香　菱　(念诗)精华欲掩料应难,影自娟娟魄自寒。一片砧敲千里白,半轮鸡唱五更残!绿蓑江上秋闻笛,红袖楼头夜倚栏。博得嫦娥应借问,何缘不使永团圆?宝二爷,你觉得怎么样?

宝　玉　(拍手称赞)你的诚心果然通了仙了,这首诗不但好,而且新巧有趣。我担保林姑娘再没的褒贬了!

香　菱　(欣慰)果然如此,也不枉我苦心学习一场!

宝　玉　从此,我们诗社又热闹了,刚刚新加入了琴妹妹,如今你也可以加入了。

香　菱　加入诗社,不敢当;倒是从此可以跟着你们学习学习了。只是,你薛大哥就要回来,他一回来,什么都作不成了。[说罢叹口气。

宝　玉　(注意,关心地)正是,听说薛大哥快娶嫂子了,可到底说的是哪一家?今儿提张家,明儿提李家,后儿又提王家;这些人家的女儿也不知道造了什么孽,任他们东拉西扯的。

香　菱　如今说定夏家了,再不会东拉西扯了。

宝　玉　想必是个好女孩儿!

香　菱　说起来还是老亲,她家和我们家同在户部名行商的,也算得数一数二的大门户,你们两府里都知道,合京城里上到王侯,下至买卖人,都称呼她家是桂花夏家。

宝　玉　(好奇地)为什么这样称呼?

香　菱　夏家非常富贵,田产不去说,单只桂花,就种了几十顷地。凡是长安城外的桂花局,都是夏家的。连这北京宫里的一应陈设盆景,也都是夏家贡奉。因此得了这个诨名。如今听说夏太爷没了,只有老奶奶带着一位亲生姑娘过活,又没有兄弟哥哥,可惜这一门竟绝了后。

宝　玉　咱们别去管他绝后不绝后,只是这位姑娘可还好?薛大哥怎么一看就中意了?

香　菱　(笑)这也是天缘;又是情人眼里出西施。据说你薛大哥和这位姑娘从小儿在一起玩过,论亲戚他们是姑舅兄妹,虽然隔离了几年,前儿你薛大哥出门时,顺路到他家,一看夏家姑娘,简直出落得花朵似的,就满心中意了。加之夏老奶奶见了你薛大哥,像见了自己的儿子一样高兴,便留着他住下了。你薛大哥立刻打发人回来请你姨妈快求亲,当时你姨妈打发人去一说就成了。只怕今年就要娶,我也巴不得早些娶过来。听说这位夏家姑娘也读书识字,将来你们诗社又要添一个诗翁了!

宝　玉　(摇摇头)虽然如此,但只是我替你担心忧虑!

香　菱　(诧异)这是什么话?我不懂!

宝　玉　这有什么不懂的?薛大哥是个喜新厌旧的人,只怕娶了嫂子,不会再疼你了。

香　菱　(正色)宝二爷!素日咱们都是恭恭敬敬,今儿你怎么提起这些事来?怪不得别人都说你是个亲近不得的人!(说罢背过身去,若有所思)

宝　玉　(感叹地)唉,我不过是一番怜惜的心罢了![说罢又蹲下拾花瓣。

香　菱　(愣了一会再转身注视宝玉,沉郁地)你拾什么?

宝　玉　(随口应着)地上落了些"夫妻蕙",还有你刚才从池子里带出一枝"并蒂莲"。[边说边在地上用根木棍挖了一个坑,把花瓣埋了。

香　菱　(感动地,也蹲下去)瞧你这双手,弄得尽是泥,还不去洗洗。有埋的,还不如丢到池子里。

宝　玉　(苦笑站起)林姑娘说过,水流出去,还会沦落到脏地方,不如埋起来,土化了的干净![说罢扶石栏向池塘内洗手。

香　菱　(凄然感慨地)四姑娘也说过"飞花逐流水",到底是埋了的干净!哎呀,太阳已经落了,我就去找袭人姐姐,等会儿还要请教林姑娘刚才那首诗呢![说罢站起向葡萄架后下。

宝　玉　(看着香菱走后,叹惜地自语)可惜这么一个聪明伶俐的人,一小就没了父母,到如今连自己的本姓都不知道,既被歹人拐出来,偏又卖给这个不知天高地厚的薛呆子。真是红颜薄命![说罢慢步走向葡萄架后下。
[这时,司棋穿着一件桃红色绫夹袄,月白色绸裙子,自沁芳亭上,探头探脑向下张望。

司　棋　(低声向亭后叫着)表弟,快过来,这里没人!
[潘又安穿着件天蓝色布袍,腰里束条白绸腰巾。畏畏缩缩自沁芳亭后走出。

又　安　咱们还是下去说话儿吧！〔说着走下石阶。

司　棋　(随下石阶,坐瓷凳上忧郁地)唉！像这样偷偷摸摸的不是个常法儿！

又　安　上次你回家,姑爹姑妈都已经察觉咱们的意思了；你走以后,他们也问过我,只是姑妈好像不大赞成你嫁给我；本来嘛,我一个穷小子,哪里配得上你？

司　棋　(气愤地)妈的心我明白了,还不是指望我将来给这府里的爷们收二房,好替她争光。哼！横竖我已经打定了主意,宁愿嫁一个叫花子,也断不肯做人家的小老婆。只要张开眼睛瞧瞧那老一辈的赵姨娘,少一辈的尤二姐,就是当尼姑,也比她们的下场好些。

又　安　(忧愁地)要是姑妈一定叫你跟爷们呢？

司　棋　(坚决地)我不答应,妈也没办法。大不了一死！

又　安　(感动)好姐姐,我真感激你！走着瞧吧,我绝不辜负你这番好心。〔说着拉着司棋的手。

司　棋　你能这样也不枉我喜欢你一场。只是,总得赶快想法子跟我妈求亲是正经,不然夜长梦多,不定又生出什么事来。

又　安　(想了想,忧虑地)要是姑妈答应,这府里不放你出去怎么办？

司　棋　只要我妈答应,这府里,我是二姑娘屋里的人；二姑娘老实,好说话；我求求她,没个不放的。你尽管放心好了,别前怕狼后怕虎,一辈子犹豫,一辈子也办不成事,男子大丈夫,总得刚强点才行。

又　安　(毅然决然)我准照你的话去做,不管怎样,今生今世,咱们总得在一起,就是死了做鬼,也不能分开。将来我在外头做个小买卖,赚了钱,让你舒舒服服地过日子。

司　棋　(神往地)你出去做买卖,我就在家做活计,日子再穷,只要咱们在一起,就快活！表弟,你真能做到你刚才说的吗？

又　安　(憨厚地跪下发誓)我潘又安若不是真心待表妹,叫我死无葬身之地；倘或表姐不嫁我,我就终身不娶。

司　棋　(忙拉起又安)真心就真心,何必发誓赌咒的！

又　安　(天真地)不发誓赌咒,你不信嘛！只是表姐！你呢？你也和我的心一样吗？

司　棋　(笑)怎么？你也想要我跪下发誓吗？

又　安　那倒不一定,只要你说一句话就行。

司　棋　(毫不犹豫地)海枯石烂,此心永远不变!

又　安　(热情地拉住她)表姐!我的好表姐!

司　棋　(推开又安)小心给人看见!

又　安　唉,日子多么快,咱们小时候的事,还像在眼前,可是已经十几年过去了!

司　棋　再有十几年,咱们就变成老头老太婆了!

又　安　(回忆)小时候咱们一处吃饭,一处玩耍,一处睡觉,多么自由自在!如今大了,倒显得生分了,还不如一辈子别长大的好!

司　棋　这不是生分,这是规矩!像宝二爷和林姑娘,他们也和咱们一样,也是自小就在一起;如今大了,少不得就处处回避嫌疑。这不要紧,只要咱们的心不变。

又　安　话虽如此,只是不能常常见面,实在叫人想念。

司　棋　你不是已经买通园里那些婆子们,放你进来吗?以后多给她们一些钱,就可以常常见面了!

又　安　提起这个,倒忘了问你,前儿我托张妈带给你的信,收到没有?

司　棋　收到了。我还叫她带给你两个香囊,也收到了吗?

又　安　(解衣示项上香囊)瞧,我早带上了!表姐!我也送你一样东西。(从怀里取出一绣花香袋给司棋)这香袋是我成天带在身上的,你拿去留个纪念吧!

司　棋　(接香袋看了看,面红耳赤,羞涩地)小鬼!你瞧这上面绣的是些什么?真不害臊。你从哪里弄来的这脏东西?

又　安　(笑)这是我在城里买的。一面绣的是幅春图儿,一面绣的是"月圆花好"四个字,回去收起来放好,千万别叫人看见了。

〔这时忽然传来脚步声。

又　安　(惊)听,有人来了!

〔接着是葡萄架后传来说话声。

〔声音:我到缀锦阁找三姑娘去!

又　安　(急,惧)谁?怎么办?

司　棋　鸳鸯姐姐的声音,咱们快躲一躲,等她走过去,再出来。〔慌慌张张拉了又安躲到缀锦阁上首背后。仓促之间,把那个香袋遗落在地上。

——幕急落

第 三 幕

时　间　初秋的一天晚上

地　点　贾府大观园

人　物　贾探春　侍书　王熙凤　平儿　王妈妈　贾惜春　入画
　　　　香菱　贾宝玉

布　景　秋爽斋,贾探春的卧室。舞台的正上端左半边凸出处为套间,月洞门,泥金雕花木槛,里面有窗,外边挂对联一副,书:"烟霞闲骨格,泉石野生涯。"中悬金黄色绸幔子。右半边门进去,一排大格扇门窗,悬粉红色绸窗帘。窗外丛密的芭蕉可见。门外有廊,供出入。舞台的左右外首有门,悬粉红色绸帘子。舞台左里首置一张大理石长案,案上有大宝砚;笔筒内插着大小笔枝如林;书籍成堆。案端壁橱上,分置画帖、古玩。案前有大椅,铺绣花垫。案后(即左房门旁)有瓷凳。套间幔外首置瓷凳。舞台右里首置云头茶几,上有大窑盘,放着金黄佛手。几两旁有椅,墙上正中挂一幅山水"烟雨图"。舞台中间外首置矮炕桌,铺珠红色织绵呢垫。

〔幕启　案头烛光闪耀,贾探春穿着一件橘黄色绫夹袄,月白色绫裙子,正聚精会神伏案看书。窗外月光黯淡,时有杜鹃啼声。侍书穿着一件葱绿色绫夹袄,天青色绸裙子,忽然匆匆自廊外走进来。

侍　书　姑娘!姑娘!

探　春　(慢吞吞地应着,并不抬头)什么事?

侍　书　(趋案前紧张地)姑娘,园子里出事儿了!

探　春　(一怔,这才仰起头来)园子里出了什么事儿?瞧你这个惊慌样子!

侍　书　二奶奶带着王善保家的一干人搜查园子来了!

探　春　(诧异)搜查园子?为了什么?

侍　书　听说为了什么香袋的事,老太太房里的丫头傻大姐,前儿在园子里捡了一个什么绣花香袋,被大太太碰见了,大太太要了过去。又拿给了太太,太太立刻找二奶奶,大发脾气,疑心是不是二奶奶丢的?二奶奶回说不是的,太太就叫赶快搜查,到底这是谁的香袋?刚刚麝月姐姐告诉我,宝二爷和林姑娘,屋里都已经搜过了。现在正搜二姑娘屋里的丫头们,二姑娘已经睡了。我去偷听了一会,谁知道二姑娘房里也出了毛病!

探　春　(惊问)什么毛病?

侍　书　说起来,这件事都是王善保家的挑拨,才闹大了的。

探　春　就是东府大太太屋里的陪房,那个王善保家的吗?

侍　书　不是她还有谁,这婆子平时进园子里来,我们姊妹们都不大奉迎她,所以早就怀恨了,这次正好抓住这件事儿就作威起来,二奶奶带着她搜查园子,各个屋里都由她动手。刚刚搜查二姑娘屋里的姊妹们,一个个翻箱倒箧,拨弄是非。唯有搜查到司棋姐姐的时候,只马马虎虎地看了一下。

探　春　这又是什么缘故?

侍　书　因为司棋姐姐是她的外孙女儿。但是周瑞家的不答应,说既是搜查,就该一个个都看看才公道。打开了司棋姐姐的箱子,拣出了一双男人的缎鞋;还有一个小绢包。绢包里面是一个"同心如意"和一张红纸帖儿。当时周瑞家的就把这些东西交给二奶奶,二奶奶看着那张红纸帖儿只笑。王善保家的问二奶奶是不是司棋写的账目不成字,所以招二奶奶见笑了;二奶奶说:"正是呢,这个账我竟算不过来了,你是司棋的老娘,她的表弟也该姓王才对,怎么又姓潘呢?"王善保家的连忙回答说,司棋的姑妈给了潘家,所以她的姑表兄弟姓潘,叫潘又安。

探　春　(好奇地注意倾听)这张红纸帖儿上面写了些什么呢?

侍　书　二奶奶就把那张红纸帖念了一遍,原来是司棋姐姐的表弟写给她的信,上面写着:他送给了司棋姐姐一个香袋。由此证明,那个傻大姐拣的香袋,竟是司棋姐姐失落的。

探　春　王善保家的怎么说呢?

侍　书　(绘声绘形地叙述着)王善保家的又气又臊,直不敢言语了。二奶奶说

　　　　这倒也好,不用做老娘的操一点心,鸦雀无闻地就替自己弄出一个女婿来了。周瑞家的说搜来搜去搜到王妈妈外孙女儿头上了。事情总算大白,也不用再冤枉疑心别人了!王善保家的这一臊,不由得使劲在自己的老脸上打了几巴掌,又自己骂着:"老不死的娼妇!说嘴打嘴,现世现报!"

探　春　（不禁笑了）真是说嘴打嘴。司棋怎么样呢?

侍　书　司棋姐姐倒是奇怪,只低着头一声儿不言语,也没什么害怕和羞臊的表示。二奶奶也不问她,叫周瑞家的把那些赃物都收了起来。后来又去搜查四姑娘屋里了,想必不一会还要到咱们屋里来呢!

　　　　〔这时门外有人喊叫。
　　　　〔声音:三姑娘睡了吗?

侍　书　谁?

探　春　香菱的声音,快去开门。

　　　　〔侍书走去开门,香菱穿着一件天青色绫夹袄,乳白色绸裙子,手里拿着一小包东西。

香　菱　三姑娘没有歇呀!

探　春　（站起让座）还没有,正在看一本陆放翁的诗。菱姑娘请坐吧!怎么这会子有空出来了?侍书,给菱姑娘倒茶!

香　菱　不必麻烦了,侍书妹妹!

侍　书　（倒茶递给香菱）菱姑娘吃茶!〔说罢走出去。

香　菱　我们大爷今儿从长安回来,带了些小东西,我们姑娘拣出几样好点的分送给各位姑娘使用,这里面几支笔和两札信笺,是送给三姑娘的。〔说着把小包递给探春,然后坐绣凳上。

探　春　（接小包打开看着）宝姐姐真是周到,自己留着使用好了,又分给我们大家,这样她自己不是没有了?

香　菱　我们姑娘留的还多着呢,大爷带了一箱子的小玩意儿。

探　春　好吧,我就收下,见了宝姐姐说我谢谢她。

香　菱　三姑娘太客气了!刚才提起陆放翁诗,我倒挺喜欢。比如:"重帘不卷留香久,古砚微凹聚墨多。"这两句真切有趣,我最爱读。

探　春　（笑）你这阵子又作诗没有?

香　菱　不断作,只是不好,幸而我们姑娘如今闲了,倒常常指教我。不过,刚才听我们姑娘跟大奶奶说,打算明天就搬回去住。这样一来,就是不好的诗也作不成了。

探　春　为什么要搬回去住?

香　菱　说是太太身上有点儿不自在,家里两个女人也都因为时症不能起床,没人服侍太太,要我们姑娘回去。再一层,我们大爷就快娶亲了,也得回去忙着办喜事。

探　春　(想了一会,似有所悟)刚才琏二奶奶到你们蘅芜院去过吗?

香　菱　没有,刚才我在林姑娘那里,看见琏二奶奶带着几个老妈妈去了,像是谁丢了什么物件,在丫头们房里搜查了一会才走。

探　春　(不禁点首自语地)嗯,我明白了。

香　菱　(误解地)三姑娘知道是什么事儿吗?

探　春　没什么大事,听说是太太失落了一点小东西。(忙转话题)今后宝姐姐搬出去,我们这里要冷清多了!

香　菱　我们空的时候,还会常常过来的。三姑娘如今不当家。又有工夫看书作诗了,以后我要常来请教你呢!

探　春　(谦虚地)不敢当,你是林姑娘的高足,林姑娘的诗比我作的好多了,你也自然不会比我坏! 今后倒可以常常在一起唱和唱和,讨论讨论。

香　菱　提起林姑娘,入秋以来,又不自在,三姑娘去看过她吗? 看着比往常更瘦了,紫鹃姐姐说,已经几天没起床了。唉! 可惜了的,又标致又有才学的一个人,年轻轻的病不离身!

探　春　也是她自己作践的,成天价心胸放不开,忧郁成病,弄得三天没有两朝好! 劝她又不听。

香　菱　(喟然)也难怪她忧郁,一个人的身世遭遇不称心,是不会快活的。比如我吧! 到如今不知道家在哪里? 父母还在不在? 自幼儿就被拐出来,一次两次的拿我做买卖,最后落到薛家。想起来,也只有怨命! [说着眼圈儿红了。

探　春　你也不必难过,落到薛家还算是你的福气,姨妈和宝姐姐待你就跟自己的亲女儿亲妹妹一样。

香　菱　太太和宝姑娘待我好,是没得话说。只是不该把我又给薛大爷,我倒情

335

愿跟太太和宝姑娘当一辈子丫头，不愿意嫁男人。

探　春　（诧异）为什么？薛大哥是一个大户门第的公子，有什么不好？

香　菱　（感慨地）俗话说：宁为小家妻，不做大家妾。三姑娘只消看看尤二姐的下场，就明白了。你薛大哥的性情本来就不好，将来娶的这位奶奶还不知道脾气怎么样？早知如此，还不如当初跟了那第一次买我的冯公子。

探　春　（点首）是怎样一个人呢？

香　菱　三姑娘不是外人，我倒可以告诉你。提起这个姓冯的，还是为了我好端端送了命的！

探　春　（猛忆）想起来了，记得你们还没有进京的时候，薛大哥曾经闯出人命祸来，八成就是为这个姓冯的事吧？听说后来还是我们一个同宗贾雨村做的人情，胡乱了结此案。

香　菱　一点不错，就是这件事。这冯公子年纪十八九岁。父母双亡，又没有弟兄，守着些薄产度日。素来不好女色，看中我以后，把银子先交给拐子，预备郑重其事地再等三天迎娶过门。我满以为从此罪可以受完了，谁知这拐子第二天又偷偷把我卖给了薛大爷，到了第三天冯公子来迎娶，薛大爷就带了一干人来抢我，于是两边打起来，冯公子一个文弱书生自然不是薛大爷的对手，结果冯公子落个人财两空，白白送了一条命！这些年若不是太太和宝姑娘都待我好，又加着有你们几位姑娘爱着我，只怕我不会还活到今天。〔言次黯然泣下。

探　春　（走过去拍拍她安慰地）过去的事不要再去想它了。也许菩萨可怜你，保佑将来薛大哥娶的这位大嫂子是个贤德人！

香　菱　好歹我只盼着他早点娶过来，也许让我清静清静，不然，我也实在受不了薛大爷再折磨下去了！（拭泪）

探　春　你小时候的事，一点也不记得吗？能够想法子找到你的父母就好了！

香　菱　（叹了口气）唉！我是五岁那年的元宵节出去看花灯，被拐了出来的。只记得我有爹妈，不记得有姊妹；只记得家在一座庙旁边，不记得是什么地方，什么街道；只记得我的小名叫英莲，不记得姓什么了！所以今生今世，恐怕是再也不会见到我的父母了！〔说着抽噎不止。

探　春　这也难说，或则你父母会打听出你的下落也未可知！

侍　书	（慌慌张张自外廊走来）姑娘，二奶奶来了！
香　菱	（忙拭泪站起）我走了，叫琏二奶奶瞧见我在哭，又该疑心长短！
探　春	你就从里间走出去。（携香菱到左房门）我不送你了，外面看得见吗？
香　菱	有月亮，看得见。三姑娘请留步吧！〔说罢掀帘下。
探　春	（胸有成竹，镇静地坐案前，依然拿起一本书看）侍书，把我套间里的灯点起来，幔子挂上。叫丫头们也都不要睡。
侍　书	是！〔挂起套间幔子，敞开着门，然后进去点亮了灯。再走向右房门下。
探　春	（喃喃自语）哼！越来越不成话了！丫头出了不名誉的事儿，居然搜查到姑娘们屋里来了！

〔窗外灯光明亮，脚步声传来。王熙凤穿一件深油绿色缎夹袄，月白色绫裙子，带着一干人走到廊外。

熙　凤	（到了门口，向随从们）你们就在廊子上侍候着，只让王妈妈和平儿两个跟我进去。〔说罢走进门内。

〔众人应着，王妈妈穿着一件黑绸夹袄裤，扎腿。平儿穿一件青色绫夹袄，白色绸裙子，随王熙凤走进。

探　春	（佯装看书）侍书，谁在外头说话哩！
平　儿	（抢上一步至案前）三姑娘，是我们奶奶来了。
探　春	（这才抬起头来，站起笑着）二嫂子这么晚还出来？
熙　凤	（笑着）三妹妹这么晚还在看书哩！
探　春	闷得慌，看看书倒也是消遣。二嫂子请坐，侍书倒茶！
熙　凤	（坐瓷凳上打趣地）像三妹妹这样用功，要是兴考女秀才，三妹妹一定得中。（向王妈妈）王妈妈也坐下吧！
妈　妈	（冷冷地）按说，奶奶，姑娘们面前是没有奴才们坐的道理。〔说着坐茶几旁，一脸的气愤。
熙　凤	不必拘礼，凡是太太们的陪房，也算是老一辈的人哩！
侍　书	（捧茶盘上，只有两碗茶）二奶奶喝茶！（再把另一碗茶置案上）姑娘喝茶！
探　春	（佯装地）傻丫头，那边还有客呢，你就没看见！快送过去给王妈妈喝。
侍　书	（端茶向王妈妈，讥讽地）我真是有眼无珠，只瞧见二奶奶一个人儿，还没有瞧见王妈妈这位贵客呢！

妈　　妈　（接过茶。似懂非懂）不敢当,姑娘!

探　　春　无事不登三宝殿,二嫂子此来,有何贵干?

熙　　凤　（委婉地）也没什么要紧事,不过因为太太丢了一件东西,连日访察不出,恐怕有人赖这些女孩子们,所以索性大家搜一搜,去去疑心。我带着妈妈们已经在园子里走了一圈,现在少不得又来惊动妹妹了。

平　　儿　其实事情也算水落石出了,三姑娘这里搜不搜,没什么要紧。

妈　　妈　（不高兴）平姑娘,要搜都得搜,刚才的事也不能就算是证据。

熙　　凤　（严肃地）王妈妈何必着急,横竖只剩这一处了,要是再搜不出什么来,刚才的事,自然算是证据了。

探　　春　（冷笑）王妈妈的话不错,要搜都得搜,特别是我们这屋里,不但丫头全是贼,就连我也是个窝主。二嫂子,要搜,就请来搜我的箱柜,丫头们所有偷来的东西,都交给我藏着呢!侍书,进去把套间的箱柜都打开。

侍　　书　是!王妈妈,请过来看看吧,别等会子再疑心我赃物收起来了!〔走进套间。

妈　　妈　平姑娘也来帮着我看吧!〔说着走进套间。

熙　　凤　三妹妹不要错怪了我,我不过是奉太太的命罢了。

平　　儿　（不愿进去）奶奶,时候不早了,咱们还是走吧,也该让三姑娘安歇啦!

探　　春　二嫂子别多心,我自然明白这不是你的主意。平姑娘也不必拦她,还是搜搜的好。不过我要和你们说清楚,你们搜我的东西可以,但若想搜我的丫头,却不能!我平时原比旁的姊妹坏,凡丫头所有的物件,我全知道,也都由我代放着,就是一针一线,她们也没有收藏,所以只须搜我一个贼头儿就够了。要是你们不依,只管去回太太好了,就说我违抗太太的慈命,该怎么处治,我甘去领受。（说着冷笑了两声）嘻嘻!今天早起,我们还议论着甄家抄家的事,想不到这会子咱们也学起来了!古人说:"百足之虫,死而不僵!"可知一个大族人家,若从外头杀来,一时是杀不死的,必须先从家里自杀自灭,才能很快地一败涂地!俗话又说:"国家将亡,必出妖孽。"如今想必咱们家该亡了,不然怎么会凭空跑出这种妖孽奇事呢?

熙　　凤　（无言可对,有所刺激,又羞又惭）三妹妹说的有理,都怪我平日治家不善,所以才闹出这种笑话来!昨儿太太还责备了我大半天!前些时我病着,要不是有妹妹照管,还不知道要生出多少事呢?[这时王妈妈果然在套间翻东翻西地搜着,物件散满一地。

侍　书　（故意大声地）王妈妈看仔细点儿,回来可不能再搜第二遍!

熙　凤　（站起走向套间）既是丫头们的东西都在这里,就不必搜了。

探　春　（愠然）你倒会学乖!她已经什么都搜了,还说没搜?明儿你还说我护着丫头们不许搜呢,趁早儿你也去看个明白,否则要是明儿再搜,我可不依了!

熙　凤　（赔笑）三妹妹何苦来拿我杀性子!平儿,去帮助侍书把三姑娘的东西收拾起来。

平　儿　好的。[走进套间整理箱柜。

探　春　王妈妈,你搜查明白了没有?

妈　妈　（走出来,一面还向屋内东张西望）都搜查明白了!

熙　凤　（忙拉过王妈妈,制止地）妈妈走吧,疯疯癫癫还瞅什么?

探　春　王妈妈还不放心吗?

妈　妈　（听见探春刚才的一派话,以为是向熙凤发气,与己无干。所以乘势作脸地趋前掀起探春衣襟,涎皮笑脸地）真个不放心,就连姑娘身上我都想搜了!

探　春　（勃然大怒,一掌掴向王妈之颊,厉声骂着）你是什么东西!敢来拉扯我的衣裳!我不过是看你是大太太的陪房,又有几岁年纪,才叫你声"妈妈",你就该知足自量才是,谁知竟然狗仗人势,狐假虎威跑到我们姑娘跟前来逞强了!你来搜东西,我不气,不该拿我取笑儿,动手动脚的,你打量我也是你们二姑娘那么好性儿,由着你们欺负的人吗?呸!你瞎了眼,错了主意!我贾探春不是一个怕狗的人!（转向熙凤）二嫂子,要搜,你来搜吧,我不能浑得叫奴才们来搜身子![说着就解衣纽扣。

熙　凤　（忙劝止探春）三妹妹息怒!千万别同她一般见识,她算得什么,妹妹气病了,倒值得多了!

探　春　我但凡是个多气性的人,早一头碰死!

熙　凤　（喝斥）王妈妈你还不出去?得意忘形,也不该跑到这儿来闯祸!

妈　妈　（摸着被打的脸边走边嚷嚷）罢了!罢了!活了一辈子,这正是第一遭挨打呢!我明儿回了太太,仍旧回到老娘家去算了。[走到窗外。

探　春　（向侍书）你还不给我撵她出去？是要等着听我和她拌嘴不成？

侍　书　（走向窗前大声地）王妈妈，你也知点儿好歹，省下一句吧！你果然回老娘家去，倒是我们的造化！只怕你舍不得走，你走了，还有谁再讨主子的好儿，调唆着搜查姑娘们，折磨我们丫头呢？

熙　凤　（笑着）好丫头！真是有其主，必有其仆！

探　春　（坐案前冷笑地）嘻嘻，我们做贼的人，谁都有三言两语的，但只会明说，可不会背地里使坏调唆主子！

平　儿　（赔笑）三姑娘消消气，我去给你泡碗热茶来！〔说着走向右房门。

侍　书　我来，平姐姐！（说着拉ня平儿，自己走去端了茶来放凳上）我再去给二奶奶泡一碗来！〔说着又走向右门。

熙　凤　我也要走了，好让你姑娘早点歇息！〔站起来要走。

〔入画穿着身松绿色绫袄裤匆匆走来。

入　画　（进门扑向熙凤面前跪下哭着，哀求地）二奶奶，饶了我吧！我实在没有撒谎！那些银锞子真是东府里珍大爷赏给我哥哥的，因为我老子娘如今都在南方，我哥哥在这里就跟着叔叔婶子过日子。叔叔婶子平日吃酒赌博，我哥哥怕把银锞子交给他们乱花了，所以每次得了赏就托妈妈们带进来，叫我替他收放着。二奶奶不信，只管问珍大爷去，若说不是他赏的，就拿我们兄妹一起打死，也无怨言！〔说罢抽抽噎噎哭个不住。

熙　凤　这件事自然要问明白的。就算是珍大爷赏的，你也有不是，你该知道府里规矩；是不许私自传送东西的，就是官盐，也变成私盐了。如今你先起来回去吧！

入　画　（苦苦哀恳）二奶奶若不开恩饶我，四姑娘是不会再要我了，刚才二奶奶走后，她就说要撵我出去！

熙　凤　要我饶你，你就说出这传送银锞子的人是谁？以后万万不可再犯！

〔入画刚要说话时，贾惜春穿着一件藕荷色缎夹袄，乳白色绫裙，自廊外匆匆走来。

惜　春　（边走边说）二嫂子千万别饶她，这里人多，若不管教管教她，那些大丫头们看见了，更不知道会怎样胆大呢？就是二嫂子饶她，我也不能饶她的。〔坐案后瓷凳上。

熙　凤　四妹妹这么晚，何苦又跑出来。

惜　春　我听见她出去了,料定必是来求二嫂子了,所以我要跟二嫂子说明一声。

熙　凤　素日我看入画这孩子还老实,谁能不犯一点错儿?只要戒她这次,下次若犯,就二罪并罚。入画,快说给你传送银锞子的是谁?

惜　春　据我看来,这传送人没有别个,必定后门上的张妈,平日我常瞧见她和这些丫头们鬼鬼祟祟的,这些丫头们也都肯照顾她。

〔侍书端三碗茶,分送与王熙凤、贾惜春、贾探春。

妈　妈　(没好气地在窗外插嘴)老不死的娼妇!刚才我外孙女儿的东西也是她传送的,二奶奶可千万不能放过她,这传送私物的事情,关系很大!

熙　凤　(斥责地)你少多嘴!我自然知道怎么办!入画,四姑娘说的对吗?

入　画　(哭着点头)正是她。

熙　凤　平儿替我记住!

平　儿　是!

熙　凤　好吧,我该走了,四妹妹正好陪三妹妹说会子话儿,你们都不要再生气了!〔说着走向门外。

惜　春　(拉住熙凤激动地)二嫂子就带了入画去吧,或打,或杀,或卖,任凭与你!我万不能再要这样丢脸的丫头。

入　画　(急得连连磕头)二奶奶,好歹替讲个情吧,下次我再也不敢了!

惜　春　可是,你做的事让我如何见人?

平　儿　(劝解地)四姑娘不必这样,看在她从小儿服侍姑娘一场,就先留下她吧!她也是一时糊涂做错了事,只要她能改过就好。入画妹妹,别紧缠二奶奶,还是好好求求你们姑娘去吧!

熙　凤　我走了,三妹妹,可千万别当真恼我呀!〔说罢走出廊外。

探　春　(赔笑)二嫂子也别见怪我刚才冲撞了你们!〔送到门口。

〔众人去后贾探春退回屋内。

入　画　(依然跪着不起来)三姑娘,你替我讨个人情吧!我再也不敢了!

探　春　四妹妹就先让她留着,等二嫂子查问明白,再发落好了。

惜　春　(烦恼地叹了一口气没说什么)唉!

侍　书　(拉起入画)起来吧,到里间等着送四姑娘回去。

入　画　(起来,畏惧地慢步走向惜春)姑娘!

惜　春　（摆手）去吧！去吧！

　　　　〔入画抽抽噎噎地随侍书向右房门下。

探　春　（坐案前感慨地）看来，咱们的日子越来越难过了！

惜　春　（苦笑地）家里丢人现丑的事，层出不穷，但凡他们上头管家的人像点样子，下头也不敢为非作歹！古人说："己不正焉能正人？"其实他们还不是同入画一般行事？

探　春　是呀，你能撵入画，却不能撵出他们许多人！

惜　春　我撵入画，为的叫他们知道，我是干净的，绝不容一丝一毫的尘垢玷污我。我也明白入画不过是替罪羊！

探　春　撵了入画，你也是落不了个"干净"，这府里的人，干的坏事太多了，你能说都和我们毫无关系吗？譬如，东府的珍大哥，他近年来成天在外头吃酒赌钱，访花问柳，说起来是你的亲胞兄，不是比入画更玷污你吗？再譬如，我那位生身母赵姨娘，在家惹是生非，丢人现丑，不是也连累我没脸吗？

惜　春　东府的事，我也听到些个议论，可是我们一个姑娘家，只有躲是非的，怎好去问他们。况且古人说："善恶生死，父子不能有所勖助。"我也管不了。但求保住自己清白就够了。反正今后我也不愿再回到那边去，再同那些世俗糊涂人在一起了，好歹守着这个园子，一个人清静一辈子完事。

探　春　（笑着摇头）只怕他们也不会容你在这园子里住一辈子！像这样多事的地方，我倒不想长久住下去！〔说罢又觉有些失言，羞臊掩面。

惜　春　（严肃沉着地）人世就是这么回子事，走到哪里都一样处处有尘垢，处处是荆棘！记得林姐姐说过一句禅语："无立足境，方是干净。"一点不错！要干净，就得先从"清心寡欲"做起。看穿了什么都是假的；"四大皆空"，就连自己的身子，也终竟要随着一抔黄土化了的！所以从今往后，"苦海回头"，我决计闭门诵经，修身养性，一念不生，万缘俱寂，免得再受重重叠叠的劫难！好在母亲早死，父亲也算修炼成仙了，落得一个人无牵无挂倒也自在。

探　春　（讥笑地）妹妹又参起禅来了！不愧为敬老爷的女儿，只是我瞧你同咱们宝二哥哥一样，成天价嘴里嚷着看破红尘，要出家当和尚去！

惜　春　（坚决地）姐姐不信，只看着好了！我绝不会像二姐姐似的任着大太太摆布,自己连哼都不敢哼一声儿!

探　春　二姐姐也实在太软弱了,前儿听丫头们说,为了她的老奶妈把一个钻珠累丝的金凤拿去当了银子赌钱放头儿,给东府大太太知道了,跑去大骂二姐姐还牵扯着我,说什么二姐姐是大老爷跟前的人养的,出身一样,周姨妈就比赵姨妈强十分,二姐姐也该比我强十分才是,怎么反不及我一半?可怜二姐姐一声儿也不敢出。后来我知道了,想了个主意,叫平儿去逼着老奶妈把金凤赎了回来,又退还给二姐姐了。像二姐姐这样温厚贤惠的人,大太太还不能容她,昨儿二哥哥告诉我大太太他们做主,已经把二姐姐许给了一个什么孙家。老太太跟老爷都不大愿意,可是怎样劝大老爷和大太太都不听。并且迎娶的日子很近,今年里头就要过门。看来他们是存心要把二姐姐打发出去!

惜　春　(感叹地)唉,有什么好说的?谁叫咱们生为女儿呢!

探　春　大太太说也奇怪,待她的亲娘家侄女儿也不好,记得去年冬天,岫烟姐姐没钱花,仅有的几件棉衣都悄悄拿出去当了!幸亏老太太做好事,把岫烟姐姐说给了宝姐姐的堂兄薛蝌,等宝琴妹妹一旦过门到梅翰林家去,他们也就成了亲了。要不这样,将来又该由着大太太摆弄了。

惜　春　(不大为然)难道女孩儿除此以外,就再没有路走了吗?

探　春　(取笑)有几个女孩儿像你这样有慧眼的?

惜　春　妙玉那么有才有貌的人,不是也出了家吗?

探　春　你不能拿她比,她是从小就出家的。

惜　春　(辩驳)长大了再出家,更有恒心些!(说罢稍一思索,口占一偈念着)"大造本无方,云何是应住?既从空中来,还向空中去。"

〔忽然窗外有人搭腔。

〔声音:是谁出家呀?咱们一道,我也要当和尚去!

惜　春　(一惊)谁在外头偷听话儿?

探　春　还有谁,准是二哥哥那个淘气鬼儿!

〔说话之间,贾宝玉穿着身大红缎夹袍子自门外上。

宝　玉　(笑向惜春)四妹妹谈禅也不找我来领会领会。

惜　春　二哥哥又取笑了!我们在这儿信口开河,哪里是谈什么禅?

探　春　二哥哥这样晚又出来做什么?带的有人吗?(一面叫着)侍书,给宝二爷泡茶!

宝　玉　（坐套间外瓷凳上）心里烦得慌,看见月亮,就一个人出来散散步。刚才到潇湘馆去,林妹妹咳嗽病又犯了,不能多说话,我只好坐一会儿出来了。到蘅芜院去,宝姐姐正忙着打点东西,说是明儿就搬回去。到蓼风轩去,二姐想是歇了,屋子黑黑的。到藕香榭去,鸦雀无声,原来四妹妹在这里。刚才在窗子外头听见四妹妹说到"出家"二字,心一动,恨不得立刻当和尚去！〔言下不胜苦恼的神情。

侍　书　（端茶上）宝二爷请用茶。〔依然向右门下。

探　春　（笑）成天只听见你们俩嚷着要出家,看你们谁能出家！

宝　玉　四妹妹想出家,是看破红尘;我想出家,是厌恨红尘。三妹妹等着瞧吧,终会有一天我学柳湘莲去！

探　春　像你这样的人也想出家去,那么天下的和尚,可太多了！

宝　玉　（不大明白）你是说我不配吗？

惜　春　三姐姐的意思是,像你这样有福气的人都要出家,那么普天下多多少少受难的可怜虫,不是更要出家吗？

宝　玉　（辩论）难道三妹妹觉得我有人疼;有身份、有钱花;有好衣裳穿,有山珍海味吃;将来或许还有官做;就应当心满意足了吗？〔说罢频频摇头。

探　春　依你怎样才能心满意足呢？

宝　玉　你们不要以为那些贫穷寒微的人比我可怜,其实我比他们可怜！记得三妹妹也常说：生在这大族人家,成天价多是多非闹得不得清净;还不如生小户人家,简单痛快。本来一个人活着,皮肉之福;表面的荣华,是算不得什么的;贫贱不可耻,福贵而不能随心所欲;可悲！

惜　春　二哥哥的话有道理！人生不必求名利,但求超然世外,落得心安气和,才不负父母生我洁净之身！

宝　玉　（喜）难得四妹妹明白我！

探　春　（向惜春）二哥哥说些个疯话,你又在一旁唱和,看来你们都着了"出家"的迷了！

〔这时传来一片凄惨的哭声,窗外月光黯淡,秋风萧萧,显得阴郁可怕！贾探春、贾惜春恐惧。惊惶地面面相觑。

宝　玉　（苦笑地）三妹妹听见了吗？不是我在这里说"疯话",是有些人在那里专做疯事！好端端的他们伤害这群无辜女儿，打她们，骂她们，还要败坏她们的名誉，辱没她们的清白！〔说罢走向窗前倾听。

探　春　二哥哥，这是怎么回事呢！

宝　玉　（转过身来）今天晚上搜查大观园的事，你们总该知道吧？

探　春　别提搜查大观园的事了，刚才都快把我们俩气坏了！

惜　春　二哥哥若知道，就告诉我们吧！

宝　玉　说来可笑，就为了谁失落一个绣着春画儿的香袋，被东院大太太看见了，调唆太太说是有伤风化，叫太太彻查园子里的丫头们。太太一气之下，让二嫂子搜查园子，又亲自带人进来审问。刚才我回到怡红院，见太太正在审晴雯，也不容我搭话。说要撵晴雯出去，又要把芳官那几个唱戏的女孩子发还给她们的干娘各自领回，任从聘嫁。也不知是谁拨弄的是非！可怜晴雯还病着，又没个亲人。〔跌足怨懑。

探　春　（诧异）奇怪，太太并没有到我们这里来！

宝　玉　其实二嫂子也并没有搜出晴雯和芳官有什么赃物，究竟她们犯了什么逆天大罪，太太竟容不得她们？不是我妄口咒人，说不吉利话，今年春天怡红院的阶前，好好一棵海棠花，竟自无故地死了半边，我就知道要有坏事儿，没准儿应在晴雯身上，这么一来，她还能活得成吗？唉！死了干净，大家死了，大家干净！

探　春　（笑）二哥哥你也太婆婆妈妈了，这种话怎么是一个读书人讲的？

宝　玉　（认真地）你哪里知道，世上不但人有情，就是草木虫鸟也有感情。而咱们家的有些人，竟连草木都不如！

〔哭声依旧，屋内沉默，贾宝玉陷入悲戚地踱着步，贾探春支腮沉思。

宝　玉　（猛然拍案沉痛地）好了！好！晴雯、芳官撵了；宝姐姐、香菱快搬回去了；二姐姐快嫁了；林妹妹长年病着；索性早点散了吧，四妹妹，咱们一块儿出家去！

惜　春　（忙站起来）二哥哥，你少说些什么呆话？回来给嚼舌头的人浑说到老爷耳朵里，又要骂你疯，还要给我派罪的。

宝　玉　（着急地）我疯，我疯，再这样逼下去，我真要疯了！〔痛苦地两手捧着头。

探　春　（拍着他的肩安慰地）二哥哥，安静点儿，咱们今后就像看戏似的，再多看看也好。

宝　玉　横竖我是打定了主意，虽不能做到"世人皆浊我独清"，但也绝不甘于跟着他们同流合污。目前只是为敷衍老太太、太太，暂且苟安下来罢了。
　　　　〔说罢黯然啜泣。
　　　　〔这时哭声渐淡，忽然近处有人长吁短叹，接着一阵风吹熄套间的烛火，顿时暗淡起来，屋子里的灯光也摇曳着，阴气森森！

探　春　(站起来，毛发悚然面色惨变)谁在外面？〔声音有些战栗。
　　　　〔没有回应，贾宝玉走向窗前看看，又至套间的窗前看看，再走出来。

宝　玉　不要怕，没有什么，想是墙外边别家的女儿受了气。

探　春　听着就像在窗子外头。(向右屋门)侍书！快来。

侍　书　(应着走出来)什么事？姑娘！

探　春　把套间的蜡烛点起来。

侍　书　是！〔走进套间点烛。

探　春　侍书，你听见没有？谁在外边叹气？又像是哭！

侍　书　听见了，我和入画还跑出去看过。

探　春　(忙问)有人吗？

侍　书　是司棋姐姐在哭。

宝　玉　为什么？

探　春　(这才松了口气)还不也是为了搜园子的事！

侍　书　她先在沁芳亭哭，此刻想是回去，路过咱们门口。

宝　玉　唉，女儿劫！女儿劫！

惜　春　(有所感地喃喃自语)瞧吧！这些都是败家之象，只怕好景不长了！

宝　玉　(频频点首，凄然地)四妹妹园子图儿画好了吗？

惜　春　画好了，只是还要修改修改。三姐姐，我回去了！

宝　玉　(感伤地)唉，园子完了，留个图画儿也是个纪念。走吧，四妹妹，我送你回去。

侍　书　入画，入画，四姑娘要回去了。

惜　春　(向探春告辞)三姐姐该歇息了！〔向门外下。

探　春　(送到门口)二哥哥一个人回去不怕吗？我叫个婆子来送你吧！

宝　玉　(连连挥手)不，不！我看见那些婆子就讨厌！〔随惜春下。

入　画　（走出来见惜春先去了,忙拉着探春）三姑娘,千万千万明儿再替我向四姑娘讨个情！〔说罢匆匆下。

探　春　（见他们走后,退至案前,茫然失神地）难道真是快完了吗？

〔月色昏暗,万籁俱寂,只闻杜鹃啼声；风萧萧,远远有人泣啼声！

——幕徐落

第 四 幕

第一场

时　间　隆冬的一天晚上
地　点　贾府梨香院
人　物　夏金桂　宝蟾　薛蟠　香菱　薛姨妈　夏三
布　景　薛蟠和夏金桂的新房。舞台的正面为套间,有织锦屏风挡着。套间的门槛上楣,有泥金横匾,书"琴瑟之好"四字。舞台的左上端有月洞门,通小走廊,一排木格扇门窗,稀疏几枝枯杆可见。舞台的右外端有侧门,通宝蟾卧室。悬大红缎门帘。中间挂一幅牡丹花立轴。右有壁橱,上陈古玩数件。左首置炕桌,炕前有绣墩,右首置茶几,两旁有椅。中间置圆桌,周围矮凳。

〔幕启　门窗是关着的。室内灯光辉煌,炕前烧有火盆,夏金桂穿着一件大红色缎子镶金边袄,外罩黄色绫坎肩。粉红色绫棉裤,斜躺在炕上,两腿伸直地放在宝蟾身上。宝蟾穿一身桃红色绫棉袄,天青色绫棉裤,坐在绣墩上替夏金桂捶腿。夏金桂一面享受着,一面在想什么。

金　桂　（忽然两腿蠕动一下,叫着）哎哟！死蹄子,轻一点行不行？
〔宝蟾没有作声,只好轻轻地捶。心里也像在想什么。

金　桂　往上一点！再往上一点！哎哟,好疼啊！
宝　蟾　（照着她的指挥移动捶的部位）是这里吗？奶奶！
金　桂　（烦躁地挥着手）不对！不对！是腿胳肢窝！
宝　蟾　那就是下边了,可是奶奶直叫往上捶。〔说着改捶腿弯处。

金　桂　（蓦地坐起来凶凶地）怎么？叫你捶会子腿，你就不耐烦了？我瞧你先别起"宋太祖天南唐"的心，你姑奶奶的脾气你不是不知道，顺着我可以倒过来给你捶腿，逆了我，对不起，有你受的。

宝　蟾　（赔笑）奶奶这是什么话？凭我有天大的胆子，也不敢在奶奶面前造反呀！

金　桂　量你也不敢！你不要看着大爷怪喜欢你，你就承望着大爷收起你，好压伏我！告诉你，任他是当今的皇上，不得我正宫娘娘的许诺，也不用想纳半个妃子！

宝　蟾　（站起来，拨弄着火盆，不大高兴地）奶奶这话只合去对大爷讲，横竖我是没有这个心的！

金　桂　（冷笑）哼！有没有你自己心里明白，我长着眼睛，也不是看不见！

〔这时薛蟠穿着件天蓝色狐腿皮袍子，醉醺醺地从月洞门进来。

薛　蟠　（向金桂的脸上摸了一下）这样晚还没歇着？

金　桂　（闻着酒味，忙用绢子蒙了鼻子，挥开薛蟠，没好气地）滚开点，哪儿去灌了一肚子的黄汤，熏死人的！〔说罢走进套间。

〔宝蟾也没好气地走向右房门。

薛　蟠　这是怎么回事儿？两个人见我回来了，一个往套间躲，一个上房里避，我又不是老虎，还会吃了你们不成？宝蟾姑娘，劳驾给我沏碗好茶行不行？喝多了酒，这会子口怪渴的。〔说罢坐圆桌上首。

〔宝蟾没答话，默默走进右房去了。

薛　蟠　（回头向套间叫着）我的大奶奶，出来坐会子说说话儿，何苦来，一个人闷在套间里！

金　桂　（恶声恶气地）对不起，我困了，没精神陪大爷，要说话有的是人，犯不着找我，没有我你自在些！

薛　蟠　啧啧啧！早不困，迟不困，偏这会子困！你再不出来我可要——

金　桂　（不等薛蟠说完）要怎么样？

薛　蟠　要拉！

金　桂　（厉声）什么，要打？你来打打试试看，你若是敢动动老娘的一根汗毛，老娘就叫你的脑袋搬家！

薛　蟠　（伸伸舌头回过头去大声嚷着）听错了，我的大奶奶！我说是"要拉"，拉拉扯扯的"拉",凭我长几个脑袋,敢在你眼前说"打"?

宝　蟾　(送茶上,听见他们说话,站在房门口撇着嘴笑)姑爷,茶来了![送茶至薛蟠前。

薛　蟠　好![忙转脸接茶,故意调情地拉住宝蟾的手。
　　　　[宝蟾挣脱,这时夏金桂从屏风后轻步悄悄走出。宝蟾先看见,忙躲闪一边去放茶碗。薛蟠因不知故,仍拉宝蟾,不当心"豁琅"一声,茶碗落地粉碎,泼了一身的水。

金　桂　(冷笑两声,来至薛蟠前面)哼,这折戏演得真是有声有色!

薛　蟠　(这才知道被金桂看见了,讪讪地)都怪宝蟾不好生拿着碗!

宝　蟾　(面红耳赤)都怪姑爷不好生接着。

金　桂　(冷笑地)你们两个人的腔调儿都够使的了,别打量谁是傻子![说罢坐在炕上。
　　　　[宝蟾羞羞惭惭地弯腰拾起碎碗,垂头走向房内下。

金　桂　(向薛蟠)要打什么主意,只管和我明说,光偷偷摸摸的不中用。

薛　蟠　(见她并不发怒,忙跪下拉住金桂嬉皮笑脸地)好姐姐,既是你看出来了,我就对你实说了罢,若把宝蟾赏了我,哪怕你要活人的脑子,我也去弄来给你!

金　桂　(冷笑)瞧你这个馋痨样子:"吃着嘴里看着碗里",现有个香菱,又想宝蟾,要把天下好点的女人都占了不成?

薛　蟠　我只要宝蟾一个人就够了,好姐姐!你如果答应我,这一生一世,我再也不打别的念头了!

金　桂　这可难说!

薛　蟠　(情急地)我跟你赌咒,要是我再——

金　桂　好了,好了!用不着赌咒,你爱谁,就光明正大地收在房里,省得叫人看见不雅!

薛　蟠　(喜极,站起来就抱住金桂)我的亲姐姐!谢谢你成全我这件大事,一辈子我都忘不了你的恩德!

金　桂　(啐了一口,推开他)给我滚开些,谁稀罕你奉承,以后只少帮着小老婆子欺负我就行了!

薛　蟠　(笑)放心吧,薛蟠不是那种忘恩负义的薄幸人!

金　桂　（想了想）既是这么着,如今你们就去说说情话吧！

薛　蟠　（大喜）那么,我就去了！〔说罢大踏步走向房门下。

金　桂　（见薛蟠去后,皱眉思索,计上心头,悄悄走向月洞门低声叫着）香菱！香菱！〔听见有应声,得意地回室内,仍坐炕上。

　　　　〔香菱穿着一件粉绿色缎袄,银灰色绫裙子,比先前清瘦,慢步自月洞门外走上。

香　菱　（畏怯地趋前）奶奶！什么事？

金　桂　（假意着急地）其实也没有什么大不了的事儿,就为我的一张常常用的绢子丢了,这屋子里再也找不到,怕是掉在外头。说来不值几文,只是自家人拾了,倒还罢了,要是给外头人捡去,岂不有失体面？所以请你来问问,你看见没有？

香　菱　（信以为真）没有看见,让我来帮奶奶寻寻吧！〔说着就各处找起来。

金　桂　（悄悄冷笑）这些地方我都找过了。

香　菱　奶奶套间也找过吗？

金　桂　也找过了,全没有。

香　菱　（有点为难,一眼看见房门忙问）宝蟾姐姐屋里呢？

金　桂　（佯装恍然）呃！倒是忘了上宝蟾屋里看看,我这就去找找。〔说着站起欲去。

香　菱　（老实）我去替奶奶找吧！

金　桂　（正中下怀）太麻烦你了,宝蟾这丫头也不知上哪儿去了！

香　菱　宝蟾姐姐大概在屋里做活计。〔说着走进房门。

金　桂　（得意地低声冷笑）嘻……

薛　蟠　（在房内厉声咆哮着）死娼妇,你这会子来撞尸游魂做什么？

　　　　〔香菱垂首丧气地出来,已经明白是金桂捣的鬼,默然走向月洞门。

金　桂　（忙拉住香菱故意地）香菱！香菱！怎么回事？宝蟾在屋里吗？好像听见大爷的声音？

香　菱　……〔不言语,只点了点头。

金　桂　（假装生气）哼！我明白了,准没有好事儿,你这个不害臊的主子,碰一个爱一个,如今不用说又想霸占我的丫头了！好,当着我的脸欺负我,我也不能叫他自在。（说罢大声叫着）薛蟠,你给我滚出来！

〔香菱见事不妙，连忙转身就走。

薛　蟠　（怒气冲冲地走出来，一眼看见香菱顺手拿了门闩扑过去，狠狠抓住她的头发，边打边骂）贱人！好端端的跑来挑拨是非，不教训教训你，也不知道你大爷的脾气。〔说罢没头没脑地打了几门闩。

香　菱　（哭着辩驳）原不是我要来的，奶奶叫我找绢子——

金　桂　（变脸）香菱，你说话可得凭点良心呀！我叫你找绢子是真，但并没有叫你上宝蟾屋里找去，想是你已经知道他们的秘密，所以故意借着找绢子，去撞散他们？这也不要紧，你是大爷的二房，原该干涉的，只是别把罪过往我身上推呀！

香　菱　天哪！〔有苦说不出，失声大哭。

金　桂　什么也不用说了，左不过是你们三个人都多嫌我，好吧，我也活够了！〔说着怂怂走向门外。

香　菱　（惶恐地忙拉住金桂）奶奶！

薛　蟠　（暴跳如雷地叫着）好，好！都是你一个人闯的祸。〔说罢又要打香菱。
〔这时薛姨妈穿着身深橙黄色缎子面羊皮袄，蓝缎子裤，拄着一根手杖颤巍巍推门进来。

姨　妈　（一把拦着香菱，向薛蟠喝问）住手，她什么事恼了你，值得下这样毒手打她？她服侍了我这么多年，我还从来没有舍得打过她一巴掌哩！

金　桂　（趁势撒泼地哭起来）这半个多月来，你的儿子就心心念念要霸占我的陪房丫头，刚才又趁空儿去勾搭宝蟾，给香菱撞进去看见了，他就恼羞成怒，赌气打香菱，什么打香菱，不过是"吊起骡子给马看"，借此吓唬吓唬我，让我也不敢管他罢了。既是这样，索性治死我，你老人家再替他娶个富贵的、标致的好啦！

薛　蟠　（看见姨妈进来，已不敢动作，如今又给金桂这么一数落，又害怕又气愤）金桂！〔喊了一声，欲言又止。

金　桂　（忙拦住薛蟠）好了，好了！没什么可说的，明儿趁早拿把刀杀了我完事！

姨　妈　（气得指着薛蟠的脸大骂）不争气的孽障！狗也比你体面些，一个两个还不够，又要宝蟾，叫老婆说你霸占陪房丫头，看你还有什么脸面见人？我知道你是个得新弃旧的人，如今既是嫌香菱不好，你也犯不着打她，

351

　　　　　我就叫"人牙子"来卖掉心净。（说罢拉着香菱就走，在窗外大声地）来人呀，快去叫个"人牙子"来，不论多少银子都成，横竖为的是拔去肉中刺，眼中钉，免得大家过不了太平日子！

金　桂　（听出是讽刺自己的，也在窗子内哭喊着）你老人家卖人只管卖人，不必说着一个，拉着一个的！难道我是那种吃醋拈酸的人吗？什么叫作"拔去肉中刺，眼中钉"，是谁的"刺"？谁的"钉"？

姨　妈　（仍在窗外颤声地）这是谁家的规矩？才过门不到一年，婆婆在这里说话，媳妇隔着窗子拌嘴，亏了还是旧门第的姑娘，满嘴里大呼小叫，恶声粗气的，成个什么体统？

薛　蟠　（急得跺脚）罢了，罢了！矮墙浅屋的，仔细外头听见了笑话，妈妈，你老人家少说一句吧！

金　桂　（一不做二不休地越发提高嗓子嚷嚷）我不怕人笑话，你们一串儿的来陷害我，不过是仗着有几个臭钱，有一门好亲戚。你们既是嫌我不好，就留下香菱，把我卖了吧！

薛　蟠　（又急又气，想制止又不敢，无可奈何地走到茶几旁坐下叹了口气）唉！只怨我运气不好！偏偏的——

金　桂　（恶虎似的扑向薛蟠）"偏偏的"怎么了？偏偏的娶了我这个搅家精是不是？谁叫你们瞎了眼，跑到我们家去三求四告地娶了我呢？

薛　蟠　（气极不可抑地）是的，你就是一个搅家精！自从你过门以来，家里就没有安静过，成天价翻江倒海的闹得神鬼不安！也不知道你到底打的什么主意？

金　桂　（见薛蟠变脸，更恼了，连哭带骂地）我闹，我为什么闹来着？你后悔娶个搅家精，我还后悔嫁个混账男人呢？宝蟾，给我滚出来！

宝　蟾　（理直气壮地走出来）奶奶！

金　桂　（没好气地，扑过去就是一掌）死丫头！你到底和大爷在房里做什么？带累我受气挨骂！〔说着又是一连数拳。

宝　蟾　（屹立不动，昂然争辩）我和大爷做什么，奶奶不是明明知道吗？奶奶叫大爷进去找我说情话，我在房里听得清清楚楚，怎么如今倒翻起案来了？

薛　蟠　好哇！不是你叫我进去找她说情话的吗？什么收作偏房的事也是你同

意的呀,怎么这会子都不认账了呢?

金　桂　(勃然大怒,举起刚才薛蟠用以打香菱的门闩,向宝蟾身上乱打)好丫头,你敢抢白我,你也想骑上我的头来了!

宝　蟾　(大哭大闹)打死人了!救命呵!打死人了!

薛　蟠　(见打宝蟾,举起椅子就拦)住手!

金　桂　(见薛蟠护宝蟾,转身就打薛蟠)好,你们拧成一条绳来欺负我,今儿非打死你们一个不行!

薛　蟠　(忍无可忍,用力夺过金桂手中的门闩)看谁打死谁![说着举起欲打。

金　桂　(撒泼地挺身过去)来吧!今儿你薛蟠能打死我,我夏金桂也不会让你好好活着!打呀!怎么不打呀?

薛　蟠　(气冲冲地扔了门闩)你不要以为我是怕你,男子大丈夫不屑于跟女人交手。

金　桂　嘻!你算什么男子大丈夫?你妈刚才的话不错,你连一条吃屎的狗都不如!

薛　蟠　(伤了自尊,更气)既是你瞧不起我,趁早儿你再改嫁好了!

金　桂　(冷笑)嘻嘻!你们薛家有这个规矩,我们夏家还没听说过,除非你死了!

薛　蟠　你不用咒我死,逼得紧了,我远远地走开,也跟死了差不多。

金　桂　你走了我落得清净些,谁也不是离了你就不能活![说着坐炕上。

薛　蟠　(愤愤地)好,我就走![说着赌气向月洞门外下。

金　桂　哼,一辈子不回来才好!(站起狠狠用力关上门,忽然窗户上呈现人影,大惊倒退几步)谁?

　　　　[声音:(低微地)我,姐姐!快开门。

金　桂　(放了心)噢!原来是三兄弟![开门。

　　　　[这时,夏三穿着一件紫红缎袍子从外面走进来,贼头贼脑地张望着。

夏　三　怎么,两口子拌嘴了?[说着坐到圆桌右首凳上。

金　桂　别提了,横竖妈算是把我送进火坑里来了!(说着委屈地拭泪)三兄弟怎么这样晚才来?

夏　三　我早来了,就听见你们在屋里吵架,又有你婆婆的声音,不敢进来。刚才看见薛大哥赌气走了,才进来。(注视宝蟾)怎么,宝蟾哭了?人家两口子闹气,你夹在里面起什么横?

金　桂　(冷笑地)我们如今算是三口子了!不,不止三口子,后边还有一口子呢!

夏　三　(打趣地)这么说,姐姐你就是正宫皇后,她们就是东西宫的娘娘?(无赖地取笑着)恭喜,恭喜,恭喜我们的宝蟾姑娘,如今一跃而为西宫娘娘了!

宝　蟾　(又羞又气地走开)三爷何苦拿我们当丫头的取笑儿![说罢向房内走。

金　桂　给三爷泡碗茶,行不行?

夏　三　哎呀!不敢当,不敢当,如今的宝蟾姑娘,可不是往日的宝蟾姑娘了!
〔宝蟾看看他们,敢气不敢言,悠悠走去。

金　桂　再怎么着,总是我的丫头。(见宝蟾去后,移坐圆桌左首凳上,低声诡秘地)刚才没碰见人吧?

夏　三　你们里头的人倒是没碰见,只是又遇着那个年老的门上人,好在他知道我是舅爷,不会起什么疑心。

金　桂　碰到别人倒没有什么要紧,只怕碰见两个人,一个是我们小姑子薛宝钗,一个是我们小叔子薛蝌。不过这两个人也不会跟我一辈子,薛宝钗已经许给贾宝玉了,不久就过门;薛蝌也和贾府大太太的侄女邢岫烟定了亲,一娶进来,就要回南方去的。除了这两个人,剩下我的婆婆和薛呆子,哪怕你把家里的砖头瓦块都拿去卖了,他们也不会知道的。

夏　三　前儿咱妈还说来着,只管闹吧,闹得他们家破人亡,那时候把东西一骨脑卷走,再配一个好姑爷算了!
〔宝蟾捧茶走出,听到夏三的话悄悄摇首。忍气吞声地送茶与夏三和金桂,也不言语,只侍立一旁。

金　桂　宝蟾,去到套间把大爷箱子里的一个包袱拿来!

宝　蟾　是![应着向套间下。

金　桂　我还有点东西请你拿去给我卖了,只是小心别给人看见。

夏　三　(见宝蟾去后低声地)你不怕她告诉薛大哥吗?

金　桂　量她也不敢!再说,究竟她还是咱们夏家的人。

夏　三　话虽如此,还是小心的好。

宝　蟾　(取一个包袱交金桂)是这个吗?奶奶!

金 桂	是的。(交夏三)这里面是些银器物件,你要给我多卖些银钱,要是卖少了,我可不依!
夏 三	这个只管放心,包你吃不了亏。
金 桂	卖的钱,替我买副骨牌来,闷的时候斗着玩儿。再买些上好的脂粉、香料。有别的忘八粉头乐的,我为什么不乐?宝蟾去关照厨房里的人,从明天起,每天杀鸡宰鸭,你们吃肉,骨头留给我下酒。
宝 蟾	是![向洞门外下。
夏 三	姐姐原该这样,凭什么自己受委屈?想玩什么,吃什么,只管要。
金 桂	上次的一包东西,我叫你交给妈放起来,那都是薛家祖宗传给薛呆子的宝贝,千万仔细失落了!
夏 三	妈放好了。只是这些东西三番两次地弄出去,若是一日薛大哥问起来,你怎样应付呢?
金 桂	(冷笑)嘻嘻!他要是能够用心到这上头,倒是他的福气了!他早被酒色迷了心窍!
夏 三	(笑)这也是他们薛家命该败落,偏偏就生出这么一个现世宝的儿子!
金 桂	(使眼色,低声地)我有句话跟你说,咱们上套间去![站起走向套间。
	[夏三会意,无赖地笑着跟进去。
宝 蟾	(匆匆上)奶奶,奶奶!
金 桂	什么事大惊小怪的?[不高兴地止步。
宝 蟾	我刚才从厨房出来,听见上房闹哄哄的,跑去一看,原来是香菱病了!
夏 三	(搭讪着)谁病了,什么病?
金 桂	(无动于衷)好端端的怎样就病了,还不是故意地撒撒娇,哄哄太太罢了!
宝 蟾	真的,我看见她大口大口地吐血,脸颜色都变了。
夏 三	(插嘴)哎呀,姑娘吐血,准是痨病,危险!
宝 蟾	太太也是这么说,这会子正慌着请大夫呢![言下有些同情惋惜之慨。
夏 三	(煞有介事,摇头晃脑)这种病,恐怕医药也是无效的,趁早儿,准备棺材。[说罢站起来。
金 桂	(幸灾乐祸)阿弥陀佛!这是神保佑,真的要替我拔掉"肉中刺""眼中钉"了!

夏　三　姐姐，时候不早了，我该去了。〔挟起包袱走向格扇门外。
金　桂　（送到走廊上）过两天再来！别忘了卖了钱给我买一副骨牌。
夏　三　（笑着答应）记得，记得！下次我来陪你推牌九玩儿！〔下。
宝　蟾　（见他们在外面，有所感触地长叹一声）唉！

——幕徐下

第二场

时　间　初春的一天下午
地　点　贾府梨香院
人　物　薛姨妈　香　菱　夏金桂　薛　蝌　宝　蟾　小丫头　王熙凤
　　　　平　儿
布　景　薛家的上房。画梁雕栋，金碧辉煌。舞台的上端正面为出入门，悬大红毡帘。门内两边有绣凳。舞台的左外端为通薛姨妈住室的房门。舞台的右外端为通薛宝钗与香菱住室的房门，皆悬珠红色缎门帘。舞台的右首置长几和小云头茶几，两旁有椅，铺绣花缎垫。长几上设一大瓷盘，内有金瓜。壁悬一幅山水古画。舞台的右手置炕桌，上垫虎皮褥。炕桌前有火盆，有矮凳，亦铺绣花缎垫。

〔幕启　薛姨妈穿着深蓝色缎子面灰鼠皮袄，深灰色丝绵裤扎腿，一个人歪在炕上愁眉不展，唉声叹气。香菱穿着一件藕荷色缎子皮袄，浅黄色绫坎肩，月白色绫裙子，自左房门慢慢走出，步伐软弱，面色苍白，显系大病在身，有不能支持之势。

香　菱　（走到炕前有气无力地）太太，一个人儿歪在这儿想什么？天冷，仔细着凉。
姨　妈　（忙坐起来拉住香菱）我的儿！你不躺着，又出来做什么？快坐下。瞧你弱成这个样子！〔说着，心疼地抚着她。
香　菱　（坐矮凳上，拨弄拨弄火盆）我听见太太在这儿唉声叹气，想着出来和太太说说话儿，也好解解闷。〔说罢咳嗽了几声。
姨　妈　（关心地）咳嗽又不见轻吗？
香　菱　（摇摇头）没有，吐血倒止住了。

流水飞花

姨　妈　咱们家里有的是上好的参,你常常叫他们熬点儿参汤给你喝,那是最能补虚弱症的。

香　菱　(苦笑)还补他干什么?早点死了少受罪。如今天天请大夫吃药,大奶奶都骂得不得了,再喝起参汤来,更要说我装病撒娇了。

姨　妈　(难过)唉,都怪我前世造了孽,这辈子才生下这个不成器的儿子,又娶了这么个母夜叉的媳妇;我自己受罪命该如此,连累你陪着我挨打挨骂,心里真过意不去![说罢老泪滂沱。

香　菱　太太说哪里话!我又何尝不是命该如此?太太待我好,我就是死了也是感激的。[言次泣下。

姨　妈　好孩子,别胡思乱想,谁没个病呀灾的,怎么能就说到"死"上?等你大爷的官司完了,有一天他回心转意,你们还会好起来的。他是个真性质人,见不得挑唆,其实心眼儿倒不坏。只是恐怕他不会再回来了![言下泣不成声。

香　菱　(感慨地)就是他再回来,我也不愿意跟他了,我活着一天,只服侍太太一天,直到我死了为止。

姨　妈　唉!都怨我的命苦,不能消受你这样一个贤德媳妇!

香　菱　大爷的官司,这两天有信息没有?

姨　妈　昨儿他打发人回来送信了,说知府里已经准了情,定为误杀罪,只是道里批驳了,叫我赶快再托人求道里开恩。今天你二爷又拿了些银子去了。花钱不要紧,就怕买不回他的命来!(说着又啜泣不已)这都是那个泼妇害的,过了门没有一天不闹,生生逼得他住不下才赌气走了。原想着那天打完架,他出门散散心就回来,谁知道竟自一去不回头!

香　菱　大爷走后不是给太太来信,说是和人做买卖去了,怎么又闯出人命案来?

姨　妈　唉!这件事本不想告诉你,因为你病着,我不忍心再给你添愁。如今既然你问,我就说了罢。你大爷原是到城南去约一个人同伴上南边办货的,谁知道遇见个什么唱戏的蒋玉菡小子,他们本来认识,当时就一起到酒馆饮酒,偏偏酒馆的当槽儿不正经,紧拿眼瞟姓蒋的,你大爷就有气儿,借故找了当槽儿的一个差错,骂了他几句;不料想这当槽儿的是个泼皮,不服你大爷,因此两人打起来;你大爷顺手拿了个碗砸过去,也

357

是命该,一下子恰巧砸到当槽儿的脑袋上,没多大会儿就死了。那当槽儿的家里人告到府里叫偿命。这件事幸亏了你二爷,三天两次地跑去运动知县,又替你大爷出状申冤,府里才算没有糊里糊涂地判罪。只是如今道里又不准情,昨天托贾府的政老爷,偏偏他们宝玉病着,看来一时还不能回来!想起他在监中受苦,我心里就像刀子割似的疼![说罢拭泪。

香　菱　事到如今,太太也不必紧着急,还要珍重自己的身子。我说句不该说的话,大爷这几年在外头尽相与些不正经的人,成天价跟着一起狐群狗党,不是喝酒,便是嫖妓,实在太不像样儿了!

姨　妈　你的话不错,这也怪我平日放纵了他,为的是我就只有这样一个儿子!
[这时,门外有说话声,小丫头穿一身红色绸袄裤匆匆上。

丫　头　(走进来大声地)太太!贾府琏二奶奶来了。

姨　妈　(急忙站起)快请!

丫　头　是![应着,忙去打起帘子。
[王熙凤穿着件松绿色棉袄,天青色绫裙子走进来,她显得憔悴了些。平儿穿着件桃红色棉袄,乳白色绫裙子跟在王后面。

熙　凤　姑妈,我给你老人家请安来了![说着笑嘻嘻地趋向姨妈跪下拜了拜。

姨　妈　(拉起熙凤)快别这么多礼!坐下说说话吧,我正在这里闷得慌。

香　菱　(站起迎着)二奶奶怎么今天有工夫来了!

熙　凤　哟,菱姑娘起床了,恭喜恭喜!自从上次听姑妈说你病了,天天想来看看,可是天天走不出,家务事把人快忙坏了![说着亲热地拉住香菱。

平　儿　(也向姨妈跪拜)给姨太太请安!

姨　妈　(制止地)坐下吧,平姑娘!

平　儿　不客气,姨太太!

熙　凤　(坐炕上)表弟妹和宝妹妹呢?

姨　妈　他们都在各自屋里。府上老太太、太太都好吧?你宝兄弟的身子这几天怎样了?我也是心里记挂,只恨没工夫过去瞧瞧。
[丫头捧了几碗茶来分送各人前,然后下。

熙　凤　老太太也知道姑妈这程子心里头不干净,她老人家自己也不快活,接连的尽是些不顺遂的事。元妃薨逝,二妹妹嫁了个混账孙绍祖,吃喝嫖赌无所不为,这倒不去管他,还常常打骂二妹妹,说是:"东府里大老爷使了他们孙家五千两银子,二妹妹是亲老子准折卖了的。"到底我这个公公怎样糊里糊涂使了孙家的钱,我们也不知道,只可怜二妹妹受苦,过门后没过一天好日子。前儿老太太接她回来住了三天,就整整哭了三天,想多住几天,孙绍祖都不许。硬打发人接了回去。老太太、太太难受了许久!

香　菱　唉!想不到二姑娘那么一个贤惠老实人,落到这么个结局!

熙　凤　谁说不是呢?这叫好人没有好报。倒是三妹妹有福气,老爷从任所打发人回来说,有个镇守海门的总制周老爷,替他儿子跟老爷求亲;老爷问老太太的意思,老太太觉得周家既是同乡,又是老爷相好的朋友,也是官宦仕家,门第相当,孩子也长得好,便一口答应了。不久就要送三妹妹到任所去成亲了。

香　菱　(感叹地)这么一来,"大观园"岂不越发冷清了?

熙　凤　所以宝玉这个呆子受不了。他的病就是从这里起的;自从搜查大观园以后;晴雯病死了,芳官出家当尼姑去了;司棋被撵,一气自尽了——

香　菱　(惊)司棋姐姐什么时候自尽的?

熙　凤　(叹了口气)唉!说也可怜!看她不出,司棋这孩子倒是个刚烈女儿!那天搜出她和她表弟潘又安私下交换的一些物件以后,就把她撵了回去,潘又安也吓得逃走了。司棋每天在家啼哭,忽然有一天潘又安来了,司棋的妈气得直打他,司棋拦住她妈,说是当初恨他胆小逃走,如今他既然又回来了,证明他还是真心待我。横竖我除了他,是不会再嫁人的了;就是他一辈子不来,我也一辈子等他!司棋的妈听见这话,就骂司棋不害臊,无论如何不答应女儿嫁给潘又安穷小子。司棋一急,就把脑袋撞到墙上,鲜血直流,没多大会子竟自死了!司棋的妈非叫潘又安偿命不可,那潘又安不慌不忙,说是原为了司棋才回来,他在外头发了财,想着叫司棋享享福,谁知偏偏没福气。

姨　妈　那姓潘的为什么不早说呢?

熙　凤　司棋的妈也是这样问他来着,可是他想试试司棋是不是嫌贫爱富的人,后来见她如此义气,是一个节烈的女子,就把一箱子金银珠宝交给司棋的妈,一面出去买了两口棺材抬回来。

香　菱　（听得入神，诧异地）怎么要两口棺材呢？

平　儿　（插嘴）潘又安自己睡一口啊！

香　菱　他也死了吗？

熙　凤　可不是，这潘又安一声不哭，反倒笑嘻嘻地把司棋的尸首收拾了，然后他自己用小刀子往脖子上使劲一抹，就和司棋一道殉情了！这件事，听说街坊上都传为美谈。

香　菱　（感动泣下）实在叫人钦佩，像这样有骨气、有志节的女儿家太少了！

姨　妈　（笑）说了半天，也没说到正题上，到底你宝兄弟的身体怎么样？

熙　凤　（笑）瞧你老人家，女儿还没过门，就这样疼女婿！

姨　妈　猴儿崽子！又来逗人笑了。

熙　凤　原是看见姑妈心烦，才讲了这些故事儿给你老人家解闷，不说我侄女孝顺，还说我逗笑儿！

平　儿　我们奶奶真够孝顺的，这程子家务事忙，还千方百计地想主意逗老太太笑，奶奶的心思也快用尽了，口水也快说干了！

姨　妈　（打趣地）只怕舌头也快嚼烂了！

熙　凤　（笑）这个姑妈放心，我是天生的"三寸不烂之舌"！

香　菱　（也笑了）二奶奶真是亚赛当年舌战群儒的诸葛亮！

熙　凤　今儿我倒是要效仿诸葛亮，来向姑妈做说客了！〔说罢向平儿使眼色。

平　儿　（会意笑着，走向右房门掀帘窥探一眼，再走向熙凤）没有人，奶奶放心说吧！

姨　妈　猴儿！鬼鬼祟祟的到底要说什么呢？

熙　凤　（笑着坐近姨妈）姑妈先头不是问宝兄弟的身体么？

姨　妈　是呀！这两天好些没有？你只管打岔儿，到如今也没说个明白。

熙　凤　（诡秘地）你老人家别着急，我就是为这个来的。提起宝兄弟的身体，一面虽然因为丢了"宝玉"发病，一面和前头讲的那些事儿也有关碍，最要紧的是林妹妹放不下心去。

姨　妈　你林妹妹病重的消息，不是还瞒着他吗？

熙　凤　正因为瞒着他，不叫他们见面，宝兄弟才越发地惦记林妹妹，成天像个木鸡一样的呆着。不言语，也不走动，茶饭端到跟前就吃，不给他，就不要；见了人光傻笑，老太太急得什么似的。这两天已经把他从园子里搬出来同老太太住了，一忽儿请大夫，一会儿悬赏找"宝玉"，闹得天翻地覆，可半点用处也没有。昨天老太太叫赖升的媳妇出去给宝兄弟算了个命，算命先生说要娶一个"金"命的妻子冲冲喜就好了；不然，恐怕保不住。因此老太太跟太太商量，说为了救宝兄弟，只好诸事将就些。虽然姑妈这边，大兄弟的事还没有结案；我们那边元妃去世，宝兄弟还有九个月的功服；况且他又病着，原不该娶亲，不过老太太和太太的意思，求姑妈答应，挑个好日子，先让宝妹妹过门冲冲喜，借着她的"金锁"压压邪；等宝兄弟硬朗了，满了功服再圆房。姑妈想想，这样使得使不得？使得呢，就是大家的造化，使不得呢，只怪我这个说客没本事。

姨　妈　（思索）凤丫头，让我仔细想想吧！

熙　凤　（笑）依我说，姑妈倒是答应的好！横竖迟早总要过门的，就是如今你老人家留住了宝妹妹的身子，焉知她的心不是早就上我们家去了？再说，也算姑妈疼我，宝妹妹去了，我们是这样的骨肉至亲，有她帮着我料理料理家务，我也不会一个人忙死忙活的了。

姨　妈　（犹豫不决，为难地）可是，我就只有这一个女儿，草草嫁了，她委屈，我也不安。最好还是等你大兄弟的事结了案再办。

熙　凤　那么，姑妈是要让宝兄弟一直病下去了？

平　儿　姨太太这一耽搁不当紧，倘或宝二爷有个好歹，岂不反倒误了宝姑娘的终身？

熙　凤　平儿说得是，姑妈该替宝妹妹的终身大事着想！至于妆奁一层，以后圆房时再补办也一样。

姨　妈　（点头笑着）你们主仆两张嘴真厉害，果然是好说客，我只好依了你们！

熙　凤　（高兴地拉着姨妈）姑妈是明白人，这样我也可以回去交差了！

平　儿　（笑）我们奶奶来的时候，就在老太太、太太面前夸了口，要是姨太太这会儿不答应，我们奶奶怕只有留在这儿，不好意思再回去了！

熙　凤　我才不留在这儿呢，我一定碰死在姑妈面前，免得回去说嘴打嘴，丢人现丑。

香　菱　（脸上有些忧虑不安的神情）这么着，要是林姑娘知道了——

熙　凤　这一层我们也想过，宝兄弟和林丫头从小儿在一起长大，免不了有些心病，如今只有用"掉包儿"的法子——

姨　妈　怎么叫"掉包儿"呢？

熙　凤　林妹妹那边，瞒着她，宝兄弟这边，只好骗他，说老爷做主，把林妹妹许给他了，然后再见机行事。

姨　妈　此计倒好，不过苦了我的宝丫头！

熙　凤　左右是为了宝兄弟的病。姑妈放心，有我们在旁边，不会叫宝妹妹受委屈的。

姨　妈　（没有主意）也罢，由着你们娘儿们去办，只要宝玉果然因此病好，也是宝丫头的福气！

〔这时外面有吵闹声。

丫　头　（慌慌张张上）二奶奶！府里打发人来请二奶奶快回去，说是林姑娘不好了！那边正哭得紧呢！

香　菱　（大惊）什么，林姑娘，她……她……〔说不下去，悲痛地捧着头。

熙　凤　（无动于衷，也毫不诧异地站起来）我早料定林丫头就是这两天的事儿！

姨　妈　可惜了儿的，一个才貌双全的人儿这样短命！

熙　凤　姑妈，我该回去了，宝妹妹的婚事，就照咱们先头说的办。〔走向门外。

姨　妈　随你吧！〔送到门口。

熙　凤　（向香菱）菱姑娘身子好点儿，到园子里来玩！〔下。

〔香菱送王熙凤、平儿去后，回坐火盆前，茫然不知所措，眼泪不住涔涔而下。

姨　妈　（注意）香菱，你哭什么？又不舒服了吗？

香　菱　（悲戚地摇头）我为我们这些女孩儿的命运哭！

姨　妈　（不大在心）到房里去歇歇吧！〔说着走进左房门。

香　菱　（见姨妈去后，低声感喟地）可怜的林姑娘！

〔这时薛蝌穿一件绿色缎袍子，系一条金丝绦子，匆匆上。

薛　蝌　（向屋内张望）太太呢？香菱！

香　菱　太太上房里歇着去了。二爷有事吗？

薛　蝌　（烦忧不安地）有事，有要紧的事！

香　菱　是不是关于大爷的事？

薛　蝌　正是！正是！

香　菱　好信息呢，还是不好的信息？

薛　　蝌　（坐炕上）香菱，你说怎么办？是不好的信息，跟太太说了吧，怕她老人家搁不住，不说，又不成！我难为了半天，想不出主意来！

香　　菱　（一惊，镇静地）结了案吗？

薛　　蝌　好容易费了许多力气，花了许多银子，才打点好各衙门，买了个"误杀"之过；谁知如今刑部驳审，依旧定了死罪，任怎样托人说情都不准。

香　　菱　（想了想）这件事还得请宝姑娘跟太太委婉地说了才行。还有，先别叫大奶奶知道，不然又闹起来了。

薛　　蝌　这个我知道，你就去告诉宝姑娘吧！

香　　菱　好！〔站起来向右房门。

薛　　蝌　菱姑娘，请你顺便把我上次交给你收着的一件天蓝色缎夹袍带来，天暖了，棉袍子穿不住了！〔说着站起走向左房门。

香　　菱　知道了！〔下。

〔薛蝌刚掀开房门帘子要进去，这时宝蟾穿着一件桃红色绫袄，浅黄色绸裙子掀开门帘子走来。

宝　　蟾　二爷！（先喊了一声后，又鬼鬼祟祟看了看室内，再打着帘子，探头往外，低声地）奶奶进来吧！

薛　　蝌　（闻宝蟾呼喊，忙止步回顾）什么事？

〔夏金桂已穿着一件橙黄色缎袄，红色绫背心，淡青色绫裙子，姗姗走来。

宝　　蟾　（笑嘻嘻地）二爷，我们奶奶有话跟你说！

薛　　蝌　（信以为真，转身恭敬地）嫂嫂有什么话？〔说着拘泥地不敢正视。

金　　桂　二兄弟请坐下来说话儿！〔说着自己坐炕上。

薛　　蝌　嫂嫂有话请快点讲，我还要看太太去。〔说着坐绣凳上，十分羞窘。

金　　桂　二兄弟今儿在哪里喝了酒？脸蛋儿红得像樱桃儿似的！〔说罢用花绸绢子捂着嘴笑。

薛　　蝌　（两颊绯红）嫂嫂不要取笑，我不会喝酒。

宝　　蟾　（轻佻地笑着）二爷现带着幌子，还赖没喝。上回我给你送酒去，你说不会喝，如今倒会在外头喝，真辜负我们奶奶的一片心思！

金　　桂　（娇嗔地）死蹄子，少说混账话，自然是外头的酒比自己家里的酒好，喝着也有趣些！是不是？二兄弟！

薛　蝌　(赔笑地)嫂子说哪里话,我真没有喝酒!
金　桂　(笑着)看来你是哄我罢了!
薛　蝌　我实在不会喝酒,嫂嫂不必多疑!
金　桂　若果真不会喝也好,不然像你哥哥似的,喝出乱子,赶明儿娶了你们奶奶,也像我似的守活寡受孤单,那才苦呢![垂首作伤心状。
宝　蟾　(笑着走向门外)你们说说话儿,我去给你们沏茶!
薛　蝌　(一把拉住宝蟾)不渴,不敢劳动姐姐!
宝　蟾　(挥开)怎么二爷今天不老实起来了?这样拉拉扯扯的给别人瞧见成什么样子?[说罢急下。
薛　蝌　(又气又羞,手足无措)嫂嫂有什么话快说吧,我还有要紧事去和太太商议哩!
金　桂　我明白了,为了你哥哥的事,累你千方百计地奔走,替他调停,我心里也很感激!只可惜你哥哥太不正经,要是他像你这样逗人爱,别说叫我为他守活寡,就是为他死了,我也情愿![说着以目传情。
薛　蝌　(正色)嫂嫂这是什么话?哥哥有了事,做兄弟的理当帮忙,嫂嫂不必客气!
金　桂　你真是个好人![说着不禁站起来靠近他。
薛　蝌　(忙向后远退几步,有些手足无措)嫂嫂!
金　桂　(索性老着脸,鼓起勇气一把拉住他袖子)二兄弟,我跟你说一句要紧的知心话儿!
薛　蝌　(退避,严肃地)嫂嫂!请放尊重些!
金　桂　(拉住他的手,紧紧不放)这里不方便,你跟我到我房里去说话![拉着往外走。
　　　　[香菱上,夏金桂忙放开薛蝌,脸上羞愧变色。
香　菱　(拿了一包衣服,睹状惊惶,忙将衣服交薛蝌)大奶奶!二爷,这是你的衣裳。宝姑娘说请太太和二爷到里边去商议事。
薛　蝌　(如获救星)好!好!我就来![急忙拿衣包逃向右门下。
金　桂　(见薛蝌去了,羞愧失望,怒不可遏地拉住香菱发作)你们这些人,眼里就没有我了!商议什么事儿都瞒着我,既是这样,你们索性勒死我好了!

香　菱　大奶奶,是二爷要跟太太、姑娘商议事儿,与我不相干!

金　桂　(冷笑)嘻嘻,与你不相干,倒推得个干净,平日都是你调唆大爷为非作歹,如今他真打死人了,关在监里,你称心了,你瞧着我孤单一人好欺负,还想把我逼出去,是不是?

香　菱　(气得战栗)奶奶,这是什么话?

金　桂　(发泼举手打向香菱)是你把大爷气走的,如今你又和二爷勾勾搭搭!
　　　　〔说着把茶几上的东西砸了。

香　菱　你,你不要血口喷人!〔一阵气愤,大叫一声,倒在椅子上。

姨　妈　(自左房疾步上)你们是怎么着?好好的又家翻宅乱起来,这还像个人家吗?(走向香菱)香菱病得这样,何苦来还折磨她?

金　桂　(大哭大闹)我何曾折磨她,分明是你们一条绳儿的折磨我,好了,好了,我也不活了,男人横竖定了死罪,咱们今儿索性闹一场!

姨　妈　(大惊)什么,谁说蟠儿定了死罪?

金　桂　二兄弟在这里偷偷摸摸和香菱说的,我在外头听见了,不信你问他们。

姨　妈　(着急地)蝌儿,蝌儿!

薛　蝌　(匆匆上)太太!

姨　妈　(颤声地)你大哥定了死罪吗?

薛　蝌　太太先不用着急,我正在找太太去商议呢!

姨　妈　(大哭)既是这样,我也不要这条老命了,赶到法场见他一面,娘儿俩死在一处完事,免得活着受罪!〔说着抖擞得站立不稳。

薛　蝌　(扶住姨妈)太太,你老人家不要这样,事情还不是就没法了。(说罢回顾香菱怨尤地)菱姑娘,何苦来急着告诉太太!

姨　妈　别抱怨她,不是她告诉我的,是你嫂子告诉我的。

金　桂　(气恼地拍了一下桌子)是我告诉的怎么样?你们一家人串通起来也治我个死罪好了!

薛　蝌　嫂嫂,太太这儿正难过,你就少说一句吧!(走向香菱,惊讶地)菱姑娘怎么了?

姨　妈　(走向香菱)先头他们在这儿吵闹,这会子想是病发了!(摸摸香菱大惊)哎呀,她昏过去了!香菱,香菱!

薛　蝌　(也大声喊叫)香菱!香菱!

姨　妈　（边喊边哭）香菱,我的好孩子,醒醒吧！蝌儿,快去请个大夫来瞧瞧！

薛　蝌　好的！〔忙走向正门。

金　桂　（跟着走向正门,妒恨冷酷地）死了干净！

薛　蝌　（闻声回头狠狠地瞪了一眼金桂,不屑地叹了一声气下）唉！

〔金桂随下。

姨　妈　（又喊着哭叫）香菱！香,菱呜……我的苦命的孩子！

——幕急下

选自赵清阁编剧《红楼梦话剧集》（四川文艺出版社1985年版）。

禅林归鸟

赵清阁

前　言

本剧是我的红楼梦剧本第四部。第一部名《诗魂冷月》，第二部名《雪剑鸳鸯》，第三部名《流水飞花》。前两部曾于今年夏天在重庆出版，第三部尚在内地杂志上连载。现全部已交上海名山书局印行，预计最近前两部可以问世。

这四部剧本乃取材全部《红楼梦》原著。每部情节独立，调子不同，唯时代背景大致是顺序而联系的。意识也统一，为：反封建与提倡人性道德。

第一部主题写以宝黛为主的个人悲剧；第二部写以尤氏姊妹为主的社会悲剧；第三部写以大观园三春（迎春、探春、惜春）和几个丫头为主的家庭悲剧；第四部写以贾府贾母、贾政、王熙凤为主的政治悲剧。

本剧正如一个国家的缩影，一个国家的政治不上轨道，可以致于国亡；同样的，一个家庭的家政不良，可以致于家破。

《红楼梦》的原著里面，充分地阐明了社会的人生的哲理，这也是原著具有伟大文学价值的地方。它告诉了你，社会和人类的永存之道；它也告诉了你，社会和人类的败灭之因。这，我为了忠实于原著，于是根据我平日研究所得的理解，在本部剧本里更具体地表现了！但是否还有歪曲或欠正确之处，我不敢断言，因为我既非"红"学专家，犹盼高明指教。

赵清阁　1934年11月18日于沪

时 间 表

第一幕
    第一场　初秋的一个月明之夕
    第二场　前场数日后的一个早晨
第二幕
    一月后的一个上午
第三幕
    第一场　冬初的一个早晨
    第二场　前场数日后的一个晚上
第四幕
    第一场　第三幕月余后的一个下午
    第二场　次年秋初的一个早晨

地 点 表

第一幕
    第一场　贾府大观园
    第二场　贾府王熙凤住室
第二幕
    贾府"荣禧堂"正房
第三幕
    第一场　贾府贾母住室
    第二场　同前场
第四幕
    第一场　同第一幕第二场
    第二场　同第二幕

人　物　表
（以出场前后为序）

贾宝玉　十九岁。秀丽清俊,比往常瘦弱了。虽然风度依然潇洒、儒雅,而兴致、情趣也不及往常。那股天真活泼的气味没有了,剩下的是更忧郁,更消极,也更苦恼的心灵。如今世故了些,也沉默了些。或许这就是涵养吧,尽管他生活在精神的囹圄中,但他竟能咬着牙忍受那万般重叠的感情之挫伤。他的灵魂孤独得恐慌,为了他必须尽他人子之职,而满足他父母所要求于他的功名欲,最后他便"含辛茹苦",努力去竞取了一个举人的头衔交了差。也就从此,他轻松地跨上了出世的路,黯然离开了白茫茫大地,雾朦朦尘寰。

袭　人　十八九岁。如今算是贾宝玉的二房了。美艳俊俏,她满足地生活在物欲的享受中。她不再有许多忧虑了,她所妒嫉的人,死的死了,走的走了。假如她还有点烦恼的话,那便是她恨那些死了的人、走了的人,仍然牵制了贾宝玉的感情。

婆　子　五十多岁。看守大观园的女佣,在贾府的奴才行中,她是属于下一等。

紫　鹃　十七八岁。原是林黛玉的使女,林黛玉死后,她的心也死了。她失去林黛玉,同时失去生趣。她的美姿色,有着一股凌人的冷气,她的热情不再给予第二个人。她是万分厌恶这个现实的世界,所以终于她只有幽怨地遁入了空门。她这样,也是为了要让精神情感升华到另一个境界——另一个可以追恋林黛玉的境界！

王熙凤　二十五六岁。贾宝玉的堂嫂,也是他的姑舅表姐。风韵犹存,只是连年的操劳,连年的病患,使得她的美貌褪了色,显得比往常憔悴,也沉闷脆弱了许多。或则是心拙力竭的缘故吧,以前的骄傲尊大、逞强好胜的脾气,都改变了！尤其贾府的被抄检,把她历年苦心经营的体己财产全部没收了,于是她个人跟着贾府一同崩溃。她消极地看穿了名利,她从此相信了命运。当她身受到冷落轻蔑的刺激,而需要同情与帮助的时候,她便开始懂得了同情与帮助别人意义！她在忏悔的悲戚中寂寞凄凉地死去!她底英雄主义的野心,随着她底生命灭亡了!

平　儿　十八九岁。王熙凤的陪嫁使女。又是王熙凤的心腹助手。姿色不减当年,也稍显清瘦些。在王熙凤的极盛时代,她是一面帮着王熙凤的事业,一面又不满于王熙凤的过分霸道的作风。如今王熙凤失败了,她只有寄予更大的同情与忠心!她是一贯仁义、和平、淳厚、善良的!

贾　琏　二十八九岁。贾宝玉的堂兄,王熙凤的丈夫。标致。较前沉着,为了往常仗着身为皇亲国戚,任意胡为,而致家败人亡,虽痛悔前非,已来不及。无以泄愤,唯知怨天尤人!本来对王熙凤不太专情,如今是越发地把一切罪过都加诸王熙凤的身上,其实他自己也有责任。

巧　姐　十三岁。王熙凤的女儿。一个美丽、聪颖、天真活泼的小姑娘。有着母亲性格的优点部分的遗传。虽然年纪小小,人情世故已能练达;深受书香的熏陶、教养。

薛宝钗　二十岁。贾宝玉的妻,也是他的姨表姐。美艳丰韵依然,聪明能干依然。但却没有从前快活!因为她已明白,如今她只是占据了贾宝玉的肉体,并不曾占据他的心灵!所以,她含着辛酸生存在这个现状里!她有委曲求全的精神,她能够乐天安命!

贾　兰　十四五岁。贾宝玉的胞侄,李纨的儿子。生得俊秀,风度文雅。举止端庄持重,是一个早期成熟,而知书达理的孩子。有苦学的精神,有上进的志气。既非平辈贾蓉等能比,亦非长辈贾琏等所及。但并不骄矜、自大,且谦恭多礼。为贾府出色之人才。

贾　母　八十二岁。贾宝玉的祖母。一个慈祥明理、仁义贤德的老太太。为了接连家运不振,心情不及往常快活,健康也差多了。但仍能宽怀自慰慰人,耿耿教诲儿辈上进,勉励儿辈重兴门庭。

王夫人　五十多岁。贾宝玉的母亲。为人善良娴静,浑厚老实,乃贤妻良母型。没有贾母之精明、洒脱。性格相当懦弱,胸无主张,诸事不大闻问,但知苟安为生。

鸳　鸯　十八九岁。贾母的使女,艳若桃李,冷若冰霜。忠心义胆,感情寄诸贾母一身,从无自私之念。对世事皆淡然漠视,没有什么人生的兴趣与企图,只希望得到灵魂的超脱!

贾　政　五十多岁。贾宝玉的父亲,贾母的次子。既承袭了世职,又有当朝国丈身份。一副严肃的面貌,眼神透露着正气。灰白的头发,短短的胡髭。风度儒雅,稍带几分官宦气派。为人正直、实际;心地坦白、光明;宽大、开拓,有着清高的灵魂。处世不拘小节,出仕,但知耿耿于公务;在家却闭门读书;既疏于管理家事,教导子孙,又疏于督察部属;因此致成贾府后日之崩溃。

赵　全　四十多岁。锦衣府堂官。近似今日之警务长官。圆滑与精明。生得高大、健壮。

焦　大　八十多岁。贾宝玉祖父时代的老仆。须发苍白,老态龙钟。为人忠义耿直,平时冷眼旁观看不惯贾府下一代人的行为,感慨之余,也敢于批评、责骂。但谁又理会他呢?所以只有替"古人担忧",为主家流泪!虽然岁数很大,脑筋却很清楚,贾府的是是非非以及何人善、何人恶,他都有一本公公平平的账,记在心里。他知道贾府逆运就要莅临,可惜他爱莫能助。

司官们　三五人。均三十岁上下。为赵全的属员。

贾惜春　十七八岁。贾宝玉的堂妹。贾敬的女儿。美丽,沉静;孤僻,寡情;矜持,严肃。有着纯洁的心灵,有着一贯坚定的人生信仰——唯佛为尊,唯出世为上。所以虽在青春的时候,居侯门以内,亦不染丝毫红尘之念,终于毅然带发修行。

妙　玉　十八九岁。栊翠庵的女尼。貌美,才情高,风度潇洒出尘。出家多年,道行相当深,但为了究竟她是一个年轻的女子,因此她有着人性本能的情感,也就是她有时苦恼的原因。例如她心里很自然地爱贾宝玉,但却勉强控制,不容有丝毫表现。尽管偶尔会不自禁地透露出一点儿意思,这在别人看上去,或当她自己冷静的时候想起来,便觉得简直是一种罪恶!这情形,常常骚扰她宁静的心情。她满以为出家是一条躲避尘劫的路,没想到姿色给她闯下大祸,她被强盗抢走。为着反抗凌辱,保持清白,她自杀了,这也是红颜薄命的下场。

老婆子　五十多岁。贾府的女佣,陪嫁了贾迎春。

刘姥姥　八十四五岁。虽然白发满头,背显佝偻,但极健壮,精神。头脑清楚,善良,热情。

和　尚　四十多岁,面貌有些神秘奇怪。秃头上长满了癞疮,身子高大,皮黄脊瘦。风度不凡,飘飘欲仙。一望而知道行很深。

第 一 幕

第一场

时　　间　初秋的一个月明之夕
地　　点　贾府大观园
人　　物　贾宝玉　袭人　婆子　紫鹃　王熙凤　平儿
布　　景　这里是潇湘馆的背后外景。舞台的左里端,有屋角一隅,廊檐上挂着一只空鸟笼,闭户垂帘,人亡楼空,寂寞无声,这便是林黛玉生前深居饮泣的所在。潇湘馆周围尽是翠竹成荫,倒还茂盛。舞台左外首筑矮篱,有门通贾府前院,篱上攀了些萎藤干枝。舞台的正上端有假山,枯草蓬松。舞台的右里端斜围粉垣。舞台的右外首,有月洞门通秋爽斋等处。墙头的桃树,变成枯木。墙下也是萎草成丛。一张石桌,数张石凳,尘垢堆积。地面落叶狼藉,一片凄凉景象。

〔开幕。月明气清,阵阵徐风,吹得落叶"杀杀"作响。地上竹影参差,萧条之状,令人不忍目睹!偶尔几只飞鸟掠空尖叫。杜鹃悲啼不绝,夹杂着隐隐约约的女子哭声,更是凄凉万般!这时忽有脚步音,接着贾宝玉穿着件金黄色缎夹袍,腰系大红丝绦子潇潇洒洒自月洞门走进来,显得清瘦,虚弱的样子。后面跟着袭人,她穿的是紫红色缎夹袄,粉绿色绫坎肩,月白色绫裙子。

宝　玉　(边走边感慨地说着)唉!自从去年冬天病后搬出了这园子,一直不准我进来,你看如今只有这几竿翠竹还茂盛,其余花草枯萎,树木凋零,一片凄怆、荒凉,令人不忍目睹!

袭　人　日子久了没人住,本来免不了要荒凉,再加上婆子们讨懒,不勤着打扫打扫,就更显得糟践的不成个样子了!

宝　玉　这里不就是"潇湘馆"么?

袭　人　你才几个月没来,怎么连方向都忘了?咱们一路上只管说话,把"怡红院""潇湘馆"早走过了！咯,那才是"潇湘馆"哩！

宝　玉　(顺着袭人的手向潇湘馆一隅看去)可不是走过了吗？咱们再回去瞧瞧！〔说着转身就走。

袭　人　(忙拉住宝玉)天晚了,也该回去啦！老太太还等着你吃饭咧！

宝　玉　不,我一定要去瞧瞧。你知道,我今天进园子的私心,就是为的这个,好姐姐！快陪我去吧！〔拉住袭人恳求。

袭　人　(急)不行,我的小爷！就是去了也没用,屋子锁了,进不去。再说,你身子才好了些,又作践！等闹出病来,老太太不怪你,倒要骂我不经心照管你,这责任我可担待不起。就在这儿瞧瞧是一样的。

宝　玉　(无可奈何地叹了口气坐到石凳上)你们都这样狠心！林妹妹病的时候,你们不准我看她一眼；林妹妹死了,你们连她的棺材也不叫我陪上三天两晚；想着如今什么都完了,剩下的空屋子总该让我进去瞧瞧吧,谁知道还是不肯！何苦来？何苦来？都是这样无情无义？〔说罢痛苦地捧住头。

袭　人　这也不能怪我们,要怪只能怪你自己。谁叫你一来就是疯疯癫癫地吓死人呢？你若是好好儿的人,我们何尝愿意落恶名儿,管你这许多闲事？说起"无情无义"四个字,我们更不服了！无情无义的倒是林姑娘,她如果像你一样的有情有义,你们那么要好,她就不该早早丢下你死了去！

宝　玉　(不服地)死也是由得她的吗？再说,她的死还不是什么"金玉姻缘","金玉姻缘"的给怄死的？

袭　人　二爷！求求你,这些话以后少说吧！别叫宝二奶奶听了生气？

宝　玉　她生气,也不能怨我,并不是我要娶她,是老太太,太太她们瞒着我把她娶过来的！我做梦也没有想到会同她成夫妻,我喜欢的是林妹妹,可是偏偏不叫我们在一起！每每想到这里,我就恨不跟了林妹妹去！〔说罢拭泪啜泣。

袭　人　瞧,又在说疯话了不是？

宝　玉　(沉重地)一点不是"疯话",迟早我总要跟了去的！

袭　人　二爷！你说这些话也不怕伤老太太、太太的心？老太太才安慰了几天,你又生出事来。老太太为了林姑娘性情乖僻,身子单薄,知道必不长寿才把宝姑娘娶给你。老太太一辈子最疼你这一个孙子,如今她是八十多岁的人了,虽不打算图你的封诰,将来你成了人,他老人家看着也是一乐,也不枉她疼爱你一场。还有太太更是不必说了,一生的心血、精神,抚养大你这一个儿子,若真是你半途丢了她,太太日后靠谁呢?所以,你千万不能存这个想头,凡事总得按道理做。

〔宝玉听着听着忽然抬起头来,似有所闻,怔怔地站起走向潇湘馆一隅。

袭　人　(惊惧地跟着走过去)宝二爷!你看什么?

宝　玉　(低声制止)嗤!别说话。

袭　人　(更疑)你倒是听什么呀?

宝　玉　(如痴如醉地)潇湘馆里住的有人吗?

袭　人　我不是跟你说过,早就锁了,哪来的人呢?(说着有些怕,紧偎于宝玉身边)

宝　玉　(指向潇湘馆窗子)你瞧!你再听!

〔果然明月照着潇湘馆的碧纱窗,影影绰绰,仿佛里面有女子半身侧面的影子一现,作垂首啜泣状。同时,隐隐约约的有哭声,而且清晰起来。

袭　人　(倾听后惊恐交加,但又勉为镇静地)没……没有什么呀!(说着更贴近些宝玉,拉他往后退)走吧,二爷!时候不早啦!

宝　玉　(屹立不动)我明明看见是林妹妹坐在窗前,又明明听见她哭,你怎么说没有呢?

袭　人　这是你疑心,因为素常你到这里,总是看见林姑娘伤心,所以如今你还是那样想。要不,就是里面住的有看房子的婆子,你的眼睛花了,以为是林姑娘。

宝　玉　(坚信地)不,那不像是婆子的形状,一定是林妹妹显的魂灵儿!(于是朗声说)嘘,林妹妹!林妹妹!好好儿的,是我害了你了!只是你也不能怨我!这是父母作的主张,并不是我负心!我的苦处只有天知道!倒不如你死了的干净!如今我落得活受罪,既没有个知心的人,又要假意奉承宝姐姐,还得敷衍老太太,太太。简直是死,死不了,活,也活不好!妹妹果有情义,请你救救我吧!〔言次失声大哭。

〔渐渐窗后人影消失。杜鹃啼声和女子哭声也都为贾宝玉的号啕之声所掩蔽。这时,婆子穿着蓝布袄裤自月洞门上。

婆　子　怎么,宝二爷在这里?

袭　人　(闻声惊惧,急忙抱住宝玉)谁?

婆　子　(走向袭人)是我,花姑娘!老太太、太太正各处打发人找宝二爷哩!快回去吧,这里偏僻,近来又不大干净,不要撞见什么了。

宝　玉　(忙止哭抬头)怎样的不干净呢?

婆　子　自从林姑娘死后,我就在这里看房子,常常到了夜晚就听见潇湘馆有人哭!吓得我天一黑就不敢出来了。宝二爷病才好,仔细碰上邪气,可不是玩儿的。

宝　玉　(频频点头)果然不错!我刚才还听见的。(仰首悲戚地)林妹妹!你死得屈!这一辈子我也不能忘记你为我所受的苦处!(惊异)怎么,林妹妹的影子又不见了?呕!林妹妹恨我了!呕!如今真的是:"绿窗明月在,青史古人空。"了![说罢又哭。

袭　人　(急)我的小祖宗!你这是怎生得了?老太太、太太找的紧,你再不回去,我也不活了!横竖今儿是没法见他们了!

[忽然假山后面悄悄走出一人,犹如幽灵一般。穿着天青色绫夹袄,月白色绫裙子,修长的头发,阴郁的面庞。垂首慢步。

袭　人　(惊叫,扑向婆子)啊!

宝　玉　(一把拉住那人,情急地)妹妹!(但是那人挥手摔脱,惊讶地)怎么?是你——

袭　人　(鼓着勇气,抬头定睛注视那人,恍然认出)噢,是紫鹃妹妹呀!

宝　玉　紫鹃姐姐!你一个人在这里做什么?

紫　鹃　(冷冷地)我来看看林姑娘——

宝　玉　(不等她说完,忙接着问)怎么,你也来看林姑娘了?林姑娘不是死了吗?

紫　鹃　(讥讽地)你以为人在,人情才在,人没了,人情就也跟着没了吗?林姑娘虽然已死,可是我待她的心并没死!所以我就是天天来看看她住过的屋子,也一样表示了我的心。

袭　人　怎么,你不怕吗?听说这里不干净得很!

紫　鹃　(冷笑)怕?我怕什么?林姑娘又不是我摆弄死的!谁说"这里不干净"?我倒觉得只有林姑娘住过的地方才干——净——!("干净"二字

|||沉重地说出)说不干净的人,那是他们心里不——干——净——。

宝　玉　一点也不错!林妹妹生前作的"葬花词"里说过:"质本洁来,还洁去。"如今她果然是干净地生下来,又干净地死了!她的身子是干净的,所以她住的地方也一定干净的!只是紫娟姐姐,林妹妹也不是我"摆弄"死的呀!我待她的情义,也正和你一样,是始终如一的![说着又拉住紫鹃。

紫　鹃　"摆弄"没"摆弄",你自己知道;"如一"不"如一",也只有你自己心里明白![说罢扬长而去,走向月洞门。

宝　玉　(着急地扑过去)紫娟姐姐!你稍等等!我有句心里的话要和你说。

袭　人　(先头被紫鹃抢白得哑口无言,羞愧交加,这时不免带几分气地)紫娟妹妹!这是何苦来?你又不是不知道我们这位糊涂爷的性情,先头已经哭了半天啦,你非得再怄得他哭一场才甘心,是不是?

紫　鹃　(也不高兴地)我又何尝要怄他来着?明明是他来找着我麻烦嘛!

袭　人　那么你就好好儿地跟他说两句话儿行不行?

紫　鹃　(没好气地转过身来向宝玉)宝二爷有什么话,明儿再说吧,原谅我没有工夫奉陪你。

宝　玉　(悲戚地)我也没什么多的话,只是想问你一句——

紫　鹃　既是一句,就请你快问吧。

[宝玉愣了一会,不禁悲从中来,黯然泣下又说不出话了……

紫　鹃　(烦恼地)有什么话,要说就说,不说就别紧在这里怄人!已经怄死一个难道还嫌不够吗?[说罢又要走。

宝　玉　(又拉住紫鹃,沉痛地)唉!紫鹃姐姐!我明白,就为了林妹妹的死,你也恨我!你本来不是个铁石心肠的人,可是如今你连一句好好儿的话都不跟我说了。林妹妹是不在了,我的事情自然她不知道,但你不会不知道,即使你有什么不知道的地方,别人不肯告诉你,我可以告诉你。你直一个劲儿不理我,我固然是个浊物,不配你再来亲近我,不过,你总得叫我说明了以后,就是死了,也不至于做个冤屈鬼![边说边唏嘘不已。

紫　鹃　(依然冷冷地无动于衷地)宝二爷就是这些话呀,还有什么没有?若只是这些,先头我们姑娘在时,我也跟着听了无数遍,背都能替你背得出来,如今大可以不必再说了。

宝　玉　(急得直跺脚)紫鹃姐姐!为什么你每一句话,都像刀子似的厉害呢?

紫　鹃　(沉下脸严肃地)我原没有长着一张蜜似的嘴儿。要是宝二爷嫌我不好,我最初本是太太派给林姑娘的,宝二爷只管回太太,索性撵出我去倒落得自在!左右我是个丫头胚子,算不了什么。〔说罢悠悠而下。

宝　玉　罢了!我今生今世也难剖白我这个心了!一切唯有老天知道!〔说时,抽噎泣不成声。

袭　人　真是,有其主必有其奴!天生的一个样的古怪性子。(拉宝玉走向篱笆门)走吧,呆爷!巴巴跑来哭一场,又一场,何苦来?偏是你痴情,别人不痴情有什么办法呢?依我劝你死了这个心吧!白赔眼泪可惜了儿的。

〔这时王熙凤穿着件月黄色缎夹袄,乳白色绫裙,自篱门上,平儿穿着一件葱绿色绫夹袄,月白色绫裙子,拿了白灯笼跟着同上。

熙　凤　(惊)怎么,宝兄弟在这儿,宝妹妹找不到你,都快急坏了!

平　儿　(向袭人)你好大胆,怎么领二爷到这里来了?还不快回去,仔细老太太不剥你的皮!

袭　人　我有什么法儿?二爷一定要来,我若是不肯,二爷又该说我狠心,连林姑娘的空屋子都不叫他看。左右我们当奴才的人为难!

熙　凤　宝兄弟想开点吧,人生在世,有情有义,到了死后,犹如灯灭!任你活着的人怎样伤心,死的人也是不知道的了!

袭　人　我也是这么劝他来着!无奈他不听。琏二奶奶的话不错,若是人死了还能知道阳间的事情,我们跟林姑娘也算不坏,为什么就没有梦见过她一次?

宝　玉　可是,她的魂灵儿依旧在这园子里,刚才我还看见她的影子,听见她的声音来着。

熙　凤　(惊)真的吗?

袭　人　(忙向熙凤使眼色)别信他浑说,琏二奶奶!没有的事。我也在这儿,我就没有看见什么,也没有听见什么。

宝　玉　(叹气)唉!你们不信也罢!(说着又回顾潇湘馆)噢,那廊檐的鹦鹉还在吗?

婆　　子　说也奇怪！自从林姑娘死后，那只鹦鹉天天叫，又像是哭！喂它食水它也不吃。林姑娘的灵柩出殡的那一天，紫鹃姑娘打开笼子把鹦鹉放了，听说它还跟着飞了去送殡的。前些天它又飞回来一次，嘴里唧唧喳喳说了好些个话儿，后来小丫头们在假山上面拾了只死鸟儿，送给紫鹃姑娘一看，原来就是鹦鹉。紫鹃姑娘还哭了一场，把它就埋在这假山前头，从前林姑娘葬花的地方。唉，鸟也通人性！

宝　　玉　林妹妹多情，伺候林妹妹的丫头多情，连林妹妹养的鹦鹉，也多情！真是难为它一只鸟儿，竟还有灵性！看来这些花草，都是为了林妹妹的死，才枯萎了！〔说着又伤心啜泣！

袭　　人　可又来！死一只鹦鹉也值得哭！

宝　　玉　（戚然地）唉！你们哪里明白我的心哟！

熙　　凤　回去吧，宝兄弟！时候不早啦！别紧直叫老太太、太太记挂。

袭　　人　（向婆子）妈妈帮着我把二爷送回去吧！琏二奶奶，还要到哪儿去？

熙　　凤　我到三姑娘那里去看看。

〔袭人和婆子硬拉了贾宝玉向篱门下。

平　　儿　（见宝玉去后，感动地）宝二爷也忒痴心了！

熙　　凤　林姑娘是他最爱的人，死了自然难割难舍。只是宝姑娘也苦得很，嫁个丈夫，心却不在她身上。

平　　儿　（笑着）奶奶还说哩，这件事不都是奶奶跟老太太做成的吗？

熙　　凤　（也笑着啐了一口）死蹄子！你倒会拿我的话柄。这件事总算过去了，如今再把三姑娘的事打发了，我也可以清净清净啦！〔坐到石凳上。

平　　儿　奶奶这样子真够累的，等三姑娘出了门，奶奶也该歇歇了。奶奶如今比往年瘦多啦！

熙　　凤　累倒不要紧，只是折腾不出钱来，真着急！前儿从鸳鸯手里把老太太的一箱子银器拿出去当了，到如今还没赎。这回三姑娘的妆奁，又得花一笔大钱，太太只管说叫"排场"，殊不知家里早空了，用什么"排场"呢？

平　　儿　没钱，当家就不容易，奶奶这两年办事儿，就不如前两年顺手了！

熙　　凤　我已经快到一筹莫展的地步了！再下去，真不知道如何得了？〔言下不胜愁懑。

平　　儿　奶奶也不必忧心，凭奶奶的本事，也还不至于"束手无策"。再说老爷新近上任江西粮道,说不定可以捞一笔银子回来。

熙　凤　(冷笑)你哪里知道!老爷一辈子为人正直,做了这么多年官,他的底上人倒是都发了财,只有他还是两袖清风!这次放外任,一文钱没拿回来,家里还给他贴补。可是那些跟去的人,走了不久,这里的小老婆子都金头银面起来了!说什么我有本事?没有银子,天大的本事都没用!所以近来我真心焦得很!身子也不如往常,只怕——[说不下去。

平　儿　奶奶可不能这么泄气!一家子老老小小都指望着奶奶撑持,要是奶奶真倒下来,别人不讲,巧姐儿可怎生得了?

熙　凤　我也正是为了巧姐儿,才苦心经营了这么多年!那点子体己,也不知道能够落到她手里不?你二爷又是浪荡胡为惯了的,要真个我有什么好歹……

平　儿　(连忙截住)何苦来?好端端的尽说些个不吉利话儿!

熙　凤　(笑)死蹄子,瞧你吓成这个样儿。说说哪能就真应了?[说罢站起来。
　　　　[这时一阵风,"唰喇喇"落叶纷纷而坠,树枝梢头"吱呀呀"发哨,寒鸦宿鸟都惊飞而起,杜鹃啼声更惨!

熙　凤　(打了个寒战)好冷呀!平儿,快回去把那件银鼠坎肩拿给我,我在三姑娘屋里等你。

平　儿　我也要去加件衣服。只是奶奶一个人不怕吗?

熙　凤　(笑)怕什么?我才不信那些邪魔外祟的鬼话哩?

平　儿　那么,我把灯笼留给奶奶。

熙　凤　不用,有月亮,我看得见。你胆儿小,你提去吧!

平　儿　好吧![下。
　　　　[平儿去后,王熙凤刚举步走向月洞门,忽然假山后面有"哧哧""哧哧"之声,似以鼻闻嗅什么。这时四周寂静,月光遽然暗淡。

熙　凤　(毛发悚然地忙向后退两步,颤声地叱着)谁在做什么?
　　　　[王熙凤的话没完,假山背后露出一张恐怖的脸,看不清是什么东西,但见两眼炯炯放光。

熙　凤　(不禁大惊,吓得魂不附体,想走,两腿已僵,只蒙面回头向篱门处失声叫着)平儿!平儿!
　　　　[接着,一只黑油油的东西,像狗的形状,从假山后跳出来,拖着长长的

尾巴,跑向竹丛,经过王熙凤身边时,犹用鼻子嗅了嗅她,又用爪子向她拱了拱。王熙凤立即吓倒在地,这时平儿持灯笼匆匆上。

平　儿　(见熙凤在地,忙扶起)奶奶!怎么了?

熙　凤　(勉强镇定,为不甘示弱于人为胆怯,便假意地)没什么,刚刚被石头绊了一跤。怎么你还没走远吗?我叫了一声,你就听见了![说着打了打身上灰尘。

平　儿　可不是。我才走了几步,碰到小红和丰儿两个蹄子在笆篱外拌嘴,我叫丰儿去拿衣裳,我正在跟小红说话儿,忽然听见奶奶喊了一声,以为出了什么事,就赶紧跑了来。原来是奶奶跌跤了。

熙　凤　三姑娘那儿不去了,天也不早啦,怪冷的,咱们回去吧!

平　儿　好的!咱们明儿再来。[扶熙凤走向篱门。
　　　　[婆子匆匆上,状极惊惶。

婆　子　(喘哮地嚷着)不得了!不得了!我是不能再住在这园子里了!

熙　凤　(大惊,但勉强镇静地)什么事,这样大惊小怪的?

婆　子　怎么,琏二奶奶!你还在这儿?快……快回去吧!园子里不……不干净!

熙　凤　(惶恐,又不便形于色,只悄悄打个寒战)别浑说八道的!好好儿的,园子里有什么不干净?真是鬼言鬼语!

婆　子　琏二奶奶不信,到前院就知道了。

平　儿　(急)到底是怎么回子事?你也说个明白呀!只管糊里糊涂地乱嚷,嚷的人心里怪烦的。

婆　子　刚才我送宝二爷到前院,听说东府的珍大奶奶今儿从三姑娘那里回去的时候,走过这园子,到了家身上就发烧,嘴里直说胡话,见神见鬼的闹得天翻地覆,到如今没有清醒。蓉哥儿去找毛半仙占了一卦,卦上说是:"旧宅有伏虎作怪,形响吓人,撞着了便要得凶险的病症。"

平　儿　(诧异地)真有这种事儿吗?

婆　子　这是珍大爷亲口跟老太太他们讲的,我还能好好儿的咒人不成?平姑娘!

熙　凤　(更怕,但仍装作不在意地)我偏不信,哪能青天白日就撞见什么鬼?

婆　子　琏二奶奶信也罢,不信也罢,只是也不要太大意了。固然俗话说得好:

"没做亏心事,不怕鬼敲门。"可是有时候人的秉性低了,没准儿就碰上晦气。

熙　凤　（似有所刺激,不禁沉吟地重复着）"没做亏心事,不怕鬼敲门！"〔说罢,猝然心血上涌,咳了一声,便支不住,向后昏倒。

平　儿　（大惊,忙扶起熙凤喊着）奶奶！奶奶！怎么啦？

婆　子　是不是？说着说着就应了！

平　儿　（啐了一口）还浑说！都是你把奶奶吓坏了。（说着又喊）奶奶！奶奶！

婆　子　琏二奶奶！琏二奶奶！

〔这时秋风萧萧,月光越发昏暗；杜鹃泣啼,夹杂着隐隐约约的女子唏嘘声,远远又传来几下寺院的钟鸣。整个情景,凄惨悲绝,恐怖阴郁,充分呈现了灾祸溃败的气象。

——幕徐徐落

第二场

时　间　前场数日后的一个早晨

地　点　贾府王熙凤住室

人　物　王熙凤　平　儿　贾　琏　巧姐儿　贾宝玉　薛宝钗　贾　兰

布　景　王熙凤住室。舞台的正上端有格扇门,供出入。舞台的左右端有房门,左通巧姐卧房,右通王熙凤卧房,各悬葱绿色绸门帘。左门楣有匾曰"富贵",右门楣有匾曰"芙蓉"。舞台的中间设屏风,屏风前置炕榻,铺大红毡毯。炕榻下面置矮凳。舞台的左端置雕木方桌,两边置椅,均铺绣花缎垫子。桌上陈设茶具,一个大瓷盘内,有金瓜和佛手。壁上悬"有凤来仪"的彩色大幅中堂。舞台的右端置云头茶几两边有凳,几上设古花瓶,内插秋菊。

〔开幕。屋子里静静的,忽然孩子的哭声冲破了寂岑。王熙凤比先前更消瘦了,病容憔悴。穿着件天蓝色缎夹袄,浅黄色绫面银鼠坎肩,月白色绫夹裤,自右房门扶着平儿走出来。平儿穿的是油绿色绫夹袄,水红色绫夹裤。

平　儿　昨儿夜里我听见奶奶就没睡着,何苦来又起这样早呢？〔扶熙凤坐炕榻上。

熙　凤　五更天二爷起来,我也跟着醒了,就再也睡不着。刚才想朦胧一会儿,巧姐儿又哭了!

〔这时左房门内传来婆子嘟哝之声。

〔声音：(狠狠地)真真的小短命鬼儿,放着尸不挺,三更半夜,嚎你娘的丧!

〔接着孩子更"哇"的一声,大哭起来了。

熙　凤　(听见了气得厉声骂着)了不得,你听听那婆娘一定是在挫磨孩子了!李妈,你这是怎么着?姐儿哭,你拍拍她才是呀!你睡昏了,这会子太阳都出来了,你还骂她"三更半夜嚎丧",你也未免忒好睡了些儿!(向平儿)你过去把那黑心的养汉婆娘下死劲地给我打几下子,把巧姐儿抱过来!

平　儿　(笑着说)奶奶别生气!她哪里敢挫磨姐儿?只怕是不提防,错碰了一下子也是有的。这会子打她几下子不要紧,明儿叫她背地嚼舌根,倒说咱们大清早打人!

〔这时孩子的哭声已止。

熙　凤　她不干不净地骂人总是真的呀!

平　儿　(赔笑地)她骂姐儿是她自己造孽,姐儿倒能成人!奶奶只别去理会。倒是歪下来,打个盹儿吧!我给奶奶捶着点。

熙　凤　(半晌不言语,感慨悲戚地)唉!这会子我还活着,眼前就是这般情况,赶明儿我死了,撇下这小孽障,还不知道怎么受呢!〔说罢躺下。

平　儿　(坐炕沿,替熙凤捶着)这是怎么说?奶奶!大清早起,何苦来呢?

熙　凤　(冷冷地苦笑了笑)你哪里知道?我早已明白,我是活不久的了!虽然,说起来才只二十五岁;但人家没见过的,我见过了;没吃过的,我吃过了;没穿过的,我穿过了;凡是世上有的,我总算都有了。气也赌尽了;强也争足了;就是如今"寿"字儿头上缺一点儿,也罢了!人生百年终须死,何必多熬日子呢!所以,我倒也看穿了。

平　儿　(难过地黯然泣下)奶奶死,我也不活了!

熙　凤　(笑)你这会子不要假慈悲,我死了你只有欢喜的,哪里还舍得跟我一块儿死?我在世,就像你们眼里的刺儿似的,我没了,你们倒可以一心一意、和和气气地过了。只是一件,你们若知好歹,多疼我那孩子一点儿就够了!

平　儿　(更伤心了,索性蒙面失声唏嘘起来)奶奶!奶奶!别再说下去了吧!

熙　凤　(笑着坐起来拍拍平儿肩)别扯你娘的臊了!哪能这会子就死了不成?瞧你倒哭得怪恸,我本来不死,还给你哭死了哩!

平　儿　(忙止住,拭泪)谁叫奶奶说得那么伤心呢?(说着又捶着)奶奶冷吗?我去拿件衣裳给奶奶盖上吧?

熙　凤　(又躺下)不冷,歪一会子我也该起来了。

平　儿　(又捶了一会,见熙凤渐睡,沉默了片刻工夫,轻轻下了炕,自言自语地)到底睡着了。唉!一个人也会变,可叹她争强好胜了半辈子,如今落到这般颓丧![说着走向右房门去。

熙　凤　(忽然呼吸急促,渐渐周身抽动。恍恍惚惚地低声呓语,继而大声嚷着)二妹妹!原谅我吧!我已经后悔了过去都怨我的心忒窄,今后什么事都能忍让为怀!二妹妹!求求你,别记我的前愆![说罢又抽噎不已。

平　儿　(忙取衣走出来,惊叫地)奶奶!奶奶!怎么啦?

熙　凤　(蒙眬地)嗯!没什么,我刚才做了一个梦!

平　儿　怪不得哩!奶奶梦见什么了?[说着替熙凤盖衣。

熙　凤　(稍稍定神,戚然地)梦见尤——二——姐——了。

平　儿　(一惊,忙又佯作镇静)噢!那是奶奶想她!记得昨晚上奶奶还提起她!奶奶快养息一会儿吧,我再给奶奶捶着,别再胡思乱想了。[说罢又坐炕上替熙凤捶腰。

熙　凤　唉![长叹一声,又陷入沉思、朦胧的状态。

平　儿　(轻轻温存地)奶奶要喝口水吗?

　　　　[熙凤不言语,似已睡着。

平　儿　(自语)怎么一下子就睡着了?一下子又做起梦来呢?梦又是怪梦,难道——[不忍说下去,悄悄啜泣。

　　　　[这时贾琏穿着件橙黄色缎夹袍子,束一条金黄色丝绦子,大踏步自中门上。走到屏风前面,张张望了一番,见王熙凤睡了,甚不服气地瞅了一眼,走向平儿。

贾　琏　(没好气地嚷着)人呢?丫头婆子们都还没起来吗?

平　儿　（蹑手蹑脚下炕,以手按唇,向贾琏制止地低声说）好二爷！求求你老人家,轻一点儿行不行？奶奶一夜没合眼刚才蒙眬了一会儿。丫头婆子们伺候二爷出门没打量二爷回来这么快,所以又都去睡了。二爷要什么,有我在这儿是一样。〔说着替熙凤盖上衣服。

贾　琏　（冷笑地）好！好！这会子都还不起来,安心"打擂台打散手儿"！（复厉声叫着）给我泡茶！

平　儿　开水没烧,只怕暖壶的茶还温温的。〔说着向右房门去。

贾　琏　（坐方桌下首椅上,狠狠拍了一下桌子）一群狗娘养的,倒会享福！

平　儿　（捧茶给贾琏）二爷先喝一口解解渴吧！

贾　琏　（按过茶碗喝了一口,立刻吐了,忿忿地把茶碗"豁琅"一声摔了个粉碎）这哪里能喝？你是想叫我冰死不成？

熙　凤　（惊醒,吓得猝然坐起）哎哟！怎么啦？

平　儿　没什么,奶奶！是我不小心把茶碗砸了。〔说着弯腰拾碎碗片,泪涔涔而下。

熙　凤　（看了看贾琏,诧异地）是你回来了啊？
　　　　〔贾琏扭过脸去不理。

熙　凤　你不是才去不久吗？怎么这样快回来了？

贾　琏　（回头厉声地）你不愿意我回来吗？难道叫我死在外头不成？

熙　凤　（低声下气地笑着说）这是何苦来？常时我见你不像今儿回来的快,问一声也值得生这么大的气？

贾　琏　（气愤愤地）又没遇见,怎么不快回来呢？

熙　凤　（依然和颜悦色地）没遇见？少不得明儿再去早些儿。就不会扑空了。

贾　琏　（跳起来扑向熙凤大声地）我可不能"吃着自己的饭,替人家赶獐子"。我这里一大堆的事,没个动秤的,没来由,为人家的事瞎折腾了这许久！当什么正经呢？倒是那有事的人,照样在家里受用,死活不知。并且听见说还要锣鼓喧天地摆酒、唱戏,做生日哪！我真倒霉,平白地跑他娘的腿子！（说罢狠狠往地下啐一口,又走向平儿直跺脚）去把那群老人家请起来行不行？
　　　　〔平儿不理他,拿了碎碗片拭泪饮泣走向中门下。

熙　凤　（气的干咽,想分辩,又忍住了,仍勉强笑着）原来为了这个？只是犯不着大清早起,进门就拿我们杀性子!谁叫你应了人家的事呢?既应了,少不得就要耐烦着替人家办办。这个人也真可恨,自己有为难的事,还有心肠唱戏摆酒的闹哄!

贾　琏　你可说么?明儿你倒去问问他。

熙　凤　(诧异)叫我问谁去?

贾　琏　(冷冷地)问谁?问你的哥哥!

熙　凤　(又惊,又气)说了半天,是他吗?

贾　琏　不是他,还有谁?

熙　凤　他又有什么事,叫你替他跑呢?

贾　琏　自然你还闷在罐子里啦?

熙　凤　(急)到底是为了什么?我怎么一点儿也不知道?

贾　琏　(冷笑地坐炕榻上)我不告诉你,你怎么能知道呢?不要说你,这件事连太太和姨太太都还不知道哩!第一,怕太太和姨太太不放心;第二,你身上近来常常不好,怕你着急;所以我就在外头压住。不叫传进里头来。你今儿不问我,我也不便告诉你。说起来,真叫人恼!你打量你哥哥行事像个人吗?你可晓得外头管他叫什么?

熙　凤　叫他什么?

贾　琏　叫他什么?嘻嘻!叫他忘仁!

熙　凤　(不禁扑嗤笑了)他本来名字叫王仁嘛!

贾　琏　(冷笑)不是那个"王仁",是忘了仁、义、礼、智、信的那个"忘仁"!

熙　凤　这又是谁这么刻薄嘴糟蹋人?

贾　琏　并不是别人无故糟蹋他,实在的他忒不成话了。如今我就索性告诉你,让你也可以知道你那哥哥的好处。你听见说他给二舅太爷做生日的事么?

熙　凤　(想了想)哎哟!我正为这件事奇怪,倒忘了问你哪。记得我二叔不是冬天的生日吗?往常,年年都是宝玉去拜寿,上次老爷升为江西粮道的时候,二叔那边还送了一班戏过来,前儿我偷偷地跟太太商量,想着二叔为人吝啬,等到今年他的生日,咱们也还他一班戏,省得亲戚面前落亏欠。昨天忽然又听见说这会子就做生日,是什么道理呢?

贾　琏　(轻蔑气愤地)哼!什么道理?还不是敲竹杠的道理!大舅太爷死后,

你哥哥一到京城，按着办丧事首尾，开了个吊，弄了好几千银子，他怕咱们拦住他，所以瞒着咱们。二舅太爷看着眼儿红了，嗔怪你哥哥不该独吞。于是你哥哥又变了个法儿，指着二舅太爷的生日撒了张网，想着再替二舅太爷捞一笔钱来。哪里还管什么冬天不冬天，横竖不要脸到家了。

熙　凤　（羞愤交加）该死！该死！简直把我们王家的人丢尽了！

贾　琏　这也不去管他。横竖这类的事官场也多得很。只是，你知道我今儿早起出门是为什么？就因着大舅太爷的事情，御史参了一本，说是"前任海疆粮道王子腾负欠亏空，查本员已故，着由其弟王子胜，和其侄王仁赔补。"这么以来，二舅太爷和你哥哥急了，爷儿两个找了我给他们托人情。我见他们吓得那个样子，看在大舅太爷生前的情面上，又是他老人家的事情，再说，还关系着太太和你，所以我就应承下来。我替他们张罗不要紧，而他们大不该偏在这个节骨眼里，摆酒唱戏地又做起生日来。今儿大清早，我原想去找到总理内廷的都检点老袭，托他给办了，就叫后任挪移挪移算了。谁知道又去晚了，没有见着老袭，冤枉白起个早。你说叫人生气不生气呢？

熙　凤　（羞愧悲愤地）既是这样，凭我哥哥怎么坏，到底是你的大舅儿。再者，这件事办好了，无论是死的大舅太爷，活的二舅太爷，都会感激你的。没什么说的，我王家的事，少不得我低三下四地求你了！你要杀性子只朝着我杀好了，别紧直混拿别人出气，带累我背地里挨骂！〔说着泣不成声，一面披衣下炕。

贾　琏　（已经气平了）你何必难过？我气的是你哥哥不是人，也并没说你呀！还有，明知你身上不好，我都早起来了，怎么丫头婆子们倒还睡着？就是咱们老辈子也没这个规矩呀！如今你只要做好好先生，什么都不管了，我说了一句，你如今就赌气起来，明儿我若是撑他们出去，难道你就都替了他们么？真是好没意思！你倒是还睡你的去吧！

熙　凤　（拭泪微笑）天也不早啦，我也该起来了。你有这么说的，只消替我王家在心地办办事儿，就算是你疼我的情分了！再者，还不光是为我，也为太太、姨太太，他们若知道了，定是喜欢你的。

贾　琏　这我自然知道。"大萝卜还用得着尿浇？"

平　儿　（端了一盖碗热茶上）这是刚泡的热茶,二爷喝吧!（递给贾琏后,走向熙凤）奶奶这么早起来做什么?哪一天奶奶不是有一定的时候起来呢?二爷也不知道是哪里来的邪火,回来拿着我们出气。何苦来呢?奶奶也算替二爷争够了,无论两府里的什么事儿,哪一样不是奶奶当头阵?如今累成个病包儿了!不是我说,二爷把现成儿的也不知吃了多少,这会子只算替奶奶娘家办了一点子事儿,况且也不只是奶奶一个人的关系,还关系着好几层儿呢,就这么"拿糖作醋"起来,也不怕叫人寒心!至于我们起迟了,原该挨骂受气,左右是奴才罢咧,但在奶奶跟前,总该有个分寸吧?〔说着一面拭泪。

贾　琏　（经这一说,气也没了,转怒为笑地）够了!够了!有她一个人的就够使了,还用你再来帮着?左右我是个外人,多早晚我死了,你们就清净了。

熙　凤　你也别说这话,谁知道谁先死呢?说不定我死在你前头!果然这样,倒盼望早死一天,早安静一天!〔说着泣下。

贾　琏　好啦!好啦!大清早起,满嘴里死呀活的,也不忌讳!〔喝茶。

平　儿　（冷冷地）有的忌讳,少怄人家一点就够了!

贾　琏　真不得了!一个比一个厉害!〔说着嬉皮笑脸地去拉平儿。

平　儿　（甩开贾琏,气愤愤地）别和我们喜一遭子、恼一遭子的!〔说罢走向左房门。

熙　凤　平儿!看看巧姐儿起来没有?早上凉,叫李妈多给她穿上一件衣服。

平　儿　是啦!〔下。

贾　琏　（讪讪地）平儿这蹄子,越来越小性儿了!

熙　凤　本来的是你不对,人家又没做错事,平白地拿人家杀性子,自然是不服的啦!

贾　琏　（笑）就是我错了,只是你别太替她撑腰杆了!噢,三妹妹的嫁妆都办齐备了吗?

熙　凤　齐是齐备了。只是派谁送她到老爷任上去呢?

贾　琏　我想派一个可靠的老家人,再多跟几个小厮就行了。不知道太太的意思怎么样?

熙　凤　太太的意思,只是叫多派几个人,倒没有说派谁。

贾　琏　听说明儿就动身,我还得去叫他们张罗车轿去。〔说罢走向外。

熙　凤　你没睡足,就再歪会子去好了,何必这么急呢?

贾　琏　事情就在眼前,不去张罗一下,到临头又得作难。(忽想起什么又回身)噢?还有,你去和太太商议商议,看能不能再折腾出些银子来?

熙　凤　(叹气)唉!为了三姑娘的妆奁,太太已经拿出她的私房银子来啦,再商议也是白商议。

贾　琏　可是,还要用钱怎么办呢?

熙　凤　少不得回来我再想法儿。

贾　琏　(笑着)我的好人!谢谢你救了我的饥荒!你知道,不为别的,昨儿夏太监打发了个小太监来跟咱们借二百两银子,说是要买一所房。钱不够,暂借,过两天还,其实还不是"肉包子打狗,有去没回的"。我又不好回绝他,尽管元妃逝世,可这些人的账还不能不卖。前儿周太监见了我,一开口就是一千两,我稍稍迟疑了一会儿,他就不自在地拂袖而去。说不定这一得罪,将来乘空儿怎么坑害一下子哩!唉!这会子能发个两三百万的财就好了,不然,如何能应付这个局面?你哭穷,他们不信,你摆阔,没银子!没见老爷做的什么官儿,不往家里捞钱,倒往外贴补。

熙　凤　还有什么说的,横竖是这个样子了。(向左房门叫着)平儿!平儿!

平　儿　(上)做什么?奶奶!

贾　琏　去把我的那两个金项圈拿来!

平　儿　这会子拿那个做什么?

熙　凤　还不是押银子去。

平　儿　哼![不服气地瞪了贾琏一眼下。

熙　凤　这日子越来越难过了!

贾　琏　谁说不是呢?我也不知道,怎么得了!

平　儿　(取金项圈交熙凤)是这个吧?奶奶!

熙　凤　是的。(以金项圈给贾琏)你拿去押四百两,二百两给夏太监,二百两你使用。

贾　琏　(接过来,高兴地)难为你帮我个大忙。

平　儿　(冷笑)嘻嘻!这会子二爷说奶奶好了?

贾　琏　(笑着拍了平儿一下)我什么时候又说过你奶奶不好来着?[说罢向中门下。

平　儿　奶奶！巧姐儿起来了,正喝粥哩！奶奶要吃点什么不？
熙　凤　（摇头）不,给我泡碗茶来吧！
平　儿　嗯！〔向中门下。
熙　凤　（自语地）"屋漏偏逢连阴雨",越是心里不干净,偏偏碰上这么多不如意事。
　　　　〔这时巧姐儿穿着身大红缎袄裤,自左房门跳跃而来。
巧　姐　（扑向熙凤怀里）妈妈！我吃了一大碗红枣粥！
熙　凤　（抚着巧姐,慈爱地）好乖！孩子！冷不冷？
巧　姐　不冷,还热哩！你摸摸我的头,直出汗！
熙　凤　（替她揩了揩）暖一点好！秋天顶容易着凉。李妈呢？
巧　姐　李妈在给我洗衣裳。
熙　凤　早晨你哭什么？是不是李妈打你了？
巧　姐　（好像很懂事地,看了看左房门,又看了看熙凤,摇摇头）李妈没有打我！我自己想哭！
熙　凤　（抱着她）好孩子！李妈要是背地里挫磨你,你就来告诉我！
巧　姐　嗯！
平　儿　（端了碗茶上,边走边说）奶奶,宝二爷和宝二奶奶来瞧奶奶！〔把茶碗放几上。
　　　　〔这时贾宝玉穿着件紫红色缎夹袍子,系金黄色丝绦子,薛宝钗穿着件粉绿色缎夹袄,水红色绫坎肩,月白色绫裙子,两人由中门同上。
宝　钗　（边走边叫着）凤姐姐起来了吗？
熙　凤　（忙放下巧姐儿站起迎着）起来了,宝妹妹！怎么？你们两人这么早就出来了？宝兄弟坐吧！平儿去给宝二爷宝二奶奶泡茶。
平　儿　是啦！〔向中门外端茶分递与宝玉宝钗。
宝　玉　（沉静地坐在方桌下首）早晨出来散散步,比闷在屋子里好些。琏二哥呢？
熙　凤　刚出去。巧姐儿！快跟二叔叔二婶子请安！
巧　姐　（果然向宝玉宝钗跪了跪）跟二叔叔二婶子请安！
宝　钗　（拉巧姐到身边,坐炕上）巧姐儿越长越俊了！还念书吗？
巧　姐　天天念！

宝　玉　谁教你？已经认得多少字儿了？

巧　姐　李妈教我。已经认了三千多字儿了。念了一本《女孝经》，半月头里又上了《列女传》。

宝　玉　你念了懂得吗？

熙　凤　（笑着）正好，宝兄弟得空就给她理理吧！我又不懂。她净说认了多少多少字儿了，我直不信。

巧　姐　（走到宝玉跟前）二叔叔！我说我认得。妈妈偏说我瞎认。只不过是哄她。二叔叔！你就考考我试试，免得妈妈不信。

宝　玉　（笑着，抚巧姐儿的头）那么，我来问你：《女孝经》上头你背几个给我听听！

巧　姐　（想了想）我背我最敬慕的几个贤良女子吧！第一，我敬慕能够安贫的《孟光妻荆钗布裙》《陶侃截发留宾》。第二，我敬慕孝道的《花木兰代父从军》《曹娥投水寻父尸》。此外，我敬慕忠烈的《蔡文姬归汉》。二叔叔，你说我背得对吗？

宝　玉　（喜爱地称赞）不但是对，而且又顺手儿说出了你自己的意思。（向熙凤）二嫂子，你放心吧！这孩子长大了一定有出息，她知道敬慕这几个贤良的女子，想来必然会学习她们。好！好！巧姐儿！以后再多用用心。我有空教你念唐诗。

熙　凤　（笑）你就是只知道干呀湿的。一个小孩子家刚认字，叫她念的什么诗？巧姐儿！别听你二叔叔的话，明儿好好地把《列女传》拿给二叔叔教你念。

宝　钗　宝玉没工夫的时候，我也可以教她，往后巧姐儿常上我们那儿去好了！

巧　姐　好的！二婶子！（说罢走向平儿）平姑娘！带我出去玩儿！

熙　凤　平儿，你带她出去玩会儿吧！

平　儿　好的！〔携巧姐儿向中门外下。

宝　钗　前儿听说姐姐从园子回来，病了几天，如今好了吗？

熙　凤　我这程子本来就身上不大自在，加着那天晚上在园子里着了凉。回来发了几天烧，如今也算好了。记得那天宝兄弟也到园子去过，回来还好吧？

宝　钗　（笑着讽刺地）他身子倒没病，只是回来以后心病可大了！他硬说林妹妹的魂灵儿还在园子里。他说他看见了林妹妹的影子；又听见了林妹妹的声音；可是袭人当时也在，她就没看见什么，也没听见什么。今儿他又要来问问凤姐姐，问你看见没有？听见没有？

宝　玉　（忙走过来，坐矮凳上，认真地）二嫂子！我听说那天你也看见了什么，当时就吓昏过去，是真的吗？

熙　凤　（迟疑一会儿，笑着）没的事儿，你不要听他们浑嚼舌头。

宝　钗　（向宝玉）你这该信了吧？凤姐姐不知道，任凭我和袭人怎样和他解说，他都不信。他为了要等着林妹妹向他显灵，好几晚上，他都一个人睡在我的外间，谁也不准陪他。闹的结果，连个梦也没有，这他才算死心了。

宝　玉　（站起来，忧郁沉吟地）我若能真"死心"，倒好了！只怕这一生，活着一天，就一天不会死心！除非是我这人死了。但是即如我人死了，我的魂灵儿，也还要去找到林妹妹的！

宝　钗　好没来头，到哪儿都是开口"死"，闭口"活"的；你自己不忌讳，也不管别人忌讳！

熙　凤　（笑）忌讳我倒也不忌讳。只是宝兄弟未免忒痴情了，如今林妹妹已经死了，任你怎样苦心想念她，她也是不知道的了！倒不如把你这份痴情用到活人宝妹妹身上好多了！

宝　钗　（冷笑）凤姐姐快别这么说！像我们这种俗人，哪儿配？偏偏的好人不长寿，我也为林妹妹惋惜，要是能够替死，我倒情愿替她死了，叫她活着，也免得我们这位呆爷害相思病！

宝　玉　（不高兴）这是何苦来？我又没说你是坏人！我想林妹妹，不过为了我们十几年在一起的情义，她知道不知道，我倒不在乎，我只是尽我的心罢了。

熙　凤　（忙用话岔开，笑着说）好啦！好啦！咱们换个题目吧！前儿散花寺的尼姑，大了来啦，说他们庙里的散花菩萨如何如何灵验。我本来不信，见她说得"天花乱坠"，就同平儿去求了一个签，问问我的身子，什么时候才能自在，你们等等，我去拿来你们替我解解，我看不大明白，又不好意思去请教别人。〔说罢下炕走向右房门口。

宝　钗　（笑）想不到如今凤姐姐也信这个了！

宝　玉　（怔怔地坐在方桌外首，不看宝钗，也不言语。这时见熙凤进去，站起向宝钗）你们在这儿说话儿，我上前院老太太屋里去瞧瞧。

宝　钗　（站起忙制止宝玉）急什么！等会儿咱们一起去好了。

宝　玉　（无可奈何地又坐下，叹了口气，也没说什么）唉！

宝　钗　（诧异）好端端叹的什么气？是厌烦和我在一起吗？

宝　玉　（不知怎样说好，只郁郁地叫一声）宝姐姐！

宝　钗　（也难过地）你不说我也明白，我知道你心里不快活，可我心里又何尝快活呢？〔说时泣下。

宝　玉　（又为之感动，同情地）我也明白，我有许多事，惹你不快活，但你不能怨我，这不是我对不起你，是我的父母对不起你！

宝　钗　我倒是谁也不怨，只怨我自己的命！〔仍坐炕上。

熙　凤　（拿了一张纸条出来递给宝钗）你们瞧瞧，这是什么意思？

宝　钗　（接签念着）"第三十三签，上上大吉。"（向熙凤笑着）这还有什么不明白？"上上大吉"，就是好签了！

熙　凤　你再给我讲解一下签上的诗。

宝　玉　（也来看，念着）"王熙凤衣锦还乡。"（惊奇）果然这样灵？竟连你的名字都知道！

宝　钗　（笑着用指头点了一下宝玉的额）亏了你还念过书，通古博今哩，怎么连"汉朝王熙凤求官"的一段故事都不晓得？

熙　凤　（也笑）宝兄弟忘了，前年上元节女先儿还说过这一回书的，在庙里我看了这一句，也吃一惊，倒是周瑞家的提醒了我，才知道不过凑巧罢咧！

宝　钗　（接念诗句）"去国离家二十年，于今衣锦返乡园。蜂采百花成蜜后，为谁辛苦为谁甜？""行人至，音信迟，讼宜和，婚再议。"〔念罢面呈惊讶惶恐之色，思索着，不能言语。

宝　玉　（拍手）二嫂子大喜！这签果然巧得很！你原是在这里长大，未曾回过南京！如今老爷放了外任，或则要接家眷出去一趟，那时你可以顺便回家看看，这可不是"衣锦还乡"了吗？

熙　凤　大了也是这么说，我却不信，宝妹妹再给我解解看！

宝　钗　（佯装喜悦地）宝玉解得不错，没准儿我们真要出一趟远门哩！

宝　玉　（高兴地）能够出去走走，心里也畅快些！这监牢似的家也真待腻烦了！

贾　琏　（莽莽撞撞自中门上，见宝钗在，忙持重地打躬）噢，宝妹妹在这里！

宝　钗　（羞羞地还礼，即欲回避）琏二哥回来了！

熙　凤　（笑）宝妹妹不必拘礼儿，横竖你们还是兄妹相称，何必回避！

贾　琏　二奶奶的话不错，咱们都是亲上做亲，不能跟平常人比。（走向熙凤）太太叫你哩！这会子三妹妹也在太太屋里。轿子车辆我都张罗齐备了，早上的二百两银子还不够使，你再想想法儿。

熙　凤　（愁）想什么法儿呢？三妹妹决定明儿走吗？

贾　琏　明儿一清早动身！

宝　玉　（听见他们说时，面色已惨变，最后不支，哇的一声哭倒炕上）噢！这日子过不下去了！姐妹们一个个散了！林妹妹和大姐姐是死了，二姐姐又碰着个混账不堪的孙绍祖；天天挨打受气，不叫回来；云妹妹刚出了嫁；琴妹妹又有了人家，说不定哪天就走了；如今三妹妹又要远嫁；不知道何年月日才能得见？天哪，既是大家都不留在家里，单留着我一个孤鬼儿做什么呢？〔说罢捶胸跺脚悲不能抑。

贾　琏　（惊惶失措）这是怎么说？

熙　凤　（抱怨地）你个冒失鬼儿！有话上屋里说去好了，偏在这里多嘴！你又不是不知道宝兄弟的性情。

宝　钗　（镇定地）凤姐姐！你也不要抱怨琏二哥！迟早他总是会知道的。你们别着急，我来劝他。（向宝玉严肃地问着）宝玉！据你的心里想着，要这些姊妹都在家里陪你到老，是不是？可你知道她们愿意么？若是别的关系，你还可以打别的念头。像二姐姐、三妹妹，你把她们留在家里一辈子怎么办呢？再说这是老爷做的主，你有什么法儿？大凡人念书，原是为的明道理！没见你，越念越糊涂，也不怕人笑话。

宝　玉　（抽噎地）我也知道你说的对，可为什么散得这样早呢？等我化成灰的时候再散也不迟呀！

熙　凤　宝兄弟快别胡说了，瞧宝妹妹都生气了！身子这两天才好些，仔细又作践病了！

宝　玉　我明白！但只是我这会子心里闹得慌！

宝　钗　谁叫你浑哭浑说的？回来吃一粒定心丸就好了。凤姐姐，你和琏二哥办事要紧，我们走啦！〔扶宝玉向外走。

熙　凤　（向贾琏）去喊平儿叫帮着宝妹妹送宝兄弟回去。

贾 琏	好的。(向宝钗)宝妹妹,让我先扶宝兄弟到外边![说着扶宝玉下。
宝 钗	过一天再来看你,凤姐姐!你也该好好养息养息。[说罢走向中门外下。
熙 凤	我不远送你们了。[送到屏风后又转回走向房门。
	[这时贾兰穿一件天蓝色缎袍子,粉底儿黑靴子,疾步上。
贾 兰	(边走边喊)琏二叔!琏二叔!
熙 凤	谁?(止步回身)噢!是兰哥儿!
贾 兰	(拘谨恭敬地向熙凤行跪礼)跟琏二婶子请安!
熙 凤	(扶起)起来吧!你娘在屋里吗?你找你琏二叔做什么?
贾 兰	(恭敬地侍立一旁)我娘在三姑姑屋里。我找琏二叔有要紧事报告。
贾 琏	(进来,忙问)有什么要紧事?兰儿。
贾 兰	(向贾琏行礼后,端庄持重地)我刚才听说老爷被参了!罪过是:"重征米粮,苟虐百姓。"
贾 琏	(大惊。)真的吗?老爷怎会做这样的事?你哪里听说的?
贾 兰	我在外头听说的,连忙就到吏部去打听,果然是真。原来有人奏本给皇上,亏得皇上恩典,没有交吏部办理,就下了旨意,说是:"查重征米粮,苟虐百姓之事,乃系犯官属员所为。按此用人不慎,纠察不严之过,本应革职,姑念初膺外任,不谙吏治,着降三级,加恩仍在工部员外上行走。并令交代完毕,克日回京面圣。"
熙 凤	(也惊讶,叹息)我早说过,跟老爷的人忒不成话了,才出去不久,他们家里的小老婆子,都金头银面起来了!还不是瞒着老爷,在外面招摇诓骗弄来的钱!
贾 琏	(跌足)真是!好端端被一些底下人弄坏了名声!老爷果然是个会贪污的官,咱们家里也不至于落到这般田地!
熙 凤	这么来,三妹妹的事怎么办呢?
贾 琏	自然还是明儿动身,趁着老爷一时回不了京,赶了去还来得及。
熙 凤	只是你还要出去再打听个明白才好。这件事暂且先不用告诉老太太、太太知道,免得她们听了着急。
贾 琏	是啦![说着就往外走。
贾 兰	噢,还有一件事,琏二叔!

贾　琏　（止步回身）还有什么事？

贾　兰　刚才薛姨妈那边打发一个婆子来见太太,说是他们家又闹出人命祸来了！

熙　凤　（大惊）什么人命祸？

贾　兰　（从容不迫地说着）说是：“前几个月里,本来薛大婶子天天蓬头赤脚的浑闹,自从听见薛大叔问了死罪以后,倒反不吵了,搽脂抹粉的高兴起来。有一天忽然叫香菱去跟她作伴,薛姨奶奶原不愿意,可又扭不过。谁知道香菱带着病去陪她了,她不但不再打骂香菱,倒待香菱很好。还亲自去到厨房给香菱做汤吃。偏偏香菱没福消受,汤刚端到手里,因为太烫,不小心连碗都砸了。想着这回薛大婶子定要生气了,不料她一点没恼,又教宝蟾去做了两碗,她和香菱一块儿喝,谁知喝下去不一会儿,薛大婶子就七孔流血而死,看样子像是服了毒。宝蟾哭着揪住香菱,一口咬定是香菱怀恨薛大婶子所以起心害死她的。薛姨奶奶虽然不信,也只好把香菱捆了。这会子薛大婶子的妈,和她的兄弟都闹来了,非要香菱偿命不可。”太太因为薛姨奶奶家里没有男人,叫我请琏二叔快过去看看怎么办？

熙　凤　（着急）竟有这样的事！香菱那孩子是个好人,看来绝不会下这种毒手,里面一定有蹊跷！薛姨妈这两年也真是运气坏,一波未平,一波又起！自从娶进夏金桂那个泼妇,就没有太平过！如今偏偏又是这样死得不明不白。

贾　琏　（听了烦恼之至,跌足地）说来说去都是薛蟠个糊涂虫一个人闯的祸。如今叫我去,我又有什么办法呢？

熙　凤　好歹看在太太分上,过去拿个主意吧！

贾　琏　可咱们自己家里也有事呀！

熙　凤　先到薛姨妈那边瞧瞧,再去打听老爷的事。人命关天,不是玩儿的。左右老爷的事,兰哥儿说的也不会差到哪里,既是皇上已经加恩给老爷了,想来没什么要紧。

贾　琏　好吧,我就到薛姨妈那边去。〔疾下。

贾　兰　琏二婶子！我也走啦！〔行礼下。

熙　凤　（见他们去后,感慨地）唉！这日子怎么得了哟？

〔这时门外乌鸦"呱呱"叫了几声,王熙凤听着打了个寒战,急忙走向右房门下。

——幕疾落

第 二 幕

时　间　第一幕一月后的一个月上午
地　点　贾府荣禧堂正房
人　物　贾母　王夫人　鸳鸯　王熙凤　平儿　贾宝玉　袭人
　　　　薛宝钗　贾政　贾琏　赖大　赵全　焦大　属官们
布　景　这是贾府西院的正房。画栋雕梁，金碧辉煌。舞台的上首有大格扇玻璃门。门外有廊，珠栏曲折。廊左供外宾出入，廊右供家眷出入，门楣悬横匾，泥金书写"荣禧堂"三字。匾上图饰红彩绸。门两边有格扇玻璃窗，挂紫红丝绒窗幔。窗下分置瓷凳及花盆架。架上有各色应时盆景。舞台的左右外首有耳房，各悬大红绣花缎门帘。左房为贾母住室，右房为贾政住室。舞台的左首置炕桌，铺大红毡毯。桌上有小炕几，陈设茶具。桌下有长脚凳。舞台的右首置云头雕木长茶几，陈设大号金钟一座。几两边置透空雕木大椅，铺绣花红缎椅垫。左壁悬御书中堂。写"皇亲国戚，忠君爱民"八个字。右壁为嵌木花格壁橱。橱内陈设古玩珍品。地上铺大幅织锦绒毯。正中梁柱上悬大红透明宫灯。

〔开幕。贾母穿着橙黄色缎面羊羔皮袄，赭色缎坎肩，系一条黑色绫裙子。手持龙头拐杖。坐炕桌上首。安恬地嗅着鼻烟壶。王夫人穿着深蓝色缎面银鼠皮袄，系一条天青绫裙子。坐炕桌下首。

贾　母　（向王夫人）你老爷怎么还不回来？
夫　人　（拘谨地）老爷到祠堂去行礼祭奠，子侄们也都跟去了，少不得老爷还要训诲他们一番。想来也该要回来了。
贾　母　按说，你老爷也已经到了退休的时候。如今既是皇上又叫他任职工部员外，不干又不成。好在京官比外任容易做，虽然降了三级，倒落得个清闲，这也是皇恩体恤下情。

| 夫　人 | 老太太的话不错。老爷也是这样说来着，这一次在外任操心赔钱，还冤枉丢了名声。早知如此，真不该去的。 |

| 贾　母 | 倒亏了皇上圣明，没有加罪。不然，才叫那些黑良心的人看着现脸哩！唉，家运不好，自从元妃娘娘逝世以后，接二连三净出些不顺心的事儿。〔说罢感伤地摇头叹气。 |

| 夫　人 | 老太太不必难过，老太太的身子要紧，只要老太太康健，就是我们的福。往后，我想咱们家也该转运了，如今宝玉娶了亲，病也好了，再过两年，老太太不是就可以抱重孙子了吗？ |

| 贾　母 | （转愁为喜）这话倒是真的。我还盼什么呢？也就只盼着这一点儿了。噢，你没听你老爷说，三丫头过了门，景况还好吗？ |

| 夫　人 | 三丫头到了任上，没几天工夫，那位海门总制，周琼老爷，就派了人役去接亲。过门以后，听说三丫头很喜欢。老爷叫我告诉老太太，请老太太放心。 |

| 贾　母 | （笑）这门亲事，倒给你老爷选中了。既是同乡，又都是官宦人家。只是隔得太远了，不能常看见三丫头。〔言下又不胜伤心。 |

| 夫　人 | 老太太先不要着急，说不定周家也会调回京来。那时候老太太就又能看见三丫头了。 |

| 贾　母 | 唉！谁知道周家什么时候才调京？谁又知道我还能活几天呢？〔说罢戚然泪下。
〔这时鸳鸯穿一件藕荷色缎袄，淡黄色绫背心，下着乳白色绫裙子，姗姗自门外右首上。 |

| 鸳　鸯 | （热情地趋贾母前）老太太好端端的又叹什么气呢？ |

| 夫　人 | 老太太在这里想你三姑娘。 |

| 鸳　鸯 | 老太太想三姑娘，过两天咱们打发人去接她回来得啦！ |

| 贾　母 | 你倒说的容易。怎么，我叫你去接的薛姨太太呢？ |

| 鸳　鸯 | 薛姨太太今儿有点儿不自在，说过几天再来给老太太请安。我去的时候，她老人家还歪着哩。 |

| 贾　母 | （向王夫人）薛家的事还没有完结吗？ |

| 夫　人 | 听说蟠儿可以减刑，免去死罪。只是一时还不能赦放他。蟠儿媳妇的事，倒是完结了。这亏了咱们的琏儿，是他去把宝蟾的实话逼出来，才 |

算水落石出。原来那个蟠儿媳妇——

贾　母　就是叫夏金桂的吗？

夫　人　就是她。这个没家教的淫妇，以为蟠儿准定活不成了，便想法去调戏小叔子。谁知道偏偏给倒霉的香菱丫头撞见了。蟠儿媳妇怀恨在心，便假殷勤做汤给香菱吃，在汤里面悄悄下了毒药，为的是想害死香菱，倒没料到宝蟾无意把这碗有毒药的汤，错给了蟠儿媳妇，这么一来，没害了别人，反害了蟠儿媳妇自己。也亏了宝蟾还有良心，她把这些真情实话都直讲了出来。要不然，夏家硬说香菱是凶手，姨太太也脱不了干系。如今总算是善恶分明，水落石出了。

贾　母　唉！那夏金桂也是自作自受。"天网恢恢"，"死有余辜"！

鸳　鸯　那薛大奶奶活着时，还暗地里把薛姨太太的金银首饰偷了不少，都运到她娘家去了。这也是宝蟾亲口咬定了，夏老奶奶才承认的。

贾　母　真是无耻下贱！别的不去讲它，只是忒苦了薛姨太太，和那个可怜的香菱了。

鸳　鸯　我瞧香菱妹妹也不久人世的了！今儿去看她，都瘦得皮包骨头了。〔言下戚然泪下。

夫　人　（笑向鸳鸯打趣）你这蹄子！刚刚你还说老太太不该好端端叹气，如今你又好端端地哭起来，你这不是诚心逗老太太难过吗？我看咱们别再讲这些不快活的事儿了。今儿为的给老爷接风，大伙儿原该高兴些才是。

贾　母　（感慨地）今儿的家宴，本来是应该大家高兴的，只是想着不如往日人多，热闹，所以心里总不免难过。算起来，少了一个二丫头；又少了一个三丫头；还少了个林丫头！〔说到这里，不禁老泪滂沱。

鸳　鸯　瞧！老太太又在胡思乱想了，刚才太太还怪我逗老太太，如今老太太真要叫我现脸了！

贾　母　不知怎的，我只要一想起林丫头那个苦命的孩子，我就管不住要落泪！

夫　人　这是因为老太太平日太疼她了。其实老太太也不必紧想着难过，林丫头自幼多病，就难得长命。〔这时王熙凤穿着一件松绿色缎袄，天青色绫坎肩，系一条月白色绫裙子，携巧姐自门外廊右首上。巧姐穿着一件大红缎袄，紫红绫裤。平儿穿着一件粉绿色绫袄，系一条乳白色绫裙子,随王熙凤同上。

熙　凤　（走进来先张望一周,然后趋向贾母前）老祖宗又在为什么事儿伤心？巧姐儿,快过来给老祖宗请安！

巧　姐　（顺从地向贾母磕头）跟老太太请安！（又向王夫人磕头）跟太太请安！

贾　母　（强作笑颜摸摸巧姐）乖孩子！

鸳　鸯　（拍手）琏二奶奶来得好！老太太正在这里想念林姑娘伤心哩！我们都劝不好,倒要看看您的本事啦！

熙　凤　（笑）既是这样,那么我来说个笑话给老祖宗听,包管老祖宗破涕为笑。

贾　母　（微笑）不知道你又编排谁呢？你就说来试试看,若是说不笑我,可不依你！（拉过巧姐到膝前）过来听你妈嚼舌头吧！

巧　姐　（天真地）我妈顶会说笑话哪！

熙　凤　我若是说不笑老祖宗,我就只好哭了！〔说着做了个鬼脸。

贾　母　（笑了）猴儿！〔啐了一口。

平　儿　（笑向鸳鸯）瞧！我们奶奶的笑话还没说,老太太就先笑了！

鸳　鸯　琏二奶奶果然好本事！

夫　人　快点说呀,凤丫头！老太太等着听哪！

熙　凤　老太太和太太打量我说的是什么笑话？就是咱们家的两位新人的笑话。

贾　母　我早猜到就是你浑编排的嘛！你说说看,他们怎样了？

熙　凤　（坐到茶几下首椅上,边说边表情）一个这样坐着,（又站起停立椅靠旁,面向外）一个这样站着；（又坐下扭身面椅边）一个这样扭过来；（再站起来把脸转向后）一个这样转过去；一个又——〔众哗然。

贾　母　（大笑）你好生说吧,看来不是他们两口儿可笑,倒是你把人怄的受不了！

夫　人　（也笑）凤丫头,你就直截了当往下说吧,别再浑比画了。

熙　凤　（自己也笑了,忙走向贾母）是这么回子事儿：今早起我上宝兄弟那里去,原以为他已经到祠堂去了,谁知道走进院子,听见好几个丫头婆子们在唧唧咕咕地笑,我道是笑谁咧,巴着窗户眼儿往屋里一瞧——原来宝妹妹坐在炕沿上,宝兄弟站在她面前,宝兄弟好像是得罪了宝妹妹,宝妹妹沉着脸,垂着头,宝兄弟一个劲儿地扯宝妹妹的袖子,口口声声

399

直叫:"好姐姐,饶了我这一遭吧! 好姐姐,饶了我这一遭吧!"但是宝妹妹却直管扭过去躲着不理他。宝兄弟左一个揖、右一个揖地赔礼儿,宝妹妹还是看都不看一眼。后来宝兄弟急了,又去拉宝妹妹的衣襟,宝妹妹用力一摔,"咕咚"一声,宝兄弟恰巧一跤跌倒在宝妹妹的怀里了,把个宝妹妹羞得涨红着脸,半嗔半笑地说:"你越发的不尊重了。"宝兄弟拍着手说:"亏了这一跤,好歹总算跌出你的话来了。"宝兄弟这才跳着走了。〔众人大笑。

贾　母　要这么着才好! 我就喜欢宝丫头这孩子端庄、稳重。两口儿平时固然要和气,但说说笑笑可以,总得有分寸,不能像你和琏儿似的,老脸皮厚,成天浑吵浑闹的。

熙　凤　瞧,这是怎么说呢? 我的笑话,如今总算把老祖宗给逗乐了,不讨个赏封也罢了,倒反而拿我们打起卦来了,这我可不依!〔说着撒娇地撅起嘴伴装生气。

贾　母　(笑着拉过熙凤)我的猴儿! 你还有笑话不? 再说说,说得好了,我一总赏封你就是啰。

熙　凤　赶明儿宝兄弟生了娃娃,老祖宗抱了重孙子,这不就是一个很好的笑话吗? 不过,到那时候,只怕老祖宗赏封的不是我,该是宝妹妹了!〔言次感伤。

夫　人　(笑)瞧! 凤丫头可倒吃起宝丫头的醋来了!

贾　母　凤丫头前些日子不自在,倒老实了几天,如今好了,嘴头儿又不饶人了。〔这时贾宝玉穿一件珠红色缎袍子,系一条金黄色长穗儿丝绦子。脚蹬云头粉底紫缎靴。薛宝钗穿一件水红色缎袄,金黄色绫坎肩,下着乳白绫裙子,和贾宝玉两人并肩走进。袭人穿一件葱绿色绫袄,下着月白色绫裙,随上。

熙　凤　(笑着指他们)"说曹操,曹操到。"我们这里正谈论着你们,你们就来了。

宝　钗　(笑着趋炕桌前)凤姐姐到先来了。(向贾母和王夫人行礼)老太太,太太都在这儿!

贾　母　宝玉,你是同你老子一起回来的吗?

宝　玉　(也行了礼坐贾母身边炕沿上)是的。老爷说:他先到书房去歇会子,再来看老太太。

贾　母　那么凤丫头就去关照把酒宴摆起来吧!

熙　凤　好的。〔走向门外。

平　儿　奶奶,让我去关照吧!您还是留在这儿陪着老太太说话儿,热闹些。

贾　母　真的,凤丫头一走,咱们就冷清了。

熙　凤　(回身向平儿)那么你去关照厨房:把亲友的酒宴摆在前面花厅上,自家的酒宴,就摆在厢房里。

平　儿　知道啦!〔下。

夫　人　外头的客人,只怕早到齐了吧?

宝　玉　我回来的时候,走过花园,看见里面已经坐满了客人,想必到齐了。

贾　母　难为他们倒很热心。

熙　凤　他们本来还要送礼给老爷接风,被老爷辞谢了。

贾　母　原该辞谢。老爷这次回来,又不是什么体面的事儿,太招摇了,反倒惹人家笑话。

夫　人　老太太的话不错,老爷也是这个意思。所以只备了宴酒,请亲朋们过来谈谈,也算是应酬了。

熙　凤　(走向宝钗)哟!宝妹妹,今儿是宝兄弟给你画的眉吧?瞧着比往常浓了些。

宝　钗　(羞答答地)凤姐姐总是拿人家取笑儿。

袭　人　(抿着嘴笑)琏二奶奶好像看见了似的。

宝　玉　(微笑)凤姐姐几时看见我会画眉来着?

熙　凤　你这会子倒装模作样起来了,小时候偷吃胭脂的事儿,可倒忘了?

〔众笑,贾宝玉羞红了脸站起来,又似乎有所感伤地走向窗前落然地眺望。

贾　母　(笑着招手)快过来,我的儿!这有什么值得害臊的?你凤姐姐小的时候,还偷吃过自己拉出来的屎哪!

〔众又大笑,门外传来脚步声。

宝　玉　(转身向贾母)老爷来了!〔说着站到贾母身旁。

〔众遂肃然,除贾母外,皆恭立迎候。王熙凤和薛宝钗并肩。鸳鸯和袭人急急避入左房门下。这时贾政穿着一件藏青色缎面银鼠皮袍,脚蹬黑缎粉底靴。抚着胡须,安逸洒拓地自门外左廊走进来。贾兰穿一件

　　　　　橘黄色缎袍子随上。
贾　政　（向贾母打了个千，微笑地）累老太太久等了。〔说罢向众人看了一眼，坐茶几外首椅上。
熙　凤　（向贾政行礼）给老爷请安！
贾　政　罢了，听琏儿说，你有些儿不自在，好了吗？
熙　凤　谢谢老爷关怀，已经好了。
贾　母　宝玉和宝丫头一块儿去跟你老子磕个头吧！
贾　政　（笑）免了吧！昨晚我回来，他们已经磕过头了。
宝　钗　（向贾政行礼）给老爷请安！
　　　　〔宝玉畏畏缩缩也跟着过去行礼。
熙　凤　巧姐儿，快跟老爷请安！
巧　姐　（磕头）跟老爷请安！
贾　政　（笑着拉住）好孩子！你如今几岁了？念书没有？
巧　姐　十一岁了。正在念书。
贾　政　很好！（向屋内看看）怎么，薛姨太太没有来？
宝　钗　妈有些不自在，所以没过来。
贾　兰　（向贾母和王夫人恭敬地行礼）跟老太太、太太请安！（又向王熙凤和薛宝钗）跟两位婶子请安！
贾　母　兰儿，如今还常常作文章吗？宝玉，也把你的功课给你老子看看！（又向贾政）只是这孩子的身子还不大结实，别逼得太紧了。
贾　政　是的。我今儿已经问了问他们叔侄的功课，倒是都知道用功了，比往常进步了些儿。明年是大比之期，我想叫他们叔侄去赶考。（向贾兰和宝玉）你们就准备准备，平时常在一起讨论着些儿。兰儿如今很像他老子珠儿了，谨慎持重；好学不懈；看来还有出息。宝玉倒也聪明，只是当心身子，好好养息。
贾　兰
宝　玉　（同声应着）是！
贾　母　说起来，宝玉的命倒亏了薛姨太太救他。不是薛姨太太把宝丫头送过来冲冲喜，这会子还不知道怎样了呢？
　　　　〔宝玉闻言，顿时悲伤形于色，忙转身过去，悄悄拭泪。

　　　　〔宝钗羞红了脸,垂首不语。

贾　政　(笑)也亏了老太太操心,做儿子的不中用,累老太太连隔世人的事儿都办了。

贾　母　(也笑)宝玉是我最疼的一个孙儿,也该操这份心的。

夫　人　老太太这样疼宝玉,宝玉可不能辜负老太太的心。

平　儿　(自门右廊上)酒宴已经摆好了,请老太太、老爷,太太就去入席。

贾　政　(站起)那么,请老太太同媳妇们先去,我到前头去照料一下就来。宝玉和贾兰到前头去陪客人吧!

　　　　〔宝玉不愿去,又不敢违抗,暗地扯贾母衣袖,示意阻止。

贾　母　(会意,忙笑向贾政)只叫兰儿去就够了,宝玉身子不好,刚刚从祠堂才回来,别太累了他,留下他陪我吧!

贾　政　就依老太太!

贾　母　咱们今儿少不了还得行个酒令才热闹。凤丫头,把鸳鸯也叫来同去吧!

　　　　〔说着扶宝玉走向门外。

熙　凤　(笑)我早知道,老太太行酒令,总少不了鸳鸯的。〔说罢向左房门下。

夫　人　(向贾政)你去去快来,别紧叫老太太记挂。

贾　政　知道了。

贾　母　(同向众人)你们都跟我来吧!〔下。

　　　　〔王熙凤、鸳鸯出。然后宝玉扶王夫人。鸳鸯与王熙凤、薛宝钗同下。剩下贾政和贾兰,也正欲去时,忽然赖大匆匆自门外廊左上。他穿一件深灰色布袍子。

赖　大　(慌慌张张进来行了礼,上气不接下气地)老爷,现在锦衣府的堂官赵老爷,带了几位司官们,说是拜望老爷的。奴才跟他讨名片来回老爷,那赵老爷说:和老爷至好,用不着传。说罢他就下了轿子径直往里头走。奴才不敢拦阻,特地赶在前面先来回老爷,请老爷快去迎接。

贾　政　(诧异自语地)奇怪!我和赵全,素无来往,怎么忽然这时候来拜望我呢?(想了想又向赖大)你快去回赵老爷,就说我今儿宴客,请他改日再来。

　　　　〔这时贾琏穿着一件紫红色缎袍子,惊慌失措地自门外廊左上。

贾　琏　老爷快出去迎接赵堂官吧!再等一会,他都进来了。

贾　政　（惊讶）这到底是怎样回事儿呢？你也不问个明白。

贾　琏　他哪里容得人问，一个劲儿昂昂然径直大踏步往里头闯。

〔说话之间，门外已有人报称："赵老爷到！"接着脚步声迫切地响了。这时赵全穿着武官服自门外廊左走来。气焰颇盛的样子。后面跟随司官数人，止步分立门外两旁。

〔贾政、贾琏、贾兰，仓惶出迎。

赵　全　（走进来张望一番，严肃地向贾政）政老这次回京，一路辛苦了。

贾　政　（赔笑谦恭地）事前不知道赵老爷驾临寒舍，迎接来迟，抱歉得很。请问赵老爷今儿到此，有何见教？

赵　全　无事不敢轻造，现因皇上吩咐我来办一件重大的事件。只是如今府上宾客满堂，本官有些不便宣布。请政老叫他们赶快各自散去，仅留下府上的宾眷听候本官宣读圣旨。

贾　政　（大惊失色！又不便细问，只好向贾琏）你去告诉亲友，就说如今家里有要紧的事，改天再设筵补请他们。

贾　琏　是！〔疾步向门外廊左下。

贾　政　赵老爷请坐。

赵　全　奉有圣旨在身，不便就座。（说着仰首观看左壁，冷冷地朗诵匾上的字）"皇亲国戚，忠君爱民。"（向贾政笑着）这还是皇上的御笔哩！

贾　政　正是。

赵　全　皇上这样的勋勉府上，你们就该不辜负皇恩才是呀！

贾　政　（拘谨地）政等原不敢辜负皇恩。

赵　全　（冷笑）政老为人忠贞廉洁，朝内倒是都知道的。只是政老以外的人，恐怕就不一定都和您一样了！

赖　大　（捧茶碗置炕几上）赵老爷请用茶！〔说罢站立一旁。

贾　政　这——〔窘，踱步于屋中。

贾　琏　（匆匆上）回老爷的话：众亲友都各自回去了。

赵　全　（转身）那么，我现在就宣读圣旨了。（说着从袖内取出一黄绫圣旨，中立面外，恭持圣旨朗声诵着）圣旨下！

〔贾政、贾琏、贾兰、赖大，依次跪倒。

贾　政　政率子侄接旨！

赵　全	据奏：贾赦居财弄权，倚强欺弱；勾通外官，包揽讼事；实属辜负朕恩，有忝祖德。着即革去世职，查封家产。钦此。〔念后，折起放下。
贾　政	（立刻面呈土色，浑身发抖。良久始颤声地）罪臣领旨！〔说罢不能站起。
赵　全	（扶贾政）政老请起！
	〔贾政慢慢站起来，贾琏、贾兰跟着站起来。
贾　政	（惶恐地）赵老爷请，请……坐！〔说着支不住先坐在炕桌下首。
赵　全	（坐炕桌上首）政老爷不必害怕，此事原不与您相干，只是您的罪在于：为什么不早规诫令兄？现在赦老已经被锦衣军看守了，宁国府也全部封锁了。不过听说赦老同您并没有分家，因此少不得又到府上来麻烦一遭。还请政老海涵！
贾　政	（畏惧愧慼交加）只因犯官一向任职在外，关于家兄所为，一概不知。既是圣命查抄舍下，犯官的祖上遗产，确没有和家兄分开。只是住的房屋，以及应用的东西，都是各自置备。赵老爷公事公办，不必客气。任凭尊便处理，犯官无不服从！
赵　全	那么，请政老传话进去，叫她们女眷暂时回避一下。
贾　政	是！（向贾琏）琏儿进去请老太太她们回避一下，不要吓着她们，小心说话。
贾　琏	知道了。〔向门外廊右下。
赵　全	（向门外司官们）现在你们就开始分头到各个房屋去搜查搜查，有犯禁的东西，一一登记封锁，不许妄动。
司　官	是！
	〔司官们有的向廊右下。有的进来，分别向左右耳房下。
赵　全	（指贾兰）这位公子是政老的什么人？
贾　政	是犯官死去的长子跟前的孙儿。兰儿，过去跟赵老爷请安！
贾　兰	（向赵全行礼）跟赵老爷请安！
赵　全	（扶起）令孙相貌聪明，态度斯文，到底是政老的后代。（向贾兰）念书没有？
贾　政	谢谢赵老爷的夸奖。正在念书，打算明年就叫他去赴试赶考。
赵　全	好得很！能够取得功名，也可以替政老传传书香。啊，请问政老，刚才

进去的那位公子是谁？

贾　政　舍侄贾琏。

赵　全　是不是赦老的令郎？

贾　政　正是，现在舍间一切家务琐事，都由他掌管。

赵　全　（摇摇头）听说这位公子就不大正经！政老想必也不知道他在外面的行为吧？

贾　政　（羞窘难堪）犯官疏忽家务，对于子侄辈失于教诲，想来，实在羞愧无地自容！

司　官　（一人自左房出）里面搜查有御用的衣裙、首饰，还有许多犯禁的东西，小的一概不敢擅动。请堂官做主。

赵　全　暂时登记封锁。

司　官　是！〔仍入左房。

贾　政　这间房是家母的卧室，那些御用之物，都是元妃娘娘在世时所赏赐她老人家的。

司　官　（一人自右房出）这间屋里没有什么犯禁的东西。

司　官　（又一人自门外右廊上）小的在东厢房抄出两箱子的房地契约，一箱借据，这些借据都是犯了收取重利的违禁。另外还有一箱子金银珠宝。请堂官做主。

赵　全　一律按件数登记封锁。

司　官　是！〔下。

赵　全　政老听见没有？搜查的东西里面，竟然有许多放账的借券，且都是重利盘剥。不知道这又是谁的行为？

贾　政　（气愤之至）犯官刚才说过：向来不理家务，这些事情，实在不知道是谁做出来的。据犯官想来，问舍侄就可明白了。兰儿，去叫你琏二叔来。

贾　兰　是！〔下。

赵　全　唉！政老也未免忒大意了！像这类的事情，如今竟出在堂堂"皇亲国戚"的府上，传出去，实在的难堪！想府上并非贫寒之家，何苦贪财过甚，而出此重利盘剥、不仁不义的下策？真正是有忝你们的祖德，有辱政老的声誉！

贾　政　赵老爷的金玉良言，犯官领教！奈何子孙不肖，出此下流行为，犯官也不愿有所辩解,但凭依法惩办,犯官认罪就是。〔言次羞愧垂首。
〔贾琏贾兰同上。

贾　琏　(垂首丧气地)老爷。

贾　政　(忿怒击案)畜生!还不跪下!

赵　全　重利借票的事,你知道吗?

贾　琏　(忙跪下)这些东西既是从我屋里搜出来的,我怎敢抵赖,但与家叔不相干,请赵老爷洞察!

赵　全　你能直认不讳,很好!现在只有把你和令尊并案办理了。(立即向司官)把这位相公和东府贾赦一起带回衙门!

司　官　是!

贾　琏　(向贾政)叔叔放心,侄儿自当一人顶罪。查抄的事,后面老太太已经知道了,正在着急得紧,叔叔还要多多安慰她老人家的才是!〔说罢黯然随司官向门外廊左下。

贾　政　去罢!〔说时并不看他,难过地悄悄啜泣。

司　官　(自左房出)已经登记封锁完毕!

赵　全　(站起)那么,现在本官就要复旨去了!(向司官)你们留在外面看守,不许搅扰他们。

司　官　是!〔门外廊左下。

贾　政　赵老爷回去多多关说些儿!赖大快去叫预备赵老爷的轿辆。

赖　大　是!〔下。

赵　全　政老放心,皇上贤明,必不会枉加罪于您的。〔走向门外廊左下。

贾　政　但愿如此!〔送赵全同下。
〔这时贾母颤巍巍地扶着鸳鸯,王夫人扶着贾宝玉,宝钗扶着袭人,王熙凤扶着平儿,相拥同上。

贾　政　(忙迎上去扶贾母)老太太受惊了!

贾　母　(抱住贾政,不禁失声哭着)我的儿!想不到还见得着你!〔说罢坐炕桌里首唏嘘不已。
〔众泣。

贾　政　(含悲忍泪,安慰地)老太太不要悲伤!事情虽然不小,想来皇上圣明,必不会枉加罪于儿子!现在赵堂官已经把琏儿带去了,等问清楚了,皇上一定会开恩的！只是琏儿也忒糊涂，偏偏在屋里搜出不少违禁的东西。

夫　人　（坐炕桌外首，向熙凤）凤丫头，你们屋里到底都有些什么违禁的东西呢？

熙　凤　（羞惭满面，垂首颤声地喊了一声）太太！

〔王熙凤刚要说话时，焦大穿了件深蓝色布袍，慌慌张张上。

焦　大　（气喘地跟跄扑向贾政跪倒）二老爷！二老爷！

贾　政　（忙扶起焦大）你怎么跑到这里来了？

焦　大　（唏嘘地）我们东府的大老爷，珍大爷，还有蓉哥儿，都叫锦衣官拿了去啦！里头的女主人们，也都被什么衙役，搜得披头散发，关在一处空房里。所有的东西全抄出来封锁了。木器钉得破烂，瓷器打得粉碎。那些狗男子还要把我捆起来。想我焦大活了八九十岁。只有跟着太爷捆人的，怎么能混到如今反被人捆起我来了？我不服气，他们见我年老，也就放了我！所以这会子才得跑到这里来，还请二老爷给做个主。

贾　母　（痛心地）完了！完了！不料我们家竟然一败涂地至如此！

焦　大　（向贾母打了个千抽噎地）老太太！不是我褒贬，我们那些爷们这几年的行事，也实在叫人太看不过去！大老爷是什么事儿不管，这倒罢了，还常常随心所欲地干些没要紧的勾当。因此纵得珍大爷、蓉哥儿也就跟着无法无天了！爷们不是饮酒取乐；便是眠花宿柳；再不然，邀众聚赌。我差不多天天劝这些不长进的爷们，只是他们非但不听，反把我当做冤家对头。老太太该记得我焦大跟着太老爷受了多少苦！满以为看着太爷的子孙们长大成人，可以兴旺起来了，谁知道如今弄到这步田地！想起来，真正叫我寒心。〔言下老泪滂沱。

贾　政　（顿足长叹）唉！都是大老爷糊涂，把些子孙们纵得不成体统！如今丢了世职，破了家产不要紧，从此名声坏了，以后还怎样做人呢？〔说着焦灼地徘徊。

焦　大　俗语说得好："大梁不正，二梁歪。"大老爷但凡是个拘谨的，也不会闹出这场祸来！平时爷们都以为家里很有钱，所以尽量挥霍。也不在乎，其实他们不知道，已经快给他们"坐吃山空"了！

贾　政　你的话固然不错，可是抱怨也来不及了！照你刚才所说，东府已经过不下去了，只是这些年大老爷他们的花销，要出在什么地方呢？

焦　大　唉！还不是出在那些太爷遗下来的田产上头！但是这两年收成不好，虽然珍大爷叫庄头们硬逼迫佃户缴银子，也缴不了许多。爷们一点不知道打饥荒，只有我焦大一个人暗地里替他们担心着急！

贾　政　（感激地）难为你这样忠诚！这种情形，不是你说出来，我一点不知道！既是这般行为，也就怪不得有今天这个下场了！

焦　大　别的先不去管它，求二老爷赶快想个法儿营救大老爷他们才是！

贾　母　是呀！你哥哥此去，还不知道吉凶如何？你就打发人先一面探听着些儿，一面你出去设法托托人情，别叫他们太吃苦头了！

贾　政　这个儿子知道。焦大还是回到东府照应些个，我就去想法儿营救他们。

焦　大　（又跪了跪）谢谢二老爷！〔边拭泪边跟跄下。

贾　母　我活了八十多岁，自作女儿起，到嫁给你父亲，都是托祖宗的福，万事如意，从来没有遭受这样大的祸患，简直听也不曾听见过。想不到如今老了，倒看着儿孙们受罪，叫我怎能心里不难过呢？还不如这会子合上眼的清净！〔说着又唏嘘不已。

贾　政　（趋贾母前抚慰地）都是儿孙们不肖，招来了大祸！累老太太这么大岁数，陪着我们受惊担忧！真正是罪孽深重！只求老太太宽怀些，儿子才能安心出去办事，若是老太太直管悲伤，身子有个什么不自在，那就叫儿子更无地自容了！

夫　人　老太太！老爷的话不错，老太太还要珍重些儿，不然老爷怎能放心去料理事情呢？（向鸳鸯）鸳鸯，给老太太泡碗热茶来呷呷！

鸳　鸯　好的！〔自门外下。

赖　大　匆匆上。（进门就笑着说）老太太！老爷！大喜！

贾　政　还有什么大喜的事儿呢？

赖　大　琏二爷带回好信儿来了！

贾　母　怎么？琏儿回来了吗？

赖　大　回来了！

夫　人　（急问）在哪儿？

赖　大　琏二爷是和北静王府里的长吏一块儿来的，这会子正在外头招待那位长吏，叫我先给老太太、老爷、太太报个信儿，随后琏二爷就进来！〔说罢下。

贾　母　阿弥陀佛！好歹逢凶化吉吧！

鸳　鸯　(端茶上)老太太喝口水吧！

贾　母　(接茶喝了两口,看了看熙凤)凤丫头,你也不用难过了,你的身子才好,也该宽怀些,琏哥儿既回来了,想必事情好转了！

熙　凤　(悲戚地点点头)是！老太太！

贾　琏　(大步疾上,喜悦地)老太太！老爷！太太！

贾　母　(高兴地)我的儿！你回来了！

贾　政　到底是怎么回子事儿呢？

贾　琏　侄儿刚到锦衣衙门,北静王正好也在锦衣府等候赵堂官,北静王召见侄儿,问明一切。听北静王向赵堂官说：北静王和西平王知道咱们家被抄以后,立即上殿奏明皇上,请旨宽恕,皇上念及祖宗功勋,并悯恤元妃娘娘溘逝不久,心中很是不忍,便降旨着叔叔仍在工部员外上行走。只是我父亲和珍哥因为罔知法纪,罪有应得。本当重治,姑且看在他们是功臣后裔,也只好从宽办理,着革去世职以外,我父亲派往台站,珍大哥派往海疆效力赎罪。所封家产,东府的全部没收入官。这边的,原该发还,只是赵堂官说：抄出的重利借券和许多金银珠宝,多是违禁之物,一概照例没收入官。至于一部分合法生息的借券,还有房屋文书都尽数给还。北静王也不便过于袒护咱们,便依了赵堂官,现在我父亲和珍大哥还禁在锦衣府。侄儿着革去职衔,免罪释放,蓉哥儿年幼无知,也着释放了。

贾　政　唉！这都是仗着两位王爷的爱戴！只是难免又要被别人说是上头徇私,咱们贿赂了！

贾　琏　叔叔这倒不必顾虑,横竖咱们也损失得够大了！北静王叫叔叔明晨上殿理阙谢恩。现在北静王还派了一位长吏随侄儿前来慰问叔叔！

贾　政　我现在心乱如麻,不能见客。宝玉和兰儿出去,替我向长吏大人致谢！说我明儿早起上殿面圣以后,再到两位王爷的府上去叩头。

宝　玉
贾　兰　(同声)是！〔向门外廊左下。

贾　母　(向贾政)托祖宗和元妃娘娘的福,如今总算你没有事了,只是你大哥和

	珍儿现已定罪,少不得要长途跋涉,受些辛苦了![说着又啜泣。
贾　政	老太太放心,大哥虽到台站效力,也是为国家办事儿,不至于受苦的。而且只要办得妥当,说不定还可以恢复世职。珍儿正在年轻力壮的时候,原该出去有点工作。若不这样,祖宗的余德也不能久享的。(转向贾琏)只是琏儿!你也忒不像样了,我终天因为官事在身,兼顾不了家务,所以才叫你们夫妇总理家务。你父亲所为,固然与你不相干,但那"重利盘剥"一项,究竟是谁干的呢?这能是咱们这种人家所应有的行为吗?如今入了官,损失银钱倒不打紧,坏名声传了出去,还怎样做人呢?[说着时有些气忿。
贾　琏	(忙跪贾政前)侄儿办理家务,并不敢存一点私心!所有出入账目,都是赖大、吴新登他们登记。老爷可叫他们来查问好了。这几年,库内的银子出多入少,已在各处做了很多空头,这是千真万确的事实,老爷不信,也请问太太就能明白了,至于那些重利放出去的账,这连侄儿也不清楚是哪里的银子。老爷问问周瑞、旺儿,他们一定会知道的。[说罢委屈地黯然啜泣,并愤愤地看了一眼熙凤。
贾　政	(冷笑似地)你既说库里没有银子了,可从你屋里抄出来的金银珠宝,那又是谁的呢?
贾　琏	这个……[欲言又止。
赖　大	(适巧这时匆匆上)老爷!锦衣府的司官叫回老爷:琏二爷屋子里的一箱子借券和金银珠宝,都拿到衙门去了。其余封锁的文书、衣饰,准许启封。
熙　凤	(听贾政责问贾琏时,已是惶恐羞愧万分,及闻财物没收入官讯,不禁刺激过甚蓦地昏倒)啊!
平　儿	(忙去扶起熙凤)奶奶!奶奶!
贾　母	(大惊)凤丫头!怎么啦?身外之物,丢了就算了,何必急成这个样子?
宝　钗	(也连忙过来唤着)凤姐姐!凤姐姐!
夫　人	平儿,快扶你奶奶到屋里歇会儿去吧!
贾　母	鸳鸯帮着平儿送琏二奶奶先到我屋里歪歪!
鸳　鸯	是!(扶起熙凤)琏二奶奶!醒醒!
熙　凤	(睁开眼看了看众人)老太太!我!我辜负你老人家疼我的一番好心

了！〔说罢号啕大哭。

贾　母　这件事原是外头闹出来的祸,与你什么相干？就是你的东西被抄去了,也算不了什么？好在我的东西还在,等清净了,我分给你些好了。

熙　凤　(呜咽地)老太太这样说,我更惭愧了！都是我无能,才没有把家务管好！如今别的我也不指望什么,只盼着早点死了！因为我也实在羞于见老太太、老爷、太太了！〔说罢扶平儿走左房下。

夫　人　不要胡思乱想了,身子要紧！快进去吧！〔薛宝钗、鸳鸯、袭人也随下。

赖　大　回老爷：孙姑爷那边打发人来说：自己有事不能过来,特地着家人来瞧瞧,顺便叫告诉老爷,前些时大老爷欠他几千两银子,如今要老爷代还。

贾　政　(烦恼地)知道了。

贾　母　哼！孙绍祖这小子真够混账！如今丈人抄了家,不但不来瞧瞧,帮补照应些儿,倒赶忙地来要银子,唯恐亏了他似的,真是没有道理！偏偏你大哥就借他的银子,丢脸在他的面前！可怜把二丫头配了这种人家,终归要活活地给他折磨死！〔说罢难过地啜泣。

贾　政　说来说去都是大哥一个人干的好事,既败了家,又丢了名声。

贾　母　唉！我这几年老不成人了,也总没有问过家务事,刚才听见焦大和琏儿说起,只怕咱们家这几年里头已经是"寅年用了卯年"的,不过是撑着装出个面子罢了。如今又遭了这样大祸,东府里全被抄空了,不用说,西府里也差不多到了山穷水尽了,这样子,怎么得了呢？你大哥和珍儿不久出门,还得给他们筹些盘缠,你想想看可有什么法儿么？

贾　政　儿子也正在发愁哩！别的有什么法儿？只好尽这边所有的,蒙圣恩没有查封入官的衣服首饰,折变些银子给大哥和珍儿做盘缠。至于以后过日子的事,再打算罢了！若是世俸不取消,外头还可以挪移挪移,如果世俸没了,就无所指望了,谁还肯接济咱们呢？真正是叫人作难！〔说着背手踱步焦思。

贾　母　你也不用着急,我的那些从做媳妇时,到如今的一点积蓄和衣饰还没有动过,倒可以折变些银子出来。(向左房喊着)鸳鸯！

贾　政　(不安地)这个如何使得？

鸳　鸯　(上)老太太叫吗？

贾　母　琏二奶奶怎样了？

鸳　鸯　好些了,现在还伤心着,宝二奶奶正劝慰她哩!

贾　母　你去把我的盛银子的箱子,打开抬出来!赖大去帮着鸳鸯把箱子抬出来!

赖　大　是![下。

贾　政　(感伤悲恸地跪向贾母)老太太这么大年纪,儿孙们没有尽一点孝顺,将祖上功勋丢了,又累老太太伤心破费,儿孙们真是死无葬身之地!

夫　人　(跟着贾政跪下)老太太这样做,叫媳妇也万分的羞愧!若是媳妇善于管家,又何至如此!

贾　琏　(感激地跪下)都是孙儿不长进,闹得败家毁誉!孙儿实在罪孽深重,羞愧莫及!

贾　母　(扶起他们)你们也不必这样!如今只要事情不闹大,我就高兴了!这些东西要是也抄了去,又怎么办呢?倒是用了去,我心里安慰!

鸳　鸯　(与赖大抬一楠木箱上)老太太银子都在这里面。

贾　母　好吧!你替我拿,每包银子上面都有两数。你听我说:先拿三千两交琏儿,送给大老爷,告诉他二千两作盘缠,一千两留给大太太家常零用。再拿三千两给珍儿,一千两作盘缠,二千两留给珍儿媳妇过日子。〔向贾琏叮咛着。

鸳　鸯　(取银点交与贾琏)琏二爷收好!这一共是六千两银子。

贾　母　还拿三千五百两银子,三千两去送给凤丫头。可怜她操了一辈子心,如今抄得精光,也该赔补她些。另外五百两,琏儿留着,明年好送你林妹妹的棺材回南边。

鸳　鸯　(又取银两包均交贾琏)琏二爷,这又是五百两。〔另外又拿一包走向左房。

贾　琏　是。〔接银子待立一旁。

贾　母　等一等,鸳鸯!

鸳　鸯　(止步)什么事?老太太!

贾　母　再把我的衣服箱子打开,那些男的衣服,还是太爷留下来的。回来琏儿拿去,你和大老爷、珍儿、蓉儿几个人分了。那些女的衣服和首饰,还是我少年时候穿戴的,如今我也用不着了,回来给大太太、珍儿媳妇、凤丫头他们分了。

鸳　鸯　知道啦！〔下。
贾　母　琏儿！你来看看这箱子里还有一包金子，找出来交给你二叔拿去，还能变卖几千两银子。
贾　琏　是！〔向箱子找出一包金子。
贾　政　（目睹贾母分派时难过地徘徊不安，这时更扑向贾母，戚然地）老太太！儿子无论如何不要这金子！请老太太收起来吧！
贾　母　胡说！你不是说外头还欠着人家的账吗？快些拿去折变了偿还人家，免得叫人家看着咱们穷现眼儿！
贾　政　（坚持地）不！老太太！欠人家的账，原该儿子去还。老太太的金子，儿子绝对不能要。
贾　母　（佯嗔地）你也是我的儿子，他们能要，为什么你就不能要了？快拿去！
贾　政　（不得已地去接了金子）谢谢老太太的恩典！〔言下痛苦地以金子交给王夫人，坐茶几上首，捧头叹惜。
贾　母　剩下这箱子里的一些金银衣饰，大约还值几千两银子，我留着分给宝玉两口子和珠儿媳妇娘儿们。还有些给四丫头作嫁妆。琏儿你就赶快到东府把银子送过去吧！
贾　琏　是！〔捧着银向门外廊左下。
夫　人　老太太如今把东西都分派光了，自己还要用呢？
贾　母　我屋子里还剩了些，等我死了，做我装殓使用，用不完的都赏给服侍我的丫头们。
贾　政　（感恸地跪向贾母）请老太太宽怀！只愿儿子们托老太太的福，过些时，都转了运，再兢兢业业地治起家来，好好地报答老太太的大仁大义，至慈至贤，奉养老太太直到百年以后聊赎前愆。只是这程子少不得要老太太委屈些儿了！
贾　母　（扶起贾政）但愿能够这样才好，我死了也可以见祖宗了！你们别打量我是享得富贵、受不得贫穷的人哪！这几年我因为看着你们轰轰烈烈的，心里高兴，所以落得说说笑笑，什么事不管，只养身子。谁知道一败，到了这步田地！过去里面空虚，外表好看，只是"居移气养移体"，一时下不得台来。如今倒正好借此机会收敛，守住这个门头，不要叫人家笑话。自己吃一点苦，原没什么要紧。我先前难过，并不是难过金银家产被抄,而难过的是,你大哥他们爷儿,不知道都干了些什么勾当,把祖宗的功勋给丢了!我原指望着你们将来比祖宗还强些,哪想到是这样的收场![说着泣下。

鸳　鸯　(匆匆上)老太太!琏二奶奶刚才看见了老太太给她的银子,哭了一声,就昏过去了!这会子还没有回过气来哩!

贾　母　(惊)快扶我进去看看!唉!这些冤家,要磨死我了!

夫　人　(站起)老太太不必劳动,媳妇进去瞧瞧好了!

贾　政　(拦住贾母)老太太伤了好一会子的心,又分派许多事,如今该歇歇。倘或老太太再累着了,有一点什么不好,叫做儿子的怎么处呢?

贾　母　(又坐下)那么,鸳鸯,你就陪二太太进去瞧瞧吧!你们好好劝导劝导她。这孩子平素很大方的,如今怎的这样想不开,心地窄狭起来了呢?

夫　人　到底还是年轻![说着扶鸳鸯向左房下。

　　　　[这时忽然外面喧嚷声阵阵传来。

贾　母　(惊惧)什么事又闹起来了?

贾　政　(忙趋贾母前维护着)老太太不要怕。(向赖大)赖大快出去瞧瞧,什么事?

赖　大　是![疾向门外廊左下。

宝　玉　(在门外边走边喊)老太太!老太太!

贾　母　(更吓得抱紧了贾政)谁?谁?

　　　　[贾宝玉欢跃而上。

贾　政　(向宝玉责斥)什么事?大惊小怪的!

宝　玉　(忙又拘谨地)回老太太、老爷,我刚刚送长吏大人走了,就碰着皇上降旨下来:"荣国公世职,着父亲承袭!"因此,外面听说以后,都欢喜得闹起来了!

赖　大　(又匆匆上)老爷!外头来了一批报喜的人,要讨喜钱!

贾　政　(又惊又喜)这原是自己家的世职,如今就算袭了,也没有什么可喜的,去叫他们不要闹了。

赖　大　他们说:世职虽然是原有的,但给大老爷闹掉了,如今圣恩又赏给二老爷承袭,这实在是千载难逢的喜事儿。所以他们吵着非要讨些喜钱不走。

贾　母　（这才镇静了高兴地）世职的荣耀，比什么都难得！宝玉快去箱子里拿一百两银子交赖大出去赏给他们！

宝　玉　好的！（向箱子里取银交给赖大）快打发他们走了。

赖　大　是！〔接银疾下。

贾　母　（站起来，欣悦地拥宝玉，又走向贾政）到底我还有一个争气的儿子！

贾　政　（感恸地向贾母跪抱左膝）老太太！〔感极而不禁失声呜咽起来！

宝　玉　（也感伤地随后跪抱贾母右膝）老太太！

贾　母　（看看他们，老泪滂沱地一手抚子，一手扶孙，沉痛颤声地仰首祈祷着）皇天菩萨在上，我贾门史氏虔诚祷告：自贾门数世以来，不敢行凶霸道；我帮夫助子，虽不曾为善，也未尝作恶，如今阖府抄检，都是我教导儿孙不严之过！我现在叩求皇天保佑。（说至此颤巍巍地跪下）愿罚我自己应得之罪。赐予早死！饶恕我的后辈儿孙！〔言次泣不成声。

贾　政　（大恸，抱贾母哭叫着）老太太！

宝　玉　（悲不可抑地抱着贾母哭叫着）老太太！

——幕疾落

第二幕，写查抄荣宁二府，贾政被降职后，正在家中与贾母的设宴压惊，赵全带人查抄贾府，搜出王熙凤放高利贷的借据，贾赦、贾珍等被关押，贾母分了她的私房体己，以应对变故，后传来贾政世袭荣国公之职，举家欢庆。

第　三　幕

第一场

房　间　冬初的一个早晨

地　点　贾府贾母住室

人　物　鸳鸯　贾惜春　妙玉　贾宝玉　薛宝钗　袭人　王夫人
　　　　王熙凤　婆子　贾母　贾政　贾兰

布　景　贾母的卧室。舞台的正中上端为泥金雕木嵌大理石隔开的套间，悬紫缎幔子。门楣有横匾书"福禄寿禧"四字。套间内有木架子床，帐被锦绣华丽。舞台的左外端有门,通鸳鸯卧室。右外端有门,通"荣禧堂",皆悬紫红缎子门帘。舞台的左端置云头雕木长方茶几,上设香炉。两旁有椅,椅上铺大红锈缎垫。舞台的右端置炕桌,上垫虎皮毯子。炕桌下有火盆。左壁悬观音菩萨画像。右壁悬一幅山水画。舞台的正中置小大理石圆桌,铺大红毡垫。上设茶具。桌四周围以圆凳。

〔开幕。屋子里静悄悄的,套间的幔子下垂着。茶几上的香炉里盘旋起袅袅的轻烟。鸳鸯穿了件天青色缎袄,乳白色绫裙子。肃穆,虔诚地跪在观音像前,闭目,合掌低声祈祷。这时右门帘轻轻启处,露出一张人脸,接着贾惜春穿着件藕荷色缎面狐腿皮袄,系金黄色丝绦子。淡青色绫裙子,慢步走进。随后妙玉同上,穿一件月白色素缎袄。外罩水田青色的缎子镶宽边长背心。系一条秋香丝子绦。淡墨画的乳白色绫裙。看来飘飘欲仙之姿。

妙　玉　(轻轻走到鸳鸯背后,用手中的白拂拍拍她的肩)阿弥陀佛! 你是在替老太太祷告吗? 真算得忠心耿耿!

鸳　鸯　(起初惊讶的回顾,见是妙玉忙笑着站起)我当是谁,原来是妙师父! 正是哩! 我在替老太太祷告,请妙师父回来也在你们栊翠庵的菩萨面前,替我们老太太祷告祷告吧!

妙　玉　这个自然。

惜　春　老太太还没醒来吗?

鸳　鸯　醒了一会儿,如今好像又睡着了,四姑娘先陪妙师父坐会子,我去给你们泡茶来! 〔说着自圆桌上取茶碗走向左门下。

惜　春　(坐圆桌右首凳上感伤地)唉! 这半年以来,家败人亡,真是富贵浮云,眨眼就散!

妙　玉　(沉静地)世间上的事,都是这样! 哪有好花四季开,人生老不死的? 所以看穿一点儿,也就少许多烦恼了! 〔说罢坐圆桌左首凳上。

惜　春　(频频点头)我也早看穿这一点了,因此我正想找一个清净的佛地,避开人世间的一切烦恼,立志去修行,也好落得个身心自在。像你犹如闲云野鹤,无拘无束的,真是造化不小。

妙　玉　(微笑)修行倒不一定非在高山深林之中,佛地到处皆是,只要你能真正清心寡欲,就是在你住的屋子里,也一样可以修行。只是你乃侯门之女,恐怕即令带发出家,也难以办到。

惜　春　(坚决地)你打量我是个没主意的人么?我要是存着恋红尘的心,也不至于还有今天,只怕早跟二姐姐三姐姐她们一样下场了!我的出家念头起了很久,苦于想不出个门路来!我原想着跟你到栊翠庵去的,又恐上头不许。听了你刚才的话,我倒顿开茅塞!过些时和太太说明,就在藕香榭的蓼风轩里面吃斋念佛。拜你为师!你说好不好?

妙　玉　好倒是好,恐怕太太还是不会答应你的。

惜　春　(冷冷地)太太答应也好,不答应也好,横竖我已经看破红尘,不能再为这人生烟火所熏陶下去了。

〔这时贾宝玉穿了件天蓝色缎面狐腿皮袍,系一条大红长穗儿丝绦子,突然掀帘自右门上。

宝　玉　(严肃地紧接着惜春的话沉吟着)"看破红尘,四大皆空!放下屠刀,立地成佛!"

妙　玉　(乍闻惊讶,抬头见是宝玉,不禁惊喜地脱口而出)啊!原来是你!〔说罢又觉唐突,立即两颊羞红,又复垂首不语。

宝　玉　(恭敬地走向妙玉打了个千儿,朗声问着)许久不见,槛外人别来无恙乎?

惜　春　嗤!二哥哥低声点!老太太还没睡醒哩?

妙　玉　淡泊则能宁静。多谢宝二爷的关怀。请问从何处而来?

宝　玉　我……〔只说一个字,忽想起什么,羞红满面,窘不能答。

惜　春　(笑)二哥哥这有什么难回答的?你没有听见人家常说:"从来处来"么?这也值得的把脸红成那个样子?

宝　玉　(忙搭讪地坐圆桌上首)四妹妹的话不错,我竟一时被问窘了!(又向妙玉笑着)妙公轻易不出禅关,今日何缘下凡光临寒舍?

妙　玉　(冷笑地)头里这儿还是热闹场的时候,我是不惯于常和你们亲近,如今知道这儿清静了,所以特地来看看你们。这是我的脾气,我愿来就来,不愿来你们请我来,也是不来的。

宝　玉　(赔笑地)真正是你们出家人比不得我们在家的俗人!头一件,你们的心是静的,不愿轻易涉足烦嚣场所。"静"则始有灵性,"灵性"的人,其慧根必深！〔下面的话还没讲完,见妙玉微微把眼一瞟,似含有嗔怨。遂不敢再说下去,讪讪地站起来坐炕桌外首。

鸳　鸯　（捧茶自右门上,一碗置妙玉前,一碗置惜春前）妙师父请尝尝我们的茶,这是今年的头场雪,我收起了一罐子,刚才特地亲自去烹了来。

妙　玉　（笑向鸳鸯）难为你费心了！

宝　玉　鸳鸯姐姐白费了心！妙公有洁癖,她是不用别人的杯盏饮茶的。况且咱们的茶她也不会中意的。记得有一年老太太带了刘姥姥,还有我们姊妹一行,到栊翠庵品茗去。妙公用普通的杯盏,泡了旧年的雨水茶招待我们,独把林妹妹、宝姐姐领到耳房里,特地亲自在风炉上扇滚了水,另泡了一壶,据说是埋了五年的梅花上面的雪水烹的茶。不但茶好,而且用的杯盏也好,林妹妹用的是什么"点犀䀉"。宝姐姐用的什么"瓟斝"。我后来撞了进去,也蒙妙公赏了一杯。喝下去,真是清醇无比！我们吃完茶临走的时候,妙公嫌刘姥姥喝过的钟子肮脏,就连钟子也送给刘姥姥拿去了。所以像咱们这钟子,不定被多少俗人喝过了,自然妙公不会用的！鸳鸯姐姐倒不如做个人情,赏给我喝了吧！

鸳　鸯　（笑）宝二爷想喝,我再去给你倒一碗来好了！我原不知道你也在这里。〔说着就欲去。

妙　玉　（制止地）不必再麻烦了！这碗就给宝二爷喝了吧！真的我刚才在庵里喝过很多茶,如今还不渴！

宝　玉　（笑着坐圆桌上首端茶喝）看看！我没说错吧？鸳鸯姐姐！

妙　玉　（笑着指了指宝玉）横竖是你想喝罢了。

鸳　鸯　难为他把这些几年前的事儿,还记得怎么清楚。

惜　春　（取笑地）凡是有林姐姐在场的事儿,二哥哥都记得很清楚。

妙　玉　（带几分讥讽地笑着说）这倒不一定,凡是有宝姑娘在场的事儿,好像他也不会忘了似的。

宝　玉　（正喝茶间,被妙玉的话刺激得怔了起来,仰首茫然地）妙公！你这话是什么意思？

妙　玉　（知已失言,忙站起岔开地走向鸳鸯）我们到套间去瞧瞧老太太醒了没有？

鸳　鸯　好的,让我先来听听看。（附耳于幔缝处窃听了一会,回向妙玉）妙师父！老太太已经醒了。

惜　春　（走向妙玉）我们一道进去吧！

鸳　鸯　（边掀幔子进去，边说）栊翠庵的妙师父来瞧老太太了！

贾　母　（病弱的声音）请妙师父进来说话儿。鸳鸯把幔子挂起来吧！

鸳　鸯　风大，老太太！只挂起一边吧！（说着挂起左边幔子）妙师父！四姑娘！请进去吧！〔幔子挂起，可见套间内。正上首有床，贾母头左脚右睡着。盖金黄色老缎被。妙玉和贾惜春走进时，贾母稍稍坐起一点。

妙　玉　（走向床前）老太太不要动！还是躺着说话吧。〔又扶她向下躺好。

贾　母　（病容憔悴，呻吟不已地）你是个女菩萨，你瞧瞧我的病可能好得了么？

妙　玉　（安慰地）老太太这样慈善的人，寿还长着哩！如今不过是一时的感冒，吃几帖药就会好了。有年纪的人，病中要宽心些儿！千万不可胡思乱想。

贾　母　（叹息）唉！我本来是个爱寻快乐的人，自从这阵子家里连遭不幸以后，心里就不自在！所以得病便是胸口闷，头昏！大夫说是"气恼所致"，也有道理。不过，我总觉得我这病是难得好的了！〔戚然。

妙　玉　老太太快不要这样说！菩萨会保佑你老人家早占勿药的。

贾　母　谢谢你的金口玉言！（向鸳鸯）鸳鸯！去吩咐厨房，叫预备一桌干净的素菜，请妙师父在这里吃午饭。

妙　玉　（拦住鸳鸯）谢谢老太太的好意，我还有事，就要走的，改日再来叨扰吧！

贾　母　不吃也罢。再多坐一会儿。（向惜春）四丫头怎么瘦了些，都怪画画儿，太劳了心！

惜　春　（趋贾母床边）没有，老太太！我自从园子图儿画好以后，再也不曾画过什么了。

贾　母　（抚着惜春）园子图儿上面，画的有刘姥姥没有？

惜　春　有。还画了刘姥姥的外孙板儿。

贾　母　（感慨）唉！这个老人家才是真正的有福气！

妙　玉　（向惜春）我们走吧！别累了老太太！

贾　母　好吧！四丫头送送妙师父去。

惜　春　是！老太太！

鸳　鸯　（送妙玉出套间）妙师父常来玩儿，我不送你了！

妙　玉　你进去照应老太太吧,别客气了！〔说罢看了宝玉一眼,疾步走向右门。
　　　　〔妙玉携贾惜春走出套间。贾宝玉还一直坐在那里发楞,这时蓦地站起来。

宝　玉　（追过去,沉痛地）妙公！

妙　玉　嗯！〔回头看看宝玉。"嗯"了一声,欲言又止,扬长而去。

惜　春　（不在意他们的情形,天真地）二哥哥！有话出来说！〔说罢也下。

宝　玉　（喃喃自语）我还有什么好说的？横竖你们是不信我,不理我的了！唉！老天快叫我死了吧？我活着太没意思了！〔痛苦地坐炕桌外首,伏案而泣。
　　　　〔这时王夫人扶着薛宝钗自右门上。王夫人穿了件橙黄色缎面狐皮袄,蓝色绫裙子。薛宝钗穿着件深绿色缎面白羊皮袄,浅黄色绫坎肩,系大红丝绦子,天青色绫裙子。袭人穿着件粉绿色绫袄,月白色绸裙随上。

宝　钗　（见宝玉大惊）咦！你怎么一个人在这儿？

袭　人　宝二爷！

夫　人　（惶恐地）你哭什么？难道老太太——〔说到这里不忍说下去,忙走向套间。

宝　钗　（拉宝玉起来）到底是怎么回子事儿？好端端的一个人伤什么心？等会儿给老爷瞧见了又要生气！走吧！进去看看老太太！

宝　玉　（看了看宝钗,满腹幽怨,无从申诉,冷冷地,厌憎地挥开她）你先进去吧！我就来！

宝　钗　（莫名其妙地注视宝玉,似明白,感慨地叹口气）唉！〔黯然走进套间。

贾　母　（本来闭着眼睛的,听见王夫人进来,微睁双目,看了看宝钗,挥手叫着）怎么你一个人来了？宝玉呢？

宝　钗　（趋贾母床前,安慰地）在外头,就来。

袭　人　宝二爷,老太太叫你哪！

宝　玉　（慢慢走进套间）老太太！〔怔怔地屹立床前。

贾　母　（注意宝玉）什么事又不高兴啦？我的儿,过来,跟我说说话儿！
　　　　〔宝玉机械地走过去,把手递给贾母,依旧不言语。

贾　母　（想了想）鸳鸯！去打开我的首饰箱子,把那块"汉玉玦"拿来！

鸳　鸯　是！〔走出套间向左门下。

夫　　人　老太太今儿觉得好些吗？

贾　　母　（摇摇头）胸口还是闷的慌！喝一口水都是胀痛的。还目眩头晕，动一动就要昏过去似的。

夫　　人　老太太安心！刚才我听见老爷叫琏儿去请一位姓刘的高明大夫了。据说那年宝玉生病，就是他医好的。

宝　　钗　老太太这回子想吃点什么不？我去给老太太熬点莲子桂圆汤来喝。

贾　　母　不喝。我的孝顺的孩子！

鸳　　鸯　（手里拿一块三寸方圆，状如甜瓜的绿玉，走进套间递给贾母）老太太！是这个吗？我好像从来没见过！

贾　　母　（接玉微笑）你哪里知道！这块玉还是我祖爷爷给了我的老太爷；老太爷疼我，在我临出嫁的时候，叫了我去，又亲手递给我，说是："这玉很贵重，是汉时所佩，你带着就像见了我一般。"我那时候还小，拿了来也不当什么，加之我们家的东西太多，觉得没什么稀奇的，所以撩在箱子里，一撩便撩了六十多年。今儿看见宝玉不快活，想着拿出来给他玩玩。（说罢向宝玉）你爱么？我祖爷传了我，我再传给你，将来我死了，你留着作个纪念。看见它又就跟看见我一样。〔以玉戴宝玉颈上。

宝　　玉　（看看玉，高兴地施礼）多谢老太太！（走向王夫人）太太，你瞧瞧这块玉比我胎带来的还要精致。

贾　　母　（笑）仔细你太太瞧了，告诉你老子，又该说我疼孙子不疼儿子了！这块玉他也从来没见过！

夫　　人　（笑着看了看说）老太太真细心，我不告诉他老子就是啦。

〔这时忽然婆子穿了身棉袄裤，慌慌张张自右门上。

婆　　子　（边走边喊）太太！太太！

袭　　人　低声点，老太太病着呢！

夫　　人　（忙走出套间）什么事？你是二姑娘那里来的吗？

婆　　子　是的，太太，我来了半天，也找不着一个姐姐们，我心里又急，所以就撞到这里啦。

夫　　人　什么事？又是孙姑爷作践二姑娘了吗？

婆　　子　（失声大恸）二姑娘病了几天，他们又不请大夫，今儿就索兴作践完了！

宝　　玉　（急奔出惊问）什么？二姐姐完了？

袭　人　（制止地）宝二爷！
宝　钗　（跟出来拉了宝玉低声地）小声点,仔细老太太听见了！
宝　玉　（伏在圆桌上首沉痛地唏嘘着）唉！……
贾　母　（大惊坐起）是二丫头死了吗？
宝　玉　（忙回身安慰地）没有！婆子们不知轻重,说是这两天二姐姐有些不自在,恐怕不能就好,所以到这里来问有什么高明大夫。老太太不要疑心！
夫　人　（向婆子吒着）瞧你大惊小怪的,把老太太也吓着了。快去吧,我就打发人请大夫去！（说罢示意挥婆子速去,并低声地）你先回到孙家,我随后叫琏二爷来办理后事。〔又走进套间。
婆　子　（呜咽地）是！太太！〔哭啼而下。
袭　人　快去吧！妈妈！我们这里也正着急咧！
贾　母　（不禁沉痛地抽噎着）我这三个孙女儿,一个享尽了福死了；一个又远嫁出去,此生不能再见面了；只有二丫头最可怜！想着虽然苦些,或者还熬得出来,不谅她竟年轻轻地就没了！如今留着我这么大岁数的人活着做什么呢？倒不如也早点死了的好！〔说着哭着,又咳呛连声,急喘不已。
夫　人　（惊喊）老太太！怎么啦？
鸳　鸯　（忙替贾母捶着。惶恐地）老太太！老太太！
宝　玉　（也忙抚慰着）老太太！你老人家养息要紧,再经不起伤心了！
贾　母　（呻吟着微睁双目,喘息地）我……我不行了。去！去打发人……把……把云丫头接来,说……说我想她！
鸳　鸯　好的！（应着走出套间,向宝玉拍拍）老太太这会子难过,你也进去劝解劝解,怎么你倒紧直伤心起来了？
　　〔宝玉抬起头来,拭拭泪,没说什么,垂首走向套间。
　　〔这时正巧王熙凤穿着一件松绿色缎面羊皮袄,银灰色绫坎肩,系条金黄色丝绦子,月白色绫裙,姗姗自右门上。比前幕又瘦了许多,显得病弱不支的样子。
宝　玉　（迎面拉住熙凤张惶地）凤姐姐！你来得正好！
熙　凤　（一惊）什么事。这样惊慌？

宝　玉　（低声地）老太太想云妹妹，叫我们打发人去接她。可是昨儿不是云妹妹家的婆子还来过说：她的姑爷得了暴病，一时不会好的了。你想这会子怎么能再去接云妹妹出来呢？

熙　凤　（也愁闷地）呀！这件事还得瞒着老太太，只好变个法儿去回了！

袭　人　琏二奶奶就去回老太太，说云姑娘打发人来跟老太太请安，过一两天再亲自来瞧太太的病。

熙　凤　我知道了。〔走向套间。

贾　母　（忽然脸色惨变，哮喘不已）茶！茶！

鸳　鸯　我就去倒。老太太！

夫　人　你不要动。我去倒！（忙走出来，悄悄把宝玉拉到一边，低声说）瞧着是不好了！你快去叫人找你琏二哥请大夫来，再告诉一声老爷。〔说罢欲去倒茶。

袭　人　我去给老太太倒茶！〔向右门下。

宝　玉　是啦。〔急下。

夫　人　（向熙凤）老太太的事一旦出来，你们就派人张罗。头一件，先请出板来瞧瞧，好挂里子。第二件到各处去把各人的身材量个尺寸，好叫裁缝赶着做孝衣。

熙　凤　太太不必着急，这些我知道安排。

袭　人　（端茶上）宝二奶奶拿去喂老太太吧！

宝　钗　好的。（接茶送到贾母跟前喂着）老太太！喝口茶吧！

夫　人　（走进套间）老太太！喝口茶呷呷！

熙　凤　（也忙至套间，扶贾母喝茶）老太太！痰多，喝口茶呷呷，就下去了！

贾　母　（呷了口茶，迷矇地抬头看了看众人，轻声地）扶，扶我坐起来！

熙　凤　老太太要什么？只管说，不必坐起来！

贾　母　（挣扎着）我喝了口水，心里好受些！想坐起来靠靠。

宝　钗　只是老太太别累着了！

〔鸳鸯，王熙凤，薛宝钗，王夫人等帮着扶贾母坐起些，背后垫了些枕头。各人悄悄拭泪。这时贾政穿着件蓝色缎面狐皮袍子匆匆自右门上。贾兰穿着件紫红色缎袍子和贾宝玉随着进来。袭人避入左门下。

贾　政　（惊惶地走进套间）老太太这会子，怎么样了？

夫　人	老太太先头听见二丫头病重,心里一难过,气喘起来,我已经叫琏儿去请大夫了!
贾　政	老太太伤心,你们该劝解劝解才是,怎么一齐打伙儿的哭起来了?(说着走到床前,抚摸贾母的额)老太太现发着烧,还是躺下的好。
贾　母	(拉住贾政的手)我的儿!你坐下,我想跟你们说说话儿!
贾　政	(坐床沿上)老太太有话等精神好些儿再说吧!这会子经不起劳神啦。
贾　母	不妨事的。这会子你不让我说,只怕没有说的时候了![说着老泪滂沱,呛咳不已。
贾　政	(忙替贾母捶着)老太太养病要紧,万万不能再伤心!
贾　母	(稍稍休息一会,感慨地)我到你们家已经六十多年了!从年轻的时候,到老来,福也享尽了,寿也活得不算短,自从你们老太爷起,以及儿子,孙子,都还不错,只是以后更要挣气才行!宝玉这孩子,我疼了他一场,可惜不能等着看见他的功名成就了![说到这里,用眼向宝玉瞧瞧。
夫　人	(推宝玉过去)宝玉!老太太在说你,快过去听着。
宝　玉	(趋贾母前,垂手而立,戚然不忍仰首)老太太!
贾　母	(又一手拉住宝玉)我的儿!你要给我争气呀!……(言下悲切)我的兰儿哪里?我想再看见一个重孙子就可以闭目了。
贾　兰	(原站在套间外面,忙进去,趋贾母身前)老太太!
贾　母	(放了宝玉,又拉着贾兰的手)兰儿,你母亲是个孝顺贤淑的人,你将来长大了,也该好好竞取功名,格你母亲风光风光,才不负她年青青守寡,教养你一场。
贾　兰	(恭敬地应着)我记住了!老太太!
贾　母	(又以目寻视四周)凤丫头呢?
熙　凤	(忙趋前)在这里。老太太!
贾　母	我的儿!你是太聪明了!将来为儿孙修修福吧!我原对那些吃斋念佛的事,不大信,如今想来很不该。记得旧年我叫人写了些金刚送人,不知道送完了没有?
熙　凤	还没有咧!
贾　母	施舍完吧,这也是但求心安的一个法儿。
熙　凤	(啜泣)我今后定照老太太的话去做,不修今生修来世!我如今什么都

明白过来了。

贾　母　(又环顾左右,叹口气)唉!最可恶的是云丫头没良心!我白疼了一场,自从嫁了出去,听说姑爷很不错,因此就忘了我这姑奶奶了,连来瞧瞧都不肯![说罢连连咳嗽不已,痰涌之声不停。

贾　政　(忙站起)老太太歇会儿吧!仔细累着了。[说罢走出套间。

夫　人　(忙随贾政出。轻声地)瞧着老太太这会子气色不大对,只怕是回光反照吧?

贾　政　(摇头叹气)我刚才摸摸她的脉很不好,你们防着些,我去看看琏儿怎么到现在还没请来大夫![说罢刚欲走。

　　　　　[贾母忽然微笑地躺下去,喉间的痰声立即就停止,接着眼就长远地闭上去了!

鸳　鸯　(大惊,喊着)老太太!老太太![忍不住失声而哭。

熙　凤　(忙走出套间)老爷快来!老太太不行了![说罢又走进套间。

贾　政　(急转身进套间)老太太!老太太![边喊边摸贾母的脉。

夫　人　(也走进套间喊着)怎么啦?老太太!

贾　政　(不禁悲绝地跪伏床前大哭)唉!老太太!

　　　　　[众人一齐跪下。号啕大哭!只有贾宝玉一个人,悄悄走出套间,沉痛地伏在圆桌上前呜咽不能成声!这时,天昏地暗,室内呈现着死的气氛。

——幕急落——

第 四 幕

第一场

时　间　第三幕月余后的一个下午
地　点　贾府王熙凤住室
人　物　平　儿
　　　　巧　姐
　　　　刘姥姥
　　　　王熙凤

贾 琏

布　景　同第一幕第一场,只是显得凋零落魄些。桌椅的垫子和左右门帘也都换上了蓝色的。

开　幕　炕前火盆里正煮着一罐药。平儿穿着件天青色绫袄,月白色绫裙,坐在炕上愁眉苦脸地垂首沉思着,时而拨弄火盆,时而看看罐里的药。这时巧姐穿着身松绿色缎袄裤,慌张地自中门上。

巧　姐　(跑到平儿身边,喘息地)平姑娘!平姑娘!

平　儿　(打破沉思,抬起头来)什么事?巧姐儿!

巧　姐　平姑娘,赵姨奶奶没了!死的时候,眼睛突出来;嘴里直流血;头发披散起;大声嚷着说:"打杀我了,红胡子老爷,我再也不敢了。"还说:这是妈妈告她的呢![有声有色地说着。

平　儿　(忙制止)低声点。

巧　姐　(轻轻地)环叔叔这会子正哭得狠哩!一个人没了妈妈,真可怜![言次有些戚然。

平　儿　(感动地一把搂住巧姐)巧姐儿!所以你比环叔叔强,你有妈妈;就是妈妈没了,也还有我疼你哩![说着泪涔涔下。

巧　姐　(瞪大眼睛望着平儿,疑问地)平姑姑,你是说我妈妈也要死的吗?

平　儿　(勉强镇静地)不……不会!

巧　姐　(天真地笑了)我去瞧妈妈去![说着跑向右门。

平　儿　(忙唤回她)过来,巧姐儿!

巧　姐　做什么?

平　儿　可别把刚才的话告诉妈妈。

巧　姐　(乖巧地应着)嗯![下。

平　儿　(痛苦地自语着)可怜的孩子!也快跟环哥儿一样了![说罢蒙面啜泣。[这时刘姥姥穿了身蓝色直贡呢袄裤,一手持杖,一手提了个竹篮,蹑手蹑脚自中门上。

姥　姥　(先向屋内张望一番,把篮子放在屏风旁。然后走到平儿身边,低声地)平姑娘!怎么一个人在这里打盹儿?

平　儿　(惊起)噢,刘姥姥来啦!请坐。

姥　　姥　（坐炕左首）姑奶奶好些么？

平　　儿　（凄楚地摇摇头）姥姥坐会子，我去给你泡碗茶来！

姥　　姥　（拉平儿坐炕右首）快别客气，我来的时候，在路上已经喝过了一肚子的冷水啦！这会子还不渴哩！

平　　儿　姥姥这程子没来，我们这里简直是接二连三地出事儿！没一天安生的。

姥　　姥　可不！一个月头里，板儿他老子进城回去，告诉我这里动了家，我几乎吓死了！后来知道是东府那边，我就放心了。昨儿听说老太太没了，在家里我就狠狠哭了一场。刚进来的时候，又听说鸳鸯姑娘也跟老太太去了。真是偏偏的好人不长寿！〔拭泪。

平　　儿　唉！你还不知道哩，今儿赵姨奶奶又死了！

姥　　姥　（诧异）阿弥陀佛！好端端怎么就死了？得的什么病？

平　　儿　说来奇怪，就在老太太出殡以后，赵姨奶奶也跟着去送灵到了铁槛寺，要回来的那一天，忽然赵姨奶奶晕倒地下不起，嘴里胡说八道，像是中了邪。自己把从前怎样要害死二奶奶的一些事儿，都说出来了。后来抬回来，一直都不好，今儿就没了。临死又说是二奶奶告她的。这会子我心里正不自在哩，我直怕二奶奶也不好了！〔言次啜泣。

姥　　姥　这样说，倒像是善恶报应。赵姨奶奶想害死姑奶奶没成，倒先自己死了。她说姑奶奶告了她，那是她心里疑惑。平姑娘不必胡思乱想！

平　　儿　（悲切地）自从老太太出殡头一天二奶奶发病，到如今医药无效。我真怕！我怕二奶奶完了，丢下这巧姐儿怎么办呢？你是知道的，二奶奶为了管家，得罪了不少人，他们恨透了二奶奶，还不都报复在巧姐儿身上吗？我们二爷又是个软耳根人，为了抄家的事，这程子待二奶奶已经不大好了，加着秋桐那个小老婆，一劲儿在旁边调唆着，万一二奶奶有个好歹，我和巧姐儿可真够受的。〔泣不成声。

姥　　姥　（也啜泣地）不要伤心，平姑娘！菩萨有眼睛，会暗地里保佑姑奶奶的。

平　　儿　唉！但愿二奶奶能够多活几年，好歹把巧姐儿扶大，就是我们的福了。（说罢拿起药罐）药煎好了，我去侍候二奶奶喝了再来陪你老人家说话儿。

姥　　姥　烦姑娘代劳告诉姑奶奶一声，就说我来了，要是她精神还好，我就进去瞧瞧她。

平　儿　好的。〔端药罐到桌前,把药倒到碗里,然后送进右门。

姥　姥　(站起来各处看看,摸摸,感慨地)唉!"天有不测风云,人有旦夕祸福。"想不到好好一个人家,如今变成这么一个破落户了!

平　儿　(掀开右门帘)刘姥姥,二奶奶说了,她听见你来很高兴,她就要出来跟你说话儿。

姥　姥　嗳呀!快别惊动姑奶奶,要说话儿我进去好了,可不能让她出来。

熙　凤　(幕后语,病态地)不要紧,刘姥姥!我在屋里闷得慌,也想出去坐坐。你老人家先喝茶等等,我吃了药就出来。

姥　姥　(忙走到后门处附耳听后,大声地)只是,仔细累着了你,我的姑奶奶!
〔须臾,王熙凤穿着一件藕荷色缎面狐腿皮袄,天蓝色绫坎肩,月白色绫裤子,一手扶着平儿,一手牵着巧姐自右门上。显得更枯瘦,更弱了!走路都不大稳的样子。

熙　凤　(边走边说,微笑地)刘姥姥,难为你,大老远跑来看我。〔坐炕右首。

姥　姥　(凑过去坐茶几对首椅上惊叹地)我的姑奶奶!怎么才一年多不见,就病到这个份儿?我糊涂的要死,怎么不早来请姑奶奶的安!(说着想起什么,又站起)瞧我记性多坏!巴巴的乡下带了点儿新鲜菜来,给姑奶奶尝尝,却偏忘了。(提了篮子坐炕上一样样拿出来)这是我们自己种的萝卜和红薯,今早起才挖出来的。虽没什么稀奇,倒底比城里的新鲜。

熙　凤　(感激地微笑着)谢谢你还想着我!这些东西我好的时候倒是很喜欢吃,如今病了这许久,吃什么都没味儿。平儿!收起来吧!给刘姥姥泡茶。

平　儿　嗯!〔接过菜,拿着走向中门。

巧　姐　(赶平儿)我要吃红薯!

姥　姥　(忙去拉回巧姐)叫平姑娘煮熟了再吃!

巧　姐　我要一块放在火盆里烧!

平　儿　好吧!给你一块埋在火盆里烧熟了再吃。〔给巧姐一块红薯,然后下。
〔巧姐高兴地拿了红薯,蹲在火盆沿,用火钳扒开炭灰,埋了红薯,兴致地瞪着眼等。

熙　凤　巧姐儿,快过来给姥姥请个安。你的名字还是她给你取的哩!她就跟你的干娘一样!

巧　姐　(向姥姥跪下叩了个头)跟姥姥请安!

姥　姥　(忙拉起巧姐,受宠若惊地)阿弥陀佛!不要折杀了我,巧姑娘,我这许久没来,你还认得我么?

巧　姐　(天真地笑着)怎么不认得?那年你在园子里喝醉酒的时候,我还小,记不大清。前年你来,我还向你要隔年的蝈蝈儿来着,到如今你还没给我。

姥　姥　(笑)好姑娘!我确是老糊涂了。若说蝈蝈儿,我们村里多得很,只是姑娘不到我们那里去,若是去了,要一车蝈蝈儿也有。下次我再来,一定带给你。

熙　凤　(认真地)刘姥姥,你还不如就带了她去哩!

姥　姥　(不禁失声而笑)姑奶奶别开玩笑了!像巧姑娘这样的金枝玉叶,绫罗穿大了的,每日吃的是山珍海味;到了我们乡下,我拿什么给她穿,拿什么给她吃呢?这岂不坑杀我了么?还是让我给巧姑娘做个媒吧!我们那里虽说是乡下,也有大财主。几千顷地。几百只牲口。都不稀奇。只不是像你们这里大官大府的人家阔绰罢了!

熙　凤　(认真)好哇!你说去,我愿意就是。

姥　姥　(笑着)姑奶奶只怕是句敷衍话吧!像巧姑娘这样千金的贵体,哪儿会肯给庄家人做媳妇呢?

　　〔巧姐有点明白,站起撅着嘴走向中门下。

平　儿　(端茶碗,递给刘姥姥)姥姥,请喝碗热茶吧!

姥　姥　(接茶)难为你了,平姑娘!

熙　凤　你老人家近来的日子过得去么?

姥　姥　(感激地)多谢姑奶奶关心!若不仗着姑奶奶常常贴补,板儿他老子娘只怕早都饿死了。如今虽说庄家人还是苦,但总算在这两年里头挣了好几亩田,前儿又打了一口井,种了些个蔬菜瓜果的,一年也卖不少的钱,算尽够他们爷们吃喝的了。阿弥陀佛!这都是姑奶奶行的好,救了我们。原想着:像姑奶奶这样的人,一定是多福多寿的了,却不料竟自病成这个形状!〔说罢泪下。

熙　凤　唉!这也是命该如此!我死倒不要紧,只是撇下巧姐儿这孩子未免太可怜了！

姥　　姥　（诚恳地）姑奶奶放心！好人自有好报应。等我回去以后，替姑奶奶求了我们村里的观音菩萨，请他老人家保佑姑奶奶早早复元。说起我们村里的这尊观音菩萨，可真灵验，前儿张秃子病的都只剩一口气了，到庙里烧了烧香，求了一碗药，喝下去不几天就好了。还有王大婶……

（平儿怕搅烦了熙凤，暗暗扯姥姥衣袖，示意制止）刘姥姥你直管说话，茶都凉了！

姥　　姥　（会意，忙一气喝茶）我这人就是这个坏毛病，说起话来没个完。

熙　　凤　既是你们那里的观音菩萨灵验，就请姥姥回去了替我祷告祷告！求求菩萨保佑我早点好了！〔说着呛咳不已。

平　　儿　（忙替熙凤捶着）奶奶歇歇吧！

姥　　姥　（站起）我看天气还早，趁亮想再赶回去。等姑奶奶硬朗了，我来接姑奶奶到乡下去还愿。

熙　　凤　（从腕上取下金镯）姥姥把这个拿去变卖成银子，也好买些供菩萨的香烟纸钱。

姥　　姥　（不收，退开些）姑奶奶，不用这个。我们村上人家的规矩，等病好了，花几百钱去还愿就是。如今我只替姑奶奶去许愿，赶明儿姑奶奶好了，再任你自己要花多少就花多少。姑奶奶安心养息着，我就去了。太太那里，请平姑娘替我捎个好。〔说着提了篮向中门下。

熙　　凤　姥姥慢点走，原谅我不送你了！

平　　儿　奶奶还是进去，躺着歇会儿吧！

熙　　凤　（摇首）不，出来说说话，倒精神些。〔说着躺下去。

平　　儿　（一边替熙凤弄着枕垫，又盖上毯子，一边说）奶奶今儿是不是觉得好些？

熙　　凤　（感气）难得好了！果真刘姥姥能够求菩萨保佑我的病全愈，今后我就什么事也不管了，只在巧姐身上用用心，把她扶植成人。往常的几年里头，为了争名夺利，受气含怨是小，这累得一身的病！结果什么也没有了，一场白操劳！这会子想起来，真是没意思，凭空糟蹋了自己！只是可惜我明白的太晚了！活了二十多岁，就糊涂了二十多年！〔言次黯然泣下。

平　儿　奶奶如今养病第一,心要放宽些,别紧直想些不快活的事儿。

熙　凤　怎么能不想呢？睁开眼,瞧见的就是你二爷的那副哭丧脸。虽然他嘴里不说什么,我知道他心里定是咬牙切齿地恨着我,他总觉得这回闹的家败人亡,都是我一个人的罪过,大老爷的错儿他倒抹煞了。本来么,谁叫我先头一味地贪财哩！

平　儿　可是,奶奶一半还不是为了二爷！再说,奶奶挣点子钱,二爷也花了不少哩！

熙　凤　那都不去管他了。还有,就是我听不得秋桐说话。做梦也没想到,如今我落得受一个小老婆的气,好像我变的连鸡狗都不如了,你想想,我怎么能够睁开眼？〔痛苦。

平　儿　俗语说的:"墙倒众人压。"奶奶倒不必去和小人们计较这些。等好了,再给他们颜色看。

熙　凤　（仿佛没听见平儿说话,只难过地,沉思地叙述着）闭上眼吧,就看见了些死去的人,尤二姐,鲍二家的,还有你瑞大爷……（说到这里有些羞涩,顿了顿）他们都恶狠狠地瞪着我,像是我欠了他们多少债,他们来向我讨还了！噘！平儿,看来我是不会好的了！不会好的了。〔啜泣。

平　儿　（也哭了）奶奶！你安静一会儿吧！

熙　凤　如今你该明白我为什么胡思乱想了！睁开眼的时候,看见的是这些叫人伤心呕气的事情;闭着眼的时候,又看见的是那些叫人后悔不迭的事情;所以,我倒愿意索性快点死了的清净！明知道活下去也是活——受——罪——。

平　儿　奶奶,你好强了一辈子,怎么这会子尽说些个泄气话呢？

熙　凤　（苦笑）好强一辈子,临了落得这般下场！这也是"人强命不强！"倒不如压根儿安分守己的好。所以平儿,若是我有个好歹,你千万教训巧姐儿别学我,叫她长大了。好好做个本本色色的人。古人说:"知足者常乐"。像我平日贪而无厌,结果是两手空空。你是个大量厚道人,只有大量厚道的人才是真聪明！平儿,记住我的话。〔说着恳切地拉着平儿的手。

平　儿　（抽噎地）我……我记住了,奶奶！

巧　姐　（哭哭啼啼自中门上,扑向熙凤怀里）妈妈……

熙　凤　怎么啦？巧姐儿！〔慈爱地抚着巧姐。
巧　姐　（呜咽地）环叔叔骂我！
熙　凤　（刺激地坐了起来）他为什么骂你呢？
巧　姐　赵姨奶奶不是死了吗？环叔叔直管在那里哭，我就去劝他，我说："环叔叔别哭了，出来玩会儿吧！"他就一气跳到我面前，指着我的脸骂着："小娼妇！别理我，你妈妈到如今还不学好，在阴司里竟告下了我妈妈，害得我妈妈死了。我妈妈虽然死了，赶明儿你妈妈也一定要死的，等你妈妈死了，瞧我才摆弄你个样儿咧！"〔嘟噜着说完又哭。
熙　凤　（立刻面色惨变，又惊又气，说不出话来）啊！
平　儿　（忙扯过巧姐）快过来，妈妈病着，别紧直揉搓妈妈了。
巧　姐　（拭拭泪，忽然想起红薯，天真地蹲到火盆边。扒出来，高兴地）我的红薯烧好了！
平　儿　奶奶！小孩子们的话，不必在意！〔说着忙去替熙凤捶着，扶她躺好。
巧　姐　（边低着头剥红薯皮，边说）爹到后头来了，这会子在秋桐姑娘屋里，我刚才打他们窗前过，听见他们喊喊喳喳说话儿。好像是爹说没钱用，秋姑娘就说，妈妈有钱。〔还要说下去时，被平儿扯了扯，忙住口。
平　儿　（担心地轻轻问着）奶奶喝口水好吗？
　　　　〔熙凤不言语，为痛苦所窒息。
平　儿　（走向桌外首椅，摔了巧姐儿，低声地）巧姐儿，以后说话仔细点儿，妈妈病着，不要逗她难过才是。环叔叔欺负你，下次别再和他玩儿了。
巧　姐　（眼里闪着泪，回头看了看熙凤，柔驯地点点头）嗯！
　　　　〔这时贾琏穿着件深蓝色缎面羊皮袍子，自中门上，先向炕上瞅了一眼，然后看看平儿，不大高兴地坐到桌里首椅上。
贾　琏　（冷冷地）奶奶吃了药吗？
平　儿　（也冷冷地，没好气地）不吃药怎么办？
贾　琏　（气）好好的问你话，你这是怎么啦？
平　儿　（冷笑）我还敢怎么啦？我不过是看着奶奶不好，心里着急罢了。
贾　琏　你着急，谁不着急？
平　儿　爷既是着急，就该再去请个好点的大夫来调治调治才是，怎么还这样若无其事地挺着条人命死活不管呢？

贾　琏　（更气）如今我自己的性命都不保哩！我还管她么？

平　儿　（冷笑）哼！一个人总该有点良心。奶奶在别人面前没落个好，别人恨奶奶，怨奶奶，还有可说，只是二爷不该，奶奶帮二爷的地方，着实太多了。

贾　琏　（啐了口）她帮我什么？帮我抄了家，帮我差点儿没坐牢。亏了你还说得出口，不是她胡作非为，我也不会弄成这个样子哩。她自作自受不要紧，连累我们老老小小陪着倒霉。真正是（改为低声含糊地）死有余辜。

平　儿　（气哭了，又怕熙凤听见，勉强忍着）二爷既是这么说，就索性拿把刀来，把我们主仆杀了不完事吗？横竖有个秋桐姑娘侍候你，我们活着原是多余的。

贾　琏　（拍案厉声）你这蹄子！说话不要混扯别人！

平　儿　（也恼了）我就是要扯她，不是她在一边混调唆，你还不会这样无情！

贾　琏　胡说！

平　儿　我胡说不胡说，你心里有数。想当年尤二姐活着的时候，还不都是她一劲儿地东挑西拨，才闹出了许多事儿来吗？如今又撺掇爷来怄我们，想着把我们怄死了，她算是眼中钉拔清了！哼！走着瞧吧！看她猖狂到几时？

贾　琏　我劝你也别太逞强上脸儿了，不要当作我是怕你们。逼急了，有你们的好看！

平　儿　（啜泣）我是丫头，原没什么，自然二爷爱怎么办，就怎么办，只是奶奶和二爷是结发夫妻，倒该重一点儿情义才对。

贾　琏　（不耐烦地）好啦，好啦！把开柜子的钥匙拿来给我。

〔平儿不作声，悄悄走到熙凤身边看看，见熙凤不动，便走来从身上取了钥匙拿到贾琏面前，回头就走。

贾　琏　有鬼叫你么？你拿过来叫谁去开呢？

平　儿　（忍气吞声地又去拿了钥匙）拿什么？

贾　琏　咱们还有什么首饰？

平　儿　（气得失声而哭）有什么没什么，你又不是不知道？奶奶的东西全抄光了，如今你倒是信人家的撺掇，来要首饰了！这究竟是什么意思？你把话说明白了，把人怄死了也情愿。〔说罢呜咽不已。

贾　琏　还说什么？头里的事儿是你们闹的，如今老太太的事还短四五千两银子。老爷叫我拿公中的物件弄银子，可是哪里有呢？外头的账不开发又不行。这头清了，还得办赵姨娘那头，真要活活逼死人！我想着前儿老太太在世的时候，不是给了你二奶奶一些金银首饰吗？讲不了许多，只好拿出来折变了贴补这个亏空。难道你就不依吗？

平　儿　（赌气地）我哪敢不依，只是这点首饰原是老太太给奶奶用的，如今二爷拿去填亏空，未免也辜负了老太太的一番心！〔说罢走往右门。

贾　琏　（已经气平了）这也是没法的事儿呀！（走向炕前看看，又拉过巧姐）巧姐儿，又念什么书来着？

巧　姐　（刚才的种种似已明白，很自然地表现了小心里的不满）什么书也没念。

贾　琏　（不在意地）那么你都干些什么？

巧　姐　（撅着嘴，嘟噜着）服侍妈妈，陪平姑娘说话儿。

贾　琏　（笑）你这孩子，心里头难道只有妈妈跟平姑娘吗？

巧　姐　谁疼我，我心里就有谁！〔说着挥开了贾琏。

贾　琏　好哇！你们三个人算是拧成了一条绳儿啦！

平　儿　（捧一首饰匣自右门上，递给贾琏）拿去吧，全在这里。

贾　琏　（看了看匣子高兴地拍拍平儿）别心疼，赶明儿我发了财再赔你们。〔说罢走向中门。

平　儿　哼！〔冷笑地闪开一边。

熙　凤　（一直在昏迷中，为了刺激过度，已经神志不清了，沉默了许久，这时忽然大叫着）快备轿子车辆。

平　儿　（大惊）奶奶，要轿子车辆做什么？

贾　琏　（忙退回趋炕前）一定是在说梦话。（推推熙凤）醒醒！醒醒！

巧　姐　（吓得哭叫）妈妈！妈妈！

熙　凤　快，快备轿子车辆呀，我要回金陵去了！我要回金陵去了！

平　儿　（恍然，大恸，伏下去哭了）奶奶！奶奶！你可不能走哇！奶奶！你不能走！

贾　琏　（跺脚地）我的天，这不是要我的命吗？

巧　姐　妈妈！〔用小手捶着熙凤叫。

熙　凤　（忽然坐起来，笑着说）好了！可该回去了！〔说罢眼睛立刻闭上，不自主地又僵卧下去。就这样黯然地逝世!

平　儿　(放声大哭)呕!奶奶!

巧　姐　(跳着,叫着)妈妈!妈妈!

贾　琏　(忏悔地,颓然手上的首饰匣子落地,捧头蒙面而嚎啕)天哪,这可怎么得了啊!

〔这时屋内骤然黑下来,隐隐有风雨淅沥之声,整个气氛,充满了悲惨,凄凉,和阴郁!

——幕徐徐落——

第二场

时　间　次年秋初的一个早晨

地　点　贾府荣禧堂正房

人　物　贾　政
　　　　贾　兰
　　　　巧　姐
　　　　贾　琏
　　　　王夫人
　　　　贾宝玉
　　　　薛宝钗
　　　　袭　人
　　　　贾惜春
　　　　紫　鹃
　　　　和　尚

布　景　同第二幕。只是呈现败落气象。正门楣处之横匾上,红彩绸改为蓝色素绸,或白色。悬碧绿竹帘。窗幔也换为蓝色呢的。左右门帘均有蓝色绸。表示带孝的意思。

开　幕　贾政穿着件深灰色呢夹袍,在屋里背着手来回踱步,思想什么,心里很烦愁的样子。这时贾兰穿着身天青色绸夹袍,巧姐穿身月白色布袄裤,自门外廊右首同上。

贾　兰　（拘谨恭敬地向贾政行礼）爷爷！
巧　姐　（很懂事地跪下叩头）爷爷！
贾　政　（止步，向贾兰从上到下打量后，稍有笑容）噢！你们来啦！
贾　兰　（端庄持重，大方多礼）我母亲说爷爷要搬灵回南京安葬，叫我来代她跟爷爷请安。一面请爷爷教训。
贾　政　（坐炕外首）你们过来！
　　　　〔贾兰与巧姐趋前。贾政拥二人于左右怀前。
巧　姐　爷爷回南边去，什么时候回来？
贾　政　（慈祥地抚着巧姐）过了秋天就回来。以后你好好跟着你兰哥哥念书，有不明白的地方叫你兰哥哥教你。念书之外，再跟你珠大婶子和平姑娘学学针线活计。不要贪玩。记得吗？
巧　姐　（唯唯驯服地）记得，爷爷！
贾　政　如今你妈妈没了，你爷爷又要忙着管理家务。今后你就常常跟你珠大婶子在一起。她会像照应你兰哥哥一样地照应你，凡事只要听话，乖巧。
巧　姐　（禁不住伏贾政怀中哭了）我……我知道，爷爷！
贾　政　（黯然抚慰地）不哭，孩子！不哭！
贾　兰　妹妹别哭！不要叫爷爷临走还伤心。今后我的母亲就是你的母亲，你放心好了，我们一定待你很好的。
贾　政　（看着贾兰，喜悦地）兰儿也不小了，要好好侍候你母亲，今年是大比之年，把功课预备预备好跟你宝二叔一道去赶考，取得了功名，也不枉你母亲为你守寡一场。你爹在时我最喜欢他，今后咱们贾家就看你们这一下辈的人了。你环叔叔在服，不是什么材料。你宝二叔叔多病，也没什么指望了。东府你蓉哥哥又是那样不成器。如今只盼着你能替父母，替我争口气！中个举人，也好赎赎我们的罪。不然，贾家的门风是再也振作不起来了！〔说着老泪滂沱。
贾　兰　爷爷放心，孩儿一定不辜负爷爷的教训！
　　　　〔这时贾琏穿着身浅灰色绸夹袍自门外廊左上。
贾　琏　（趋前向贾政行礼）侄儿跟二叔请安！
贾　政　罢了。扛灵柩的人手，和车辆都预备好了吗？

贾　琏　都预备好了,二叔打算什么时候起程?

贾　政　还要先在铁槛寺请和尚念几天经,然后我就从那里直接起程。不再回来了。横竖我如今丁忧没事。你父亲和珍儿还不知道哪天才能遇赦回家,想着老太太的灵柩久停庙里,总不放心,所以决计趁着这个空闲时间把老太太和你媳妇,还有你林妹妹的一起搬回南边安葬。我一个人自然照应不了这几口棺材,打算带了蓉儿回去,况且他媳妇的灵柩也在里头。你可以不必去了,就留在家里照应。只是这一项花销不小,特地叫你来商议商议看看怎么个办法,往哪里挪借几千两银子才好?

贾　琏　(发愁地)二叔说得极是,趁着丁忧这个空儿,干了一件大事,自然很好。只是老太太的银子被盗以后,衙门里追缉也是追不回来的了。借吧,如今的人情淡薄,亲戚朋友都是势利的看法,谁也不会再借给咱们一文钱的。因此,想来想去,只有暂且拿房地文书去抵押。不知道二叔以为如何?

贾　政　(皱眉)只是咱们这现住的房子,都是官盖的,怎么能动得呢?

贾　琏　住房虽不能动,外头还有几所咱们自己盖的房子,倒可以出脱,等将来二叔起发了,那时再赎回来也是一样。

贾　政　(点头苦恼地)也好!

贾　琏　只是二叔这么大年纪,辛苦这一趟,侄儿心里着实不安!恨不能随去侍候才好。

贾　政　老太太的事,辛苦也是应该的。只要你在家谨慎些,把持定了钱财,不要再胡作乱为就是孝顺我了。

贾　琏　二叔只管放心!侄儿再糊涂,也绝不敢不认真办理的了!二叔此去带的人自然很多,家里留下的也就有限了,费用既少,倒可以过的去。只是二叔路上如果短少银子,经过赖尚荣的地方,尽可叫他出点儿力。

贾　政　(叹息)唉!自己老人家的事,怎好叫外人帮忙?

贾　琏　二叔的话,固然不错,只是万一拮据了,他是赖大的儿子,咱们提拔出来的,原该效效劳。

贾　政　世态炎凉!如今他已经用不着咱们了,所以不一定还要买咱们的账。

贾　琏　(也感慨地叹口气)唉!但愿祖宗保佑,咱们有一天能够再兴旺起来,也免的叫人家看着笑话。

贾　政　好吧,你去叫林子孝预备预备香火纸钱,陪我到铁槛寺去。只是搬灵的事,可千万别惊动亲友。

贾　琏　是![自门外廊左下。

贾　兰　爷爷!我该进去念书了!

贾　政　好孩子,去吧。

巧　姐　我也进去了,爷爷!

贾　政　好!好!

　　　　〔贾兰,巧姐行礼后,自门外廊右下。贾政抚须微笑地目送他们。接着王夫人穿着件橙黄色呢夹袄,天青色呢裙上。

夫　人　老爷一个人在这儿哪![坐炕上首。

贾　政　琏儿,兰儿,巧姐儿他们刚走。怎么宝玉没来呢?

夫　人　我已经打发人叫他去了!我想着你要出门了,有几件事要来跟你商议商议。

贾　政　噢!有什么事,你可以做主的,你就做主好了!

夫　人　第一件事:琏儿媳妇死了,等琏儿满了服,我想着就叫他把平儿收作二房,这也是凤丫头活着时候的意思。如今凤丫头不在,巧姐儿多亏她照应,这丫头倒是个贤德忠厚人。不知道老爷以为使得么?

贾　政　(沉思)只是还得叫琏儿再跟东府大太太商议商议才好。

夫　人　大老爷不在家,大太太又不管事儿,所以我才来跟老爷商议。

贾　政　既是这样,太太就做主了吧!

夫　人　还有袭人这孩子也是个忠厚老诚人,端庄娴静的,宝玉多病,一向都是她殷勤服侍,老太太生前说过叫先放在宝玉房里,等宝玉娶了亲,再收起来。所以我也打算等宝玉满了服,就把她收为二房,也好省了宝玉媳妇一份心。

贾　政　(犹豫一会儿)按说,老太太的遗言原该遵办,只是宝玉还年轻,又是性子偏于儿女私情,我想叫他满了服去赶考,这么一来,恐怕会误了他的功课。

夫　人　袭人是个明白知理的丫头,想来只有勉励宝玉用功念书的,断不会耽误他,老爷尽管放心。

贾　政　那么,就依太太。

夫　　人　再一件：就是上回凤丫头还活着时，刘姥姥来看她的病，曾经跟巧姐儿提了一门亲，是他们乡下一家姓周的人家。有巨万财富；千顷良田；只有一个儿子，刚刚十四岁；生得文雅清秀；现正延师工读。今年也要去赴科试了，看来倒还配得。只是庄家人罢了。凤丫头是答应了，琏儿也还愿意，叫我再来问问老爷。

贾　　政　巧姐儿原是咱们隔一辈儿的人，这门亲事既然她父母愿意，就可以做主了，莫说庄家人不好，只要人家清白，孩子肯念书，知道上进，便是难得。朝里作官的，又何尝都是城里人呢？

夫　　人　（高兴）老爷这么说，倒给我拿了主意。巧姐儿小小年纪没了娘，若不聘个好人家配了，也可怜的慌。大太太虽是她亲奶奶，却不大疼她。凤丫头是我的娘家亲侄女儿，又只生这一个孩子，我只有在她身上多操点子心了。〔言次黯然啜泣。

贾　　政　太太原该这样。我看巧姐儿这孩子不像她母亲，倒淳厚柔顺的很。

夫　　人　老爷看的不错，凤丫头原是太精明好强了些儿。倒是宝丫头比她持重，稳健。

贾　　政　提起宝丫头，她哥哥薛蟠如今怎么样了？

夫　　人　前儿听见说：有赦出的希望，薛姨妈这程子正忙着拼凑银子，好预备替蟠儿赎罪哩！

贾　　政　唉！这一次出来，总该教训好了！

夫　　人　我也是这么想来着。

贾　　政　还有事没有？我今儿就到庙里去，看着给老太太念几天经，赶明儿便打那里起程到南边去，不想再回来了。

夫　　人　噢！你回南边，顺便把雪雁给带去，她是跟林丫头来的，南边还有家，有父母，到了金陵，你就叫她父母领了去好啦。

贾　　政　（点头）好吧！

〔这时贾宝玉穿着件浅黄色绸夹袍，系蓝色丝绦子。薛宝钗穿着件深油绿色绸夹袄，系黄色丝绦子，月白色绸裙。袭人穿着件茄子紫色绸夹袄，天青色绸裙。同自门外廊右上。

夫　　人　宝玉他们来了。（向宝玉）宝玉，快跟你老子叩头送别吧！你老子要搬老太太灵柩回南边安葬去了。

宝　玉　是！（趋贾政前磕头）跟老爷请安！

宝　钗　（也趋前跪下叩首）跟老爷请安！〔起身后站在王夫人身旁。

　　　　〔袭人跟在宝玉后面也行了礼，站宝钗身边。

贾　政　（欣慰地看看宝玉）宝玉，我这一去，年底才能回来。你在家好好念书，等到了秋天考期，你就跟兰儿一起去下场赴试！但凡能够中个举人，也不辜负老太太疼你一场。〔拭泪。

夫　人　只是可惜老太太看不见了！〔言下戚然。

宝　玉　（立贾政旁沉静地）老爷，太太不必难过。儿子这一回定发奋竞取功名。老爷太太尽管放心好了。至于老太太虽然看不见，她在九泉之下，若有灵验，总是知道的，既能知道，便会喜欢，喜欢了，看不见也是一样。这不过是隔了形质，并非隔了神气啊！

贾　政　听你这话倒是明白的很！（转面向宝钗）今后宝丫头再多多勉励他一些，千万叫他着实预备起功课来。

宝　钗　是！我一定遵从老爷的教训。

贾　政　（向王夫人）宝玉只要从此知道上进了，兰儿又是用心向学的孩子，还有出息，或则贾家仍有"否极泰来"的日子！（说罢站起）好啦，我这就上铁槛寺去了！

夫　人　（站起）老爷路上保重！如今你岁数也大了，不比往常。〔说着黯然泣下。

贾　政　我知道。只要你们在家平安，我就放心了。〔走向门外。

宝　玉　我送老爷到庙里去吧？〔恋恋不舍地跟着。

贾　政　不必了！有蓉儿跟着我就行了。

　　　　〔贾政向廊左下，王夫人、贾宝玉、薛宝钗、袭人同送至门口，怏怏地再走进屋里。这时贾惜春穿着件淡青色绸夹袄，天蓝色绫坎肩，系金黄色丝绦子，月白色绸裙。头发披散着，手里拿了把剪刀。后面跟了紫鹃。穿一件藕荷色绸夹袄，系深紫色丝绦子，乳白色绸裙。也是头发披散，自廊右同上。

惜　春　（向王夫人跪下）太太！

紫　鹃　（也跪下）太太！

夫　人　（睹状惊诧）你……你们怎么啦？

惜　春　（沉静悲凄地）太太也不必惊讶，我来见太太，不为别的，还是出家的事儿。我早有了这个念头，只是跟珍大嫂子苦苦商议，不肯答应。如今只好求太太可怜我这番心，我是太太养下的，太太就是我的生母一样，答应我是我的造化，感激太太一辈子。不答应我呢，我就只有死在太太跟前。

紫　鹃　（冷静坚定地）我也有句话回太太：我服侍林姑娘一场，林姑娘待我，也是太太们知道的，实在恩重如山，无以为报。自从林姑娘死后，我就恨不得跟了去！既然死心未遂，听说林姑娘的灵柩，又要跟老太太的回南边安葬了，我的心也算死了！趁着如今四姑娘执意修行，我求太太答应我跟四姑娘一起修行，服侍四姑娘一辈子，落得清净一生，总算尽了我这番对林姑娘的心，不知道太太准不准？

宝　玉　（大惊变色）啊！

夫　人　（为难，烦恼）你们先起来！再好好商议，商议。

惜　春　太太不准，我是不起来了！

夫　人　唉！姑娘既是坚决要行善，这也是前生的慧根夙因，我自然不该拦阻，只是咱们这样人家的姑娘，突然修行了，也不成个体统。所以，我有一句话说在前头，修行尽可修行，头发可不能剪的。只要自己的心真，不剪头发也是一样，你不见妙玉也是带发修行的吗？姑娘听我的话，就把姑娘现在住的房子算做修行的静室，紫鹃愿意服侍姑娘，也好！难为她有这个志气。〔说着向惜春要过了她手中的剪刀。

惜　春　（感激地磕了头站起来）谢谢太太成全了我！从此我就带发修行了。

紫　鹃　（也磕头站起）多谢太太的恩典！

夫　人　妙玉这孩子也不知道怎样了？

惜　春　回太太，听说妙玉被贼抢去之后，不久就被杀了！

宝　玉　（一直发楞着，如今感赞地）好！不失为一个洁净的女子！

夫　人　（没注意宝玉的话）唉！想不到家运一坏至如此！老爷若知道了，一定伤心的很！〔啜泣。

惜　春　好的。（向王夫人安慰地）太太不要难过，以后太太想看看我，只管请到后边去坐坐说说话儿。（又向宝玉宝钗行礼）二哥哥、宝姐姐再见了。

宝　玉　（苦笑地沉吟着）四妹妹！想不到你却抢了我的先了！〔说罢拭泪。

袭　人　（惊异，低声向宝钗）宝二奶奶，你听他说的什么话么？
〔宝钗悄悄摇首，不言语，表示制止袭人声张，已明白宝玉的意思。

紫　鹃　（也向宝玉宝钗跪下行礼）再见了，宝二爷，宝二奶奶！〔说最后三字时刺激而痛苦地，绉绉眉，然后转身而去。

宝　玉　（走向紫鹃，温情地）阿弥陀佛！难得！难得！难得你到底是忠于你的林姑娘！
〔紫鹃看了宝玉，欲语又止，伤楚地疾下。

惜　春　我走啦，太太！〔说罢昂然轻松愉快地向门外廊右下。

夫　人　（不忍看，扭过脸去）走吧！〔心酸下泪。

宝　钗　（安慰地）太太！想开点儿，这样总比她到外头出家的好！

宝　玉　（忽然坐茶几外首椅上失声大笑，如狂如癫）哈哈……
〔众惊趋宝玉前。

夫　人　宝玉，你怎么啦？

宝　钗　不好了，这人又入了迷了！

宝　玉　（止笑站起严肃地）太太不必问我，我自有我的见地！〔说罢蓦地昏厥向后仰倒在椅上。

夫　人　（惊呼）宝玉！宝玉！你要吓死我吗？你这个孽障！〔说着大哭。

宝　钗　（也呜咽地）宝玉！醒醒！宝玉！

袭　人　宝二爷（边哭边说）我早知道要不好的。

贾　琏　（匆匆自门外廊左上）快回避回避！（见宝玉昏迷诧异地）宝兄弟怎么啦！

夫　人　他昏过去了！你又是什么事儿呀？我的天！老爷刚走一会儿，就这样多变故。〔说着惊惧不安。

贾　琏　太太不要怕。没什么大事儿，只是门外来了个和尚，手拿着一块"宝玉"，说要见宝兄弟一面就还给他！我拦住他叫等等，让我回了太太再请他进来，那和尚疯疯癫癫不肯，竟自往里跑。所以我来招呼里头回避。一面我叫小厮们在挡着他。

夫　人　（奇异）奇怪，自从去年宝玉胎带的那块"宝玉"丢了以后，不是就一直的病吗？如今这和尚有些来历，或者他拿的"宝玉"就是宝玉丢的那块也未可知！叫他进来，把"宝玉"还了咱们，宝玉的病也许可以好了。

宝　钗　（半信半疑）太太忘了,上一回不也有个人拿了块"宝玉"来讨赏的吗?宝玉见了"宝玉"病并没好,这回说不定又是骗钱的。

贾　琏　宝妹妹的话不错,准又是穷极了的无赖,来想法儿骗钱的。

夫　人　不管怎样,倒是叫他进来瞧瞧再讲。

袭　人　（附和地）太太的话不错。这和尚来得凑巧也许有道理哩!

贾　琏　好吧!

　　　　〔说着说着,和尚穿一身肮脏破烂的和服,项上带念珠一串,秃头赤脚,手里拿一块玉,大摇大摆自门外廊左上。薛宝钗,忙避入左房内。袭人和王夫人仍在贾宝玉身边。

和　尚　（向宝玉走去,大笑着）哈哈哈……宝玉!宝玉!你的"宝玉"回来了!
　　　　〔说着把手里的那块"宝玉"在宝玉面上晃了晃。

宝　玉　（震惊地睁开了眼,像睡醒觉一样,迷茫地环视周围,特别注意和尚,诧异地笑起来）你——

袭　人　（喜）果然好了!

和　尚　（向王夫人合掌）施主,我是送真宝玉来的。你怎样酬谢我呢?

夫　人　（惊喜）果然大师父送来的是真"宝玉"。感恩不尽!我就去叫人拿银子酬报大师父!（向贾琏）琏儿,去取一百两银子给大师父。

贾　琏　是!〔欲去。

和　尚　（一把拉住贾琏）相公请回来!我送来真"宝玉"还给你们,你们却要把贾宝玉还给我才是!

贾　琏　（不觉一怔）什么"假宝玉"?上回那个骗子送来的假宝玉,我们并没留下呀!

夫　人　是呀!那块"假宝玉",我们没要他的。

宝　钗　（急从房内走出,惊惶地）太太,你们不懂和尚的意思。琏二哥,快给他些银子,叫他去吧!

和　尚　（微笑向宝钗）你既明白我的意思,就把"贾宝玉"给我带走吧!

夫　人　（诧异）这倒底是什么意思呢?

宝　钗　（急）琏二哥,快叫他出去吧!

袭　人　（亦已恍然,着急地推和尚）大师父,你行个好,走吧!别叫我们太太急坏了!

贾　琏　（拉和尚）来，大师父！我们到外头去商议，你要多少银子都可以。

和　尚　（笑着把宝玉给王夫人后，施礼）施主收下这块真宝玉，既是你们不还给我"假宝玉"，我也不要你们的银子。〔说罢走向门外。

宝　玉　（忙走去拉住和尚）师父坐一会儿再去。（又向王夫人、宝钗说）太太你们放心吧，我已经有了心啦，再不会病了！

和　尚　（笑着拍拍宝玉）不错，"心即是佛"！有了"心"，就可以斩断尘缘，视万物皆空，归我"太虚幻境"！

宝　玉　（频频点首，遂跪下，领悟地）师父金石玉言，弟子领受指示，不知师父如今到哪儿去？

和　尚　（笑）来处来，去处去，何必多问！既是你现在不能跟我走，后会有期，再见！〔说罢而去。

〔贾琏随下。

〔宝钗听完最后一句，已怅然若失，说不出话来。

袭　人　（也明白和尚的意思，失声而哭）嗷！这个死和尚原来是诱惑宝二爷出家的！

夫　人　（本来还不大明白。经袭人说破，也哭了，拉住宝玉，坐炕外首，呜咽地）怪不得哩，这个和尚原来不是好意。宝玉，我的儿！一个四丫头好端端要出家，如今又添了一个你！这样的日子还过什么？要走，我也跟了你去吧！

宝　玉　你老人家不知道："一子出家，七祖升天！"

宝　钗　（勉强镇静地）宝玉，你别再怄太太了！也该醒醒儿，不要尽直迷在里头，如今老爷、太太就只疼你一个人，老爷临走时还吩咐你好好念书，竟取功名哩！

宝　玉　（想了想，变得坦然地）功名自然竟取，不然我也对不住死去的老太太，和活着的老爷太太！（跪下抚慰王夫人）太太放心吧！母亲生我一世，我也无可报答，只有等着秋后这一入场，用心作了文章，中个举人出来，叫太太欢喜欢喜，便是儿子一辈子的事完了；一辈子的坏处，也也都遮盖过去了。

夫　人　（抚宝玉头，欣慰地）你有这个孝心，也不枉我疼你一场！

宝　玉　（站起）太太进去歇会儿吧！真别再伤心了！

夫　　人　我的儿,你可不能再胡闹哇。(把那块"宝玉"替他戴在颈上)如今"宝玉"也找回来了,你的病从此该好了![说罢,向门外廊右下。

宝　　玉　(听王夫人说最后一句话时,悄悄难过地垂首泪下,王夫人去后,向宝钗)宝姐姐!你也该安心了吧!从今以后,我就完全改了往常的脾气,再不和女孩儿们玩儿,也再不看闲书了,只专心用功作文章,好预备秋后下场。了然更对不住你了!因为你要我的就是功——名。

袭　　人　(信以为真,高兴地)能这样,就是我们的福了!

宝　　钗　(半信半疑)你若是真的,从此明白了倒好,只是先头跟和尚说的些话,叫人心里总难放的下。

宝　　玉　(佯装镇静,笑着)那不过是一时糊涂,跟和尚瞎扯罢咧!

宝　　钗　(信以为真,快活地)既然是如此,就进去念书吧!

宝　　玉　(悄悄冷笑了笑,但转过脸来,仍做作地)好的,我就去!

袭　　人　二爷也该歇歇了,先头闹么一场,如今进去歪会子再起来念书。

宝　　玉　嗯,我知道!

宝　　钗　(向门外走)还站在这里发什么呆?走吧!

袭　　人　走吧!二爷![也走向门外。

宝　　玉　(苦笑地)你们倒催的我好紧,我自己也知道该走了!(意味深长地说完,又沉思了会儿,点头叹息,低声吟着)"勘破三春景不长,缁衣顿改昔年妆。可怜绣户侯门女,独卧青灯古佛旁!"[吟后怅然。

宝　　钗　(虽已走到门外,却伫立窗前注视宝玉,这时听见宝玉吟诗,不禁痛苦忧郁地叫了一声)宝玉!

袭　　人　(在门口喊着)宝二爷,宝二奶奶等着哩!快走吧!

宝　　玉　(恍然,笑了笑,回身用沉郁滞慢的调子应着)就——要——走——了——。[说罢洒脱地向门外下。

——幕徐徐落——

(全剧完)

选自赵清阁编剧《禅林归鸟》(《文潮月刊》1946年1—6期连载)。

晴 雯 赞

赵清阁

前 言

《晴雯赞》1980年在《海洋文艺》第九期发表时,标题为"鬼蜮花殃"。"鬼蜮花殃"是出自《红楼梦》七十八回贾宝玉悼念晴雯的祭文《芙蓉诔》。我取其寓意双关;不但直喻晴雯之死,也表明了十年内乱中这个剧本的命运,同样遭到了不幸的毁灭。所幸我劫后余生,腹稿犹生,剧本才得以重新写成。由于有人认为剧名用"鬼蜮花殃"虽能点题确切,但不够通俗,因此,就改作《晴雯赞》。

从酝酿构思、反复研究原著《红楼梦》到写成《晴雯赞》,历时十八寒暑,四易其稿;老病相煎,饱经风雨沧桑,眼泪常和墨水交流!但只要她还能开出一朵小花,还多少为今日文苑点缀颜色;还稍稍能给人民以精神文明一丝美的享受,那么我的劳动,也就没有白费了!

40年来我为了要把《红楼梦》小说再现于话剧舞台上,曾先后根据原著改编了五个话剧本;都是从人物出发,而以小人物奴才丫鬟为主角的,却只有《晴雯赞》。通过《红楼梦》里贾宝玉和奴婢们的亲密无间,平等相待,我发现了伟大作家曹雪芹的一种高尚情操和朴素的民主思想;这种思想风范,在古人中是非常难能可贵。我们知道封建社会存在贫富悬殊,统治者与被统治者的阶级矛盾;人与人之间既无平等自由,亦无仁义道德,只有尔虞我诈的利害关系;虽父母子女、兄弟姊妹、亲戚朋友,也莫不相嫉相克而不能相容。封建清王朝是这样,由于封建势力的残余尚未肃清,流毒影响深远;因此即使在今天的现实生活里,也还屡见不鲜地产生类似情况。曹雪芹为我们提供了这一深刻的历史教益,《晴雯赞》的主题,也就具有了一定的现实意义。

曹雪芹怀着悲天悯人的感情,以充满仁爱的笔触,刻画了《红楼梦》里一群可歌可泣的卑贱小人物:像刚直不屈的贾府老仆焦大;善良世故的农民刘姥姥;仁侠仗义的优伶琪官、柳湘莲等。还特别精心雕塑了许多品貌兼美的丫鬟使女,像富贵不能淫、威武不能屈的晴雯、鸳鸯、紫鹃、芳官、金钏、司棋等;即使对属于否定的袭人,也还是辞意委婉地贬中有褒。曹雪芹着重描绘几个烈性女儿的悲惨命运,比如金钏不堪王夫人的凌辱,而投井自裁;司棋为与表兄私订终身受到贾府破坏,而宁愿双双殉情;鸳鸯为不肯做贾赦的小老婆,而削发抵制;紫鹃、芳官为逃避红尘熬煎,而遁入空门。晴雯在这一群里是个佼佼者,因为袭人所妒忌诬陷,而被王夫人驱逐,至于含冤屈死。曹雪芹爱憎分明地揭露了统治阶级的残酷,鞭挞了封建势力的罪恶;在鬼蜮成灾的贾府里,替那些受害者写出了血泪控诉;尤其替晴雯谱出了一首感人肺腑的赞歌,这充分反映了作者的思想和道德观。

　　晴雯的身世很可怜,幼年父母双亡,孤苦伶仃,连自己的姓名籍贯、家庭底蕴,都毫无所知。她10岁时,被贾府管家"赖大家的用十两银子买了",因贾府老太太见她生得"十分伶俐标致",很是喜欢,赖嬷嬷就将她孝敬了贾母。她先服侍贾母,后来又派去服侍贾宝玉。她有如"芷兰"般不加修饰的天然美,她不单形态美,灵魂也美。她聪明智慧,纯真正直。她虽是身为下贱,却"心比天高"。她不谙奴隶礼教,恃清白而倨傲。她了解贾宝玉的性情处境,而不以贾宝玉的离经叛道为怪诞,因此博得贾宝玉的另眼看待,许为知己。她和贾宝玉亲密相处不分尊卑,但她心地坦荡无私,行动光明磊落。有一次她失手跌坏了贾宝玉的扇子,被贾宝玉责备了几句,她感到自尊心受了损伤,怨懑难禁。事后贾宝玉又觉不安,百般安慰她,为逗她一笑,故意让她撕扇子取乐。她也很爱护贾宝玉,不过她的爱护是矜持的;她可以抱病彻夜为贾宝玉补缀孔雀裘,绝不肯做那些替贾宝玉"洗澡""换衣"的"下作事"!也更不会干袭人那种"鬼鬼祟祟勾当"。她鄙视只知谄媚阿谀、奉迎主人的奴才;也恼恨同侪中小偷小摸、没有品德的姐妹。为了小丫头坠儿不争气,偷了平儿的金镯子,她既骂坠儿眼皮子浅,丢大家的脸;又庇护坠儿的名誉,在坠儿被撵时只说是坠儿"太懒",掩盖了"偷"。由于她倔强直率,不懂世故,得罪了一些行为不端的人,遂恨她如同眼中钉。正像贾宝玉在她死后所作的悼词《芙蓉诔》里说的:"高标见嫉","鸠鸩恶其高","茝兰竟被芟鉏","鹤立鸡群",不能容于"鹰鸷"!于是当贾政杖击贾宝玉之日,袭人便以卫道者身份,

晴雯赞

假惺惺借口维护贾宝玉的声誉,向王夫人趁机进谗,告密了贾宝玉平时和丫鬟们无拘无束、没有上下的"不成体统"行径;特别颠倒黑白,诬陷了贾宝玉与晴雯的关系,使王夫人恨之入骨,除之为快;从而"蛊虿之谗",乃至置之于死地!贾宝玉恸失良友,虽"箝诐奴之口罚岂从宽;剖悍妇之心,忿犹未释!"只是徒然不平,也"无可奈何"!贾宝玉同样处于压迫下。

曹雪芹倾注了无限爱怜,用了许多笔墨,描写了晴雯的一生际遇和精神风貌,尽管事件不多,而人物栩栩如生,跃然纸上。为了使人物形象更加完美,也为了从小说改编为戏剧,适应文艺形式的再创造,不得不在忠于原著的基础上,对原著所提供的素材,进行研究;加以去芜存菁的取舍,加以提炼和概括;以期戏剧性集中紧凑,更鲜明地突出主题意义。鉴于曹雪芹的思想局限,和原著经过了两百多年的修整变化;内容浩瀚,不可能天衣无缝;因此改编过程作一番必要的整理,还是应当的,而绝不应照抄照搬。例如:原著写晴雯知道坠儿偷镯子的事后,愤怒地"向枕边取了一丈青向坠儿手上乱戳,坠儿疼得乱哭乱喊"。虽然这可以理解为晴雯疾恶如仇,加之病中"肝火盛",不免举动急躁粗暴了些,但看上去总觉得有损于晴雯的艺术形象,同时这一细节也不能为主题服务。又如原著写晴雯病中被撵回家,贾宝玉甘冒大不韪前去探望,两人诀别时,晴雯剪指甲赠送贾宝玉,并与贾宝玉换穿"贴身棉袄",说什么"早知如此,当日也另有个道理",表示对王夫人污蔑她是"狐狸精""私情勾引"贾宝玉的内心怨愤和委屈,甚至还有些懊悔的情绪。这样描绘晴雯的临终情景,固然符合生活逻辑,只是若认真分析晴雯的思想性格,再对照她一贯表现的天真无邪、倔强矜持,就似乎显得矛盾而不太统一了。于人物关系上也欠恰当。晴雯与袭人是对立的两个人物形象,晴雯与贾宝玉的关系和袭人与贾宝玉的关系,有着本质上的不同,必须严格区别,否则便混淆了人物关系,贬低了晴雯,从而不利于晴雯形象的完美。60年代初,周总理曾经对一出新编的戏曲《晴雯》提过精辟的意见,他指出人物关系一定要掌握分寸,晴雯与贾宝玉毕竟是主仆;由于他们意气相投,建立了朋友的感情,所以平等待遇,但绝非恋爱。周总理的这一意见十分剀切,使我深受启发,也为我改编的话剧《晴雯赞》起了重要的指导作用。为了较准确地处理好剧中人物的关系,我便将上面讲的一些原著情节和细节,作了省略,我想这于原著精神是毫不悖逆的。

《红楼梦》是一部伟大的古典现实主义的巨著,改编这一巨著,很不容易;自愧才疏学浅，研究还不够深入，《晴雯赞》的改编难免会存在缺点，希望读者们指正。并此感谢朋友的帮助和鼓励，特别使我难忘的是老戏剧家阿英同志和老电影导演杨小仲同志，在"文革"前我开始执笔时，他们就给了我有益的帮助。小仲同志还准备改编为电影，由他导演。谁知内乱中，他们先后都被"四人帮"迫害致死！今日《晴雯赞》侥幸问世，也聊以告慰故人于地下！

清阁
1981 年 1 月 20 日午夜

人 物 表

晴　雯　十四五岁到十七八岁。贾宝玉的大丫鬟，也是朋友。貌美而不喜修饰。性行纯真、倔强，不谙世故，是一个"身居下贱，心比天高"的女子。虽遭妒忌诬陷，迫害致死，却始终倨傲清白，不为富贵所淫，威武所屈，因此深得贾宝玉的同情和敬重。

袭　人　十五六岁到十八九岁。贾宝玉的贴身大丫鬟，又是"未开脸"的侍妾。貌似贤德，巧伪阴险。自命为封建正统的卫道者，甘充主子王夫人的心腹耳目，趋炎附势，极尽阿谀奉迎之能事，而不惜出卖同侪，逸害阶级姊妹。

贾宝玉　十五六岁到十七八岁。贾家"荣国府"的贵公子。风流倜傥，才情横溢，对奴仆寒士平等相待，没有尊卑之分。然徒具叛逆封建礼教的思想，也只是忍气吞声，不敢反抗。

麝　月　十四五岁到十七八岁。贾宝玉的大丫鬟，袭人的助手。平庸驯服。

芳　官　十二三岁到十五六岁。贾府买养学戏的优伶，后来派了服侍贾宝玉。秀丽乖巧，天真烂漫，有志气，敢于抵制强权势力，反抗压迫。

红　玉　十五六岁。贾宝玉的二等丫鬟。俊俏伶俐，要强好性，胸有城府。

坠　儿　十四五岁。贾宝玉的小丫鬟，幼稚无知，贪小利。

王夫人　五十多岁。贾宝玉的母亲。是个口念阿弥陀佛、心如蛇蝎的伪善者。

王熙凤　二十二三岁。王夫人的娘家侄女，又是夫家侄媳，"荣国府"的管家主妇。风韵雍容，精明能干。

平　儿　二十岁。王熙凤的心腹丫鬟，又是丈夫的侍妾。为人忠厚善良。

宋妈妈　四十多岁。贾宝玉的女仆。正直。
干　娘　四十多岁。芳官的养母。粗鲁。
王善保家的　五十多岁。王熙凤婆婆邢夫人的心腹陪房。刁恶凶悍的势利
　　　　　　小人。
茗　烟　十五六岁。贾宝玉的心腹小厮，天真憨厚。
焦　大　七十多岁。"宁国府"祖上的老仆。刚正不阿。
贾　蓉　二十岁。宁国府长孙，纨绔公子。
其　他　小厮甲、乙、丙。小丫头、婆子们。

序　幕

时　间　清朝乾隆初年间的一次上元节后。
人　物　(出场先后为序)焦　大　小厮甲、乙、丙　茗　烟　贾宝玉　王熙凤
　　　　小丫头　婆　子
布　景　贾家荣、宁两府大门外。舞台左首露出门楼一角，朱漆大门，门楣上悬
　　　　金字横匾，写"敕造宁国府"。舞台右首稍偏是荣国府的大门，门楣上也
　　　　有横匾。两府门前都蹲着一对石狮子，仰头翘尾，洁白可人。两府大门
　　　　关闭，旁边有上下角门供出入。

〔幕启　荣宁两府大门口都高挂大红宫灯，辉煌如昼，虽然上元节已过，
节日气氛依然很浓。焦大满脸络腮胡子，坐在宁国府石阶上，身边放着
一壶酒，自斟自酌，醉态朦胧地信口笑骂。两个小厮坐在两旁听他讲
话，和他打诨。这时茗烟提着灯笼自右首下角门走来。

小厮甲　茗烟来啦！
茗　烟　来接我们宝二爷、琏二奶奶的，轿子等在角门外了。
小厮甲　还早哩！
小厮乙　坐会子，听焦爷讲故事。
茗　烟　(走向焦大)焦爷讲什么故事呀？
焦　大　(捋着胡子，眯起眼睛，神往地)听吧！就是这一次出兵，太爷打了败仗，

　　　　　我把太爷从死人堆里背了出来，才算得了活命。〔吁了一口气喝了一口酒。

小厮甲　这功劳可不小哇！

焦　大　（得意）还有哪！救出了太爷，没的吃，我就去讨点东西给他吃，可我自己只好挨饿。有两天没水喝，我又去向人家讨了半碗水给太爷喝，我自己渴得要命，只好喝马尿。〔喝干一杯酒。

茗　烟　（调皮地笑问）哈哈，焦爷，马尿是什么味儿？

焦　大　（啐了一口）呸！坏小子，你上马厩里尝尝就知道了。
　　　　〔众笑。小厮丙从左首下角门走来。

小厮丙　焦爷，赖总管派你去送秦相公。茗烟来了，琏二奶奶说灯火明亮的，轿子不用抬进来了。

小厮乙　（向焦大）老爷子，别喝了，里头叫你去送客哩！

焦　大　（愠然，瞪大了眼睛）不去！没良心的王八羔子，瞎充管家，有好差事就派别人，像这样黑更半夜送客的差事就派我。〔照样喝酒。
　　　　〔宁国府传来男女谈话声。小厮们连忙起立，只有焦大端坐不动。
　　　　〔王熙凤声音：大嫂子，你们娘俩留步吧，蓉儿媳妇身子不好，闹了这半天也该让她歇着了，有蓉儿送我们就行了。
　　　　〔尤氏声音：那我就不送出去了。蓉儿，你秦兄弟派了人送吗？
　　　　〔贾蓉声音：谁送秦相公？赖大？
　　　　〔赖大声音：回蓉哥儿，已经派了焦大送秦相公。
　　　　〔秦氏声音：我兄弟不急。二婶子慢走！

小厮丙　（向焦大轻声地）听见没有，老爷子？

焦　大　（乘着酒兴，不在乎地叫骂着）听见怎么样？他姓赖的也不想想，焦大爷跷起一条腿比他的头还高呢！他配支使我？
　　　　〔这时贾宝玉、王熙凤在贾蓉和几个小丫头、婆子们的拥簇下走出左首上角门。茗烟连忙打着灯笼迎上去。

小厮甲　（拉拉焦大，小声地）焦爷，蓉哥儿出来了。

焦　大　（毫不畏惧，大声地）蓉哥儿又怎么样？你焦爷眼里就没有这些王八羔子！
　　　　〔贾宝玉吃了一惊，止步好奇地注视焦大，茗烟向他轻轻耳语。

王熙凤　（也大吃了一惊,严厉地）蓉儿,这成什么体统?咱们这样人家,连个王法规矩也没有了?倘或给亲友听见,岂不要笑煞?〔边说边缓步走向右首下角门。

贾　蓉　（赔笑点头）是!他一定又喝醉了!（向小厮们喝叱）你们站着干什么?快给我捆起来,等明天酒醒了,问他还寻死不寻死了?
　　　　　〔小厮们应了一声就去拖焦大。

焦　大　（霍地站了起来,挥开小厮走下台阶,指着贾蓉撒野地破口大骂）蓉哥儿,你别在焦大面前使主子性儿,甭说你,就是你爹你爷爷,也不敢和焦大挺腰子!没有焦大,你们会有这荣华富贵吗?是焦大救了你祖宗,你祖宗才挣下这一份家业。如今不报我的恩,倒和我充起主子来了!哼,不跟我说别的便罢,若说别的,咱们白刀子进去红刀子出来!

贾　蓉　（勃然）快把他拉到马圈里去,用马粪填他的嘴!
　　　　　〔小厮们上前揪住焦大,往左下角门拖。

贾宝玉　（听了焦大的话不禁怵然,不忍地向前制止小厮们）不要这样!不要这样!

贾　蓉　（忙拉住贾宝玉）宝叔站开些!

王熙凤　宝兄弟,快过来,咱们该回去了。

焦　大　（挣扎着又哭又骂）别拉我,我要到祠堂里去哭太爷,哪里承望他老人家生下这些没廉耻的畜生,每天偷鸡戏狗,爬灰的爬灰,养小叔子的养小叔子;我什么都知道,咱们是胳膊折了往袖子里藏,除了这两头石狮子,只怕连猫儿狗儿都不干净!
　　　　　〔小厮们用力把焦大拉出左首下角门。

贾　蓉　（气急败坏地追出去）给我掌嘴!

贾宝玉　（呆住了）啊!

王熙凤　（拉了贾宝玉）快走,宝兄弟!

贾宝玉　（激动惊诧地）凤姐姐,他说的都是真的吗?什么是爬灰的爬灰?

王熙凤　（责斥地）少胡说!那是醉汉嘴里溷浸的坏话,你是什么人?不装作没听见,还要问!等回去我告诉老太太,看搥你不搥!

贾宝玉　（稚气地央告）好姐姐,既是坏话,我再也不问了。（稍一寻思,又困惑地）只是,咱们这里是个什么家啊!

〔王熙凤牵着贾宝玉疾步走出右首下角门。茗烟、小丫头、婆子们同下。

——幕落

第 一 幕

时　间　同上。
人　物　晴雯　麝月　红玉　坠儿　贾宝玉　宋妈妈
布　景　绛芸轩，贾宝玉的书房，舞台左侧下首有门，悬棉门帘，门斗上贴着"绛芸轩"红纸黑字。左侧上首有门通套间。舞台右侧有窗，上首置书案、书架、古玩柜。下首置铜火盆。舞台中间置圆桌、椅子。室内陈设盆景，有兰草、水仙、红梅。

〔幕启　晴雯和麝月、红玉、坠儿围坐圆桌玩骨牌，一个个聚精凝神，十分紧张。晴雯是庄家，开牌不妙，皱皱眉头看着大家。大家开牌，都赢了。

红　玉　晴雯姐姐一个人输了，快分给我们瓜子吧！
晴　雯　（分瓜子给大家）再来！（这次开牌大喜）哈，这回我可赢了！坠儿怎么不开牌？
坠　儿　（捂住牌撒赖）这回不算！
红　玉　（抢了坠儿的牌，笑骂）坠儿输了！
晴　雯　坏蹄子，还想赖！快伸手给我打！
〔坠儿放下牌逃了，晴雯过去一把捉住就打。麝月和红玉都笑了。这时贾宝玉从外面走来，拦住了晴雯，坠儿乘隙跑了。红玉也走出去。
麝　月　二爷回来了！〔站起来倒茶。
贾宝玉　（笑向晴雯）罢了，你是大姐姐，饶了她吧！大节下别打人！
晴　雯　你不知道，讲好的输了打手，赢了吃瓜子，小蹄子只要吃瓜子，不许打手。
贾宝玉　为什么不赌钱呢，输赢都给钱好了。
麝　月　说的方便，谁有钱？

贾宝玉　（笑指套间）我那床底下堆了许多钱，还不够你们输的吗？再玩吧！（环顾）咦，怎么都走了？

晴　雯　爷回来了，她们小丫头子不敢在这屋里。〔说着收拾了骨牌。

贾宝玉　这是为什么？

麝　月　（端茶给贾宝玉）二爷忘了，这是老规矩！〔说罢走进套间。

贾宝玉　（讨厌地）这些束缚人的规矩，以后免了吧，有什么意思呢？（想起什么）晴雯，早上我写的三个字呢？

晴　雯　（天真地笑着）还问哩，早上你叫我研了许多墨，可你只写了三个字，丢下笔就走了，哄得我等了一天。现在你快来给我写完这些墨才行。〔拉贾宝玉走向书案。

贾宝玉　字在哪里，让我看看！

晴　雯　你这个人真是喝醉酒了，你出去的时候嘱咐我把字贴在门斗上，我还怕别人贴歪了，亲自爬高上梯的贴上去，手都冻僵了。你来瞧！〔开门指点。

贾宝玉　我竟忘了！（走去看看字，又关上门，向火盆取暖）那字有人看见没有？

晴　雯　林姑娘看见了，她说你写得很好，明儿还要叫你给她写副对子哩！

贾宝玉　（笑了笑）这是她取笑我。袭人呢？

晴　雯　（向套间努嘴）在屋里忙着哩！

贾宝玉　今儿我在东府里吃饭，有一碟子豆腐皮的包子，我想着你爱吃，就和大奶奶要了叫人送过来，你可吃了？

晴　雯　（直爽地）别提了，一送来我就知道是给我的，偏巧我刚吃了饭，就搁在那里。不想被李奶奶看见，说拿给我孙子吃吧，就拿到她家里去了。

贾宝玉　（不高兴）这是什么话？就算我吃过她的奶，可也没亏待她，时常的送东西给她，还要拿这里的，未免太贪了。

〔袭人从套间轻轻走出来，听罢他们的话，暗暗摇头嫉妒。

袭　人　（庄重冷漠地）豆腐皮包子若是我吃了呢？

贾宝玉　（一时语塞，看看袭人又看看晴雯）那——

晴　雯　（针锋相对）若是你吃了，二爷还有什么说的呢！

贾宝玉　（笃实地）我知道，你是不爱吃的，只有晴雯爱吃豆腐皮包子。

袭　人　（淡淡一笑，岔开话题）你就会在这上头用心，无事忙！今天在东府里玩

	些什么？也讲给我听听。（从怀里取出手炉,递给贾宝玉)暖暖手吧！
贾宝玉	(接过手炉坐圆桌旁)今天玩得真高兴,东府会芳园的梅花盛开,大奶奶摆酒赏花,这倒不稀罕,稀罕的是我结识了一个出色人物。
晴　雯	(好奇)什么出色人物？
贾宝玉	(赞叹地)就是蓉儿媳妇的兄弟秦钟,他出身贫寒,却人品出众；看了他,我就比成泥猪癞狗了。可恨我偏生在这侯门公府,若是生在寒儒薄宦之家,早和他结交了,都为贫富限制了我们。
袭　人	这话倒新鲜！人家盼着生在侯门公府还不能哩,就是我们,得到这种地方当丫头,也是福气。
晴　雯	(白了袭人一眼)只有你这样想,我可不！
袭　人	(一本正经地)依我看,爷是金枝玉叶之身,原该结交些王孙公子为官做宰的人才,清寒子弟哪里比得上他们！
晴　雯	(不服)你的意思,清寒子弟就不好么？可你我不也是贫穷人家的女儿吗？
贾宝玉	(拍手)晴雯说得有理！其实出身贫贱的人才最清高！你不要以为我比秦相公尊贵,我不过是锦绣绫罗裹的一根朽木罢了,美酒羊膏填饱了我这粪窟,富贵二字被我们这种子弟荼毒了！〔言下不胜感喟。
袭　人	(娇嗔地)你又胡说了！
贾宝玉	我不是胡说,连东府的焦大都在骂我们,为我们这些不成才的子弟生气！
晴　雯	(诧异)焦大是什么人,敢骂你们?！
袭　人	好妹妹,你就少问一句吧,谁不知道焦大是东府里的一个没王法的东西！
贾宝玉	(正色,将手炉狠狠放到桌上)不对！焦大是东府的忠心老仆,跟太爷打过仗,出生入死,有功劳,我们应该敬重他才是,可蓉儿十分欺负他！
袭　人	(岔开话题)时刻不早了,小爷,快睡觉吧！明儿也该温温那书了,上元节一过,老爷就要催你上学了。〔拿起手炉。
贾宝玉	你不用操心,过几天我就到家塾去,我已经回了老太太,让秦相公也到我们家塾读书,因为他父亲没有钱给他请先生。以后有他陪我读书,我也不冷清了。
袭　人	你哪里是要去读书,分明是找个伴儿陪你玩耍罢咧！

晴　雯	爷上学去了,你不冷清,袭人姐姐可就冷清了!
袭　人	小蹄子,又来磨牙!我正是怕爷不好生读书,才这样劝他。你呀,倒是不愿意爷读书,就盼望他成天在这屋里和我们浑闹。
晴　雯	(辩护)你总是说爷不读书,他若是真不读书,那门斗上的字能写得出吗?还有爷做的诗,画的画,外头都争着传看,称赞他天分高,用功哩!
贾宝玉	(摇头)罢罢,那是外头清客们瞎夸奖,老爷说做诗画画是歪才,得不了功名!
袭　人	(点头)老爷说得很对,功名最要紧!
晴　雯	(尖锐地)二爷,那就明儿快去上学吧,将来中个状元,也不辜负袭人姐姐的一片苦心。
袭　人	(扑向晴雯)看我来撕你的嘴!
贾宝玉	(连连摆手)不要闹了,我还告诉你们一件喜事,听说大姐姐明年上元节回来省亲,我们家就要造园子准备迎接她了。
袭　人	(额手称颂)哎呀,这可是天大的喜事,皇恩浩荡,古今少有!
贾宝玉	(不以为然)什么皇恩浩荡,本来应该这样!
晴　雯	是呀,谁家女儿没有父母姐妹,偏一进了宫,当了娘娘,就要永世隔绝了!真不讲理![愤愤不平。
贾宝玉	(喜得知己,会心地微笑)等园子造好了,大姐姐游幸以后,我们就搬进园子去住,可以自由自在些。
晴　雯	(纯真地拍手欢跃)那才好哩! [宋妈妈提了灯笼推开门探头进来。
宋妈妈	(含笑轻声地)姑娘们,天不早了,服侍宝二爷歇息吧![说罢又退出去。
袭　人	宋妈妈查夜了,二爷有话明儿再说吧![拿了手炉昂然走进套间。
晴　雯	(目送袭人去后,向贾宝玉调皮地伸伸舌头,笑着)二爷快去睡吧,再不去袭人姐姐就要恼了!
贾宝玉	好,你来帮我脱衣服!
晴　雯	我可不干这些,你找袭人、麝月去![说罢跑了出去。
贾宝玉	(兴犹未尽,走向书案前坐下,顺手拿了一本书翻开,又撂下)看见这些四书五经就头痛![站起来拿茶碗准备倒茶。 [这时红玉悄悄走进来。

红　玉　（见贾宝玉倒水，忙上前）二爷，我来给你倒，仔细烫着手！〔拿过茶碗倒茶。

贾宝玉　（猛然一惊）你从哪里忽然来了，吓了我一跳！

红　玉　（乖巧地）我才从外面进来，以为二爷睡了，该收拾收拾灯火了。怎么二爷没听见我的脚步声？

贾宝玉　（打量红玉）你是我这屋里的人么？

红　玉　是的。爷回来的时候我不是正在这里和晴雯姐姐她们玩牌吗？

贾宝玉　（想了想）既是这屋里的，我怎么不认得？

红　玉　（莞尔一笑）二爷不认得的多哩！我从不递茶递水拿东拿西的，眼见的事一点不做；二爷在屋里又不敢进来，难怪不认得。〔说罢收拾火盆。

贾宝玉　那是给小丫头们定的规矩，你已经不小了。

红　玉　（有点委屈地）这，我也不知道。

贾宝玉　你叫什么？

红　玉　我原叫红玉，因为玉字犯了二爷和林姑娘的名讳，如今改叫小红。

贾宝玉　（大声忿忿地）岂有此理，你叫红玉碍着我们什么，不要改，只管还叫红玉！

麝　月　（走出来，见红玉在，不满地）小红，你怎么在这屋里？

〔贾宝玉欲代红玉解释，这时袭人在套间叫了一声，于是有点怕事，遂默默不平地走进套间。

红　玉　（理直气壮）我何尝在这屋里，只因二爷要喝茶，姐姐们不在，我就进来给二爷倒了茶。

麝　月　（冷笑）这倒是个巧宗儿，你多等几个巧宗儿就上来了！

贾宝玉　（从套间传出声音）麝月，来给我脱衣裳！

麝　月　来了！〔睨视红玉一眼，走进套间。

红　玉　（冷笑了笑，喃喃自语着）嘻嘻，千里搭长棚，没有不散的筵席，左不过三年五载，各人就要干各人的去了，谁也不能守谁一辈子！〔一口气吹熄了桌上的蜡烛。

〔窗外的月光代替了烛亮，月光下可以看出红玉满面愁容，愤慨地缓步走了出去。此刻四周渐渐寂静。

——幕落

第 二 幕

时　间　一年后的夏天
人　物　红玉　坠儿　袭人　王熙凤　芳官　干娘　王善保家的
布　景　大观园怡红院。舞台上首正中为贾宝玉住室，门楣悬横匾书"怡红快绿"四个红字，挂竹帘。门两旁有雕花格子窗，挂青纱帘。门外有朱栏回廊，通庭院。舞台下首为庭院，左侧筑篱笆围墙，有门通前院。墙边一排蔷薇架，花开正茂。墙前置石桌、石凳、凉榻。舞台右首芭蕉成荫，通后院。整个一派怡红快绿的景象，如诗如画。

〔幕启　红玉执芭蕉扇伫立芭蕉叶下，沉思。庭院静悄悄的，只听见蝉鸣不息。这时坠儿拿了一条手绢高高兴兴自右首跑了进来。

坠　儿　小红姐姐，前几天你说丢了一块手帕子，你瞧这块是不是你的？
红　玉　（接过手绢看了看）是我的，你在哪里捡到的？
坠　儿　（得意）后院捡的。既是你的，你就拿着，不过你要谢我。
红　玉　贪小的蹄子，帕子是我丢的，捡了原该还我，讨什么谢谢？
坠　儿　（嬉皮涎脸）告诉你，这帕子是园子里一个监工种树的芸二爷捡的，他叫我向你讨了谢礼才还你，你不但要谢我，还要谢他才对。
红　玉　（正色，不屑地）越发胡说了，什么爷们，捡了人家的帕子还了就是，还要讨谢礼不害臊！〔收了帕子走开。
坠　儿　（着急，追过去）小红姐姐，你不谢我，帕子给我！
红　玉　急什么，等会子谢你。
〔王熙凤和袭人从屋里走出来，她们摇着宫扇边走边说话。坠儿连忙跑向后院去了。
王熙凤　咱们还是在院子里说话风凉些，屋里闷热！〔走向石凳坐下。
红　玉　（笑迎着）二奶奶请坐，我给你倒茶去。〔说罢走向屋里。
袭　人　（站在王熙凤身边，思虑地）二奶奶可知道，这会子太太叫我去，有什么事？

王熙凤　　只怕还是为了金钏儿的事,太太有话问你。

袭　人　　(狐疑不安)金钏儿的事,我也只是听说太太打了她,又撵了出去,别的就不知道了。

王熙凤　　(含笑地)你放心,这事与你不相干,不过金钏儿的事是打宝兄弟身上起的,太太一定要嘱咐你话。前天也不知金钏儿和宝兄弟在太太屋里讲了些什么,给太太听见了,太太一生气,打了金钏儿的嘴巴子,昨儿就撵了出去。不想这丫头竟投井自尽了。如今太太正为此难受,虽然赏了她妈五十两银子,心里总是不安。

袭　人　　(先是一惊,继而阿谀地)原来金钏儿投井了!太太是慈善人,赏了那么多银子也算尽了主仆的情分!只怪金钏儿自己不好,不该和爷们厮闹,太太最恨这事,是要教训她。就说我们二爷,也不好,平时和丫头们没上没下的,简直不像个主子;在我们屋里宠得晴雯无法无天,今天早上晴雯把二爷的扇子跌坏了,二爷轻轻说了她两句,她便又哭又闹,连我也排揎了一顿,真是不成体统!

〔晴雯在屋里卷帘子,瞥见王熙凤和袭人正讲话,连忙回避,但已经听到她们一些话。

王熙凤　　(夸赞)你真是个明白人,怪不得太太背后常夸你懂事知礼,原来太太早看上了你,你的福分可不小哩!

袭　人　　(心领神会,受宠若惊,装出羞涩的神情奸谀地)二奶奶不要取笑我!为了我们爷,我也想回太太一些话。二爷素日性格,二奶奶是知道的,成天在我们队里闹,就是不肯读那圣贤书,我再也劝不醒他;如今二爷也大了,俗话说君子防未然,倘或闹出一点半点错儿来,人多口杂,小人的嘴有什么避回,说了出去,二爷一生的名声岂不完了?为这我日夜悬心,又不好和别人讲,今天就趁着金钏儿的事,去讨太太个主意,只是我又怕太太怪我小见识。二奶奶看呢?

王熙凤　　(赞服地)你有这个心胸,太太越发要夸奖你了,再也不会责怪你的。

红　玉　　(端着茶盘走来,听见她们在讲话,停了一会才趋向王熙凤)二奶奶,天热,我给你冰了一碗玫瑰露,清凉清凉!〔把一小碗玫瑰露放在石桌上。

王熙凤　　(喝了几口,看看红玉)这丫头倒伶俐,今儿我没带人进来,使唤你给我办一件事吧!

晴雯赞

红　玉　什么事,二奶奶?
王熙凤　到我屋里去告诉你平儿姐姐,就说外头桌子上放着一卷银子,那是一百六十两,给绣花匠的工钱,等张材家的来了,当面秤了给他。记得住吗?
红　玉　(不经意地)我就背一遍给二奶奶听听看吧!
王熙凤　不用了,若是办得好,明儿你就跟我去,我正短一个人使唤。有我调理调理,你就有出息了,愿意吗?
红　玉　(乖巧地)自然愿意,跟着二奶奶长长见识,开开眼界多好啊![说罢向左门走出去。
王熙凤　(笑向袭人)就这么说定了,你告诉宝兄弟,叫他再要人,把这个丫头给我。咱们走吧![站起来向左门走。
袭　人　好的。(向屋里大声地)晴雯,麝月,二爷回来,就说太太叫我问话去了。小蹄子们又不知道都逛到哪里了?[扶王熙凤同下。
〔芳官短衫长裤,披散着头发自右首蹦蹦跳跳跑了出来。
芳　官　(边跑边嚷嚷)袭人姐姐,我在后院里,没有逛!
〔晴雯摇着芭蕉扇缓步走出屋子。
晴　雯　(郁郁不乐地自语着)嘻嘻,好像自古以来就是你一个人服侍他,别人都不会服侍!
〔干娘端了一个铜水盆自右首跟跟跄跄走来。王善保家的跟在后面,溜到蔷薇架下去了。
干　娘　(粗声粗气)芳官,叫你洗头,你怎么跑了?[把盆放到石桌上,坐下。
芳　官　(孩子气地)我不洗!你把你女儿洗脏的水给我洗,就是不洗!再舀干净水来我才洗!
干　娘　你少作怪!洗个头也挑三拣四的!
芳　官　(顶撞)你没良心,我每个月的月钱都是你拿去用了,连洗头水也不给,这水又不是你的。
干　娘　(羞恼)放屁!你这一点点猴崽子,也咸嘴淡舌,咬群的骡子似的!(走过去拉住芳官打了一巴掌)快过来洗!
芳　官　("哇"地哭了,挣脱干娘,跑向晴雯)晴雯姐姐,干娘打我!
〔这时王善保家的躲在蔷薇架下偷偷剪花,一面窃听芳官和她干娘的吵闹。

晴　雯　（向干娘诘责）嚷嚷什么？这里是你打人的地方吗？越老越没规矩！

干　娘　（理直气壮）我是她干娘，一天叫娘，终生是母，她敢顶撞我，我就打得！
〔拉芳官。

芳　官　（见晴雯护她，壮了胆子，扑向干娘哭叫）你打，你打死我好了！
〔干娘凶悍地打芳官，芳官用头顶着干娘乱碰。

晴　雯　（不平地走过去一把拉开芳官，喝叱地）不许闹！你去问问这园子里有谁在主子园子里管教女儿？不要说她不是你亲生的，就是亲生的，她不好自有主子打骂，还有比她大的姑娘姐姐们也可以管教，用不着你操心！

干　娘　（气吁吁地）嗜，连干女儿也管不得了！

晴　雯　（辞严义正地责备）你像个干娘吗？芳官失亲少眷的，你赚了她的月钱不好生照看她，还要折磨她，未免太狠心了！芳官，我屋里有花露油，自己洗头去。不要这干娘，怕粪草里埋了你不成？〔说罢转身走向蔷薇架前。

芳　官　（得意）你老人家走吧，我自己洗头去了。〔擦擦眼泪跑向屋里。
〔干娘无可奈何地端了水盆咕噜着向右首下。王善保家的暗暗摇头，看见晴雯走来，急忙躲避，已来不及。

晴　雯　（发现有人偷花，喝问）谁？鬼鬼祟祟的做什么？

王善保家的　（只好上前，讪讪地）我，晴雯姑娘，我是那边大太太陪房王善保家的，大太太叫我来找琏二奶奶。

晴　雯　（没好气地）二奶奶早走了。你怎么剪了许多花儿？

王善保家的　（赔笑）我见花儿开得好看，就剪了几朵带回去给大太太。

晴　雯　（坐凉榻上，冷冷地）不要拿大太太吓唬人！这里的花儿是不许剪的。
〔红玉兴冲冲自左门跑了来。王善保家的乘隙忙向左门疾下。

红　玉　晴雯姐姐，我这就到琏二奶奶那里去了，她等人使唤！

晴　雯　（冷笑了笑）看把你高兴得这个样子，爬上高枝儿了！有本事出了这院子，长长远远的在高枝儿上才算福气。

红　玉　（坐凉榻上，感慨地）晴雯姐姐，我不是为的这，我想着能先离开这园子也好，一个个乌眼鸡似的，你容不得我，我容不得你，何苦来！过些日子我再叫我娘把我接出去，我可不愿像金钏儿姐姐那样，有一天也给捽了。

晴　雯　（为之动容，频频点头）你说的不错，看不出你倒是个有心眼儿的。刚才听袭人和琏二奶奶说，金钏儿的事都怪她自己不好，还怪宝二爷！

红　玉　（气愤地）嘻，人都逼死了，还落不是。

晴　雯　（一惊）你说什么！谁死了？

红　玉　（小声）金钏儿姐姐投井了，我才在前院里听说的，真可怜！还不许告诉别人哩！

〔这时传来贾宝玉在屋里的喊声。红玉急急向右首走去。晴雯悲痛地掩面啜泣。

贾宝玉　（拿着折扇潇洒地走出屋子，站在回廊上寻视，一面喊着）晴雯！袭人！

坠　儿　（从右首跑了来）二爷要什么？

贾宝玉　（发现凉榻上有人，向坠儿摆摆手，轻轻走过去，推推晴雯）原来你躲在这里，怎么不理我？

晴　雯　（不理，背过身去拭泪）……

贾宝玉　（坐下，拍拍晴雯肩膀）说话呀！

晴　雯　（赌气，拂袖）何苦又来招我！

贾宝玉　（笑了，坦荡地）原来是你呀，我还当是袭人哩！你身子单薄，不要只顾贪凉，坐在风口上。

晴　雯　（冷冷地）没那么娇嫩！你找袭人，她到上头太太那里讨赏去了！〔站起要走。

贾宝玉　（拉住晴雯笑着）瞧你这张嘴多厉害，说出话来句句带刺，又锋芒，又尖刻。

晴　雯　这也是生就的，不会奉迎巴结！

〔芳官已经洗完头，梳了两根小辫子，端着茶盘走来。

芳　官　二爷，麝月姐姐在洗澡，叫我冲了一碗玫瑰露给你喝。

贾宝玉　（接过碗尝尝，摇头又放下）晴雯，屋里有新鲜樱桃，去拿到这里来吃。

晴　雯　要吃等袭人回来打发你吃，我慌慌张张的，早上才跌坏了爷的扇子，倘或再打坏盘呀碗的，更了不得！〔说罢又要站起来。

贾宝玉　（恍然大悟，拉住不放）哦，你还在生我的气！瞧你的性子越发娇惯了，早上你跌坏扇子，我不过说了你两句，叫你以后仔细些，不要照前不顾后的，这话错了吗？

芳　官　（天真地）哎哟，我可要仔细点，别把这碗打了！

〔说着端了茶盘走进屋里。

晴　雯　（慨然辩驳）爷说我娇，早上跌坏扇子原是平常的事，又不是我故意的。先时丫头们不小心，连那玻璃缸、玛瑙碗不知道打了多少，爷总是耽待，也没见出过声儿；今儿我只是失手跌坏一把扇子，就惹得爷发那么大脾气，又骂我蠢才，又要撵我回家！我们丫头奴才也是人，也有个脸面！我再不好，爷嫌我想打发我走，也该念在我服侍了几年的情分……〔伤心地说不下去，哽咽声声。

贾宝玉　（歉疚地）嗐！早上是我太鲁莽，伤了你！只因我心里不快活，今天端阳节太太备了酒席，叫我去陪大家赏节，又不敢不去；正不自在，偏巧你跌坏扇子，因此就拿你发作起来！晴雯，下次我再也不这样了！

晴　雯　（拭泪）爷说不快活，到底有什么心事？是不是为了金钏儿的事？

贾宝玉　（面呈愧色）你已经知道了！这也怪我不好，昨儿就为我和金钏儿说了几句玩话，被太太听见，打了金钏儿还撵了她，咬定她不规矩，真是冤枉！我想替她去求情，又怕太太不许，心里真难受！〔说罢烦恼地捶胸叹气。

晴　雯　（有些不忍，含糊其辞，意味深长地安慰着）不用多想了，她这一走倒干净了！瞧你急得满头大汗，进去宽宽衣裳吧！

贾宝玉　（用袖子擦擦汗，连连扇扇子）刚才吃了好些酒，怪热的，咱们去洗洗澡吧！

晴　雯　（站起来摆摆手）罢罢，我可不服侍爷洗澡，你去找麝月服侍你。

贾宝玉　既这么着，我不洗了，咱们还是吃果子！

晴　雯　（固执地）先前说过，我不配打发你吃果子。

贾宝玉　（委婉和悦地）你怕打坏东西吗？不要紧！这些东西原是供人使用，各自性情不同，你喜欢这样，我喜欢那样；比方盘子原是盛果子的，你若喜欢听它的响声，就故意打碎了也可以，只是别在生气时拿它出气。又比方扇子原是扇风的，你要撕着玩也可以，只是不能拿它出气，这就是爱物。可我从来没有重物轻人之心，像大老爷似的，家里放着无数的扇子还嫌不够，听说有个石呆子藏着几把古扇子，他愿出五百两银子买过

晴雯赞

来。偏那石呆子不肯卖，大老爷就叫贾雨村这个赃官，用势力没收了石呆子的扇子，把石呆子气得命都难保！

晴　雯　（怵然）就是老爷常叫你去陪客的那个贾雨村吗？

贾宝玉　正是他！我因为最讨厌这个人，总不愿见他，袭人还怪我不亲近为官做宰的，其实他不过是国贼禄蠹！

晴　雯　（肃然）这样看来，大老爷和贾雨村都是重物轻人的，你却是轻物重人？！

贾宝玉　一点不错！

晴　雯　（思忖，试探地）那么，我最喜欢撕扇子玩儿，你舍得拿扇子给我撕吗？

贾宝玉　（毫不迟疑地将手里的扇子送给晴雯）这有什么，你喜欢撕就撕吧！

晴　雯　（接过扇子看看贾宝玉，认真地撕成两半）我可真撕了！

贾宝玉　（笑着拍手）这响声好听，再撕响些！

晴　雯　（"嗤嗤"又撕了几声，也笑了）真好听！

〔麝月扇着一把纸扇子自屋里走来。芳官跟在后面。

麝　月　（睹状诧异地）你们在做什么？

贾宝玉　（一眼看见麝月手中的扇子，不由分说夺了过来递给晴雯）还撕！

晴　雯　（接过扇子又撕了几半，得意地失声大笑）哈哈哈！

〔贾宝玉也纵情大笑。芳官跟着笑。

麝　月　（气恼地）这是怎么说，拿我的东西开心！

贾宝玉　什么好东西，我赔你，屋里扇子匣里你随意拣去！今儿宫里送来的端阳节赏，还给了我一把檀香骨的扇子哩！

麝　月　（讥诮地）那就一齐连匣子里的扇子都搬了出来，让她尽兴地撕吧！

贾宝玉　好，你快搬去！

麝　月　我可不造这孽，她又没折了手，叫她自己搬去！

芳　官　（天真烂漫）我搬去！

晴　雯　（笑着制止）够了，我已经很开心了，这会子也乏了，明儿再撕吧！

〔袭人已经自左门进来，满面春风，喜形于色，但看了这情景又不免摇头皱眉。

贾宝玉　古人千金难买一笑，几把扇子能值多少？！

袭　人　啧啧啧，我一时不到，就生出事故来！太太说了，叫二爷仔细些，老爷还要让你上学里读书去，不能任着你在园子里闹。

〔空气顿时变得沉重起来,大家面面相觑。

贾宝玉　(愣了一会,感慨地)提起上学我就想起秦相公,一眨眼他和蓉儿媳妇都死去一年多了!可叹年轻轻的竟一病不起!

袭　人　罢了,秦相公活着也没见你们读什么书,倒是大闹了学馆!芳官,把这些破扇子捡起来。

芳　官　(应了一声去捡扇子,也淘气地撕了几下)就是好听!

袭　人　二奶奶叫回二爷,小红她要去使唤了。

贾宝玉　为什么!

袭　人　二奶奶短人,看见小红还伶俐,就叫跟她了。咱们这里横竖人也够使的了。

贾宝玉　(不高兴地)哼,连有个像样点的丫头也容不得!〔转身向屋里走去。

袭　人　麝月,服侍二爷洗澡去!

　　　　〔麝月应了声随下。

袭　人　(走向晴雯故意地打趣地)姑娘这会子总消气了吧?早上的事都是我们不好——

晴　雯　(打断)你们,你们是谁啊?

袭　人　(得意忘形地脱口而出)我和二爷呀!

晴　雯　(尖锐地)别叫我替你害臊了,正经连个姑娘还没挣上哩,哪里就称上我们了?

袭　人　(刷地面红耳赤,强自镇静地)一时溜了嘴,算我说错了!〔说罢快快疾步走向屋里。

晴　雯　(瞅着袭人的背身,轻卑地)瞧那神气儿,就像是已经当上姨娘了!

芳　官　(一怔,似懂非懂地)袭人姐姐要当姨娘吗?当姨娘有什么好?

晴　雯　可以多几两银子的月钱哩!〔走到蔷薇架下,拿起一朵花欣赏着。

　　　　〔芳官瞠目不知所云,又使劲撕了一下破扇子。

　　　　〔晴雯听见扇子响声,不禁嫣然一笑。

　　　　〔一阵有节奏的蝉鸣,冲破了太空的沉寂!

——幕落

第 三 幕

时　间　又一年的隆冬十一月
人　物　贾宝玉　麝月　晴雯　芳官　坠儿　平儿　宋妈妈
布　景　怡红院,贾宝玉住室。舞台正中上首有一排雕花玻璃窗,悬细纱软帘,透明可见窗外芭蕉葱郁。窗下置书案、书架、古玩柜,柜内槅子上放一座自鸣钟。舞台左上首有门通窗外回廊,下首置雕花屏风、炕榻、火盆。舞台右上首为暖阁,贾宝玉的卧房。悬大红绣幔,旁置穿衣镜,有罩子。下首有门通丫鬟们的下房。陈设了松、竹、假山等几只盆景。

〔幕启　屋里静悄悄的,自鸣钟响了两下。麝月在穿衣镜前服侍贾宝玉穿衣裳。

麝　月　刚才太太打发人来告诉爷,明儿是舅老爷的正生日,太太身上不好,不能亲自去了,叫二爷今儿晚上去暖寿,明儿再去拜寿。

贾宝玉　(有点不耐烦,郁郁地)一年到头闹不清的生日!袭人的妈死了才回家,晴雯又病了,真不愿意出去。

〔晴雯病恹恹地自右门走出来,在火盆前烤烤手,又坐到炕上。

贾宝玉　(连忙趋前,关怀地)晴雯,吃了药,今儿好些吗?

晴　雯　(鼻塞声重)什么大夫,只会骗人的钱,一剂好药不给人吃,病能好么?!

麝　月　你也太性急!俗话说病来如墙倒,病去如抽丝,又不是老君仙丹,哪有这样灵验?

贾宝玉　你要安心静养,再不好,明儿换个太医看看。(伸手摸晴雯额)还有些发烧,你屋里冷,这里有火盆,你就在这里躺躺吧!

晴　雯　头痛,鼻子塞得难受。

贾宝玉　(想了想)麝月,快叫人去和琏二奶奶讨一瓶平安散来,嗅嗅鼻子就松通了。

麝　月　我这就打发坠儿去讨!〔向右门走去。

晴　雯　喊芳官来给我倒碗茶喝。

贾宝玉　我给你倒。〔向暖壶倒了一碗茶。

晴　雯　(接茶喝了几口)你该出门了,早去早回!

贾宝玉　我还要到前边老太太那里去哩!芳官!

　　　　〔芳官穿着像个男孩儿,自右门上。

芳　官　(活泼地)二爷,什么事?

贾宝玉　在这里陪陪你晴雯姐姐,不要逛出去贪玩。

芳　官　知道了!〔搬了个凳子站在古玩柜前看自鸣钟。

贾宝玉　(笑着摇头)芳官,你又狂自鸣钟!

芳　官　我瞧瞧什么时候了!〔说着把钟坠子晃弄弄,调皮地跳下凳子。

晴　雯　芳官,我看你哪天才长大,还是这样的淘气!

麝　月　(走进来)一点女孩儿的斯文腼腆都没有!

贾宝玉　(疼爱地端详芳官)你看她多像个男孩儿,不如改个男孩儿的名字吧!(思索)以后就叫耶律雄奴,又别致,又好听,这是小番的名字。

芳　官　(拍手)好得很! 只是以后你出门也要带着我,就当茗烟一样的小厮。

贾宝玉　不行,到底看得出是女子。

芳　官　那就在屋里给你当书童吧!

贾宝玉　这倒使得!

晴　雯　打扮起来,你们俩像是双生兄弟!

　　　　〔贾宝玉和芳官都笑了。这时坠儿拿了一个小玻璃瓶自左门走进来。

坠　儿　平安散拿来了!〔将小瓶递给晴雯。

芳　官　瞧这小瓶儿真精贵好玩!

坠　儿　平儿姑娘等会儿要来看晴雯姑娘,她问晴雯姑娘的病好些没有,若还不好,就回家养去。时气不正,沾染了别人事小,宝二爷身子要紧!

晴　雯　(气恼)我又不是害瘟病,生怕过了人,我离开这里看你们就别头疼脑热的。

贾宝玉　(忙劝慰)这原是二奶奶的责任,她怕太太知道了说她,叫平儿白嘱咐一句罢了。你素日爱生气,这会子肝火更旺了!

麝　月　没病作病,病了又着急生气的! 谁叫你前儿晚上大冷天,跑到院子去吓我呢! 没吓着我,自己作出一场病来。

贾宝玉　是呀! 你身子弱,经不起一点风寒。等平儿来了,麝月告诉她没什么要紧,晴雯不过是受了凉。袭人不在若是叫晴雯也回家,这屋里人更少了,怪冷清的,我害怕!(向晴雯)平安散是西洋药,你快挑出些嗅进鼻子里,打打喷嚏,包你舒服了。

晴　雯　(用手指甲挑平安散吸了一点,没动静,又吸多些,顿时喷嚏连声,涕泪交流,忙放下小瓶)哎哟,了不得!坠儿,快拿纸来。

贾宝玉　如何!

芳　官　真灵!(拿了小瓶看看,也往鼻子里吸了吸,立刻打了几个喷嚏,放下就跑向右门)好辣呀!

〔大家都笑了,坠儿拿了些纸给晴雯,又走进右门。

晴　雯　小蹄子,药也是狂得的!(用纸揩鼻涕)我还是进去睡着的好。〔站起来。

麝　月　(观赏小瓶)外国玩意儿都是稀奇古怪的!

〔平儿和宋妈妈在窗外讲话,过了一会,宋妈妈自左门走进来。

宋妈妈　(低声)麝月姑娘,平姑娘叫你出去一下。〔说罢又做手势,再走出去。

麝　月　哦!〔向左门走出。

晴　雯　(疑心)什么事这样鬼鬼祟祟的,定是——〔没说完又接连几个喷嚏。

贾宝玉　松通些吧?平儿看你的病来了。

晴　雯　(点点头)可是她怎么不进来,定是和麝月说我病了不回家,来催了。

〔说罢赌气向右门走去。

贾宝玉　别多心,晴雯,平儿不是那种人。我去听听她们说些什么。〔正向外走。

麝　月　(自门外向屋里探头,看见贾宝玉连忙摆手,示意避开,一面向门外招手)平姐姐进屋里坐吧,外头怪冷的。

〔贾宝玉急忙躲进暖阁。

〔平儿走进屋里,四顾无人才放心。

麝　月　平姐姐坐!(拉平儿坐炕上)刚才你说镯子的事——

平　儿　(从身上取出一个金镯子,小声地)就是这只金须镯,能值几文。前些天丢了,我原没放在心上,不料今儿你们这里的宋妈妈忽然把镯子送给我,说是小丫头坠儿偷了,被她看见要了过来的。

麝　月　(一惊,愤愤地)小蹄子怎么这样下作?

平　儿　(委婉淳厚地)是呀!我来告诉你,以后防着她些,别再使唤她到处去,等袭人回来打发她出去算了。这事我已经嘱咐宋妈妈,先别让宝玉知道,他一向在你们身上争强要胜地,这会子屋里出了个偷儿,丢人现眼。再说于你们也不好看。

〔贾宝玉躲在幔后窃听,又惊讶,又很感服平儿。

麝　月　（点头不迭）你说的是,这事断不能声张!

平　儿　我想着袭人不在,晴雯那蹄子是块爆炭,眼里进不去一点灰尘,如今又病着,若给她知道了,一定忍不住要闹起来,所以特为找了你说说。好了,我走了。〔站起来自左门走去。

麝　月　难为你想的周到!〔送平儿走出去。

〔贾宝玉在屋里反剪着两手踱步,思索了一会,急急向右门走进。

宋妈妈　（走进来,见屋里没有人,大声地）宝二爷收拾好没有？太太叫快到舅老爷家去!〔说罢又走出去。

〔贾宝玉走出来,晴雯和芳官跟了出来。显然贾宝玉已经把坠儿的事告诉了晴雯,晴雯满面怒容。

贾宝玉　（向芳官叮咛地）把晴雯的药拿到火盆上煎,多添些炭,屋里也好暖和些。

晴　雯　还是拿到茶房去煎吧,弄得这屋里都是药气味,如何使得!

贾宝玉　药味比一切花香草香都雅,这屋里各色都齐了,就只少药香!

麝　月　（自左门走进来）那就给你再添上药香,芳官去拿药来煎。小爷,也该走了,外头催哩!〔从暖阁拿出一件大红猩猩毡褂子给贾宝玉穿上。

贾宝玉　（不放心地）晴雯,可不许生气啊!〔说罢穿好衣服向左门走去。

麝　月　（送贾宝玉到门口）记住,不要多喝酒!

〔贾宝玉经过窗外时向屋里还望了望。芳官拿了药罐来,在火盆上煎药。

晴　雯　（坐在火盆前烤手）麝月,平儿来有什么事？

麝　月　（敷衍地）来看看你用了平安散好些么,我说平安散效验可快,嗅进去就打喷嚏。她见你睡了,坐坐就走了。

晴　雯　（冷笑）你别哄我,我都知道了,把坠儿叫来!

麝　月　（连忙劝止）快别嚷嚷,给街坊邻居听见了多丢人!再说也辜负平儿待咱们的一番情意。

晴　雯		只是这气我忍不下。坠儿！(按捺不住地大声叫着)小蹄子,眼皮子这么浅！
麝　月		(无奈地抱怨)你这人就是任性,不好好养息,又作死！
坠　儿		(自左门走进来)姑娘叫我吗？
晴　雯		(悻悻然)你倒装得没事人似的,我问你,平姑娘的金镯子是你偷的吗？
坠　儿		(脸色突变,惶恐地哭了)姑娘,那是我妈叫我偷的,她因为赌钱输了,叫我偷金镯子给她捞本。我偷了没有给我妈,宋奶奶一问,我就给了宋奶奶。姑娘,我再也不敢了！
晴　雯		(忿忿地)天下竟有这样不害臊的妈,不教女儿学好,教女儿偷东西！偏偏也就有你这样现世打嘴的孝顺女儿,你把我们一屋子人的脸都丢尽了！〔说罢咳嗽不已。
芳　官		(也很生气)真丢人！
晴　雯		(喘吁吁地)麝月,你把平儿的意思告诉宋妈妈。(站起来坐到炕上)宋妈妈！
麝　月		(想了想)也好！
宋妈妈		(走进来)姑娘们有什么事？
麝　月		宋妈妈,坠儿的事我们已经知道了,平姑娘的意思等袭人姑娘回来再打发坠儿去,我和晴雯姑娘商量了,迟早总是要去的,不如这会子去,免得张扬得都知道了,反倒没脸。
晴　雯		(思忖,遮盖地)宝二爷也吩咐了,坠儿平时很懒,常常使她,她拨嘴儿不动,今天务必打发她出去,明儿宝二爷亲自回太太就是。
宋妈妈		(笑了笑)晴雯姑娘不用替她遮羞了,说穿了就是为偷镯子的事吧。
坠　儿		(着急地央告)宋奶奶,替我央告姑娘们,饶了我这一遭吧！这都怪我妈不好！
麝　月		央告我们有什么用,就算我们能饶你,上头也不饶你！虽是你妈不好,你若是个好的,也不会听她的叮咛。
宋妈妈		(诘责地)我问你,我若是没看见那镯子,你会把镯子交给我吗？平姑娘也和我说了,这两天老太太正为园子里有人赌钱在生气,倘或知道又出了偷儿,还了得！不要说姑娘们脸上不光彩,就是我老婆子也担过错！依我看,宝二爷和姑娘们都保不了你,快跟我找你妈去吧！〔说罢拉了

坠儿就走。

〔坠儿抱头呜咽着跟了宋妈妈向左门走去。

芳　官　（把煎好的药倒在碗里递给晴雯）这是头和药,趁热喝吧!

晴　雯　（接了药碗放炕几上,叹了一口气）嗐!

麝　月　（怨怼地）袭人才走几天,怡红院就生出这些事故。赶明儿袭人回来,会不会埋怨咱们太性急呢? 还是该等她回来处治的好。〔言下有些后悔。

晴　雯　她又不是主子!〔一口气喝完药。

麝　月　（顾虑地）虽不是主子,可她是这屋里宝二爷跟前的人——

晴　雯　二爷跟前的人怎么样? 就算已经是姨娘又怎么样? 你怕我不怕,有了过错我耽待!

芳　官　怕什么,只要咱们做的在理上!

麝　月　你少多嘴!（白了芳官一眼）天短夜长,一眨眼天就黑了!（走向自鸣钟看看）这劳什子又不走了!〔说罢去点亮了烛灯。

晴　雯　芳官摆弄了半天钟坠子,准是把摆弄坏了!

麝　月　小蹄子实在太淘气了,非打你一顿不行!〔说着就去打芳官。

〔芳官逃向左门,贾宝玉穿着孔雀裘迎面而来。

芳　官　（一把拉住贾宝玉）阿弥陀佛,二爷回来了! 二爷,快救命,麝月姐姐打我!

贾宝玉　（护着芳官）是为自鸣钟的事吗? 我在窗外已经听见了。那洋玩意儿就是容易坏,回来叫人拿出去收拾收拾。

麝　月　（笑着在芳官头上戳了一指头）爷怎么这样早回来了?

贾宝玉　（掏出怀表看看）不早了,此刻是戌时八点钟了! 晴雯好些吗?〔坐炕边。

晴　雯　头不大疼了。（注意贾宝玉）咦,你换了一件褂子!

麝　月　（也发现了,打量着）你出去的时候分明穿的是大红猩猩毡褂子,怎么变成金碧辉煌的毛氅衣了?

芳　官　（端了一碗茶给贾宝玉）二爷喝茶! 这件褂子真好看!

贾宝玉　嗐,别提了,扫兴得很!〔懊恼地跺脚。

麝　月　（诧异）出了什么事?

贾宝玉　老太太怕我冷,特为找出这孔雀裘褂子给我,说是俄罗斯国的,家里只

472

剩这一件了,叫我仔细穿,糟蹋了就再也没有啦!
麝　月　老太太真疼你!
贾宝玉　可偏偏今儿第一次穿,就被我糟蹋了!不留神,香炉的火迸上了后襟,烧了个窟窿。明儿怎么能再穿出去了![站起来抓耳搔腮。
晴　雯　那就明儿不穿了。瞧你急的这样子!
贾宝玉　不行,明儿是舅老爷的寿诞正日子,老太太嘱咐了还得穿这去。(说罢脱下孔雀裘,指给麝月破的地方)你看!
麝　月　(连连咂嘴)啧啧啧!烧这么大个窟窿,真可惜!拿出去找个能干的裁缝织补织补吧!
贾宝玉　明儿一早就要穿去,哪里来得及!
晴　雯　没福气穿就罢了,急有什么用,拿来给我瞧瞧。
麝　月　(把孔雀裘递给晴雯)真可惜!
晴　雯　(接过孔雀裘仔细看着,思索地)这是孔雀金线织的,咱们也拿孔雀金线就像界线似的,界密了,只怕也可以混得过去!
麝　月　(点头)你说的对!孔雀金线倒现成有,但这屋里除了你谁会界线呢?
晴　雯　少不得只好我来试着界界吧。芳官去把我的针线筐拿来,我就在这里织补。
贾宝玉　(不忍)这如何使得!你生着病,经不起再受累了!
晴　雯　你不用管!
芳　官　(自右门拿了针线筐给晴雯)针线筐拿来了!
贾宝玉　芳官,把火盆往炕边挪挪!
晴　雯　(提起精神坐坐好,用手绢擦擦手,在针线筐里挑出金线比比孔雀裘)这虽不很像,补好了或许差不多。
麝　月　差不多就行,哪能一模一样!
芳　官　晴雯姐姐,我来给你纫线!
晴　雯　罢罢,我不许你在这里淘气![咳嗽。
芳　官　(调皮地吐舌)那我就吃饭去了![向右门跑了。
贾宝玉　(倒了碗茶给晴雯)喝口热茶!
晴　雯　(喝了口茶放到炕几上,开始穿针纫线)麝月,你也吃饭去吧!
麝　月　你想吃点什么?一天都没吃东西了。

晴　雯　我不饿！〔只顾做活。
贾宝玉　（向麝月）叫厨房熬点红枣粥来。
晴　雯　算了，小爷，别给人家添麻烦了，我不想吃！
　　　　〔麝月走进右门。贾宝玉搬了个矮凳坐在炕边看晴雯织补。晴雯不时咳嗽两声，贾宝玉就站起来给晴雯添些热茶。晴雯喝几口又放下，只顾垂首用心地织补。贾宝玉坐立不安地看着晴雯，时而忧虑地漫步徘徊。这时外面传来更梆的声音。
麝　月　（走进来看了看晴雯织补）二爷，你去睡觉吧。明儿一早还要出门哩！
贾宝玉　我不困，我在这里陪陪晴雯！
晴　雯　（抬头，有气无力地）小祖宗，我这活儿还早着哩，你可不能熬夜，把眼抠搂了，明儿怎么做客去？
贾宝玉　你抱病为我织补衣裳，叫我如何能忍心去睡觉？
晴　雯　（催促）你在这里我也静不下心做活，麝月，服侍二爷睡觉去！
麝　月　二爷，咱们就别搅她了，让她静下心做活吧！
　　　　〔推贾宝玉走向暖阁，顺手放下幔子。
　　　　〔夜静了。晴雯独自织补了一会，觉得不大舒服，不时揉揉太阳穴，伸伸腰腿，偶尔咳嗽几声，或是打几个喷嚏。后来她有些冷了，站起来拨弄拨弄火盆，搓搓手又坐下继续织补。
贾宝玉　（披着衣服靸着鞋，拿了一件灰鼠斗篷，蹑手蹑脚地走到晴雯背后，轻轻替她披上）歇会儿吧！晴雯！
晴　雯　（仰首微笑着）你怎么又起来了？
贾宝玉　睡不着。听见你咳嗽，我怕你冷，给你送件斗篷来。火也快熄了，我去添点炭。〔向火盆里添了炭。
晴　雯　（感动，拿起孔雀裘）你来瞧，还混得过去吗？
贾宝玉　（坐炕沿上细看了看，高兴地）好极了！若不留心，简直看不出破绽。已经快补完了，实在太辛苦你了！
晴　雯　不妨事，剩不几针了。你去歇息吧！
贾宝玉　（走向窗前）天快亮了，我给你倒碗热茶。〔拿了茶碗向暖壶倒了茶，放到炕几上。
晴　雯　（一口气织补完，深深吁了口气，显得十分疲惫的样子）嗐！总算补完了,到底不太像,就这样马虎点穿吧,我也只有这个能耐了!(把孔雀裘折好给贾宝玉,想站起来,一阵头昏,猝然不支地跌到炕上)哎哟!

贾宝玉　(大惊,连忙放下孔雀裘,扶住晴雯,焦急地叫着)晴雯,你怎么了?晴雯,麝月,快来!麝月![难过地哭了。
　　　　[麝月睡眼蒙眬地匆匆走出暖阁。
麝　月　什么事?(睹状忙帮着扶起晴雯,大声叫着)晴雯!晴雯!
晴　雯　(微微呻吟了一声,动了动)哎!
麝　月　醒过来了!这一定是使力太过,晕过去了!晴雯!晴雯!
贾宝玉　(哽咽地)都是我害的,倘若有个好歹——[说不下去。
麝　月　瞧你婆婆妈妈的,胡说些什么?
贾宝玉　(拭泪)快去叫宋妈妈传王太医来。
麝　月　你把芳官喊起来![说罢疾步走出左门。
晴　雯　(挣扎着想坐起来)我,我要回屋里去!
贾宝玉　(欣慰地)哦,你好了,晴雯!我扶你到屋里去![挽扶着晴雯站起来,慢慢走向右门。
　　　　[窗外曙光黎明,远处雄鸡报晓。

——幕落

第 四 幕

第一场

时　间　几年后的秋天
人　物　袭人　平儿　麝月　宋妈妈　王夫人　王熙凤　王善保家的　晴雯　芳官　贾宝玉　小丫头
布　景　同第三幕,只是屋里陈设稍改,少了火盆,多了一张圆桌,几只凳子。盆景是菊花。

　　　　[幕启　袭人独自坐在圆桌前做针线。这时窗外有人向屋里张望,随后平儿自左门进来。

平　儿　袭人，你一个人在屋里吗？做什么？

袭　人　(忙起身笑迎)给二爷做鞋，平姐姐，快请坐！宝二爷上潇湘馆瞧林姑娘去了，晴雯又不自在，睡了一天啦！麝月在院子里。〔说着倒了一碗茶给平儿。

平　儿　(接过茶碗放桌上，拉袭人并坐桌前，神情机密地)他们不在正好，我来告诉你一件要紧的事！

袭　人　(一惊)又出了什么事故？

平　儿　(附耳低声)今儿晚上太太要来抄检园子，搜查丫头们的东西，你小心点！

袭　人　为什么呢？是不是为园子赌钱的事？听说又有人偷东西了！

平　儿　(摇摇头)嗐，出了新鲜事儿啦！

袭　人　(诧异)什么新鲜事？

平　儿　(持重而带点紧张地)就为老太太屋里的小丫头傻大姐，前儿在园子里捡到一个香袋，被那边大太太看见了，说是坏东西，就拿去叫她的心腹陪房王善保家的送过来给太太。丑事出在这边，自然让太太和二奶奶没脸。太太气得要死，怪罪二奶奶管家不严。那王善保家的又调唆了些不三不四的闲话，太太分外恼了，定要抄检园了，查查到底是谁的东西。我怕你临时着慌，先送个信给你，也好打点打点，只是千万别走风！

袭　人　(用心听着，一派正经地)按说这园子也是该清理清理了，连年生出多少事故来，一忽儿金钏儿投井，一忽儿坠儿偷金镯子，就没安生过。

平　儿　(忧虑地)也不知是什么香袋，是哪个没脸丫头的，不但害得大家不干净，只怕还要连累一些人遭殃！

袭　人　(不经意地笑着)你真是个名不虚传的贤德忠厚人，何苦来替别人担忧！俗话说冤有头债有主，总会查个水落石出的。

平　儿　这叫惺惺惜惺惺！我想着能省点事，大家安安生生多好，可偏偏一波未平一波又起。我该走了，回去晚了二奶奶要疑心我出来给谁通风报信哩！〔说着站起来。

袭　人　难为你处处想着我们！

平　儿　我去瞧瞧晴雯，就从后门走了。〔向右门走去。

袭　人　(讥诮地)她呀，就像林姑娘，娇嫩的动动就病了！

平　儿　（止步）晴雯身子弱,性情强！小红就像她的性情,比她还倔强,前两天闹着要出去,说在这里不会有好下场！

袭　人　二奶奶不是很喜欢她吗？

平　儿　二奶奶气得骂她不识抬举,只好让她娘领了出去。

袭　人　这蹄子真不识抬举！

平　儿　（仁厚地）人各有志！〔向右门下。

袭　人　慢走,我不送你了。〔送到右门口转身到桌前,有点纳闷地思忖着。

〔霍地一阵脚步声,窗外清晰地看见王夫人、王熙凤、王善保家的、小丫头们,熙熙攘攘向屋里走来。

宋妈妈　（匆匆进左门）姑娘们,太太、二奶奶来了！〔说罢又退下。

袭　人　（有些意外,急忙收拾了针线筐,自言自语地迎出去）咦,怎么这样快就来了！

〔王夫人和王熙凤在王善保家的、小丫头们拥簇下鱼贯而入,麝月随后进来。

袭　人　（施礼恭敬）太太,二奶奶,请坐！

〔王夫人项上挂着一串念珠,满面怒容,盛气凌人地坐炕上。王熙凤侍立一旁。王善保家的站在下边。小丫头两个站在后面。

麝　月　（用茶盘托了两碗茶）太太,二奶奶喝茶！

王夫人　这里不用人服侍,你们都下去,只留袭人在这里问话！

麝　月　是！〔放下茶碗,小心地带了小丫头走出左门。

王夫人　（严峻地）袭人！

袭　人　（端庄而又惶恐地向前跪下）太太！

王夫人　起来回话！还记得那年我嘱咐你,叫你用心服侍宝玉,我把宝玉交给你的话么？

袭　人　（温驯地）奴才没有忘记太太的吩咐,不敢有半点怠慢宝二爷,太太不信可以问他。

王夫人　（微微皱眉,感到答非所问）这我知道,我问你,怡红院里除了小丫头子以外,大丫头都有谁？

袭　人　（不加思索地）有秋纹、麝月、我和晴雯！

王善保家的　（趾高气昂地插嘴）太太要问的就是晴雯这位二号姑娘,她仗着比別人生得模样标致，又能说会道，平时捏指要强，小丫头子稍不顺她的心，就瞪起两眼来骂人，听坠儿她娘说，坠儿也没犯什么大过错，竟被她撵了！

袭　　人　（心里已经有所了然，暗暗高兴，巧伪狡黠地）坠儿的事，因为她偷了平儿姐姐的金镯子，是宝二爷叫晴雯撵的；当时我回家了，后来才知道，也抱怨过他们撵得急了些。若说晴雯，在这屋里原是个最聪明能干的，所以很得二爷的欢心，只是性情高傲，眼里没人，口角十分锋利尖刻。

王夫人　（想了想，向王熙凤）晴雯，是不是那个水蛇腰、削肩膀、眉眼有点像你林妹妹的丫头？

王熙凤　太太说的就是她，论相貌，众丫头里都没有她生得好，论举止言语，嫌轻薄些。

王夫人　（厉颜正色）我一生就是讨厌这样的人，宝玉屋里可容不得这样的人。晴雯以外还有么？

袭　　人　（乘机进谗）还有芳官也生得不坏，调皮淘气，不懂什么礼教！

王善保家的　（连忙鼓唇弄舌地挑拨）可厉害哩！有一年夏天，我亲眼看见芳官和她的干娘拌嘴撒野，她干娘管教她，晴雯还护着不许管教。

王夫人　（触动）袭人，是不是你告诉过我，宝玉给她取个男人名字，叫什么耶律雄奴的小戏子？

袭　　人　（点点头，看看右门，顾虑地小声应着）正是！

王夫人　（向王熙凤）我看宝玉屋里，就只有袭人和麝月这两个大丫头，笨笨的倒老实正经。

王熙凤　（含笑附和）太太的眼力自然很是！

王善保家的　（恣意陷诬）不是奴才多话，园子里坏丫头不少！论理这园子就得严禁些才是，太太不大进来，没见她们一个个都像受了封诰似的，成了千金小姐，谁若是惹了她们，可了不得！那晴雯更是天不怕地不怕，有宝二爷护着她呀！她调唆得宝二爷看到我们就骂。骂我们这些嫁了汉子的女人混账，比男人还可恶！

王夫人　（被刺痛，勃然厉声）哦，有这种事！

王熙凤　（忙向王善保家的使眼色，抱怨地）王妈妈，你少说些吧，太太问丫头们的事，拉扯上宝二爷做什么？

王夫人 （怒不可遏）我的宝玉被这些妖精都要教坏了！快叫晴雯她们来见我！

袭　人 太太,晴雯病了,还睡着哩!

王夫人 （命令）病了也从炕上拉下来!

袭　人 是![走进右门。

王夫人 （向王熙凤愤懑地）这几年我精神短了,照顾不到许多,像这种妖精似的东西我竟没注意,再下去,宝玉就毁在她们手里了!

[袭人率晴雯、麝月、芳官自右门上,一齐向王夫人行跪礼,喊了声"太太"并排站在右侧。晴雯衣饰不整,发松钗歪,病容满面,这时贾宝玉走过窗外,看见屋里情况,进来连忙悄悄躲到屏风后面去窥望窃听。

王夫人 （憎恶地上下打量晴雯,冷笑了笑）嘻嘻,好个狐狸精美人,成了病西施了!

晴　雯 （愕然）太太,我这几天身子有些不自在——

王夫人 （喝叱）不自在就该回家养去!还赖在这屋里做什么?

晴　雯 （打了个冷战,不卑不亢地辩解）回太太,我原是跟老太太的人,前几年老太太因为园子里大人少,宝二爷害怕,要把我拨来;我说我不会服侍,老太太骂我,说不过叫我在外间屋里上夜打杂罢了,又不叫我管宝二爷的事,我才来了。这里上有老奶奶老妈妈们,下有袭人麝月,我闲着时还要给老太太做些针线活儿。[喘吁吁地一口气讲完。

王夫人 （合掌念佛）阿弥陀佛,你不接近宝玉是我的造化!你既是老太太给宝玉的人,明儿我回了老太太再处治你!

晴　雯 （不服）请问太太,我犯了什么过错?

王夫人 你别打量我隔得远,什么都不知道;我的身子虽不在这里,我的心耳眼神时时都在这里;你的品行我早听说了,我只有宝玉一个儿子,不能任凭你们勾引坏。去吧,站在这里我看不上你那浪样子!

晴　雯 （气得发抖,勇敢坦荡地向前反击）冤枉!太太可以问问宝二爷,我什么时候勾引过他?这屋里是谁和他鬼鬼祟祟的干些见不得人的勾当?我一向站得正,立得稳,清清白白,于心无愧,太太不要听信别人的调唆!

袭　人 （心中有鬼,愀然变色,有点张惶地叫了一声）晴雯——

王善保家的 （恼羞昏庸地打断袭人,抢着指问晴雯）什么,你这是说谁在调唆?

王夫人 （恶狠狠站起来打了晴雯一个耳光）好大胆的坏蹄子,你敢顶撞我?快

|||传她家的人在外头等着，搜检了园子就领她出去，这屋里绝不能留这种祸根！

晴　雯　（委屈地哭了）太太，你不能不讲理呀！

贾宝玉　（听晴雯先前含沙射影的指责，暗暗羞愧不安，此刻见王夫人要撵晴雯，忍无可忍地跑了出来，向王夫人恳求）太太，太太！不要撵她，晴雯没有犯什么过错。她生着病，已经四五天水米不沾牙了！

王夫人　（拍了一下炕几，喝斥地）住口！不许你再护着她！快给我好生念念那书去，仔细明儿我叫你父亲捶你！

〔袭人连忙拉开贾宝玉。贾宝玉不敢违抗，忍气吞声地走到书案前坐下，拿了一本书心不在焉地看着。

王熙凤　（含笑婉转地）回太太，晴雯本来是赖大家的买的，后来孝敬了老太太。她没有什么亲人，只有一个姑舅表哥在外头。太太看——

王夫人　（冷酷地）那就叫她表哥来领去，她的东西一概不许带。

晴　雯　（绝望，痛苦地）好吧，我出去！我也早料到这里是容不得我的。（转身瞋视袭人一眼）千里搭长棚，没有个不散的筵席！〔说罢昂然倨傲地进右门。

王夫人　谁是耶律雄奴？

王善保家的　（忙指芳官）就是她！

〔贾宝玉吃了一惊，抬头注视芳官。

芳　官　（目睹晴雯的遭遇，面呈不平之色，顷刻间仿佛明白了许多事，如今听见王夫人又叫自己，不禁愕然）太太，我叫芳官！

王夫人　（轻卑地睨视芳官）唱戏的女孩子更是狐狸精了！我把你派到园子里来，原该安分守己才是，为何鼓捣着宝玉嬉笑玩乐，无法无天？

芳　官　（放声大哭）我没有，太太，我没有！

王夫人　你还犟嘴！为什么叫宝玉给你改名字？你在园子里连干娘都不放在眼里，还了得吗？

芳　官　（哽咽地）是干娘欺负我，她用了我的月钱，还常常打我，太太不信，请问宝二爷。宝二爷，你说句公道话吧！

贾宝玉　太太！（走过来想替芳官作证，又被袭人一把拉住，推回书案坐下，无可奈何地仰天长叹）嗐！

王夫人　王善保家的,明儿叫她干娘来领了出去!

芳　官　(着急地跪下哀告)太太,我不能再跟干娘去!可怜我从小命苦,卖到这里来学唱戏,受尽干娘的挫磨;好不容易盼到戏班解散,跳出火坑;倘若还回她手里,她会又卖掉我,我就活不成了!太太是吃斋念佛的善人,积积阴德做做好事吧!

王夫人　(无动于衷)这可由不得你,园子里断不能再任从你们作践了!

芳　官　(知无挽回余地,稍一思忖,坚定地)太太既是定要撵我,就请太太把我放到尼姑庵里,我宁肯出家!

王夫人　胡说!佛门清净,岂是你这种贱人轻易进去的?

芳　官　太太不答应,我就碰死这里!〔横了心,说罢就向地上碰头。

贾宝玉　(跑过来拉起了芳官,急切地向王夫人求情)太太,芳官苦海回头,立志出家,俗话说:佛法平等,太太就超度了她吧!

王夫人　(看看贾宝玉,摩弄着经珠,有所触动)呸!你也来谈什么佛法?(向王熙凤)明儿叫人问问各庙里,有姑子要的,就给她去。

王熙凤　前几天水月庵的智通姑子来送供尖,还提到要收个徒弟使唤,太太不如就把芳官赏她吧!

王夫人　(点点头)好吧,这也算是行善!明儿就叫智通来领了去,阿弥陀佛!

袭　人　(阿谀地)太太大发慈悲,真是菩萨心肠!芳官,快给太太磕头谢恩!

芳　官　(勉强磕了个头)谢太太!〔站起来怒目看看袭人,孩子气地扭过头去。
　　　　〔平儿提着灯笼自左门走进来。

平　儿　太太,老太太叫请太太过去玩牌,薛姨太太和那边大太太都在等着哩!
　　　　〔说着放下灯笼,站到王熙凤身边。

王熙凤　(微笑地)太太就过去吧,累了这半天,也该歇息歇息,散散心了!

王夫人　我过去,你留下来带她们搜检园子,园门都锁了没有?

王善保家的　我早关照都锁上了!太太放心吧,这些小事交给奴才没错。
　　　　〔王夫人起身向左门走去。大家送到门外再走进来。

贾宝玉　(困惑地)凤姐姐,到底为了什么事,又要搜检园子?

王熙凤　(敷衍地)只因太太丢了一件东西,恐怕丫头们偷了,叫查一查也好去去大家的疑心。王妈妈,咱们既来了,就从这怡红院开头吧!〔说罢坐炕上。

王善保家的　（气势汹汹地）二奶奶说得是！请姑娘们把各自的箱子都拿来看看吧！

袭　人　好，先看我的。麝月，芳官，去把你们和晴雯的箱子也都拿了来！〔走进暖阁。

〔麝月和芳官走进右门。袭人很快拿了一只箱子走出来，放在圆桌上。

袭　人　（打开箱子，含笑地）二奶奶、王妈妈请看吧！这里面都是些平常穿用的衣物。

王善保家的　（翻检出一把纸扇、一只荷包，得意地）二奶奶瞧，这扇子荷包不都是男人用的东西吗？

袭　人　（坦然地）那是宝二爷用旧的东西，他不要了，我就收起来了。

王熙凤　是呀，你和宝玉的东西原就分不清！

〔王善保家的怪没趣地推开了袭人的箱子。这时麝月和芳官拿出各自的箱子，王善保家的又去一一搜检着。随后晴雯也拿了一只箱子踉踉跄跄走来。平儿连忙向前代她拿了，放在地上。

王善保家的　（故意指问晴雯的箱子）这是谁的箱子？怎么不打开？

晴　雯　（抢上几步，"豁啷"一声把箱子倒翻在地，气愤地）搜吧！

王善保家的　哟，姑娘的脾气还不小哩！我们这是奉了太太的命来搜的，姑娘不服，只管回太太去！〔说罢翻检晴雯的箱子，没有发现什么，有些失望。

〔屋里满地衣物狼藉，杂乱不堪，俨然一派抄家景象。贾宝玉不忍目睹，背着手走向窗前外眺，唉声叹气；一忽儿又坐下看书；一忽儿注视大家；一忽儿厌烦地步入暖阁；一忽儿又快快踱出来；显得焦躁不安而又无可奈何。

王熙凤　王妈妈，搜出什么没有？

王善保家的　（不甘心地翻来翻去）还没有搜出什么。

王熙凤　既然如此，咱们别多耽搁时候，再往别处去吧！

王善保家的　就依二奶奶！〔气冲冲地踢开晴雯的箱子，向左门走出去。

王熙凤　（站起来向贾宝玉解释安抚地）宝兄弟，打搅你了，别见怪，我这是奉命办事！

贾宝玉　凤姐姐，我不怪你，可我恼那些狗仗人势的婆子，成天搬弄是非，欺负丫头们。今儿早上才听说南京甄家被官府抄家的事,想不到这会子咱们自己抄起来了。本来大家族只有先从家里自杀自灭,才能一败涂地,看来咱们家只怕也好景不长了!〔言下悲愤难禁。

王熙凤　别再胡说了,传出去又要生事!早点安歇,我去了。〔向左门走去。

〔平儿提着灯笼扶了王熙凤同下。袭人和麝月送出门外。

袭　人　（大声地）二奶奶、王妈妈慢走!

贾宝玉　（转身向晴雯）晴雯,你受屈了!

晴　雯　宝二爷!〔抬头欲言又止,痛苦地拿了箱子走进右门。

〔贾宝玉又走向芳官,芳官连头也不抬,满腔幽怨地拿了箱子走进右门。

贾宝玉　（跺脚愤愤地）这是从何说起!

〔袭人和麝月同上,看得出她们是通气的。麝月拿了箱子向右门下。

袭　人　（怡然如释重负,微笑地）二爷受惊了!

贾宝玉　（正色）受惊事小,平白地撵人、抄家,实在可恼!〔坐炕上。

袭　人　太太自有道理,你恼也没用。

贾宝玉　（狐疑地）为什么太太单挑晴雯、芳官的不是,就不挑你和麝月的不是?难道你们就没有一点错儿?

袭　人　（一针见血,使袭人顿时敛笑赧然,嗫嚅地）大概太太这会子忘了,等明儿再处治我们……

贾宝玉　（逼紧了追问）还有咱们平时说的一些玩笑话,怎么太太都知道,是谁这样犯舌走的风呢?真正奇怪得很!

袭　人　（怔了怔,强自镇静狡辩）天知道罢了!依我想,都怪你素日说话不忌讳,胡言乱语惯了,被外人听去传到太太耳朵里也是有的。这会子也难查出谁犯舌,瞎疑心没用。

贾宝玉　（怨怼地）看来就为晴雯生得比别人好些,口角锋芒些,不免遭嫉,得罪了谁!可她并没有得罪过你呀!至于芳官,年纪还小,只因太伶俐了些,不免惹人讨嫌,可这又算得了什么滔天大罪呢?晴雯已经病着,如今受了这场冤气,不是要她的命么?〔难过地啜泣。

袭　人　（妒忌嘲讽地）真是个呆子!亏了你还是读书人,说这种婆婆妈妈的话也不害臊!晴雯就那么娇嫩,受点气会要了她的命不成?〔说罢胜利地笑了笑,走进暖阁。

贾宝玉　（心中明白，不好直言，一阵悲愤难抑，激动地嚷着）我好恨！我恨不得钳诐奴之口，剖悍妇之心！这些阴险狠毒的人就好像是鬼蜮魍魉，晴雯好像是才出嫩箭的兰花；兰花受到鬼蜮的摧残，怎能不遭殃！真是鬼蜮花殃，鬼蜮花殃！〔说罢伤心地伏在圆桌上放声痛哭。

〔窗外秋风萧萧，如泣如诉！

——幕落

第二场

时　间　前场第二天

人　物　晴　雯　贾宝玉　茗　烟　宋妈妈

布　景　晴雯表哥家。舞台右首有一条胡同通贾府后角门。左首破屋简陋，门外即胡同。门前有梧桐一株，树下有石墩，门上悬草帘子。屋内上端有窗，糊白纸。窗台上置小风炉、黑砂茶吊子。屋左端置土炕，铺陈芦席。炕旁置小桌，桌上有茶壶、茶碗，都很粗糙，一派贫寒景象。

〔幕启　天色昏暗，秋风飕飕，落叶纷纷，充满萧瑟凄凉的气氛。晴雯一夜之间，病情恶化，孤苦伶仃地睡在土炕上，呻吟不已。这时茗烟陪同贾宝玉自右上侧走进胡同，两人左顾右盼，踟蹰寻觅到梧桐树下。

茗　烟　二爷，方才老婆子说，门前有一棵梧桐，只怕这里就是了。（打量打量屋子，摇摇头）不过，这里不是二爷来的地方，倘或被晴雯姑娘的表哥醉泥鳅看见，传到里头知道了，可了不得！我挨一顿打不要紧，也会撑出来。

贾宝玉　不妨事，茗烟，若是里头知道了，我就说是我自己来的，定不会连累你。

茗　烟　二爷真好！（走过去掀起帘子，轻轻敲门，没有反应，又推门向里看了看，高兴地向贾宝玉招手）快进去，二爷，屋里只有晴雯姑娘一个人。

贾宝玉　（先前很急切，此刻又有点畏缩）茗烟，你可不要走开呵！〔走到门前。

茗　烟　放心，二爷，我就在这里望风，有人来我会对付他。〔坐到树下石墩上。

贾宝玉　（蹑手蹑脚走进屋里，趋向炕前叫着）晴雯！晴雯！

晴　雯　（微睁双目，稍一定神；认出是贾宝玉，喜出望外，连忙伸手喘吁吁地招呼）哦，你来了，宝二爷！我只当今生再也见不到你了！〔由于兴奋、激动，咳嗽连声。

晴雯赞

贾宝玉　（心酸地拉住晴雯）晴雯，才一夜工夫，你竟病成这样，分明是又添病了吧？嗐！

晴　雯　你来得正好，快把那茶倒给我喝！渴了半天，连个人影都没有叫来。

贾宝玉　（寻视）茶在哪里？

晴　雯　窗台上茶吊子里就是。

贾宝玉　（忙向桌子上拿了碗，先看看，用水洗洗，再倒了茶递给晴雯）昨天夜里，我睡醒来要喝茶，还只叫你，因为叫惯了！〔说着不禁流下泪来。

晴　雯　（一口气喝完了茶，看着贾宝玉，悲切地）宝二爷，以后我不会再服侍你了，有袭人她们服侍你，慢慢地你就会忘记我的。嗐，算起来，我已经服侍了你五年多了，想不到如今落得这样的下场！〔泣不成声。

贾宝玉　（安慰地）不要难过，晴雯，安心养病，等你好了再回去。

晴　雯　（摇了摇头）这辈子我不会再回去了！永远不会再到你们贾府了！

贾宝玉　（恳挚地）我知道你委屈，晴雯，太太虽是听了闲言蜚语，一时气头上撵了你，过几天等她气平了，我回明老太太，一定再叫你回去。

晴　雯　（苦笑了笑）你不必虚宽我的心，等太太的气平了，我也早死了！

贾宝玉　（激动地紧紧握住晴雯的手）不会的，晴雯，你的病会好起来，你要好生养息！

晴　雯　（气愤地控诉）只是我死也不甘心的，究竟我犯了什么滔天大罪呢？太太声声骂我是狐狸精，一口咬定我勾引坏了你，这真是冤枉呵！虽然平时我们比别人显得略微好些，可是何尝有半点私情勾引的事？我一身清白，问心无愧，宝二爷，你是最明白的了！不知道是谁昧了良心，在太太跟前调唆诬栽，不过为的把我撵走，她们好称心如意地和你在一起。宝二爷，我碍着她们什么呢？她们也忒狠毒了！〔说着捏紧了手用力捶打炕沿，咳呛频频。

贾宝玉　（又倒了一碗茶给晴雯）喝口茶吧！晴雯，我明白你！你有什么话，趁着没人，都告诉我，我能办的一定替你办。

晴　雯　（喝了几口茶，有气无力地）我也没什么可说的了，如今我不过挨一刻是一刻，挨一天是一天，横竖三五日的光景了！宝二爷，谢谢你的好心，你今儿能来看看我，我就感激不尽了，再见，也不能了！〔言次一阵伤心，失声恸哭。

贾宝玉 （也哭了，呜咽地）晴雯，我会再来看你的，明儿我就来！
晴　雯 （悲切地握着贾宝玉的手）别来，宝二爷！仔细传到里头，老爷知道了又要打你！
贾宝玉 我不怕，晴雯！我看着你，还有芳官她们，无故被挫磨，比打我还难受！
〔说罢又哭。
〔晴雯与贾宝玉相对哭泣。这时天色渐渐黑下来。茗烟坐一会，又站起来四处张望一会。忽然传来几声犬吠，茗烟警惕地速忙躲到树后窥视。只见宋妈妈提着一个包袱自右首匆匆走来，径向晴雯家去。茗烟猝然一跃而出，上前拦住了宋妈妈。
宋妈妈 （吓得倒退几步，定神一看，认出是茗烟，才松了口气）嘻，是你呀，小茗烟！把我吓了一跳，你躲在这里做什么？
茗　烟 （憨笑，小声地）别嚷嚷，宋奶奶！我有事走过这里，瞧见你来了，故意逗你玩儿的。
宋妈妈 （在茗烟额上戳了一指头）淘气的坏小子！〔转身欲去。
茗　烟 （着急地一把拉住宋妈妈手里的包袱）你这是到哪里去呀？宋奶奶！
宋妈妈 （叹了口气）我到晴雯姑娘家去。可怜她昨天病着，被太太撵了出来，还不许带东西。宝二爷心肠好，叫花姑娘把晴雯姑娘的东西打点了，趁这会子天快黑了，瞒上不瞒下地打发我送去。
茗　烟 （想了想）哎，这点儿小事，你就交给我吧，我替你送去。〔说着就夺包袱。
宋妈妈 （正色）胡说，我还有话和晴雯姑娘说哩！〔一挥手，向屋里走去。
茗　烟 （有些慌了，扑过去撒赖地拖住了宋妈妈，呐呐地）宋奶奶，你，你不能去，你……
宋妈妈 （瞠目诘责地）我为什么不能去？坏小子，快给我走开，你仔细点，回去我不让宝二爷捶你才怪！
茗　烟 （嬉皮涎脸地）嘻嘻，宝二爷不会捶我哩，他可不像你们老娘们那么狠毒！
宋妈妈 （不禁失笑）嗬！你也学会宝二爷的话了！〔霍地举起包袱打了茗烟一下，乘隙抽身跑进屋里。
〔茗烟无可奈何地在外面抓耳搔腮。宋妈妈的突然闯进屋里，使贾宝玉和晴雯大吃一惊。宋妈妈一眼看见贾宝玉,也为之一怔。

贾宝玉 （见是宋妈妈,释然地）唔,宋妈妈来了!

宋妈妈 （有所恍悟地）原来宝二爷在这里!

贾宝玉 我是来看看晴雯的病。你是来给她送东西的吗?

宋妈妈 是的,花姑娘叫问晴雯姑娘好些没有?

贾宝玉 （忧悒地）怎么会好呵?病更重了!

宋妈妈 （趋前将包袱放炕上）花姑娘说,这包袱里都是姑娘素日穿的衣裳,和各种使用的物件。另外有几吊钱,是花姑娘给姑娘养病的,还有——

贾宝玉 （接着说）还有几两银子,是我平常积攒的,你留着请大夫看病买药用。

宋妈妈 银子也在包袱里,姑娘好生收起吧!

晴　雯 （不屑一顾,凛然冷淡地）谢谢你们的好意,这些我都用不着了,宋妈妈还拿回去吧!〔用手推开包袱,背过身去哭了。

宋妈妈 （不知所措,望着贾宝玉）这——

贾宝玉 （稍稍思忖）东西留下,你回去吧!

宋妈妈 （点头,叮咛地）宝二爷,你也快回去,天不早了,倘或里头知道了,传到太太耳朵里,又要生事!

贾宝玉 （皱眉）我这就走,你回去千万别告诉人;若是袭人问起我,你只说我在薛姨妈家里。

晴　雯 （蓦地坐起身,愤慨地）不必撒谎,宝二爷! 只管回去说实话,我服侍了你一场,难道临死以前,不该来看看我吗?

〔贾宝玉忙扶晴雯又躺下,一面示意宋妈妈离去。宋妈妈走出门外,同情地悄悄拭泪。茗烟孩子气地向前看看宋妈妈,宋妈妈一声不响地默默俯首而去。茗烟目瞪口呆地踌躇着仰望天空,毅然轻轻推开屋门,探头进去。

茗　烟 （低声催促地）二爷,咱们该回去了,天黑了,来的时候忘记带灯笼!

贾宝玉 知道了!

晴　雯 是谁陪你来的?

贾宝玉 茗烟陪我来的。

晴　雯 （仰首看看窗外,凄切地）回去吧,二爷! 茗烟,路上小心服侍二爷,别吓着他!

〔茗烟应了一声缩回头去。

贾宝玉　我给你点上灯!(找到桌上一盏油灯,拨拨灯芯点燃了,又去替晴雯掖掖被子,依依难舍地)晴雯,我走了!

晴　雯　(抽噎地向贾宝玉挥手)走……走吧!

贾宝玉　(握住晴雯的手,哽咽地)晴雯,你要多多保重呀!晴雯!

晴　雯　(猝然抽开手,用被子蒙住了头)……

〔贾宝玉忍悲含泪地缓步走去,频频回顾,最后痛苦地跑出门外,掩面泣啼着向右首疾下。茗烟紧跟着同下。

晴　雯　(霍地掀开被子坐起来,凝神倾听了一会,绝望地号叫着)宝二爷,宝……宝二爷!〔沉痛地溘然倒在炕上,就这样,她和残酷的人间永诀了!

〔一阵风猛然吹开了屋门,吹熄了油灯! 顿时黑暗笼罩大地,四周交响着风声、梧桐落叶声、犬吠声!

——幕落

1980 年 12 月四稿

选自赵清阁编剧《红楼梦话剧集》(四川文艺出版社 1985 年版)。

图书在版编目(CIP)数据

红楼梦俗文艺作品集成/朱恒夫,刘衍青编订.—
上海：上海大学出版社,2021.7
　ISBN 978-7-5671-3401-0

Ⅰ.①红… Ⅱ.①朱… ②刘… Ⅲ.①剧本—作品综合集—中国—当代 Ⅳ.①I23

中国版本图书馆CIP数据核字(2021)第129501号

责任编辑　傅玉芳　刘　强　祝艺菲
封面设计　柯国富
技术编辑　金　鑫　钱宇坤

红楼梦俗文艺作品集成

朱恒夫　刘衍青　编订

上海大学出版社出版发行
(上海市上大路99号　邮政编码200444)
(http://www.shupress.cn　发行热线 021-66135112)
出版人　戴骏豪

*

南京展望文化发展有限公司排版
江阴市机关印刷服务有限公司印刷　各地新华书店经销
开本 787mm×960mm　1/16　印张 245.5　字数 3994千
2021年7月第1版　2021年7月第1次印刷
ISBN 978-7-5671-3401-0/I·633　定价　980.00元(全八册)

版权所有　侵权必究
如发现本书有印装质量问题请与印刷厂质量科联系
联系电话：0510-86688678